Beatriz Williams

# Die letzten Stunden des Sommers

*Die Autorin*

Beatriz Williams besitzt Abschlüsse der amerikanischen Universitäten Stanford und Columbia. Während sie als Beraterin in London und New York arbeitete, versteckte sie ihre Schreibversuche zunächst auf ihrem Laptop. Mit ihren Romanen eroberte sie nicht nur die Herzen ihrer LeserInnen im Sturm, sondern auch die »New York Times«-Bestsellerliste. Heute schreibt Beatriz Williams in ihrem Haus an der Küste Connecticuts, wo sie mit ihrem Mann und ihren vier Kindern lebt.

BEATRIZ WILLIAMS

# Die letzten Stunden des Sommers

Roman

Ins Deutsche übertragen
von Regina Schneider

blanvalet

Die Originalausgabe erschien unter dem Titel
»Along the Infinite Sea« bei Putnam, New York, 2015.



MIX
Papier aus verantwortungsvollen Quellen
FSC® C014496

Klimaneutral*
Druckprodukt
ClimatePartner.com/14044-1912-1001

Penguin Random House Verlagsgruppe FSC® N001967

1. Auflage
Taschenbuchausgabe 2022 by Blanvalet,
einem Unternehmen der Penguin Random House Verlagsgruppe GmbH,
Neumarkter Str. 28, 81673 München

Umschlaggestaltung: bürosüd
LO · Herstellung: DM
Satz: KCFG–Medienagentur, Neuss
Druck und Bindung: GGP Media GmbH, Pößneck
Printed in Germany
ISBN 978-3-7341-0838-9

www.blanvalet.de

*All denen, die rechtzeitig fliehen konnten,*
*all denen, die es leider nicht geschafft haben,*
*und all denen, die ihr eigenes Leben riskierten,*
*um anderen zu helfen.*

# OUVERTÜRE

»Alles sehen, ohne zu starren;
alles hören, ohne zu lauschen.«

CÉSAR RITZ
*König der Hoteliers,*
*Hotelier der Könige*

# Annabelle

## PARIS – 1937

Im Grunde muss man über das Pariser Ritz nicht mehr wissen als Folgendes: Im Jahre 1937 wohnte dort in einer komfortablen Suite im dritten Stock die illustre Coco Chanel, und einer der Barkeeper, der begnadete Frank Meier – eine Koryphäe auf seinem Gebiet –, hatte sechzehn Jahre zuvor die Bloody Mary erfunden, um Ernest Hemingway von einem Kater zu kurieren.

Ich muss gestehen, als ich an jenem schwülen Juliabend die Abschiedsparty von Nick Greenwald besuchte, war ich mir der bewegten Geschichte des Ritz nicht bewusst. Ich zählte eben nicht zu jenem Menschenschlag. Moskitos, wie mein Mann sie nannte. Vielleicht hätte ich seine Worte als Warnung verstehen sollen. Vielleicht konnte an der eleganten Bar des Ritz gar nichts Gutes zustande kommen; vielleicht verhielt man sich zwangsläufig frivol und sorglos, bis man selbst Blut leckte oder einem das Blut ausgesaugt wurde.

Doch Johann – mein Ehemann – war an jenem Abend nicht dabei. Am Arm meines Bruders trat ich durch den unspektakulären Nebeneingang an der Place Vendôme, denn Johann war aus beruflichen Gründen in Berlin, eine vorübergehende Anstellung, die sich endlos in die Länge zog. Zur damaligen Zeit konnte man zwischen Paris und Berlin nicht leichter hin- und herreisen als zwischen Himmel und Hölle. Und warum sollte ich das wollen? Paris hatte alles, was ich brauchte, was ich liebte; das Berlin der späten Dreißigerjahre war kein Ort für eine liberal denkende Frau, die sich um ein kleines Kind und eine schwer strapazierte Ehe kümmern musste. Ich stellte mich daher stur und blieb in Frankreich, wo man immer noch bedenkenlos die Party eines Mannes namens Greenwald besuchen konnte, wo jeder Bürger in einem beliebigen Restaurant essen und seine Geschäfte in einer beliebigen Bank erledigen konnte, wo man mit jedem attraktiven Mann ins Bett steigen konnte, ohne gegen irgendein Gesetz zu verstoßen.

Es war wohl der Stimmung eher förderlich, dass mein Mann derzeit in Berlin weilte, denn Nick Greenwald und Johann von Kleist waren aus naheliegenden Gründen nicht die besten Freunde. Nick und ich hingegen verstanden uns blendend: Zum einen waren wir beide Amerikaner, die in Paris lebten, zum anderen teilten wir ein Geheimnis, das wir keiner anderen Seele anvertrauen konnten. Und von allen Freunden meines Bruders war Nick der einzige, der mich nicht zutiefst verabscheute, weil ich einen deutschen General geheiratet hatte. Der herzensgute Nick. Er wusste, ich hatte meine Gründe.

Im Salon war es drückend warm, und Nick hatte sein Jackett abgelegt, doch er trug immer noch die Weste und eine elegant gebundene Fliege, für die man höchstwahrscheinlich einen Kammerdiener benötigte. Beim Klang meiner Stimme wandte er sich um. »Annabelle! Da bist du ja.«

»Ich komme doch nicht zu spät, oder?«

Ich gab ihm einen Kuss auf die Wange, und Charles

schüttelte beiläufig seine Hand, obwohl er Nick nicht allzu viel Beachtung schenkte, da sein Blick bei einer attraktiven Dunkelhaarigen in silbrig-blauem Abendkleid verweilte, dessen Farbton perfekt auf ihre Augen abgestimmt war. Eine lange, schlanke Zigarette schwebte zwischen ihren Fingern. Nick wandte sich ihr zu und legte eine Hand in ihren Rücken. »Annabelle, Charles. Das ist Budgie Byrne. Eine gute Freundin aus Collegezeiten.«

Wir wechselten ein höfliches *enchantée*. Doch Miss Byrne schien sich nicht für uns zu interessieren. Ihr Handschlag wirkte flüchtig und halbherzig. Vertraut hakte sie sich bei Nick unter und flüsterte ihm etwas ins Ohr, dann schlenderten die beiden in eine Duftwolke von exklusivem Parfum gehüllt zur Bar. Der Rückenausschnitt ihres Kleids lag jenseits von Gut und Böse; ihre nackte Haut erinnerte mich an überkochende Milch, die von Nicks stattlicher Hand sicher aufgefangen wurde.

Charles fuhr sich mit der Hand über die Wange – derselben Hand, die Miss Byrnes schlaffe schlanke Finger berührt hatte – und kommentierte neidvoll, dieser Bastard habe stets die attraktivsten Frauen an der Angel.

Ich sah zu, wie Nick von der Menge verschlungen wurde, und wollte Charles gerade aufmuntern, er solle sich die desinteressierte Miss Byrne noch nicht aus dem Kopf schlagen, da Nick in ihrer Gesellschaft nicht sonderlich glücklich gewirkt hatte, als ich im selben Moment eine Stimme hinter mir hörte – eine Stimme, die ich an diesem schwülen Juliabend am allerwenigsten erwartet hätte.

»Mein Gott.« Die Worte klangen etwas unscharf. »Frau von Kleist höchstpersönlich.«

Zuerst war ich überzeugt, mich zu täuschen oder zu halluzinieren. Es wäre nicht das erste Mal. In den vergangenen zwei Jahren hatte ich diese Stimme an allen möglichen

Orten gehört: in Kaufhäusern, in Aufzügen, auf offener Straße. Ich hatte den Besitzer dieser Stimme überall erblickt, hinter jeder erdenklichen Aufmachung, nur um im nächsten Augenblick festzustellen, dass es sich um falschen Alarm handelte, eine Fehlschaltung des Gehirns; dass der Auslöser meines Adrenalinschubs nicht mehr war als ein unbescholtener Mitbürger, ein Zeitgenosse, der zufälligerweise dunkles Haar, eine tiefe Stimme, einen charakteristischen Nacken besaß. Im ersten Moment der Erkenntnis war ich mir nie sicher, ob ich erleichtert oder enttäuscht sein sollte. Ob ich jammern oder jubilieren sollte.

So oder so hatte ich in der Tiefe meines Herzens Ehebruch begangen, und da *jede* Art des Ehebruchs mir unerträglich war, lernte ich, jenen falschen Alarm hartnäckig zu ignorieren, auch wenn er noch so laut schrillte. Ich lernte, mir jene Wahnvorstellungen nicht anmerken zu lassen, sondern wie eine gute Ehefrau die Fassung zu bewahren.

Und es funktionierte. Anstatt bei den Worten *Frau von Kleist* in Panik zu geraten, ermahnte ich mein Gehirn zur Vernunft und dachte: *Das kann überhaupt nicht sein.*

Anstatt wie ein Kreisel herumzuwirbeln, wandte ich mich langsam um wie eine Ballerina in einer Spieluhr, sodass ich beinahe Tschaikowskys Geklimper in meinen Ohren hören konnte.

Der Mann trat in mein Blickfeld: erstaunlich real, erstaunlich vertraut, erstaunlich groß und perfekt in seinem schwarzen Smoking mit weißem Kragen, mit seinen dunklen Locken, die ihm locker in die Stirn fielen wie die eines Liebhabers in einem sündhaften Traum. In der rechten Hand hielt er ein Whiskyglas und eine braune türkische Zigarette. Er nahm alles mit einem einzigen Blick zur Kenntnis: meinen Schmuck, mein extravagantes Kleid, meinen aufgewühlten Kreislauf.

Mit anderen Worten, er sah dem Original zum Verwechseln ähnlich.

»Hier steckst du also, alter Schwerenöter«, sagte Charles, und – *sacrebleu!* – mit einem Mal musste ich einsehen, was ich insgeheim längst wusste: Bei diesem Mann handelte es sich nicht um eine meiner Wahnvorstellungen. Das Pariser Ritz war einer jener magischen Orte, die jede beliebige Person heraufbeschwören konnten.

»Stefan«, sagte ich, »was für eine wundervolle Überraschung.«

(Und das Schlimmste daran war, dass ich es vollkommen ernst meinte.)

# ERSTER SATZ

»Erfahrung ist nur ein anderer Ausdruck
für unsere Fehler.«

OSCAR WILDE

# Pepper

## PALM BEACH – 1966

### 1.

Der elegant geschwungene Mercedes-Benz posiert auf dem Rasen wie ein tiefschwarzer Schnörkel antiker Tinte – mit keinem anderen Automobil dieser Welt vergleichbar.

Auf den ersten Blick würde man es nie vermuten, aber Miss Pepper Schuyler, eine junge Frau von Welt mit goldbraunen gazellenartigen Beinen, die dort drüben, jenseits der Zufahrt, die Sonne Floridas in sich aufsaugt, kennt jedes glamouröse Detail dieses 1936er Special Roadster. Man betrachtet Peppers schwangeren Kugelbauch, der sich kühn unter dem grünen Shiftkleid abzeichnet (ein solcher Babybauch lässt sich nicht ignorieren, ebenso wenig wie die pastellfarbenen Jack-Rogers-Sandalen), und schon hat man sie voreilig in eine Schublade gesteckt. Ist doch wahr, oder? Eine attraktive Salonlöwin in Palm Beach: Was weiß die schon von Autos?

Doch die bezaubernde Pepper schert sich nicht darum, was andere von ihr denken. Das hat sie noch nie. Sie denkt vielmehr an den Mercedes. Ihr Blick schweift über die geschwungene Linie des vorderen Kotflügels, der sich von seinem höchsten Punkt über dem Radkasten bis zum Trittbrett unter der Tür erstreckt wie das nackte Bein einer unbekannten Schönheit. Ihr Herz schlägt auf der Stellc einen Takt schneller.

Sie weiß ganz genau, was für eine Plackerei es war, den hochglänzenden Kotflügel neu zu lackieren. In der ersten Oktoberwoche wollte das heiße Wetter noch immer nicht nachlassen, und der alte Schuppen in Cape Cod roch widerlich nach Farbe und Öl, ein beißender Gestank, der sich trotz Mundschutz in ihre Nebenhöhlen schlich und hartnäckig festsetzte, bis sie nichts anderes mehr roch und nur noch dachte: *Was zum Teufel tue ich mir hier an? Was habe ich mir nur dabei gedacht?*

Gott sei Dank hat das Elend nun ein Ende. Dieser exklusive tintenschwarze Mercedes Special Roadster, Baujahr '36, ist ab heute das Problem einer anderen. Und diese Person ist tatsächlich bereit, für das zweifelhafte Vergnügen, die alte Karosserie und die verchromten Beschläge vor den Spuren der Zeit zu bewahren, eine stolze Summe von dreihunderttausend Dollar zu zahlen.

Die Anzahlung wurde bereits auf ein spezielles Konto überwiesen, das Pepper in ihrem Namen eröffnet hat. (Ihr eigener Name, ihr eigenes Geld: ein großartiges Gefühl – als würde man auf einem Ozeandampfer in See stechen und nichts als tiefblaues Meer sehen.) Die verbliebene Summe sollte jeden Moment eintreffen, in einem hochoffiziellen Umschlag, hier im Breakers Hotel, wo Pepper derzeit abgestiegen ist. Ein kleiner Scheck mit großer Wirkung. Zusammengenommen soll dieses nette Sümmchen nämlich dazu dienen, Peppers Probleme ein für alle Mal zu lösen. Geld für das Baby, Geld für einen Neuanfang; Geld, um jeden zu ignorieren, der ignoriert werden muss; Geld, um im Notfall unterzutauchen, wenn nötig für immer. Sie wird sich von niemandem abhängig machen. Sie wird tun und lassen, was sie will. Sie wird tun, was für Pepper Schuyler – und für Pepper junior – das Beste ist. Und sie braucht nichts und niemanden zu fürchten.

Die einzige Frage, die sich nach wie vor stellt und die Pepper unter den Nägeln brennt, ist dieses nagende *Wer*.

Wer zum Henker ist diese anonyme Käuferin – dem Auktionshaus zufolge eine Frau –, die das nötige Interesse und das nötige Kleingeld besitzt, um diesen schicken Mercedes Roadster zu erwerben, noch bevor er zur Versteigerung kommt?

Pepper interessiert sich nicht wirklich dafür, wer diese unbekannte Person *ist*. Es interessiert sie vielmehr, wer diese Person *nicht* ist. Solange es sich um eine unbeteiligte Partei handelt, die aus individuellen Gründen an dem Kauf interessiert ist, unabhängig von Peppers misslicher Lage, unabhängig von der anderen Hälfte jener magischen Gleichung, deren Resultat sich in ihrem Bauch befindet, ist doch alles in Butter, oder? Sie nimmt einfach die dreihunderttausend Dollar und kann sich den Käufer für immer aus dem Kopf schlagen.

Pepper hebt ihren gebräunten Arm und wirft einen Blick auf ihre Armbanduhr. Eine goldene Cartier – das Geschenk ihres Vaters anlässlich ihres achtzehnten Geburtstags –, womöglich eine diskrete Aufforderung, sie möge in Zukunft pünktlicher sein, nun da sie endlich erwachsen ist. Nicht dass es funktioniert hätte. Die Party beginnt erst, wenn Pepper eintrifft, nicht eine Minute eher, was sollte es sie also kümmern, ob sie zu früh oder zu spät kommt? Doch eine Armbanduhr hat auch ihre Vorzüge. Laut ihres Ziffernblatts ist es zwölf Uhr siebenundzwanzig, die beiden – der Auktionator und die Käuferin – sollten somit jeden Moment eintreffen, um sich den Wagen anzusehen und die letzten Formalitäten zu regeln. Vorausgesetzt sie sind *pünkt-*

*lich*, aber warum sollten sie sich verspäten? Allem Anschein nach ist die Käuferin auf diesen Handel ebenso erpicht wie sie.

Pepper legt den Kopf in den Nacken und schließt die Augen vor der gleißenden Sonne. Sie kann gar nicht genug bekommen. Das Baby in ihrem Bauch ist offenbar einer Religion entsprungen, die jenen alten Himmelsgöttern huldigt oder sich von Sonnenstrahlen nährt. Fast spürt sie, wie sich die Zellen ekstatisch teilen, wie sich die Nähte ihres grünen Lilly-Pulitzer-Shiftkleids dehnen, wie die aufgedruckten tanzenden Äffchen ihre Arme recken, um das ehrgeizige Geschöpf in ihrem Innern zu umarmen.

Eigentlich kein Wunder, oder? Wie der Vater, so das Kind.

»Guten Tag.«

Pepper richtet sich abrupt auf. Vor ihr steht eine schlanke, zierliche Frau mit dunklem Haar, einer marineblauen Caprihose und einer weißen Bluse, die grazilen Gesichtszüge hinter einer übergroßen Sonnenbrille verborgen. Audrey Hepburn oder ihre elegante Cousine aus Florida.

»Guten Tag«, erwidert Pepper.

Die Frau streckt ihr die Hand entgegen. »Sie sind also Miss Schuyler. Mein Name ist Annabelle Dommerich. Ich bin die Käuferin. Bitte bleiben Sie sitzen.«

Pepper steht dennoch auf und ergreift ihre ausgestreckte Hand. Mrs. Dommerich ist höchstens einen Meter sechzig, deutlich kleiner als Pepper, doch sie scheint ihr in jeder Hinsicht gewachsen.

»Es überrascht mich, Sie hier zu sehen«, sagt Pepper. »Ich dachte, Sie wollten anonym bleiben?«

Mrs. Dommerich zuckt mit den Achseln. »Ach, nur wegen der Presse. Ich war neugierig, Sie kennenzulernen, Miss Schuyler. Sie sind noch attraktiver als auf den Fotos.

Und wie ich sehe, blühen Sie regelrecht auf! Wann ist es denn so weit?«

»Im Februar.«

»Frauen wie Sie habe ich schon immer beneidet. Während meiner Schwangerschaften sah ich aus wie ein Wasserball auf Beinen.«

»Das kann ich mir nicht vorstellen.«

»Ist lange her.« Mrs. Dommerich nimmt ihre Sonnenbrille ab und enthüllt ihre großen schokoladenbraunen Augen. »Der Wagen sieht übrigens fantastisch aus.«

»Danke. Ein Fachmann hat mir geholfen, das Schmuckstück wieder in Gang zu bringen.«

»Sie haben ihn selbst restauriert?« Ihre Augenbrauen schießen anmutig in die Höhe. »Ich bin beeindruckt.«

»Mir blieb nichts anderes übrig.«

Mrs. Dommerich wendet ihren Blick zurück zum Wagen, eine Hand schützend über die Augen gelegt. »Und Sie haben ihn in einem Schuppen in Cape Cod entdeckt? Unter einer Lage Staub? Unberührt?«

»Ja, auf dem Anwesen meiner Schwester. Anscheinend wollte ihn keiner mehr haben.«

»Ja«, sagt Mrs. Dommerich. »In der Tat.«

Peppers Füße kitzeln von dem Gras, das durch ihre Sandalen dringt. Mrs. Dommerich steht reglos an ihrer Seite, als würde sie für ein Porträt posieren: *Betrachtungen einer Dame in weißer Bluse*. Sie spricht wie eine Amerikanerin, in einem unbeschwerten Plauderton, doch eine feine Nuance ihrer Stimme zeugt von europäischen Wurzeln, genauso wie der Hauch von Chanel, der sie umschwebt. Trotz der jugendlich schimmernden Haut, der so manche Frau mittels teurer Schönheitsprodukte hinterherjagt, schätzt Pepper sie auf Mitte, wenn nicht Ende vierzig. Irgendetwas in ihrem Ausdruck, ihrer gesamten Haltung gibt Pepper das Gefühl, sich wie ein ungelenkes Fohlen zu verhalten, sich wie ein kleines Mädchen zu kleiden. Ungeachtet der mütterlichen Fülle ihres Bauches, die ihre jugendliche Linie jäh unterbricht.

Jenseits der Einfahrt erscheinen zwei verschwitzte Herren in geschäftsmäßigen Wollanzügen mit nahezu identischen Bierbäuchen, rund und makellos wie Basketbälle. Einer der beiden blickt in ihre Richtung und hebt seine Hand zu einem, wie Pepper es nennt, typischen Golfergruß.

»Ah, da sind sie ja.« Mrs. Dommerich wendet sich an Pepper und lächelt zufrieden. »Ich weiß es wirklich zu schätzen, dass Sie das gute Stück so liebevoll restauriert haben. Wie läuft er denn, der Wagen?«

»Wie ein Rennpferd.«

»Sehr schön. Ich kann das Donnern fast hören. Ein unvergleichliches Geräusch, habe ich recht? So etwas wird heute gar nicht mehr gebaut.«

»Dazu kann ich mich nicht äußern. Ich bin keine Automobilliebhaberin.«

»Ach nein? Das müssen wir ändern. Ich hole Sie heute Abend um sieben Uhr ab, dann können wir vor dem Abendessen noch eine kleine Runde drehen.« Sie streckt ihre Hand aus, und Pepper ist so verblüfft, dass sie instinktiv einschlägt. Mrs. Dommerichs Finger sind schlank und stark und frei von Schmuck, abgesehen von dem schlichten goldenen Ring an dem verräterischen Finger ihrer linken Hand, den Pepper natürlich längst entdeckt hat.

»Sehr gern«, murmelt Pepper.

Mrs. Dommerich setzt ihre Sonnenbrille wieder auf und wendet sich ab.

»Einen Moment noch«, sagt Pepper.

»Ja bitte?«

»Entschuldigen Sie meine Neugier, Mrs. Dommerich,

aber woher wissen Sie, wie der Motor klingt? Immerhin hat der Wagen jahrelang in einem Schuppen gestanden!«

»Glauben Sie mir, Miss Schuyler. Ich weiß restlos alles über diesen Wagen.«

Die Worte klingen so verheißungsvoll, dass Peppers Haut auf der Stelle zu kribbeln beginnt, und nicht nur die gedehnte Haut über ihrem Babybauch. Das Gefühl verursacht eine wahre Kettenreaktion in ihren Nervenbahnen: ein leises Klingeln winziger Alarmglöckchen, ein feines Kitzeln ihrer Nasenspitze.

»Und woher stammt dieses Wissen, wenn ich fragen darf? Warum zahlen Sie ein Vermögen für diese hübsche alte Blechkiste?«

Mrs. Dommerichs Gesicht liegt hinter der riesigen Sonnenbrille verborgen und zeigt keinerlei Reaktion auf Peppers unverschämte Frage. »Wissen Sie, Miss Schuyler«, erwidert sie sanft, »vor achtundzwanzig Jahren bin ich mit diesem Wagen über die deutsche Grenze geflohen, und dabei habe ich ein Stück meines Herzens zurückgelassen. Es ist an der Zeit, ihn nach Hause zurückzuholen, finden Sie nicht?« Sie kehrt Pepper den Rücken, doch während sie über den Rasen schreitet, sagt sie in einem mütterlichen Tonfall: »Ziehen Sie eine Strickjacke über, Miss Schuyler. Es soll heute Abend auffrischen, und ich will mit offenem Verdeck fahren.«

## 2.

Zunächst hat Pepper nicht die geringste Absicht, Annabelle Dommerichs Einladung anzunehmen. Der Scheck erwartet sie an der Hotelrezeption, ebenso wie eine handgeschriebene Telefonnotiz, die sie nach flüchtigem Hinsehen zerreißt. Sie bestellt sich ein Taxi und fährt in die Stadt, um den Scheck auf ihr Konto einzuzahlen. Der Bankangestellte überreicht ihr mit regloser Miene die Quittung. Sie lässt sich ein paar Hundert Dollar auszahlen, die sie zu ihrem Lippenstift und ihrer Puderdose in die Handtasche steckt. Zurück in ihrem Hotelzimmer gönnt sie sich ein luxuriöses Schaumbad und bleibt eine Stunde lang liegen, den Blick auf die winzigen Bewegungen unter ihrer goldbraunen Bauchdecke gerichtet, während sie zur Feier des Tages an einem Glas Champagner nippt. Zum Glück zeigen sich noch keine Dehnungsstreifen. Kokosnussöl hat ihr der Arzt empfohlen, und sie hat sich gleich fünf Flaschen davon besorgt.

Als das Wasser abgekühlt ist, steigt Pepper aus der Wanne und wickelt sich in ein weiches weißes Badetuch. Dann bestellt sie beim Zimmerservice ein verspätetes Mittagessen und tritt mit einer Zigarette im Mundwinkel und in nichts als besagtes Badetuch gehüllt auf den Balkon. Sie zieht ein weiteres Glas Champagner in Erwägung, aber dann verwirft sie den Gedanken. Ihr Arzt in Cape Cod, ein attraktiver Jungspund mit neumodischen Überzeugungen, hat ihr empfohlen, den Alkoholkonsum einzustellen. Er hat ihr auch empfohlen, das Rauchen einzustellen, aber man kann nicht alles tun, was der Arzt einem rät, oder? Man kann nicht jede kleine Sünde aufgeben, wenn man schon so viel aufgeben muss.

Und wozu? Für ein Baby. *Sein* Baby. Wirklich dumm, Pepper. Du dachtest, du wärst klug und souverän, du dachtest, du hättest alles unter Kontrolle, und jetzt sieh dich an! Ein uneheliches Kind und kein Zuhause.

Der mit Touristen gespickte Strand zeichnet sich leuchtend gelb vor dem Hintergrund der trägen Brandung ab. Sie greift nach ihrem Handtuch, um es erneut festzustecken, doch dann lässt sie es auf den gefliesten Balkon fallen. Niemand schenkt ihr Beachtung. Sie lehnt sich gegen das Geländer, nackt und prall und goldbraun, bis ihre Zigarette zu einem winzigen Stummel verqualmt ist und die Glocke des Zimmerservice ihr Mittagessen ankündigt.

Nachdem sie gegessen hat, stellt sie das Tablett auf den Gang und lässt sich aufs Bett fallen. Sie gönnt sich einen ausgiebigen Mittagsschlaf, und als sie erwacht, schlüpft sie in ein ärmelloses Cocktailkleid, bürstet sich die Haare und legt frischen Lippenstift auf. Bevor sie zum Aufzug geht, schnappt sie sich eine Strickjacke aus der Kommode und wirft sie über ihre nackten Schultern.

## 3.

Doch der Aufzug scheint im Foyer festzustecken. Das ist eben das Problem mit Luxushotels wie dem Breakers – es gibt immer einen griechischen Tycoon oder einen Wurstbaron aus Chicago, der mit seinem gesamten Hausstaat einzieht und das Tagesgeschäft zum Erliegen bringt, da sich das Personal ausschließlich um seine Gattin, seine Kinder und seine achtundachtzig Gepäckstücke kümmern darf. Nur um hinterher seinen Freunden und Verwandten zu erzählen, das Breakers sei auch nicht mehr das, was es mal war, und die Einheimischen ausgesprochen unfreundlich.

Pepper tippt ungeduldig mit dem Fuß auf den Boden und wirft einen Blick auf die Uhr, doch der Lift lässt sich davon nicht beeindrucken. Also geht sie notgedrungen zum Treppenhaus.

Auf der einen Seite die Luxusausstattung des Breakers mit seinen eleganten Läufern und hohen Spiegeln, die einen stets von der Schokoladenseite zeigen, auf der anderen Seite das Treppenhaus gleich einem finsteren Fluchtweg aus Alcatraz. Peppers zierliche Schuhe klappern über den nackten Betonboden, die vereinzelten Glühbirnen leuchten ihr wie zum Verhör. Endlich hat sie den letzten Treppenabsatz erreicht, der Ausgang zur Lobby ist bereits in Sicht, als unvermittelt ein Mann in Erscheinung tritt. Er trägt einen Anzug – Seersucker mit blauen Streifen, als würde man so etwas heutzutage noch tragen – und versperrt ihr mit verschränkten Armen den Weg.

Im ersten Moment muss sie an dieses platinblonde Filmsternchen denken, das vor ein paar Jahren splitternackt in seinem Schlafzimmer aufgefunden wurde. *Das arme Ding hat sich umgebracht*, seufzte alle Welt mit einem ungläubigen Kopfschütteln. *Zweifellos Drogen. Ein trauriges Hollywood-Märchen ohne Happy End.*

»Netter Anzug«, kommentiert Pepper. »Drehen die da draußen einen Film?«

Er drückt sich von der Tür ab und lässt seine Manschetten aufblitzen. »Miss Schuyler? Hätten Sie vielleicht einen Moment Zeit?«

»Bedauere. Nicht für einen Wildfremden, der mir im Treppenhaus auflauert.«

»Ich muss leider darauf bestehen.«

»Ich muss leider darauf hinweisen, dass Sie mir im Weg stehen. Wenn Sie so freundlich wären, mich vorbeizulassen?«

Captain Seersucker hebt seinen zuckerstangenblauen Arm und stützt seine Pranke gegen die Wand.

»Na schön«, sagt Pepper. »Sie sind also ein echter Kraftprotz. Wie viel zahlt er Ihnen denn? Oder machen Sie das zum reinen Vergnügen?«

»Ich bin nur ein Freund, Miss Schuyler. Der Freund eines Freundes, und ich würde gern mit Ihnen reden, freundlich und zivilisiert. Deshalb möchte ich Sie bitten, mich zu begleiten.«

Pepper lacht. »Sehen Sie, das ist das Problem mit euch Muskelpaketen. Kein Fünkchen Grips in der Birne, stimmt's?«

»Miss Schuyler …«

»Nennen Sie mich bitte Pepper, Captain Seersucker. Wie alle meine Freunde.« Sie streckt ihm die Hand entgegen. Als er sie ignoriert, tätschelt sie stattdessen seine Wange. »Ein großer sanftmütiger Trottel. Was machen Sie eigentlich, wenn im Fernsehen eine Quizsendung läuft? Starren Sie entgeistert auf die Mattscheibe, oder versuchen Sie, etwas zu lernen?«

»*Miss Schuyler …*«

»Jetzt werden Sie auch noch wütend. Ihr Gesicht ist schon knallrot. Aber keine Sorge, ich werde es Ihnen nicht vorhalten. Nicht jeder kann ein Superhirn sein wie Einstein, stimmt's? Die Welt braucht nicht nur Grips, sondern auch Muckis! Und der Damenwelt ist es egal, habe ich recht? Ich meine, welche Frau mit etwas Selbstachtung will schon einen Mann, der klüger ist als sie?«

»Hören Sie …«

»Man betrachte nur mal diesen prächtigen Kiefer. So was von nützlich. Hart wie Granit. Ich wette, damit zermahlen Sie jeden Felsen zu Schotter.«

Er drückt sich von der Wand ab und will nach ihr greifen, aber darauf hat Pepper nur gewartet. Sie duckt sich unter seinem Arm hinweg, Schwangerschaft hin oder her, und rammt ihm ihr Knie in die Kronjuwelen. Er sackt in sich zusammen wie eine zerknautschte Coladose und beklagt seine verletzte Männlichkeit mit einem markerschütternden Stöhnen, doch Pepper verschwendet keine Zeit mit diebischer Schadenfreude. Sie tritt ins Foyer und bittet den

Hotelpagen, einen Arzt zu rufen, denn irgendein armer Tollpatsch in einem gestreiften Anzug sei offenbar über seine eigenen Schnürsenkel gestolpert und die Treppe hinuntergestürzt.

4.

»Ich dachte schon, Sie hätten es sich anders überlegt«, sagt Mrs. Dommerich, als Pepper auf den Beifahrersitz des glamourösen Mercedes rutscht. Alle Blicke sind auf sie gerichtet, doch die stolze Besitzerin scheint dies nicht zu bemerken. Sie trägt ein elegantes Kleid aus mitternachtsblauem Jacquard, Ärmel bis über die Ellbogen, Rock bis übers Knie.

»Das hatte ich auch. Aber dann fiel mir ein, wie langweilig so ein Hotelzimmer sein kann. Also bin ich doch gekommen.«

»Das freut mich.«

Mrs. Dommerich betätigt die Zündung, und der Motor heult voller Begeisterung auf. *So ein Wagen will gefahren werden*, meinte Peppers künftiger Schwager, als sie den Motor das erste Mal anließen. Zu dem Zeitpunkt hatte sie ihn für verrückt erklärt, weil er von einem Auto sprach, als wäre es ein lebendiges Wesen. Aber wie sie so dem Geräusch der Kolben lauscht, denkt sie insgeheim, er hatte recht. Caspian hat fast immer recht, zumindest wenn es um Autos geht.

»Sie wissen hoffentlich, wie man das Ding fährt?«, fragt Pepper.

»Ja, sicher.« Mrs. Dommerich legt den Gang ein und lässt die Kupplung kommen. Der Wagen springt über den Asphalt wie ein junges Pferd über einen Weidezaun. Pepper stellt fest, dass ihre Finger ein wenig zittern, daher greift sie mit der Hand an den Türrahmen.

Ehe das Hotel im Rückspiegel verschwindet, bemerkt Pepper neben dem Eingang zwei männliche Gestalten, die sie mit ihren Blicken durchbohren. Keine Einheimischen, dafür sind sie zu unpassend gekleidet. Sie sehen aus wie der Mann im Treppenhaus: Auswärtige, die sich einbilden, in Palm Beach würde man so etwas tragen. Als hätte ihnen jemand erzählt, man bräuchte nur einen karierten Anzug und Segelschuhe zu tragen, und schon würde man hierherpassen.

Dann sind sie verschwunden.

Pepper bindet sich ihren Schal um den Kopf und fragt mit erstaunlich gefasster Stimme: »Wo wollen wir denn hin?«

»Ich schlage vor, wir fahren zum Essen in die Stadt. Dort können wir uns in Ruhe unterhalten. Ich würde gern mehr darüber erfahren, wie Sie diese Schönheit entdeckt haben. Und was für ein Gefühl es war, sie zum Leben zu erwecken.«

»Oh, der Wagen ist also weiblich? So genau habe ich gar nicht nachgesehen.«

»Wie Schiffe und Motorräder.«

»Verstehen Sie mich nicht falsch«, sagt Pepper, während sie mit den Fingern gegen den Rand der Fensterscheibe trommelt, »aber Sie und der Wagen haben eine erstaunlich enge Beziehung für eine attraktive Frau und eine alte Blechkiste.«

»Das bin ich ihr doch wohl schuldig, wenn man bedenkt, wie viel Geld ich für sie hingelegt habe.«

»Dafür kann ich Ihnen gar nicht genug danken.«

»Jedenfalls konnte ich sie unmöglich in einem Museum verstauben lassen. Nach allem, was wir zusammen erlebt haben.« Sie streicht sanft über das Armaturenbrett. »Ein Prachtstück wie sie gehört in liebevolle Hände.«

Pepper schüttelt den Kopf. »Ich verstehe das nicht. Ich begreife nicht, wie man ein Auto *lieben* kann.«

»Man *muss* ein Auto lieben, um es so aufwendig zu restaurieren.«

»Das war Caspian, nicht ich.«

»Wer ist Caspian?«

Pepper öffnet ihre Handtasche und nimmt die Puderdose heraus. »Sagen wir, er ist ein Freund meiner Schwester. Ein sehr guter Freund. Und zugleich Automobilliebhaber. Er konnte es nicht mit ansehen, wie ich an dem Ding herumgeschraubt habe.«

»Mein ewiger Dank ist ihm gewiss. Demnach kennt er sich mit deutschen Fahrzeugen aus?«

»Er ist als Kind eines Offiziers groß geworden. Nach dem Krieg war die Familie in Deutschland stationiert, um mit der einen Hand Vergeltung zu üben, mit der anderen Schokolade zu verteilen.«

Mrs. Dommerich lenkt den Mercedes schwungvoll um eine Kurve. Pepper spürt die Anspannung in ihrem Bauch, ganz unabhängig von dem Baby. Aber Mrs. Dommerich weiß, wie man diesen Wagen steuert, das steht völlig außer Frage. Sie fährt, wie manche reiten, als wären die Gänge, die Achsen, die Räder eine Verlängerung ihrer eigenen Gliedmaßen. Sie ist nicht sonderlich groß, aber sie sitzt so aufrecht, dass es nicht weiter auffällt. Ihr Schal flattert anmutig im Wind. Beiläufig greift sie nach ihrer Handtasche, die zwischen ihnen auf der Sitzbank liegt, und zieht mit einer Hand eine Zigarette hervor. »Würden Sie mir die anzünden?«, fragt sie.

Pepper sucht nach einem Feuerzeug und erweckt die schlanke Gauloise zum Leben.

»Danke.« Mrs. Dommerich bläst den Rauch in den Wind und hält Pepper die Packung entgegen. »Greifen Sie zu.«

Pepper betrachtet das verführerische Angebot. Ihre aufgekratzten Nerven lassen ihre Ohren schrillen. »Aber nur die eine. Ich sollte mich eigentlich zurückhalten.«

»Ich habe erst spät damit angefangen«, erklärt Mrs. Dommerich. »Als meine Kinder schon älter waren. Wir sind damals oft ausgegangen, Cocktailpartys und dergleichen, da war die Luft meist so verqualmt, dass es keinen Unterschied machte, ob ich rauchte oder nicht. Aber es ist mir Gott sei Dank nie zur Gewohnheit geworden.« Sie nimmt einen ausgiebigen Zug. »Manchmal komme ich wochenlang mit einer einzigen Schachtel aus. Mir geht es nur um den Genuss. Genau wie beim Sex – man sollte sich genügend Zeit nehmen und den Moment voll auskosten.«

Pepper lacht. »Das war mir neu. Ich dachte, je mehr, desto besser. In Sachen Sex *und* Zigaretten.«

»Mein Mann hat das auch nie verstanden. Er hat geraucht wie ein Schlot, eine nach der anderen, bis zu seinem Tod.«

»Wann war das?«

»Vor anderthalb Jahren.« Sie wirft einen Blick in den Außenspiegel. »Lungenkrebs.«

»Das tut mir leid.«

Wir nähern uns der Brücke zum Festland. Mrs. Dommerich konzentriert sich auf die Straße, die blinkenden Warnlichter, die darauf hinweisen, dass sich die Brücke hebt. Sie tritt auf die Bremse und schnippt den Zigarettenstummel aus dem Fenster. Als sie weiterredet, klingt ihre Stimme tief und rau, eine spröde Hülle ihrer selbst.

»Ich habe lange versucht, es ihm auszureden«, sagt sie. »Aber er wollte nicht auf mich hören.«

## 5.

Sie essen in einem kleinen Restaurant unweit der Route 1. Der Besitzer kennt Mrs. Dommerich persönlich und küsst ihre Wangen. Zunächst plaudern die beiden auf Französisch, sodass Pepper rasch den Faden verliert. Dann wendet sich Annabelle in ihre Richtung und stellt sie dem Herrn vor: *Das ist meine gute Freundin, Miss Schuyler*, so ihre Worte. Der Besitzer fasst Pepper verzückt an den Bauch, als wäre sie seine Geliebte und er der Vater des Babys.

»Ganz bezaubernd!«, verkündet er.

»Nicht wahr?« Und damit schiebt sie seine Hände entschlossen von sich. Spätestens seit Beginn des sechsten Monats gliedert sich Peppers Umfeld in zwei Gruppen: Leute, die ihre Schwangerschaft für eine abstoßende Wucherung halten, die möglicherweise ansteckend ist, und Leute, die ihren Bauch als Allgemeingut betrachten. »Was wird Ihre Frau sagen, wenn sie es herausfindet?«

»Ach, meine Frau.« Er schüttelt den Kopf. »Die wäre furchtbar eifersüchtig. Sie würde sich mein Haupt auf einem silbernen Tablett servieren lassen.«

»Was für ein Jammer.«

Als sie kurz darauf an ihrem Tisch sitzen – bei einer Karaffe Wasser, knusprigem Brot und einer kostspieligen Flasche Burgunder –, entschuldigt sich Mrs. Dommerich bei Pepper. Die Franzosen seien ganz besessen von Babys, erklärt sie.

»Ich dachte, sie wären besessen vom Sex.«

»Das eine führt zum anderen, oder nicht?«

Pepper stimmt ihr zu, während sie eine Scheibe Brot mit Butter bestreicht.

Der Kellner tritt an den Tisch. Mrs. Dommerich bestellt eine Schildkrötensuppe und Kalbsbries; Pepper überfliegt die Karte und entscheidet sich für Muscheln und *Canard à l'orange*. Als der Kellner erneut in den Kulissen verschwindet, entsteht eine vielsagende Pause, der Wendepunkt ihrer Unterhaltung. Pepper nimmt einen Schluck von ihrem Wein, dann verschränkt sie die Hände über der Tischplatte. »Warum haben Sie mich zum Essen eingeladen, Mrs. Dommerich?«

»Ich könnte genauso gut fragen, warum Sie die Einladung angenommen haben.«

»Alter vor Schönheit«, entgegnet Pepper, und Mrs. Dommerich lacht.

»Da haben Sie es, genau deshalb habe ich Sie eingeladen!«

»Weil ich so frech bin?«

»Weil Sie so faszinierend sind. Wie gesagt, Miss Schuyler, Sie machen mich neugierig. Nicht jede junge Debütantin findet einen antiken Mercedes im Schuppen ihrer Schwester und macht sich die Mühe, ihn aufwendig zu restaurieren und in Palm Beach zu versteigern.«

»Ich bin eben voller Überraschungen.«

»Ja, das sind Sie.« Sie macht eine Pause. »Um ehrlich zu sein, wollte ich mich gar nicht vorstellen. Ich wusste, wer Sie sind, zumindest Ihrem Ruf nach.«

»Ach, ich habe einen Ruf? Ich frage mich, warum.«

»Den haben Sie in der Tat. Ich halte mich gern auf dem Laufenden, was den neuesten Klatsch und Tratsch betrifft. Eines meiner kleinen Laster.« Sie lächelt und nippt an ihrem Wein, um das eine Laster mit dem anderen runterzuspülen. »Die blutjunge Assistentin des frisch gewählten Senators. Perfektes Auftreten, perfekte Figur. Nun, an den Gerüchten war weiß Gott etwas dran.«

Pepper zuckt mit den Schultern. Ihr Äußeres ist längst kalter Kaffee, erst recht für sie selbst.

»Ganz genau.« Mrs. Dommerich nickt bestätigend. Ihr Haar ist kurz und kringelt sich unterhalb ihrer Ohren, ein gelungener Rahmen für das zarte herzförmige Gesicht mit den großen braunen Augen. Ein paar silberne Strähnen schimmern im Licht, doch sie hat offenbar kein Interesse, diese zu verbergen. »Sie haben einen ziemlichen Trubel verursacht, als Sie letztes Jahr im Büro des Senators anfingen. Aber das ist Ihnen sicherlich bewusst. Sie sehen nicht nur aus wie ein Mannequin, Sie sind auch noch gut in Ihrem Beruf. Sie legen sich voll ins Zeug und machen sich unentbehrlich. Es gibt viele attraktive Frauen, aber die wenigsten zeigen solchen Einsatz. Wenn man gut aussieht, ist es viel bequemer, sich einen Mann zu angeln, der sich für einen ins Zeug legt, nicht andersherum.«

»Aber letztendlich bleibt doch ein Problem, oder? Man spielt nach *seinen* Regeln, nicht nach den eigenen.«

Die Haut um ihre roten Lippen zuckt.

»Wohl wahr. Genau das habe ich mir auch gedacht, als ich sah, dass Sie in anderen Umständen sind. Mit einem Mal war mir klar, warum Sie den Wagen restauriert haben und für eine stattliche Summe verkaufen wollten. Sonnenklar sogar.«

»Ach ja?« Pepper greift zum Messer und betrachtet ihr Spiegelbild. Ein einzelnes blaues Schuyler-Auge starrt ihr entgegen, am äußeren Rand leicht nach oben geschwungen wie der Bug einer eleganten Jacht. »Warum waren Sie dann noch so neugierig, mich kennenzulernen?«

Der Kellner tritt feierlich auf sie zu und serviert ihnen die Suppe und die Muscheln. Mrs. Dommerich wartet mit einer Aura gepflegter Ungeduld, während er die Teller ausrichtet, den Pfefferstreuer platziert, sich höflich erkundigt, ob sie noch etwas benötigen, und endlich von dannen zieht. Annabelle hebt ihren Löffel und lächelt.

»Ich bin einfach nur neugierig, was Sie als Nächstes tun werden.«

## 6.

Nach dem Essen gönnt sich Pepper eine weitere Zigarette, während Mrs. Dommerich die Route A1A Richtung Norden einschlägt. *Um etwas frische Luft zu schnappen*, so die Erklärung. Pepper macht sich nicht viel aus Luft, egal ob frisch oder unfrisch, aber sie macht sich Sorgen wegen dieser beiden Kerle vor dem Hotel. Mit *einem* kolossalen Trottel im Treppenhaus kommt sie schon klar, aber nicht mit zwei *weiteren*.

Also sagt Pepper, sie könne gut etwas frische Luft gebrauchen. Eine kleine Spritztour. Genüsslich saugt sie den Rauch in ihre Lunge und lässt ihn langsam entweichen. Frischluft. Zu ihrer Rechten kräuselt sich der Ozean magisch schimmernd unter dem prallen Novembermond. Während die Kilometer in der Dunkelheit vorüberziehen, fragt sie sich insgeheim, ob sie gerade entführt wird und ob es sie kümmert. Spielt es eine Rolle, ob Mrs. Dommerich im eigenen Interesse handelt oder im Auftrag eines anderen?

Im Grunde war es nur eine Frage der Zeit, bis er sie aufspüren würde. Am Ende gewinnt immer die Bank, richtig?

Pepper war lange der Ansicht, *sie* wäre die Bank. Sie hätte das perfekte Blatt: Familie, Schönheit, Grips, Mumm. Sie hat sich eingebildet, die Karten fest in der Hand zu halten, doch das war ein Irrtum. Sie hat nur eine einzige wertvolle Karte, und die will er nun zurück.

Im Grunde sind dreihunderttausend Dollar keine große Sicherheit. Im Grunde gibt es keine Summe, die groß genug wäre.

Pepper drückt die Zigarette in dem verchromten Aschenbecher aus. »Wohin fahren wir?«

»Nicht weit von hier gibt es eine schmale Landzunge mit spektakulärer Aussicht. Manchmal halte ich dort an und betrachte die hereinrollenden Wellen.«

»Was für ein Spaß.«

»Sie sollten es mal versuchen. Ist gut für die Seele.«

»Ich weiß aus sicherer Quelle – besser gesagt, diversen Quellen –, dass ich so etwas nicht besitze. Eine Seele, meine ich.«

Mrs. Dommerich lacht. Sie unterhalten sich übermäßig laut, um den Fahrtwind und das Röhren des Motors zu übertönen. Annabelle biegt um eine Kurve, und kurz darauf wird der Wagen langsamer, als würde er den Ort erkennen, vom Schicksal magisch angezogen. Sie verlassen die asphaltierte Straße und fahren über einen unbefestigten Weg, der links und rechts von meterhohem Schilf gesäumt wird. Aufgrund der butterweichen Federung des Mercedes spürt Pepper nicht das geringste Holpern.

»Normalerweise komme ich von Norden«, sagt Mrs. Dommerich. »Wir haben ein bescheidenes Haus am Meer, nicht weit von Cocoa Beach. Als wir aus Frankreich hierhergezogen sind, waren wir auf der Suche nach einem ruhigen Ort, um uns vor der Welt zurückzuziehen. Aber dann kamen die Klimaanlagen auf, und mit einem Mal wollte jeder hier wohnen.« Sie lacht. »Letztendlich hat es uns nicht gestört. Die Kinder haben diesen Ort geliebt, deshalb wollten wir das Haus nicht verkaufen. Solange ich den Atlantik sehen konnte, war es mir egal.«

Die Vegetation weicht unvermittelt zurück und eröffnet einen ersten Blick auf den Ozean. Mrs. Dommerich fährt weiter, bis sie den Rand der Dünen erreicht, schwarz und silbern im Mondschein. Pepper atmet den salzigen Geruch der Brandung ein, den warmen Dunst von Fäulnis. Mrs. Dommerich hält an und stellt den Motor ab. Das vertraute Rauschen der Brandung dringt an Peppers Ohren.

»Ist das nicht atemberaubend?«

»Wirklich schön.«

Mrs. Dommerich greift nach ihrer Handtasche und zieht eine Zigarette heraus. »Wir können uns eine teilen«, sagt sie.

»Danke, ich habe mein Soll erreicht.«

»Deshalb schlage ich vor, sie zu teilen. Eine halbe zählt nicht.«

Pepper nimmt ihr die Zigarette ab und betrachtet sie.

Mrs. Dommerich lehnt sich zurück und starrt durch die Windschutzscheibe. »Wissen Sie, was ich am Meer so liebe? Dass alle Wassermassen irgendwie zusammenhängen. Die Ozeane haben zwar ihre eigenen Namen, aber im Grunde ist es ein einziges Gewässer, das die ganze Erde umschließt. Es ist, als würden wir Europa berühren. Oder Afrika. Oder die Antarktis. Wenn man die Augen schließt, kann man die anderen Kontinente fast spüren, zum Greifen nahe.«

Pepper reicht ihr die Zigarette zurück. »Kann schon sein. Aber ich schließe ungern die Augen.«

»Haben Sie noch nie Ihrem Instinkt vertraut?«

»Nein, ich verlasse mich lieber auf meinen Verstand.«

»Das habe ich gemerkt. Aber manchmal ist es gar nicht so verkehrt, sich auf seinen Instinkt zu verlassen.«

Pepper greift nach der Zigarette und nimmt einen Zug. Sie bläst den Rauch in die Nacht und fragt: »Was spielen Sie für ein Spiel?«

»Ein Spiel?«

»Anscheinend wissen Sie eine Menge über mich. Warum sind Sie hier? Hat *er* Sie geschickt?«

»Er?«

»Sie wissen schon.«

»Der Vater Ihres Babys?«

»Verraten *Sie* es mir.«

Mrs. Dommerich legt beide Hände ans Lenkrad und trommelt mit den Fingern dagegen. »Nein, mich hat niemand geschickt.«

Pepper tippt die Asche in den Sand und reicht die Zigarette zurück.

»Glauben Sie mir?«, fragt Mrs. Dommerich.

»Ich glaube nichts und niemandem, Mrs. Dommerich. Nur mir selbst. Und meinen Schwestern, aber die haben ihre eigenen Probleme. Die brauchen nicht auch noch meine.«

Mrs. Dommerich spreizt die Hände und studiert ihre Handflächen. »Dann lassen Sie sich von mir helfen.«

Pepper lacht. »Oh, ein verlockendes Angebot. Überaus großzügig.«

»Ich meine es ernst. Warum nicht?«

»Warum nicht? Weil Sie mich überhaupt nicht kennen!«

»Es spricht doch nichts dagegen, einem Fremden zu helfen.«

»Und ich kenne Sie genauso wenig. Na gut, Sie sind reich. Sie haben letztes Jahr Ihren Mann verloren. Sie haben Kinder und lieben den Ozean. Und Sie sind mit dieser Luxuskarosse vor dreißig Jahren durch Deutschland gefahren.«

»Achtundzwanzig Jahren.«

»Achtundzwanzig Jahren. Selbst wenn das alles stimmt, ist das nicht gerade viel.«

»Es gibt Ehen, die auf der Grundlage von weniger Kenntnis geschlossen wurden. Glückliche Ehen.«

Was für ein seltsamer Kommentar, denkt Pepper und hört erneut ihre Worte: *dem Instinkt vertrauen*. Das erklärt so manches. Anscheinend gehört Mrs. Dommerich zu diesen Traumtänzerinnen, die glauben, die Welt wäre ein

Paradies mit lauter netten Menschen, wo sich alles zum Besten wendet, solange man nur lächelt und seine Absätze dreimal gegeneinanderschlägt. Abrakadabra.

Oder ist das alles nur Show?

Eine salzige Windbö weht vom Meer zu ihnen herüber, und Pepper hüllt sich fester in ihre Strickjacke. Mrs. Dommerich nimmt einen letzten Zug von ihrer Zigarette und drückt sie in den Aschenbecher, direkt neben Peppers Stummel von der Hinfahrt. Dann greift sie ins Handschuhfach und zieht eine Thermosflasche hervor. »Kaffee?«, fragt sie, während sie den Deckel abschraubt.

»Wo haben Sie den denn her?«

»Ich habe Jean-Louis darum gebeten, kurz bevor wir gefahren sind.«

Pepper nimmt den vollen Plastikbecher entgegen. Der Kaffee ist herrlich stark und immer noch heiß. Sie bleiben schweigend sitzen, trinken und schauen, umhüllt vom Duft des Atlantiks. Der weite Ozean wälzt und windet sich an den Strand, nahezu unsichtbar, abgesehen von den langen weißen Schaumkronen im Mondlicht.

»Wenn ich raten wollte, wer der Vater ist«, fragt Mrs. Dommerich, »würde ich damit richtigliegen?«

»Vermutlich schon.«

Sie nickt. »Dachte ich mir.«

Pepper lacht. »Klingt das nicht wie ein schlechter Witz? Wer hätte gedacht, dass eine Frau wie ich so dumm sein kann? Ich bin offenen Auges in mein Unglück gerannt. Ich kannte die Gerüchte. Ich wusste, dass ich mit dem Feuer spiele.«

»Aber Sie konnten es einfach nicht lassen, stimmt's?«

»Die älteste Geschichte der Welt«, erwidert Pepper.

Das Baby unter ihrem Herzen regt sich, streckt ein Bein, um die Widerstandskraft ihrer Bauchdecke zu testen. Sie legt eine Hand auf die Wölbung, eine instinktive Geste, die sie bei anderen Müttern immer unausstehlich fand.

Mrs. Dommerich spricht leise weiter. »Er war unwiderstehlich, stimmt's? Er hat Ihnen das Gefühl gegeben, Sie wären die einzige Frau auf der Welt, Sie hätten eine Verbindung, die allen Gesetzen trotzt.«

»So was in der Art.«

Mrs. Dommerich kippt den letzten Rest ihres Kaffees in den Sand und wischt den Becher mit einem Taschentuch aus. »Ich meine es ernst. Das ist der Grund, weshalb ich mit Ihnen reden wollte. Ich will Ihnen helfen.«

»Was Sie nicht sagen.«

Mrs. Dommerich schweigt für einen Moment. »Es gibt die verschiedensten Helden, Miss Schuyler, auch wenn Sie nicht daran glauben. Sie sind eine bemerkenswerte Frau, trotz Ihres zynischen Gehabes, und ich versichere Ihnen, wenn dieser Mann Ihnen nicht geben konnte, was Sie sich erhoffen, dann finden Sie gewiss einen anderen.«

Pepper blickt in die Ferne und denkt, was für ein Irrtum. Es gibt keinen anderen, es kann gar keinen anderen geben – wie auch? Natürlich wird es andere Männer geben. Pepper ist schließlich keine Heilige. Aber keinen wie ihn. Denn – und das weiß sie aus bitterer Erfahrung – sie macht denselben Fehler nie zweimal.

Sie verschränkt die Arme über ihrem Bauch. »Da würde ich nicht drauf wetten.«

Mrs. Dommerich lacht und steigt aus dem Wagen. Sie reckt ihre Arme in den nächtlichen Himmel, und der Mond lässt ihren Ehering funkeln. »Ein wunderbarer Abend, finden Sie nicht? Wärmer als erwartet. Die Sommer hier sind beinahe unerträglich, aber im November kann man so eine kleine Aufmunterung gut gebrauchen.«

»Warum ausgerechnet im November?«

Mrs. Dommerich gibt ihr keine Antwort. Sie schreitet um den Wagen herum und hockt sich auf die Motorhaube, um die Knie unters Kinn zu ziehen. Einen Moment später gesellt Pepper sich zu ihr, aber ihr Bauch steht zu weit hervor, um die mädchenhafte Pose zu imitieren, also streift sie nur die Sandalen ab und vergräbt die Füße im Sand, während sie sich gegen die warme Wölbung der Motorhaube lehnt.

»Wollen wir bis zum Sankt Nimmerleinstag hierbleiben?«, fragt Pepper.

Mrs. Dommerich schlingt ihre Arme um die Beine und schweigt. Pepper möchte mit dem Finger an ihren Schädel tippen wie bei einem Ei, nur um zu sehen, was dabei herauskommt. Was ist ihre Geschichte? Warum gibt sie sich mit Pepper ab? Frauen geben sich ungern mit Pepper ab, und sie kann es ihnen nicht verdenken. Man hat ja gesehen, was dabei herauskommt. Pepper hat sich von einem fremden Ehemann die Gebärmutter befruchten lassen.

»Und?« Pepper hatte noch nie die Geduld, so lange abzuwarten, bis jemand von sich aus in die Gänge kommt. »Woran denken Sie?«

Mrs. Dommerich zuckt zusammen, als hätte sie ganz vergessen, dass Pepper auch noch da ist. »Oh, tut mir leid. Eine alte Geschichte. Waren Sie schon mal im Pariser Ritz?«

Pepper bohrt die Zehen in den Sand. »Nur ein einziges Mal. Während einer Europareise mit meinen Eltern. Zu Collegezeiten.«

»Bei mir war es im Sommer 1937. Damals war das Ritz der Nabel der Welt. Jeder ist dort abgestiegen.« Sie erhebt sich und streicht ihren Rock glatt. »Aber egal. Kommen Sie, meine Liebe.«

»Moment mal. Was war denn im Ritz?«

»Wie gesagt, eine alte Geschichte. Schnee von gestern.«

»Sie haben doch selbst davon angefangen!«

Mrs. Dommerich verschränkt die Arme und blickt auf das Meer hinaus. Pepper zeichnet mit dem Zeh ein Quadrat in den Sand und setzt ihm ein dreieckiges Dach auf. Vergeblich versucht sie, sich an das Ritz zu erinnern. Die altehrwürdigen Grandhotels in Europa sahen irgendwann alle gleich aus. Ist das nicht eine Schande? Da stürzt man sich in solche Unkosten, und nach ein, zwei Wochen verschwimmt alles zu einer einzigen großen Sauce.

Doch ein paar Eindrücke sind ihr geblieben. Sie erinnert sich an eine glamouröse, lang gestreckte Bar, wo Pepper ganz hervorragend Kontakte knüpfen konnte. Was für Kontakte hatte die elegante Mrs. Dommerich zu ihren Zeiten wohl geknüpft?

Pepper gibt sich geschlagen und schlüpft in ihre Sandalen, als Mrs. Dommerich unvermittelt dem Ozean den Rücken kehrt. Für einen Moment sieht es so aus, als hätte sich der Mond in ihren Augen verfangen, so hell strahlt es aus ihnen heraus.

»Ich war auf einer Party«, sagt sie. »Der Abschiedsparty eines befreundeten Amerikaners, der nach New York zurückkehren wollte. Es war einer dieser Abende, die man nie vergisst.«

## Annabelle

ANTIBES – 1935

1.

Doch lange vor dem Ritz war da die Côte d'Azur.

Mein Vater hatte das restliche Vermögen meiner Mutter dazu verwendet, wie jeden Sommer seine angestammte Villa zwischen Antibes und Cannes zu mieten, die malerisch auf einer Klippe thronte. Sein fürstlicher Titel und seine glamouröse Aura reichten offenbar immer noch aus, um zahlreiche Gäste von Rang und Namen anzulocken: reiche amerikanische Künstler und verarmte britische Aristokraten, exilierte italienische Fürsten und aufstrebende französische Großbürger. Eins musste man ihm lassen – er hat nie jemandem die Tür gewiesen. Ein jeder wurde mit offenen Armen empfangen. Er bot ihnen schäbige Zimmer und leidlich saubere Wäsche, billiges Essen und guten Wein. Das fashionable Klientel kam, um sich zu betrinken, um zu rauchen, um sich unverbindlichen Affären hinzugeben, und regelmäßig musste jemand vor dem Ertrinken gerettet werden.

Es war ein faszinierender Ort für eine junge Frau, die gerade von einer strengen Klosterschule hoch oben im finstersten Nordwesten der Bretagne kam. Am Horizont erstreckten sich statt tiefschwarzer Gewitterwolken die azurfarbenen Wogen des Mittelmeers, und die asketischen Nonnen waren dekadenten Herzögen gewichen. Außerdem war da mein Bruder, Charles. Ich vergötterte Charles. Er war vier Jahre älter als ich und ausgesprochen gut aussehend. Als junges Mädchen hatte ich beschlossen, niemals zu heiraten, denn kein Mann war so attraktiv wie mein Bruder, kein Mann könnte ihm je das Wasser reichen.

Charles lud sich regelmäßig Freunde ein, so auch an jenem Abend. Wie jeder große Bruder verehrte er mich weitaus weniger als ich ihn. Er behandelte mich wie ein streunendes Lamm, das in flauschiger Unschuld durch seine Wiesen stromerte und gelegentlich verscheucht werden musste, um keinem Wolf zum Opfer zu fallen. Charles unterhielt seinen eigenen Hofstaat – jeden Morgen um halb zwölf trafen sich die jungen Männer vor den Tennisplätzen, um heißen schwarzen Kaffee zu schlürfen und türkische Zigaretten zu rauchen. Im Anschluss schwammen sie im Meer an einem abgelegenen Strandabschnitt unterhalb des tückischen Klippenpfades, selbstverständlich nackt. Frauen gab es keine. Charles' Einladungen richteten sich an eine streng eingeschworene Bruderschaft. Wenn jemand Sex wollte, musste er sich zur Villa begeben, um einer jener professionellen Schönheiten mit blutroten Lippen nachzustellen, die mein Vater gerne einlud. Schon bald gewöhnte ich mir an, die Bibliothek und die Terrasse (beides bevorzugte Jagdgründe) zwischen dem frühen Nachmittag und der Mitternachtsstunde zu meiden. Dennoch studierte ich das ständige Kommen und Gehen wie andere Mädchen die gängigen Hochglanzmagazine.

All das ist eine ziemlich langwierige Erklärung, weshalb ich an jenem Abend auf der Gartenmauer lag, den Blick hinabgerichtet auf die leuchtenden Laternen und bezaubernden Damen in ihren schimmernden Kleidern, umschwärmt von betrunkenen Kavalieren in schwarz-weißer Abendgarderobe. An jenem mondlosen Abend, als sie den verwundeten Juden zu uns brachten.

Etwa gegen halb elf, kurz vor Eintreffen des Juden, verspürte ich eine subtile Hitze in meiner Gegenwart. Ich erwartete, dass derjenige an mir vorbeiging, in den Garten oder über den struppigen Rasen hinunter zu den Klippen, doch stattdessen verweilte er hartnäckig an meiner Seite, schweigend in eine Wolke von Alkohol und Zigaretten gehüllt. Ohne den Kopf in seine Richtung zu drehen, sagte ich auf Englisch: »Entschuldigung, bin ich im Weg?«

»Verzeihung, ich hatte nicht vor, Sie zu stören«, erwiderte die sonore Bassstimme in fließendem Englisch, eine Mischung aus britischem Privatschulakzent und deutscher Präzision.

Ich gab ihm höflich zu verstehen, dass er mich keineswegs störe, wobei ich den Kopf immer noch nicht drehte. Im Allgemeinen fiel es mir leicht, die Avancen streunender Gäste gezielt abzuwehren. (Dafür hatten die Nonnen gesorgt.)

»Freut mich«, erwiderte er, ohne zu verschwinden.

Seine Silhouette bildete einen gigantischen Schatten in der Dunkelheit hinter mir, und dieser Umstand – verbunden mit seinem charakteristischen Akzent – verriet mir, dass es sich um Herrn von Kleist handelte, einen General von preußischem Adel, der drei Tage zuvor in seinem luxuriösen schwarzen Mercedes angereist war, mit nur einem Überseekoffer und ohne weibliche Begleitung. Woher er meinen Vater kannte, war mir schleierhaft, aber im Grunde musste man den Gastgeber nicht einmal kennen, um in der Villa Vanilla abzusteigen, wie ich das Haus aufgrund seines cremefarbenen Sandsteins liebevoll nannte. Vor dem Abendessen hatten wir uns einige Male flüchtig unterhalten. Er saß stets für sich allein mit einem hochprozentigen Getränk in der Hand.

Widerwillig setzte ich mich auf und ließ die Beine baumeln, bereit, von der Mauer zu springen. »Dann will ich Sie mal in Ruhe lassen.«

»Nein, bitte.« Er hob abwehrend die Hand. »Lassen Sie sich von mir nicht vertreiben.«

»Ich wollte sowieso gerade gehen.«

»Nein, Sie verstehen mich falsch. Ich wollte nur wissen, ob es Ihnen gut geht. Ich habe gesehen, wie Sie sich hinausgeschlichen haben, um sich hier auf die Mauer zu legen.« Er gestikulierte erneut. »Ich hoffe, es ist alles in Ordnung?«

»Danke, es geht mir gut.«

»Warum sind Sie dann allein?«

»Ich bin gern allein.«

Er nickte. »Ja, natürlich. Das dachte ich mir schon, als Sie gestern für uns Cello gespielt haben.«

Er trug ein akkurates weißes Jackett und eine elegante Krawatte, was ihn noch größer erscheinen ließ als bei Tag. Im Gegensatz zu den übrigen Gästen hielt er keine Zigarette in der Hand, nicht mal einen Drink, um seine Finger zu beschäftigen, obwohl ich beides an ihm riechen konnte. Wir hatten Neumond, daher konnte ich sein Gesicht nicht erkennen, nur seine riesige Gestalt, ein dunkler Schatten in der Nacht. Aber ich spürte einen Anflug von Nervosität, einen Hauch von Besorgnis zwischen mir und dem offenen Meer. In der Villa Vanilla hatte ich schon viel erlebt, aber keine Anzeichen von Nervosität, und das machte mich neugierig.

»Ach, wirklich? Warum haben Sie das gedacht?«

»Weil …« Er unterbrach sich und sprach auf Französisch weiter. »Weil Sie anders sind als die anderen. Sie sind jung und unverdorben. Sie sollten nicht hier sein.«

»Keiner von uns sollte hier sein. Das ist doch ein Skandal, oder nicht?«

»Aber *Sie* schon gar nicht. Sich so etwas ansehen zu müssen.« Er machte eine Geste, deutete auf die Terrasse jenseits der Mauer, auf die schimmernden Gestalten im Hof.

»Ach, ich bin das gewohnt.«

»Das tut mir außerordentlich leid.«

»Warum denn? Sie sind doch selbst hier. Sie sind freiwillig hergekommen, oder nicht? Im Gegensatz zu mir, ich wohne nur hier und kann nichts daran ändern. Sie haben doch gewusst, was hier vor sich geht. Sie wollten selbst daran teilhaben.«

Er zögerte einen Moment. Am Haus oder in der Einfahrt flackerte ein Licht auf, sodass sein Gesicht flüchtig erhellt wurde. Er wirkte beinah skandinavisch, der große blonde Freiherr von Kleist. (Unwillkürlich stellte ich mir vor, wie seine Vorfahren mit ihren Wikingerbooten in Preußen gelandet waren, um das Land zu erobern.) Sein Haar war kurz und stoppelig und so hell wie nur möglich; seine Augen hatten die strahlende Farbe von arktischem Meereis. Ich schätzte ihn auf etwa vierzig, alt wie Methusalem. »Darf ich mich setzen?«

»Natürlich.«

Ich dachte, er würde die Bank nehmen, stattdessen legte er die Hände auf die Mauer und drückte sich mühelos hoch, als würde er ein Pferd besteigen.

»Ganz schön sportlich«, kommentierte ich.

»Körperliche Fitness ist mir sehr wichtig.«

»Das sieht man. Wollten Sie mir etwas mitteilen?«

Er starrte auf das ferne Afrika. »Nein.«

Auf der Terrasse wurde gelacht, ein hohes, markerschütterndes Kreischen, das von splitterndem Glas unterbrochen wurde. Keiner von uns beiden rührte sich.

Herr von Kleist saß reglos auf der Mauer. Ich hätte nie erwartet, dass ein Mann von solcher Statur seine Gliedmaßen so perfekt unter Kontrolle haben konnte. »Mein Bekannter, Ihr Vater, ist mir im Frühjahr in der Pariser Botschaft begegnet. Er lud mich ein, den Sommer in seiner Villa zu verbringen, da ich dringend Sonnenschein und *amitié* bräuchte. Ich dachte, er hätte womöglich recht. Aufgrund mangelnder Erfahrung war mir sein Verständnis von *amitié* nicht ganz bewusst.«

»Mangelnde Erfahrung?«, fragte ich und sah ihn ungläubig an.

»An einem Ort wie diesem bin ich noch nie gewesen. Es ist, als wollte man einen Mangel an Fantasie durch ein Übermaß an Lastern wettmachen.«

»Ja, da haben Sie recht. So was in der Art habe ich auch gerade gedacht.«

»Meine Frau ist vor elf Jahren gestorben. *Das* ist ein wahrer Mangel. Ein echter Verlust. Aber ich versuche, die Leere mit etwas Sinnvollem zu füllen. Mit meiner Arbeit, meinen Kindern.«

Was um alles in der Welt sollte man darauf antworten? »Wie viele Kinder haben Sie denn?«

»Vier«, erwiderte er.

Ich hatte angenommen, er würde seine Antwort näher ausführen – Alter, Geschlecht, Größe, Schulbildung, besondere Talente –, aber er schwieg. Ich starrte auf den zarten Stoff meines Rockes. »Und wo sind sie jetzt?«

»Bei meiner Schwester. Sie hat mich überredet herzukommen. Aber ich habe es bereut, sowie ich einen Fuß über die Schwelle gesetzt habe. Im Hausflur stand eine dunkelhaarige Frau mit einer Zigarette, und sie bediente sich einer äußerst vulgären Sprache.«

»Vermutlich Mrs. Henderson. Sie ist steinreich und todunglücklich. Sie schläft praktisch mit jedem, sogar mit dem Personal.«

»Das ist bedauerlich.«

»Aber wahr.«

»Nein, das meine ich nicht. Diese Mrs. Henderson interessiert mich einen feuchten Kehricht. Verzeihung, Mademoiselle. Ich finde es nur bedrückend, dass Sie so etwas miterleben müssen. Dass Ihre Familie Sie mit solchen Leuten unter einem Dach schlafen lässt.«

»Ach, das ist halb so wild. Vater hat mir verboten, mich unter die Gäste zu mischen, außer um sie nach dem Essen mit meinem Cellospiel zu unterhalten. Er weiß nicht viel mit mir anzufangen, seit ich vom Internat gekommen bin. Und für eine Gouvernante bin ich zu alt.«

»Er sollte Sie zu einer Verwandten schicken.«

»Dann würde ich ausreißen und zurückkommen.«

»Aber warum? Bitte entschuldigen Sie meine Neugier. Warum würden Sie zurückkommen, wenn Sie selbst anders sind?«

»Warum nicht? Ich bin wie ein Naturwissenschaftler, der Insekten studiert. Ich finde diese Wesen faszinierend, aber ich habe nicht vor, mich selbst in einen Moskito zu verwandeln.«

Herr von Kleist hatte seine Hände auf die Knie gestützt; seine riesigen Pranken ließen die massiven Knie winzig erscheinen. »Moskitos. Sehr treffend«, sagte er nüchtern. »Genauso habe ich Sie eingeschätzt, als Sie da auf der Mauer lagen und Ihre Moskitos studierten.«

Wir waren ins Englische zurückverfallen, obwohl ich mich an den genauen Moment nicht entsinnen konnte.

»Sie gehören nicht hierher«, sagte ich. »Sie gehören zu Ihren Kindern.«

Er tat einen tiefen Seufzer, erfüllt von Überdruss. »Sie

sind diejenige, die nicht hierhergehört. Für die meisten von uns gibt es keine Hoffnung, aber Sie können noch gerettet werden. Das ist nicht der richtige Ort für Sie.«

Ich sprang von der Mauer und klopfte mir den Staub von den Händen. »Für Sie besteht auch noch Hoffnung. Sie sind ein anständiger Mensch. Dieser Ort ist alles, was ich kenne. Abgesehen vom Kloster.«

»Dann gehen Sie zurück ins Kloster.«

Fast hätte ich laut losgelacht, als mir bewusst wurde, dass er es absolut ernst meinte. Zumindest war seine Stimme ernst, genau wie seine Augen, traurig und undurchdringlich in der Dunkelheit. »Da gehe ich nie wieder hin.«

»Nein, natürlich nicht. Sie wollen leben. Wie alt sind Sie?«

»Neunzehn.«

Er seufzte niedergeschlagen und rutschte von der Mauer. »Sie halten mich bestimmt für uralt.«

»Überhaupt nicht.«

»Ich bin achtunddreißig. Aber das ist nicht wichtig.« Er nahm meine Hand und küsste sie. »*Sie* sind mir wichtig.«

Natürlich war er betrunken. Das hatte ich inzwischen bemerkt. Er war einer jener Glückspilze, die sich selbst in betrunkenem Zustand unter Kontrolle haben, ganz ohne zu lallen. Dennoch war er eindeutig betrunken. Seine riesige Gestalt schien ein wenig zu wanken, als er vor mir zum Stehen kam und meine Finger in seine riesigen Hände nahm. Ich bemerkte erneut jenen Hauch von Alkohol, der mir gleich zu Beginn aufgefallen war. Wer wollte es ihm verübeln? Es war ein moralischer Kraftakt, in der Villa Vanilla nüchtern zu bleiben.

Als ich nichts erwiderte, nickte er mit schwerem Haupt. »Ist sicher besser so. Gut Ding will Weile haben.«

»In der Tat«, sagte eine andere Stimme. Charles hatte

sich in meinem Rücken angeschlichen wie eine Katze bei Nacht. Ehe wir uns von seinem Überraschungsangriff erholen konnten, entwendete er Herrn von Kleist meine Hand und entschuldigte sich in aller Form.

Es handele sich um eine dringende Angelegenheit. Leider müsse er seine Schwester kurz entführen.

2.

»Mich entführen?« Ich musste fast laufen, um den langen Schritten meines Bruders zu folgen, der zielstrebig über das struppige Gras zu den Klippen marschierte. »Fehlt euch jemand zum Pokern?«

»Red keinen Unsinn.« Er nahm seine Zigarette aus dem Mundwinkel und warf sie auf den überwachsenen Schotterpfad. »Was zum Teufel hast du mit diesem Nazi zu schaffen?«

»Nazi? Er ist ein Nazi?«

»Das sind sie doch alle, oder? Pass auf die Felsen auf!«

Ich war fürs Klettern nicht passend gekleidet. Mit gerafftem Rock betrat ich den steilen Pfad, der über den Rand der Klippe nach unten führte. Das Meer rauschte mir in den Ohren. Ich folgte dem schwachen Glanz von Charles' Abendschuhen. »Warum so eilig?«

»Sei einfach still.«

Vom Haus drang kein Licht mehr zu uns herüber, und ich geriet in der tiefschwarzen Dunkelheit ins Straucheln. Nur das schemenhafte Leuchten von Charles' weißem Hemd – das Jackett hatte er offenbar zurückgelassen – bot mir einen vagen Anhaltspunkt, bis ich auch das aus den Augen verlor. Mein Zeh stieß hart gegen einen Stein, und ich stolperte zu Boden.

»Was ist los?«, fragte Charles.

»Ich kann nichts sehen.«

Er fluchte leise und kramte in seiner Tasche. Eine Sekunde später kratzte ein Streichholz gegen die Schachtel und flammte zischend auf. »Mein Gott«, sagte ich, als ich Charles' Gesicht in dem winzigen gelben Lichtkegel erblickte. »Ist das Blut?«

Er berührte seine Wange. »Wahrscheinlich. Sieh dich um. Präg dir die Umgebung ein.«

Ich betrachtete den steilen Abhang der Klippe mit seinem vertrauten Pfad, der sich in der pechschwarzen Nacht verlor. »In Ordnung.«

Das Streichholz erlosch, und Charles warf es auf die Felsen, um meine Hand zu ergreifen. »Na los. Und sei bitte still.«

Inzwischen wusste ich genau, wo wir waren. Ich konnte mir jeden einzelnen Felsen, jede Windung des zerklüfteten Pfads vorstellen. In Charles' kräftigem Griff prickelten meine Finger nervös. Irgendetwas war geschehen, etwas Außergewöhnliches – so außergewöhnlich, dass mein Bruder ausgerechnet mich ins Vertrauen zog. Wie damals, als wir noch klein waren, bevor unsere Mutter starb, bevor wir nach Frankreich zurückkehrten und getrennte Wege gingen: ich ins Kloster und er an die École Normale in Paris. Zu dem Zeitpunkt hatte sich ein Vorhang zwischen uns herabgesenkt. Ich war nicht länger seine Vertraute.

Aber ich erinnerte mich noch gut daran. Mein Blut erinnerte sich, wie es durch meine Adern schoss, wie es durch mein Gehirn rauschte, als wäre es ein reinigendes Schaumbad. *Komm mit zum Strand, ich hab da was gefunden*, sagte Charles, und dann rannten wir Hand in Hand zu der von Felsen übersäten Bucht am Leuchtturm, wo er mir stolz eine vom Meer angespülte blaue Glasflasche präsentierte, die höchstwahrscheinlich eine verschlüsselte Botschaft enthielt (tat sie nicht), oder einen mysteriösen toten Fisch, der ebenso höchstwahrscheinlich einer unentdeckten Spezies angehörte (auch das nicht), und einmal – der beste Fund aller Zeiten – präsentierte er mir ein ausgeblichenes Skelett, erstaunlich gut erhalten, mit einem grinsenden Schädel so groß wie Charles' gespreizte Hand. Und ich dachte: *Jetzt sitzen wir aber richtig in der Klemme, irgendjemand wird uns aufspüren, sich nachts in unser Haus schleichen und uns ebenfalls ermorden, um alle Zeugen auszuschalten*, während ich gleichzeitig den Blick schweifen ließ, um im nahen Sand nach einem Stück Holz Ausschau zu halten, das auf eine halb vergrabene Schatztruhe hindeutete, die das Skelett mit seinem Leben bewacht hatte.

Als ich meinem Bruder an diesem Abend über den steilen Klippenpfad folgte und meine Augen sich langsam an die Dunkelheit gewöhnten, bis ich die weißen Schaumkronen der Wellen und die schimmernden Felsen ausmachen konnte, die das Licht der Sterne sanft reflektierten, fragte ich mich, welches ausgeblichene Skelett er mir diesmal präsentieren würde.

Der Pfad verlor sich im weichen Sandboden, und Charles zerrte mich so entschlossen durch die Dünen, dass meine dünnen Damenslipper im Sand stecken blieben. Wir eilten zum östlichen Ende des Strands, wo ein lang gestreckter Felsvorsprung ins Meer ragte, hinter dem sich eine kleine Bucht verbarg. Die Strömung hier war schwach genug, um einem Bootshaus mit einer kleinen Barkasse Schutz zu bieten, welche von den Gästen genutzt wurde, um zu ihren eleganten Jachten in Cannes oder Antibes überzusetzen. In der dunklen Nacht erspähte ich schemenhaft das graue Dach der Hütte. Charles steuerte geradewegs darauf zu und rannte los. Der Sand spritzte mir von seinen Füßen entgegen. Kurz bevor wir durch die niedrige Tür traten, blieb er stehen und wandte sich um.

»Du hast doch gesagt, du musstest im Kloster als Krankenschwester aushelfen? Das habe ich mir nicht nur eingebildet, oder?«

»Was? Ja, jeden Tag seit …«

»Großartig.« Er nahm meine Hand und zog mich ins Bootshaus.

Vier Männer erwarteten uns, Freunde von Charles, zwei von ihnen in Weste und Jackett. Auf den verzogenen Planken des Bootsanlegers stand eine Öllampe neben der nervös wippenden Barkasse und spendete gerade genug Licht, um eine weitere Person erkennen zu lassen.

Der Mann saß zusammengesunken an der Wand, sein Oberkörper blutverschmiert. Bei unserem Eintreten hob er den Kopf, der matt auf seinem Schlüsselbein ruhte. Er sprach Englisch, jedoch mit einem deutschen Akzent, der mich stark an Herrn von Kleist erinnerte, wenn auch weniger präzise, dafür mit einem Anflug von Sarkasmus: »*Das* ist also dein großartiger Plan, Créouville?«

## 3.

Sein Brustkorb war glücklicherweise unversehrt. Als ich mit einem leisen Seufzer neben ihm auf die Knie sank, bemerkte ich, dass er ein dickes weißes Bündel gegen sein Bein drückte, das man notdürftig abgebunden hatte, und dieses weiße Bündel – ein Hemd, wie ich in diesem Moment feststellte – hatte sich bereits mit Blut vollgesogen, genau wie die anderen rot durchtränkten Hemden an seiner Seite.

»Es lässt schon nach«, meinte er.

Ich musste das Bein neu abbinden – der Verband war zu

locker –, daher nahm ich das Hemd vorsichtig von der Wunde. Ein kreisrundes Loch füllte sich vor meinen Augen mit Blut. Ungläubig sagte ich: »Aber das ist ja …«

»Eine Schussverletzung«, bestätigte er.

Ich drückte das Hemd auf die Wunde und verlangte nach Whisky.

»Gute Idee«, sagte der Verletzte.

»Nicht zum Trinken. Zum Reinigen der Wunde. Wann ist das passiert?«

»Vor etwa zwanzig Minuten. Stimmt's, Jungs?«

Die anderen murmelten zustimmend, und neben meiner Hand erschien eine Flasche Alkohol. Kein Whisky, sondern Gin. Ich nahm das Hemd erneut von der Wunde. Die Blutung hatte bereits nachgelassen. »Das wird ziemlich brennen«, sagte ich und hielt die Flasche über die Wunde, um etwas Gin über die zerfetzte Haut zu träufeln.

Ich erwartete ein schmerzliches Aufheulen, doch der Verletzte stöhnte nur und griff an die Außenseite seines Beins. »Er braucht so schnell wie möglich einen Arzt«, sagte ich. »Hat jemand Dr. Duchamps gerufen?«

Niemand gab eine Antwort. Ich legte einen Finger unter das Kinn des Verletzten und blickte ihm in die Augen. Seine Pupillen waren geweitet, aber nur ein wenig; er begegnete meinem Blick und folgte mir mit den Augen, als ich den Kopf von links nach rechts drehte. Ich wandte mich an Charles. »Also was ist mit dem Arzt? Ist er unterwegs?«

Charles hockte sich an meine Seite. »Nein.«

»Warum nicht?«

»Zu viel Aufhebens. Er erwartet euch auf dem Schiff.«

»Dem Schiff? Was für ein Schiff?«

»Mein Schiff«, sagte der Verletzte.

»Du wirst ihn begleiten«, sagte Charles. »Du weißt doch noch, wie man die Barkasse steuert, oder?«

»*Was?*«

»Du kommst als Einzige infrage. Wir anderen müssen hierbleiben.«

»Was? Warum?«

»Tarnung«, sagte der Mann mit zusammengebissenen Zähnen.

Ich warf einen Blick auf die Wunde, aus der es nur noch leicht hervorsickerte. Anscheinend hatte das Geschoss die Oberschenkelarterie nur gestreift, sonst wäre er längst verblutet. Er war überdurchschnittlich groß – nicht so groß wie dieser von Kleist, aber größer als mein Bruder –, daher konnte er eine Menge Blut entbehren. Doch um ein Haar hätte es ihn erwischt. Nur ein paar Millimeter weiter und … Mein Gott! Mein Verstand arbeitete scharf und präzise, doch meine Hände zitterten, als ich das Hemd auf die Wunde drückte. »Ich habe keine Ahnung, wovon Sie reden«, erwiderte ich. »Und mir ist vollkommen schleierhaft, warum keiner von euch strammen Jungs mitkommen kann, um diesen Mann in Sicherheit zu bringen, aber wir haben keine Zeit, uns zu streiten. Na los, gebt ihm ein frisches Hemd. Solange er es selbst gegen sein Bein drücken kann, schaffe ich es, ihn zu seiner verdammten Jacht zu bringen. Es ist doch eine *Jacht*, oder?«

»Ja, Mademoiselle«, sagte der Mann bescheiden.

»Das war mir klar. Und wenn wir von der Polizei abgefangen werden, was sag ich dann?«

»Sag einfach, dass du nichts weißt.«

Ich nahm Charles das saubere Hemd aus der Hand und ersetzte das alte. Dann presste ich die schlaffe Hand des Fremden auf die behelfsmäßige Bandage. »Bring ihn ins Boot, Charles. Den Gin nehme ich.«

»Seht ihr?«, meinte Charles. »Ich hab euch doch gesagt, sie ist für jedes Abenteuer zu haben.«

# 4.

Auf dem Boot bekam ich Mitleid mit dem jungen Mann und reichte ihm den Gin, während ich die Barkasse in westlicher Richtung um das Cap d'Antibes auf Cannes zusteuerte, wo seine Jacht vor Anker lag. Er nahm einen dankbaren Schluck und wandte sein Gesicht zu den Sternen. Die Laterne stand auf dem Grund des Bootes, damit sie von der Küste aus nicht zu sehen war.

»Sie sind sehr hübsch«, sagte er.

»Hören Sie auf, mit mir zu flirten. Sie sind gerade um drei Millimeter am Tod vorbeigeschrammt.« Die Seeluft war kühl und salzig und kribbelte mir in den Wangen. Vielleicht war es auch die Röte.

»Ich flirte nicht, das ist eine Tatsache. Sie sind wirklich bildhübsch.«

Ich starrte über die dunkle See und konzentrierte mich auf die fernen Lichter des Hafens, winziger als die Sterne am Horizont. Das Meer war an diesem Abend außergewöhnlich ruhig, der Wellengang kaum spürbar. Es kam mir vor, als würde Gott persönlich über diesen Mann wachen.

»Darf ich fragen, wie Sie heißen?«

Er zögerte. »Stefan.«

»Stefan. Ist das Ihr richtiger Name?«

»Wenn Sie mich so nennen, werde ich Ihnen antworten.«

»Verstehe. Und was bringt einen netten jungen Mann wie Sie in die unglückliche Lage, mitten in der Nacht angeschossen zu werden und keinen Arzt aufsuchen zu können? Vielleicht eine Streitigkeit im Casino? Oder ist der andere tot?«

»Keine Streitigkeit im Casino.«

Er setzte die Flasche Gin erneut an. Ich dachte, er muss unbedingt weiterreden. Er muss reden, um bei Bewusstsein zu bleiben. »Und der andere?«

»Wollen Sie das wirklich wissen, Mademoiselle?«

»Oh, na großartig. Ich helfe also einem flüchtigen Verbrecher.«

»Machen Sie sich keine Gedanken. Ich werde Sie großzügig entlohnen.«

»Ich will keine Belohnung. Ich will nur, dass Sie überleben.«

Er gab keine Antwort, daher warf ich einen Blick über meine Schulter, um sicherzugehen, dass er nicht ohnmächtig geworden war. Ich hätte es ihm kaum verübeln können, immerhin hatte er gut und gern einen halben Liter Blut verloren. Doch in seinen Augen leuchteten die schmalen goldenen Ringe der Laterne, und er betrachtete mich mit einem Ausdruck von tiefem … was auch immer.

Ich wollte ihm eine weitere Frage stellen, doch er kam mir zuvor.

»Wo haben Sie gelernt, Schussverletzungen zu behandeln, Mademoiselle de Créouville?«

»Keine Schussverletzungen. Aber die Schwestern hatten in ihrem Kloster ein Armenkrankenhaus, und die Männer des Ortes gerieten häufig in gewalttätige Auseinandersetzungen. Manchmal mit Messern.«

»Die Schwestern? Sind Sie Nonne?«

»Nein, aber ich habe eine Klosterschule besucht. Ich bin gerade erst entkommen. Jedenfalls mussten wir alle im Krankenhaus aushelfen. Jesus hat den Armen schließlich auch die Füße gewaschen. Achtung, festhalten!« Wir durchkreuzten ein paar scharfe Kielwellen, die ein unsichtbares Boot in die nächtliche See gefurcht hatte. Stefan stöhnte auf. Als sich der Wellengang gelegt hatte, warf ich einen Blick über die Schulter und stellte fest, dass sein Gesicht kreidebleich war.

Trotzdem sprach er in unverändertem Tonfall weiter.

»Anscheinend haben Sie ein Händchen dafür. Sie fallen beim Anblick von Blut nicht gleich in Ohnmacht wie die meisten Frauen. Die meisten Männer vermutlich auch.«

»Ich habe einen großen Bruder. Da sieht man schon mal Blut.«

»Was für eine verwegene junge Dame. Sie versorgen offene Schusswunden. Sie steuern ein Boot durch die Dunkelheit. Was für eine bemerkenswerte Schwester, die Créouville uns vorenthalten wollte. Er hat Sie nie erwähnt!«

»Er hat mich ein halbes Jahrzehnt ignoriert. Genauer gesagt, seit unsere Mutter starb und wir nach Frankreich zurückkehren mussten.«

»Das tut mir leid.«

Ich legte die Hände fester ans Steuer und starrte stumm geradeaus. Die Lichter waren inzwischen größer geworden. Eindeutig menschlichen Ursprungs. Ich fuhr nur selten nach Cannes und niemals allein, aber den Hafen hatte ich oft genug passiert, um seine Geografie zu kennen. »Wo liegt Ihr Schiff denn vor Anker?«, fragte ich.

Er murmelte etwas Unverständliches, und ich warf erneut einen Blick über meine Schulter. Seine Augen waren halb geschlossen, sein Körper zusammengesunken.

»Stefan!«, sagte ich scharf.

Er kippte leicht zur Seite und stützte sich mit der Hand ab. Sein Kopf zuckte nach oben. »Entschuldigung. Was hast du gesagt?«

Ich konnte das Steuer nicht verlassen; ich konnte weder seinen Puls noch seine Temperatur noch seine Wunde überprüfen. Ein Anflug von Panik erfüllte meine Brust, ausgelöst von der irrealen Situation, dem salzigen Wind auf meinem Gesicht und dem verblutenden Mann im Heck der Barkasse meines Vaters. Vor einer halben Stunde hatte ich noch auf der Gartenmauer gelegen. »Stefan, konzentrier dich«, sagte ich, wenn auch mehr zu mir selbst. *Annabelle, konzentrier dich.* »Stefan, hör mir zu. Du musst wach bleiben.«

Sein Blick begegnete meinem. »Ja, richtig.«

»Wie fühlst du dich?«

»Hundeelend. Mein Bein tut höllisch weh, und mein Kopf dreht sich. Aber wenigstens leide ich in deiner Gesellschaft.«

Ich wandte mich nach vorn und gab Gas. »Sehr schön. Du flirtest wieder, das ist ein gutes Zeichen. Dann verrate mir mal, wo dein Schiff ankert. Auf dieser Seite des Hafens oder auf der anderen?«

»Nicht im Hafen. Südlich der Île Sainte-Marguerite. Im Plateau du Milieu, zwischen den beiden Inseln.«

Ich blickte nach links, wo eine Reihe von Lichtern die schmale Linie zwischen dem schwarzen Meer und dem noch schwärzeren Firmament zierte. Auf der Île Sainte-Marguerite gab es nichts außer einem ausgedehnten Wald und einer alten Festung, dem Fort Royal, aber eine Jacht, die hier vor Anker lag – und das waren recht viele, im Sommer war der Ort überaus beliebt –, war vom Festland aus nicht zu sehen.

»Gut festhalten«, sagte ich und lenkte das Boot nach links, um den östlichen Zipfel der Insel zu umrunden. Die Barkasse legte sich gehorsam in die Kurve, und Stefan stützte sich an der Reling ab. Von der Bewegung erschüttert, rutschte die Laterne quer über das Deck. Er schob seinen Fuß in den Weg, um sie aufzuhalten, doch im selben Moment traf uns eine seitliche Welle. Er fluchte.

»Alles in Ordnung?«, fragte ich.

»Ja, verdammt.«

Die Schärfe seiner Worte – der Kontrast zwischen deren Inhalt und der Art und Weise, wie er sie sagte – verriet mir, dass er erneut in die Bewusstlosigkeit abdriftete, dass er sich mühsam gegen den schwarzen Vorhang wehrte, der drohte, sich über ihn zu senken. Wir mussten schleunigst zu seiner Jacht, je eher, desto besser, doch je schneller ich fuhr, umso härter trafen uns die Wellen. Außerdem konnte ich nicht viel sehen. Ich verließ mich allein auf die vereinzelten Lichter und meine intuitive Kenntnis der Küste.

»Beeil dich«, sagte Stefan etwas schleppend, während ich die Spitze der Insel passierte und das Ruder herumzog, sodass das Plateau de Milieu nunmehr vor mir lag, übersät mit einem Dutzend Booten, die sanft an ihren Ankerketten zerrten. Ich warf einen raschen Blick nach hinten, um zu sehen, wie Stefan die Wendung überstanden hatte.

»Das westliche Ende«, wies er mich an, während seine linke Hand die Reling umklammerte und seine rechte das zusammengeknüllte Hemd auf die Wunde presste. Irgendjemand hatte sein Jackett geopfert, um Stefans nackte, blutverschmierte Brust vor der salzigen Nachtluft und einem möglichen Schock zu bewahren, und ich hatte den Eindruck, dunkle Flecken auf dem hellen Stoff zu erkennen. Aber das war immer das Problem mit Blut. Es breitete sich aus wie ein Virus, besudelte seine Umgebung mit schändlichem Schmutz. Ich näherte mich den verschlafenen Jachten, ein tückischer Hindernisparcours aus Booten und Ketten, und dachte, wenn wir den Stauverband nicht bald lösen, wird er das Bein verlieren.

Aber wenigstens konnte ich im Licht der Boote etwas mehr erkennen, daher gab ich beherzt Gas. Der alte Motor öffnete seinen Rachen und röhrte gierig. Hinter uns drang ein wütendes Schimpfen über das Wasser, während ich das Boot geschickt zwischen den Jachten hindurchmanövrierte.

»Du scheinst zu wissen, was du da tust«, sagte Stefan. »Das ist beruhigend.«

»Welches ist dein Schiff?«

»Es ist noch nicht zu sehen. Einen Moment noch.« Wir umrundeten ein weiteres Boot, eine stattliche Segeljacht von gut fünfzehn Metern Länge. Dahinter öffnete sich das weite, nahezu verlassene Meer. »Das letzte, ganz rechts«, sagte Stefan mühsam.

»Was – das große dahinten?«

»Ja, Mademoiselle. Das große dahinten.«

Ich schob den Gashebel bis zum Anschlag vor. Wir sprangen über das Wasser wie ein großer flacher Kiesel, genau wie früher, wenn Charles und ich allein mit dem Boot rausfuhren, um mit Vollgas über das Meer zu jagen und begeistert in den Wind zu kreischen, weil man als Kind nicht ahnt, dass Boote manchmal kentern und Menschen ertrinken. Dass kerngesunde Männer manchmal angeschossen werden und verbluten.

Stefans Jacht, erleuchtet von den Buglaternen und mehreren schimmernden Bullaugen, kam in der Dunkelheit rasch näher. Sie war lang und elegant, ein wunderschönes Schiff. Der Rumpf war bis auf Höhe der Bullaugen schwarz und darüber weiß lackiert wie ein adretter Kragen oder der Schleier einer Nonne. Am Bug entdeckte ich den Schriftzug *Isolde*. »Ahoi!«, rief ich, als wir uns auf knapp zwanzig Meter genähert hatten. »*Isolde*, ahoi!«

»Sie schlafen bestimmt schon«, sagte Stefan.

Ich nahm das Gas zurück und lenkte das Boot sanft herum. Bedächtig schaukelten wir hin und her, durchgerüttelt von unserem eigenen Kielwasser, während ich in dem Fach unter dem Steuerrad kramte und einen kleinen Revolver hervorzog.

»Grundgütiger«, murmelte Stefan.

»Ich hoffe, er ist geladen«, erwiderte ich und richtete die Waffe aufs offene Meer, um abzudrücken. Der Knall hallte von der Wasseroberfläche und dem metallenen Schiffsrumpf zurück. Hinter einem der Bullaugen zeigte sich ein Licht, und eine wütende Stimme rief etwas auf Deutsch.

Ich legte die Hände an den Mund. »*Isolde*, ahoi!«

»*Ja, ja!*«

»Ich habe Ihren Besitzer an Bord! Ich bin … verdammt!«

Das Boot wankte gefährlich. Ich packte hastig das Steuer. Hinter mir hatte sich Stefan aufgerappelt. Ich fuhr ihn an, er solle sich wieder hinsetzen, sonst würde er sich noch in den Tod stürzen.

Er ignorierte mich und wedelte mit seinem blutverschmierten Hemd. Die freie Hand legte er an den Mund, um ein paar ausgewählte deutsche Worte zu rufen, die ich nicht verstand, doch instinktiv begriff. Dann sackte er erschöpft auf die Bank, als hätten ihn alle Lebensgeister verlassen.

»Stefan!«, rief ich. Das Boot drohte mit der Jacht zu kollidieren; ich lenkte hektisch gegen und gab etwas Gas.

Jenseits der Reling erschien ein Mann. Kurz darauf entrollte sich eine Strickleiter am geschwungenen Rumpf. Ich betrachtete Stefans zusammengesunkene Gestalt, seine geschlossenen Augen, sein Knie, das in einer blutigen Pfütze ruhte, dann sah ich zu der schwankenden Leiter und brüllte hektisch nach oben, jemand solle sich verdammt noch mal schleunigst hier herunterbewegen, denn Stefan drohte jeden Moment zu sterben.

# Pepper

ROUTE 1A1 – 1966

## 1.

Mrs. Dommerich lehnt sich zurück und starrt in den Nachthimmel. »Ist das nicht seltsam? Derselbe Mond stand schon am Himmel, als ich in Ihrem Alter war. Er hat sich kein bisschen verändert.«

»Der Mond interessiert mich nicht«, sagt Pepper. »Wer war dieser Amerikaner? Der von der Party?«

»Ein Freund. Er lebte damals in Paris. Ein guter Freund.«

»Was für eine Art von Freund?«

Mrs. Dommerich lacht. »Nicht *die* Art von Freund, das kann ich Ihnen versichern. Vielleicht hätte er das sein können, wenn ich mich nicht in einen seiner engsten Freunde verliebt hätte.« Ohne jede Vorwarnung rutscht sie von der Motorhaube, um auf das Meer hinauszublicken. »Wir sollten uns auf den Weg machen.«

»Und wohin?«

Mrs. Dommerich gibt keine Antwort. Im Gegensatz zu Pepper hat sie ihren eigenen Rat ignoriert und keine Strickjacke übergezogen, sodass ihre Arme der kühlen Novemberluft ausgesetzt sind. Sie verschränkt sie über ihrem Bauch, dicht unterhalb des Busens. Der Stoff des Kleides schmiegt sich weich an ihren Körper, und Pepper denkt, nein, sie ist nicht wie Audrey Hepburn. Sie ist schlank, aber nicht dürr. Ihr Körper hat feminine Rundungen, ihr Busen, ihr Po, selbst ihre Hüften haben eine attraktive Fülle, die bei dem zierlichen Körperbau kaum auffällt, man muss schon gezielt hinsehen. Man muss hinsehen wie ein Mann.

Sie wendet sich an Pepper. »Ich habe da eine Idee. Warum kommen Sie nicht mit nach Cocoa Beach? Wir haben ein kleines Gästehaus im Garten. Sie können so lange bleiben, bis Sie bereit sind, die nötigen Entscheidungen zu treffen. Dort hätten Sie mehr Ruhe als im Breakers, meinen Sie nicht?«

»Ist das Ihr Ernst?«

»Natürlich. Ich würde mich über Ihre Gesellschaft freuen. Um ehrlich zu sein, fühle ich mich manchmal einsam, jetzt wo mein Mann tot ist und die Kinder aus dem Haus sind. Außerdem brauchen Sie mich.«

Pepper öffnet den Mund, um ihr zu widersprechen.

»Oh doch«, kommt Mrs. Dommerich ihr zuvor.

»Sie sind verrückt, wissen Sie das?«

»Nein, *Sie* sind verrückt. Sie glauben allen Ernstes … was? Ich wäre in eine gigantische Verschwörung verwickelt, um diese Geschichte zu vertuschen?« Sie deutet auf Peppers Bauch. »Ich würde mit diesem Mann unter einer Decke stecken?«

»Ich wäre verrückt, diese Möglichkeit nicht in Betracht zu ziehen.«

Mrs. Dommerich kneift die Augen zusammen, wie um Peppers Perspektive nachzuvollziehen. »Ist ja schön und gut«, sagt sie. »Aber immerhin sind Sie hier. Demnach vertrauen Sie mir.«

»Ich vertraue Ihnen überhaupt nicht. Ich versuche nur, Sie zu durchschauen.«

»Warum nicht bei mir zu Hause?« Mrs. Dommerich schreitet um den linken Kotflügel herum und öffnet die Fahrertür. »Das wäre deutlich bequemer. Was haben Sie schon zu verlieren?«

»Beispielsweise mein Gepäck.«

Mrs. Dommerich rutscht auf den Sitz und startet den Motor. Über das kehlige Röhren hinweg verkündet sie: »Wir rufen gleich morgen früh im Breakers an und lassen es Ihnen nachschicken.«

Pepper steht im Lichtkegel der Scheinwerfer, die Arme immer noch verschränkt, und versucht, Mrs. Dommerichs herzförmiges Gesicht zu erkennen. Im selben Moment ertönt ein ungeduldiges Hupen.

»Von mir aus«, sagt Pepper, während sie zur Beifahrertür geht und widerwillig einsteigt. Der lederne Sitz begrüßt sie wie ein guter alter Bekannter. »Mir bleibt wohl keine andere Wahl.«

Mrs. Dommerich wendet den Wagen und fährt vom Mondschein verfolgt über den unbefestigten Weg zurück zum Highway.

»Man hat immer eine Wahl«, sagt sie. »Der Trick besteht darin, die *richtige* zu treffen.«

## 2.

»Nennen Sie mich ruhig Pepper«, sagt sie, während der Mercedes zwischen dem geteilten Schilf würdevoll zur Straße holpert. »Wenn ich mich schon als nerviger Gast bei Ihnen einquartiere.«

Mrs. Dommerich wechselt den Gang und beschleunigt.

»Du bist gewiss ein wundervoller Gast, Pepper. Angenehmer, als du vielleicht denkst. Und nenn mich doch bitte Annabelle.«

## 3.

Sie jagen über den Highway, donnern durch die Nacht gen Norden. Pepper gähnt auf dem Beifahrersitz. »Erzähl mir von diesem Liebhaber.«

»Ich dachte, du interessierst dich nicht für Romanzen?«

»Ich bin nur höflich. Außerdem hasse ich jegliche Art von Stille.«

Annabelle schüttelt den Kopf. »Verrate mir nur eins, Pepper Schuyler. Woran glaubst du?«

»Ich? Ich glaube an Unabhängigkeit. Ich glaube an selbstbestimmtes Handeln und einen wachsamen Blick. Am Ende will er doch nur mit einem ins Bett, richtig? Es geht immer nur um das Eine. Man wird bei Sonnenuntergang geküsst, die Treppe hinaufgetragen, dann schaut er einem tief in die Augen, als könnte man sich in Luft auflösen, wenn er auch nur eine Sekunde den Blick abwendet. Und manch einer behauptet sogar, er wäre verliebt. Aber letztendlich wollen sie einen nur verführen.«

Annabelle trommelt mit den Daumen aufs Lenkrad und denkt darüber nach. »Ich glaube, *ich* war diejenige, die ihn verführt hat.«

»Das ist ja gerade die Masche. Die Besten unter ihnen geben einem das Gefühl, man hätte es selbst so gewollt.«

Der Fahrtwind heult ihnen um die Ohren. Pepper wirft einen Blick auf die Uhr. Es ist halb zwölf, und sie wird langsam schläfrig, aber das Baby drückt erbarmungslos auf einen Nerv, sodass ihre Zehen taub werden. Sie verlagert das Gewicht.

»Wissen Sie, was ich glaube, Miss Schuyler?«

»Wir hatten uns doch auf Pepper geeinigt.«

»Ist das dein richtiger Name?«

»Pepper reicht völlig. Sag mir, was du von mir hältst, Annabelle. Offen und ehrlich. Ich bin neugierig.«

»Ich glaube, du bist eine verkappte Romantikerin. Dein kleines stures Herz sehnt sich nach Liebe. Aber du bist zu attraktiv, das macht dich zynisch und verbittert.«

»Das klingt nicht logisch.«

»Das ist es aber. Ein unverdientes Geschenk macht einen zynisch, es sei denn, man ist eine Psychopathin.«

»Warum bist du dann nicht zynisch?«

»Ich bin nicht attraktiv. Ich habe nur ein paar ansprechende Merkmale. Meine Augen, meine Haut. Meine Figur, wenn man auf zierliche Frauen steht. Aber ich war nie auf die Art schön, wie du es bist.«

»Du solltest dich nicht unter Wert verkaufen. Nicht bei solchen Wangenknochen.«

»Die sind doch gar nichts verglichen mit *deinen*. Da könnte ich meinen Hut dran aufhängen. In meinem Leben gab es nur zwei Männer, die mich attraktiv fanden, und ich glaube, das lag daran, dass sie mich geliebt haben. Sie fanden zuerst meine Persönlichkeit attraktiv, dann meinen Körper.«

Pepper lacht. »Es war definitiv andersherum!«

»Woher willst du das wissen? Du kennst sie doch gar nicht.«

»Aber ich kenne *andere* Männer.«

»Du glaubst, du kennst *alle* Männer, dabei kennst du nur diese notorischen Schürzenjäger. Das sind die einzigen, die sich an dich heranwagen. Du hast keine Ahnung von Männern, die zu wahrer Liebe fähig sind.«

»Weil es *wahre* Liebe nicht gibt. Es gibt nur den Sexualtrieb, den Fortpflanzungstrieb, und je attraktiver der Mann, umso größer der Drang, sich fortzupflanzen.«

»Schluss damit. Das reicht, meine Liebe. Du hältst jetzt deinen ungehobelten Mund und hörst mir zu!«

»Oh, du kannst also auch resolut werden!«

»Wenn es sein muss! Also sei still und hör zu, dann kannst du vielleicht noch etwas lernen, meine ach so kluge Freundin mit den preisgekrönten Wangenknochen und dem geschwängerten Bauch.« Annabelle trommelt mit ihren langen Fingern auf das Lenkrad. »Genau genommen möchte ich dir eine Wette anbieten.«

Eine Wette. Peppers Herz macht einen kleinen aufgeregten Satz.

»Ach, ich weiß nicht«, erwidert sie mit Pokermiene. »Mit welchem Einsatz?«

»Einsatz?«

Pepper zuckt mit den Schultern. »Das Ganze muss doch einen gewissen Reiz haben. Wie meine Mutter zu sagen pflegt: Das einzig wahre Verbrechen ist die Langeweile.«

Annabelle lacht. »Sieh mal an. Der Apfel fällt nicht weit vom Stamm. Na schön. Lass mich überlegen ... Ich setze meine schwarze Perlenkette gegen deine goldene Cartier-Uhr, dass du die wahre Liebe entdecken wirst, noch bevor dein Kind das Licht der Welt erblickt.«

»Ich weiß nicht. Ich habe diese Perlenkette noch nie gesehen.«

»Mein Mann hat sie mir 1937 zu Weihnachten geschenkt. Sie stammt aus der Cartier-Boutique in der Rue de la Paix. Er hat in ganz Paris keinen anderen Juwelier gefunden, der seinen Ansprüchen genügt hätte.«

Pepper überschlägt ein paar Zahlen, behält eine im Sinn, fügt ein, zwei Nullen hinzu. Ihr Herz macht einen weiteren aufgeregten Satz.

»Wahre Liebe?«

»Wahre, treue, unsterbliche Liebe.«

»Abgemacht«, erwidert Pepper. »Die Wette gilt!«

## 4.

Annabelle möchte wissen, ob noch Kaffee da ist. Pepper greift nach der Thermoskanne und schüttelt sie.

»Nicht viel.« Sie gießt den letzten Rest in den Becher und überreicht ihn Annabelle.

»Danke.«

»Du wirst doch nicht müde, oder? Ich kann gern das Steuer übernehmen.«

»Um nichts in der Welt.« Annabelle reicht den leeren Becher zurück. »Auch wenn ich es dir durchaus zutrauen würde. Ich will mein Schmuckstück lieber selbst fahren.«

Pepper legt die Thermoskanne zurück ins Handschuhfach und lässt den hochpolierten Holzdeckel zuschnappen. »Wegen eurer gemeinsamen Vergangenheit?«

»Ganz genau.« Annabelle streicht liebevoll über das Armaturenbrett.

»Ich könnte dich jetzt fragen, was es damit auf sich hat, aber ich bleibe lieber wach.«

»Ich würde es dir ohnehin nicht verraten. Dafür sind zu viele Menschen involviert.«

»Was für ein Glück. Ich langweile mich nämlich schnell.«

Annabelle lacht. »Ach ja, Miss Schuyler? Und wie ist es mit der Liebe?«

»Ich heiße Pepper, schon vergessen?«

»Dann eben Pepper. Warst du schon mal verliebt? Sag mir die Wahrheit. Immerhin nehme ich dich mit nach Hause, da solltest du zumindest ehrlich zu mir sein.« Sie macht eine Pause, doch als Pepper nichts sagt, fügt sie hinzu: »Außerdem ist es ein Uhr morgens. Keine Geheimnisse nach Mitternacht!«

»Ach, ich weiß nicht.« Pepper wendet den Blick zur Seite, auf die vorbeifliegenden Schatten. »Kann sein.«

»In den Vater des Babys oder in einen anderen?«

»Das war eher Lust als Liebe, falls du das meinst.«

»Das meinte ich nicht, aber der Übergang ist manchmal fließend. Willst du ihn zurück?«

Pepper greift an den Kragen ihrer Strickjacke. Sie denkt an die letzte Begegnung mit dem Vater ihres Babys, an ihren letzten Tag in Washington. »Nein danke. Ich bin kuriert.«

»Na, wenn du meinst. Wir Frauen machen uns da gern etwas vor. Das Herz ist ein hoch kompliziertes Organ.«

Im Rückspiegel erscheint plötzlich ein Licht, und Pepper zuckt unwillkürlich zusammen. Annabelle wirft einen Blick in den Spiegel und nimmt den Fuß vom Gas. Das Licht wird immer größer und greller, verwandelt sich in zwei Scheinwerfer, begleitet von dem Dröhnen eines kraftvollen Motors, der den Lärm des Mercedes und den Fahrtwind mühelos übertönt. Annabelle blickt erneut in den Spiegel und murmelt etwas Unverständliches.

Peppers Fingernägel krallen sich in den Ledersitz. »Was ist denn?«, fragt sie.

Ein Blaulicht flammt auf, gefolgt von einem Rotlicht, dann heult Sirenenlärm über ihre Köpfe hinweg. Annabelle flucht erneut, diesmal laut genug, dass Pepper den französischen Ausdruck versteht. Sie tritt auf die Bremse.

»Was machst du?«

»Was soll ich denn machen?«

Sie lenkt den Wagen an den Straßenrand, während die Sirenen eine neue Tonlage erklimmen. Das rot-blaue Flackern zeichnet ein grelles Muster auf Annabelles Wangen und Nacken. Sie bremst den Wagen ab, bis er zum Stehen kommt. Die Sirenen kreischen in Peppers Ohren. Sie ballt die Fäuste gegenüber dem autoritären Röhren des sich nähernden Fahrzeugs, gegenüber jener unaufhaltsamen Macht, die sie hier hat aufstöbern können, auf einem verlassenen Highway in Florida, mitten in der Nacht. Zwei elegant gekleidete Frauen in einem wertvollen Automobil aus rigidem deutschem Stahl.

Die Karosserie beginnt zu vibrieren. Das flackernde Sirenengeheul steigert sich zu gigantischem Ausmaß, bis es die gesamte Welt um sie herum zu verschlucken scheint, dann rauscht es an ihnen vorbei. Die Sirene erliegt dem Dopplereffekt, und die Schwärze der Nacht kehrt zurück, durchzuckt von kleiner werdenden Lichtblitzen, die schließlich hinter einer Kurve verschwinden.

»Großer Gott.« Pepper öffnet hastig die Tür, um sich zu übergeben.

# Annabelle

## ISOLDE – 1935

### 1.

Der Arzt kam über die Reling geklettert, kurz nachdem ich Stefan auf das Deck gebettet hatte.

»Warum haben Sie den Verband gelockert?«, fragte er mich, während er seine Tasche auf das Deck warf und das Jackett abstreifte.

»Weil er vor über einer halben Stunde angelegt wurde. Ich wollte das Bein retten.«

»Was nützt ihm das Bein, wenn er verblutet?«, fuhr der Arzt mich schroff an.

Im selben Moment öffnete Stefan ein Auge und erklärte dem werten Herrn Doktor, er wolle sein Bein verdammt noch mal behalten. Und wenn der werte Herr Doktor seine Lebensretterin nicht mit gebührendem Respekt behandle, würde er ihn mit einem Eimer toter Fische über die Planke jagen, damit die Haie ihn schneller fänden.

Der Arzt sagte nichts dazu, und ich assistierte schweigend, während er die Kugel aus dem Bein zog, die Wunde reinigte und vernähte. Stefan verlor immer wieder das Bewusstsein und schreckte jedes Mal hoch, um eine Entschuldigung zu murmeln, als wäre es eine Schande, nicht aufmerksam zuzusehen, wie sich die Zange in sein rohes Fleisch grub, gefolgt von Desinfektionsmittel.

»Sie hatten großes Glück, Silbermann«, sagte der Arzt, nachdem er die Kugel auf ein Handtuch gelegt hatte, und ich dachte, *Silbermann, Stefan Silbermann, so heißt er also*, während ich ihm den Schweiß von der Stirn wischte.

Der Arzt verlangte nach einem Wundfaden. Ich kramte in der Tasche und suchte alles Nötige heraus: Nadel, Faden, Antiseptikum. »Was haben Sie für eine Blutgruppe, Schwester?«, fragte der Arzt, während ich ihm stumm den Faden reichte. Null negativ, erwiderte ich. »Das hatte ich gehofft«, fuhr er fort. »Glauben Sie, Sie könnten einen halben Liter entbehren?« Und ich erwiderte, ja, natürlich, natürlich. Mein Herz war voller Stolz, weil er mich *Schwester* genannt hatte – bislang hatte mir nie jemand eine nützliche Bezeichnung zugestanden. Nun da ich Stefan Silbermann durch die salzige Nacht zu seinem Schiff gebracht hatte und der Arzt sein verletztes Bein reparierte und ihn wieder zusammenflickte, löste sich die geballte Panik in meinem Magen allmählich.

Endlich erhob sich der Arzt und sagte, er sei fertig, ich könne die Wunde nun verbinden. »Aber nicht zu fest. Ihr Schwestern wickelt einen Verband immer zu fest. Ich muss noch mal umkehren, um das Transfusionsbesteck zu holen. Das kann ein, zwei Stunden dauern. Können Sie so lange bei ihm bleiben?«

Ja, das könne ich.

»Wir werden ihn ins Bett bringen.« Er wandte sich an die Besatzung, die nervös im Hintergrund wartete, und machte seine Absicht mit diversen Gesten und gebrochenem Deutsch verständlich. Zwei der Männer schnappten sich Stefan – er hatte das Bewusstsein verloren, sein dunkler Schopf sank matt zur Seite –, während der Arzt die Männer zur Vorsicht ermahnte. »Lassen Sie ihn keine Sekunde aus den Augen«, sagte er zu mir. »Sie wissen, worauf Sie zu achten haben? Die Anzeichen eines Schocks?«

»Ja, sicher. Ich werde über ihn wachen wie über ein Kind.«

## 2.

Er sah tatsächlich aus wie ein Kind, wie er so dalag, in die blütenweißen Laken gebettet, die ich um seinen nackten Oberkörper herum eingeschlagen hatte. Sein Gesicht war so blass, so entspannt, dass ich alle zwei Minuten seinen Puls und seinen Atem überprüfte, um sicherzugehen, dass er noch lebte. Ich schaltete das elektrische Deckenlicht aus und ließ nur eine matte Nachttischlampe brennen, damit ich ihn im Halbdunkel beobachten konnte. Seine Haut war glatt, nur um die Augen herum hatte er ein paar Fältchen, und sein dunkles Haar kringelte sich feucht über den Ohren und der Stirn. Er war etwa so alt wie mein Bruder, schätzte ich, dreiundzwanzig oder vierundzwanzig. Seine Wimpern ruhten lang und dicht über seinen Wangen, und ich fragte mich, welche Farbe seine Augen wohl hatten. Stefan Silbermanns Augen. Als ich ihn an der Schulter berührte, flatterten seine Lider auf.

»Schhh«, sagte ich. »Schlaf weiter.«

Er öffnete die Augen gerade lange genug, um mir zu enthüllen, dass sie braun waren, wenn auch ein sehr helles Braun, wie salziges Karamell. Er richtete den Blick auf mich, doch seine Lider fielen auf der Stelle zu, und sein Kopf sank matt zur Seite, weg von mir.

Im nächsten Moment sagte er, beinahe ohne die Lippen zu bewegen: »Bitte bleib.«

Ich strich die Laken über seiner Brust glatt – ein Vorwand, um ihn erneut zu berühren. Er roch nach Gin und Desinfektionsmittel. Es kam mir vor, wie wenn man Ewigkeiten auf den Beginn eines Films wartet, und plötzlich ist es so weit.

»So lange, wie du mich brauchst«, erwiderte ich.

3.

Um halb neun in der Früh bekam er Besuch von seiner Geliebten.

Zumindest ging ich davon aus. Ich hörte sie auf der anderen Seite der Tür, schrill und furios, wie sich nur eine Geliebte aufführt. Sie diskutierte mit jemandem auf Französisch (was auch sonst), und ihr Gegenüber antwortete auf Deutsch. Stefan schlug die Augen auf und starrte zur Decke.

»Ich schätze, du bekommst Besuch«, sagte ich.

Er seufzte. »Gib uns ein paar Minuten, ja?«

»Du solltest dich schonen. Du hast viel Blut verloren. Du brauchst Ruhe.«

»Ich fühle mich schon besser.«

Am liebsten hätte ich ihm gesagt, er fühle sich nur besser, weil ein halber Liter von feinstem Annabelle de Créouville durch seine Adern floss. Stattdessen erhob ich mich von meinem Platz – wenn auch langsam, denn ein halber Liter Blut bedeutete für mich weit mehr als für ihn – und ging zur Tür.

Die Frau unterbrach ihr Gezeter, als sie mich im Türrahmen erblickte. Sie trug ein langes schimmerndes Abendkleid, und ihr Haar war leicht zerzaust. Eine diamantene Haarspange hielt ihre seidigen Wellen an der Schläfe zurück, und auf ihrem Dekolleté funkelte eine passende Diamantkette. Ihr Lippenstift war längst verschwunden. Ihre Augen musterten mich unter dem verschmierten dunklen Lidstrich von Kopf bis Fuß. »Und wer sind Sie?«, fragte sie in hochmütigem Französisch, obwohl ihr Akzent verriet, dass sie Engländerin war.

»Seine Krankenschwester.«

»Ich muss ihn sehen.«

Ich trat von der Tür zurück. »Fünf Minuten«, sagte ich mit meiner strengsten Schwesternstimme. »Und wenn Sie ihn aufregen, wenn ich auch nur das kleinste Wörtchen höre, dann werde ich Ihnen die Adern aufschlitzen und Sie in Ihrem eigenen Blut schmoren lassen.«

Offenbar sah ich aus, als würde ich es ernst meinen, denn sie duckte sich wie ein verschüchtertes Kaninchen durch die Tür. Als ich sechs Minuten später noch immer keinen Mucks gehört hatte, klopfte ich und trat ein.

Stefan lag still im Bett. Seine Augen waren geschlossen, und seine Finger ruhten in den Händen der Frau. Sie hatte sich in den Sessel gesetzt – *meinen* Sessel, dachte ich empört – und blickte nicht einmal auf, als ich eintrat. »Er ist furchtbar blass«, sagte sie mit heiserer Stimme. »Ich habe ihn noch nie so erlebt. Er ist sonst immer voller Energie.«

»Er hat eine Menge Blut verloren.«

»Darf ich noch einen Moment bleiben?«

Ihre Stimme klang bescheiden, frei von Hochmut. Als sie zu mir herübersah, bemerkte ich eine feuchtgraue Linie, die sich aus dem Augenwinkel über ihre Wange erstreckte. Ihr dunkelblondes Haar, das vom Licht der Nachttischlampe in einen warmen Schein getaucht wurde, schimmerte in der Farbe von wildem Honig. Der V-Ausschnitt ihres Kleids reichte so weit, dass ich die Rippen unterhalb ihres Busens zählen konnte. Ich betrachtete Stefans Hand, die ihre Finger hielt, und sagte: »Ja, noch ein paar Minuten«, dann trat ich erneut durch die Tür und ging über den langen schmalen Gang zum Heck des Schiffes, das den aufragenden Türmen des Fort Royal zugewandt war, wo der Mann mit der eisernen Maske ein ganzes Jahrzehnt seines Lebens in einer Einzelzelle verbracht hatte, obwohl niemand genau wusste, wer dieser Mann war oder was er verbrochen hatte. Oder ob es eine Familie gab, die um ihn trauerte.

## 4.

Ich hatte dem Arzt in den frühen Morgenstunden eine Nachricht an meinen Bruder überreicht und ging davon aus, dass Charles jeden Moment hier eintreffen würde, um sich von Stefans Überleben zu vergewissern und mich nach Hause zu bringen.

Aber die Mittagsstunde kam und ging, die zerzauste Blondine verschwand, und während man mir ein Tablett mit Essen und Stefan eine heiße Brühe servierte, glänzte Charles durch seine Abwesenheit.

Stefan schlief. Gegen sechs Uhr näherte sich ein Boot, und der Kopf des Arztes erschien über der Reling, gefolgt von seinem Arztkoffer. Der Tag war ausgesprochen heiß gewesen und die Luft immer noch drückend schwül. »Wie geht es unserem Patienten?«

»Schon viel besser.« Ich drehte mich um und führte den Arzt zu Stefans geräumiger Kajüte. »Er hat viel geschlafen und etwas Brühe zu sich genommen.« Die unbekannte Frau erwähnte ich mit keiner Silbe.

»Großartig, sehr schön. Schlaf ist die beste Medizin. Puls? Temperatur?«

»Alles im normalen Bereich. Der Puls ist relativ niedrig, aber nicht beunruhigend.«

»Das war zu erwarten. Bei einem jungen aktiven Mann wie ihm. Und?«, fragte er, während er durch die Tür trat. »Wie geht es unserem furchtlosen Helden?«

Stefan war wach und saß aufrecht im Bett. Er bedachte den Arzt mit einem vielsagenden Blick – wie unter Eltern, wenn ein kleines Kind im Raum ist, das jedes Wort belauscht. Der Arzt warf einen Blick in meine Richtung und räusperte sich, dann stellte er die Tasche ans Bettende.

»Na schön«, sagte er, »dann wollen wir uns den Kratzer mal ansehen.«

Auf dem Rückweg zu seinem Boot gab er mir genaue Anweisungen: Mahlzeiten, Ruhezeiten, Anzeichen von Komplikationen. »Aber er ist stark und robust. Es würde mich nicht wundern, wenn er in ein paar Tagen wieder auf den Beinen ist. Ich werde ihm Krücken schicken. Achten Sie darauf, dass er sich nicht übernimmt.«

»Ich verstehe nicht recht. Ich hatte nicht vor, länger als einen Tag zu bleiben.«

Der Arzt blieb abrupt stehen und wandte sich um. »Wie bitte?«

»Ich hatte Ihnen doch eine Nachricht mitgegeben. An meinen Bruder. Hat er nichts geantwortet? Will er mich nicht abholen?«

Er schob seine Brille nach oben und blinzelte nachdenklich. Die untergehende Sonne brach sich an den westlichen Klippen und umfing sein Haar mit einem orangefarbenen Schein. Das Deck war sauber und gebleicht wie die Farbe von Knochen mit einem Geruch von Teeröl und Sonne. »Sie hier abholen? Natürlich nicht. Sie müssen sich um den Patienten kümmern. Wer sonst, wenn nicht Sie?«

»Aber ich werde bestimmt vermisst«, sagte ich hilflos. »Mein Vater … Sie wissen doch, wer ich bin. Ich kann nicht einfach so verschwinden!«

Der Arzt wandte sich ab und schritt quer über das Deck zur Leiter, wo sein Beiboot im Windschatten der *Isolde* sanft schaukelte. »Mademoiselle, der junge Créouville wird sich schon eine Erklärung ausdenken. Er ist immerhin ein kluger Bursche. Zweifellos hat er eine glaubhafte Geschichte auf Lager.«

»Aber ich verstehe das nicht. Was ist hier eigentlich los? Was steckt hinter dieser ganzen Geschichte?«

»Ich habe keine Ahnung, wovon Sie reden«, erwiderte er unschuldig.

»Oh, und ob! Was für Geschichten sind das wohl, die dazu führen, dass ein Mann mitten in der Nacht angeschossen wird … und was hat mein *Bruder* damit zu tun? Und warum zum Teufel grinsen Sie so?«

»Ich bin verblüfft, Mademoiselle, um nicht zu sagen beeindruckt, dass Sie ein solches Abenteuer auf sich nehmen, ohne die Hintergründe zu kennen.«

Wir hatten die Strickleiter erreicht. Ich packte ihn am Arm, damit er mich endlich ansah. »Hätten Sie vielleicht die Güte, mich aufzuklären?«

Er schüttelte den Kopf und tätschelte meine Wange. Seine Augen waren voller Mitgefühl, sein Lächeln verschwunden. »Das kann ich leider nicht. Aber sobald der Patient wieder bei Kräften ist, haben Sie alles Recht der Welt, ihn zur Rede zu stellen.«

## 5.

Am nächsten Tag verlangte Stefan lautstark nach seinen Krücken – ein hervorragendes Zeichen –, doch ich war nicht gewillt, sie ihm zu geben. Stattdessen servierte ich ihm zum Frühstück zwei Eier und später etwas Rinderbrühe, die er widerwillig aß. Ich versprach, wenn er sich brav ausruhte, dürfe er die Krücken morgen ausprobieren. Er durchbohrte mich mit seinen karamellfarbenen Augen und forderte mich auf, ihm aus der schiffseigenen Bibliothek ein paar Bücher zu besorgen. Die Titel notierte er auf einem Blatt Papier.

Es war erneut drückend heiß, die Sonne stand wie eine Brandblase am strahlend blauen Himmel, und sämtliche Bullaugen waren weit geöffnet, um die erfrischende Meeresbrise hereinzulassen. Ich schritt über den Gang zu der lichtgefluteten eleganten Treppe – ein modernes Prachtexemplar aus Chrom und weißem Marmor – und entdeckte die Bibliothek genau dort, wo Stefan sie mir beschrieben hatte: auf der gegenüberliegenden Seite des Salons.

Der Raum war abgeschlossen, doch Stefan hatte mir den Schlüssel ausgehändigt. Ich öffnete die Tür und erwartete eine jener halbherzig bestückten Bibliotheken wie auf jeder Luxusjacht: ein paar obligatorische Wälzer in halb leeren Regalen, ergänzt durch wertvolle *objets d'art* von maritimem Charakter, das Mobiliar eher stilvoll als bequem, nicht dazu gedacht, sich stundenlang in einen Schmöker zu vertiefen.

Doch die Bibliothek der *Isolde* hatte nichts von dem übrigen Charakter des Schiffes. Keine Spur von kühler Eleganz, keine Möbel aus hochglänzenden Materialien. Die hohen Regale aus Walnussholz schmiegten sich an die Wände und quollen über von Büchern aller Art – alten wie neuen Ausgaben –, die hinter zierlichen Holzgeländern verstaut waren, um sie bei rauer See vor dem Herunterfallen zu bewahren. Ein Sofa und zwei Sessel ruhten behäbig unter den Bullaugen, und ihnen gegenüber stand ein Schreibtisch aus Walnussholz neben einem Schrank, der die Bücherregale an einer Seite unterbrach. Im Stillen dachte ich mir, das ist ein Raum, in dem ich mich wohlfühlen könnte.

Ich betrachtete den Zettel in meiner Hand. Goethe, *Die Leiden des jungen Werther*; John Locke, *Some Thoughts Concerning Education*; Alexandre Dumas, *Le vicomte de Bragelonne, ou Dix ans plus tard.*

Als ich eine halbe Stunde später in Stefans Kajüte zurückkehrte, hatte er sich in die Kissen gelehnt und starrte aus dem gegenüberliegenden Bullauge, das weit offen stand. Die Dächer der Festung tauchten wankend auf und ab und strahlten nahezu weiß im gleißenden Sonnenschein. Es war zu warm für eine Decke, daher lag er nur im Schlafanzug auf seinem straffen Laken, das ich heute Morgen fachkundig unter ihm gewechselt hatte. »Hier sind die Bücher«, sagte ich.

»Danke.«

»Wie fühlst du dich?«

»Wie ein Bär im Käfig.«

»Genauso benimmst du dich auch.«

Er blickte von den Büchern auf. »Tut mir leid.«

»Ich hatte schon schlimmere Patienten. Ein Bär ist mir recht. Besser als ein elender Wurm.«

»Meine arme Mademoiselle de Créouville. Ich nehme an, dein werter Bruder hat dir aufgetragen, mich gesund zu pflegen.«

»Nicht ganz so wortreich«, kommentierte ich. »Eher wortkarg. Der Arzt hat mir gestern lediglich ein paar Kleidungsstücke und meine Zahnbürste gebracht, ohne jede Nachricht. Ich habe immer noch keine Ahnung, wer du bist oder was ich hier soll.«

Er runzelte die Stirn. »Brauchst du wirklich eine Erklärung?«

Ich verschränkte die Arme und setzte mich in den Sessel neben ihm. Sein blau gestreifter Schlafanzug war aus seidig schimmernder Baumwolle, und das Revers war auf der einen Seite umgeschlagen wie bei einem kleinen Jungen, der sich zu hastig angezogen hatte. Das Blau bildete einen wirkungsvollen Kontrast zu seinen karamellfarbenen Augen, und sein Oberkörper schien durch eine Täuschung des Lichts noch kräftiger als zuvor. Seine natürliche Hautfarbe war zurückgekehrt, rosig und frisch, sein Haar ordentlich gekämmt, das Kinn glatt und nach Rasierschaum duftend. Man sah ihm nicht an, dass er verletzt war, von dem dicken Verband unter seinem gestreiften Hosenbein einmal abgesehen. »Was glaubst du denn?«

Er griff nach seiner Zigarettenschachtel auf dem Nachttisch. »Na ja, du bist eine Krankenschwester. Du hast einen verletzten Menschen vor dir. Du hast deine eigene Kajüte, frische Kleidung zum Wechseln, ein Dutzend Männer zu deinen Diensten. Was sonst bräuchte eine wohlerzogene junge Dame, die sich darauf versteht, unverschämte Fragen zu meiden?«

Ich öffnete den Mund, um eine empörte Antwort zu geben, doch dann bemerkte ich seinen Gesichtsausdruck, während er sich mit einem scharfkantigen goldenen Feuerzeug die Zigarette anzündete, um es im nächsten Moment auf den Nachttisch zu werfen. Das Ende der Zigarette flammte orange auf. »Dir ist aber schon bewusst, dass du mir hilflos ausgeliefert bist, oder?«

»Das ist mir durchaus bewusst. Seit du in dieses verdammte Bootshaus getreten bist, um dein hübsches weißes Kleid mit meinem Blut zu besudeln.«

»Wenigstens flirtest du wieder. Und ich habe mich immerhin revanchiert, oder nicht?«

»Das hast du. Jetzt sind wir auf elementarste Weise miteinander verbunden. Die Alten würden sagen, wir hätten eine Blutsbrüderschaft geschlossen, einen heiligen Eid geschworen, der uns bis in alle Ewigkeit aneinander bindet.«

Er griff nach dem Aschenbecher und stellte ihn neben sein Bein auf die Matratze. Seine Augen funkelten lebhaft.

»Wenn das deine Art ist, meine Tugendhaftigkeit auf die Probe zu stellen, wirst du dich schon mehr anstrengen müssen.«

Stefans Miene wurde mit einem Mal ernst. Er legte seine Hand mit der Zigarette auf das oberste Buch, den *Werther*. »Ich möchte mich vor allem bedanken, Mademoiselle de Créouville. Mir fehlen die Worte, um meiner Dankbarkeit gebührend Ausdruck zu verleihen.«

Ich beugte mich vor, zupfte das Revers seines Schlafanzugs heraus und strich es glatt. »Da wir in alle Ewigkeit miteinander verbunden sind, kannst du mich ruhig Annabelle nennen.«

## 6.

Mein vollständiger Name war deutlich länger.

Getauft wurde ich auf Annabelle Marie-Elisabeth, Princesse de Créouville, ein Titel, den meine Mutter mir erkauft hatte, indem sie Prince Edouard de Créouville heiratete, und zwar mit ihrem persönlichen Anteil eines gewaltigen Vermögens, das sie zusammen mit ihrer Schwester von ihrem Vater geerbt hatte, einem reichen Großindustriellen aus Neuengland, dem ich nie begegnet war. Mein Vater war ein verarmter Aristokrat, wie die meisten europäischen Adligen, und daher überaus gewillt, den Handel einzugehen.

Meine Mutter war durchaus attraktiv gewesen. Nicht schillernd wie ein Filmstar – mit weniger Geld hätte man sie eher als *gut aussehend* bezeichnet –, aber attraktiv genug, um sich von den anderen Debütantinnen ihres Jahrgangs abzusetzen. Und somit heiratete sie ihren französischen Prinzen. Neun Monate später kam Charles zur Welt und weitere vier Jahre später ich. Doch dann, *oh, là là*, erwischte sie ihren Mann mit Peggy Guggenheim und verlangte die Scheidung. (*Sie tun es doch alle*, protestierte mein Vater, woraufhin meine Mutter fragte: *Ehebruch oder Peggy Guggenheim?* Daraufhin antwortete mein Vater: *Beides.*) Und damit hatte sich die Sache erledigt. Doch um aus der Nummer herauszukommen (mein Vater war erzkatholisch, genau wie die Ehe meiner Eltern), musste sie den Rest ihres Vermögens aufgeben. *C'est la vie.* Wir zogen in die Vereinigten Staaten und lebten in einem bescheidenen Haus in Brookline, Massachusetts; die Sommer verbrachten wir bei Verwandten in Cape Cod, bis unsere Mummy an einem Blinddarmdurchbruch starb und wir beide nach Frankreich geschickt wurden – in meinem Fall ins Kloster von Sainte-Cécile an der sturmgepeitschten Küste der Bretagne.

»Das ist ja mittelalterlich«, sagte Stefan, als ich ihm die Geschichte eine Woche später erzählte, während wir in unseren Liegestühlen den spektakulären Sonnenuntergang bestaunten. Er trug immer noch seinen Schlafanzug, rauchte genüsslich eine Zigarette und trank einen trockenen Martini. Ich trug ein lavendelfarbenes Sommerkleid und nippte an meiner Limonade.

»Die Pariser Wohnung meines Vaters war wohl kaum der geeignete Ort für ein elfjähriges Mädchen«, stellte ich fest.

»Stimmt. Und ich kann mich nicht beschweren, immerhin habe ich von deiner Klosterausbildung profitiert. Trotzdem hasse ich die Vorstellung, dass meine zarte Annabelle einem so rauen Klima ausgesetzt war. Wo sie doch eindeutig für Sonne und Freiheit geschaffen ist. Und in so jungen Jahren seine Mutter zu verlieren und zu seinem Vater geschickt zu werden, der sein Glück nicht mal zu schätzen weiß … so etwas macht mich rasend. Willst du wirklich nichts trinken?«

»Ich hab doch etwas zu trinken.«

»Ich meine einen Drink, Annabelle. Ein Getränk für Erwachsene.«

»Ich trinke nicht, wenn ich im Dienst bin.«

»Bist du denn noch im Dienst?« Er drückte den Zigarettenstummel in den Aschenbecher und fischte die Olive aus seinem Martini, um sie mir zu überreichen.

Ich schob mir die alkoholisierte Olive in den Mund. »Natürlich.«

»Wie schade. Ich hatte gehofft, du wärst aus freien Stücken geblieben. Genießt du es etwa nicht, stundenlang an Deck meines wundervollen Schiffes zu sitzen, mir mit deiner charmanten Stimme vorzulesen und im Gegenzug ein paar Worte Deutsch zu lernen und meinen Geschichten zu lauschen, bis die Sonne untergeht?«

»Natürlich genieße ich das. Aber solange du einen Pyjama trägst und dich mit Krücken fortbewegst, bist du immer noch mein Patient. Und sobald du mich nicht mehr brauchst, kehre ich nach Hause zurück.«

Er kippte seinen Martini und griff nach einer weiteren Zigarette. »Ach, Annabelle. Du raubst mir alle Hoffnung. Dabei weißt du ganz genau, dass ich keine Krankenschwester mehr brauche. Das hat Dr. Duchamps gestern gesagt, als er mir die Fäden gezogen hat.« Er tippte sich mit der Zigarette auf den Schenkel. »Ich bin fast wiederhergestellt.«

»Das hat er *mir* nicht gesagt.«

»Vielleicht hat der Gute eine romantische Ader und will, dass du dich weiterhin um meine Bedürfnisse kümmerst.«

Mit einem Mal war ich furchtbar müde von all dem Flirten, all den Doppeldeutigkeiten, die doch nichts zu bedeuten hatten. Ich stützte meine Hände auf die Armlehnen des Liegestuhls und stand auf.

»Wo willst du hin?«, fragte Stefan.

»Ich brauche frische Luft.«

Die Luft am Bug der *Isolde* war keineswegs frischer als sechs Meter weiter hinten, in der Mitte des Decks, und das wusste er so gut wie ich, dennoch streckte ich die Arme von mir und nahm einen tiefen Atemzug. Der Sonnenuntergang brachte eine kühle Brise mit sich. Mein Kleid wehte mir sanft um die Beine. Ich trug keine Schuhe – auf dem blitzblanken Deck einer Jacht erschien mir das überflüssig. Der Bug war nach Westen gerichtet, der sterbenden Abendsonne entgegen. Zu meiner Linken brandeten die Wellen sanft gegen das Ufer der Île Saint-Honorat, ein paar Hundert Meter von uns entfernt.

Geh nach Hause, Annabelle, dachte ich. Du bist kurz davor, dich in ihn zu verlieben.

Denn wie könnte man sich nicht in Stefan verlieben – attraktiv und dunkelhaarig, belesen und wortgewandt, verfolgt von mitternächtlichen Schüssen wie ein verwegener Romanheld? Während man ihn auf seiner Jacht vor der südfranzösischen Küste gesund pflegte. Während man zahllose Stunden an Deck dieses wundervollen Schiffes verbrachte, unter der glühenden Augustsonne, die sich des Abends träge davonstahl. Noch dazu mit zarten neunzehn Jahren, wenn man noch nie einen Mann geküsst hatte. Es war unausweichlich, ich *musste* mich ganz einfach in ihn verlieben.

Herrgott, was hatte sich mein Bruder nur dabei gedacht? Hielt er mich immer noch für das kleine Mädchen mit den Zöpfen? Ich dachte an die unbekannte Frau, die Stefan am ersten Morgen besucht und seine Hand gehalten hatte, groß und schlank und glamourös. Sie war nicht wieder aufgetaucht – Frauen wie sie gehörten nicht an ein Krankenbett –, doch das würde sie noch. Wer würde *nicht* zu einem solchen Mann zurückkehren?

Geh nach Hause, Annabelle. Wo immer das sein mochte.

Ich schloss die Augen vor den letzten Strahlen der Sonne. Als ich mich umdrehte, war Stefans Liegestuhl leer.

## 7.

Ich hatte nur ein paar Habseligkeiten zu packen, und als ich damit fertig war, brachte ich Stefan das Abendessen, wie ich es mir seit Tagen zur Gewohnheit gemacht hatte. Doch er war nicht in seiner Kabine. Nach einigen Minuten ergebnislosen Suchens entdeckte ich ihn in der Bibliothek, das verletzte Bein auf dem Sofa hochgelegt.

Er deutete auf den Schreibtisch. »Stell es da ab.«

»Gern, mein Herr und Gebieter.« Ich stellte das Tablett mit einem demonstrativen Klappern ab.

Stefan blickte auf. »Was war das denn?«

Ich verschränkte die Hände hinter dem Rücken. »Morgen früh werde ich das Schiff verlassen. Deine Wunde ist gut verheilt; sie kann sich nicht mehr entzünden. Du brauchst mich nicht mehr.«

Er legte einen Finger in das Buch und schloss den Deckel. »Wie kommst du darauf?«

»Die Haut hat sich vollständig geschlossen, sie ist weder gerötet noch eitrig ...«

»Nein, ich meine, wie kommst du darauf, dass ich dich nicht brauche?«

Meine Hände verkrampften sich ineinander. »Deine Flirtereien werden mir fehlen.«

»Ich flirte nicht, Annabelle.«

Stefans Gesicht war ernst. Ohne das gewohnte Lächeln

wirkten seine Züge ausgesprochen streng; seine Knochen und Konturen verrieten eine schlichte Schärfe, eine bemerkenswerte Klarheit. Meine Handflächen wurden auf der Stelle feucht. Ich wischte sie hinter dem Rücken an meinem Kleid ab, damit er nichts bemerkte. »Meine Sachen sind bereits gepackt«, sagte ich. »Es ist besser so.«

Er sah mich auf seine ruhige, direkte Art an, als würde er nur darauf warten, dass ich meine Meinung änderte. Oder im Gegenteil: Vielleicht wartete er nur darauf, dass ich endlich verschwand, damit seine Geliebte zurückkehren konnte. Krankenschwester ade, Geliebte ohé. Zur vollständigen Genesung des Patienten. Im Sinne aller Beteiligten.

»Also dann«, sagte ich. »Gute Nacht.«

»Gute Nacht, Mademoiselle de Créouville«, sagte er leise. Ich drehte mich um und verließ den Raum, bevor mir die Tränen kamen.

## 8.

Um drei Uhr morgens wurde ich wach und konnte nicht wieder einschlafen. Der Wind hatte gewechselt und die Jacht an ihrer Kette herumgedreht; nach anderthalb Wochen auf einem Boot bemerkte man solche Dinge – das subtile Ziehen und Zerren an den Wänden um einen herum, die wechselnde Beschaffenheit der Atmosphäre. Meine Beine kribbelten rastlos. Ich stand auf und ging an Deck.

Die Luft war klar und trocken und unnatürlich warm. Ich hatte recht, was den Wind betraf: Die vertraute Silhouette der Île Sainte-Marguerite lag nun auf der Backbordseite, erleuchtet von einem lebhaft weißen Mond. Ich schritt über das Deck und hatte die Reling fast erreicht, als mir auffiel, dass Stefans Liegestuhl immer noch dastand und Stefan darin saß.

Ich drehte mich herum und erwartete einen seiner geistreichen Kommentare voller Doppeldeutigkeiten. Aber er blieb still liegen, seine langen Gliedmaßen über den Rand des Stuhls gebreitet. Im blassen Licht des Mondes sah es aus, als seien seine Augen geschlossen. Ich dachte, geh schleunigst zurück in deine Kajüte.

Doch die Kajüte war heiß und stickig, und obwohl es hier draußen, in der stillen mediterranen Nacht, nicht minder heiß war, ging zumindest ein Lufthauch. Ich trat lautlos an die Reling und blickte hinab auf die kühlen Wellen, den silbrigen Glanz des Mondes auf der Wasseroberfläche, der mich in einer schimmernden Linie zum zerklüfteten Ufer der Insel lockte.

Wäre ich noch ein junges Mädchen in Cape Cod, würde ich der Verlockung nachgeben, dachte ich. Wäre ich nicht die letzten sieben Jahre in einem Kloster ermahnt worden, mich stets zu zügeln, wäre ich hineingesprungen, um die rund zweihundert Meter der tückischen Pointe du Dragon mit ihren scharfen Felsen zu umschwimmen und auf der Île Sainte-Marguerite an Land zu taumeln, wo einst Frankreichs berühmtester Gefangener ein ganzes Jahrzehnt seines Lebens damit zugebracht hatte, seine fruchtlosen Träume hinaus aufs Meer zu richten. Früher hatte ich mich gern verlocken lassen. Ich hatte mich furchtlos in die Wellen gestürzt. Wann hatte ich mich bloß in diese brave, langweilige Mademoiselle verwandelt, die das Leben nur von außen betrachtete, sich völlig passiv verhielt in der Hoffnung, dass eines Tages etwas passieren könnte? Wann war ich zu dem Schluss gekommen, dass es sich nicht lohnte, Risiken einzugehen?

Ich warf einen Blick über meine Schulter, um Stefans

reglosen Körper zu betrachten. Er trug keinen Pyjama, wie ich in diesem Moment feststellte, sondern einen Anzug, einen Smoking. Als würde er jemanden erwarten, um drei Uhr in der Früh, an Bord seiner Luxusjacht; als hätte er eine glamouröse Verabredung und seine Auserwählte hätte sich verspätet. Das Blut stürzte rauschend durch meine Adern, und mir wurde auf der Stelle schwindlig, als hätte ich ein paar Martinis hintereinander getrunken.

Du solltest ihn wecken, dachte ich. Du solltest dich überwinden. Früher oder später musst du jemanden küssen. Warum nicht ihn? Warum nicht hier und jetzt, im Mondschein? Jemanden, der dir vertraut ist, der Erfahrung hat?

»Guten Abend«, sagte er.

Um ein Haar wäre ich rückwärts über die Reling gestürzt. »Ich hatte keine Ahnung, dass du hier bist.«

»Ich bin fast jede Nacht hier. Die Kajüte ist mir zu stickig.« Er richtete sich auf, schwang seinen linken Fuß über den Rand der Liege und stellte ihn neben einem silbernen Kübel ab, der im Mondschein glänzte. »Komm, leiste mir Gesellschaft. Ich habe Champagner.«

»Um diese Uhrzeit?«

»Gibt es eine bessere Zeit?«

»Wie ich schon sagte, ich trinke nicht im Dienst.«

»Aber du bist nicht mehr im Dienst. Du hast mir vorhin gekündigt, und zwar ziemlich kaltblütig, wenn man bedenkt, was wir zusammen durchgemacht haben.« Er stützte den Ellbogen auf sein Knie und musterte mich. Ich trug ein Nachthemd und darüber einen geschnürten Morgenmantel wie eine viktorianische Jungfer, die sich vor zudringlichen Schurken fürchtet. Mein Haar fiel locker herab und berührte so eben meine Schultern. »Was ist los?«, fragte er.

»Nichts.«

»Aber es muss irgendetwas sein. Es ist noch nicht mal

Morgen, und du stehst hier an Deck und siehst aus, als hättest du etwas Dramatisches geplant.«

Ich musste lachen. »Wirklich? Ich wüsste nicht, was. Ich tue nie etwas Dramatisches.«

»Nein, du hast nur das Bein eines sterbenden Mannes gerettet …«

»Du lagst nicht im Sterben, außerdem habe ich dein Bein nicht gerettet.«

Er wischte meinen Einwand beiseite. »Du hast ihn mit einem Boot über das offene Meer gefahren …«

»Es war nur eine Bucht, eine ruhige, altbekannte Bucht.«

»Mit ungewissem Ziel – einer privaten Jacht –, um diesen Mann dort gesund zu pflegen. Und das alles, ohne zu wissen, wer er ist und was er will. Warum er angeschossen wurde und fast gestorben wäre. Ob du ein Verbrechen begehst, für das du von der Polizei gesucht werden könntest.«

»Und? Wird sie mich suchen?«

»Eher unwahrscheinlich. Zumindest hier in Frankreich.«

»Freut mich zu hören.«

Er griff in die Innentasche seine Jacketts und zog ein Zigarettenetui hervor. »Und ich liege nutzlos hier herum und frage mich, warum? Warum hast du das getan?«

»Du hättest mich fragen können.«

»Ich habe mich vor der Antwort gefürchtet.«

Ich sah zu, wie er sich die Zigarette anzündete und das Etui mit dem Feuerzeug zurück in die Tasche steckte. Der Qualm schwebte reglos in der Luft. Stefan wedelte ihn beiseite und musterte mich in Erwartung einer Antwort.

»Da gibt es nichts zu fürchten«, sagte ich. »Mein Bruder hat mich darum gebeten. Ganz einfach.«

»Du hast so viel Vertrauen in deinen Bruder?«

»Natürlich. Er würde mich niemals bitten, etwas Unehrenhaftes zu tun.«

Er murmelte etwas auf Deutsch und rappelte sich auf.

»Du solltest deine Krücken benutzen«, sagte ich.

»Ich habe diese verdammten Krücken satt«, sagte er, dann fügte er hinzu: »Entschuldige, ich bin heute Abend nicht ganz ich selbst.«

Ich griff nach der Reling in meinem Rücken, während er auf mich zuhinkte. »Geht mir genauso.«

»Ist ja interessant, höchst interessant. Und warum, Annabelle? Verrate es mir.«

»Das weißt du so gut wie ich.«

»Ich weiß, warum *ich* nicht ich selbst bin. Aber ich würde gerne *deine* Gründe erfahren.«

Das Wasser plätscherte gegen den Rumpf des Schiffes. Ich zählte die glitzernden Wellen, die verstreichenden Sekunden. Dann legte ich die Daumen aneinander und sagte: »Ich weiß nicht. Einfach nur rastlos, schätze ich. Vielleicht war ich zu lange eingepfercht. Ich bin es gewohnt, mich zu bewegen.«

Er stützte einen Arm auf die Reling, weniger als einen halben Meter von mir entfernt. Als er antwortete, spürte ich den Hauch seines Atems. »Dir ist also langweilig.«

»Mir ist nicht langweilig.«

»Gib es ruhig zu. Du musstest einen unleidigen Patienten bedienen und bemuttern, ohne den geringsten Dank zu erhalten.«

Ich musste lachen. »Ja, ganz genau.«

»Aber gegen Langeweile gibt es ein einfaches Rezept: Tu etwas Unüberlegtes.«

»Und was?«

»Egal was. Du hast bestimmt noch andere Talente als die Krankenpflege. Beweise es mir.« Er nahm die Zigarette in die andere Hand und griff in seine Tasche. »Kannst du zeichnen? Ich habe einen Stift dabei.«

»Ich habe kein Papier.«

»Dann zeichne auf mein Deck.«

»Ich beschmiere doch nicht dein Deck. Außerdem kann ich nicht zeichnen.«

»Dann eben ein Gedicht. Schreib mir ein Gedicht.«

Ich musste schon wieder lachen. »Das kann ich erst recht nicht. Aber ich spiele Cello, sogar ganz passabel. Leider ist mein Cello in der Villa Vanilla.«

»Villa Vanilla?«

»Das Haus meines Vaters.«

Stefan musste ebenfalls lachen, ein warmes, herzliches Lachen, das seine Brust unter dem Jackett beben ließ. »Ach, Annabelle. Und dich soll ich einfach so gehen lassen?«

»Ja, sollst du.« Seine Hand, groß und vertraut, hatte sich auf dem Geländer näher an mich herangeschoben, sodass sich unsere Finger fast berührten. Ich zog meinen Arm zurück und sagte: »Aber ich habe noch ein anderes Talent.«

»Na, dann los. Zeig mir dein Talent, Annabelle.«

Ich griff nach dem Gürtel meines Morgenmantels. Stefans verblüffter Blick glitt nach unten.

Mühelos löste ich die Schleife. Dann ließ ich den Mantel von meinen Schultern gleiten und beugte mich nach unten, um den Saum meines Nachthemds anzuheben.

»Annabelle …«

Ich verknotete die Enden meines Nachthemds zwischen den Beinen und wandte mich zur Reling, um mich daran abzustützen. »Pass gut auf«, sagte ich, und damit stemmte ich mich hoch und balancierte mit den Füßen auf dem schmalen Metallgeländer, während das Mondlicht über meine Haut strömte.

»Mein Gott, Annabelle!« Stefan versuchte, mich zu packen, doch ich drückte mich ab und sprang zu einer perfekten Kugel zusammengerollt in die Luft, um mich im letzten Moment zu recken und nahezu lautlos ins Meer einzutauchen.

## 9.

»Du hast recht«, rief Stefan, als mein Kopf über der Wasseroberfläche auftauchte. »Das ist ein bemerkenswertes Talent.«

»Ich war viermal hintereinander Champion in unserem Schwimmklub.« Das Wasser umschmeichelte meinen Körper, seidig und köstlich.

Er deutete auf die Flanke des Schiffes. »Die Leiter ist dahinten, Mademoiselle.«

»Ich weiß.«

Aber ich hatte nicht die geringste Absicht, zur Leiter zu schwimmen. Ich wandte mich um und stieß mit den Armen und Beinen kraftvoll gegen das Wasser, um zur Île Sainte-Marguerite zu schwimmen, die mich im Mondschein erwartete.

## 10.

Reglos blieb ich im groben Sand liegen und sog die Wärme des vergangenen Tages in mich auf. Ich fühlte mich berauscht wie nie zuvor, zutiefst erschöpft und gleichermaßen erleichtert. Das Wasser trocknete bereits an meinen Armen und Beinen; das Nachthemd in meinem Rücken wurde hart und steif. Ich roch den salzigen Duft des Strandes, eine leichte Note von Metall, einen Hauch von Eukalyptus aus dem bewaldeten Teil der Insel, und ich dachte, jemand sollte dieses Gefühl in Flaschen füllen – es war einfach zu gut, um wahr zu sein.

Ich hatte keinen Grund, die einzelnen Minuten zu zählen. Ich hatte keine Ahnung, wie viel Zeit verstrichen war, ehe ich das rhythmische Klatschen der Ruder hinter mir hörte.

»Hier steckst du also«, sagte Stefan. »Ich hätte dich in der Dunkelheit fast nicht gefunden.«

Ich setzte mich auf. »Du bist doch nicht extra hierhergerudert!«

»Doch, natürlich. Was hätte ich sonst tun sollen, wenn meine Annabelle einfach so ins Meer springt und davonschwimmt?«

Ich kam wacklig auf die Beine und nahm ihm das Tau aus der Hand. »Lass mich das machen.«

»Keine Sorge, das schaffe ich schon allein.«

»Wenn sich deine Wunde öffnet …«

»Red keinen Unsinn.« Er zog an dem Tau, und das Boot glitt gehorsam auf den Strand. Ich trat ein paar Schritte zurück und setzte mich wieder hin. Meine Knie waren immer noch weich, meine Haut kühl von der langen Zeit im Wasser. Stefan beugte sich über das Boot und zauberte einen silbernen Eiskübel und zwei Gläser hervor.

»Du hast den Champagner mitgebracht?«

»Was denn sonst? Dachtest du, ich vergesse die Erfrischung?« Er setzte sich in den Sand an meiner Seite und legte die Hände an den Flaschenhals. Dann schob er den Korken mit den Daumen vorsichtig heraus, bis er mit einem dezenten Knall absprang.

»Du bist total verrückt.«

»Nein, nur ein bisschen. Es hat mich verrückt gemacht, deinen Körper leblos am Strand liegen zu sehen wie ein Gespenst im Mondlicht.« Er reichte mir das schäumende Glas. »Aber dann dachte ich mir, meine Annabelle würde niemals durch die finsteren Fluten schwimmen, nur um sich am Ziel geschlagen zu geben. Hier ...« Er stellte sein Glas in den Sand und streifte sein Jackett ab. »Zieh das über.«

»Mir ist nicht kalt. Ich bin schon fast trocken.«

»Wie könnte ich es vor Gott verantworten, wenn sich meine Annabelle erkältet, während ich immer noch mein Jackett trage?« Er legte es mir über die Schultern, griff nach seinem Glas und stieß mit mir an. »Und jetzt trink. Champagner soll man am besten eisgekühlt an einem Strand im Morgengrauen trinken.«

»Ist es wirklich schon Morgen?«

»Ist nicht mehr lang hin.«

Ich neigte den Kopf, um an meinem Champagner zu nippen – er schmeckte absolut köstlich, ganz wie Stefan es versprochen hatte, ein kühler Schauer in meinem Magen. Neben mir legte Stefan den Kopf in den Nacken und leerte durstig sein Glas. Der Strand war so still und makellos, dass ich glaubte, die Bewegungen seiner Kehle und seiner sich schließenden Augen zu spüren.

»Diese blonde Frau«, sagte ich. »Die dich am ersten Tag besucht hat. War das deine Geliebte?«

»Ja«, sagte er aufrichtig, als dürfe es zwischen uns keine Ausflüchte geben.

»Sie ist sehr schön.«

»So ist das eben. Den Reichen gehört die Welt.«

Ich lachte. »Ich dachte, den *Mutigen*. Den Mutigen gehört die Welt.«

»Eine romantische Lüge. Hast du schon mal einen armen Mann mit einer schönen Frau gesehen? Vielleicht einen hässlichen Mann, einen schüchternen, einen dummen, einen grausamen. Aber keinen armen Schlucker.«

»Liebst du sie?«

»So viel wie eben nötig.«

Ich schluckte den Rest meines Champagners herunter und stellte das Glas zwischen uns in den Sand. Mein Blick verschwamm. »Ich habe keine Ahnung, was das bedeuten soll.«

»Nein«, sagte er. »Natürlich nicht.«

Er legte sich rückwärts in den Sand, und nach einem Augenblick ließ ich mich ebenfalls zurücksinken und lauschte seinem Atem nur wenige Zentimeter von mir entfernt. Der Strand war hart und rau, anders als der feine Sandstrand in der Bucht meines Vaters; unzählige Steinchen bohrten sich in meinen Rücken. Stefans Jackett streifte meine Wange und hüllte mich in einen intimen Duft von Tabak und Rasierseife. Der Mond war am Horizont versunken, und nur die Sterne spendeten uns Licht, wie in jener ersten Nacht, als wir über das Wasser gejagt waren. Zu dem Zeitpunkt hatte ich so gut wie nichts über ihn gewusst, und jetzt, zehn Tage später, nachdem ich zahllose Stunden in seiner Nähe verbracht, über ihn gewacht und alle möglichen Themen mit ihm diskutiert hatte, wusste ich im Grunde nicht viel mehr.

»Ich liebe deine Bibliothek«, sagte ich. »Du hast so viele wundervolle Bücher.«

»Ja, das ist unsere Familienbibliothek. Über mehrere Generationen gewachsen.«

»Eure *Familienbibliothek*? Ist das nicht ziemlich gewagt? All die Bücher auf einem Schiff aufzubewahren?«

»Nicht weniger gewagt als in unserem Haus in Deutschland. Wo man als Jude kein vollwertiger Bürger ist.«

Ich hob den Kopf. »Du bist Jude?«

»Ja. Wusstest du das nicht?«

»Ich hab nie drüber nachgedacht.« Ich ließ den Kopf zurücksinken und betrachtete die Sterne. Stefans Finger streiften meine Hand, meine Finger streiften seine, und einen atemlosen Moment später hielten wir Händchen, den Blick gemeinsam auf die Sterne gerichtet.

»Sag mal, Annabelle«, meinte er. »Warum hast du mich nie gefragt, warum ich an einem friedlichen Sommerabend an der Côte d'Azur angeschossen wurde?«

»Ich dachte, du wirst es mir schon erzählen, wenn du mir wirklich vertraust. Ich wollte nicht fragen, nur um zu hören, dass es mich nichts angeht.«

»Aber es geht dich etwas an. Und deshalb werde ich es dir erzählen. Die Männer, die mich angeschossen haben, waren von der Gestapo. Weißt du, was das ist?«

»Ja, so einigermaßen. Eine Art Geheimpolizei, richtig? Die geheime Staatspolizei der Nazis.«

»Ganz richtig. Sie haben mich auf dem Kieker. Denn anstatt stillschweigend das nächste Gesetz abzuwarten, das mir die Lebensgrundlage entzieht, versuche ich, mein Land zu beschützen. Das wahre Deutschland, wie ich es kenne und liebe – ein Deutschland, für das mein Vater vor zwanzig Jahren sein Auge und seinen Kiefer geopfert hat.«

»Verstehe.«

»Ich will dich nicht damit langweilen, was ich in der Nacht getan habe. Von der französischen Polizei hast du jedenfalls nichts zu befürchten. Das wollte ich dir noch sagen. Du machst dich meinetwegen nicht strafbar. Aber deine Hilfe war wichtig, damit der Mann, der mich angeschossen hat, niemals erfährt, was aus mir geworden ist oder wer mir geholfen hat.«

»Mein Bruder.«

»Ja, Créouville und seine Freunde. Und du.« Er nahm meine Hand und führte sie an seine Lippen, warm und weich und feucht vom Champagner.

Mein Herz trommelte so heftig, als wollte es mir aus der Brust springen. Meine Rippen schmerzten von der Anstrengung, es zurückzuhalten. Ich öffnete den Mund, um etwas zu sagen, doch meine Kehle war so trocken, dass ich die Worte kaum hervorbrachte.

»Ich bin froh«, sagte ich. »Ich bin stolz auf meinen Bruder, weil er dir geholfen hat.«

»Ja, er ist ein guter Kerl.«

»Ich nehme an«, sagte ich heiser, »dass du weiterhin das tun wirst, was auch immer du da tust. Du wirst dich weiterhin in Gefahr begeben.«

Er gab mir keine Antwort. Wir lagen schweigend im Dunkeln, Schulter an Schulter, Hüfte an Hüfte, Hand in Hand. Offenbar schlief ich vorübergehend ein, denn als ich die Augen wieder öffnete, waren die Sterne verschwunden, und ein violetter Schleier hatte sich über den kohlschwarzen Himmel gelegt. Stefan lag so reglos im Sand, dass ich dachte, er würde schlafen. Ich rührte mich nicht aus Angst, ihn zu wecken.

Diesen Moment werde ich für immer im Gedächtnis behalten, dachte ich, seinen männlichen Geruch nach Zigaretten und Champagner und salziger Wärme, seinen rhythmischen Atem, seine kraftvolle Hand in meiner, den rauen Sand an meinem Hinterkopf.

»Es dämmert schon«, sagte er sanft.

»Ich dachte, du schläfst.«

»Habe ich auch.«

Die Wellen plätscherten an das Ufer. Ein Hauch von Farbe breitete sich über den Horizont. Stefan setzte sich auf, ohne meine Hand loszulassen. »Die Sonne geht bald auf«, meinte er. »Sie versteckt sich noch hinter den Klippen, aber in Venedig ist es bereits hell.«

»Ich war noch nie in Venedig.«

»Venedig ist wundervoll, eine verträumte Schönheit, wie das Gemälde einer Erinnerung. Aber es kann dort höllisch stinken.« Er blickte hinauf zu der violetten Silhouette des Fort Royal, das zwischen den Bäumen kaum zu erkennen war. »Tagelang habe ich die Festung durch das Bullauge meiner Kajüte betrachtet und an die Männer gedacht, die dort gefangen gehalten wurden.«

»Ja. Mir ist das Buch aufgefallen, das ich dir holen sollte. Von Dumas. Über den Mann mit der eisernen Maske.«

»In Wahrheit war sie gar nicht eisern, sondern aus schwarzem Samt. Erst Voltaire machte sie zu einer eisernen Maske, vermutlich aus Gründen der Dramatik. Davon geht man zumindest aus.«

»Warst du schon mal in der Festung?«

»Nein.« Er grinste vielsagend. »Wollen wir mal einen Blick hineinwerfen?«

»Was – jetzt? Sie ist doch noch gar nicht offen.«

»Umso besser. Dann sind wir ganz ungestört.« Er rappelte sich mühsam auf und zog mich zu sich hoch. »Ist auch besser so, schließlich trägst du nicht mehr als ein Nachthemd und mein Jackett.«

»Und was ist mit deinem Bein?«, fragte ich.

Er zuckte mit den Achseln. »Mach dir keine Sorgen um mein Bein. Du bist nicht mehr im Dienst, schon vergessen?«

## 11.

Wir schritten langsam den Hügel hinauf, nicht nur wegen meiner nackten Füße und Stefans Bein, sondern weil uns die Welt in jenem Moment so ursprünglich und heilig erschien, ein unberührter Garten Eden, erfüllt vom blassen Morgenlicht und einem Duft von Pinien und Eukalyptus. Eine schnurgerade Allee führte uns hinauf zum Fort, und wir begegneten keiner Menschenseele. »Unten im Dorf gibt es ein paar Fischer, die vermutlich gerade mit ihren Booten rausfahren. Aber ab dem Vormittag wimmelt es hier nur so von Touristen.«

»Da stehe ich lieber früh auf und verbringe meine Zeit mit den Fischern«, sagte ich. »Ich erlebe den Ort gern so, wie er wirklich ist … oder einmal war.«

»Ja, Touristen sind einfach nur lästig. Warst du schon mal in Pompeji?«

»Nein, ich war noch nie in Italien.«

»Das müssen wir ändern. Es würde dir dort gefallen. Man hat das Gefühl, durch ein ganz normales Städtchen zu gehen, aber natürlich sieht man den Straßen an, wie alt sie sind. Überall liegen Scherben von antikem Steingut. Man braucht sich nur zu bücken und eine aufzuheben, um sie mitzunehmen.«

»Ist das nicht verboten?«

»Nein, es geht denen nur um den Erhalt der Fresken. Die sind unglaublich. Aber nichts für schwache Gemüter.«

»Sind sie so brutal?« Ich dachte an die Gladiatorenkämpfe und die römische Sensationslust.

»Nein, aber extrem erotisch.«

In einem der Bäume sang ein unbekannter Vogel sein melancholisches Lied. Das dumpfe Knirschen unserer Schritte hallte aus dem Wald zurück.

»Und dann gibt es da noch diese beeindruckenden Gipsabdrücke«, fuhr Stefan fort. »In der ausgehärteten Asche hat man Hohlräume gefunden, und irgendjemand kam auf die kluge Idee, sie mit Gips auszugießen. Als der Gips getrocknet war, hat man die Asche abgetragen und lebensgetreue Abdrücke der Menschen gefunden, die damals gestorben sind … von der Asche lebendig begraben. Man sieht immer noch die Panik auf ihren Gesichtern. Und *das*, Annabelle, das ist der Moment, in dem einem bewusst wird, dass es wirklich passiert ist, dieses unglaubliche Unglück. Jeder dieser Abdrücke war vor rund zweitausend Jahren mal ein echter, lebender Mensch, und diese Figuren sind der eindrucksvolle Beweis. Sie sind wie Momentaufnahmen eines bestimmten Augenblicks, des Augenblicks ihres Todes. Es ist, als würden die Toten wiederauferstehen.«

»Wie grausam.«

»Grausam und beeindruckend zugleich. Aber das Schlimmste war dieser Hund. Die Menschen konnte ich mir ganz gut ansehen, aber der Hund hat mich zum Weinen gebracht.«

»Es macht dir nichts aus, sterbende Menschen zu sehen, aber sterbende Tiere schon?«

»Weil die Menschen wussten, was mit ihnen passiert. Sie wussten, der Vesuv war ausgebrochen, die Stadt war verloren. Sie hatten keine Chance zu entkommen, aber sie wussten zumindest Bescheid. Der Hund hatte nicht die geringste Ahnung. Er hat sicher geglaubt, man wolle ihn bestrafen.«

»Das dachten die Menschen doch auch. Sie dachten, die Götter wollten sie bestrafen.«

»Aber wir Menschen sind voller Sünde, stimmt's? Wir kennen unsere Verfehlungen. Wir kennen unsere Schuld. Dieser arme Köter hatte keine Ahnung, was er falsch gemacht hat. Wir sind da.«

Zu unserer Rechten ragte hinter den Bäumen eine hohe Mauer empor. Die Morgendämmerung schritt voran und warf ihren goldenen Schein auf den oberen Rand der Festung, die sich im Laufe unserer Unterhaltung zu ihrer vollen gebieterischen Größe aufgebaut hatte. Vor uns lichtete sich der Wald und enthüllte eine befestigte Terrasse.

»Kommen wir da rein?«, fragte ich.

»Wir können es versuchen.«

Die Sonne hatte die Dächer noch nicht erreicht, und die Terrasse lag vollständig im Schatten. Wir folgten dem Weg, bis der Eingang des Forts in Erscheinung trat: ein weiter Bogen mit einem bescheidenen Türmchen, der die hohen Mauern unterbrach. Es gab kein Tor, kein Hindernis. Auf der anderen Seite lockte uns strahlender Sonnenschein.

»Meinst du, es gibt hier Soldaten?«

»Nein, die Garnison wurde vor Jahren aufgelöst. Soweit ich weiß, ist es nur noch ein *monument historique*, wie die Franzosen es nennen. Es gehört dem französischen Volk.«

»Dann gehört es auch mir, ich bin schließlich französische Staatsbürgerin.« Ich trat entschlossen durch den Torbogen und ging die paar Stufen hinauf, bis ich einen hellen Lichtspalt erreichte, der sich zwischen den Gebäuden hindurchstahl.

»Aber du bist mehr als eine einfache Bürgerin«, meinte Stefan und folgte mir. »Du bist eine echte französische Prinzessin, richtig?«

»Das hat nicht viel zu bedeuten. Wir leben in einer Republik. Wir sollten gar keine Titel mehr haben. Außerdem bin ich zur Hälfte Amerikanerin. Man kann nicht wie ein Yankee reden und sich zugleich als Prinzessin ausgeben.«

»Aber der Titel steht dir. Besonders wenn dir die Sonne aufs Haupt scheint so wie jetzt.«

Ich blieb stehen und drehte mich zu Stefan um, der ebenfalls stehen blieb, um meinen Blick zu erwidern. Er war fast dreißig Zentimeter größer als ich, und die Sonne berührte nicht nur sein Haar und seine Augen, sondern sein gesamtes Gesicht. Manchmal wirkten seine Züge ein wenig gewöhnlich, da die Knochen so schlicht arrangiert waren, aber in der strahlenden Morgensonne war er wunderschön.

»Sieh mich nicht so an«, sagte er.

»Wie denn?«

»Als sollte ich dich küssen.«

»Aber das sollst du doch.«

Stefan schüttelte den Kopf. »Wie kannst du nur so sein? Niemand auf der Welt ist wie du.«

»Dasselbe könnte ich von dir behaupten.«

Er berührte die Spitzen meines Haars, und meine Sinne waren so geschärft, dass ich das sanfte Prickeln jeder einzelnen Haarwurzel spüren konnte. »Wie soll ich das überleben, Annabelle?«, flüsterte er. »Wie soll ich mich zurückhalten?«

Ich erwiderte nichts. Ich wollte ihn nicht in die eine oder andere Richtung drängen. Stattdessen trat ich ein, zwei Schritte zurück, bis ich an der Festungsmauer stand, die bereits von der Sonne gewärmt wurde. Stefan kam auf mich zu und vergrub seine Hand in meinem Haar, sodass sich seine Finger um meinen Hinterkopf schmiegten. Sein Blick sank hinab zu meinen Lippen.

»*Alles hat seinen Preis*«, raunte er auf Deutsch. Dann beugte er sich vor, um mich zu küssen.

Ich regte mich nicht, als seine Lippen die meinen berührten, erst zaghaft, dann intensiver, bis er meinen Mund sanft öffnete, um mich zu kosten. Ich wusste nicht, dass man sich so küssen konnte, so innig und intim. Ich dachte, man küsst sich nur äußerlich. Er schmeckte genau, wie er roch, nach Champagner und Zigaretten, nur feuchter und rauer, durch und durch lebendig. Ich löste meine Hände von der Mauer und schob sie um seine Taille, denn vielleicht würde sich diese Gelegenheit nie wieder bieten, die wunderbare Gelegenheit, Stefans warme Taille zu umfangen, während er mich mit seinen Lippen liebkoste. Mit der einen Hand hielt er meinen Hinterkopf, mit der anderen mein Gesicht, und er beendete den Kuss mit einem zärtlichen Knabbern, das irgendwo an meiner Wange endete, dann lehnte er die Stirn gegen meine. Ich sank entspannt gegen die Mauer und ließ das Gewicht seines Körpers auf mich wirken. Von einem nahen Dachfirst zwitscherte ein Vogel zu uns herab.

»Na schön«, sagte er. »Ich lebe noch.«

»Tut mir leid. Ich weiß nicht, wie man küsst.«

»Dann solltest du es nie lernen.«

Ich lachte leise und zog ihn noch enger an mein dünnes Nachthemd. Die Morgensonne versengte mein Gesicht. »Deine Geliebte wäre bestimmt nicht glücklich, uns so zu sehen.«

Er hob den Kopf. »Ehrlich gesagt, ist es mir egal, was diese Frau empfindet. Und dir sollte es auch egal sein. Aber komm. Die Aufseher werden bestimmt bald eintreffen und dann die Touristen. Das wäre ein hübscher Skandal, wenn man uns so sehen würde.«

»Das ist mir egal.«

»Mir nicht. Ich lasse nicht zu, dass Annabelle de Créouville im Nachthemd mit ihrem Geliebten erwischt wird, damit alle Welt sie anstarrt.« Er strich mir ein letztes Mal übers Haar und nahm meine Hand. »Schaffst du den Rückweg mit nackten Füßen?«

»Müssen wir wirklich schon zurück? Ich wollte mir die Festung ansehen.«

»Wir kommen ein andermal wieder, wenn du willst.«

Seine Stimme durchdrang warm meine Brust. Ich wollte ihn erneut küssen, doch stattdessen folgte ich ihm zu den Stufen. *Deine armen Füße*, sagte er mit einem Blick nach unten, und ich erwiderte: *Dein armes Bein*, dann küsste er meine Hand und sagte: *Der Lahme führt den Lahmen.*

*Der Blinde führt den Lahmen*, widersprach ich, doch er erwiderte: *Aber ich bin nicht blind, du etwa?*

*Nein*, sagte ich. *Ganz im Gegenteil.*

Zwei wettergegerbte Männer saßen rauchend auf der Terrasse, als wir durch den Torbogen traten. Sie blickten auf und ließen fast ihre Zigaretten fallen.

»*Bonjour, mes amis*«, rief Stefan vergnügt, dann beugte er sich zu mir runter und nahm mich auf den Arm, um mich den Rest des Weges zu tragen – zum Teufel mit seinem verletzten Bein.

## 12.

Eine Stunde später saßen wir zusammen im Beiboot der *Isolde* – ein schlankes Gefährt mit der Energie eines Rennpferdes –, um zur Villa meines Vaters zurückzukehren. Stefan saß am Steuer, sein Haar vom Wind zerzaust, seine Haut sonnenbeschienen. Die Wellen schlugen rhythmisch gegen den Rumpf des Bootes, die Seeluft war schwer und salzig.

Wir redeten nicht viel. Worüber sollte man auch reden an einem solchen Morgen? Und es war gerade mal sieben Uhr. Der gesamte Tag lag noch vor uns. Wir umrundeten das Cap d'Antibes, und die Villa Vanilla trat unvermittelt in Erscheinung, strahlend weiß im gleißenden Morgenlicht. Stefan steuerte das Beiboot routiniert in das Bootshaus und nahm frühzeitig das Gas zurück, um nicht zu viel Lärm zu machen.

»Ich begleite dich noch die Klippe hinauf«, sagte er. »Der Pfad ist mir nicht ganz geheuer.«

»Den bin ich schon hundertmal gegangen«, erwiderte ich. »Zuletzt in stockfinsterer Nacht, als wir uns das erste Mal begegnet sind.«

»Das möchte ich mir lieber nicht vorstellen.«

Als wir oben ankamen, war das Haus still und verlassen. In den nächsten Stunden würde sich daran nicht viel ändern. Eine sündhafte Champagnerflasche stand auf der Gartenmauer, offenbar vom Personal übersehen. Stefan nahm sie im Vorbeigehen mit und warf einen Blick in die Einfahrt, die seitlich des Hauses in Erscheinung trat, als wir uns der Terrasse näherten. »Mein Gott«, sagte Stefan. Er blieb wie angewurzelt stehen. »Wem gehört denn der Wagen?«

Ich folgte seinem Blick und entdeckte von Kleists eleganten Mercedes in seiner ölig schwarzen Pracht. »Ach, der gehört dem General von Kleist. Es wundert mich, dass er noch hier ist. Er schien sich nicht sonderlich zu amüsieren.«

»Von Kleist«, wiederholte er.

»Kennst du ihn?«

»Flüchtig.«

Wir gingen weiter und stiegen die Stufen zur Terrasse hinauf. Als wir die Tür erreichten, gab er mir die leere Champagnerflasche und den kleinen braunen Koffer, der meine Habseligkeiten enthielt. »Siehst du? Jetzt kannst du deinem Bruder erzählen, dass ich dich sittsam bekleidet und mit intakter Tugend zurückgebracht habe. Dafür sollte man mich zum Ritter schlagen. Chevalier Silbermann.«

»Und was ist mit mir? Ich habe dich den Klauen des Todes entrissen und gesund gepflegt.«

»Aber du hast bereits einen Titel, Prinzessin Annabelle. Welch höhere Ehrung könnte es noch geben?«

Mit einem Mal fehlten mir die Worte. Mir fehlte die Energie, mit ihm zu flirten. Ich stand einfach nur da und starrte auf sein Kinn.

Stefans Stimme sank in eine tiefere Tonlage, die nur Hunde und Liebhaber verstehen. »Hör zu, Annabelle. Ich muss dir etwas sagen. Die Wahrheit. Ich hatte noch nie solche Angst wie heute Morgen, als ich dich in deinem weißen Nachthemd am Strand liegen sah, umgeben von den scharfen Felsen dieser tückischen Pointe du Dragon.«

»Du bist verrückt«, flüsterte ich.

»Ja, das bin ich. Verrückt nach dir. Ich habe den Verstand verloren. Aber Schluss damit. Ich mache dir Angst. Ich gehe jetzt zurück zu meinem Boot. Das ist für uns beide das Beste.« Er küsste meine Hand. Dabei hatte ich nicht mal bemerkt, dass er sie hielt. Er küsste sie ein zweites Mal und wandte sich zum Gehen.

»Stefan, warte!«, rief ich, aber er eilte bereits die Stufen hinunter. Seine Schritte klangen entsetzlich matt, sodass ich nicht einmal sagen konnte, wann sie sich vollständig in der morgendlichen Stille auflösten.

## 13.

Auf dem Weg zu meinem Zimmer durchquerte ich den Speiseraum, doch anstatt ihn leer vorzufinden, entdeckte ich Herrn von Kleist, der still auf einem Stuhl saß und frühstückte. Er blickte auf und wirkte nicht im Mindesten erstaunt.

»Guten Morgen, Mademoiselle de Créouville.« Er schob seinen Stuhl zurück und erhob sich zu seiner imposanten Größe.

»Guten Morgen, Herr von Kleist.« Ich spürte, wie ich rot anlief. Die Champagnerflasche baumelte sündig an meiner linken Hand, der Koffer an der rechten. »Ich hatte nicht erwartet, so früh jemanden hier anzutreffen.«

»Ich stehe immer früh auf. Darf ich Ihnen Frühstück bestellen?«

»Nein danke. Ich lasse mir etwas aufs Zimmer bringen.«

»Wir haben Sie in den vergangenen zehn Tagen vermisst.«

»Ich war bei einem Freund der Familie.«

»Ja, das hat man mir erzählt.« Er blieb höflich stehen, die Serviette in der Hand, ein Kavalier der alten Schule. Das Küchenmädchen trat mit schweren Augenlidern herein, eine volle Kaffeekanne in der Hand. Bei meinem Anblick blieb sie erstaunt stehen.

»*Bonjour*, Marie-Louise«, sagte ich.

»*Bonjour*, Mademoiselle«, flüsterte sie.

Mein Blick wanderte zurück zu Herrn von Kleist. Im frühen Morgenlicht, das durch die östlichen Fenster hereinfiel, wirkten seine Augen extrem blau. Sein blondes Haar hatte einen fast jenseitigen Glanz. Er betrachtete mich mit neutralem Ausdruck, doch eine schwere Traurigkeit schien auf ihm zu lasten. Ich trat einen Schritt zurück.

»Bitte lassen Sie sich nicht von Ihrem Frühstück abhalten«, sagte ich und verließ den Raum, um im nächsten Moment die Treppe hinauf und in mein Zimmer zu stürzen, in der Hoffnung, einen letzten Blick auf das Beiboot der *Isolde* zu erhaschen.

Doch ich kam zu spät.

# Pepper

## ROUTE A1A – 1966

### 1.

Annabelle wartet geduldig wie eine Frau, die so etwas nicht zum ersten Mal macht: darauf warten, dass jemand aufhört, sich zu übergeben. Als Pepper den Kopf hebt, reicht sie ihr ein blütenweißes Taschentuch.

»Danke«, sagt Pepper.

»Besser? Können wir weiterfahren?«

»Ja.«

Der kraftvolle Motor befördert sie zurück auf die Straße. Pepper lässt den Kopf zurücksinken und genießt den kühlen Fahrtwind auf ihrem Gesicht. Annabelle schaltet das Radio ein. »Ziemlich spät für Schwangerschaftsübelkeit.«

»Ich kenne keine Schwangerschaftsübelkeit.«

»Glückspilz. Dann Nervosität?«

»Ich kenne auch keine Nervosität.« Sie macht eine Pause. »Jedenfalls nicht ohne guten Grund.«

Das Krächzen des Radios verwandelt sich in Musik. Die Beatles. *Yesterday. All my Troubles seemed so far away.* Annabelle wartet einen Moment, die Hand am Senderknopf, dann lässt sie es dabei bewenden. Sie lehnt sich zurück und fragt: »Soll das heißen, der Mistkerl hat dir gedroht?«

»Er hat versucht, mich zu finden. Und ich habe mich rargemacht, mehr nicht.«

»Warum? Er ist immerhin der Vater.«

»Weil ich weiß, was er von mir erwartet.« Pepper betrachtet ihre Fingernägel. Sie hält dich für eine Idiotin, Pepper Schuyler. Du wirst es ihr erzählen, oder? Du wirst jeden Moment die Fassung verlieren. Ihr Hals brennt immer noch. »Ich habe es ihm nicht mal erzählt. Er hat es selbst herausgefunden, keine Ahnung, wie. Dann hat er mich im Hotel angerufen und mich angebrüllt. Warum ich es nicht habe wegmachen lassen, wollte er wissen.«

»Was für ein Gentleman.«

Pepper löst den Blick von ihren Fingernägeln und sieht stattdessen zur Seite. Die Straße folgt der Küstenlinie, und zu ihrer Rechten wälzt sich der gute alte Atlantik treu und geduldig im Mondschein. »Er ist ein geschickter Jäger, das muss man ihm lassen. Ich hatte mir immer geschworen, nie mit einem verheirateten Mann zu schlafen. Ich weiß, was alle Welt von mir denkt – Pepper Schuyler kommt, schließt eure Männer weg! –, aber ich beschränke mich lieber aufs Flirten. Eine Art harmloses Hobby, so wie andere Frauen Bridge spielen. Und in meiner Naivität habe ich geglaubt, er wäre sich dessen bewusst. Ich dachte, mehr als ein Kuss wird schon nicht passieren, aber eines Abends passierte dann doch mehr. Ein berauschender Sieg, berauschender Champagner, eine berauschende Nacht in einer Hotelsuite … und ehe man sich's versieht, landet der Superstar einen weiteren Volltreffer und wedelt triumphierend mit seinem Lümmel. *Upsiwupsi!*, wie meine Schwester Vivian so schön sagen würde.«

Annabelle fährt schweigend weiter. Ihre Hand liegt locker am Lenkrad, ihr Ellbogen ruht auf der Tür. Pepper riskiert einen Blick. Ihr Kopf ist leicht zur Seite geneigt, was ihren langen Nacken betont. Ihre Haut ist jugendlich straff und schimmert im Mondschein. Welchen Teufelspakt hat sie wohl abgeschlossen, um mit einer solchen Haut gesegnet zu werden? Pepper wäre ohne Weiteres bereit, den gleichen Pakt einzugehen. Wofür brauchte man schon eine unsterbliche Seele? Um sich bis in alle Ewigkeit zu langweilen und an einer Harfe zu zupfen? Dann lieber zwanzig gute Jahre auf der Erde mit makelloser Haut, gefolgt vom ewigen Nichts.

»Woran denkst du?«, fragt Pepper.

Annabelle hebt lachend den Kopf, während der Wagen leicht schlingert. »Willst du das wirklich wissen?«

»Besser als die Beatles.«

»Ich habe daran gedacht, wie ich mich damals verliebt habe. Und wie dankbar ich dafür bin. Wir waren in Südfrankreich, im August, direkt am Meer. Mit meinen neunzehn Jahren war ich total verrückt nach ihm. Ich fühlte mich wie im siebten Himmel.«

»Wie hieß er denn?«

Sie macht eine Pause. »Stefan.«

Die Musik spielt weiter, der Instrumentalteil, tiefe, schwermütige Streicher. Pepper starrt auf ihre Daumen und denkt an den Abend, als sie ihre Jungfräulichkeit verlor. Kein Sonnenschein, kein Mittelmeer, kein mysteriöser Stefan. Vielmehr ein Freund ihrer Mutter, am Ende einer langen Partynacht. Sie hatte mit ihm geflirtet, denn Flirten verlieh ihr ein köstliches Gefühl von Macht, eine berauschende Zuversicht in ihre siebzehnjährige Schönheit, wenn selbst ein zwanzig Jahre älterer Mann ihr bei jedem noch so banalen Wort an den Lippen hing. Wenn er ihr erzählte, wie schön sie geworden sei, schöner als jedes andere Mädchen, das er kannte. Wenn er sie in einen abgelegenen Winkel der Dachterrasse führte, hoch über dem Central Park, ihr verbotene Martinis einflößte und sie küsste – mit Küssen kannte sie sich aus, damit konnte sie umgehen. Doch dann fingerte er an ihrem Kleid und ihrer Unterwäsche herum, bis sie nicht mehr damit umgehen konnte, bis sie sich in einem Liegestuhl wiederfand, hilflos unter ihm gefangen. Und vielleicht war es gut, dass er ihr die Martinis eingeflößt hatte, denn wenigstens konnte sie sich hinterher nicht genau erinnern, wie es passiert war.

Im Radio beginnt ein neuer Song von irgendeiner Band, die Pepper nicht kennt. Sie beugt sich vor und schaltet es aus.

2.

Sie erreichen Cocoa Beach gegen halb zwei in der Früh. Eine dichte Wolkendecke hat sich vor den Mond geschoben, daher kann Pepper jenseits des Scheinwerferlichts nicht viel erkennen. Aber sie ist zu müde, um sich daran zu stören.

»Da wären wir«, verkündet Annabelle lebhaft. »Die Haushälterin ist schon im Bett, aber das Gästehaus müsste bereit sein.«

»Machst du das etwa öfter?«

»Nein. Ich hatte nur so eine Ahnung, dass ich Besuch bekomme.«

Pepper steigt aus dem Wagen und stolpert Annabelle in der Dunkelheit hinterher, bis sie die Eingangstreppe erreichen. Ein bescheidenes Haus am Meer, so hat Annabelle es genannt, aber das hier erinnert eher an eine mediterrane Villa mit schlichtem Rauputz wie in Spanien oder Italien, irgendeinem Ort mit viel Sonne und Geschichte. Die Luft ist erfüllt von Eukalyptusduft.

Annabelle hält ihr die Tür auf. »Du bist sicher todmüde. Ich konnte während meiner Schwangerschaften kaum die

Augen aufhalten. Den Rundgang verschieben wir auf morgen. Jetzt gehen wir erst mal ins Bett.«

»Den Spruch habe ich auch schon gehört.«

Annabelle lacht. »Das kann ich mir vorstellen, du ungezogenes Ding.«

Trotz ihrer Müdigkeit stellt Pepper fest, dass die Worte keinerlei Wertung enthalten. Im Grunde ihres Herzens ist Annabelle Europäerin. Sie hat dieses gewisse *Je-ne-sais-quoi*, diesen Sinn für ein freizügiges *Joie-de-vivre.* Es ist nicht ihre Art, jemanden leichtfertig zu verurteilen. Vielleicht hat ihr Pepper deshalb das Herz ausgeschüttet, mitten in der Nacht auf einer unbekannten Straße, wie ein Kadaver unter dem Mikroskop. Vielleicht lag es aber auch am Mond oder am Ozean, an dem Baby in ihrem Bauch, an den Hormonen und dem Nikotinentzug. Was auch immer der Grund sein mag, Pepper hofft inständig, es am nächsten Morgen nicht bitter zu bereuen.

»Wir haben das Haus 1941 gekauft«, sagt Annabelle, während sie die dunklen Räume durchqueren. »Es wurde in den Zwanzigern erbaut, während der großen Umsiedlungswelle aufs Land. Wir haben es spottbillig erstanden. Es war ziemlich heruntergekommen, der Bau nie richtig beendet, aber das Fundament war solide. Es gab reichlich Platz für die Kinder und keine neugierigen Nachbarn. Wir fanden es irgendwie authentisch, und das findet man in Florida nur selten.«

»Wie wahr.«

»Von mir einmal abgesehen!« Annabelles mitternächtlicher Überschwang ist beinahe unerträglich. Pepper möchte sie am liebsten erwürgen. Zugegeben, vor sechs Monaten wäre sie selbst für jede nächtliche Vergnügung zu haben gewesen. Vor sechs Monaten hätte der Spaß um Mitternacht erst so richtig begonnen. Nur deshalb war sie überhaupt in dieses Schlamassel geraten, richtig? Zu oft war sie dem Reiz der Mitternacht erlegen. Und nun stolperte sie schwanger und übermüdet durch ein fremdes altes Haus in Florida.

Annabelle schiebt einen Riegel zurück, eine Tür öffnet sich, und im nächsten Moment stehen sie in einem finsteren Hof, umgeben von frischer Luft und duftenden Zitronenbäumen. Annabelle wendet sich zur Wand und schaltet die Außenbeleuchtung ein. Pepper blinzelt.

»Hier entlang, meine Liebe«, sagt Annabelle.

Pepper folgt ihr. »Ich will ja nicht drängeln, aber gibt es hier eine Toilette?«

Annabelle fasst sich an die Wangen. »Du meine Güte! Ich bin wirklich ein Trottel. Es ist einfach zu lange her, dass ich selbst schwanger war. Du hättest etwas sagen sollen. Mir war nicht bewusst, dass du so höflich bist!«

»Bin ich auch nicht. Ich habe nur unterwegs keinen Blumentopf entdeckt.«

Das Gras ist kurz und feucht. Sie haben den Lichtkreis der Außenbeleuchtung hinter sich gelassen. In der Dunkelheit erspäht Pepper einen rechteckigen Schatten. Sie hofft inständig, dass es das Gästehaus ist. Und dass dort niemand auf sie wartet. Ruhe und Frieden, mehr verlangt sie gar nicht. Ruhe und Frieden und eine Toilette.

Annabelle erreicht die Tür und tritt zur Seite, um Pepper hineinzulassen. Ein frischer Duft von Seife und sauberen Laken umfängt sie.

»Fühl dich ganz wie zu Hause. Das Bad ist rechts.«

## 3.

Als Pepper zehn Minuten später aus dem Badezimmer kommt, steht Annabelle am Fenster und starrt in die Nacht.

Im Profil wirkt ihr Gesicht zerbrechlicher, als Pepper es in Erinnerung hat. Im Grunde hat Annabelle recht, denkt Pepper, sie ist gar nicht so hübsch. Ihre Nase ist zu lang, ihr Kinn zu spitz. Auf ihrem langen, schlanken Hals wirkt ihr Kopf leicht überproportioniert, wie ein Lutscher.

Doch dann dreht sie sich um, und Pepper vergisst ihre Vorbehalte.

»Alles vorhanden?«

»Ja, danke für das Nachthemd und die Zahnpasta. Ich habe den Eindruck, du hast das alles gründlich geplant.«

»Kann schon sein.« Annabelle lächelt. »Macht dich das etwa nervös?«

Pepper gähnt. »Im Moment kann mich nichts nervös machen.«

»Na schön. Dann schlaf dich erst mal aus. Ich kümmere mich darum, dass dich nebenan Kaffee und Frühstück erwarten, wenn du morgen aufwachst. Brauchst du sonst noch etwas?«

»Nein«, erwidert Pepper. Überschwänglicher Dank ist nicht ihre Art, andererseits tummelt man sich nicht über Generationen in den Seiten des Social Register, ohne brav die Beine geschlossen zu halten und seine Gastgeberin angemessen zu umgarnen. »Vielen Dank für die außergewöhnliche Gastfreundschaft«, sagt sie in ihrer besten Fifth-Avenue-Stimme – mit Betonung auf *außergewöhnlich*.

»Ach, keine Ursache. Ich helfe gern.«

Peppers gespitzte Ohren bemerken einen Anflug von Wehmut. Sie lässt sich aufs Bett sinken und stützt sich links und rechts ihres gewaltigen Bauches ab. »Ich helfe gern? Oder ich entführe gern junge Frauen?«

»Herrgott, Pepper Schuyler«, sagt Annabelle kopfschüttelnd. »Warum bist du nur so misstrauisch? Was hat man dir bloß angetan?«

»Meine gute Annabelle, die Frage ist doch vielmehr, warum dich das so interessiert.«

Ein Ausdruck der Verzweiflung breitet sich über Annabelles Stirn. Sie stapft zum Bett, setzt sich neben Pepper und ergreift ihre Hand. Ihre Hand! Als wäre sie die Bärenmutter und Pepper das süße Goldlöckchen. »Jetzt hör mir mal zu«, sagt die Bärenmama. »Du bist hier in Sicherheit, verstanden? Niemand wird dich belästigen oder bedrängen oder … was weiß ich, wovor du Angst hast.«

»Ich habe keine Angst.«

»Lehn dich einfach zurück, sieh deinem Baby beim Wachsen zu und denk darüber nach, was du mit deinem Leben anstellen willst. Du sollst dich entspannen, verstanden?«

»Du meinst wohl verstecken.«

»Von mir aus verstecken, wenn du so willst. Im Ort gibt es einen Arzt, falls irgendwelche Untersuchungen anstehen. Die Haushälterin wird dich hinfahren. Du kannst meinetwegen deine Eltern oder deine Schwestern anrufen. Du kannst sogar diesen Hornochsen anrufen, der dich in diese Situation gebracht hat. Sag ihm, er soll sich zum Teufel scheren.«

Pepper lacht los. »Zum Teufel scheren – nicht schlecht! Ich kann mir lebhaft vorstellen, wie er den Hörer auflegt und treudoof ins Fegefeuer stiefelt, nur weil Pepper Schuyler es so verlangt. Hast du eigentlich eine Ahnung, was für Verbindungen dieser Mann hat? Wer ihm den einen oder anderen Gefallen schuldet?«

»Trotzdem ist er dir ausgeliefert. Glaub mir, *du* hältst die Karten in der Hand. *Du* hast das entscheidende Ass. Lass dir bloß nichts anderes einreden.«

Pepper starrt auf Mamabärs Tatze, die immer noch ihre Hand hält. Die Fingernägel sind auffallend kurz und sorgfältig manikürt, die weiche Haut ihres Handrückens gezeichnet von zarten Venen in der Farbe des Ozeans. Annabelle benutzt keinen Nagellack.

»Aber meine Frage hast du immer noch nicht beantwortet«, sagt Pepper. »Warum interessiert dich das?«

Annabelle geht seufzend zur Tür. Sie legt eine Hand an die Klinke und bleibt stehen. Sehr dramatisch. Hätte man ihr gar nicht zugetraut!

»Warum es mich interessiert, Pepper? Weil ich vor neunundzwanzig Jahren in der gleichen Situation war wie du. Ich hätte damals Hilfe gut gebrauchen können. Dann hätte ich mir so manchen dummen Fehler erspart.«

# Annabelle

## ANTIBES – 1935

### 1.

Eine Woche verstrich. Charles war noch vor meiner Rückkehr mit seinen Freunden abgereist – inzwischen hatte ich eine vage Ahnung, warum. Herr von Kleist packte nachmittags seine Koffer und rollte in seinem eleganten Mercedes Roadster davon. Mein Vater stand wie immer spät auf und ging noch später zu Bett, um sich um seine verbliebenen Gäste zu kümmern. Ich hatte nichts zu tun, außer im Garten oder am Strand spazieren zu gehen, stundenlang Cello zu spielen, den nächstgelegenen Ort zu besuchen und mein Gedächtnis nach möglichen Hinweisen auf meine Zukunft zu durchforsten.

Am siebten Tag meiner unfreiwilligen Isolation erwachte ich mit dem festen Entschluss, nach Paris zu ziehen, um im Quartier du Montparnasse Cellounterricht zu geben, während ich mir selbst einen Lehrer suchte, um mein eigenes Können zu vervollkommnen. Ich hatte das Gefühl, ganz selbstverständlich dort hinzugehören. Immerhin war ich gleichermaßen Französin wie Amerikanerin, und angeblich wimmelte es am Boulevard du Montparnasse nur so von Amerikanern auf der Suche nach der wahren Kunst, dem wahren Leben, dem wahren Sinn sowie einer billigen Unterkunft. Und sollte eines Tages ein attraktiver deutscher Jude vor meiner Tür stehen und medizinische Hilfe benötigen, dann würde ich ihn mit Vergnügen bei mir aufnehmen. Sicherlich gäbe es eine Möglichkeit, ihn in das unruhige Geflecht meines Glücks mit einzubinden.

Ich wollte nicht länger darauf warten, dass etwas in meinem Leben passierte. Ich wollte mein Leben selbst in die Hand nehmen.

Im Geiste wiederholte ich meine neue Maxime, während ich die Treppe zum Frühstücksraum hinunterstieg, um die morgendliche Ruhe zu genießen, bevor der Rest des Hauses erwachte. Stattdessen herrschte pures Chaos. Der Flur war vollgestellt mit eleganten Ledertruhen und Überseekoffern, die Teppiche wurden aufgerollt, und das Personal eilte umher, als gäbe es eine Armee zu versorgen. Und mittendrin, wie immer makellos gekleidet in seinem hellen Leinenanzug, stand mein Vater und telefonierte hektisch auf Französisch, die Telefonschnur bis aufs Äußerste gespannt und um den Körper gewickelt.

»Papa«, sagte ich. »Was ist los?«

Er hob seinen Zeigefinger, um noch ein paar Worte zu sagen, dann legte er den Hörer auf die Gabel und seufzte erschöpft. Er schloss die Augen, ordnete seine Gedanken und trat an den Beistelltisch, um das Telefon zurückzustellen. »*Mignonne*«, sagte er auf Französisch und breitete die Arme aus, »es ist acht Uhr, und du bist noch nicht fertig?«

Ich nahm seine Hände und gab ihm links und rechts einen Kuss auf die Wange. Er roch nach frischen Orangen, dem süßen Duft seiner Rasierseife, die er bei einer kleinen Apotheke in der Rue Charles-François Dupuis im dritten Arrondissement bestellte. »Fertig?«

»Hast du denn meine Nachricht nicht bekommen?« Seine Augen wirkten müde und gerötet.

»Welche Nachricht? Papa, was ist passiert?«

»Ich habe sie gestern Abend unter deiner Tür hindurchgeschoben. Anscheinend hast du schon geschlafen.« Er ließ meine Hände los und zog ein Zigarettenetui aus der Tasche. Seine Finger fummelten ungeschickt an dem Verschluss. »Eine kleine Planänderung. Wir werden heute abreisen. Nach Paris.«

»Aber wir wollten doch noch eine Woche bleiben!«

»Eine geschäftliche Angelegenheit, um die ich mich dringend kümmern muss.« Er schaffte es irgendwie, sich eine Zigarette zwischen die Lippen zu stecken. Ich nahm ihm das schlanke goldene Feuerzeug aus der Hand und zündete sie ihm an. Dabei konzentrierte ich mich auf die vertraute Bewegung meiner Finger, um meine aufsteigende Panik zu unterdrücken.

»Und was ist mit unseren Gästen?«, fragte ich.

»Ich habe jedem eine Nachricht zukommen lassen. Gewiss werden sie Verständnis haben, meinst du nicht?« Er ließ die Zigarette sinken und gab mir einen Kuss auf die Wange. »Und jetzt geh und pack deine Sachen, *chérie*. Glaub mir, es ist besser so. Man soll die Party verlassen, wenn sie am schönsten ist. Habe ich recht?«

»Ja«, sagte ich matt, »natürlich.« Ich machte auf dem Absatz kehrt, rannte die Treppe hinauf, zwei Stufen auf einmal nehmend, und platzte atemlos in mein Zimmer, wo ich mir ein schlankes schwarzes Fernglas von meinem Schreibtisch schnappte, um sofort wieder hinauszustürzen und die Hintertreppe zu nehmen.

Es war die vorletzte Augustwoche, und das Meer rollte rastlos über die Felsen und den Strand. Während ich am Rand der Klippen entlangstolperte, sog ich gehetzt die

Morgenluft in meine gequälte Lunge. Ich atmete den warmen Duft des sterbenden Sommers, das Vermächtnis jener heißen Wochen, die nie zurückkehren würden. Es ist mir egal, dachte ich, vollkommen egal, ob wir früher oder später nach Paris zurückkehren; ich habe meine eigenen Pläne. Ich werde nach Montparnasse ziehen, sorglos und kultiviert, und ob er mich findet oder nicht, ob er mich liebt oder nicht, ist mir egal, vollkommen egal.

Ich kam schlitternd zum Stehen und kletterte auf meinen angestammten Felsen, von wo aus ich jeden Morgen den Meeresbusen überblickte, jenes zarte weibliche Dekolleté, das Cannes sanft umschmeichelte. Von hier aus beobachtete ich den trägen Zickzackkurs der Jachten, die weiten Kurven der Fähren zu den beiden Inseln, einschließlich der Île Sainte-Marguerite mit ihrer Festung, die sich furchtlos an die Klippen schmiegte. Ich hielt das Fernglas vor die Augen und dachte, es ist mir egal, es ist mir egal, bitte, lieber Gott, es ist mir egal.

Von meinem Standort östlich der Inseln konnte ich die Stelle, wo die *Isolde* vor Anker lag, nicht einsehen – falls sie noch dort lag, im Schutz der Pointe du Dragon. Das hatte ich längst überprüft. Nein, nicht *überprüft*, ich hatte müßig den Blick schweifen lassen, doch die elegante schwarzweiße Jacht war von hier aus nicht zu erkennen, obgleich sie deutlich größer und schnittiger war als die übrigen Boote. Nichtsdestotrotz hatte mir mein Instinkt versichert, dass sie immer noch dort ankerte. Stundenlang hatte ich die Schiffe beobachtet, die schicken Motorboote, die behäbigen Fähren, die Beiboote der Jachten, und mich strikt geweigert, an die honigblonde Schönheit zu denken, die Stefan an jenem ersten Morgen besucht hatte und ihn möglicherweise auch in diesem Moment besuchte. Ich hatte mich strikt geweigert, darüber nachzudenken, wie schnell eine neunzehnjährige Jungfrau angesichts jener dramatisch geschminkten Augen, jener schlanken, erfahrenen Glieder in Vergessenheit geraten konnte.

Meine Knie wurden weich, und der Blick durch das Fernglas geriet gefährlich ins Wanken. Ich stellte mich anders hin, jeden Fuß sicher in einer Vertiefung, und straffte meine Schultern. Das Meer kam erneut zur Ruhe, tiefblau und uralt unter einem wolkenlosen Himmel. Als ich nach Südosten blickte, um die weißen Schaumkronen der Wellen zu zählen, schob sich urplötzlich, wie auf magische Weise, eine lange, elegante Jacht um das Cap d'Antibes, der Rumpf untenherum schwarz, darüber strahlend weiß, mit östlichem Kurs in Richtung Nizza oder Monaco oder gar Italien.

Die Cinque Terre waren um diese Zeit sicher bezaubernd, genau wie Portofino.

Mein Herz schwoll an und drohte meinen Brustkorb zu sprengen, sodass ich kaum noch Luft bekam.

»Ein schönes Boot, findest du nicht?«, fragte eine Stimme hinter mir.

Ich schloss die Augen und ließ das Fernglas gegen meine Schenkel sinken. Du musst weiteratmen, dachte ich und versuchte, den Knoten in meiner Kehle zu lösen. »Ja, wunderschön.«

»Aber Boote sind so vergänglich, so steril. Nichts kann auf ihnen wachsen und gedeihen. Also habe ich überlegt, mir stattdessen eine Villa zuzulegen, irgendwo in der Sonne, wo ich Oliven und Wein anbauen und meine Kinder großziehen kann, am besten mit einer Haushälterin, die alles in Ordnung hält und mir warmes Frühstück macht, und mit einem Gärtner, der sich um die Pflanzen kümmert.«

Mein Brustkorb zog sich krampfartig zusammen. Ich sagte oder vielmehr keuchte: »Und was … was machst du … im Winter?«

»Ah, gute Frage. Eine Wohnung in Paris vielleicht? Natürlich kann man der Sonne jederzeit folgen, aber es tut auch gut, echte Winter zu erleben. Damit man den Sommer umso mehr zu schätzen weiß.«

Ich drehte mich um. Aus meinen Augenwinkeln drang jeweils eine einzelne Träne, die an meinem Kinn herabtropfte. Stefan stand dicht vor dem Felsen, die Hände in den Hosentaschen vergraben, den Blick zu mir aufgerichtet. Ich beugte mich vor und legte die Hände auf seine Schultern.

»Wie seltsam«, flüsterte ich. »Ich hatte genau dieselbe Idee.«

Er hob die Arme und packte meine Taille, um mich von dem Felsen herunterzuwirbeln.

»Keine Sorge, Annabelle«, flüsterte er zwischen seinen Küssen. »Alles ist gut. Ich bin hier. Sei unbesorgt, *Liebling*. Du bist ja völlig aufgelöst. Beruhige dich und denke nach.«

»Ich will nicht nachdenken. Ich will mich nicht beruhigen.« Ich küsste seine Lippen, seine Wangen, seinen Nacken, wo immer ich herankam, bis wir beide feucht waren von meinen Tränen. »Ich habe mich zu lange zurückgehalten. Ich will endlich leben.«

»Ach, Annabelle. Du bist das lebhafteste Geschöpf, das mir je begegnet ist.«

»Das liegt an dir. Du hast mich zum Leben erweckt.«

Stefan unterbrach den Kuss und wandte mein Gesicht ins Sonnenlicht, als ob ich eine neuartige Spezies wäre, die er klassifizieren müsse, und er keine Ahnung hätte, wo er anfangen sollte … bei meiner Nase, meinem Haar oder doch meinen Zähnen. »Sag mir, was du willst, Annabelle.«

»Du weißt, was ich will.«

Er nahm meine Hand und führte mich den Hügel hinauf zu einem Grüppchen von Olivenbäumen, die sich in einem unregelmäßigen Kreis um uns schlossen. Er drängte mich sanft zu Boden, und ich schlang die Arme um seinen Hals, um ihn zu mir ins Gras zu ziehen. »Ich dachte, du wärst mit ihr auf und davon«, sagte ich, während ich die Knöpfe seines Hemds öffnete.

»Auf und davon? Mit wem?«

»Mit dieser blonden Frau, mit der du geschlafen hast.«

Er wich ein Stück zurück und sah mich an. »Mein Gott, was für ein Unsinn! Was will ich denn mit ihr?«

»Was weiß ich. Was wolltest du denn bisher?«

»Was wollte ich bisher?« Er ließ den Kopf ins Gras sinken, dicht neben meinem. Sein Körper ruhte auf mir, warm und schwer, gestützt von seinen Ellbogen. »Du bringst mich um«, sagte er leise. »Ich habe kein Recht auf dich.«

»Du hast jedes Recht. Ich gebe dir das Recht.«

Er legte seinen Mund an mein Ohr. »Sag das bitte nicht. Sag, ich soll aufhören. Sag, ich soll dich nach Hause bringen.«

»Nein. Du bist nicht gekommen, um mich nach Hause zu bringen.«

Er hob den Kopf, und sein Blick war schwer und verhangen. »Nein, bin ich nicht. Gott möge mir verzeihen.«

Er entblößte meine Brüste und küsste mich. Seine Hände glitten unendlich sanft über meine Haut. »So jung und unschuldig«, sagte er. »Das halte ich nicht aus.«

Ich streckte meine Arme im warmen Gras von mir.

»Gott wird mich dafür bestrafen«, sagte er.

»Nein, wird er nicht.«

Er küsste mich erneut und schob meinen Rock bis zur Taille hoch. Ich trug keine Strümpfe, keinen Hüfthalter. Er zog meine Unterhose behutsam nach unten, streifte sie von meinen Beinen und beugte sich über mich, um mich unbeschreiblich sanft und überraschend zu berühren, sodass meine Beine zu zittern begannen und die Luft in meiner Lunge erstarrte. Schließlich entfuhr mir ein leiser Seufzer, und ich griff nach seinen Hüften, weil ich nicht wusste, woran ich mich sonst hätte festhalten sollen. Sein Hemd war geöffnet und glitt bei meiner Berührung auseinander. »Sag, ich soll aufhören, Annabelle.«

»Hör nicht auf. Ich würde sterben, wenn du jetzt aufhörst.«

Er murmelte etwas auf Deutsch und nestelte an den Knöpfen seiner Hose, dann ließ er sich über mir herabsinken, seine Unterarme an meinen Schultern, sein Rücken leicht durchgebogen. Ich spürte, wie sich seine Schenkel zwischen meine schoben und mich sanft auseinanderdrängten, während das trockene Gras meinen Rücken kitzelte. Ich liebte seinen Atem, den männlichen Geruch von Tabak.

»Leg deine Arme um mich, Annabelle«, sagte er, und ich schlang meine Hände um seinen sonnengebräunten Nacken. Er griff nach meinem Knie, um es sanft anzuheben, und ich dachte, mein Gott, was habe ich getan? Seine Hand lag immer noch an meinem Knie, als er mich fragte: *Bist du dir sicher, Annabelle, willst du das wirklich?*, und ich nickte, denn wenn man auf einer Klippe steht und nach unten starrt, um die Entfernung zur Wasseroberfläche abzuschätzen, wenn sich die eigenen Gliedmaßen vor Angst in Wasser verwandeln, wird man trotz allem springen, man hat keine andere Wahl. Noch während ich nickte, zog ich auch das andere Knie an, denn wenn ich schon ins kalte Wasser sprang, dann mit beiden Füßen voran. Stefans Augen verschleierten sich. Sein Bauch berührte meinen. Und als er in mich eindrang, sagte er meinen Namen, nichts als meinen Namen, einmal, zweimal, eher ein Schrei als ein Stöhnen, *Annabelle, Annabelle.* Aber ich hatte keine Luft in meiner Lunge, um etwas zu erwidern, geschweige denn ihm zu sagen, was ich in diesem Moment empfand – einen zerreißenden Schmerz, begleitet von Panik und der überwältigenden Wonne und Genugtuung, jemandem vollständig zu gehören.

Er lag schwer atmend in mir, vollkommen reglos, und mir war schwindlig, fast schon übel. Ich dachte, das war es jetzt, so ist es also, miteinander zu schlafen, doch im nächsten Moment rührte er sich, und ich schrie auf. Er hielt inne, küsste mich, sagte meinen Namen, streichelte mein Haar. *Sieh mich an*, sagte er, doch ich konnte nicht. Er bewegte sich erneut in mir, küsste mich unentwegt, und die Übelkeit verwandelte sich in etwas anderes, eine stille Übereinkunft, seine Haut unter meinen Handflächen, sein rauer Atem in meinem Gesicht. Ich sah ihn an und dachte, mein Gott, so ist es also, miteinander zu schlafen.

2.

Wir blieben eine Ewigkeit liegen, während der Morgen um uns herum verstrich. Ich verspürte keinerlei Wunsch, mich zu bewegen, hatte keine Ahnung, was Bewegung überhaupt war. Irgendwann öffnete ich die Augen und spürte das sachte Klopfen meines Herzens an Stefans Brust. Er war herrlich schwer auf mir, hielt uns beide fest am Boden, und in meinem umnebelten Zustand dachte ich, er wäre eingeschlafen. Über uns raschelten die winzigen Blättchen der Olivenbäume, als wäre nichts geschehen, als hätte sich nichts verändert. Ich betrachtete ihre flirrenden Bewegungen, den geduldigen blauen Himmel dahinter, die dunklen Haarsträhnen über meinen Augen. Stefans Nacken war weich und feucht unter meinen Fingern. Zwischen meinen Schenkeln fühlte ich mich wund und überdehnt, aber ich wollte nicht, dass es vorbeiging, ich wollte diese Fülle für immer genießen.

Als er die Stille unterbrach, war sein Tonfall erstaunlich sanft.

»Oh Gott, Annabelle. Das habe ich nicht erwartet.«

»Es war unerwartet. Und wunderschön.«

»Alles an dir ist unerwartet und wunderschön.« Er strich mir ein paar Strähnen aus der Stirn, die sich wirr über mein Gesicht gebreitet hatten. »Sieh dich an. Was bin ich nur für ein Wüstling.«

»Du hattest keine andere Wahl.«

»Ein Mann hat immer eine Wahl. Hab ich dir wehgetan?«

»Nein, nein.«

»Doch, das habe ich. Ich habe dir wehgetan. Ich habe versucht, so sanft wie möglich zu sein. Aber ich habe so etwas noch nie gemacht … jemandem die Unschuld genommen.«

»Noch nie? Wirklich nicht?«

»Noch nie. Und es fällt mir schwer, es zu bereuen. Ich bin ein Wüstling. Ein gemeiner Schuft.« Er küsste meine Lippen und drückte sich vorsichtig hoch, um aus mir herauszugleiten. Sein Blick war voller Bedauern. Ich setzte mich auf und legte meine Hände an seine Wangen. »Sieh mich nicht so an.«

»Wie denn?«

»Als wolltest du es ungeschehen machen.«

»Nein, niemals. Es ist geschehen. Der Rest liegt in Gottes Hand.«

»Hör dich nur an. Vorhin hast du mir noch von einer Villa am Meer und einer schamlosen Wohnung in Paris erzählt.«

»Weil ich nie gedacht hätte, dass du dich darauf einlässt.

Ich dachte, du würdest mir eine Ohrfeige verpassen und empört nach Hause marschieren.«

»Ich bin eben voller Überraschungen.«

»Überraschend und wunderschön.« Er löste meine Hände von seinem Gesicht und küsste sie beide, dann zog er mich an sich und bettete uns sanft in das trockene Gras. Ich lag entblößt und selig an seiner Brust und dachte, mein Gott, wir haben uns geliebt, wir sind Liebende.

Eine träge Stille breitete sich aus. »Du bist schockiert von mir, oder?«, fragte ich.

Er lachte. »Schockiert und überglücklich. Aber ich muss nachdenken. Ich muss mir überlegen, was wir jetzt tun.«

»Du hattest von einer Villa gesprochen.«

»Ja, das habe ich. Aber die Villa ist nicht mehr als ein Traum, und es gibt eine Realität, der ich mich zuerst stellen muss.« Er griff mit der freien Hand in seine Jacketttasche, um sich eine Zigarette herauszuziehen und sie mit seinem goldenen Feuerzeug anzustecken. »Weißt du, woran ich die ganze Woche gedacht habe?«

»Nein, aber genau das habe ich mich die ganze Woche gefragt.«

»Ich habe darüber nachgedacht, wie ich mein bisheriges Leben ausgerichtet habe, nach gewissen Prinzipien und Überzeugungen in dem arroganten Irrglauben, Gott hätte es für mich so vorgesehen und würde über kleinere Sünden großzügig hinwegsehen. Aber dann habe ich mich gefragt, ob Gott nicht etwas ganz anderes mit mir vorhat, ob er mich vielleicht nur bestrafen will.«

»Und das hier ist eine dieser kleinen Sünden?«

»Ja, streng genommen schon. Trotzdem bereue ich es nicht, ich werde es niemals bereuen. Ich frage mich nur, wie es jetzt weitergehen soll.« Er schwieg und rauchte seine Zigarette, während er mich mit dem anderen Arm fester an seine Brust zog. »Du bist eine unerwartete Komplikation«, sagte er feierlich.

»Ach ja?«

»Eine gewaltige Komplikation sogar. Aber bevor ich mir hier den Kopf zerbreche, sollte ich erst einmal fragen, was *du* eigentlich willst. Welchen Weg hast du für uns beide vorgesehen? Immerhin bin ich auf ewig mit dir verbunden, nicht nur durch dein Blut, sondern auch durch meine Ehre. Ich bin dir für alle Zeiten treu ergeben.«

Diesmal musste ich lachen. »Ich liebe deine Ritterlichkeit. Du redest wie jemand aus einem vergangenen Jahrhundert.«

»Ganz genau. Und was befiehlst du deinem verstaubten Ritter, nun, da du ihn unterworfen hast?«

»Also das mit der Villa klingt schon ganz gut. Die Oliven, der Wein …« Ich unterbrach mich, denn ich hatte einen entscheidenden Teil ausgelassen und fragte mich, ob er meine Aufzählung ergänzen würde. Doch er schwieg, also fuhr ich unbeirrt fort: »Außerdem hast du vorhin von Paris gesprochen. Zufälligerweise habe ich heute Morgen beschlossen, mir eine kleine Wohnung am Montparnasse zu suchen.«

»Am Montparnasse! Annabelle am Montparnasse?«

»Ja, warum nicht? Die Gegend wimmelt nur so von Künstlern und Amerikanern. Es ist derzeit der faszinierendste Ort der Welt. Ich miete mir ein heruntergekommenes Zimmer über einem Café und gebe den Töchtern der Bourgeoisie Cellounterricht.«

»Dir ist aber klar, dass in Montparnasse von dir erwartet wird, dass du dir jeden Abend einen neuen Liebhaber suchst?«

»Du hast vergessen, dass ich voller Überraschungen bin. Ich könnte mir durchaus vorstellen, mich mit einem einzigen Liebhaber zu begnügen.«

»In dem Fall kann ich mich kaum beschweren, vorausgesetzt dieser Liebhaber bin ich.«

»Ja, dieser Liebhaber bist du.« Ich schmiegte mich an seine nackte Brust, das Kinn auf die Hände gestützt. Stefan drückte die Zigarette aus und berührte meine nackten Schultern. Mit einem Mal fühlte ich mich wagemutig und begehrenswert, wie eine wahre Geliebte. »Was hältst du von meinem Vorschlag, Ritter Silbermann? Kannst du dir das vorstellen?«

Er küsste mich sanft. Sein Blick verschleierte sich. Er küsste mich erneut, diesmal intensiver. »Ist das dein Plan? Diesen Weg willst du mit mir einschlagen?«

»Nur, wenn du es auch willst.«

Er betrachtete mich, küsste mich, betrachtete mich erneut, als hätte der Kuss irgendetwas verändert. »Na schön, Mademoiselle de Créouville. Ich werde sehen, was sich machen lässt. Ich werde mich um alles kümmern. Aber jetzt komm. Ich muss dringend los. Die Zeichen stehen auf Sturm.« Er griff nach meiner Bluse und half mir, mich wieder anzuziehen.

»Sturm?«

»Ja, Annabelle. Das Beiboot liegt am Hôtel du Cap.«

»Wo willst du denn hin?«

Er stand auf und knöpfte sich die Hose und das Hemd zu. »Zurück auf meine Jacht. Ich bringe sie in ihr Winterquartier nach Monte Carlo. Darum muss ich mich leider selbst kümmern. Bleib einfach noch ein paar Tage bei deinem Vater, dann komme ich zurück und …«

Meine Hände erstarrten an den Knöpfen meiner Bluse.

»Was ist?«, fragte er.

»O Gott, mein Vater. Das habe ich ja ganz vergessen.«

»Was hast du vergessen? Warum lachst du?«

»Ich kann nicht bei meinem Vater bleiben. Er fährt noch

heute zurück nach Paris. Deshalb war ich ja hier draußen, um nachzusehen, ob ich dein Schiff entdecke. Er hat alles gepackt und will, dass wir auf der Stelle abreisen. Der Ärmste ist bestimmt ganz außer sich vor Ungeduld.«

»Dann ist es also wahr. Ich habe ein Gerücht gehört, demzufolge ein gewisser schlecht betuchter Adliger in finanziellen Schwierigkeiten steckt. Heute Morgen bin ich aufgewacht und dachte, es ist an der Zeit zu handeln. Gott hat in seiner Weisheit alles perfekt arrangiert. Du kommst ganz einfach mit mir. Ich kann nicht zulassen, dass du nach Paris gehst und mich auf der Stelle vergisst.«

»Die Wahrscheinlichkeit, dass ich dich je vergesse, ist eher gering.«

Er küsste meine Hand. »Komm mit. Wir können deinen Vater vom Hotel aus anrufen.«

»Und was um Himmels willen soll ich ihm erzählen?«

»Nichts als die Wahrheit. Du willst diesen wundervollen Ort noch nicht verlassen, daher wirst du die letzten Sommertage bei einem guten Freund verbringen, der dir schon einmal seine Gastfreundschaft bewiesen hat.«

»Und dann?«

Er griff nach seiner Jacke und warf sie sich über die Schulter. Dann beugte er sich zu mir herab, um mich sanft auf den Mund zu küssen. »Dann sehen wir weiter.«

## 3.

Als wir die *Isolde* in Monte Carlo einholten, lag sie bereits im Hafen, umgeben von zahlreichen Booten ihrer Größenordnung, aber keinem von vergleichbarer Eleganz. Stefan übergab mir das Steuer des Beiboots. »Warte hier«, sagte er. »Ich muss der Crew nur ein paar Anweisungen geben.«

Ich versuchte, das Beiboot dicht neben der *Isolde* zu halten, keine leichte Aufgabe bei dem hektischen Wellengang des viel befahrenen Hafens. Die Sonne knallte mir auf den Kopf, denn ich hatte keinen Hut dabei. Mein Blick glitt über den vertrauten Rumpf des Schiffes, und ich dachte an den Moment, als ich vor knapp drei Wochen mitten in der Nacht an exakt dieser Stelle angelegt hatte, um das Abenteuer meines Lebens zu beginnen – ein Abenteuer, das gerade gigantische Ausmaße annahm, ein Abenteuer ohne Grenzen.

Ich betrachtete meine Hände, die eine am Steuer, die andere am Gashebel. Noch immer spürte ich einen süßen Schmerz zwischen den Schenkeln. Meine Haut fühlte sich an, als hätte man sie mit hochfeinem Schmirgelpapier abgerieben. Vor einer Stunde hatte ich noch mit Stefan im Gras gelegen, und nun rannte ich mit ihm davon. Wir waren Liebende, die gemeinsam durchbrannten.

Stefan hielt sein Wort und kam kurze Zeit später die Leiter heruntergeklettert, um mit einem schwerelosen Satz ins Boot zu springen. Ich schenkte ihm ein Lächeln, und er packte meine Schulter. »Mein Gott, du bist noch hier. Es war kein Traum.«

Ich musste lachen, weil ich genau dasselbe gedacht hatte. »Nein, es war kein Traum.«

Er versprühte eine prickelnde Energie, die die Luft zum Knistern brachte. Am liebsten wäre ich ihm um den Hals gefallen, um ihn leidenschaftlich zu küssen, doch stattdessen trat ich einen Schritt zurück und überließ ihm das Steuer. Er griff mit der einen Hand ans Steuer, mit der anderen zum Gashebel. »Auf geht's, *Liebling*«, sagte er.

»Wo geht es denn hin?«, brüllte ich über den Motorenlärm und den Fahrtwind hinweg.

»Ein Freund von mir hat in der Nähe ein kleines Anwesen, unweit der Stadt. Er lässt mich dort übernachten, wenn mein Schiff zur Wartung im Hafen liegt. Ein hübsches Haus, nur leider ohne Personal. Ich hoffe, die Nonnen haben dir nicht nur beigebracht, wie man eine Wunde versorgt, sondern auch, wie man kocht.«

»Ein Spiegelei würde ich im Notfall hinbekommen.«

»Großartig! Etwa einen Kilometer entfernt gibt es ein kleines Fischerdorf mit reichlich Wein und einer Bäckerei. Ich werde uns täglich frisches Brot besorgen. Wie klingt das?«

Ich beugte mich näher an sein Ohr. »Ich habe überhaupt nichts zum Anziehen dabei.«

»Mach dir deswegen keine Sorgen. Habe ich nicht gesagt, dass ich mich um alles kümmern werde?« Er legte einen Arm um meine Schultern und zog mich zu sich heran, während wir den Hafen in westlicher Richtung verließen, um zu Stefans bescheidener Zuflucht zu gelangen.

## 4.

Das Haus war klein, aber fein – eine Villa *en miniature* aus verwittertem gelbem Backstein, die sich malerisch an die Klippen schmiegte. Es gab einen eigenen Anlegeplatz mit Bootshaus, von wo aus eine in den Fels gehauene Treppe zum Haus hinaufführte.

Im Innern roch es nach Meer und Eukalyptus, der dicht vor dem Fenster wuchs, um im Sommer Schatten zu spenden. »Als Erstes lasse ich dir ein Bad ein«, sagte Stefan. »Ich bin ein echter Rohling, dich so erbarmungslos durch die Gegend zu jagen, anstatt für dein körperliches Wohlergehen zu sorgen.«

»Ich fühle mich sehr wohl«, sagte ich, und er musste lachen.

»Du bist eine durchtriebene kleine Lügnerin, Annabelle. Komm mit, *mein Liebling*. Mal sehen, ob der alte Heizkessel noch funktioniert.«

Stefan brachte den Heizkessel mühelos in Gang, und nach einer halben Stunde hatten wir heißes Wasser. Er zeigte mir die einzelnen Zimmer, die Küche, das Wohnzimmer und die hübsche von Zitronenbäumchen gerahmte Terrasse mit Blick aufs Meer. Das darüber gelegene Schlafzimmer hatte einen Balkon, der von den Zweigen der Bäume gestreift wurde, sodass sich ein frischer Duft von Zitronen unter den Geruch von Eukalyptus mischte. Stefan stellte sich hinter mich und deutete nach links. »Siehst du, dahinten im Osten? Wenn man ganz genau hinsieht, kann man die *Isolde* erkennen.«

Ich spähte an seinem ausgestreckten Finger vorbei. »Oh ja. Ich sehe sie!«

»Ich komme gern hierher. Es ist einer der friedlichsten Orte der Welt, obwohl Monte Carlo nur eine halbe Stunde entfernt liegt. Ich genieße es, allein zu sein und in Ruhe nachzudenken.«

»Dann störe ich doch nur.«

»Nein, überhaupt nicht. Du bereicherst diesen Ort. Ich hatte noch nie das Bedürfnis, einen anderen Menschen mit hierherzubringen.« Er küsste meine Schläfe. »Aber jetzt bekommst du erst mal dein Bad.«

Stefan war die eigentümlichste Kammerzofe aller Zeiten. Mit einer Zigarette im Mundwinkel durchquerte er das marmorne Badezimmer und schnupperte an einer Flasche Badeöl, während aus dem Hahn heißes Wasser plätscherte. Er goss ein paar Tropfen in die Wanne und setzte den Verschluss wieder auf. »Das sollte reichen, denke ich«, sagte er und wandte sich in meine Richtung. Sein Haar kräuselte sich vom aufsteigenden Dampf. Er schenkte mir ein fast schon übertriebenes Lächeln, als wäre er nervös. »Ich gehe nur schnell ins Dorf und besorge uns etwas zu essen, während du dich entspannst. Lass dir Zeit. Kann ich noch etwas für dich tun? Wie fühlst du dich?«

Ich liebe dich, dachte ich.

Er runzelte die Stirn. »Annabelle?«

Ich nahm ihm die Zigarette ab und drückte sie in dem Aschenbecher auf der Fensterbank aus. »Danke, Stefan. Ich fühle mich großartig. Seine Jungfräulichkeit zu verlieren ist keine tödliche Krankheit, egal was uns die Nonnen weismachen wollten. Kannst du mir beim Ausziehen helfen?«

5.

Als Stefan etwa eine Stunde später zurückkehrte, fand er mich auf dem Balkon vor, wo ich in einen viel zu großen Bademantel gehüllt am Geländer lehnte. Ich hob flatternd die Arme. »Etwas Besseres konnte ich nicht finden. Aber wenigstens bin ich frisch und sauber.«

Er ließ das Einkaufsnetz sinken. Eine Flasche prallte mit einem dumpfen Knall gegen das Holz. »Mein Gott«, sagte er.

»Ist etwas passiert?«

»Nein.«

Ich strich mir eine feuchte Strähne hinters Ohr. Die Sonnenstrahlen fielen ihm ins Gesicht, verwandelten seine braunen Augen zu Karamell und streiften die feinen Stoppeln seines Barts. Er wirkte verstört und wunderschön. Ich deutete auf die Tasche am Boden. »Hast du uns etwas zu essen mitgebracht?«

Er trat auf mich zu und legte die Hände an meine Wangen. »Ich weiß nicht mehr.«

## 6.

»Du scheinst diese Art der Unterhaltung überaus zu genießen«, sagte Stefan.

»Sollte ich das nicht?«

Wir saßen zusammen in einem Sessel auf dem Balkon, ohne uns zu rühren. Ich lag in ein weißes Laken gehüllt an Stefans Brust und glühte innerlich wie ein Schmiedefeuer. Unter uns glitzerte das Meer, auf dessen Oberfläche träge die Boote kreuzten. Ich atmete den frischen Duft von Eukalyptus und Zitrone und dachte, diesen Moment werde ich nie vergessen ... der Geruch von Zitrone wird mich für immer daran erinnern.

»Das geht nicht allen Frauen so«, behauptete er, nur um hastig hinzuzufügen: »Das habe ich mir zumindest sagen lassen.«

»Ich schon. Ich genieße es sogar sehr.«

Er küsste mein Haar. »Dafür bin ich sehr dankbar.«

»Aber weißt du was?«, sagte ich nach einem Moment. »Das hier genieße ich fast noch mehr. Das Danach.«

»Das hier?«

»Ja, so zusammenzusitzen. Innerlich glühend. Schließ die Augen.« Ich legte eine Hand über seine Lider. »Spürst du das?«

»Hmmm. Verstehe.«

»Es ist, als wäre ich ein Teil von dir und du ein Teil von mir. Als könnten wir uns ohne Worte verständigen.«

»Und was will ich dir in diesem Moment sagen, *Liebling*?«

Ich lauschte seinem Herzschlag. »Du hast dich in mich verliebt. Du liebst den Geruch meiner Haut und das Gefühl, meinen Bauch zu berühren.«

»Schon sehr gut, aber du hast da was vergessen. Ich liebe

dein Haar, deine weichen runden Brüste, deine riesigen braunen Augen, deine krummen Zehen und deine Beine, deine zarten Achselhöhlen und dein breites amerikanisches Lächeln. Und wie du mich ansiehst, wenn ich in dir komme.«

»Wie sehe ich dich denn an?«

»Als könnte ich restlos alles erreichen. Als wäre ich unbesiegbar.«

»Aber das bist du doch auch. Du *bist* unbesiegbar.« Ich streckte mein Bein aus und wackelte mit dem Fuß. »Sind meine Zehen wirklich krumm?«

»Ja, sie sind entzückend krumm. Ich möchte sie der Reihe nach küssen.«

Ich lachte. »Siehst du? Das ist das Beste von allem.«

»Nein. *Du* bist das Beste. Ich habe diesen Moment danach nie genossen, als du kein Teil davon warst.«

»Warum nicht?«

Er gähnte. »Ich bin meist verschwunden, so schnell ich konnte. Aber jetzt hör auf zu reden. Schließ die Augen und höre auf mein Herz.«

Ich schloss die Augen und zählte die Schläge seines Herzens. Als ich die Unendlichkeit erreicht hatte, wurde die Stille von einem Motorengeräusch unterbrochen. Ich hob den Kopf und entdeckte ein Motorboot, das sich von dem übrigen Bootsverkehr gelöst hatte und geradewegs auf uns zusteuerte. »Da kommt jemand«, sagte ich.

Stefan öffnete die Augen und hob den Kopf von der Rückenlehne. »Das ist bestimmt mein Bootsführer, um dir das Cello zu bringen.«

»Welches Cello?«

»Das Cello, das ich diese Woche bei einem respektablen Händler in Monte Carlo erstanden habe. Er versicherte mir, es sei ein echtes Amati. Ich hoffe, du wirst es ausprobieren und mir bestätigen, dass ich mich nicht zum Narren gemacht habe.«

## 7.

Ich spielte gut eine Stunde lang, die Augen feucht von Tränen: Bachs Cellosuite Nr. 1, die ich auswendig kannte, rastlos und hoffnungsvoll, jede Note eine Offenbarung, dem magischen Holz entstiegen wie ein klangliches Mysterium. Gefolgt von Chopin, denn es gibt Emotionen, die nur Chopin auszudrücken vermag.

Als ich die schimmernden Kurven des Instruments zurück in den Koffer bettete und die Saiten abwischte, gab ich Stefan einen Kuss und sagte, er habe sich nicht zum Narren gemacht.

## 8.

Am späten Nachmittag stiegen wir die Klippen hinab, um an dem steinigen Strand spazieren zu gehen. Stefan hielt meine Hand, während wir über die feuchten Felsen kletterten. »Unsere Villa«, sagte ich. »Liegt die eigentlich am Meer?«

»Wo immer du willst.«

»Ich will einen Ort genau wie diesen. Ich will morgens aufwachen und aufs Meer blicken, ich will an die Römer und Etrusker denken, an Hannibal und seine Elefanten und an Dido, die auf ihren Äneas wartet. Und an Napoleon, der sich mit seiner Flotte bis nach Alexandria durchmogelt, verfolgt von Nelson.«

Stefan blinzelte in die Sonne. Seine Haut war deutlich

dunkler als zuvor, ein warmes Goldbraun, als hätte er die vergangenen Tage ausschließlich unter freiem Himmel verbracht. Was hat er wohl die ganze Zeit getan?, fragte ich mich. »Gefällt mir«, erwiderte er. »Allein die Vorstellung, wie alt das alles ist. Wir Menschen sind wie winzige Sandkörner, die einander stetig ablösen.«

Er hielt den verqualmten Stummel seiner Zigarette in der Hand. Ich griff danach und warf ihn auf die Felsen, um die Arme um Stefans Hals zu schlingen. Ich küsste ihn, und er küsste mich, bis wir lachend auf die Felsen sanken und er meine Hände von sich schob. »Nein, wir müssen damit aufhören«, sagte er. »Das ist viel zu früh. So ein Wüstling bin ich nun auch wieder nicht. Ich will das Schicksal lieber nicht herausfordern.«

»Ich kann nicht damit aufhören. Ich muss dich anfassen, um mich davon zu überzeugen, dass ich nicht träume.«

Er zog mich an seine Brust, während die Sonne schwer über dem Meer ruhte. In der Nähe kreischte eine Möwe, das einzige Anzeichen von Leben in dieser reglosen Welt, abgesehen von Stefans Herzschlag an meinen Rippen. Ich liebte seinen Geruch, seine warmen Arme, die mich sicher umfingen. In seiner Nähe habe ich nichts zu befürchten, dachte ich.

»Ja«, sagte er schließlich. »Ich weiß, was du meinst.«

## 9.

Nach einem kalten Abendessen mit frischem Brot, Käse und Hähnchen spielte ich draußen auf dem nach Zitronen duftenden Hof Boccherinis Cellokonzert in B-Moll, eines meiner Lieblingsstücke, bis der Himmel von Sternen funkelte und Stefan mir das Cello wegnahm. Sein Ausdruck war so sanft, dass es mir die Kehle zuschnürte. »Zeit zum Schlafen, Annabelle. Du hast einen langen Tag hinter dir.« Ich sagte, ich könne noch nicht schlafen, aber er trug mich hinauf ins Bett, wo wir uns ein drittes Mal liebten. Stefan war zwar dagegen, da er nicht nur die Rache des Schicksals fürchtete, sondern obendrein Angst hatte, mir wehzutun. Ich versicherte ihm, es tue nur zu Beginn weh, und das sei es mir allemal wert.

Er war behutsam und extrem erregt. Ich liebte diese neu entdeckte Macht: ihn gegen sein besseres Wissen und Gewissen dazu zu bringen, mich zu begehren. Ich liebte die Art und Weise, wie er sich in mir bewegte, wie er mich auf den Bauch drehte und fragte, ob mir das gefalle, ob es mich mehr befriedige oder weniger, ob es meiner wunden Haut Erleichterung verschaffe. Ich hätte nie geglaubt, dass man sich so paaren kann, so intensiv, so wild, so fieberhaft, und ich schrie, ja, ja, es gefalle mir sehr.

Als wir zur Ruhe kamen, lag nichts mehr auf dem Bett außer uns beiden, keuchend miteinander vereint. *Ich bin furchtbar selbstsüchtig, Mademoiselle*, flüsterte Stefan, und ich wollte ihm widersprechen, er sei nicht selbstsüchtig, sondern extrem großzügig. Aber ich war zu erschöpft, um meine Lippen zu bewegen.

## 10.

Das Seltsamste an allem, seltsamer noch, als mit Stefan zu schlafen, war, neben ihm *einzuschlafen*. Er lag groß und warm an meiner Seite, den Arm schwer über meine Rippen gebreitet. Und ich hatte keine Ahnung, ob er schlief oder Wache hielt. Immer wieder wurde ich wach, obwohl ich völlig übermüdet war, nur um mich zu versichern, dass er noch neben mir lag, dass er mich nicht verlassen hatte, dass sein Geruch – eine Mischung aus Zigaretten, Cognac und süßem männlichem Schweiß – mich immer noch umfing.

Einmal war er verschwunden. Ich setzte mich auf und entdeckte seine Gestalt am Fenster. Als ich ihn rief, kam er zurück ins Bett, und ich erzählte ihm von meiner Befürchtung, er hätte mich verlassen.

Nein, erwiderte er, niemals.

Was hast du gemacht?, fragte ich.

Ich habe nachgedacht, mehr nicht. Schlaf weiter.

Nur wenn du auch schläfst.

Das werde ich, *Liebling*. Jetzt kann ich schlafen.

## 11.

Die Geschichte mit Peggy Guggenheim erfuhr ich zum ersten Mal von einer Mitschülerin in Sainte-Cécile. Bis dahin hatte ich nie richtig verstanden, was mein Vater eigentlich verbrochen hatte. Die Schuld hatte ich irrtümlicherweise bei meiner Mutter gesucht, die ihm einen kleinen menschlichen Fehltritt hart und unbarmherzig vorgehalten hatte, anstatt sich verständnisvoller zu zeigen.

Doch eines Tages während unseres Abendgebets beugte sich Camille Montmorency zu mir herüber und flüsterte: *Peggy Guggenheim a sucé la bite de ton père*. Ich war gerade mal dreizehn und hatte so etwas Obszönes noch nie gehört (weder auf Englisch noch auf Französisch, wobei Letzteres deutlich eleganter klang). Natürlich stritt ich den Vorwurf leidenschaftlich ab, doch mein Misstrauen war gesät. Im folgenden Sommer fragte ich meinen Bruder in der Villa Vanilla. Er musterte mich und kam offenbar zu dem Schluss, dass ich alt genug sei. Also erzählte er mir, wie meine Mutter damals mit Kopfschmerzen früher von einer Party zurückgekommen war und die beiden bei einer *soixante-neuf* erwischt hatte (auch das klang auf Französisch deutlich anmutiger), und zwar im guten alten Ehebett der Créouvilles. Bei näherer Recherche stellte sich heraus, dass die beiden eine Affäre hatten und Papa seit geraumer Zeit diverse Liebschaften pflegte, ohne in irgendeiner Weise einzusehen, warum er diese harmlosen Vergnügungen einstellen sollte, nur weil seine puritanische Ehefrau sie missbilligte.

An jenem Tag wechselte ich die Seiten. Natürlich konnte ich Papa nicht hassen. Er hatte mich stets liebevoll behandelt, wenn er denn einmal Zeit für mich hatte. Aber diese Peggy Guggenheim hasste ich aus tiefster Seele. Ich las jeden Zeitungsartikel über sie, und je mehr ich von ihr las, umso mehr verabscheute ich sie. Sie schlief praktisch mit jedem verheirateten Mann und hatte keinerlei Skrupel. Niemand war vor ihren Klauen sicher.

Jahrelang lebte ich am Rand der Verzweiflung. Ich war der festen Überzeugung, es gebe keine andere Möglichkeit, als selbst zu einer Peggy Guggenheim zu werden oder einer solchen zum Opfer zu fallen. Es sei denn, man heiratete erst gar nicht, verliebte sich am besten nicht einmal. Wie jeder jugendliche Spleen ließ meine Besessenheit irgendwann nach, aber die Angst war immer noch präsent. Sie lauerte in meinem Herzen wie ein böser Geist, der gelegentlich aufheulte und mit den Ketten rasselte und sich ansonsten still verhielt. Am Morgen meiner ersten Nacht mit Stefan schreckte ich in aller Frühe hoch, verfolgt von einer furchtbaren Vision: Stefan stand mit nacktem Oberkörper am Fenster wie einst ein Gast der Villa Vanilla, den ich zufällig beobachtet hatte, die Hände in dem glänzenden Haar einer Frau vergraben, die zwischen seinen Beinen kniete.

»Was ist denn?«, fragte Stefan, der ebenfalls erwachte.

Der Traum war so lebhaft, dass ich im ersten Moment dachte, es sei wirklich passiert. Mein Herz trommelte wie verrückt, mein Magen war wie umgekrempelt. »Woher soll ich wissen, dass du nicht mit Peggy Guggenheim schläfst?«

Stefan war noch nicht ganz wach und reagierte verwirrt. »Peggy Guggenheim? Warum sollte ich das tun? Sie ist so alt wie meine Mutter.«

»Egal mit wem. Woher soll ich wissen, dass du nicht mit einer anderen schläfst?«

Stefan blickte mich verschlafen an. Das Haar fiel ihm kühn in die Stirn. Er war keineswegs ignorant und hatte die Gerüchte um meine Eltern zweifellos gehört. »Das weiß man nie«, sagte er sanft.

Sein Gesicht war wie in meinem Traum, nur dass seine Augen offen und nicht vor Lust geschlossen waren. Ich kehrte ihm den Rücken zu und vergrub meinen Kopf im Kissen. Er legte eine Hand auf meinen Rücken.

»Das kann man nie wissen, Annabelle. Man kann einander nur vertrauen.«

»Wie kann ich dir vertrauen?«, fragte ich.

»Soll ich es dir versprechen, Annabelle? Aber jeder könnte ein solches Versprechen geben.«

»Nein, versprich es mir nicht.«

Seine Hand ruhte warm und still auf meinem Rücken. »Ich sag dir etwas, Annabelle. Ich bin keiner deiner christlichen Heiligen, aber ich bin ein ehrlicher Mensch. Und wenn ich schon der erste Mann in deinem Bett bin, dann solltest du die letzte Frau in meinem Bett sein.«

Ich starrte in die Finsternis und dachte nach. »Ich weiß nicht. Das klingt mir verdächtig nach einem Versprechen.«

»Nein, ein Versprechen ist wie ein Gesetz. Man kann es brechen. Denke eher an die amerikanische Verfassung. Es ist so etwas wie der Grundsatz, auf dem unser Bund beruht.«

Ich drehte mich um, sodass sein Gesicht mir extrem nah war, viel zu nah, um seinen Ausdruck in der Dunkelheit zu deuten. »Aber warum? Warum ausgerechnet ich?«

Er zuckte mit den Schultern. »Du bist eben meine Annabelle. Ich kann nur versuchen, der Mann zu sein, den Annabelle de Créouville wirklich verdient hat, der ihr treu ergeben ist. Sonst müsste ich dich aufgeben, und da ich dich nicht aufgeben kann …« Er zuckte erneut mit den Schultern. »So ist es eben.«

»Nun«, sagte ich, als ich meine Stimme wiedergefunden hatte, »du scheinst dir Gedanken dazu gemacht zu haben.«

»Natürlich. Und jetzt hör auf, mich so anzusehen, sonst werde ich wieder über dich herfallen, und dann kannst du heute keinen Schritt mehr gehen.«

Ich schlang meine Arme um seinen Nacken. »Ich muss doch nirgendwohin, oder?«

## 12.

Wir verbrachten drei Tage und vier Nächte in der kleinen Villa am Meer. Die Tage waren heiß und strahlend, die Nächte voller Sterne. Wir begegneten keiner Menschenseele, außer wenn Stefan in den Ort ging, um Lebensmittel zu besorgen. Wir streiften all unsere Scham und Kleidung ab, um uns in der schillernden Sommerhitze näherzukommen, indem wir miteinander sprachen und miteinander schliefen, teils still und leise, teils laut und wild, teils langsam und sanft, teils fieberhaft und dringlich, sei es im Bett, auf dem Balkon, im Hof oder im Bad.

Und ein einziges Mal – weil wir jung waren und im sonnendurchfluteten Europa weilten – liebten wir uns in Gesellschaft einer eisgekühlten Flasche Champagner nach Sonnenuntergang auf einer dicken, weichen Decke am Strand.

Die Sonne hatte an diesem Tag besonders heiß geschienen, und gegen Abend war die Temperatur im Haus unerträglich. Nach dem Essen hatten wir uns im Meer abgekühlt und triefnass auf die Decke gelegt. Der Mond war noch nicht aufgegangen, und ich konnte Stefans nackten Körper kaum erkennen. Seine Haut schmeckte nach Salz. Er stützte sich auf die Ellbogen und drang behutsam in mich ein. Zugleich murmelte er etwas auf Deutsch.

»Was heißt das?«

»Nichts, *mein Liebling*.«

Ich schlang die Beine um seine Hüften und sagte, er habe kein Recht, mir etwas zu verheimlichen, nach allem, was wir zusammen erlebt hatten.

Stefan verharrte reglos in mir. Die Steine bohrten sich trotz der Decke in meinen Rücken. Er berührte mein Haar und begann sich in einem trägen Rhythmus zu bewegen. »Das sage ich dir, wenn mein Wunsch wahr wird, Annabelle.«

»Dein Wunsch?«

»Ja, *mein Schatz*. Und jetzt lasse ich *dich* nach oben, damit sich diese verdammten Steine nicht in deinen wunderschönen Rücken bohren.«

Er rollte uns herum und platzierte mich über seinen Lenden. Ich kam mit einem erschütternden Stöhnen, das von den Felsen zurückhallte. Stefan packte meine Hüften und kam ebenfalls. Hinterher dösten wir am Strand, bis die Luft deutlich kühler wurde und Stefan mich über den schmalen Pfad zu meinem Bett trug, das weicher nicht hätte sein können.

13.

Als ich am Morgen des vierten Tages erwachte, war Stefan bereits aufgestanden und angezogen. Er lehnte rauchend an der Balkonbrüstung, während sich die Sonne über der italienischen Halbinsel an den Himmel schlich.

»Du bist früh auf«, sagte ich.

»Ja.« Er deutete in Richtung Hafen. »Die Jacht liegt bereit, siehst du?«

Ich legte eine Hand über die Augen, konnte jedoch nichts erkennen, da ich von der gleißenden Morgensonne geblendet wurde. »Wie schade. Können wir nicht noch etwas bleiben?«

»Nein, können wir nicht. Wir haben die Realität schon viel zu lange ignoriert.«

Seine Stimme klang ernst und bedrückt. Ich trat vor ihn und hockte mich zwischen seine ausgestreckten Beine. Der rosarote Schein der Morgendämmerung umspielte sein Gesicht. Ich legte eine Hand auf seinen Schenkel und fragte: »Soll das heißen, wir gehen zusammen nach Paris? Oder suchen wir uns gleich eine mediterrane Villa mit Olivenhainen und einem Weinberg?«

Er ließ seine Zigarette sinken und drückte sie in dem Aschenbecher am Fußboden aus. »Ah, unsere gemeinsamen Pläne.«

»Ja, unsere Pläne. Oder hast du es dir anders überlegt?«

Ich hockte splitternackt zwischen seinen Schenkeln, und die frische Morgenbrise kühlte meine Haut. Stefans Blick war tief in mich versunken. Er berührte die zarte Gänsehaut meiner Arme. »Ich habe es mir nicht anders überlegt, Annabelle. Das weißt du. Aber hör mir zu. Diese gemeinsamen Pläne sind eine Komplikation. Diese Möglichkeit habe ich bislang nicht in Betracht gezogen, deshalb muss ich erst ein paar Familienangelegenheiten klären. Zu Hause in Deutschland. Und zwar allein. Verstehst du?«

»Natürlich.«

Er beugte sich zu mir herunter, bis sein Gesicht nur noch wenige Zentimeter von meinem entfernt war. »Bitte sieh mich nicht so an. Ich bin sehr glücklich über diese Fügung. Ich bin *überglücklich*, Annabelle. Ich werde diese Angelegenheiten schnellstens regeln, um noch vor Einbruch des Winters mit dir Olivenbäume und Weinreben zu pflanzen. Aber in der Zwischenzeit musst du hier auf mich warten …«

»Hier auf dich warten? Ganz allein?«

»Ja, Annabelle.« Er zögerte. »Nur für kurze Zeit. Nur bis ich wieder hier bin.«

»Aber ich kann nicht hierbleiben. Ich muss nach Paris, zu meinem Vater.«

»Nein! Nicht zu deinem Vater. Deshalb habe ich so viel nachgedacht – auf der Jacht und nachts, wenn du geschlafen hast –, ich habe mir etwas überlegt. Bitte tu mir diesen einen Gefallen, Annabelle. Du kennst doch das Hôtel du Cap, nicht weit von der Villa deines Vaters?«

»Natürlich kenne ich das Hotel.«

»Wenn ich dir dort ein Zimmer besorge, dir etwas Geld dalasse, wirst du dann auf mich warten?«

Er hatte meine Oberarme gepackt. Sein Blick war scharf und eindringlich wie der eines Generals, der einen entscheidenden Feldzug plant. Ich erkannte ihn kaum wieder. »Aber wann kommst du zurück?«, fragte ich verunsichert.

Er zögerte erneut. »Ich weiß nicht. So bald wie möglich. Ist das eine faire Antwort? Natürlich werde ich dir so oft wie möglich schreiben, aber du kannst mir leider nicht antworten. Ich besorge dir ein ruhiges Zimmer. In ein, zwei Wochen ist der Sommer vorbei, dann hat der Rummel ein Ende. Bitte tu das für mich, Annabelle. Warte auf mich.«

Auf Stefan warten, während er mich hier zurückließ. Während er nach Deutschland zurückkehrte, zu seinen Freunden und verflossenen Geliebten, zu einem Leben ohne mich. Ich spürte eine vertraute Panik in mir aufsteigen.

»Aber … ich weiß nicht … ich muss erst mal darüber nachdenken. Was wird mein Bruder dazu sagen?«, fragte ich hilflos.

»Erzähl ihm nichts davon. Erzähl ihm bloß nichts von uns beiden, nicht bevor ich es ihm selbst erzählen kann. Versprichst du mir das?« Er nahm mein Gesicht in beide Hände und küsste mich so leidenschaftlich, dass mir die Luft wegblieb. »Versprich es mir. Warte hier auf mich und erzähl niemandem von uns. Ich muss erst dafür sorgen, dass du in Sicherheit bist. Dass wir beide in Sicherheit sind. Dann werden wir uns vor niemandem mehr verstecken müssen. Wir werden vor Gott und der Welt offen zueinander stehen.«

Ich wollte instinktiv protestieren. Aber wie konnte ich seinen Worten widersprechen, wenn ich so jung und unerfahren war und er so auf mich einredete? Wenn das Blut immer noch in meinen Adern rauschte und ich mir vorstellte, in einem Hotelzimmer mit Blick auf das herbstliche Mittelmeer die glühenden Arme meines Liebhabers zu erwarten?

Ich war blutjung, und wir hatten uns soeben erst geliebt. Mein Herz war von innen nach außen gekehrt, mein Körper wie neugeboren. In nur drei Tagen und vier Nächten war ich zu der Überzeugung gelangt, dass restlos alles möglich ist, dass man ohne Weiteres von Luft und Liebe leben kann. Dass meine Mutter einen furchtbaren Fehler begangen hatte, indem sie statt der Liebe einen Titel wählte, statt der Unverdorbenheit die Dekadenz. Und in meiner grenzenlosen Selbstüberschätzung hielt ich meine eigene Wahl für haushoch überlegen. Meine Wahl fiel auf Stefan, deshalb würde es mir besser ergehen als ihr.

*Ja, ja sicher,* sagte ich. Dann half er mir, mich anzuziehen, und ich half ihm, das Haus aufzuräumen. Wir kletterten die Felsenstufen hinunter zu seinem Boot, das ungeduldig an seinem Steg zerrte und nur darauf wartete, uns ins Paradies zu tragen. Zum Hôtel du Cap.

## 14.

Schweigend fuhren wir von Monte Carlo über die kurvige Küstenstraße nach Antibes, zum Hôtel du Cap, wo Stefan mit vollendeter Arroganz nach einem Zimmer für Herrn und Frau Silbermann verlangte. Meine Wangen glühten vor Scham. Doch der Rezeptionist zuckte nicht mal mit der Wimper. Hastig kritzelte ich eine kurze Nachricht und adressierte den Umschlag an meinen Vater. Stefan gab dem Angestellten ein großzügiges Trinkgeld.

»Na bitte.« Er warf seinen Hut auf einen Sessel, nachdem er den Hotelpagen, der uns mitsamt unserem nichtexistenten Gepäck aufs Zimmer begleitete, mit einer stolzen Zehn-Francs-Note entlohnt hatte. »War doch ganz einfach.«

Ich drehte mich ehrfürchtig im Kreis. »Ich dachte, du wolltest mir ein diskretes Zimmer besorgen?«

»Was, das hier? Das ist doch gar nichts. Hätten wir nach einem billigen Zimmer verlangt, wäre der Angestellte misstrauisch geworden.«

Ich warf einen Blick auf meinen staubigen, zerknitterten Rock und meine nackten Beine. »Ich sehe nicht gerade aus wie eine feine Dame.«

Stefan zündete sich eine Zigarette an. »Für mich bist du

perfekt. Eine absolut respektable Frau, die den ganzen Morgen am Strand spazieren war. Eine Prostituierte trägt eher ein glänzendes Kleid mit Seidenstrümpfen.«

»Und woher willst du das wissen?«

Er zuckte mit den Achseln. »Allgemeinwissen«, erwiderte er lächelnd.

Ich stand an der doppelflügeligen Balkontür, möglichst weit von dem offenen Durchgang zum Schlafzimmer entfernt. Die Wände und Möbel waren mit blauem Toile-de-Jouy dekoriert. Unsere kleine Villa am Meer war so schlicht eingerichtet, dass ich ganz vergessen hatte, wie ein elegantes Interieur aussah. Meine Wangen waren noch immer gerötet, und ich spürte die pulsierende Hitze unter meiner Haut. Mir gegenüber lehnte sich Stefan an einen zierlichen Stuhl und beobachtete mich.

»Warum gönnst du dir nicht ein erfrischendes Bad?«, schlug er vor. »Ich bestelle uns derweil etwas zu essen, um dich für die bescheidene Kost in Monte Carlo zu entschädigen.«

»Ich habe unser Essen genossen. Ich habe es genossen, mit dir zusammen zu essen.«

»Das ist sehr großzügig von dir, aber die gehobene Küche hat auch etwas für sich, findest du nicht?«

»Meinetwegen«, erwiderte ich. »Aber bitte keine Pilze.«

Er lächelte und griff nach dem elegant geschwungenen Telefonhörer. »Keine Pilze.«

## 15.

Als ich aus dem Badezimmer zurückkam, stand in der Mitte des Raumes ein weiß gedeckter Tisch, auf dem mehrere silberne Kuppeln warteten. Stefan stand rauchend an der geöffneten Balkontür und betrachtete die schäumenden Wellen jenseits der Klippen. Er hatte sich einen Drink eingegossen, der halb geleert neben einem halb vollen Aschenbecher auf dem Konsolentisch stand. Er ließ die Zigarette sinken und fragte, ohne mich anzusehen, ob ich mein Bad genossen hätte. Sogar sehr, erwiderte ich wahrheitsgemäß. Die wundersame Wirkung von Wasser.

»Gut.« Er stützte seine Faust gegen den Türrahmen, die Knöchel weiß vor Anspannung. Dann wollte er wissen, wie ich mich fühlte.

Ich liebe dich, dachte ich.

Er wandte sich um, die Stirn sorgenvoll gerunzelt. »Annabelle?«

»Ich bin ausgehungert, nachdem du mich heute Morgen schamlos verführt hast, als wir eigentlich hätten packen sollen.«

Er griff nach seinem Drink und leerte ihn. Sein Blick versank in dem Glas, als wollte er es auf magische Weise wieder auffüllen. »Wirklich?«

»*Ausgehungert*«, betonte ich.

»Dann können wir von Glück reden, dass ich solche Unmengen bestellt habe!«

Unter den silbernen Kuppeln befanden sich ein Brathähnchen, grüne Bohnen und zarte Frühkartoffeln, begleitet von einem aromatischen Burgunder. Wir aßen, ohne viel zu reden. Zum Nachtisch gab es Pralinen und Kaffee. Stefan lehnte sich auf seinem Stuhl zurück und rauchte eine Zigarette, während ich die Füße unter meinen Morgenmantel zog und an einem zierlichen Mokkatässchen nippte. Der Kaffee war stark und heiß und sündhaft teuer. »Wann musst du los?«, fragte ich.

»Ich sollte längst weg sein.«

»Das wäre aber nicht besonders höflich.«

»Nein.« Er blies einen hauchdünnen Rauchschleier in den Raum und lächelte halbherzig. Er hatte sein Jackett und seine Krawatte abgelegt, denn der Tag heizte sich immer mehr auf. Selbst die frische Seeluft vor dem Fenster vermochte die schwere Mittagshitze nicht zu zerstreuen, die durch die nach Süden gelegenen Fenster hereindrang. Auf dem Konsolentisch entdeckte ich eine Schale mit Gardenien, die einen erstickenden Duft verströmten.

»Ich werde dich vermissen«, sagte ich.

»Ja.« Er drückte die Zigarette aus und erhob sich. Ich sah zu, wie er auf die Balkontüren zutrat und sie bis zum Anschlag öffnete. Die frische Luft spielte mit seinem weißen Hemd. Ich stellte meine Tasse ab und ging zu ihm.

»Was ist los?«, fragte ich flüsternd, die Hand an seiner Schulter.

Er deutete in die Ferne. »Sieh mal, man kann von hier aus die Île Sainte-Marguerite sehen. Da oben ist das Fort, wo ich dich zum ersten Mal geküsst habe.«

»Herrgott, Stefan, jetzt rede mit mir!«

Er seufzte schwer. »Du kennst wirklich kein Erbarmen, Annabelle. Manchmal bist du wie ein Spürhund.«

»Ja, wenn es sein muss.«

Seine Hand sank vom Türrahmen und verschwand in seiner Hosentasche. »Mein Egoismus macht mir zu schaffen.«

»Du bist nicht egoistisch. Ich bin die Egoistin. Ich habe mich dir an den Hals geworfen. Ich habe dir alles abverlangt, was du mir geben konntest.«

»Nein, ich rede von meinem bisherigen Leben. Ich war furchtbar leichtfertig, ohne mir dessen bewusst zu sein. Ich habe mich reuelos ins Vergnügen gestürzt und anderen bisweilen Vergnügen bereitet. Und dann tauchst du plötzlich auf.«

»Eine Komplikation.«

»Ja, eine Komplikation. Aber mehr noch. Mir fehlt der passende Ausdruck. Eine Art Abrechnung? Zum ersten Mal in meinem Leben bin ich gezwungen, mich meinen Sünden zu stellen. Und das ist eine ziemlich ernüchternde Aufgabe.«

»Ich habe keine Ahnung, was unsere Liebe mit deinen Sünden zu tun hat.«

Er berührte meine Wange. »Du bist so rein, so unschuldig, Annabelle. Bei meinen früheren Fehltritten habe ich nie eine reine Seele verdorben.«

»Du hast mich nicht verdorben. Ganz im Gegenteil. Das waren die wundervollsten Tage meines Lebens.«

Stefan seufzte und wandte sich ab, um sich eine weitere Zigarette anzuzünden. »Ist das nicht der beste Beweis?«, murmelte er, während er auf den Balkon trat und die Ellbogen auf das Geländer stützte. Ich folgte ihm. Er fingerte nervös an seiner Zigarette. »Seit wir das Haus verlassen haben, kommt es mir vor, als ich hätte ich meine ganze Lebensfreude zurückgelassen. Als hätte ich heute Morgen zum letzten Mal mit dir geschlafen.«

Die Sonne ließ die Spitzen seines Haars erstrahlen. Ich lehnte mich gegen das Geländer und betrachtete sein schlankes Profil. »Ist das der Grund für deine Laune? Eine Vorahnung?«

Er drehte sich zu mir um. »Du bist eine unbekümmerte junge Amerikanerin, Annabelle. Du hast keine Ahnung, wie pervers das Universum sein kann.«

»Das Universum ist nicht pervers. Das Universum ist wunderschön. Sieh uns nur an, hier und jetzt. Wir haben uns unter Milliarden von Menschen gefunden.«

»Stimmt«, sagte er. »Das ist ja gerade die Perversion.«

»Ich verstehe dich nicht.«

Er rauchte schweigend weiter und starrte auf die Bäume unterhalb des Balkons. »Weißt du, wie ich mir mein Leben vor zehn Jahren vorgestellt habe, Annabelle? Ich dachte, ich würde zur Universität gehen, in die Firma meines Vaters einsteigen, irgendwann die Geschäfte führen und mich nicht vollständig zum Narren machen. Mit etwas Glück würde ich das Familienvermögen beständig vergrößern. Ich würde eine nette jüdische Frau heiraten, wie man es von einem netten jüdischen Sohn erwartet. Wir würden uns irgendwo niederlassen und zusammen alt werden. Alle wären glücklich und zufrieden. Ich und meine Familie, meine jüdische Frau und unsere jüdischen Kinder, so Gott will.«

»Und dann tauche ich auf«, flüsterte ich.

»Dann tauchst du auf.«

»Ich will deine Familie nicht verärgern.«

Er blickte auf. »Meine Familie, Annabelle? Meine *Familie*?«

»Weil ich keine Jüdin bin.«

Ohne jede Vorwarnung wirbelte er herum und schlug mit der Faust gegen das Mauerwerk. Ich schauderte, als sein nacktes Fleisch mit einem grässlichen Geräusch gegen die blassen Steine knallte. Er redete mit der Wand. »Nein, Annabelle. Du bist keine Jüdin.«

Von dem kiesbestreuten Pfad unter dem Balkon drang helles weibliches Lachen zu uns herauf, so unerwartet wie Schlittenglocken an einem heißen Sommernachmittag. Hundert Meter weiter glitzerte das Mittelmeer, gesprenkelt mit Jachten und Fischerbooten, Fähren und Beibooten, die allesamt die letzten Strahlen des Sommers in sich aufsogen, träge und zufrieden, ungeachtet der schicksalhaften Komplikationen auf dem schmalen Hotelbalkon über ihnen. Ich nahm Stefans Hand und küsste seine aufgeschrammten

Knöchel, einen nach dem anderen. »Bleib hier«, sagte ich. »Bleib hier bei mir, nur für ein paar Tage, fernab von deiner Familie, deinen Pflichten, den albernen Regeln, an die wir uns halten sollen.«

»Das habe ich getan, solange es ging. Ich kann nicht länger so tun, als würde das alles nicht existieren, Annabelle. Ich kann mich nicht ewig hier verstecken. Ich muss einen Weg finden, wie wir zusammenleben können.«

»Es ist egal, *wie* wir leben. Hauptsache, wir sind zusammen.«

Er schüttelte den Kopf. »Du bist so *jung*, Annabelle. Was soll ich nur mit dir machen?«

»Du sollst zur mir kommen und mich ins Bett bringen. Ich will dir zeigen, wie wundervoll das Universum sein kann.«

Stefan studierte meine Lippen. Sein Ausdruck blieb unverändert, doch seine Augen verschleierten sich. Das Lachen unter dem Balkon wurde lauter und riss abrupt ab, als sich unter uns eine Tür schloss. Er entzog mir seine Hand, verschränkte die Arme und betrachtete mich voller Ernst. »Du hast nichts von dem begriffen, was ich dir gesagt habe. Wir dürfen das Schicksal nicht leichtfertig herausfordern. Das Universum würde sich mit zehnfacher Macht gegen uns wenden.«

Ich löste den Gürtel meines Morgenmantels, draußen auf dem Balkon, während unter uns eine Frau lachte. Mir war bewusst, dass ich das schon mal getan hatte – ich hatte meinen Morgenmantel geöffnet, bereit zu einer kühnen Tat, während Stefan mich mit gierigem Staunen musterte.

»Oder das Universum gibt sich geschlagen, um sich mit uns zu verbünden«, sagte ich und breitete meinen Morgenmantel auseinander.

## 16.

Siehst du? Du hast dich geirrt. Kein Blitzschlag aus heiterem Himmel. Wir leben noch.

Sprich nur für dich, Annabelle.

Sorgst du dich immer noch um das Universum?

*Liebling*, glaubst du allen Ernstes, ich wäre zu einem vernünftigen Gedanken fähig? Dann hast du noch viel zu lernen, was die Kunst der Liebe betrifft.

(Mein Kopf ruhte an seiner nackten Schulter.)

Ich will nicht, dass du meinetwegen deine Familie verlässt. Das würde ich nie von dir verlangen.

Nein, Mademoiselle, das weiß ich. Und genau deshalb muss ich diese Dinge klären.

## 17.

Am Nachmittag wollte ich einen Spaziergang machen, doch Stefan zog es vor, auf dem Zimmer zu bleiben. Er werde morgen in aller Frühe abreisen, sagte er, und in der verbleibenden Zeit wolle er mich mit niemandem teilen. Die Vorstellung, andere Gäste anlächeln und grüßen zu müssen, anstatt allein mich zu betrachten, sei ihm zuwider.

Ich entzog mich seiner Umarmung und nahm mein wundervolles neues Cello aus dem Kasten. Nachdem ich die Saiten gestimmt hatte, spielte ich Bachs komplette Cellosuite Nr. 1 in G-Dur – Prélude, Allemande, Courante –, während Stefan schweigend auf dem Bett lag und rauchte. Als ich das Stück beendet hatte, sagte er, ich solle noch etwas spielen, also spielte ich weiter. Nach gut einer Stunde stand er auf, um sich einen Drink einzugießen und meinen Nacken zu küssen. Ich ließ den Bogen mitten im Takt sinken. Nein, sagte er. Hör nicht auf. Bitte, spiel alles, was du je für mich gespielt hast.

Das könnte dauern, meinte ich.

Wir haben die ganze Nacht.

## 18.

Der Nachmittag verging wie im Flug, und ich musste das Cello weglegen, bevor ich mir die Finger blutig spielte. Stefan forderte mich auf, den Morgenmantel anzuziehen, und bestellte uns Abendessen. Wie wäre es mit dem Restaurant?, fragte ich. Nein, meinte er, lass uns auf dem Balkon essen, nur wir beide, während die Sonne am Horizont versinkt und die grellen Farben des Tages einem tiefen Indigo weichen.

Nachdem das Essen abgeräumt war, verkündete ich, wir müssten endlich mal raus an die frische Luft, die Räume seien furchtbar verqualmt, ich könne nicht mehr richtig atmen. Na gut, erwiderte er, es sei inzwischen dunkel genug.

Wir schlenderten durch den Garten, ohne viele Worte zu wechseln. Die Luft war angenehm kühl und roch nach frischem Fisch. Ich sog die milde Brise tief in mich ein. Stefan hielt meine Hand. Als wir den Pavillon Eden-Roc erreichten, führte er mich über eine Treppe hinunter zu einem kleinen felsigen Strand und schlang seine Arme um mich, während wir gemeinsam aufs Meer hinausblickten.

»Was hältst du von Capri?«, fragte er.

»Keine Ahnung. Ich war noch nie dort.«

»Es ist wunderschön. Wir hätten ein Haus am Meer und wären ungestört. Wir könnten in Ruhe Olivenbäume pflanzen und unsere Kinder großziehen. Ich werde meinen Makler bitten, sich für mich umzuhören.«

Eine hohe Welle rollte herein und benetzte meine Zehen.

»Und was ist mit unserem Weinberg?«, flüsterte ich.

»Ich bin mir nicht sicher, ob sich die Erde dafür eignet. Aber das lässt sich herausfinden. Und wenn das mit dem Wein nicht klappt?«

Ich berührte seine Hände, die immer noch meine Taille umfingen.

»Dann müssen wir uns eben mit dem begnügen, was wir haben.«

## 19.

Als wir ins Zimmer zurückkehrten, rochen wir nach frischer Seeluft. Der Qualm war durch die offenen Fenster abgezogen, und Stefan musste mir versprechen, sich keine weitere Zigarette anzustecken. Wir zogen uns aus und gingen ins Bett, ich links, Stefan rechts, wie wir es seit unserer ersten Nacht gewohnt waren. Lass uns einfach zusammen einschlafen, sagte Stefan in der Dunkelheit. Ich will versuchen, dir ausnahmsweise zu widerstehen.

Du kannst mir nicht widerstehen, sagte ich, womit ich wieder einmal recht behielt. Morgen früh wachst du auf und kannst nicht mehr gehen, prophezeite Stefan mit einem traurigen Unterton in der Stimme, während er mich im Arm hielt. Ich bin doch hier im Hôtel du Cap, sagte ich. Ich muss nicht mal einen kleinen Finger rühren, wenn ich nicht will. Die Fenster waren weit geöffnet, das Zimmer frisch und kühl. Wir lagen schweigend beisammen und atmeten den Duft der Gardenien, den salzigen Meeresgeruch unserer Haut. Das ist das letzte Mal, dachte ich. Wenn ich morgen aufwache, ist er nicht mehr da. Und ich kann nicht mehr gehen.

## 20.

Einmal in der Nacht schreckte ich hoch und erblickte seine Gestalt am Fenster. Als ich ihn rief, kam er zurück ins Bett, und ich erzählte ihm von meiner Befürchtung, er hätte mich bereits verlassen.

»Nein«, sagte er, »noch nicht. Erst in ein paar Stunden, kurz vor Sonnenaufgang. Schlaf weiter, *Liebling*.«

»Was hast du gemacht?«

Er zog mich an seine Brust, so wie zuvor. »Ich habe dir einen Umschlag mit Geld in die Schreibtischschublade gelegt, zusammen mit dem Namen meines Pariser Bankiers, solltest du irgendetwas brauchen, solange ich fort bin.«

»Was sollte ich denn brauchen? So lange wirst du doch nicht bleiben, oder?«

»Nur für den Notfall oder falls du mir etwas mitteilen willst.«

Unschuldig, wie ich war, hatte ich keine Ahnung, was ich ihm hätte mitteilen wollen, wenn nicht alles. Ich lag schweigend an seiner Brust, passte meinen Atem dem seinen an, konzentrierte mich auf jeden einzelnen Atemzug, um mich später daran erinnern zu können.

Stefan sprach weiter. »Ich habe nachgedacht. Über die Verfassung, auf der unser Bund beruht.«

»Willst du noch einen Artikel hinzufügen? Eine Rücktrittsklausel?«

»Nein. Ich habe nur gedacht, *Verfassung* ist der falsche Ausdruck. *Gelübde* wäre zutreffender.«

»Stefan«, sagte ich auf Französisch. »Ich glaube, ich habe mich in dich verliebt.«

Er fuhr mit den Fingern in mein Haar und küsste mich an der empfindlichen Stelle über meinem Ohr. »*Oui, Mademoiselle de Créouville. C'est la même chose avec moi.*«

# 21.

Als ich das nächste Mal erwachte, ging bereits die Sonne auf, und Stefan war fort.

Ich rollte mich auf den Bauch und schlief wieder ein, sein Kissen fest an meine Brust gedrückt.

# Pepper

## COCOA BEACH – 1966

### 1.

Die Dusche in Annabelles Gästehaus ist glühend heiß, genau wie Pepper es liebt. Sie schließt die Augen und lässt sich den Rücken verbrühen, bis ihre Haut rot anläuft, fast schon Blasen wirft. Eine Art Desinfektionsmittel.

Das Baby rührt sich. Pepper betrachtet ihren Bauch, diese ulkige runde Kugel, und stupst mit dem Finger gegen einen feuchten Knubbel. Der Knubbel bewegt sich und stupst zurück. Pepper ist vollkommen fasziniert von dieser Begegnung und sagt das erstbeste Wort, das ihr in den Sinn kommt.

*Hallo.*

Verrückt, so eine Schwangerschaft. Man verkündet beiläufig: »Ich bin schwanger«, als wollte man sagen, *ich bin hungrig oder gelangweilt*, und anfangs ist es nicht viel mehr als ein abstrakter Zustand, der sich durch ein paar unbequeme Begleiterscheinungen äußert, die mit der biologischen Tatsache an sich nicht viel zu tun haben – der unglaublichen Tatsache, dass da ein neuer Mensch in einem heranwächst. Denn dieses winzige Wesen bemerkt man erst viel später, und selbst dann kann man es nicht wirklich fassen.

Ein Baby. Ein echtes Baby. Ein rosiges, pummeliges Menschenkind.

*Tut mir leid, das alles*, fügt Pepper hinzu. (Natürlich nicht laut, Herrgott.)

Aber genau das ist das Problem, oder? Ein einfaches Tut-mir-leid ist nicht genug. Es ist nie genug.

## 2.

Dabei hatte sie es nie darauf angelegt, mit einem verheirateten Mann zu schlafen. Sie hatte durchaus ihre Skrupel, ob man es glaubt oder nicht. Immer hieß es: *Sperrt eure Männer ein, da kommt Pepper Schuyler*, doch dafür gab es gar keinen Grund. Sie hatte nie zuvor mit dem Mann einer anderen geschlafen.

Die Stelle in Washington hatte sie kurz nach Vivians Hochzeit angenommen, denn eine Frau muss schließlich etwas mit ihrem Leben anfangen. Sie konnte nicht tatenlos dasitzen und auf ihren eigenen Dr. Traumprinz warten, zumal sie gar keinen Drang verspürte, einen solchen Dr. Traumprinz zu heiraten. Es gab in dieser Welt viel zu viel zu erleben, zahllose Abenteuer zu bestehen, bevor einen Jugend und Schönheit verließen – ein unzertrennliches Paar, nicht wahr? New York war ihr zu langweilig geworden, also schweiften ihre Gedanken Richtung Washington, und sie kam zu dem Schluss: *Das könnte mir gefallen*. Ein Jurastudium war für ihren Vater indiskutabel (*Ich habe schon genug Geld für die Ausbildung meiner Töchter verschwendet!)*, also tätigte sie ein paar Telefonanrufe, ließ sich den einen oder anderen Gefallen auszahlen, und – wer hätte es gedacht? – der frisch gewählte Juniorsenator des Staates New York suchte dringend ein Mädchen für alles.

Dieser Teil war also vollkommen legitim. Pepper suchte eine Stelle in Washington, Pepper bekam ein hervorragendes Angebot für eine spritzige junge Dame mit ausgezeichneten Umgangsformen, einem passablen Abschluss in Englisch, einem attraktiven Gesicht und einer noch attraktiveren Figur. Nie im Leben hätte sie damit gerechnet, sich Hals über Kopf zu verlieben.

*Hals über Kopf*, wie sie diesen Ausdruck hasste. Er zeugte von mangelnder Selbstkontrolle, von hasenfüßiger Hilflosigkeit, die Pepper zutiefst verabscheute. Wie konnte man sich *Hals über Kopf* verlieben? Der Kopf traf doch wohl eine bewusste Entscheidung, oder? Und wenn diese Entscheidung nichts taugte, suchte man sich eben einen anderen: *Voilà*. Aber wahrscheinlich war genau das der Fehler. Sie hatte sich nicht genug in Acht genommen. Die Arbeitszeiten waren lang, die Anforderungen hoch, die Dienstwohnung gleich ums Eck und der Mann … nun ja, vielleicht sollte man ein Beispiel nennen: später Abend, langer Arbeitstag, die Letzten im Büro, das alte Lied. Er bietet ihr an, sie nach Hause zu fahren. Sie willigt ein. Das Cabriolet, die warme Brise, das Lincoln Memorial im Flutlicht. Sie unterhalten sich. Sein Haar vom Wind zerzaust, seine Augen funkelnd. Gleichermaßen schläfrig wie lebendig fragt sie sich, wie es wohl wäre, ihn zu küssen. Und er tut genau das. Er küsst sie. Er lenkt den Wagen an den verlassenen Straßenrand am Ufer des Potomac und küsst sie. Er schmeckt nach Zigaretten und Scotch, den sie zusammen getrunken haben, und nach warmen männlichen Lippen. Sie schiebt eine Hand in seinen Nacken und erwidert den Kuss, eine rein instinktive Geste, denn um zwei Uhr morgens, nach einem langen Arbeitstag, vergisst man die unbekannte Ehefrau, die seine unbekannten Kinder hütet. Er weicht erstaunt zurück, unfassbar attraktiv. *Entschuldige, das wollte ich nicht. Es liegt wohl am Scotch.* Pepper streicht sich übers Haar und pflichtet ihm bei, es liege sicher am Scotch. Damit war das Thema beendet, doch die Geschichte nahm erst ihren Lauf. Pepper hatte sich verliebt, sie war Hals über Kopf in die Tiefe gestürzt und nie unten aufgeschlagen. Vielleicht war das der Fehler. Sie hätte gleich einen Schlussstrich ziehen sollen. Denn wenn man erst einmal stürzt, ist der Sex nahezu unvermeidlich. Natürlich hatte sie zu Hause eine heiße Dusche genommen, sich ordentlich abgeschrubbt und gedacht, mein Gott, was hast du getan? Begleitet von dem festen Entschluss, es nie wieder dazu kommen zu lassen. Doch ein Mann, der so viel Vergnügen am Sex hatte, und eine Frau, die so hübsch und vernarrt war wie Pepper, sollten einen großen Bogen umeinander machen, denn früher oder später hat einer von beiden zu viel getrunken. Man ist hoffnungslos überarbeitet, versinkt in Selbstmitleid und nimmt sich nicht in Acht. Früher oder später landet man betrunken in einem Hotelzimmer, hat dreimal hintereinander Sex, und einer von beiden wird es bitter bereuen.

Und genauso war es gekommen.

## 3.

Da ist es ja schon, das tickende Ziffernblatt ihrer goldenen Cartier-Uhr, das unbarmherzig die Wahrheit verkündet: *Elf Uhr, du faules Stück!* Und es wird sich wohl kaum irren, oder? Pepper öffnet die Terrassentür des Haupthauses und ruft ein fragendes *Hallo?*, denn sie hört nicht mehr als das Plätschern des Springbrunnens im Hof und den unermüdlichen Gesang der Vögel in den Zitronenbäumen.

*Im Esszimmer*, ruft Annabelle.

Pepper könnte genauso gut fragen: *Und wo ist das Esszimmer?*, doch stattdessen folgt sie dem unverkennbaren Geruch von frischem Kaffee und gebratenem Speck, denn ihre Nase – ein weiteres nützliches Schuyler-Attribut – hat sie noch nie im Stich gelassen. Das Esszimmer verfügt über eine hohe Decke und französische Fenster, die den Sonnenschein und den Vogelgesang ungehindert hereinlassen, und, wichtiger noch, eine stattliche Anrichte mit einem warmen Frühstücksbuffet. Annabelle lässt ihre Zeitung sinken und deutet auf den Stuhl ihr gegenüber, wo sie ein Teller und eine leere Tasse erwarten. Die Kaffeekanne steht rechts daneben.

»Guten Morgen«, sagt Annabelle. »Bitte bediene dich!«

Pepper schnappt sich den Teller und taucht einen silbernen Vorlegelöffel in das unglaublich cremige Rührei. Dazu etwas Speck. Würstchen. Porridge (wird ignoriert). Orangen- und Tomatensaft. Pepper entschließt sich für den Tomatensaft, obwohl sie hier in Florida sind. »Clara bringt gleich frischen Toast«, sagt Annabelle.

Pepper nimmt Platz und gießt sich eine Tasse Kaffee ein. »Danke.«

»Gern geschehen. Fühlst du dich besser?«

»Absolut göttlich. Treibst du immer so einen Aufwand?«

Annabelle lacht. »Arme Clara. Ich habe ihr gesagt, wir haben einen Gast, und da sie es gewohnt ist, für ein ganzes Haus zu kochen, hat sie es wohl etwas zu gut gemeint. Zum Glück habe ich einen gesunden Appetit.«

»Ein ganzes Haus? Wie viele sind das denn?«

»Ach, du liebe Güte. Wenn ich die Ältesten mit ihren Partnern und Kindern mitrechne?« Annabelle zählt ihre Familienmitglieder an den Fingern ab, runzelt die Stirn, zählt erneut.

»Du bist schon Großmutter?«

»Oh ja. Mehrfach.«

Der Kaffee ist heiß und schwarz wie Öl. Pepper fügt etwas Zucker hinzu, keine Milch. »Danach siehst du gar nicht aus.«

»Ich habe früh geheiratet.«

»Und wo befindet sich die Horde?«

»Meine beiden Jüngsten gehen noch aufs College. Die Älteren leben teils in New York, teils in Washington. Aber zu Weihnachten und im Frühjahr treffen wir uns alle hier. Der Lärm ist unerträglich.«

»Da wird man ja neidisch.«

Annabelle legt die Zeitung zusammen und leert ihre Kaffeetasse. Pepper betrachtet die schlanke blaue Zigarettenschachtel, die vor ihrem Teller liegt, dicht neben der Untertasse mit dem blau-weißen Dekor, möglicherweise Wedgwood. Als Debütantin hat Pepper so langweiligen Dingen wie Porzellan nicht viel Beachtung geschenkt, das war eher die Domäne ihrer älteren Schwester. Tiny hatte ihr Hochzeitsgeschirr ausgewählt, noch bevor sie acht Jahre alt wurde.

Annabelle steht auf und reicht ihr die Zeitung. Ihre Augen sind warm und tröstlich wie heiße Schokolade. »Die Schlagzeilen könnten dich interessieren«, sagt sie. »Es geht um deine Schwester.«

## 4.

Pepper zieht in Erwägung, ihre Mutter anzurufen. Sie trommelt mit den Fingernägeln auf den Hörer, *tipp tipp tipp*, starrt durch die bleigefassten Fenster auf den verlassenen Strand jenseits der Straße.

Mum weiß nichts von dem Baby. Nur deshalb hat Pepper

sich zu Beginn des Sommers bei Tiny in Cape Cod verkrochen; sie konnte ihren Eltern nicht in die Augen blicken. Sie kann nicht einmal Vivian in die Augen blicken. Schon seltsam, dass sie in ihrer Not ausgerechnet bei Tiny Zuflucht sucht, der ach so perfekten Tiny, die nie einen wohlgeratenen Zeh an den falschen Platz setzt. Vielleicht hat sie geahnt, dass Tiny ihrerseits ein pikantes Geheimnis hütet. Vielleicht hat sie gespürt, dass hinter der perfekten Fassade eine stille Traurigkeit brodelt, ganz im Gegensatz zu der vollendeten Glückseligkeit, die derzeit aus Vivians Augen strahlt. Vielleicht hat sie gewusst, dass Tiny ihr in Zeiten des Elends eine bessere Gefährtin wäre während des langen, heißen Sommers in Cape Cod.

Vielleicht hatte Annabelle recht. Vielleicht wollte sie sich nur selbst bestrafen.

Als Pepper dreizehn oder vierzehn Jahre alt war, trug sie während der Sommerferien in East Hampton ihren ersten Bikini. Sie hatte ihn sich von ihrem hart ersparten Taschengeld gekauft und stellte ihn gleich am ersten Tag, einem Mittwoch, auf einer knallbunten Stranddecke zur Schau. Natürlich ohne Sonnenschirm. Innerhalb von fünf Minuten waren zwei der Nachbarjungs aufgekreuzt, sechzehn und achtzehn Jahre alt. *Unsere kleine Pepper ist erwachsen geworden!*, hatte der Achtzehnjährige gesagt, während er mit den Zehen ein paar Sandkörner auf ihren nackten Bauch katapultierte. Sie hatten zusammen Volleyball gespielt und sich kühn in die Brandung gestürzt. Billy (der Ältere) hatte ihre nackte Taille gepackt und sie ein, zwei Mal in die Wellen geworfen. Als sie den Strand irgendwann verließ, um sich trockene Sachen anzuziehen, folgte er ihr und küsste sie hinter dem verwitterten Umkleidehaus. Und während er sie küsste, glitt seine Hand unter das feuchte Dreieck ihres Bikinioberteils und fummelte an ihrer rechten Brustwarze herum. *Ich muss los*, sagte sie und rannte zurück zum Haus, bevor er sie womöglich einholen konnte. Auf der Veranda begegnete sie ihrer Mutter, die mit einer Tageszeitung dasaß, neben sich ein klares Getränk, in dem eine Limettenscheibe und mehrere Eiswürfel trieben. Jenen abschätzigen Blick wird Pepper nie vergessen, als sie atemlos keuchend und ein wenig schwindlig die letzten Treppenstufen hinaufstürzte. Jenes enttäuschte Kopfschütteln. *Du bist genau wie ich*, meinte ihre Mutter. *Du kannst es einfach nicht lassen.* Und Pepper sagte: *Jetzt sei nicht so spießig, wir haben uns nur ein bisschen amüsiert*, daraufhin Mum: *Ja, vor allem er*, und Pepper entrüstet: *Du kapierst überhaupt nichts*, die Standardantwort jeder Jugendlichen in ihrem Alter.

Mum wurde nicht wütend. Mum blieb stets kühl und gefasst. Sie lachte nur und leerte ihren Drink. *Na, was auch immer ihr treibt*, sagte sie, *lass dich bloß nicht von ihm schwängern*. Genau diese Worte. Pepper erinnerte sich so klar und deutlich wie an das Frühstück von gestern.

*Tipp, tipp, tipp.*

Letztendlich greift sie zum Hörer und wählt die Nummer ihrer Schwester Vivian in Gramercy Park.

»PEPPER! MEIN GOTT, WO STECKST DU?«

»In Florida, Süße. Um meinen Teint aufzufrischen. Was gibt es Neues?«

»MEIN GOTT! HAST DU DIE NEUIGKEITEN NOCH NICHT GEHÖRT?«

»Was? Dass Tiny sich scheiden lässt? Ist doch Schnee von gestern.«

»DU WUSSTEST DAVON?«

»Natürlich wusste ich davon.« Pepper betrachtet ihre Fingernägel. »Immerhin war ich diesen Sommer in Cape Cod, schon vergessen? Ich hatte einen Platz in der ersten Reihe.«

»UND DU HAST MIR NICHTS ERZÄHLT?«

»Meine Güte, jetzt hör doch mal auf zu schreien. Es war eine Privatangelegenheit, außerdem erzählt man so etwas nicht am Telefon, wenn einem die Schwiegerfamilie im Nacken sitzt. Schon gar nicht, wenn die eigene Schwester die bissigste Klatschkolumne von New York schreibt.«

»Das ist *keine* Klatschkolumne.« Mit vollendeter Würde. »Das ist eine geistreiche und wortgewandte Rubrik, die sich mit den sozialen Gepflogenheiten unserer idyllischen Kleinstadt beschäftigt. Und es ist die mit Abstand meistgelesene Seite des *Metropolitan*.«

»Sag ich doch«, erwidert Pepper.

Funkstille.

»Vivian?«

»Bin noch dran.«

Pepper wickelt sich die Telefonschnur um den Finger. »Hast du mit Tiny gesprochen?«

»Nein, hab ich nicht. Ich weiß nicht mal, wo sie steckt. Mum hat gestern einen Brief von ihr erhalten, aber sie will mir nicht verraten, was drinsteht. Die Ärmste hat fest darauf gesetzt, dass Tiny eines Tages zur First Lady avanciert. Stattdessen bleibt ihr nur eine geschiedene Tochter und eine Arztfrau. So schnell können Träume zerplatzen. Alle Hoffnungen ruhen jetzt auf dir, Pepper. Du hast nicht zufällig einen vielversprechenden Senator an der Angel?«

»Ich bin schwanger«, sagt Pepper.

Erneut Funkstille.

»Vivian?«

»Sag das noch mal, Pepper. Ich glaub, ich habe mich verhört.«

»Ich bin schwanger.«

»Doch nicht verhört.«

»Überschlag dich bloß nicht vor Glückwünschen.«

Vivian nimmt einen tiefen Atemzug, der in Peppers Ohr

knistert. »Mein Gott. Die mittlere Tochter. Unehelich geschwängert. Bist du dir sicher?«

Pepper blickt auf ihren Bauch. »Ziemlich sicher.«

»Weiß Mum schon davon?«

»Natürlich nicht.«

»Wann ist es denn so weit?«

»Im Februar.«

»IM FEBRUAR? Aber das … das ist ja …«

»Schon bald. Ich weiß.«

»Heiliges Kanonenrohr. Wie hast du es denn vor Tiny verheimlicht?«

»Hab ich nicht. Sie weiß es. Deshalb bin ich bis zum Herbst geblieben und hab diesen alten Wagen restauriert.«

Vivian schnaubt empört. »Jetzt wird mir einiges klar. Ich hätte den Braten riechen sollen. Pepper Schuyler verkriecht sich nicht ohne Grund monatelang in einem öligen Schuppen. Und ich dachte, es hätte mit einem Mann zu tun.«

»Hatte es ja auch. Einem wahren Prachtexemplar. Nur leider gehörte er nicht mir, sondern Tiny.«

»TINY?«

»Mrs. Ex-Hardcastle persönlich. Sie ist nicht so brav und tugendhaft, wie wir immer dachten.«

Es folgt ein Stöhnen, als hätte man ihrer Last noch ein paar Kilo hinzugefügt. »Hör bitte auf. Mir tun schon die Ohren weh. Ich glaub, ich muss mich setzen.«

»Du, Vivian? Dich setzen?«

»Ich bin auch in anderen Umständen, falls du dich erinnerst. Dank meines rechtmäßigen Ehemanns, wie ich betonen möchte.«

»Ist ja mal was Neues.«

»Werd bloß nicht frech, junge Dame. Ich war bereits *mehrere* Monate ehrbar verheiratet, als Junior zur Welt kam.«

»Erwartest du eine Medaille?«

Das dumpfe Ächzen von Sofafedern dringt durch den Hörer. Pepper setzt sich auf den Couchtisch und wartet darauf, die vertraute Stimme ihrer Schwester zu hören. Der Knoten in ihrem Magen beginnt sich zu lösen, entwirrt von Vivians Plauderton. Warum hat sie Vivian nicht eher angerufen? Immerhin lagen sie altersmäßig nur elf schändliche Monate auseinander. Die flippigen, spritzigen Schuyler-Schwestern, die ganz Manhattan durcheinanderwirbelten und nach ihrer eigenen Fasson wieder zusammensetzten. Vor gut zweieinhalb Jahren, als Vivian nach dem College in ihre erste eigene Wohnung gezogen war, eine erbärmliche Absteige im fünften Stock, natürlich ohne Aufzug, hatten sie oft ein halbes Dutzend verschiedener Nachtklubs nacheinander besucht, hatten gelacht und geraucht, zu viel getrunken und die unpassendsten Männer geküsst. Im Morgengrauen waren sie in Vivians bescheidenes Domizil zurückgekehrt, hatten sich gegenseitig gestützt, um das stinkende Treppenhaus zu erklimmen, und waren auf Vivians Bett zusammengebrochen. Am Ende einer langen Nacht war weit und breit kein Mann in Sicht, nur zwei Schwestern, die sich gegenseitig unterstützten.

»Was machen die Hämorrhoiden?«, zieht Vivian sie auf.

»Die überlasse ich dir.«

»Dann geht es dir also gut?«

»Blendend. Mir ist noch kein Keks wieder hochgekommen.«

»Mehr Glück als Verstand«, meint Vivian. »Warst du beim Arzt?«

»So wie *du*?«

»Nein, nicht, um mit ihm ins Bett zu steigen.«

»In dem Fall ja. Sogar regelmäßig. Alles in bester Ordnung.« Die Telefonschnur spannt sich in einer gedehnten Spirale über Peppers Bauch. Sie trägt dasselbe Kleid wie gestern Abend, eine blaue Tunika im Farbton ihrer Augen.

Pepper sieht zu, wie sich der Stoff bewegt, die Schnur verrutscht. Das Baby ist rastlos. »Noch Fragen?«, fügt sie hinzu, denn natürlich gibt es noch Fragen. Die eine, alles entscheidende Frage, die selbst Vivian anstandshalber noch nicht gestellt hat.

»Und wer ist der Vater?«, fragt Vivian.

»Kennst du nicht«, erwidert Pepper.

»Aber er wird mich bald kennenlernen!« Vivians Stimme ist wie eine Gewitterwolke, die sich am Horizont zusammenballt.

Pepper schüttelt den Kopf, als könnte Vivian sie durch das Telefon sehen. »Aus, Vivian!«

»Wenn dieser Schweinehund meine Schwester in Schwierigkeiten bringt und glaubt, er könne sich einfach so aus der Affäre ziehen …«

»Ich will nichts mehr mit ihm zu tun haben, okay? Nie wieder, verdammt.« Die Worte bereiten ihr Halsschmerzen; sie fasst sich instinktiv an die Kehle. Das letzte ihrer Worte, *verdammt*, ist nicht mehr als ein heiseres Flüstern, bar jeder Überzeugung. Pepper schließt die Augen und drückt fest gegen ihren Hals, so fest, dass ihre Luftröhre eingeklemmt wird. Wenn man nicht atmet, kann man sich auch nicht verplappern, richtig? Man kann nichts erzählen von den Telefonanrufen und den Notizen, den Nachrichten im Hotel, dem blaugestreiften Captain Seersucker, den Männern am Hoteleingang, die vielleicht Touristen waren, vielleicht aber auch nicht.

»So schlimm?«, fragt Vivian.

»Ja.«

»Dann komm nach Hause.«

Pepper schüttelt den Kopf. »Das geht nicht.«

»Warum nicht?«

»Weil mir das Wetter hier besser bekommt, deshalb.«

»Dann sag mir wenigstens, wo du steckst.«

Pepper zögert. »Cocoa Beach.«

Vivian seufzt, und ohne erfindlichen Grund muss Pepper an ihren Vater denken, der an jenem Nachmittag auch da war, als sie mit vierzehn Jahren ihren ersten Bikini trug und herausfinden musste, wie die älteren Teenager den Sommer verbrachten; Dad, der von seiner Zeitung aufblickte, als sie von der Veranda hereingestürzt kam, Mums Worte fest an ihren halb nackten Busen gepresst; Dad, der in seinem angestammten Sessel saß und aussah, als hätte er einen Pfirsichkern verschluckt. *Hast du dich gut amüsiert?*, fragte er auf eine ganz bestimmte Art, die Pepper verriet, dass er alles von seinem Lieblingsplatz aus mit angesehen hatte, wo er freien Blick auf den Strand hatte und nach Herzenslust die hübschen Mädchen begaffen konnte. *Fahr zur Hölle*, murmelte sie wie alle Jugendlichen ihrer Generation, doch im Stillen dachte sie: *Besoffener alter Spanner, warum gehst du nicht selbst da raus und sagst Billy, er soll seine dreckigen Finger von mir lassen? Geh da raus und hau ihm eine runter, weil er deine vierzehnjährige Tochter hinter der Umkleide begrapscht hat. Kümmere dich ein einziges Mal ein bisschen um deine Familie, verdammt.*

Aber das tat er nicht, nicht wahr? Er ahnte nicht einmal, was in ihrem Kopf vor sich ging. Er wandte sich dem Aschenbecher zu und drückte seine Zigarette aus, und bei diesem widerlichen Rumgedrücke meinte er nur: *Zieh dir bitte etwas an, bevor du noch einen Tumult auslöst.*

Mit anderen Worten: Pepper war auf sich allein gestellt. In diesen Dingen konnte sie auf keine Unterstützung hoffen.

Vivian spricht sanft in ihr Ohr. »Bist du sicher, dass du allein klarkommst?«

Ach, Vivian. Du mit deinem attraktiven Arztgatten, deinem süßen Wonneproppen, deiner sonnendurchfluteten

Wohnung in Gramercy Park, deiner glamourösen Kolumne über glamouröse Leute. Vivian mit ihrem legitimen Babybauch von ihrem legitimen Ehemann, dem Produkt ihrer gegenseitigen Liebe. Keine mitternächtlichen Abenteuer mit Vivian, kein geteiltes Leid unter Schwestern. Die Zeiten waren vorbei. Wie könnte einen jemand bemitleiden, der selbst kein Leid kennt?

»Ganz sicher«, sagt Pepper, und bevor Vivian etwas erwidern kann, legt sie den Hörer auf die elfenbeinfarbene Gabel. Das Klappern des Apparats bleibt lange Zeit das einzige Geräusch im Raum.

## 5.

Aber jemand wie Pepper kann sich nicht den ganzen Tag verkriechen. Früher oder später locken das milde Wetter und die sanft rauschende Brandung sie zum Strand. Die Wellen reichen nicht ganz bis zu der vom Seetang markierten Hochwasserlinie, und nach einer Viertelstunde kommt Pepper zu dem Schluss, dass sich das Wasser zurückzieht.

Der adrette junge Arzt in Chatham hat ihr gesagt, ein langer zügiger Spaziergang sei gut für sie und das Baby. Also spaziert Pepper zügig über den Strand, ein bis zwei Kilometer. Die Sonne ist so angenehm, dass sie sich in den Sand setzt und die Zehen zum Meer streckt. Keine neugierigen Augen, die sich schamlos in ihren Bauch bohren. Keine unbekannten Männer, die ihr in einem Treppenhaus auflauern und behaupten, etwas Wichtiges mit ihr besprechen zu wollen. Keine privaten Nachrichten, keine dringenden Mitteilungen. *Pepper, ich weiß nicht, was für ein Spiel du mit mir treibst, aber wir müssen dringend eine Lösung finden. Ein Mann in meiner Position …*

Ein Mann in *seiner* Position. Ein Mann in seiner Position kann sich alles erlauben, nicht wahr? Er kann sämtliche Register ziehen, um sie aufzuspüren.

Dreihunderttausend Dollar müssten eigentlich reichen, um ihr die nötige Sicherheit zu erkaufen. Aber wo soll sie sich verstecken, damit er sie nicht findet? Möglicherweise bei ihrer Familie. Ihre Familie würde sie im Zweifelsfall verteidigen. Die Schuylers fallen zwar gern übereinander her, aber anderen gegenüber bilden sie eine geschlossene Front. Nur so konnten sie als Familie überdauern, während andere kamen und gingen: Sie halten zusammen wie Pech und Schwefel. Sie halten stets die Stellung.

Aber das hier ist kein gewöhnlicher Angriff. Und *jeder* Angriff fordert seine Opfer. Wer weiß, welches unschuldige Opfer dieses Gefecht fordern würde, nur weil sie ein paar Gebote gebrochen und sich in einen verheirateten Mann verliebt hat.

Pepper setzt sich auf. Der Sand rieselt ihr aus den Haaren. Sie betrachtet den bleigrauen Horizont und denkt, mein Gott, ich habe mit diesem Mann geschlafen. Wir haben uns ein Hotelzimmer genommen. Wir haben miteinander getrunken, geraucht, gevögelt, wir haben unsere Körper, unsere Seelen geteilt.

Und nun das hier. Die Sorge, ob ihre Familie in Sicherheit ist. Ob sie es noch wäre, wenn Pepper nach Hause zurückkäme, oder ob sie besser wegbleibt. Was für eine Entscheidung!

## 6.

Als Pepper die Straße überquert und entlang der kreisrunden Zufahrt zum Haus zurückkehrt, springen ihr zwei

Hunde entgegen. Stolze Weimaraner. Sie lässt sich ausgiebig beschnuppern und begutachten. Anscheinend besteht sie den Test, denn die Hunde heften sich gehorsam an ihre Fersen und eskortieren sie zum Haus wie einen hohen Würdenträger.

Die Räume sind still und finster. Heute Morgen war Pepper zu sehr abgelenkt, um auf die Einzelheiten zu achten – eigentlich ist sie das immer noch, aber der ausgiebige Spaziergang am Meer hat ihre Nerven besänftigt und eine gewisse Neugierde geweckt –, doch auf den zweiten Blick bemerkt sie die stille Eleganz des Hauses, die villenhaften Ausmaße, das schnörkellose Mobiliar. Annabelle Dommerich hat eindeutig Geschmack. Pepper legt ihren Hut auf dem Esstisch ab und schlendert ins Wohnzimmer, wo sie vor ein paar Stunden mit Vivian telefoniert hat.

»Annabelle?«, ruft sie. »Mrs. Dommerich?«

Einer der Hunde stupst sanft gegen ihre Hand. Hunde sind einfach wunderbar, oder? Solange einen die Hunde noch riechen können, ist die Seele nicht vollständig verloren, ganz gleich welche Sünden man begangen hat. Pepper betrachtet die blau-weiße Einrichtung, die quadratischen Proportionen – Griechenland, denkt sie, oder ein hübsches sonnengebleichtes Fleckchen an der Adria – und kommt zu dem Schluss, dass es ihr hier gefallen könnte.

Der Hund stupst erneut gegen ihre Hand, und während Pepper einem großen abstrakten Gemälde den Rücken kehrt, wird ihr bewusst, dass niemand ihr Rufen erhört. Die Luft ist erfüllt von einer tiefen Grabesstille. Sie lässt ihren Blick ein letztes Mal über die Wände und Möbel schweifen, krault den Hund freundlich hinterm Ohr und denkt im Hinausgehen: Seltsam, etwas fehlt in diesem bezaubernden Raum mit Meerblick, wo sich früher eine große, fruchtbare Familie getummelt hat. Etwas, das kein glückliches Zuhause entbehrt. Etwas, das selbst die Schuylers in silbrigem Überfluss zur Schau stellen.

Es gibt kein einziges Foto.

## 7.

Pepper überquert den Flur und ruft nach Annabelle. Sie steckt ihren Kopf in den gegenüberliegenden Raum, eine Art Musikzimmer: Neben dem Fenster steht ein schickes schwarzes Klavier und auf der anderen Seite ein geradliniger Stuhl vor einem hölzernen Notenpult. An der Wand lehnt ein ramponierter Cellokasten.

Pepper will gerade den Kopf zurückziehen, als ihr an der gegenüberliegenden Wand etwas ins Auge springt. Sie tritt etwas näher heran und betrachtet das große schwarz-weiße Foto – endlich ein Foto! –, das eine dunkelhaarige Musikerin zeigt. Die zierliche Frau sitzt auf einer Bühne und hält ein Cello zwischen den Knien. Ihr Ausdruck wirkt zutiefst konzentriert, in schwelgerischer Ekstase, ihre Arme im Akt der Schöpfung begriffen. Sie trägt ein elegantes Kleid, das jede beliebige Farbe haben könnte, von Schwarz bis Scharlachrot. Auf das Kleid achtet ohnehin niemand, oder? Man bemerkt vielmehr ihre ekstatischen Züge, ihre anmutig gespannten Arme, das geschwungene Cello zwischen ihren Beinen.

Annabelle Dommerich, versunken im Akt der Schöpfung.

Annabelle Dommerich. War ihr der Name nicht gleich bekannt vorgekommen?

Erst als Pepper einatmet, wird ihr bewusst, dass sie den Atem angehalten hat. Dass ihr Brustkorb bei dem Anblick des Fotos erstarrt ist. Wie alt mag diese Schwarz-Weiß-Aufnahme sein? Wie lange ist es her, dass Annabelle Dommerich auf so einer Bühne gespielt hat? Das Kleid und der Haarschnitt geben nicht viel preis. Annabelle ist absolut zeitlos.

Na schön. Annabelle Dommerich hat also ihre eigene Vergangenheit, doch nicht die eines Durchschnittsbürgers mit den üblichen Irrungen und Wirrungen, Geburten und Todesfällen, sondern eine überaus schillernde Vergangenheit, nach der Vivian sich in ihrer Kolumne die Finger lecken würde. Ruhm, Reichtum, verbotene Leidenschaft. Und damit nicht genug. Ein seltener Mercedes-Benz, versteckt in einem Schuppen auf Cape Cod, nach seiner spektakulären Flucht aus Deutschland.

Und ein Cello.

Pepper fährt mit ihren vorwitzigen Fingern über den gewölbten Rand des Cellokastens. Er ist aus altem, abgegriffenem Leder, wie man es von einem Weltklassemusiker nicht unbedingt erwarten würde. Aber warum eigentlich nicht? Pepper geht nicht oft in klassische Konzerte, nicht mehr, seit sie mit dem elften Jahrgang der Nightingale-Bamford School bei einer Matinee in der Carnegie Hall war. Eine Pflichtveranstaltung. Die Saison neigte sich dem Ende zu, und ein weltberühmter Pianist gab an dem Tag ein Konzert, doch Pepper verbrachte die erste Hälfte in der Damentoilette, um ihre Freundin Edie Brooks zu trösten, deren Freund ihr den Laufpass gegeben hatte. Edie hatte ziemlich nah am Wasser gebaut und verbrauchte unzählige Taschentücher, deshalb begab sich Pepper erst nach der Pause an ihren Platz. In den ersten zehn Minuten war ihr Gehirn eifrig damit beschäftigt, Rachepläne gegen den treulosen Michael zu schmieden, bis die Musik klammheimlich von ihr Besitz ergriff, Note für Note, um ihre Gefühle auf unerklärliche Weise zu teilen. Das Klavier klagte bitterlich; es verlangte nach Rache.

Pepper hat die Carnegie Hall seither nicht wieder betreten, doch jene traute Einheit mit dem Konzertflügel hat sie nie vergessen. Als einige Jahre später dieselben Klaviertöne aus dem Arbeitszimmer ihres Vaters drangen, blieb sie tatsächlich vor der Tür stehen und lauschte, eine Hand reglos an die Rippen gepresst, bis die letzte Note verhallte und die Nadel kratzend das Ende der Platte erreichte. Ihr Vater stand auf, um den Tonarm anzuheben und irgendein Violinkonzert aufzulegen, ohne zu ahnen, dass seine Tochter auf dem Flur stand und ihm Gesellschaft leistete.

Pepper wirft einen letzten Blick auf das Foto – ein einzelnes Foto in diesem riesigen Haus, warum ausgerechnet dieses? – und ruft leise über den Flur, fast als wollte sie nicht gehört werden. *Annabelle?*

8.

Die französischen Fenster im Esszimmer stehen weit offen, und ein Duft von Zitronen und Eukalyptus dringt ihr in die Nase. Pepper öffnet den Mund und atmet tief durch. »Annabelle?«, ruft sie erneut.

Die Hunde rennen in entgegengesetzter Richtung über den Flur. Pepper folgt ihnen. Wunderschöne, athletische Tiere mit einem glänzenden taubengrauen Fell. Ihre Schwänze sind unkupiert und wedeln aufgeregt. Als ihre Hinterläufe um die Ecke biegen, hört Pepper eine menschliche Stimme, die liebevoll mit den Hunden schimpft: *Na, ihr Streuner, jetzt aber Platz.* Es ist nicht Annabelles Stimme, sondern die der Hausangestellten von heute Morgen, die Pepper Toast und frischen Kaffee gebracht hat.

»Hallo, Clara«, sagt Pepper. »Sie wissen nicht zufällig, wo meine Gastgeberin steckt?«

»Ich wollte gerade nach Ihnen sehen, Miss Schuyler«, sagt Clara. »Mrs. Dommerich ist seit einer Stunde außer Haus.«

»Außer Haus? Wo wollte sie denn hin? Besorgungen machen?«

»Nein, nein. Einer ihrer Ausflüge.« Clara schenkt ihr ein bedauerndes Lächeln und greift in die Tasche ihrer Schürze, um einen cremefarbenen, in der Mitte gefalteten Briefbogen hervorzuziehen. »Mrs. Dommerich lässt ausrichten, es tue ihr sehr leid, dass sie sich nicht verabschieden konnte.«

Pepper nimmt das Blatt Papier stumm entgegen. Die Hunde sind weitergerannt, vermutlich in die Küche. Der Brief ruht schwer in ihrer Hand, und aus irgendeinem Grund scheut sie sich, ihn hier und jetzt, in Claras Gegenwart, zu lesen. Man weiß ja nie. »Verabschieden? Das klingt aber dramatisch. Hat sie gesagt, wann sie zurückkommt?«

»Leider nein, Ma'am. Das tut sie nie. Aber Sie sollen sich ganz wie zu Hause fühlen.«

# Annabelle

## ANTIBES – 1935

### 1.

Nach ein, zwei Tagen konnte ich wieder normal gehen. Ich war bereit, die Welt zu erkunden – diesen wundervollen Winkel der Erde, den ich bald mit Stefan teilen würde – oder zumindest die Gegend um das Hôtel du Cap. Meine Koffer wurden mir nachgeliefert, begleitet von einer kurzen Nachricht meines Vaters: *Amüsier dich gut,* mignonne. *Und denk daran, dein Zuhause steht dir immer offen. Kuss, Papa.* Ich hielt den Brief in den Händen und dachte, was für eine seltsame Nachricht von einem Vater. Aber was hatte ich anderes erwartet?

In der Schreibtischschublade fand ich einen Umschlag mit zehntausend Francs und eine Notiz mit einem Namen und einer Pariser Adresse, die ich nicht kannte. Ich steckte beides zurück in die Schublade. Ich wollte nichts davon wissen; ich wollte nicht daran erinnert werden, was sich dahinter verbarg. Also schlüpfte ich in meine Sandalen und schnappte mir meinen Hut, um über das Treppenhaus und die kiesbestreute Einfahrt zum Eden-Roc-Pavillon zu spazieren, der die gesamte Bucht überblickte.

Der hoteleigene Strand war schmal und felsig und nicht

sonderlich populär – die meisten Gäste bevorzugten das in den Basalt geschlagene Meerwasserschwimmbecken –, daher war ich vollkommen ungestört, als ich mein Kleid abstreifte und mich in die schäumenden Wellen stürzte. Ich schwamm etwa eine Stunde lang, bis meine Glieder schlaff und schwer wurden, dann kletterte ich zitternd aus dem Wasser und ließ mich auf die Steine sinken, um die letzten Strahlen der Augustsonne in mich aufzusaugen.

Wenn Stefan zurückkommt, dachte ich, werden wir hier beisammenliegen, nur dass die Luft dann kälter ist. Wir werden unsere Bademäntel überziehen und uns am Fuß der Klippe aneinanderkuscheln. Stefan wird eine Flasche Champagner hervorzaubern, und wir werden uns lachend daran erinnern, wie wir im Morgengrauen an dem winzigen Strand der Île Sainte-Marguerite lagen und uns im Fort Royal das erste Mal küssten, während die Sonne über den Dächern aufging.

Allmählich trocknete meine Haut, gefolgt von meinem Badeanzug. Das Zittern ließ nach, und mir wurde bewusst, dass das hohle Gefühl in meiner Magengrube von Hunger zeugte, nicht von Einsamkeit. Also zog ich mein Kleid wieder an und stieg die Stufen zum Teepavillon hinauf. Ich bestellte mir einen Kaffee und einen Teller Sandwiches. Während ich darauf wartete, hörte ich ein glockenhelles Lachen am Tisch hinter mir. Die dazugehörige Stimme war mir so vertraut, dass ich vorgab, mich für die Architektur des Gebäudes zu interessieren, und einen Blick über meine Schulter warf.

Ist es nicht seltsam, dass wir es irgendwie spüren, wenn wir beobachtet werden? Im selben Moment, als meine Augen zu der Frau schweiften, kreuzte sie meinen Blick, und obwohl sie einen geschwungenen Hut und ein Tageskleid trug, erkannte ich ihre Lippen, ihre Augen und die

Form ihres Kinns auf der Stelle wieder. Hastig wandte ich den Blick zurück zu der weißen Tischdecke und der spektakulären Aussicht über die Bucht, während ich kaum noch Luft bekam.

Stefans Geliebte. Sie trug weniger Kajal, und ihr beerenroter Lippenstift war frisch aufgetragen, doch ein solches Gesicht vergisst man nicht so leicht. Der Kellner brachte mir die Sandwiches und den Kaffee, an dem ich gedankenlos nippte und mir prompt die Zunge verbrannte.

Sie hatte mich nicht erkannt. Sie hatte mich gewiss nicht erkannt.

»Verzeihen Sie«, sagte eine affektierte englische Stimme in meinem Rücken. »Sind Sie nicht die Krankenschwester von der Jacht? Stefans Krankenschwester?«

Ich stellte die Tasse ab und blickte ihr ins Gesicht, das weniger attraktiv war als vielmehr faszinierend. Sie hatte sinnliche grüne Augen, und das war auch schon der ganze Trick: Bei solchen Augen spielte der Rest keine Rolle, selbst wenn er durchaus reizvoll wirkte. Ihr Haar, das glänzend unter dem Hut hervorschaute, war dunkelblond wie wilder Honig. Sie trug das Kleid einer Filmdiva, die mit ihrem Stil mühelos die Mode der kommenden Saison vorwegnahm. Es war marineblau und schmiegte sich eng an ihre zierliche Taille. Der dunkle Farbton ließ ihre beerenroten Lippen vor dem seidig schimmernden Teint erstrahlen.

Ich presste meine farblosen Lippen aufeinander und nickte bestätigend. »Sie haben ein gutes Gedächtnis.«

»Ja, genau wie Sie. Sie haben mich gleich erkannt, nicht wahr? Wie geht es ihm?«

»Schon viel besser.«

»Aber natürlich. Er ist eben ein unbezwingbares Geschöpf. Darf ich mich zu Ihnen setzen?«

»Wenn Sie möchten.«

Sie wandte sich an ihren Tischpartner. »Peter, Darling. Ich möchte mich nur kurz unterhalten. Geh doch schon mal auf unser Zimmer und hole mir meinen Badeanzug. Du bist ein Schatz.«

Ihre Begleitung, ein Mann mittleren Alters in einem weißen Jackett, musterte uns beide und drückte seine Zigarette aus. »Ich dachte, wir wollten heute nicht schwimmen«, erwiderte er launisch.

»Ich habe es mir anders überlegt. Nun geh schon. Und hör um Himmels willen auf zu schmollen.«

Peter erhob sich von seinem Stuhl. Er hatte schütteres blondes Haar und einen Ansatz von einem Bauch trotz seiner ansonsten schlanken Figur. »Dein Wunsch ist mir Befehl.« Er nahm seufzend seinen Hut und ging.

Stefans Geliebte wandte sich lächelnd zurück an mich. »Er ist ein guter Kerl, aber ein furchtbarer Langweiler. Darf ich mich setzen?«

»Bitte.« Ich deutete auf den freien Platz.

»Mein Name ist Alice. Lady Alice Penhallow.« Sie setzte sich und reichte mir ihre schlanke Hand, die von mehreren Ringen beschwert wurde.

Im ersten Moment zögerte ich, doch dann ergriff ich sie. Ihr Handschlag war schlaff und teilnahmslos. »Annabelle de Créouville.«

Bei meinem Namen hob sie die Augenbrauen. »Du meine Güte! Das sind *Sie*? Wir dachten, Sie wären nur ein Gerücht. Die sagenumwobene Prinzessin, weggesperrt in einem Kloster. Da kann ich natürlich nicht mithalten. Ich sollte ihn mir aus dem Kopf schlagen.«

»Ich dachte, das hätten Sie bereits?«

»Wegen Peter? Ach, der ist zwar ganz charmant, wenn er nicht gerade schmollt, aber letztlich nur eine Übergangslösung. Ich will nicht behaupten, ich wäre aus einem einzigen Grund hiergeblieben, aber wer weiß? Dabei hast du natürlich längst mit ihm geschlafen.«

Ich verzog das Gesicht.

»Das war mir klar. Er ist einfach unwiderstehlich, oder?« Sie schnappte sich ein Sandwich von meinem Teller und knabberte daran. »Und obendrein steinreich wie jeder gute Jude. Ich kann es dir nicht einmal vorwerfen. Ich hatte gleich so einen Verdacht, als ich dich auf der Jacht gesehen habe. Und dann hat er sich nicht mehr gemeldet. Hat er mich je erwähnt?«

»Nicht weiter, nein.«

»Natürlich nicht. Er verliert nie seinen Sinn für Anstand, nicht mal, wenn er mehrere Kegel gleichzeitig jongliert. Ich habe nie mitbekommen, dass er schlecht über eine Frau geredet hätte.« Sie schluckte und nahm einen weiteren knabbernden Bissen wie ein extrem glamouröses Kaninchen. »Nicht mal seine *eigene* Frau.«

So etwas sieht man nicht kommen, oder? Einen solchen Schock. Deshalb ist es ja ein Schock. Wie damals der Autounfall, als ich acht Jahre alt war und meine Nanny mich zu einem Geburtstag fahren sollte, gar nicht weit von hier. Wir waren spät dran, und sie fuhr ziemlich schnell. Nachmittags hatte es einen verhängnisvollen Wolkenbruch gegeben, und die junge Frau war wohl zu unerfahren, um zu begreifen, dass ein Automobil (so schwer es auch sein mochte) bei überhöhter Geschwindigkeit wie ein Wasserflugzeug über eine ausgedehnte Pfütze schlitterte. Ich saß auf der Rückbank und betrachtete die Landschaft, während ich an eines der älteren Mädchen dachte, das mich gern an den Zöpfen zog und mich Prinzessin Heulsuse nannte (sie war ebenfalls Amerikanerin, die Tochter reicher Einwanderer, die in den Zwanzigerjahren die Côte d'Azur regelrecht überschwemmten), als es plötzlich einen scharfen Knall gab und ich nach vorn geschleudert wurde. Dann folgte ein furchtbares Geräusch von knirschendem Metall, und ich dachte, irgendjemand hatte einen Unfall, als auch schon mein Kopf gegen den Vordersitz knallte und ich feststellen musste, dass dieser Jemand ich selbst war. Wie ich den Aufprall überlebte, ist mir schleierhaft. Ich kam mit ein paar Platzwunden, Blutergüssen und einem gebrochenen Finger davon. Die Nanny hingegen verbrachte die nächsten zwei Monate im Krankenhaus, das Bein in einem Streckverband, und hatte reichlich Zeit, sich darüber Gedanken zu machen, warum man bei strömendem Regen auf der Fahrt zu einem Kindergeburtstag nicht rasen sollte. Ihr Kopf war nie wieder der alte.

*Nicht mal, wenn er mehrere Kegel gleichzeitig jongliert*, sagte Lady Alice und knabberte an meinem Sandwich, während ich in hohem Bogen durch die Luft flog.

*Nicht mal seine eigene Frau*, sagte sie, und ich hörte den Aufprall und dachte, irgendjemand hatte einen Unfall, und dieser Jemand war ich.

»Seine Frau«, sagte ich mit etwas Verzögerung. »Stimmt.«

Aber Lady Alice war ein alter Hase. »Hast du das etwa nicht gewusst?«

»Ich … er hat nie erwähnt …«

»Ach, du armes Ding.« Sie ließ ihr Sandwich sinken und wirkte aufrichtig betroffen. Aus der Nähe betrachtet war sie deutlich jünger, als ich angenommen hatte. Das frische Strahlen ihrer Haut war echt, nicht imitiert, und ihr Busen besaß eine elastische Fülle, die sich durch kein Mittel der Welt wiederherstellen ließ. »Jetzt bin ich ihm aber wirklich *böse*. Das ist kein Geheimnis, das man für sich behalten sollte. Aber vielleicht ist er davon ausgegangen, dass du es längst weißt. Ich dachte, alle Welt wüsste davon.«

Ich bekam ihre Worte kaum mit. Ich war unfähig, sie zu

verarbeiten. Meine Realität zersprang in tausend Stücke. Mein Magen drehte sich um, wehrte sich gegen den Fremdkörper meines Sandwiches. Ich schlug eine Hand vor den Mund.

Lady Alice griff über den Tisch und berührte meinen Arm. »Nimmt dich das etwa so mit?«

Ich konnte nichts erwidern. *Seine Frau*. Die Worte hallten durch meinen Kopf. Meine Mutter war die betrogene Ehefrau gewesen, deren Mann mit einer anderen schlief. Einer Frau, die ich abgrundtief hasste. Und diese Frau war nun ich.

»Und wo steckt er jetzt?«, fragte sie behutsam.

»In Deutschland.« Ich war zu benommen, um etwas anderes zu sagen als die Wahrheit. Lady Alice war so einfühlsam, dass es mir vorkam, als hätten wir in einem langen, schmutzigen Krieg Seite an Seite gekämpft. »Er ist vor zwei Tagen nach Deutschland abgereist … Er meinte … er müsse nur ein paar Dinge klären. Danach würde er zurückkommen.«

*Familienangelegenheiten*, hatte er es genannt. Er müsse irgendetwas regeln, das ich nicht erwähnen durfte. Ich sollte überhaupt nicht von uns reden, schon gar nicht gegenüber seinem guten Freund Charles.

»Natürlich wird er das«, erwiderte Lady Alice mit tröstlicher Stimme. »Daran darfst du nicht zweifeln. Ich bin mir sicher, dass er etwas für dich empfindet. Wenn ich es mir recht überlege, bist du genau die Art von Frau, für die er etwas empfinden *könnte*. Du bist anders als wir anderen. Er wird ganz bestimmt zurückkommen. Er ist ein Mann, der zu seinem Wort steht.« Sie schnippte mit den Fingern. »Vielleicht wollte er sie nur treffen, um ihr zu sagen, dass es ihm diesmal ernst ist …«

»Sie weiß davon?«

Lady Alice lacht. »Sonst wäre sie wohl die größte Närrin aller Zeiten.«

Eine kleine schwarze Fliege hatte sich auf dem Tellerrand niedergelassen. Ihre winzigen Beinchen krabbelten zaghaft in Richtung der Sandwiches, so als würde sie sich keine allzu großen Hoffnungen machen. Ich brachte es nicht übers Herz, sie zu verscheuchen. Stattdessen lauschte ich dem leisen Klappern des Geschirrs, dem sanften Plätschern der Unterhaltungen und dachte, nein, ich bin die größte Närrin aller Zeiten.

»Liebes«, sagte Lady Alice. »Geht es dir gut? Du siehst aus, als wäre dir schlecht.«

»Danke, alles in Ordnung«, erwiderte ich.

Sie fuhr fort: »Wenn er zurückkommt, darfst du ihn nicht mehr von der Angel lassen. Du musst ihm gezielt Fragen stellen. Ich weiß, so eine Affäre ist furchtbar romantisch … es ist deine erste, oder? Ich war ganz genauso, aber die Männer sind wie Würmer, sie versuchen stets, sich herauszuwinden. Was hat er dir von sich erzählt?«

Ja, was eigentlich? »Nicht allzu viel«, erwiderte ich, und mir wurde bewusst, dass es stimmte. Wir hatten uns stundenlang unterhalten, hatten etliche Tage miteinander verbracht, und in meiner jugendlichen Weisheit hatte ich geglaubt, ihn zu kennen. Ich kannte die Farbe seiner Augen, die Form seines Gesichts. Ich wusste, wie leicht sich seine Haut bräunt. Ich wusste, wie attraktiv er war, sei es in einem Pyjama oder einem Dinnerjackett oder ganz ohne Kleidung – es sei denn, er hatte schlechte Laune. Ich wusste, er war etwa eins achtzig groß und schlank, sportlich und muskulös, doch nicht stämmig. Ich wusste, er konnte ein Boot steuern und spielte lieber Tennis als Golf. Er hatte ein englisches Internat und die Berliner Universität besucht, aber ich kannte weder sein Studienfach noch den Namen des

Internats. Ich wusste, er zeigte nicht gern Emotionen, doch seine Gefühle waren innig und intensiv. Ich wusste, er bevorzugte vor dem Essen einen Martini, einen Brandy danach; Whisky trank er nur pur und bei Raumtemperatur. Ich wusste, er rauchte starke türkische Zigaretten, die er bei einem Tabakhändler in Paris bestellte. Ich wusste, er sprach fließend Englisch und Französisch; er besaß Grundkenntnisse in Spanisch und Italienisch und hatte Virgil im lateinischen Original gelesen. Ich wusste, er besaß eine hohe Schmerztoleranz und eine niedrige Toleranz für leeres Geschwätz. Er mochte Frauen, und die Frauen mochten ihn. Ich wusste, wie sich sein Blick verschleierte, wenn er mich begehrte. Ich wusste, wie sein Körper erschauderte, wenn er seinen *petite mort* erreichte, wie er über mir zusammensank, wie seine Gliedmaßen erschlafften, während sein Gewicht auf mir lastete. Und ich kannte den Geruch seiner Haut.

Doch ich kannte weder den Namen seines Vaters noch seinen deutschen Wohnort. Ich wusste nicht, womit sich das Familienunternehmen befasste, ob mit Handelstransporten oder Textilien oder Bankgeschäften. Ich wusste nicht, was er an dem Abend gemacht hatte, als er schwer blutend in mein Leben trat. Ich wusste nicht, ob seine Eltern noch lebten; ob er Geschwister hatte oder weitere enge Freunde wie meinen Bruder. Ich kannte nicht mal sein genaues Alter. Ich kannte seinen Platz in meinem Herzen, doch seinen Platz in der Welt kannte ich nicht.

Und ich hatte nicht gewusst, dass er verheiratet war.

»Im Grunde sind sie wie wilde Tiere«, sagte Lady Alice. »Jeder Einzelne von ihnen. Selbst der gute alte Peter würde liebend gern fremdgehen, wenn er es sich erlauben könnte. Davon darf man sich nicht beirren lassen, Liebes. Genieß einfach, was er dir zu bieten hat. Verlieb dich meinetwegen in ihn. Bestimmt hast du das längst. Aber mach dir um Himmels willen keine Illusionen.«

Ich blickte auf. »Haben die beiden Kinder?«

Sie runzelte die Stirn. »Ich glaube, er hat einen Sohn. Aber er spricht nie von ihm. Ich habe den Eindruck, er will keine weiteren Kinder. Du weißt ja selbst, wie sehr er aufpasst.«

»Aufpasst?«

»Ja, jedes Mal.« Sie stutzte und beugte sich vor. Ihre hübschen grünen Augen weiteten sich unter den schmalen nachgezeichneten Augenbrauen. »Weißt du überhaupt, wovon ich rede?«

»Ja, natürlich.«

»Nein, weißt du nicht. Oh, diese Ratte. Diese miese kleine Ratte. Dann sollte er erst recht zu seinem Wort stehen. Sonst bekommt er es mit mir zu tun. Wie alt bist du?«

»Fast zwanzig.«

»Neunzehn. Du lieber Himmel, nicht auszudenken. Dann wollen wir mal das Beste hoffen. Peter, da bist du ja! Ich fürchte, es gibt eine kleine Planänderung.«

Hastig fuhr ich mir mit den Fingern über die Augenwinkel und blickte auf in Peters entnervtes Gesicht. In der einen Hand hielt er eine Flasche, in der anderen einen Korb.

»Eine Planänderung?«

Lady Alice nahm ihm die Flasche ab und betrachtete das Etikett. »Die arme Annabelle hat gerade einen furchtbaren Schock erlitten. Das sollte für den Anfang helfen. Sei so lieb und besorg uns zwei Gläser. Du bist ein Schatz.«

Peter trottete gehorsam zur Bar. Lady Alice richtete ihre Aufmerksamkeit wieder auf mich. Ihr Lächeln war überschwänglich und strahlend, fast schon amerikanisch.

»Mach dir keine Sorgen, Liebes. Die gute Alice weiß, was zu tun ist.«

# ZWEITER SATZ

»Paris ist immer eine gute Idee.«

AUDREY HEPBURN

# Annabelle

## PARIS – 1935

### 1.

Ich hatte keineswegs die Absicht gehabt, jung zu heiraten. Schon gar nicht den Freiherrn von Kleist. Ich wollte nie wieder mit einem Mann schlafen, obwohl Lady Alice meinte, das sei genau wie beim Reiten: Wenn man vom Pferd fiele, müsse man sofort wieder aufsteigen, sonst bekäme man einen Komplex. Lady Alice kannte sich aus mit Komplexen. Sie war eine begeisterte Verfechterin der modernen Psychoanalyse. Im Nachtzug nach Paris hatte sie mir alles haarklein erörtert: Ich sei nur mit Stefan ins Bett gestiegen, weil mein Vater ein Schwerenöter sei, weil meine Mutter nicht mehr lebe, weil mein Bruder mich nicht beachte. Ich hätte all meine unerfüllten Sehnsüchte an Stefan gehängt wie Kugeln an einen Weihnachtsbaum. Das sei vollkommen natürlich, fügte sie hinzu, dafür müsse man sich nicht schämen. Es gebe weitaus schlimmere Wege, seine Jungfräulichkeit zu verlieren. Irgendwann werde sie mir ihre Geschichte erzählen, aber nicht jetzt. Das sei nichts für unschuldige Gemüter.

Zu diesem Zeitpunkt waren wir bereits so etwas wie beste Freundinnen. Bei der ersten Flasche Wein hatte ich ihr meine Lebensgeschichte erzählt, doch ich kann mich nicht mehr erinnern, was ich bei der zweiten Flasche von mir gab. Ich war noch am selben Abend mit ihr nach Paris aufgebrochen, ohne auch nur einen dieser bitteren Abschiedsbriefe zu verfassen. Ich wollte einen klaren Strich ziehen; ich wollte Stefan ebenso erschüttern, wie er mich erschüttert hatte. Daher hinterließ ich keinerlei Hinweise auf unsere Verbindung, außer dem wertvollen Amati-Cello, der Notiz mit dem Namen und der Anschrift in Paris und den tausend Francs, die ich unberührt im Zimmer liegen ließ, das Stefan im Voraus bezahlt hatte – *Zwei Monatsmieten, Madame Silbermann, und Sie wollen schon abreisen?*, hatte der Hotelangestellte verblüfft gefragt.

Ich wollte nicht in Versuchung geraten. Ich wollte keinen losen Faden, an dem ich hätte ziehen können.

Wie einen Haufen Kehricht hatte uns der Nachtzug aus Nizza im morgendlichen Gestank des Gare de Lyon abgeladen. Wir nahmen gemeinsam ein Taxi in die Rue de Berri zu dem schäbig-schicken Apartment meines überraschten Vaters. Es war der letzte Tag im August. Paris rieb sich schläfrig die Augen im Licht des bevorstehenden Herbstes, und ich schloss erneut Bekanntschaft mit Johann von Kleist.

## 2.

Es war nicht gerade die Carnegie Hall oder die Pariser Oper, aber der Musiksalon meines Vaters war elegant und geräumig, und das eine Ende gehörte ganz allein mir. Auf der anderen Seite drängten sich in trauter Einheit die Freunde meines Vaters und die verführerischen Komplizinnen von Lady Alice. Eine Atmosphäre ehrfürchtiger Stille senkte sich über das exklusive Interieur. Die Beleuchtung ließ meine Haut glühen. In dem fadenscheinigen Orchestergraben hob sich der Dirigentenstab, und meine Augen begegneten denen des Maestros.

In jenem Moment höchster Konzentration, als mein Verstand die kommenden Takte vorwegnahm und aus Tausenden von Noten ein dreidimensionales Werk erstellte, ein lebendiges Klanggeschöpf, gelang es mir beinahe, Stefan zu vergessen.

## 3.

Anschließend gaben wir in unserem Wohnzimmer eine Party. Die hohen Balkontüren standen weit offen, um die honigsüße Oktoberluft hereinzulassen. Papa offerierte den Champagner, und Lady Alice offerierte ihre Freundinnen. »Du warst absolut fantastisch!«, brüllte sie mir ins Ohr, während sie mir ein Glas Champagner reichte und auf einen Stuhl kletterte. Sie trug ein glitzerndes violettes Abendkleid mit einem atemberaubenden V-Ausschnitt, der knapp über ihrem Bauchnabel endete. Nur Lady Alice verfügte über die seltene Gabe, ein solches Kleid mit vollendeter Eleganz zu tragen. Sie erhob ihr Glas und ihre Stimme. »*Bonsoir, mesdames et messieurs!*«, rief sie, und alle verstummten, denn sie war nun mal Lady Alice.

»Ich danke euch allen, dass ihr heute so zahlreich erschienen seid, um das musikalische Debüt meiner talentierten Freundin zu feiern, Annabelle de Créouville.« Sie streckte mir eine Hand entgegen und zog mich zu sich auf den Nachbarstuhl. Ein begeistertes Tosen ging durch die Menge. Mein Kleid war schwarz und hochgeschlossen, wie es sich für eine ernst zu nehmende Musikerin gehörte, eine klare schwarze Linie vor meinem porzellanweißen Hals. Doch der Stoff, ein herrlich weicher Satin, schmiegte sich an meinen Busen, meine Taille, meine Hüften, bis hinunter zu dem glamourös ausgestellten Rock, der gerade weit genug war, um meinem Cello bequem Platz zu bieten. Ich sah aus wie eine zierliche schwarze Meerjungfrau, meinte Lady Alice, nur ohne die Schuppen, und ich wusste, ich war ebenso *ravissante* wie sie. Voller Enthusiasmus fuhr sie fort: »Ich habe diese zarte Pflanze vor etwa einem Monat auf dem dörren Boden der Côte d'Azur gepflückt, und seht, wie sie aufgeblüht ist. Trink deinen Champagner, Liebes!« (Ich trank.) »Ich hoffe, ihr werdet den Champagner genießen und euch hoffnungslos betrinken, damit der Spaß so richtig beginnen kann.« Erneut tosender Applaus. »Amüsiert euch prächtig, meine Lieben, und vergesst nicht, unserem Gastgeber, Annabelles Vater, für den köstlichen Tropfen zu danken.«

Sie sprang geschmeidig von ihrem Stuhl, und ich folgte ihrem Beispiel. Jemand griff beherzt meinen Nacken, um mir einen Kuss auf die Wange zu drücken. Ich wich lachend zurück und stellte mein leeres Glas auf den Tisch. Umgehend wurde mir ein volles in die Hand gedrückt. Charles kam zu mir herüber, nahm mich in den Arm und sagte, ich sei bezaubernd. Er hatte mehrere Freunde mitgebracht, und alle reihten sich brav nebeneinander auf und beteuerten, wie sehr sie die Musik berührt habe. Einer von ihnen war Amerikaner, hochgewachsen, mit einem breiten Grinsen, wie es in den Staaten üblich war, doch seine Augen wirkten ernst und europäisch. Er hielt ein Champagnerglas in der Rechten und eine frisch entzündete Zigarette in der Linken. Geschickt wechselte er das Glas in die andere Hand und streckte mir seine freie Hand entgegen.

»Das war großartig, Mademoiselle de Créouville«, sagte

er mit einem charmanten amerikanischen Akzent, bei dem ich ihm am liebsten um den Hals fallen wollte.

»Bitte nennen Sie mich Annabelle«, sagte ich und ergriff seine Hand.

»Der Dvořák hat mir besonders gut gefallen. Meine Mutter hat die Platte immer auf ihrem alten Victrola gespielt. Es hat mich in meine Kindheit zurückversetzt. Ein wunderbares Stück. Natürlich würde ich nie *zugeben*, dass ich feuchte Augen bekommen habe, aber ich will es auch nicht abstreiten.« Er zwinkerte mir zu.

»Vielen Dank, Mr. …?«

»Greenwald«, sagte er. »Nick Greenwald.«

»Mr. Greenwald. Freut mich, dass Sie gekommen sind. Und vielen Dank für das übertriebene Lob.«

»Nenn mich bitte Nick, und von Übertreibung kann keine Rede sein.« Er beugte sich vor. Seine Augen nahmen einen sanfteren Ausdruck an, und auch wenn ich ihre Farbe im Licht der uralten Lüster nicht erkennen konnte, gefielen mir ihre liebenswürdigen Fältchen, wenn er entspannt lächelte wie in diesem Moment. »Übrigens sind wir uns schon mal begegnet. Wahrscheinlich erinnerst du dich nicht mehr. In einem Bootshaus, Anfang August? Ich habe an dem Abend mein Jackett verloren.«

Ich verschluckte mich an meinem Champagner. Nick wartete geduldig, während ich hustete. Als ich den Kopf wieder hob, lächelte er immer noch. »Ehrlich gesagt, bin ich etwas pikiert, weil du mich nicht erkannt hast. Aber ich schätze, du warst etwas abgelenkt.«

»Ja.«

»Ich habe gehört, du hast unseren alten Kumpel wieder ordentlich zusammengeflickt.«

»Ich hab gar nichts geflickt, das war der Arzt.«

Er zuckte mit seinen breiten amerikanischen Schultern.

»Du hast deinen Teil dazu beigetragen. Hat er dir je erzählt, was in der Nacht passiert ist?«

»Nein, hat er nicht. Er hat mir überhaupt nicht viel erzählt.«

»Verstehe.« Er ließ den Champagner im Glas kreisen, als wollte er etwas sagen und wüsste nicht, wie.

Mein Hals brannte. Ich wollte Nick Greenwald am Arm packen und ihm tausend Fragen stellen: Woher kannte er Stefan, und was machte er im Moment? Kannte er Stefans Frau, und was war sie für eine Person? War Stefan zum Hôtel du Cap zurückgekehrt, und was hatte er getan, als er mich nicht dort antraf? Doch in den letzten Wochen hatte ich mich bemüht, Fragen dieser Art hartnäckig zu ignorieren, wann immer sie mich auf der Straße oder in einem Café oder in meinem Bett verfolgten, und ich hatte keine Absicht, die Wunde erneut aufzureißen, nun da sie sich endlich schloss.

»Wie dem auch sei.« Ich hob mein Glas. »Ende gut, alles gut.«

Nick Greenwald stieß mit mir an, doch er wirkte etwas abwesend. Dann beugte er sich noch tiefer zu mir herab und kniff die Augen zusammen. »Ja. Ende gut, alles gut, oder?«

»Danach sieht es zumindest aus. Soweit ich weiß, ist Stefan Silbermann zu seiner Frau und seinem Sohn nach Deutschland zurückgekehrt.«

»Tochter«, meinte Nick.

Ich lächelte. »Tochter. Da habe ich wohl etwas missverstanden. Seither ist mir nichts mehr zu Ohren gekommen. Du weißt sicher mehr als ich.«

»Um ehrlich zu sein, habe ich seit Ende August nichts mehr von ihm gehört.«

»Dann ist er bestimmt glücklich und zufrieden«, erwiderte ich.

Nick hob nachdenklich die Zigarette an die Lippen. »Du hast wirklich nichts gehört?«

»Nein, sollte ich?«

Vielleicht klangen meine Worte etwas zu nachdrücklich, denn Nick Greenwald ließ seine Zigarette sinken und beugte sich so dicht zu mir heran, dass ich den Champagner in seinem Atem riechen konnte. »Er hat mir vor seiner Abreise eine Nachricht zukommen lassen, dass es da eine junge Frau gebe, die möglicherweise Unterstützung benötige. Mir kam da so eine Ahnung, als ich dich habe spielen sehen …« Er verstummte erwartungsvoll, und ich dachte: *Er ist es, mein Gott, er ist der Freund in Paris.*

Ich legte beide Hände an mein Glas, damit sie nicht zitterten. »Ich habe keine Ahnung, wovon du redest. Ich brauche keine Unterstützung.«

»Hör zu, ich habe nicht vor, es deinem Bruder zu erzählen, falls du das …«

Ich spürte eine Hand auf meiner Schulter und blickte dankbar in das strahlende Gesicht von Papa – *C'était magnifique, ma chérie, magnifique!* –, und als ich mich wieder umwandte, war Nick Greenwald verschwunden.

Gott sei Dank.

Damit verbannte ich Nick und Stefan aus meinem Kopf. Wir lachten und tranken und rauchten, Stunde um Stunde, bis die Stadt im frühen Morgengrauen auch noch die letzten Gäste verschlang und ich in mein atemberaubendes Kleid gehüllt auf dem kirschfarbenen Samt des Empire-Sofas einschlief, die Hand am Cellokasten. Eine schwarze Meerjungfrau, gestrandet an einer blutroten Küste.

### 4.

Am nächsten Morgen hatte ich eine Unterrichtsstunde in Neuilly, kein allzu weiter Fußweg, doch mit dem Cello unmöglich zu bewältigen. Also rief ich meinen Bruder an und fragte, ob er mich mit seinem Wagen hinfahren könne, einem heruntergekommenen Renault aus dem letzten Jahrzehnt. Er klang nicht sonderlich begeistert.

»Charles«, sagte ich, »als du mich im August von meiner bequemen Gartenmauer zum Bootshaus geschleift hast, habe ich da auch nur eine Sekunde gezögert? Oder bin ich umgehend in meinen Damenschuhen den Klippenpfad hinuntergestolpert, um zehn Tage meines Lebens für die Pflege deines Freundes zu opfern?«

»Das ist etwas anderes.« Er machte eine Pause. »Wann ist denn der Unterricht?«

»Um elf. Aber der Verkehr ist um die Zeit entsetzlich. Also mach dich besser gleich auf den Weg.«

### 5.

»Alles in Ordnung mit dir?«, fragte Charles, als wir den Étoile umrundeten. Um Haaresbreite wich er einem polternden Laster aus, das Resultat exzellenter Großstadtreflexe.

»Alles bestens.«

»Du hast dich verändert.«

»Inwiefern?«

»Ich weiß nicht. Ist mir schon gestern Abend aufgefallen, als du in deinem schwarzen Kleid drauflosgespielt hast. Ich hätte dich fast nicht wiedererkannt.«

»Danke.«

Er wechselte knirschend den Gang und bog schwungvoll in die Avenue de la Grande Armée ein. Ein Blumenverkäufer hob den Blick von seinen Astern und Chrysanthemen und warf empört die Hände in die Luft. »Und vorhin am Telefon. Ich habe aufgelegt und gedacht, das würde sie heute nicht mehr machen.«

»Was denn?«

»Alles stehen und liegen lassen, um mit mir die Klippen hinunterzuklettern und sich zehn Tage lang um eine Schusswunde zu kümmern, ohne irgendwelche Fragen zu stellen.«

»Stimmt, ich habe gelernt, unbequeme Fragen zu stellen«, erwiderte ich.

Die Gebäude zogen an uns vorüber, die Cafés und Boutiquen – ein Paris, das sich verzweifelt an die letzten herbstlichen Freuden klammerte. Auf den Bürgersteigen standen immer noch zahlreiche Tische und Stühle, die Gäste rauchten genüsslich ihre Zigaretten und schlürften aus zierlichen Tassen Kaffee. Charles hatte das Verdeck geöffnet, und ich atmete den unverkennbaren Geruch von frisch gebackenem Baguette, hartnäckigem Tabakqualm und dichten Autoabgasen. An einer Straßenecke hörte ich die beschwingte Melodie eines Akkordeonspielers. Ich hatte Paris schon immer geliebt, obwohl ich es kaum kannte, doch seit ich hier wohnte, liebte ich es noch mehr. Das geschäftige Treiben, das Gefühl, eine winzige wesentliche Note zu dieser weltstädtischen Sinfonie beizutragen.

»Und du bist so still geworden«, sagte Charles.

»Bin ich das? Finde ich nicht.«

»Deshalb wollte ich wissen, ob alles in Ordnung ist. Ich kann es nicht genau benennen, aber du hattest immer dieses Leuchten in den Augen, diesen sprühenden Lebensfunken, den ich plötzlich nicht mehr sehe. Selbst als du gestern gelacht hast, erschienst du mir irgendwie unglücklich. Außerdem bist du blass.«

»Das war ich schon immer.«

Er seufzte. »Na schön. Anscheinend willst du nicht darüber reden.«

Wir kamen zum Stehen und warteten darauf, dass der Verkehr weiterrollte. Mein Cellokasten ruhte zwischen uns auf dem Sitz und ragte auf wie ein dritter Kopf. Ich legte meine Hand an den Kasten, direkt über den metallenen Verschlüssen, und hörte meine eigene Stimme von den Felsen der Côte d'Azur zurückhallen: *Das liegt an dir. Du hast mich zum Leben erweckt.*

Der Wagen setzte sich mit einem Ruck in Bewegung, und ich schob den Gedanken entschlossen von mir.

## 6.

Der Unterricht dauerte eine Stunde. Ich trat hinaus auf die Straße und geriet in einen kräftigen Herbstschauer. Weit und breit war kein Taxi in Sicht, also trottete ich zur Métro. Gegen dreizehn Uhr erreichte ich ausgehungert und voller Gier auf das Mittagessen die Wohnung in der Rue de Berri.

Alice war gerade erst aufgestanden. »Und was ist mit Frühstück?«, fragte sie unschuldig, eine Zigarette zwischen den Lippen. Sie trug einen smaragdgrünen Kaftan und verströmte trotz ihrer morgendlichen Knitterfalten eine Aura von exklusiver Eleganz.

»Frühstückszeit ist längst vorbei. Aber du kannst Eier und frischen Kaffee haben. Für wen sind denn die Blumen?«

»Für dich, *ma petite*. Hübsch, was?«

»Für mich?« Ich lehnte den Cellokasten gegen einen Stuhl und betrachtete die Vase in der Mitte des Tisches, die fast überquoll von üppigen Blüten, allesamt untypisch für die Jahreszeit. Im Nachhinein stellte ich fest, dass mir die Lilien bereits im Flur in die Nase gestiegen waren.

»Was für ein ernüchternder Moment für deine treue Verbündete.« Lady Alice trat andächtig zu mir an den Tisch. »Einst wurde *ich* mit derartigen Sträußen überhäuft.«

»Was ist denn das?«, fragte Papa von der Tür her. Er wirkte noch zerknitterter als Alice, obwohl er frisch gewaschen und angezogen war, die dunklen Haare feucht im Nacken.

»Blumen für deine Tochter«, antwortete Alice.

Er durchquerte den Raum und drückte einen Kuss auf ihre nackte Schulter, dort wo der Kaftan heruntergerutscht war. (Wer wäre da schockiert? Es hatte gerade mal zwei Wochen gedauert.) »Von wem denn?«

»Bestimmt nicht von Charles«, sagte ich.

»Nein, Charles hat keine zwei Francs auf der hohen Kante«, sagte Alice. »Aber ich habe mir die Freiheit genommen, einen Blick auf die Karte zu werfen.« Sie nahm den Umschlag vom Tisch und überreichte ihn mir. »Ein deutscher Verehrer.«

»Deutsch?«

»Sei nicht albern, Liebes. Ein Adliger mit ausgesprochen nobler Handschrift. Sieh selbst.«

Ich zog die Karte heraus.

*Mit vorzüglicher Hochachtung*
*anlässlich Ihres musikalischen Debüts.*

Am oberen Rand der Karte war in diskreten schwarzen Lettern der Name *Johann von Kleist* eingeprägt.

»*Mon Dieu*«, sagte mein Vater. »Was für eine Überraschung! Das hätte ich dem Kerl gar nicht zugetraut.«

## 7.

Anfangs fand Lady Alice meine Pariser Pläne großartig. *Wir werden dich in eine Göttin verwandeln*, hatte sie auf der Zugfahrt gesagt. *Die Leute werden uns die Königinnen vom Montparnasse nennen.* Eine kleine Veränderung würde ihr ganz guttun, eine Abwechslung von dem banalen Luxus. Sie sei es leid, mit reichen Männern zu schlafen; sie werde sich fortan mit armen Künstlern vergnügen, vielleicht könne sie dadurch ihre Seele retten.

Doch ihr frommer Vorsatz hielt nicht länger als zwei Wochen an. Mein Vater war zwar keineswegs reich, doch auch nicht im klassischen Sinne arm – sein Apartment war überaus opulent und angefüllt mit Kostbarkeiten. Die beiden wirkten sogar aufrichtig ineinander verliebt. Gleich und Gleich gesellt sich gern, dachte ich. Lady Alice verströmte einen Hauch von exklusiver Selbstgefälligkeit, ähnlich einem kostspieligen Parfum, und richtete ihre geballte Aufmerksamkeit nun auf mich.

»Natürlich solltest du dich mit ihm treffen«, sagte sie beim Mittagessen. »Das würde den Prozess abschließen. Den Heilungsprozess, meine ich. Eine Affäre.«

»Ich will keine Affäre.«

»Natürlich willst du eine Affäre. Zum einen macht es Spaß, und zum anderen hast du es bitter nötig. Vor ein paar Tagen habe ich mit meinem Analytiker gesprochen, und er meinte, du solltest möglichst bald mit jemandem ins Bett steigen, sonst entwickelst du einen Sexualkomplex.«

»Du und deine Komplexe.«

»Das sind nicht *meine* Komplexe, Liebes, sondern *deine*.«

»Dein Analytiker wäre bestimmt gern bereit, die nötige Behandlung zu übernehmen, habe ich recht?«

Sie streifte die Asche ihrer Zigarette ab. »Er hat seine

Dienste durchaus feilgeboten. Aber das heißt nicht, dass er damit falschliegt.«

»Dir ist aber schon bewusst, dass das alles Quatsch ist? Diese ganze Psychoanalyse, diese moderne Besessenheit vom Sex?«

»Keineswegs. Der menschliche Sexualtrieb ist der Grundstein unserer Existenz; er ist vollkommen natürlich, und wenn man ihn unterdrückt …«

»Herr von Kleist ist doppelt so alt wie ich.«

»Bei Liebhabern gilt im Allgemeinen: je älter, desto besser«, entgegnete Lady Alice. »Ich nehme an, du hast ihn dir noch gar nicht richtig angeschaut. Ich hingegen schon, gestern beim Konzert. Er saß ganz hinten, herrlich unnahbar und einflussreich. Glaub mir, die männlichen Reize nehmen mit dem Alter zu. Überaus beneidenswert.«

Ich musste daran denken, was Charles mir auf dem Weg zum Bootshaus gesagt hatte. »Ja, und höchstwahrscheinlich ist er ein Nazi.«

Sie blinzelte. »Was macht das für einen Unterschied? Du willst doch nur mit ihm ins Bett – kein Grund, über deutsche Außenpolitik und die Rolle des Rheinlands zu diskutieren. Ich hatte mal eine Affäre mit einem eingeschworenen Kommunisten, der Sohn eines steinreichen Bankiers. War ein nettes Intermezzo. Wir haben uns ein, zwei Monate lang getroffen, und er hat mir die herrlichsten Geschenke gemacht. Wie mir zu Ohren kam, plante er einen Anschlag auf die Pariser Börse.«

Der Kellner brachte uns das Essen. Wir saßen in einem nahegelegenen Café draußen auf dem Bürgersteig an einem erstklassigen Tisch, den Lady Alice uns mit einem einzigen Blick ihrer samtgrünen Augen gesichert hatte. Sie liebte es, draußen zu sitzen und sich zur Schau zu stellen. Anmutig schlug sie die jugendlichen Beine übereinander und legte ihre linke Hand mitsamt der Zigarette auf ihr Knie, die rechte zärtlich um eine Kaffeetasse geschmiegt – oder um einen Cocktail, wenn die Uhrzeit es erlaubte (oder auch nicht). Ihr honigblondes Haar glänzte im warmen Schein der Nachmittagssonne. Die Cafés waren hoffnungslos überteuert, und Bargeld war im Hause meines Vaters eine Rarität, doch Alice schaffte es immer wieder, die paar Francs für einen Kaffee und ein Sandwich im Maginot zusammenzukratzen.

»Außerdem«, fuhr sie fort, als der Kellner verschwunden war, »gehört das zum Nervenkitzel dazu, oder nicht? Zu wissen, man sollte *nicht* mit jemandem schlafen, und es am Ende doch zu tun.« Sie zwinkerte über den Rand ihres Sandwiches hinweg.

Das konnte ich schlecht bestreiten, oder? Ich dachte an die beängstigende Unvermeidlichkeit, mit der ich in Stefans Bett gelandet war. Ja, er war mysteriös und gefährlich. Er war älter als ich, er war Deutscher, noch dazu Jude. Er war mitten in der Nacht angeschossen worden. Welcher Mann hätte unpassender sein können?

Vielleicht hatte dieser Psychoanalytiker ja recht, und mein Sexualtrieb weckte in mir eine Lust nach unpassenden Männern. Genauso musste es sein, so und nicht anders. Ich hatte mich nicht in Stefan verliebt, ich war lediglich einem Drehbuch gefolgt wie eine Darstellerin, die sich selber spielt. Nun war das Stück vorbei, und sämtliche Akteure hatten die Bühne verlassen, um nach Hause zurückzukehren.

Nein, nicht alle. Nicht Nick Greenwald. Stefan hatte ihm einen Brief geschickt, damit sich jemand um das arme Mädchen kümmerte, das er im Sommer gevögelt hatte – nur für den Fall, dass sie schwanger wäre.

Ich griff zu Messer und Gabel und widmete mich meinem Omelette. »Es ist nicht mehr als ein Blumenstrauß«, sagte ich. »Ohne Adresse. Nur eine nette Geste. Immerhin ist er ein Freund meines Vaters.«

»*Nett* wäre ein Strauß Astern, kein exklusives Bouquet für tausend Francs.«

»Tausend Francs?! Woher willst du das wissen?«

»Ich bin eben eine Koryphäe, Liebes. Ein Blick, und ich sag dir, was etwas wert ist. Das ist meine besondere Gabe. Und die hochtrabende Behauptung, Liebe sei nicht käuflich, ist schlicht Unfug. Man kann einem Geschenk durchaus ansehen, wie sehr ein Mann seine Geliebte verehrt.«

»Wie reizend.«

»Nicht wahr?« Sie legte ihr Sandwich auf den Teller und steckte sich eine Zigarette an. »Somit kann ich dir eines versichern, meine Liebe«, sagte sie lächelnd, während sie den Qualm in Richtung Bürgersteig hauchte. »Von deinem Freiherrn werden wir noch hören.«

Natürlich sollte sie damit recht behalten. Die Nachmittagspost bescherte mir eine private Nachricht auf dickem weißem Papier, adressiert an die ehrenwerte Mademoiselle de Créouville, in der er mich höflichst darum bat, Fräulein Frieda von Kleist, elf Jahre alt, künftig Cellounterricht zu erteilen.

## 8.

Genau acht Tage später, wenige Minuten vor elf, erreichte ich die Wohnung der von Kleists – ein imposantes Apartment mit fünfzehn Zimmern, das sich über drei Etagen eines monumentalen Haussmann-Gebäudes in der Avenue Marceau erstreckte –, um Fräulein von Kleist ihre erste Unterrichtsstunde zu geben.

Alice fuhr mich in Charles' ramponiertem Renault dorthin. Mein Bruder war kurz zuvor überstürzt abgereist und hatte nur eine knappe Nachricht hinterlassen, die keinerlei Rückschlüsse auf seinen Aufenthaltsort zuließ. Doch die Notiz enthielt ein ungewöhnliches Postskriptum: *Kopf hoch, Zwerg!* (Das war der Spitzname, den er mir als Kind verpasst hatte.)

»Ich kann dir gar nicht sagen, wie sehr ich mich für dich freue«, meinte Alice. »Das ist genau das, was du brauchst.«

»Ja, fünfzig Francs die Woche.«

»Du solltest hundert verlangen. Ich wette, er würde jeden Preis zahlen.«

Der Wagen kam zum Stehen. Ich betrachtete das opulente Eingangsportal und dachte an unsere letzte Begegnung in der Villa Vanilla, jenen unsagbar traurigen Ausdruck in von Kleists blauen Augen und das Gefühl, er habe mehrere Jahrzehnte länger gelebt als ich. Der Eindruck hatte etwas Beängstigendes: seine ungeheure Lebenserfahrung, sein persönliches Unglück. Als wäre Unglück in irgendeiner Weise ansteckend, wie eine gefährliche Krankheit.

Alice beobachtete mich, während ich das Cello aus dem Wagen hievte. »Soll ich dich hinterher abholen?«

Ich stellte das Cello auf den Bürgersteig und schloss die Autotür. »Danke, nicht nötig. Ich nehme ein Taxi.«

Eine Hausangestellte in eleganter schwarz-weißer Uniform führte mich in den Salon. Sie nannte mich *Votre Altesse* und fragte, ob sie mir eine Erfrischung anbieten dürfe. Ich lehnte höflich ab und setzte mich in einen Sessel vor dem leeren Kamin im Stil des Second Empire, während mir das Herz bis zum Hals schlug.

Ich bin hier, um zu unterrichten, dachte ich. Nicht mehr und nicht weniger.

Irgendwo schlug eine Uhr zur vollen Stunde. Die Tür

öffnete sich, und eine Angestellte erklärte mir, Fräulein von Kleist sei jetzt bereit für den Unterricht.

Frieda war ein reizendes Mädchen. Sie hatte die eisblauen Augen ihres Vaters, doch bei ihr wirkten sie ätherisch strahlend statt arktisch kühl. Sie erhob sich und machte einen Knicks, erfüllt von kindlicher Ehrfurcht. »Mademoiselle de Créouville«, sagte sie in perfektem Französisch. »Haben Sie vielen Dank, dass Sie mich als Ihre Schülerin annehmen. Als ich Sie bei dem Empfang des Prinzen habe spielen sehen …«

»Du warst dort?«, fragte ich überrascht.

»Oh ja, es war großartig! Mein Vater hat Ihr Talent in den höchsten Tönen gelobt, und ich wollte immer schon Cello lernen. Ich liebe den Klang. Sie auch? Aber natürlich! Dumme Frage. So warm und melancholisch und wunderschön. Papa hat mir erzählt, dass Sie ein Konzert geben, und ich habe ihn angefleht, mich mitzunehmen.« Sie sprach mit einem durch und durch heiteren Gemüt, obwohl sie früh ihre Mutter verloren hatte. Ihre große, schlanke Gestalt – mit der sie deutlich älter wirkte als elf – verströmte einen Eindruck von Sonnenschein, ihr hellblondes Haar ebenso wie ihre strahlende Haut. Sie verlieh dem Wort *melancholisch* eine glühende Begeisterung, wie sie nur ein unschuldiges Mädchen ihres Alters heraufbeschwören konnte.

»Ich fühle mich geehrt«, sagte ich.

»Natürlich hat er mich hinterher gleich nach Hause geschickt. Er meinte, so eine Party sei nichts für junge Damen.« Frieda verdrehte leicht die Augen, und fast hätte ich gelacht, weil sie mich an mich selbst erinnerte. Dabei fühlte ich mich mit meinen knapp zwanzig Jahren alt wie Methusalem.

»Dein Vater ist ein kluger Mann. Ist das dein Cello?«

Sie betrachtete ihr Instrument, das an einem Sessel

lehnte, den Bogen sorgsam auf die gepolsterte Sitzfläche gelegt. »Ja. Ist es annehmbar?«

»Es macht einen ausgezeichneten Eindruck.«

»Papa nimmt die Musik sehr ernst. Er sagt, es sei unsinnig, ein minderwertiges Instrument zu kaufen.«

Ich fuhr mit den Fingern über die Saiten. »Und du spielst schon Klavier?«

»Ja, und Harfe.«

»Dann kannst du also Noten lesen und verstehst etwas von der Theorie?«

»Ja, Mademoiselle. Ich glaube, ich konnte eher Noten lesen als Bücher.«

Sie war voller Energie und Tatendrang. Ich lächelte und setzte mich auf den Klavierhocker neben dem Sessel.

»Na schön, mein Fräulein«, sagte ich. »Dann setz dich und nimm den Bogen in die Hand. Wir beginnen mit der A-Saite.«

## 9.

Der Unterricht dauerte eine Stunde, und als die goldene Kaminuhr fünf vor zwölf zeigte, öffnete sich die Tür, und Herr von Kleist trat in einem schlichten feldgrauen Militärjackett und einer passenden Reithose ins Musikzimmer.

Ich blickte von den Noten auf, doch er bedeutete mir fortzufahren und setzte sich auf das Sofa am Fenster, ein Bein gepflegt über das andere geschlagen. Er trug hochpolierte Reitstiefel aus cognacfarbenem Leder. Reglos saß er vor dem blauen Damast, während die Sonne auf sein blasses Haupt fiel. Seine Tochter konzentrierte sich voller Inbrunst auf ihr Instrument. Um eine Minute vor zwölf erhob er sich von seinem Platz.

»Vielen Dank, Mademoiselle de Créouville. Ich weiß Ihre Geduld gegenüber einer blutjungen Anfängerin zu schätzen.«

»Nichts zu danken. Ich wünschte, alle meine Schüler wären so eifrig.«

Er wandte sich an seine Tochter. »Frieda, bitte bedanke dich bei Mademoiselle de Créouville für ihre Zeit und Mühe.«

»Vielen Dank, Mademoiselle!« Sie erhob sich von ihrem Platz, den Bogen noch in der Hand.

»Gern geschehen, Fräulein. Du bist eine hervorragende Schülerin.«

Ich zeigte ihr, wie sie den Bogen entspannte und das Instrument richtig verstaute. Als sie damit fertig war, forderte ihr Vater sie auf, nach oben zu gehen, wo Fräulein Schmidt mit dem Mittagessen auf sie wartete. Kaum hatte sich die Tür geschlossen, schenkte er mir einen verlegenen Blick.

»Sie ist meine Jüngste«, sagte er. »Daher gönne ich mir den Luxus, eine Gouvernante zu beschäftigen, statt sie auf ein Internat zu schicken.«

»Sie ist ein reizendes Mädchen. Anscheinend haben Sie die richtige Entscheidung getroffen.«

»Danke, Mademoiselle. Das Mittagessen wird gerade aufgetragen. Würden Sie mir Gesellschaft leisten?«

Ich hatte durchaus eine Avance erwartet – eine verstohlene Notiz, ein geheimes Treffen an einem diskreten Ort –, doch keine formelle Einladung, unverhohlen und respektabel. Meine Finger verharrten an dem Verschluss des Cellokastens. »Ich möchte mich nicht aufdrängen.«

»Ach, Unsinn. Ich habe bereits mit der Haushälterin gesprochen. Frieda isst oben bei Fräulein Schmidt.«

Natürlich hätte ich die Einladung ablehnen können. Ich dachte, wenn ich ihn zurückweise, dann sollte ich es jetzt tun. Doch als ich mich von dem Cellokasten aufrichtete, nervös und schuldbewusst, um hastig eine Entschuldigung zu stammeln, erblickte ich von Kleists angespanntes Gesicht, die Verwundbarkeit in seinem Blick, und empfand einen perversen Anflug von Macht.

Die Uhr schlug zwölf. Ich lächelte. »In dem Fall ist es mir ein Vergnügen.«

## 10.

Von Kleists Haushälterin führte uns wortlos in das kleine, elegante Esszimmer – das Familienzimmer, wie er mir erklärte –, wo bereits zwei Gedecke angerichtet waren. Die Herbstsonne fiel strahlend durch die hohen Fenster, die einen Garten oder einen Innenhof überblickten. Dahinter konnte ich die Fenster und Balkons eines nahen Gebäudes sehen, und mir wurde die Transparenz dieser Stadt bewusst. Eine Schale mit zarten weißen Rosen ruhte zwischen dem edlen Silber und Kristall, und neben einem der Stühle erwartete uns ein Eiskübel mit einer Champagnerflasche. Von Kleist zog den anderen Stuhl einladend zurück.

Lady Alice hatte mich heute Morgen in ein Kleid aus himmelblauer Seide gesteckt – das betone meine Augen, meinte sie. Meine großen braunen Augen, mein dunkles Haar, meine feminine französische Figur und mein breites amerikanisches Lächeln. *In so einem Kleid kann er dir nicht widerstehen*, sagte sie, doch ich erwiderte, ich sei mir nicht einmal sicher, ob ich ihn überhaupt wolle, doch sie entgegnete lachend: *Das wird sich ändern, sobald er den Champagner serviert*. Und als Herr von Kleist behutsam den Korken herausschob – der vertraute Knall ließ mich innerlich zusammenzucken – und mir einschenkte, fragte ich mich, woher sie das gewusst hatte. Der Champagner war ein edler Laurent-Perrier, und das verblichene Etikett deutete auf einen älteren Jahrgang hin. Ich musste daran denken, was Lady Alice mir im Café gesagt hatte: man könne die Wertschätzung eines Mannes an seinen Geschenken ablesen. Aber vielleicht mochte er auch ganz einfach edlen Champagner.

Von Kleist goss sich ebenfalls ein. »Ich hoffe, Sie fühlen sich hier wohl, Mademoiselle.«

»Ja, durchaus. Das ist ein sehr gemütliches Esszimmer.«

»Vielen Dank. Ich miete dieses Apartment, seit ich das erste Mal nach Paris gekommen bin.« Er setzte sich und hob sein Glas. Das Sonnenlicht schimmerte in seinen Augen. »Es freut mich zu sehen, dass es Ihnen gut geht, Mademoiselle.«

Ich stieß mit ihm an. »Bitte, nennen Sie mich Annabelle. Und die Freude beruht ganz auf Gegenseitigkeit.«

Als wir unser Mittagessen beendet hatten, war die Sonne über dem Dach verschwunden, und der Raum wirkte mit einem Mal kühl, fast schon dämmrig. Herr von Kleist fragte, ob ich die anderen Räume besichtigen wolle, und ich sagte, sehr gern. Er erhob sich und trat an meine Seite, um mir aufzuhelfen. Seine Hand war groß und trocken, ganz im Gegensatz zu meiner. Als ich mich erhob, schwindlig vom Champagner, erschien er mir wie ein Riese.

»Wie groß sind Sie eigentlich?«, fragte ich.

»Ein Meter sechsundneunzig.«

»Ist ja beängstigend.«

»Wirklich? Ich hoffe nicht.«

»Doch, und ob. Sie überragen mich um stolze zweiunddreißig Zentimeter.« Ich hatte keine Ahnung, warum ich diese Dinge sagte. Ich hatte definitiv zu viel getrunken. Benommen starrte ich auf die Knöpfe seiner Uniform, welche den feldgrauen Stoff streng über seiner kriegerischen Brust zusammenhielten, und ich dachte, wie war es nur möglich, dass jemand von solcher Statur eine so zierliche Person begehrte.

»Und was ist daran beängstigend?«, fragte er. »Es ist doch die Pflicht des Starken, die Schwachen zu beschützen.«

Ich musste den Kopf in den Nacken legen, um ihm ins Gesicht zu blicken, das im Schatten finster und forschend wirkte. »Als Erstes würde ich gern die Bibliothek sehen.«

## II.

Wir hatten unseren Rundgang beendet und standen erneut in der Bibliothek, wo die Haushälterin zwischenzeitlich Kaffee angerichtet hatte. Es war bereits zwei Uhr. »Es tut mir leid, dass ich Sie so lange von der Arbeit abhalte.«

»Keineswegs. Wie gefällt Ihnen die Wohnung?« Er ließ sich von mir eine Tasse Kaffee eingießen. Männer reichen Wein, Frauen Tee und Kaffee. Seine Frage hatte vermutlich einen tieferen Hintergrund, aber mein Verstand war zu umnebelt, um davon Kenntnis zu nehmen.

»Sie ist prunkvoll und elegant und furchtbar ordentlich«, antwortete ich.

Er musste zum ersten Mal lachen, und es klang wärmer, als ich erwartet hätte. »Anscheinend dachten Sie, ich sei ein Chaot?«

»Nein.« Ich lachte ebenfalls. »Aber die Wohnung meines Vaters ist ganz anders. Vor dem Konzert wurde groß aufgeräumt, aber eine gewisse Verwahrlosung ist Ihnen sicherlich aufgefallen.«

Er zuckte höflich mit den Schultern. »Ich brauche einfach meine Ruhe. Bei Unordnung findet meine Seele keinen Frieden.«

Ich deutete auf einen Beistelltisch mit silbern gerahmten Fotografien. »Ist das Ihre Frau?«

»Ja.«

Ich stellte meine Tasse ab und nahm eines der Bilder zur Hand. Es zeigte eine blonde Frau mit einem glucksenden flachshaarigen Kind auf dem Arm. Die Aufnahme war draußen entstanden, auf irgendeiner Wiese, mit einem Baum im Hintergrund. Die Frau strahlte über das ganze Gesicht. »Sie wirkt sehr glücklich. Und sehr jung.«

»Das stimmt. Bei unserer Hochzeit war sie gerade mal siebzehn. Wir kannten uns von Kindheitstagen an. Als ich zum Genesungsurlaub von der Front zurückkehrte, stellte ich fest, dass sie sich in eine junge Frau verwandelt hatte, wie es bei Mädchen oft über Nacht geschieht. Ich habe mich auf der Stelle in sie verliebt. Gegen Ende des Sommers waren wir verlobt, und im Oktober feierten wir unsere Hochzeit, kurz bevor ich zurück an die Front musste. Ich war gerade mal zwanzig.«

»Dann hatten Sie viele glückliche Jahre zusammen.«

»Ja, wir waren sehr glücklich. Auf dem Bild hält sie unser zweites Kind auf dem Arm, Marthe. Sie war damals vier. Inzwischen ist sie vierzehn und auf dem Internat.«

»Und die anderen?«

Er saß einen guten Meter von mir entfernt in einem Sessel. Die Kaffeetasse ruhte in seinem Schoß, den Zeigefinger um den Henkel geschlungen. Er betrachtete nicht das Foto, sondern mich. »Der Älteste heißt Frederick. Er ist fünfzehn. Nach Marthe kam Klaus. Er wird nächsten Monat dreizehn. Und dann Frieda.« Er machte eine Pause. »Meine Frau hieß ebenfalls Frieda. Als sie starb, hatten wir die Kleine noch nicht getauft.«

»Das tut mir sehr leid.«

»Ja, mir auch. Damals glaubte ich, Gottes Willen akzeptiert zu haben. Aber im Nachhinein weiß ich, wie verbittert und schwermütig ich war.«

»Das ist doch ganz natürlich. Sie haben sie sehr geliebt.«

Endlich wanderte sein Blick zu dem Foto. »Ich kann gar nicht sagen, wie sehr.«

Der Raum war vom Sonnenlicht abgeschattet wie für eine Bibliothek üblich, und der matte Schein, der von draußen hereindrang, fiel sanft auf sein Gesicht. Im vergangenen Sommer hatte ich geglaubt, achtunddreißig sei unbeschreiblich alt, in diesem Moment fand ich achtunddreißig entsetzlich jung.

Ich stand auf und setzte mich ans andere Ende des Sofas, dicht neben seinen Sessel. Mein Kleid berührte fast sein Knie, das neben meinem groß und massiv wirkte. Noch immer trug er seine Stiefel und die Reithose, doch er hatte sich selbstverständlich dafür entschuldigt. Ich legte eine Hand auf sein Knie – allein die Kniescheibe war so gigantisch, dass ich sie mit der Hand kaum bedecken konnte.

»Sie waren bestimmt sehr einsam«, sagte ich.

Er rührte sich nicht, doch sein Blick begegnete meinem, ruhig und gelassen. »Nein, mit Kindern im Haus ist es unmöglich, sich einsam zu fühlen.«

»Hat Frieda deshalb eine Gouvernante?«

Er nahm die Tasse von seinem Schoß und stellte sie neben sich auf den Teppich – ein skrupelloser Akt der Unordnung, wie mir schien. »Sie sind sehr aufmerksam, Mademoiselle.«

»Bitte nennen Sie mich Annabelle. Außerdem ist es nicht schwer zu erkennen, dass Sie einsam sind.«

»Wenn ich Sie Annabelle nennen soll, müssen Sie mich bitte Johann nennen.«

Ich lächelte. »Das ist unmöglich angesichts einer solchen Uniform.«

»Dann befinden wir uns wohl in einer Pattsituation, Mademoiselle.«

»Sieht ganz danach aus.«

Er nahm meine Hand von seinem Knie und küsste die Enden meiner Finger. »Ich habe keine unehrenhaften Absichten, das sollten Sie wissen.«

»Das hatte ich auch nicht angenommen.«

»Doch, sonst hätten Sie viel eher auf meine Nachricht reagiert.«

Ich lächelte. »Nun gut, Sie haben recht.«

»Warum sind Sie dann gekommen?«

Sein Ausdruck war ernst und undurchdringlich, als hätte er sein gesamtes Vermögen auf meine Antwort gesetzt. Er hielt noch immer meine Hand. »Ich war dankbar für die Blumen«, sagte ich. »Außerdem suche ich dringend Schülerinnen.«

»Sollten Sie in finanziellen Schwierigkeiten stecken …«

»Nein, nein. Ich komme schon zurecht. Aber die heutige Stunde lasse ich mir gern bezahlen.«

»Selbstverständlich, Mademoiselle. Ich habe gar nicht gefragt, wie viel Sie verlangen.«

»Hundert Francs die Stunde. Ich hoffe, Sie können es sich leisten.«

Er musterte mich stumm. Sein Daumen glitt sanft über meinen Zeigefinger. Jetzt ist es so weit, dachte ich. Der Moment der Wahrheit ist gekommen. Doch meine Glieder waren träge wie Sirup, sie wollten sich nicht rühren. Ich stellte mir vor, wie er mich küsste, mich rückwärts aufs Sofa drängte, mein Kleid hochschob. Ich stellte mir vor, wie sich sein kurzes Haar zwischen meinen Fingern anfühlte, wie sein Gewicht schwer auf mir lastete, und mit einem Mal wurde sein blondes Haupt dunkel und lockig, sein Körper verwandelte sich in Stefans.

Kühn begegnete ich seinem Blick. »Lady Alice hat behauptet, Sie suchen eine Liebhaberin.«

»Lady Alice sollte wissen, dass ich mir keine Liebhaberinnen aushalte.«

»Tja, und ich lasse mich nicht aushalten.« Ich nahm seine Hand und führte seine warmen Finger seitlich an meinen Busen, an die himmelblaue Seide, die Lady Alice für mich ausgewählt hatte. Seine Glieder erschienen mir schwer und steif. »Aber ich fühle mich ebenfalls einsam.«

»Annabelle«, sagte er, ohne seine Hand zurückzuziehen. »Das ist wirklich nicht nötig.«

»Ich finde schon.«

Er wirkte erstaunlich abgeklärt, doch mein Daumen bemerkte einen rasenden Puls an seinem Handgelenk, und seine Pupillen waren wie tiefschwarze Tropfen von Öl, gefangen in dem blassen Ring seiner Iris. Als sich seine Lippen öffneten, dachte ich, er würde sich vorbeugen und mich küssen, doch stattdessen erwiderte er: »Warum, Annabelle? Willst du als Moskito enden wie die anderen?«

»Als Moskito?«

»Weißt du nicht mehr, was du zu mir gesagt hast? Im Sommer auf der Gartenmauer? Man könne die Insekten studieren, ohne sich in einen Moskito zu verwandeln.«

Urplötzlich stockte mir der Atem. Ehe ich bemerkte, wie sich mein Blick verschleierte, tropfte eine einzelne Träne auf seine Hand und rollte zwischen seine Finger, gefolgt von einer weiteren. Dabei hatte ich seit August kein einziges Mal geweint. Ich war stolz darauf gewesen, keine Tränen vergossen zu haben.

Seine Hand wechselte von meinem Busen zu meinem Kinn, sein Daumen strich sanft über meine Wange. »Meinetwegen brauchst du dich nicht in einen Moskito verwandeln, Annabelle. Mir wäre lieber, du bleibst so, wie du bist.«

»Tut mir leid. Ich habe mich zum Narren gemacht, oder?«

»Nein, Annabelle.« Er zog ein Taschentuch hervor und legte es mir in die Hand. »Wenn du willst, dass wir einander lieben, dann werde ich dich hier und jetzt lieben. Wenn du mich darum bittest, kann ich dir nicht widerstehen. Aber bitte mich nicht, wenn du dir im Stillen wünschst, ich wäre ein anderer.«

»Nein.« Ich legte sein Taschentuch ordentlich zusammen und gab es ihm zurück. »Du hast etwas Besseres verdient.«

»Bitte behalte es. Als Erinnerung an unser erstes Treffen.« Er beugte sich vor und griff nach seiner Kaffeetasse, während ich mit meiner Fassung rang. »Kannst du reiten, Annabelle?«

»Ich bin als Kind geritten, bevor wir nach Amerika gezogen sind.«

»Ich mache jeden Morgen einen Ausritt im Bois de Boulogne. Vielleicht hättest du Lust, mir von Zeit zu Zeit Gesellschaft zu leisten.« Er leerte seine Tasse mit einem einzigen Schluck. Dann stand er abrupt auf und reichte mir seine Hand. »Komm, Annabelle. Es wird Zeit. Ich werde dich nach Hause fahren.«

## 12.

Als ich eine halbe Stunde später unser Apartment betrat, waren meine Haare wirr vom Wind und Sonnenschein und meine Arme erfüllt von meinem Cello. Ich stellte das Instrument an seinen angestammten Platz neben dem Sofa und suchte nach Lady Alice.

Sie war nicht zu Hause, doch die Nachmittagspost lag auf dem Tisch. Einer der Umschläge war in Paris abgestempelt worden und an mich adressiert. Nick Greenwald teilte mir mit, er habe eine dringende Angelegenheit bezüglich eines gemeinsamen Freundes zu besprechen. Ob es mir möglich sei, ihn umgehend zu treffen?

Ich riss die Nachricht in kleine Schnipsel und warf sie in den Papierkorb.

## 13.

Zwei Tage später verabredete ich mich zu meinem ersten Ausritt mit Johann von Kleist im Bois de Boulogne.

Wir trafen uns um sechs Uhr morgens vor meiner Wohnung, wo mich Johann in seinem schwarzen Mercedes Roadster erwartete. Meine Augenlider waren schwer und verschlafen, meine Haare zu einem ungeschickten Knoten hochgesteckt. In einer Abstellkammer hatte ich die alte Reitkleidung meiner Mutter ausgegraben, doch sie war mir etwas zu groß. Dafür hatte ich auf dem Markt gebrauchte Stiefel gefunden, die mir halbwegs passten.

»Ich werde sie meinem Kammerdiener anvertrauen«, sagte Johann, während wir durch die kühle Morgenluft fuhren, »damit er sie aufpoliert.«

Mein ganzer Körper erwachte unvermittelt zum Leben. Vielleicht waren es die Vibrationen des kraftvollen Motors, die windschnittigen Kurven der Karosserie. Ich warf einen flüchtigen Blick auf Johann, der aufrecht neben mir saß, offenbar hellwach, als wäre er seit Stunden auf den Beinen. Er trug seine Offizierskappe über dem blonden Haar, und seine Augen waren fest auf die halbdunkle Straße gerichtet. Ich hatte keine Ahnung, wie er seine ellenlangen Beine unter dem Armaturenbrett verstaute. Er war so groß, dass er über den Rand der Windschutzscheibe blickte anstatt hindurch.

An der Avenue Foch erwartete uns Johanns Stallbursche, der zwei wunderschöne Pferde mit glänzendem Fell am Zügel hielt. Das eine war ein stattlicher Fuchs, das andere eine zierliche kastanienbraune Stute mit einer breiten ungleichmäßigen Blesse. Jenseits der Baumkronen erstreckte sich ein verheißungsvoller blassblauer Himmel. Ganz Paris lag zwischen uns und dem bevorstehenden Sonnenaufgang. Der Stallbursche trat einen Schritt beiseite, und Johann half mir beim Aufsitzen. »Fast wie in alten Zeiten«, sagte ich und nahm die Zügel auf.

»Ist wie Radfahren, oder?«, erwiderte Johann. Als ich auf ihn hinabblickte, sah ich, wie die ersten Sonnenstrahlen seine Kappe berührten, während er mich anlächelte.

Mit dem Radfahren hatte er nicht ganz unrecht. Meine Muskeln erinnerten sich an die korrekte Haltung, obwohl meine Beine schon bald protestierten. Wir betraten den Park an der Porte Dauphine und wandten uns nach links in Richtung der Seen. Johann fragte, ob ich mich sicher genug fühlte, um in eine schnellere Gangart zu wechseln. Ich sagte, sehr gern. Als ich die Stute antrieb, verfiel sie in einen gutmütigen Trab, und ich fand schnell meinen Rhythmus, jenes vertraute Auf und Ab, ruhig und gleichmäßig wie ein Walzer aus längst vergangenen Zeiten. Die Bäume und das Gras waren benetzt vom Tau, und ein rotgoldener Dunst lag in der Luft. »Es ist leichter als erwartet«, sagte ich zu Johann. »Und der Park ist um diese Zeit wunderschön.«

»Ja«, sagte er in meine Richtung.

Diesmal lächelte er nicht, doch sein Ausdruck wirkte sanft und entspannt. Er ritt wie ein Zentaur, als hätte er das Licht der Welt auf dem Rücken eines Pferdes erblickt. In der urzeitlichen Morgendämmerung wirkte er wie ein tausend Jahre alter Krieger in Leder und blauer Bemalung,

Anführer einer barbarischen Horde, die über die Steppe preschte. Doch er war alles andere als ein Barbar. Man konnte sich Johann von Kleist nur schwerlich ohne seine gebügelte Uniform und seine polierten Stiefel vorstellen.

Wir verließen den geschotterten Weg und ritten über eine feucht duftende Wiese, während sich die Landschaft vor uns öffnete, und mir wurde bewusst, dass wir vollkommen allein waren. Und dass er mich im klassischen Sinne umwarb. Er wollte keine flüchtige Affäre, er wollte eindeutig mehr, und diese Möglichkeit erschien mir in ihren Ausmaßen, in ihrer Reichweite und ihrer Dimension unfassbar. Für einen Moment stellte ich mir vor, ich wäre eine junge Adlige mit einem großen preußischen Landgut und vier Stiefkindern, mit einer luxuriösen Wohnung in Paris und einem rechtschaffenen Gatten, der mich in Samt und Seide hüllte und niemals betrog.

»Du liebst diese morgendlichen Ausritte, oder?«, fragte ich unsinnigerweise, nur um irgendetwas zu sagen.

»Ja.«

Ich dachte an seinen ruhigen Ausdruck. »Du wirkst irgendwie verändert«, sagte ich auf Französisch. »Entspannter?«

Er lachte gutmütig. »Schon möglich. Das liegt wohl an dem Rhythmus, an dem Gefühl von Freiheit. Und an den Pferden. Sie sind frei von menschlichen Lastern.« Er beugte sich vor und klopfte auf den Hals seines Fuchses.

»Ich weiß, was du meinst. Auf dem Rücken eines Pferdes kann man einfach man selbst sein, richtig? Man muss sich nicht verstellen wie gegenüber seinen Mitmenschen.« Ich war wieder ins Englische verfallen.

»Ja, richtig. Und dann steigt man ab, geht nach Hause oder zur Arbeit und setzt seine Maske wieder auf. So sieht es aus.«

»Auf der Arbeit trägst du sicher eine sehr strenge Maske. Mich schaudert, wenn ich nur daran denke«, sagte ich. »Was macht eigentlich ein Militärattaché?«

»Nichts Besonderes. Eine Menge Papierkram.«

»Aber du triffst bestimmt viele interessante Persönlichkeiten.«

»Annabelle«, sagte er, »wenn wir nicht gleich das Thema wechseln, muss ich meine strenge Maske aufsetzen.«

»Entschuldige, ich wollte nicht bohren.«

»Wenn sich jemand entschuldigen sollte, dann ich.«

»Was für eine rätselhafte Antwort.«

Er trieb seinen Fuchs an. »Na los. Lass uns mal sehen, ob du im Galopp auch so eine gute Figur machst.«

## 14.

Am Lac Inférieur stiegen wir ab und betrachteten die letzten Nebelschwaden, die über der Wasseroberfläche trieben. Die Pferde neigten ihre Hälse zum Grasen, und ich setzte mich auf einen Stein, während Johann seinen schweren Stiefel neben mir aufstützte und ein Zigarettenetui hervorzog. »Ich wusste gar nicht, dass du rauchst«, sagte ich.

»Gelegentlich.«

»Geht das überhaupt?«

»Mit der nötigen Disziplin.« Er beugte sich vor und hielt mir das offene Etui hin. Ich schüttelte den Kopf. Er nahm eine schlanke weiße Zigarette heraus – eine mir unbekannte Marke – und zündete sie mit einem silbernen Feuerzeug an. Dann rauchte er schweigend, den Blick aufs Wasser gerichtet. Irgendwo in den Bäumen ertönte der leise Ruf eines Vogels. Ich spürte die Nähe seines Stiefels, die Körperwärme seines Beins.

Ich unterbrach als Erste das Schweigen. »Wo hast du eigentlich so gut Englisch gelernt?«

»In England. Mein Vater starb an einer Bauchfellentzündung, als ich sechs war. Meine Mutter heiratete daraufhin einen Briten. Ich habe bei den beiden gelebt, bis ich alt genug war, um auf ein Internat zu gehen.«

»Und im Krieg?«

Er schob seine Hand in die Jackentasche, vermutlich um mit seinem Feuerzeug zu spielen. »Natürlich habe ich für Deutschland gekämpft. Ich wurde zweimal verletzt, aber erstaunlicherweise habe ich überlebt. Man könnte von einem Wunder sprechen. Mein Stiefvater hatte weniger Glück. Er fiel am dritten Tag an der Somme.«

»Wie schrecklich für deine Mutter.«

»Sie starb kurz darauf. Leider habe ich sie nach dem Krieg nicht wiedergesehen.« Er hob die verqualmte Zigarette an seine Lippen und nahm einen ausgiebigen Zug. »Die beiden hatten zwei Kinder, meine Schwester Margaret, die neun Jahre jünger ist als ich, und meinen Bruder Benedict. Er kam kurz nach dem Tod meines Stiefvaters auf die Welt.« Er warf den Zigarettenstummel ins Gras und trat ihn mit dem Hacken aus. »In einer Stunde ist der See voller Boote. Hättest du Lust, mit mir Boot zu fahren?«

»Ja, aber nicht hier. Das ist mir zu öffentlich.«

Er nahm meine Hand und zog mich zu sich hoch. »Da hast du recht.«

## 15.

Wir beendeten unseren Ausritt dort, wo wir ihn begonnen hatten, an der Porte Dauphine, die inzwischen von Menschen nur so wimmelte. Der Stallbursche erwartete uns bei

Johanns schwarzem Mercedes. Als er uns erblickte, sprang er auf wie eine Marionette.

»Ich bringe dich noch nach Hause«, sagte Johann.

»Nur wenn du nicht zu spät zur Arbeit kommst.«

»Damit solltest du dich nicht belasten.«

»Mit dem Zuspätkommen oder mit deiner Arbeit?«

»Mit beidem.«

Die Rückfahrt dauerte aufgrund des morgendlichen Verkehrs wesentlich länger. Paris war zu vollem Leben erwacht. Die Straßen stanken nach Fisch und Unrat und Abgasen. »Ich würde dich gern zum Frühstück einladen, aber leider habe ich einen Termin.«

Wir schoben uns durch die verstopften Avenues und Seitenstraßen, umfangen von einer erdrückenden Stille, die durch das Röhren des Motors noch verstärkt wurde. Als wir die Wohnung meines Vaters erreichten, musterte Johann das Gebäude mit einem kritischen Blick. »Nicht ganz so lasterhaft wie die Villa in Antibes. Ich hoffe, du bist hier sicher.«

»Aber natürlich. Im Winter ist die Wohnung nicht sonderlich warm, aber sicher bin ich hier allemal.«

Sein Blick kehrte zurück zu meinem Gesicht. »Das ist kein Ort für dich, Annabelle«, sagte er nachdenklich.

»Hast du einen besseren Vorschlag?«

»Im Moment nicht.« Er stieg aus dem Wagen und trat auf die Beifahrerseite, um die Tür zu öffnen und mir von dem niedrigen Sitz aufzuhelfen. Dann rückte er meinen Hut zurecht und strich mir eine Strähne hinters Ohr. »Vom Winde verweht und wunderschön, Mademoiselle.« Er küsste meine Hand. »Wir sehen uns am Samstag um die gleiche Zeit.«

## 16.

Eine Stunde lang gönnte ich mir ein heißes Schaumbad und starrte an die Decke, während ich mir überlegte, was ich von ihm halten sollte. Wollte ich ihn wirklich um seinetwillen oder um die Erinnerung an Stefan aus meinem Gedächtnis zu verbannen? War es möglich, sich gegen künftigen Liebeskummer zu stählen? Und konnte die Nähe eines Mannes davor schützen, einen anderen zu wollen?

# Pepper

## COCOA BEACH – 1966

### 1.

Am neunten Tag nach Annabelles Verschwinden beschließt Pepper, den Ford Thunderbird aus der Garage zu holen und in die Stadt zu fahren.

Genau genommen ist »Tag« nicht so ganz zutreffend, denn die Sonne ist bereits untergegangen, und der Himmel hat sich violett verfärbt. Zu Hause in New York soll es diese Nacht Frost geben, das letzte hartnäckige Blatt wird zitternd zu Boden sinken, doch hier in Florida liegt die Tagestemperatur immer noch bei fünfundzwanzig Grad. Pepper ist täglich über den Strand spaziert, in einem zu kurz geratenen Sommerkleid, das sie in Annabelles Kleiderschrank gefunden hat (dem Breakers will sie ihre aktuelle Anschrift lieber nicht anvertrauen), während die Hunde in ausgedehnten Kreisen über den leeren Sand jagten und sich gegenseitig verfolgten, bis die Schatten immer länger wurden, der Horizont rosa anlief und Pepper dachte, ich muss hier raus, ich muss etwas tun.

Ein leises Kribbeln in den Zehen. Es hat sie schon oft in Schwierigkeiten gebracht, und heute ist es mal wieder so weit. Besagte Zehen sind leuchtend rot lackiert und treten in diesem Moment beherzt auf das Gaspedal – je schneller, desto besser. Ein anderer winziger Zeh tritt derweil eine Beule in ihre Bauchdecke. Zur Unterstützung oder aus Protest? Oder zur Warnung?

Aber dafür ist es jetzt zu spät.

Ihr Haar flattert im Wind, ihr Lippenstift klebt warm und rot an ihren Lippen. Sie wirft einen flüchtigen Blick in den Rückspiegel, und ihr eigenes Gesicht strahlt ihr entgegen, schwanger und wagemutig. Natürlich ist sie nicht ernsthaft auf Männerfang, das nicht. Sie sehnt sich nur nach der Bestätigung, immer noch attraktiv zu sein. Sie will herausfinden, ob ihr hübsches Gesicht, das sie in diese Bredouille gebracht hat, immer noch zu etwas taugt.

## 2.

Die große Kunst besteht darin, den passenden Ort zu finden. Es gibt überall einen solchen Ort, und Pepper hat den richtigen Riecher. Sie parkt den Wagen vor einer Bar und greift nach ihrer Handtasche. Dann überprüft sie ein letztes Mal ihren Lippenstift und wirft sich die Strickjacke über die Schultern.

Die Atmosphäre im Innern der Bar ist schick und mondän, nicht zu alt. Am Eingang bleibt Pepper flüchtig stehen, gerade lange genug, um von jemandem bemerkt zu werden, damit sich die Welle der Aufmerksamkeit langsam über den gesamten Raum breitet. Jener elektrisierende Moment. Abgestellte Gläser, einschätzende Blicke. Die unverhohlene Feindseligkeit der Frauen. Das überstürzte Wegsehen der Männer, die angeblich kein Interesse haben; der scheue Blick ins Whiskyglas derjenigen, die sich keine Chancen erhoffen; das selbstbewusste Starren derer, die sich ihrer

Chancen sicher sind. Die alte Kettenreaktion, die alte Pepper.

Dabei hat Pepper noch nicht mit allzu vielen Männern geschlafen. Man konnte sie fast an einer Hand abzählen. Natürlich war da der Vater des Kindes. *Upsiwupsi!* Und davor ein heiratswürdiger Junggeselle aus New York, kurz vor ihrem Umzug nach Washington, ein Freund ihres Cousins Nick Greenwald, Rechtsanwalt mit Heiratsabsichten – ein Mann, den sie wahrscheinlich hätte heiraten sollen, um diesem ganzen Schlamassel zu entgehen. Und davor ein verführerischer Fotograf, der etwa ein Jahr lang ihr Liebhaber war und sie seine Muse nannte und Tausende Fotos von ihr machte – ein Mann, den sie vielleicht geheiratet hätte, wäre er nicht mit einem siebzehnjährigen Fotomodell nach Paris durchgebrannt, was sie erst zwei Wochen später von einem gemeinsamen Bekannten erfuhr. Dann ein älterer Mann auf Long Island, eine heimliche Sünde. Schließlich ein junger Mann auf dem College, der sie über alle Maßen verehrte. Und der Kerl auf der Dachterrasse, der ihr hinterher Blumen und Briefe schickte und sie anflehte, sich erneut mit ihm zu treffen, bis ihre Eltern davon Wind bekamen und ihr Missfallen äußerten.

Im Grunde interessiert sich Pepper vielmehr fürs Flirten. Sie liebt das Gefühl der Jagd, doch sie verzichtet gern aufs Töten. Sie ist wie ein edler Vollblüter, der bei jedem Rennen die Nase vorn hat. Nur das ist entscheidend: zu wissen, dass man die Konkurrenz mühelos abhängen kann. Und was spielt es schon für eine Rolle, ob man am Ende im Rampenlicht steht und einen Kranz um den Hals trägt? Alles, was zählt, ist die Gewissheit, die begehrenswerteste Frau im Raum zu sein.

Doch mit einem Mal ist es ihr gleichgültig.

Denn sie ist nicht mehr die alte Pepper, richtig? Just in

diesem Moment legt sich ihre rechte Hand auf ihren Bauch, irgendeinem urzeitlichen Instinkt gehorchend. Sie könnte sich nicht dagegen wehren, selbst wenn sie es wollte, selbst wenn sie ihre linke Hand zu Hilfe nähme. Pepper, die kühne Jägerin, ist plötzlich in der Defensive. Denn sie hat etwas zu beschützen.

Sie kann nicht gewinnen. Sie kann nicht davonlaufen. Im vierten oder fünften Monat hat sie eine unsichtbare Linie übertreten, einen Rubikon der Biologie, und mit einem Mal ist sie Mutter. Sie gehört nicht hierher. Sie gehört vielleicht nie wieder hierher.

Die Erkenntnis schlägt über ihr zusammen wie eine jener hohen Wellen am Strand – die Brandung war heute überaus energisch, das Wetter in Umbruchstimmung –, und vor den neugierigen Augen der übrigen Gäste gerät sie ins Zögern.

Die Welle zieht sich zurück, genau wie Pepper, die kurz darauf wieder im Wagen sitzt, um zu dem großen alten Haus zurückzukehren, auch wenn sie das eine oder andere Mal falsch abbiegt.

## 3.

Als Pepper endlich im Bett liegt, ist ihr Körper völlig erledigt. Nicht so ihr Verstand.

Der Raum hüllt sie in friedvolle Dunkelheit, kein Schimmer von Licht. Sie liegt auf der Seite und starrt an die gegenüberliegende Wand, wenn man sie denn sehen könnte. Immer wieder befiehlt sie ihren Augen, sich zu schließen, doch sie springen unermüdlich auf wie die einer Puppe. Das Baby leistet ihr mit seinen Tritten Gesellschaft.

Nach gut einer halben Stunde setzt sie sich auf und schaltet das Licht ein. Woran mag es liegen, dass ihr Gehirn einfach nicht abschalten will, obwohl ihr Körper hundemüde ist? Sie will schlafen. Sie will etwas aus dem Kopf bekommen, aber sie weiß nicht, was es ist.

Pepper hat immer gern nackt geschlafen. Es war ihr ein sinnliches Bedürfnis, der Drang nach Freiheit. Aber seit sie Annabelle Dommerichs Gästehaus bewohnt und bei jedem kleinsten Geräusch hochfährt und sich fragt, ob man sie aufgespürt hat, trägt sie nachts Unterwäsche und ein langes Hemd. Und das nimmt sie diesen Typen verdammt übel. Sie schwingt ihre Beine über die Bettkante und greift nach dem Morgenmantel, der über ihrem Stuhl hängt. Sie schiebt die Arme hinein und schnürt den Gürtel über ihrem Bauch. Die Hausschuhe lässt sie zurück, um auf nackten Füßen über den Hof zu schleichen. Das Haupthaus ist nachts unverschlossen, doch sie bleibt an der Schwelle stehen und zögert, denn sie hat keine Ahnung, was sie hier tut.

In Ermangelung einer konkreten Absicht schlendert sie in die Küche und füllt ein Glas mit Leitungswasser. Das Haus ist so still, dass sie am liebsten schreien möchte.

Sie starrt durch das Fenster auf den tiefschwarzen Hof. Mein Gott, diese Stille, diese Leere. Dieser unerträgliche Mangel an Geräuschen. Sie würde so ziemlich mit jedem reden, um die Stille zu vertreiben. Doch am liebsten, so denkt sie mit Blick auf die Stelle, wo in der Dunkelheit die Zitronenbäume neben den prächtigen Bougainvilleen wachsen, würde sie mit Annabelle reden. Der guten, aufrichtigen Annabelle, die seit neun Tagen verschwunden ist.

Pepper stellt das leere Glas in die Spüle und schaltet das Licht aus. Keine Spur von Annabelle, selbst die Hunde schlafen woanders, vermutlich in Claras Zimmer irgendwo am Ende des Ganges. Sie schweift zurück in den Flur, prallt gegen eine Ecke, tastet sich an der Wand entlang, bis sie den Durchgang zum Arbeitszimmer entdeckt. Ein geschmackvolles Zimmer, Pepper hat schon mal einen Blick hineingeworfen. Die Möbel sind solide und praktisch, die Farben durchweg neutral, und dennoch hat Pepper den Eindruck, dass es sich um Annabelles Arbeitszimmer handelt, nicht um das ihres Mannes.

Sie tritt über die Schwelle und knipst das Licht an.

Der Schalter betätigt nicht das Deckenlicht, sondern eine Schreibtischlampe, ein uraltes Schmuckstück, das aussieht wie eine umgerüstete Petroleumleuchte. Ansonsten ist der Schreibtisch nahezu leer. In der einen Ecke steht ein Telefonapparat. Ein, zwei Mal hat Pepper ihn klingeln hören. Offenbar ein separater Anschluss, denn der Apparat im Wohnzimmer klingelt nicht gleichzeitig. In der Mitte steht eine zierliche Uhr. Pepper tritt etwas näher heran, um sie zu lesen. Halb zwei.

Wenn sie jetzt zum Hörer greift, in aller Herrgottsfrühe, und ihre Mutter anruft, um ihr zu sagen: *Ich bin schwanger, Mum, ich komme nach Hause*, was würde sie wohl sagen?

Sie zieht den Stuhl zurück und starrt auf das Telefon.

Sie könnte Vivian anrufen. Sie *sollte* Vivian anrufen.

Sie sollte ihre Mutter anrufen.

Sie legt die Hand auf den geschwungenen Bakelithörer, nur wenige Zentimeter von der Wählscheibe entfernt, die kleinen schwarzen Ziffern in Reichweite. *Hallo, Mum, du wirst es nicht glauben. Pepper steckt in Schwierigkeiten. In gewaltigen Schwierigkeiten. Und zum ersten Mal in ihrem Leben hat sie keine Ahnung, was sie tun soll. Sie hat sogar irgendwie Angst.*

Pepper zieht ihre Hand zurück.

Vor ihr liegen zwei Stifte in einer eleganten marmornen Ablage. Direkt neben der Uhr, der mahnenden Uhrzeit, halb zwei.

Pepper schreibt normalerweise keine Briefe. Höchstens

die eine oder andere Danksagung, wenn es unbedingt sein muss. Aber die Demut und Geduld eines Briefeschreibers hat sie noch nie besessen. Sie unterhält sich lieber von Angesicht zu Angesicht, um ihre natürlichen Talente zum Einsatz zu bringen.

Aber vielleicht handelt es sich hierbei um eine Sache, die man besser zu Papier bringt, anstatt sie persönlich herauszuposaunen. Pepper nimmt einen Stift aus der Ablage und spielt mit der Kappe. Liebe Mum, lieber Dad, mir ist da etwas Verrücktes passiert. Liebe Mum, lieber Dad, ihr seid bestimmt erstaunt, einen Brief von mir zu bekommen, eurer schreibfaulen Tochter. Liebe Mum, lieber Dad, es ist an der Zeit, dass ich euch etwas erzähle.

Ja, das klingt gut.

Pepper beugt sich vor und durchsucht die Schubladen, bis sie einen Stoß Briefpapier entdeckt, schwer und anonym, ohne Briefkopf oder Monogramm. Sie nimmt ein paar Bögen heraus und legt sie vor sich auf die Schreibunterlage. Dann greift sie nach dem Stift und schreibt an den oberen Rand das Datum, gefolgt von *Liebe Mum, lieber Dad.* Mit einem Mal hört sie, wie sich die Haustür leise öffnet und schließt, so leise, dass man ein wenig paranoid sein muss, um es zu hören.

## 4.

Im ersten Moment ist Pepper wie erstarrt. Sie umklammert ihren Stift und denkt, das ist Annabelle. Natürlich, das ist Annabelle. Doch ihr Herz trommelt panisch gegen ihren Brustkorb, ihr Kreislauf wird überschwemmt von Adrenalin.

Die Schreibtischlampe.

Pepper schiebt hastig den Stuhl zurück und betätigt den Lichtschalter an der Wand. In der Dunkelheit versteckt sie sich im toten Winkel hinter der halb geöffneten Tür.

Das Haus ist totenstill. Keine Schritte, keinerlei Geräusch. Dabei sollte sie eigentlich Schritte hören, richtig? Immerhin hat gerade jemand das Haus betreten. Annabelles Absätze müssten fröhlich über den Flur klappern. Sie müsste mit ihren Schlüsseln rasseln, ihren Koffer abstellen, ihre Handtasche auf den Tisch werfen, die Post durchblättern. Doch nichts dergleichen. Eine ausgeprägte Geräuschlosigkeit, so bedeutungsschwanger wie Peppers Kugelbauch. Sie legt sicherheitshalber eine Hand darauf und hält den Atem an.

Und dann. Eine Stimme. Eine männliche Stimme, tief und leise. Eine Stimme, die nur von einer einzigen Person gehört werden will.

»Wer ist da?«

Wenn sie könnte, würde Pepper mit der Wand verschmelzen, eins werden mit dem Putz und der Farbe. Wäre das nicht die perfekte Lösung für all ihre Probleme? Pepper Schuyler, glamouröse Partylöwin, schillernde Privatassistentin, nunmehr eine Wand in einer schicken Villa am Meer.

Das Baby dreht sich und tritt ihr in die Nieren.

Pepper schnappt leise nach Luft, kaum hörbar und doch zu laut.

»Wer ist da?« Diesmal klingt die Stimme fordernd.

Ein winziger Lichtschimmer dringt durch das Fenster und die halb offene Tür herein. Pepper bewahrt ihr Kalkül, sieht sich vorsichtig um, versucht sich die Einrichtung vor Augen zu führen. Auf dem Flur hört sie Schritte, schwer und dumpf, erstickt von einem Läufer.

Das Bücherregal an der Wand. Pepper hebt ihren Arm und tastet nach einem Gegenstand, egal was. Ihre Finger berühren eine metallische Figur, nicht sonderlich groß, aber es muss reichen. Sie kann die Schritte buchstäblich fühlen, die Erschütterung der Fußbodendielen. Der Gegenstand ist klobig und schwer, eine Skulptur oder so etwas in der Art. Pepper verschwindet erneut hinter der Tür, während diese von der anderen Seite aufgestoßen wird. Eine Hand tritt in Erscheinung.

Sie holt aus.

Doch die Hand, diese verdammte Hand, weiß ganz genau, was ihr bevorsteht. Noch bevor Pepper zuschlagen kann, wird ihr Handgelenk gepackt, ihr Hieb abgefangen, und im nächsten Moment befindet sie sich im Schwitzkasten an einer harten männlichen Brust. Der Gegenstand entgleitet ihren Fingern und fällt schmerzhaft auf ihren rechten Fuß. Noch während sie aufschreit, knurrt ihr die Stimme ins Ohr. »Was haben Sie mit meiner Mutter gemacht?«

# Annabelle

## PARIS – 1935

### 1.

Anfangs weigerte ich mich zu glauben, ich sei schwanger. Es schien mir ganz und gar unmöglich. Der August war Teil eines anderen Lebens, einer anderen Annabelle, die nicht mehr existierte. Die klinische Sprache der Biologie – *ein männlicher Organismus produziert im Schnitt drei- bis vierhundert Millionen Keimzellen* – hatte nichts gemein mit jenem atemlosen Akt des Beischlafs, jenen atemberaubenden Stunden in Stefans Armen.

Hartnäckig ignorierte ich die Anzeichen, erfand zahlreiche Ausreden, bis sich die Wahrheit nicht länger leugnen ließ. Bis Lady Alice mich Ende Oktober dabei erwischte, wie ich mich im Bad übergab, und mir aus dem Wäscheschrank einen alten weißen Waschlappen holte, den sie unter dem Wasserhahn anfeuchtete und mit einem Seufzer überreichte. »Es war wohl unausweichlich, wenn man bedenkt, wie jung und fruchtbar ihr beide seid«, meinte sie. »Er hätte es besser wissen sollen. Natürlich werde ich mich umgehend nach einem Arzt umhören. Wir müssen das Problem aus der Welt schaffen, bevor der Freiherr von Kleist davon Wind bekommt.«

Ich richtete mich auf. »Was soll das heißen?«

»Der Gute will bestimmt keine Affäre mit einer Schwangeren. Und er will erst recht nicht warten, bis das Kind da ist. Falls du noch nicht mit ihm geschlafen hast, wirst du es ihm auch nicht anhängen können.«

»Nein.« Ich ließ mich auf einen Hocker sinken und stützte mein Gesicht in die Hände. Der Waschlappen lag kühl und feucht an meiner Wange. »Wir haben nicht miteinander geschlafen.«

Wir hatten uns nicht einmal geküsst. Jeden Dienstag gab ich Frieda Cellounterricht, und im Anschluss aß ich mit Johann zu Mittag. Doch anstatt mir erneut die Bibliothek zu zeigen, fuhr er mich in seinem schwarzen Mercedes nach Hause, um möglichst rasch zur deutschen Botschaft zurückzukehren.

Donnerstags und samstags machten wir einen morgendlichen Ausritt durch den Park. Johann holte mich um Punkt sechs Uhr ab, und spätestens um neun Uhr dreißig war ich wieder in der Wohnung meines Vaters und gönnte mir ein heißes Bad, um meine geschundenen Muskeln zu entspannen. Der Ablauf wurde mir so zur Gewohnheit, dass ich meine Woche entsprechend arrangierte. Mit derselben Regelmäßigkeit, nämlich dienstags und freitags, erhielt ich einen luxuriösen Blumenstrauß von einem angesehenen Pariser Floristen. Die Auswahl der Blumen variierte, doch sie waren stets exklusiv und herrlich duftend. Alice und ich bewunderten sie jeden Morgen, wenn wir unseren Kaffee schlürften. »Ich hoffe, seine Mühe macht sich bezahlt«, hatte Alice vor gut einer Woche gesagt, doch ich erwiderte, nein, ganz im Gegenteil. »Das sieht dir ähnlich«, sagte sie lachend. »Du suchst dir den einzigen Mann in Paris, der sich eine Geliebte aushält, ohne dafür eine Gegenleistung zu fordern.« Ich sparte mir die Mühe, sie darauf hinzuweisen, dass ich mich nicht von ihm aushalten ließ. Er schickte mir Blumen, spendierte mir wöchentlich ein Mittagessen und zahlte mir hundert Francs für den Unterricht seiner Tochter. Das war alles.

Im Gegenzug verlangte er nicht mehr, als dass ich mich mit ihm unterhielt, und selbst das nur in begrenztem Maße. Es war nicht so, als hätten wir einander nichts zu sagen; er war einfach nur sparsam mit Worten und Überzeugungen. Die meiste Zeit verbrachten wir in einvernehmlichem Schweigen – eine willkommene Abwechslung zu Alice' brodelnder Energie.

»Also gut«, sagte sie, »ich werde sehen, was sich machen lässt. Natürlich wirst du dafür in der Hölle schmoren … aber das werden wir doch ohnehin alle, oder?«

2.

Etwa einen Monat, bevor meine Mutter starb, hatten wir beide einen furchtbaren Streit. Ich war damals elf, gerade alt genug, um eine eigene Meinung zu haben. Die Schule hatte einen Vater-Tochter-Tee organisiert, und da ich keinen Vater hatte, begleitete mich mein Onkel, der Mann von Mutters Schwester. Wir saßen gelangweilt nebeneinander, schlürften wässrigen Tee und aßen trockenen Kuchen, während meine Mitschülerinnen lachten und schwatzten und sich in der Bewunderung ihrer Väter sonnten. Ich kam nach Hause und schleuderte meinen Hut quer durchs Wohnzimmer, das nach Zitronenpolitur und feuchtem Teppich roch. »Das ist alles *deine* Schuld! *Du* hast ihn verlassen! Warum hast du Papa verlassen? Du warst gemein zu ihm, deshalb hat er sich eine andere gesucht.«

Sie hatte den Zeigefinger in ihr Buch gelegt und den

Deckel geschlossen. Ihr Gesicht wirkte mit einem Mal blass. »Du solltest nicht über Dinge reden, von denen du nichts verstehst, Annabelle.«

»Ich verstehe mehr, als du denkst. Du hast ihn in die Arme einer anderen getrieben, und dann hast du ihn verlassen, und jetzt habe ich keinen Vater. Dabei könnte ich in Frankreich leben, ich könnte als Prinzessin leben, stattdessen lebe ich *hier*!« Ich deutete auf die verblassten Tapeten, die schäbigen Möbel, die Nippfiguren in den Regalen, den angeschlagenen Heizkörper in der Ecke. »Und es ist alles *deine* Schuld!«

»So einfach ist das nicht. Das verstehst du erst, wenn du älter bist.«

»Ich werde mal eine *bessere* Ehefrau. Ich werde meinen Mann mit Liebe überhäufen, damit er sich keine andere sucht. Ich werde dafür sorgen, dass meine Kinder einen Vater haben.«

Sie erwiderte mit monotoner Stimme, die mir in meiner jugendlichen Naivität kühl und emotionslos erschien: »Liebes, manchmal spielt es keine Rolle, wie gut man ist oder wie sehr man seinen Mann liebt. Es gibt Männer, die brauchen mehr als das. Sie werden mit einer einzigen Frau nicht glücklich. Ich habe nur getan, was für dich das Beste war.«

Ich stapfte mit dem Fuß auf den fadenscheinigen Teppich und warf ihr vor, sich zu irren, es sei alles ihre Schuld. Ich würde meinen Kindern so etwas niemals antun. Ich würde dafür sorgen, dass sie einen Vater hätten, der sie liebt.

Ach Annabelle, sagte sie.

Ich hasse dich, brüllte ich.

Dann rannte ich hinauf in mein Zimmer und vergrub meinen Kopf unter dem Kissen, damit sie mein Schluchzen nicht hörte.

## 3.

Einen Tag, nachdem Alice mich im Badezimmer überrascht hatte, ging ich zu einem Arzt, wenn auch nicht zu demjenigen, den sie mir empfohlen hatte. Nichts lag mir ferner, als einen solchen Spezialisten aufzusuchen. Im Kloster hatte ich mehrere Frauen gesehen, die ihr Kind hatten wegmachen lassen. Manche von ihnen waren gestorben; andere waren innerlich so böse zugerichtet, dass es an ein Wunder grenzte, wenn sie dennoch überlebten. Natürlich hatten wir jede von ihnen gewissenhaft behandelt, doch die Schwestern erklärten uns, das sei der Preis der Sünde. Gott vergebe uns so manche Schuld, aber nicht diese. Stefans Kind war meine gerechte Strafe, weil ich ihn reuelos geliebt hatte, weil ich mich mit einem verheirateten Mann vergnügt hatte.

Stattdessen ging ich zu dem Arzt meines Vaters, einem Mann namens Périgault mit überaus sanften Händen, der höchstwahrscheinlich auf die sechzig zuging. Er teilte mir mit, was ich insgeheim längst wusste, dass ich gegen Ende Mai ein Kind bekommen würde.

»Na gut«, sagte ich. »Und was empfehlen Sie mir?«

Dr. Périgault trommelte mit den Fingern gegen die Schreibtischkante. Seine Augenbrauen zeichneten eine Furche über den Rand seiner Brille. »Ich empfehle Ihnen, sich möglichst bald einen Ehemann zu suchen, Mademoiselle de Créouville. Vorzugsweise den Vater Ihres Kindes.«

Ich starrte auf sein graues Haar, seine buschigen Augenbrauen, und fragte mich, ob ich meine Mutter je gekannt hatte.

»Ein wohlgemeinter Rat, Doktor Périgault«, sagte ich. »Aber ich fürchte, das ist nicht möglich. Der Mann ist schon verheiratet.«

## 4.

Lady Alice erwartete mich vor der Tür in Charles' altem Renault. Als sie mich erblickte, warf sie ihren Zigarettenstummel auf den Gehweg und reckte sich über den Sitz, um die Beifahrertür von innen zu öffnen. »Und? Habt ihr alles geklärt?«, fragte sie.

»Ich bin schwanger, falls du das meinst.«

»Der nette Herr Doktor hat dir doch bestimmt ein paar nützliche Tipps gegeben?«

Ich richtete den Blick auf die verschwommenen Streifen der Markisen. Nach einem kurzen Moment sagte ich: »Ich habe mir immer geschworen, meine Kinder nicht ohne ihren Vater großzuziehen. Mich anders zu verhalten als meine Mutter.«

»Liebes, das macht doch heute jeder. Na gut, nicht jeder. Aber es stürzt einen nicht mehr in den Ruin wie vor dreißig Jahren. Wenn du deine Karten geschickt ausspielst, wirst du vielleicht zu einer heiß begehrten Kuriosität.«

»Ich bin keine heiß begehrte Kuriosität.«

»Was dann? Wärst du lieber eine langweilige Hausfrau in den *banlieus*, die sich den lieben langen Tag um ihre Blumen und ihren fetten Ehemann kümmert?«

»Es geht auch weniger extrem.«

»Nein, geht es nicht. Die Liebe versiegt irgendwann, und trotzdem bleibt man zusammen – aus Gewohnheit, aus Bequemlichkeit, aus Pflichtgefühl gegenüber den schniefenden Rotzgören. Wenn du dich mit leidenschaftlichen Affären begnügst, brauchst du den Spaß nie aufzugeben. Es ist, als wäre man ein Leben lang verliebt, nur nicht in denselben Mann.«

»Bis man so alt ist, dass einen keiner mehr will.«

Sie lachte und stützte ihren Ellbogen auf den Türrahmen.

Vor uns schob sich ein Lieferwagen in den Verkehr, und wir wichen nach links aus, während das ramponierte Getriebe gequält ächzte. »Das lasse ich nicht zu«, sagte sie. »Eher bringe ich mich um.«

»Das sind ja rosige Aussichten. Ich kann es gar nicht erwarten.«

»Ich will damit nur sagen, dass du die Situation im falschen Licht siehst. Es gibt kein Gesetz, das dir vorschreibt zu heiraten. Du glaubst, du hättest eine zwanghafte Neigung, mit den falschen Männern zu schlafen, wegen deiner Mutter und deinem Vater und der ganzen Geschichte. Und ich bin mir sicher, mein Analytiker würde dir da zustimmen, aber das ist noch lange kein Grund, Trübsal zu blasen. Letztendlich will das doch jede Frau, die es offen zugibt und ihren Neigungen freien Lauf lässt. Solche Männer sind tausendmal interessanter.«

»Aber irgendwann lassen sie einen sitzen. Oder sie schlafen mit einer anderen.«

»Und was ist daran so schlimm? Dann sucht man sich eben einen neuen. Die sind gar nicht so rar, das kann ich dir versichern.«

»Aber es tut weh«, sagte ich. »Es tut verdammt weh.«

Die Ampel sprang auf Grün, und wir fuhren abrupt los. Ich klammerte mich an den Türgriff, bis meine Knöchel weiß anliefen.

Lady Alice warf einen Blick in meine Richtung und kollidierte um ein Haar mit einem Laternenmast. Sie lenkte den Wagen an den Straßenrand und zog die Handbremse, ohne auf das wütende Hupen hinter uns zu achten. »Ach, du armes Ding. Ist es wirklich so schlimm?«

»Ja, verdammt. Es *ist* so schlimm. Für mich ist es das. Es ist grauenhaft.«

Sie legte einen Arm um meine Schultern und zog mich

in ihren duftenden Schoß, hier am Straßenrand, vor einer schäbigen Tabakbar und einem Blumenladen, dessen Inhaber gerade die letzten hartgesottenen Blumen der Saison nach draußen stellte. Meine Tränen durchweichten ihren eleganten Seidenrock mit großen feuchten Flecken, doch sie sagte nichts dazu.

## 5.

Der folgende Tag war ein Samstag, und Johann holte mich wie gewohnt um sechs Uhr morgens ab. Inzwischen war es zu der Zeit noch dunkel und so kalt, dass ich einen dicken Schal über meiner Reitjacke trug. Der Fahrtwind schlug eisig gegen meine Wangen. Ich starrte stumm auf die Straße, die sich im Scheinwerferlicht vor uns erstreckte, während ich im Stillen dachte, heute muss ich es ihm sagen. Ich kann es ihm nicht länger verheimlichen.

Während seiner Zigarettenpause am See würde ich es ihm erzählen, und damit hätte sich die Sache wohl erledigt. Das hier war unsere letzte gemeinsame Fahrt durch die Pariser Morgendämmerung in dem wunderschönen ölschwarzen Mercedes, während uns die Pferde an der Port Dauphine erwarteten.

Am Lac Inférieur machten wir wie gewohnt Pause. Der Himmel hatte gerade begonnen, sich aufzuhellen. Johann zündete sich eine Zigarette an. »Ist alles in Ordnung?«, fragte er. »Du bist heute so still.«

»Ich bin doch immer still.« Ich sah zu, wie er an seiner Zigarette zog. Seine Lippen waren schmal, und wenn er rauchte, schienen sie ganz zu verschwinden. Ich fragte mich, was zwischen uns gewesen wäre, wenn ich ihn geküsst hätte, wenn ich ihn gebeten hätte, mit mir zu schlafen. Ich bereute, diese Chance verpasst zu haben. Langsam wandte ich den Blick ab, bis er nur noch am Rande meines Sichtfelds existierte. »Ich erwarte ein Kind.«

Zunächst erwiderte er gar nichts. Ich glaube, er rührte sich nicht einmal. Er starrte auf die bewegte Wasseroberfläche und schnippte die Asche seiner Zigarette ins Gras. »Verstehe«, sagte er schließlich.

»Es ist Ende August passiert, als alle anderen fort waren. Ich fühlte mich einsam. Eine dumme kleine Affäre. Wir haben uns nie wiedergesehen.«

»Würdest du ihn gern wiedersehen?«, fragte Johann.

»Nein, niemals.« Vor uns, auf dem See, glitten zwei Schwäne durch den Dunst, schneeweiß vor dem dunklen Ufer. »Ich habe erfahren, dass er verheiratet ist.«

»Verstehe«, sagte Johann erneut. Er trat seine Zigarette aus und sah mich an. Sein Gesicht war blass und ernst. »Ich finde, du bist nicht in der Verfassung für unseren gewohnten Ausritt. Lass uns zum Wagen zurückkehren.«

Wir ritten niedergeschlagen zurück zur Porte Dauphine. Johann zwang seinen riesigen Fuchs zum Schritt, doch er blieb stets eine halbe Pferdelänge vor mir. Ich betrachtete seinen aufrechten Rücken, seinen geröteten Kiefer und fragte mich, ob ich beides je wiedersehen würde. Die Bäume lichteten sich, die Dunkelheit wich immer mehr zurück, doch eine schwere herbstliche Wolkendecke hatte sich über die Schornsteine der umstehenden Häuser gebreitet. Die Luft war feucht und kühl und roch nach Rauch. Als wir den Stallburschen erreichten, sprang Johann vom Pferd und half mir beim Absteigen.

Wir waren bereits mehrere Minuten unterwegs, als mir auffiel, dass wir in die falsche Richtung fuhren. »Ich dachte, du bringst mich nach Hause?«, sagte ich.

»Wir fahren zu meiner Wohnung, um gemeinsam zu

frühstücken. Dort können wir in Ruhe besprechen, was zu tun ist.«

»Da gibt es nichts zu tun. Im Frühjahr bekomme ich ein Kind. Mein Vater wird mich nicht vor die Tür setzen. Er hat kein Recht, sich als Moralapostel aufzuspielen.«

Johann sagte nichts. Von den Autoabgasen und den Bewegungen des Verkehrs wurde mir übel. Wir erreichten die Avenue Marceau. Johann half mir aus dem Wagen und führte mich die Treppe hinauf zu den Lamellentüren der zweiten Etage. Wir betraten sein Arbeitszimmer, und Johann bat die Haushälterin, uns ein Tablett mit Frühstück zu bringen. Dann führte er mich zum Sofa und forderte mich auf, Platz zu nehmen. Er setzte sich an meine Seite, nahm meine Hand und fragte, wie ich mich fühlte.

Wie betäubt, dachte ich.

»Ganz gut«, erwiderte ich.

»Du musst auf dich Acht geben«, erwiderte er. »Das ist eine große Verantwortung. Dir wird ein neues Menschenleben anvertraut.«

»Ja«, sagte ich ohne Überzeugung, denn ich hatte diesen neuen Zustand – schwanger sein – noch nicht mit einem echten Lebewesen in Verbindung gebracht. Das eine schien mit dem anderen nicht viel gemein zu haben. Ich konnte nicht begreifen, dass in meinem Innern ein menschliches Wesen heranwuchs: mein Kind, Stefans Kind.

Johann tätschelte meine Hand. »Schon gut.«

»Du bist so freundlich zu mir«, sagte ich mit einem Blick auf unsere verschränkten Hände. »Ich habe deine Freundlichkeit nicht verdient. Der Vater …«

»Schhhh«, sagte er scharf. »Sprich nicht von diesem Schuft. Denk nicht mal an ihn. Was uns beide betrifft, was den Rest der Welt betrifft, bin ich fortan der Vater dieses Kindes.«

Mein Kopf zuckte nach oben. *»Du?«*

»Ja, Annabelle.« Er küsste meine Hand. »Du brauchst jetzt einen Vertrauten, einen engen Vertrauten. Einen Ehemann.«

»Ehemann?«, flüsterte ich stupide.

»Tut mir leid. Ich bin nicht sonderlich wortgewandt. Ich bin nicht gut im Umwerben. Aber ich hege seit Langem den Wunsch, dich zu heiraten, Annabelle de Créouville. Je eher die Zeremonie stattfindet, umso besser, meinst du nicht?«

Seine Worte erreichten mich wie aus weiter Ferne. Die Luft zum Atmen erschien mir plötzlich zu dünn. Mit kläglicher Stimme, die unmöglich mir selbst gehören konnte, erwiderte ich: »Das ist nicht dein Ernst. Ich trage das Kind eines anderen Mannes unter dem Herzen.«

Er schüttelte den Kopf. »Wenn wir heiraten, dann ist es *mein* Kind. Es wird meinen Namen tragen, es wird ein liebendes Zuhause haben und vier wundervolle Geschwister. Und so Gott will, werden wir noch weitere Kinder bekommen.«

»Aber was ist mit deinen Kindern? Ich würde ihre Stiefmutter sein. Sie würden mich hassen.«

»Ganz im Gegenteil, Frieda wäre begeistert. Sie vergöttert dich. Sie hat bereits Anspielungen gemacht, die nicht sonderlich subtil waren. Und ich glaube, die anderen hoffen schon lange, dass mich endlich jemand aufmuntert.«

»Du bist verrückt«, flüsterte ich.

»Nein, bin ich nicht. Ich hatte noch nie ein so klares Ziel vor Augen. Ich habe mich in dich verliebt, Annabelle. Seit dem Abend, als du im Haus deines Vaters vor diesem unwürdigen Publikum gespielt hast, gehst du mir nicht mehr aus dem Kopf.«

»Johann, bitte, hör auf«, flehte ich.

»Ich weiß, ich bin weder attraktiv noch charmant, aber ich wäre dir ein treuer und hingebungsvoller Gatte, wenn du mir diese Ehre gewährst.« Er küsste erneut meine Hand. »Du weinst ja.«

»Ich habe das nicht verdient. Ich habe deine Fürsorge nicht verdient.«

»Das ist keine Fürsorge, Annabelle. Ich nutze die Situation aus, um die Hand einer Frau zu gewinnen, die ich nicht verdient habe. Bitte erlöse mich von meinen Qualen und sag Ja.«

So gequält sah er gar nicht aus. Sein Gesicht hatte etwas Farbe angenommen, seine Augen glänzten, doch ansonsten blieb sein Ausdruck unverändert. Meine Ohren rauschten, mein Puls pochte. Ich sollte ihn heiraten. Johann von Kleist. Den ernsten, treuen, verlässlichen Johann, der keine heimliche Ehefrau, keine Geliebte hatte. Johann, der mich aufrichtig liebte und mein uneheliches Kind als sein eigen akzeptierte. Ich starrte in seine blassen Augen, frei von trügerischer Farbe, und wusste, niemals würde ich ihn in den Armen einer Peggy Guggenheim erwischen. Niemals würde ich eine Party besuchen und mir ausmalen, mit wie vielen Gästen er schon geschlafen hatte. Stattdessen erwartete mich ein Haus voller Kinder, ein Leben voller Liebe und Treue. Ich wusste, zwischen meinem Leben und der warnenden Geschichte meiner Mutter stände schützend Johann, der verlässliche Riese.

Ich hatte in den vergangenen Wochen damit gerechnet, dass er mir einen Antrag machen würde, und war hin- und hergerissen gewesen zwischen dem Entschluss, ihn abzuweisen oder anzunehmen. Auch jetzt, da der Moment gekommen war, hatte ich keine Ahnung, wie ich reagieren sollte. Ich stammelte eine hilflose Floskel. »Ich weiß nicht, was ich sagen soll.«

»Sag bitte Ja. Du musst Ja sagen. Du hast keine andere Wahl. Ich bin fest entschlossen, Annabelle.«

»Dann also Ja«, erwiderte ich kühn. Eine mächtige Schockwelle erfasste meinen Magen. Johann heiraten. Ich zog meine Hand zurück und nahm sein Gesicht in beide Hände, um nicht vor meinem eigenen Entschluss zurückzuschrecken. Wovor sollte man sich fürchten, wenn einen Johann von Kleist sicher beschützte? »Ja, Johann. Ich werde dich heiraten.«

Dann presste ich meine Lippen auf seine. Die Leidenschaft, mit der er den Kuss erwiderte, raubte mir den Atem. Er packte meine Arme und stand abrupt auf, um mich an seine Brust zu ziehen. Dann küsste er mich erneut. Das Blut rauschte so laut in meinen Ohren, dass ich das Klopfen an der Tür überhörte. Nicht so Johann. Er stellte mich auf die Füße und nahm meine Hand. Dann erklärte er der überraschten Haushälterin, sie dürfe ihm gratulieren. Mademoiselle de Créouville habe gerade eingewilligt, seine Frau zu werden.

## 6.

Am darauffolgenden Samstag wurden wir vermählt, zunächst in der deutschen Botschaft, dann im Mairie de Paris, um die notwendigen Papiere zu unterzeichnen, damit die Ehe offiziell in Kraft treten konnte. Anwesend waren nur mein entsetzter Vater, eine entzückte Lady Alice, Johanns vier Kinder und seine Schwester, die eigens aus Berlin angereist war. Charles war nicht wieder aufgetaucht, und niemand wusste, wo er steckte.

Im Anschluss an die Zeremonie aßen wir im Ritz, wo Johann und ich die Nacht verbringen würden, um am Morgen in die Flitterwochen nach Rom aufzubrechen. Ich saß zwischen seinen älteren Kindern, Frederick und Marthe, beide höflich und zuvorkommend, wenn auch etwas steif. Ich konnte es ihnen nicht verdenken. Hatte ihr Vater jemals angedeutet, dass er sich mit dem Gedanken trug, wieder zu heiraten? Oder hatten sie im Internat urplötzlich ein Telegramm und zwei Fahrkarten nach Paris erhalten? Frederick ging gern reiten, genau wie sein Vater; Marthe hatte eine Vorliebe für Tennis und Lesen. Im vergangenen Sommer waren sie mit ihrem Vater nach Florenz gereist, um die großen italienischen Kunstwerke zu besichtigen, doch am besten hatte ihnen gefallen, als sie in aller Frühe nach Siena gefahren waren, um sich den Palio anzusehen. Einer der Jockeys war keine fünf Meter von ihnen entfernt vom Pferd gestürzt und beinahe gestorben. Frederick beschrieb die Szene mit lebhafter Genauigkeit und benutzte Salz- und Pfefferstreuer, um die Positionen der einzelnen Pferde zu veranschaulichen. Ich starrte auf seine regen Hände und dachte, *mein Stiefsohn*.

Papa versuchte, seinen Schock mit reichlich Alkohol runterzuspülen. Er hielt eine grandiose Rede mit einem Seitenhieb auf Charles: *Er wird die Stadt gewiss nicht noch mal verlassen, ohne seine Anschrift zu nennen, was?* Alle lachten. Johann stand auf und hielt eine knappe Rede, in der er allen Gästen dankte, die so kurzfristig erschienen waren – in seinem Alter habe man eben keine Geduld für eine lange Verlobungszeit. Und er dankte *mir*, seiner frisch angetrauten Ehefrau, weil ich seinen Antrag angenommen hatte, und versprach mir, mein Glück zu seinem obersten Ziel zu erklären.

Zum Nachtisch gab es eine kleine, aber exklusive Hochzeitstorte. Johanns Halbschwester, Margaret, machte Fotos, während wir sie anschnitten. Als wir mit dem Essen fertig waren, setzte sie die Kinder in ein Taxi, nachdem die vier ihrem Vater und ihrer neuen Mutter allesamt brav einen Abschiedskuss gegeben hatten. Ein süßer Duft von Zuckerguss schien ihnen anzuhaften. Kurz darauf zogen sich mein Vater und Lady Alice ebenfalls zurück.

## 7.

Zu meiner Überraschung hatte Johann anlässlich unserer Hochzeitsnacht die legendäre Suite Impériale gebucht. Es war erst sieben Uhr, doch der Novemberhimmel war stockfinster, daher erschien es mir deutlich später.

Seit dem Tag unserer Verlobung hatten wir uns nicht mehr geküsst. Es gab unzählige Dinge zu erledigen, organisatorische Hindernisse aus dem Weg zu räumen. Uns blieben keine fünf Minuten für romantische Abschweifungen, und Johann war ein ordnungstreuer Mensch, der lieber wartete, bis die Ehe offiziell anerkannt wurde. Doch nun da alle Formalitäten erledigt, alle Hindernisse aus dem Weg geräumt waren, ging es nur noch darum, die Ehe auch wirklich zu leben.

Am Eingang der Suite nahm mich Johann auf den Arm, um seine Braut über die Schwelle zu tragen. Angesichts der luxuriösen Einrichtung stockte mir der Atem. Auf dem Wohnzimmertisch standen ein Eiskübel mit Champagner und ein gigantischer Strauß roter Rosen, die sich gerade erst entfalteten und ihren süßen Duft verströmten. Johann öffnete die Champagnerflasche und goss uns zwei Gläser ein. Wir stießen aufeinander an. Johann stellte sein Glas beiseite, um sich mit raschen, nervösen Bewegungen eine Zigarette anzuzünden. Ich hatte ihn noch nie so erlebt. Seine Nervosität beruhigte meinen donnernden Puls, mein rauschendes Blut. Ich nahm seine Hand und forderte ihn auf, mir die anderen Räume zu zeigen.

Wir durchschweiften das Esszimmer, das marmorne Badezimmer, das Gästezimmer. Als Letztes betraten wir das opulente Schlafzimmer, üppig vergoldet und mit Seidendamast bezogen, und mittendrin das imperiale Bett, weit wie der Ozean. Mein Zittern kehrte zurück, denn es war vollbracht: Ich war die angetraute Ehefrau von Johann von Kleist. Gleich würde er mich küssen, mich lieben, denn das war sein gutes Recht. Nicht Stefan, sondern ein anderer hatte mich geheiratet und würde mit mir die Ehe vollziehen. Und ohne jede Vorwarnung erschütterte mich ein stummer Schrei des Entsetzens wie eine gequälte Katze, die sich mit Zähnen und Klauen zu befreien sucht, ein stiller Schmerz, den wir Franzosen *agonie* nennen, denn es war November, und der August würde nie zurückkehren.

Ich musste den August aus meinem Gedächtnis bannen, als hätte er nie existiert.

Johann nahm mir das Glas aus der Hand (es war gerade mal halb leer) und stellte es neben seins auf den Nachttisch. Er zerdrückte seinen Zigarettenstummel in einem goldenen muschelförmigen Aschenbecher. Er legte die Jacke seiner eleganten Paradeuniform ab und hängte sie sorgfältig in den Schrank. Dann zog er mich in seine riesigen Arme und küsste mich, ohne etwas zu sagen. Umso besser, dachte ich. Es ist besser, wenn wir nichts sagen.

## 8.

Es erschien mir albern, um halb neun einzuschlafen, doch es wäre ebenso albern gewesen, wieder aufzustehen. Immerhin war es unsere Hochzeitsnacht.

Johann stieg aus dem Bett, um seine Zigaretten zu holen. Als er sich auf die Matratze setzte, gab sie unter seinem Gewicht nach, und ich rollte hilflos an seine Seite. Er rauchte und trank seinen Champagner, ohne ein Wort zu sagen. Beim Geräusch seines Atems schlief ich ein, und als ich um acht Uhr morgens erwachte, stellte ich fest, dass mein Mann bereits gewaschen und angezogen war. Er hatte uns Frühstück bestellt, das neben dem Bett auf einem kleinen Beistelltisch rund um einen Strauß duftender Gardenien arrangiert war: der Beginn unseres gemeinsamen Lebens.

# Pepper

## COCOA BEACH – 1966

### 1.

Pepper schreit vor Schmerz auf. Nicht wegen des Schwitzkastens, sondern weil ein donnernder Güterzug von ihrem Fuß nach oben schießt, um in einer verheerenden Explosion mit ihrem Gehirn zu kollidieren.

Die Arme ihres Angreifers sinken herab, und Pepper stolpert kopfüber auf den orientalischen Läufer.

»Mein Gott«, sagt der Mann. »Sie sind ja schwanger!«

Das Licht der Tischlampe flammt auf. Pepper stützt sich auf den Ellbogen und umklammert mit der freien Hand ihren Fuß. Ein ominöses Taubheitsgefühl breitet sich über den Schmerz, kein gutes Zeichen. »*Heilige Scheiße*«, flüstert sie.

»Wer zum Teufel sind Sie?«

»Sie haben mir den Fuß gebrochen.«

»Ich habe Ihnen doch gar nichts getan!« Er hockt sich neben sie und hebt vorsichtig ihre Hand. »Oh verdammt! Autsch.«

»Das kann man wohl laut sagen.« Ein ungewohntes Kribbeln steigt ihr in die Augen, als würde sie – Gott, bitte nicht – jeden Moment losheulen.

»Können Sie die Zehen bewegen?«

Pepper bemüht sich. »Nein.«

»Verdammt, dann müssen wir wohl in die Ambulanz. Wie zum Teufel haben Sie das gemacht?«

»*Ich* habe überhaupt nichts gemacht! Sie haben mich von hinten in den Schwitzkasten genommen, Sonnyboy.«

»Weil Sie mir im Arbeitszimmer meiner Mutter aufgelauert haben und mich erschlagen wollten. *Im Dunkeln!*«

»Ich dachte, Sie sind ein Einbrecher!«

»*Ich?* Aus meiner Sicht sind Sie hier die Einbrecherin.«

»Na, Sie haben vielleicht Nerven. Sehe ich etwa aus wie eine Einbrecherin?«

Pepper hebt den Kopf und wirft ihr Haar zurück, um ihn mit einem vernichtenden Blick zu bedenken. Aber … na ja. Nicht gerade der Anblick, den sie erwartet hat. Stattlicher junger Mann, breite Schultern, dunkles Haar, kantige Gesichtszüge, grimmige Augenbrauen. Das ist also Annabelles Sohn? Nicht dass es sie interessiert. Nicht dass es eine Rolle spielt, ob es sie interessiert, denn just in diesem Augenblick verwandelt sich sein grimmiger Ausdruck in pures Staunen.

»Mein Gott. *Pepper Schuyler?*«

Sie runzelt die Stirn, besser gesagt vertieft ihr Stirnrunzeln. »Kenne ich Sie?«

Seine Hand gibt ihren Fuß wieder frei. Er blickt ihr ins Gesicht und blinzelt, als wollte er ihren Anblick durch etwas anderes ersetzen, das ihm in diesem Moment lieber wäre. »Offenbar nicht«, sagt er. »Na schön. Bleiben Sie hier sitzen. Ich hole Ihnen einen Eisbeutel.«

»Ich bleibe doch nicht tatenlos hier *sitzen*!«

Annabelles Sohn erhebt sich und starrt auf sie herab. »Ich will ja nicht unhöflich erscheinen, Miss Schuyler. Aber ich fürchte, Sie haben keine andere Wahl.«

2.

»Wie haben Sie sich den Fuß denn nun verletzt?«, fragt Annabelles Sohn, während sie in demselben Ford Thunderbird, den Pepper sich zuvor geliehen hat, durch die tiefschwarze Nacht zum nächstgelegenen Krankenhaus fahren. Nur dass Annabelles Sohn leider das Verdeck geschlossen hat, sodass ihre Haare reglos an ihrem Gesicht kleben.

»Sie sind draufgetreten, Sie Riesentrampel.«

»Bin ich überhaupt nicht.«

Pepper seufzt. »Dann war es wohl das schwere Ding, mit dem ich Sie erschlagen wollte.«

»Und was war das?«

»Keine Ahnung, es war ja dunkel. Irgend so eine Figur aus dem Regal. Das Ding ist mir aus der Hand gefallen, als Sie mich attackiert haben.«

Er lacht los. »Sie wollten mich ernsthaft mit Mamas *Grammy* erschlagen?«

»Ihrem *was*?«

»Ihrem Grammy Award. Einem Musikpreis. Sie ist Cellistin. Sie spielt Cello.« Er vollführt mit der Hand einen virtuosen Bogenstrich.

»Ja, natürlich. Ich *weiß*, dass sie Cello spielt«, erwidert Pepper würdevoll und ignoriert sein volles Lachen, das weitaus attraktiver wäre, wenn sie nicht seinetwegen einen Eisbeutel an ihren schmerzenden Fuß halten würde. »Wir sind immerhin befreundet«, setzt sie hinzu.

»Na, das will ich doch hoffen, sonst lasse ich Sie wegen Hausfriedensbruchs verhaften.«

»Was für eine Ironie, wenn man bedenkt, dass Annabelle mich praktisch entführt und in ihre Räuberhöhle gesperrt hat.«

»Ach, wirklich? Klingt ganz nach Mama.«

Wieder dieses Lachen. Pepper blickt aus dem Fenster, obwohl es nicht viel zu sehen gibt, nur ein paar schwarze Schatten von Häusern und Palmen und überwucherten Telefonmasten. Florida wirkt immer etwas überwuchert, oder? Als würde die Natur nur darauf warten, sich ihr Terrain zurückzuerobern.

»Sie haben gut lachen«, sagt Pepper. »Sie sind schließlich nicht derjenige mit dem gebrochenen Fuß, der gegen seinen Willen festgehalten wird.«

»Netter Versuch, aber das kaufe ich Ihnen nicht ab. Eine Pepper Schuyler lässt sich nicht gegen ihren Willen festhalten.«

Sie dreht den Kopf in seine Richtung und funkelt ihn mit zusammengekniffenen Augen an. »Sie scheinen ja eine Menge über mich zu wissen, dafür dass wir nicht zusammen im Sandkasten gespielt haben.«

»Ich arbeite für eine Kanzlei in Washington. Wir sind uns schon mal begegnet.«

»Noch so ein Anwalt. Ich hätte es mir denken können.«

»Haben Sie etwas gegen Anwälte?«

»Nein, ich scheine sie nur magisch anzuziehen.«

Er zuckt mit den Schultern. »Wie Honig die Fliegen. Warum hat Mama Sie entführt?«

»Ich habe ihr ein Auto verkauft.«

»Ein Auto? Was für ein Auto?«

»Hat sie Ihnen nichts davon erzählt?«

Es folgt eine kurze Stille. Er blickt in den Rückspiegel, tritt auf die Bremse, biegt von der verlassenen Straße in eine noch verlassenere Straße ein. Sein Fahrstil wirkt extrem kompetent, das muss man ihm lassen: Kupplung und Gänge in tiefem Einklang, zügig und entspannt. Seine großen, starken Hände halten das Lenkrad sicher gepackt, ein

Detail, das sie nur widerwillig zur Kenntnis nimmt, denn sie ist derzeit nicht in der Stimmung, einen Mann attraktiv zu finden, schon gar nicht, nachdem er ihr den Fuß gebrochen hat.

»Nein«, sagt er schließlich. »Warum? Sollte sie das?«

»Es ist kein gewöhnlicher Wagen. Er hat sie ein Vermögen gekostet. Wo liegt eigentlich dieses Krankenhaus? In North Carolina?«

Ein charmantes Glucksen. »Nein, wir sind gleich da. Wie fühlen Sie sich?«

»Wie eine Schwangere mit gebrochenem Fuß.«

»Freut mich zu hören.«

»Auch noch Masochist? Passt ins Bild.«

Vor ihnen, auf der rechten Straßenseite, erscheint eine Ansammlung von Lichtern. Er tritt behutsam auf die Bremse, und Pepper hat den Eindruck, dass der Bastard insgeheim grinst.

»Nein, kein Masochist. Aber es muss Ihnen gut gehen, wenn Sie immer noch zuschnappen wie ein Rottweiler.«

## 3.

»Spätestens jetzt sollte ich Sie nach Ihrem Namen fragen«, sagt Pepper, als er sie in seinen starken Armen zu einem Rollstuhl trägt. Ihre Nase ruht dicht an seinem Hals, der absurderweise nach Seife riecht. Süß und sauber. Nach Seife! Welcher normale Mensch riecht um zwei Uhr morgens noch nach Seife? Annabelles Sohn. Sie wendet ihre Nase empört ab.

»Mr. Dommerich reicht vollkommen.«

»Nicht für meine Zwecke.«

»Sie sind eine harte Nuss, Miss Schuyler.« Er setzt sie in

den Rollstuhl und wirbelt herum, um sich die Griffe zu schnappen. »Ich heiße Florian.«

»Florian?«

»Klingelt da etwas?«

»Nicht gerade Tom, Dick oder Harry.«

»Tja, dann werden Sie sich wenigstens an mich erinnern. Der Riesentrampel mit dem komischen Namen, der Ihnen den Fuß gebrochen hat.« Er schiebt sie zielstrebig über den sterilen weißen Gang. Als sie den Empfang erreichen, blickt die Krankenschwester verblüfft auf.

»Mr. Dommerich!«

»Hallo, Miss Smith. Lange nicht gesehen. Heute mal Nachtschicht?«

»Ich Glückspilz.« Sie wirft einen Blick auf Pepper, und ihre Mundwinkel sacken nach unten. Sie deutet nach rechts. »Die Entbindungsstation ist da drüben.«

Florian lacht sein charmantes Lachen. »Noch nicht, Smitty. Nur ein gebrochener Fuß. Wir wollen in die Ambulanz.«

Offenbar schenkt er ihr ein gewinnendes Lächeln, denn sie strahlt wie ein Christbaum und wird rot wie eine Tomate.

»Ach so, natürlich. Zur Ambulanz geht's geradeaus«, stammelt sie, und Pepper verdreht die Augen.

»Ich weiß. Danke, Smitty. Sehr schmeichelhaft, dass Sie mich erkannt haben.« Mit einer leisen Betonung auf *Sie*.

»Aber natürlich. Ich … ich wusste gar nicht, dass Sie verheiratet sind, Mr. Dommerich.«

»Immer für eine Überraschung gut«, erwidert er über seine Schulter hinweg.

Als die Schwester außer Hörweite ist, sagt Pepper: »Klingt ja ziemlich vertraut.«

»Mein Vater war vor seinem Tod häufig hier. Der ganze Laden ist mir ziemlich vertraut. Da wären wir.«

»Oh, natürlich. Tut mir leid. Ich habe nicht nachgedacht.«

»Ist das etwa eine *Entschuldigung*? Was kommt wohl als Nächstes? Wenn ich ein Dankeschön höre, falle ich vor Schreck tot um.« Er wendet sich an den Pfleger in der Ambulanz. »Guten Morgen. Ich hoffe, es ist nicht allzu viel los?«

Der Pfleger weist ihm die Tür. »Zur Entbindungsstation geht es da entlang. Erklären Ihnen die Schwestern eigentlich gar nichts?«

»Das Baby ist noch nicht dran. Gebrochener Mittelfuß, wenn ich mich nicht irre. Der rechte. Wie lange müssen wir warten?«

Der Pfleger wirft einen Blick auf Peppers Fuß und runzelt die Stirn. Dann nimmt er ein Klemmbrett vom Stapel und überreicht Florian ein Formular. Pepper versucht, ihm das Brett aus der Hand zu schnappen, doch er wehrt sie gekonnt ab. »Bleib einfach mit deinem Eisbeutel da sitzen, verstanden? Ich kümmere mich um alles.«

»Sind Sie der Ehemann?«, fragt der Pfleger.

Pepper öffnet den Mund, um zu widersprechen.

»Sieht ganz danach aus«, kommt Florian ihr zuvor.

Der Pfleger lacht. »Name?«

»Florian Dommerich.«

»Ich brauche den Namen Ihrer Frau.«

»Ach so. Pepper.«

Wieder dieses Stirnrunzeln. »Ihren richtigen Namen, Mr. Dommerich.«

Es entsteht eine unangenehme Pause. Pepper steht immer noch unter Schock – das kleine Wörtchen *Ehemann* hat ihr die Sprache geraubt.

»Liebling«, sagt Florian, »wie lautet noch mal dein richtiger Name? Ich habe ihn vergessen.«

Niemand erfährt Peppers Vornamen. Nicht, wenn sie es

verhindern kann. Sie wirft einen bitterbösen Blick auf den Pfleger, der seinen Stift erwartungsvoll zückt.

»Sie ziert sich etwas«, sagt Florian. »Erst kurz vor der Trauung hat sie ihn mir verraten, und ich musste ihr hoch und heilig versprechen, ihn so leise zu flüstern, dass nur Gott mich hören kann. Eine ihrer entzückenden Marotten.«

Sie könnte ihn küssen. Sie könnte ihn erwürgen.

»Ich habe meine Zeit nicht gestohlen, Mrs. Dommerich«, sagt der Pfleger.

Florian hüstelt. »Warum schreiben Sie nicht einfach Mrs. Florian Dommerich? Es bleibt schließlich in der Familie.«

»Ist das etwa *Ihr* Fuß, Mr. Dommerich?«

»Nein.«

Der Pfleger deutet auf Pepper. »Dann brauche ich Ihren Namen. Mit Salz und Pfeffer können wir hier nichts anfangen. Nicht in der Ambulanz, nicht während der Nachtschicht.«

»Bei allem gebotenen Respekt …«

»Prunella«, sagt Pepper. »Zufrieden? Ich heiße Prunella. Eine alte Familientradition.«

Der Pfleger lupft seine Augenbrauen. Ein lautloses Glucksen überträgt sich über Florians Arme auf den Rollstuhl. Er hebt eine Hand und schnippt mit den Fingern.

»Ach ja, genau. Wie konnte ich das bloß vergessen?«, sagt er. »Prunella.«

## 4.

Auf dem Rückweg zur Villa fragt Pepper, warum er das getan hat.

»Was denn?«

»Dich als mein Ehemann ausgegeben.«

»Ach, nur um die Formalitäten zu erleichtern. Man spart sich unangenehme Fragen.«

Sein Ton klingt vollkommen unbeschwert. Sein Ton klingt eigentlich immer unbeschwert, als wäre ihm keine Last zu viel, als wäre das alles ein Witz: eine wildfremde hochschwangere Frau mitten in der Nacht zur Ambulanz zu fahren und so zu tun, als wäre man mit ihr verheiratet. Nicht mehr als ein kleines Abenteuer. Er hat die Hemdsärmel hochgekrempelt; seine Unterarme sind robust, seine Hände kraftvoll um das Lenkrad geschmiegt. Er wirkt vollkommen verlässlich.

»Aber damit ist jetzt Schluss«, erwidert Pepper. »Ich gewähre dir keine ehelichen Vorzüge, verstanden?«

»Gott bewahre.« Florian greift zum Radio und dreht an dem Senderknopf. Das Rauschen im Walde, durchdrungen von einer weinerlichen Trompete, die das Krächzen mühsam übertönt. »Ich dachte, du könntest mal eine Auszeit gebrauchen.«

»Eine Auszeit?«

»Ich meine, so ganz allein, ohne dass dir jemand die Füße massiert oder saure Gurken kauft. Mama hat einen feinen Riecher für Menschen, die in Schwierigkeiten stecken. Ich dachte, du könntest mal etwas Abstand gebrauchen. Von den Schwierigkeiten, meine ich.«

*Es gibt die verschiedensten Helden*, hatte Annabelle während ihrer gemeinsamen Fahrt nach Cocoa Beach zu ihr gesagt, und als Pepper gut anderthalb Wochen später durch eine andere Windschutzscheibe auf die gräuliche Landschaft starrt, hört sie erneut jene Worte. Als säße die gute Annabelle direkt neben ihr – wie eine Anstandsdame, hier auf der Sitzbank, zwischen Florian und Pepper – und flüsterte ihr leise ins Ohr.

»Mit Schwierigkeiten komme ich schon klar. Das ist mein zweiter Vorname. Oder mein erster, wenn ich so darüber nachdenke.«

»Ach, doch nicht Prunella?«

»Werd jetzt bloß nicht frech!«

»Ich bin so frech, wie ich will, Miss Prunella. Das ist das Mindeste, was ich für dich tun kann. Den Rottweiler in dir zu wecken.«

»Was soll das denn bitte heißen?«

Florian tritt auf die Bremse und biegt ab. Erst jetzt wird ihr bewusst, dass sie bereits am Haus angekommen sind. Die dunkle Fläche zu ihrer Rechten ist der Ozean, die rosafarbene Linie darüber die Morgenröte.

»Das soll heißen, du hast mir in Washington ganz gut gefallen, Pepper Schuyler, auch wenn du mir nicht mal die Uhrzeit verraten hättest. Es hat mir gefallen, wie du die Welt eroberst, anstatt dich bequem zurückzulehnen und erobern zu lassen.«

Pepper blickt durch die von Insekten verschmierte Windschutzscheibe, und urplötzlich kommen ihr die Tränen.

## 5.

Pepper hasst ihre Krücken, und die Krücken hassen sie. Florian hütet sich, seine Hilfe anzubieten. Er hält ihr lediglich die Tür auf und lächelt verschmitzt über ihr Fluchen.

»Brauchst du noch etwas?«, fragt er, als sie über die Schwelle des Gästehauses hüpft und die Krücken zu Boden wirft.

»Danke, du hast schon genug angerichtet.«

»Also dann, gute Nacht. Das Taschentuch kannst du

behalten. Nimm deine Tabletten und schlaf dich gut aus. Ich sag Clara, sie soll den Kaffee warm halten.«

Er will gerade zur Tür hinausgehen, als Pepper ihn auffordert zu warten.

Florian bleibt stehen, seine große Hand am Türgriff, die Augenbrauen erwartungsvoll gehoben.

»Danke«, sagt sie.

Er fasst sich theatralisch an die Brust und stolpert rückwärts durch die Tür, um sie im Hinausgehen zu schließen.

## Annabelle

PARIS – 1936

1.

Als ich Nick Greenwald Anfang März das nächste Mal begegnete, war das Baby kräftig gewachsen, und ich musste meine Kleidung geschickt wählen, um die Größe meines Bauches zu vertuschen. Und ich war dankbar für diese Vorsichtsmaßnahme. Nick nahm seinen Hut ab und ergriff meine Hand, um mich von Kopf bis Fuß zu mustern.

»Guten Morgen, Frau von Kleist«, sagte Nick förmlich. »Vielen Dank für das Treffen.«

»Ich heiße immer noch Annabelle. Leider kann ich nicht lange bleiben. In einer halben Stunde habe ich einen Termin.«

Der Termin war frei erfunden, doch meine Zurückhaltung war echt. Als Johann heute Morgen zur Botschaft gegangen war – er arbeitete seit Anfang Januar oft von frühmorgens bis tief in die Nacht wegen irgendwelcher Abkommen –, hatte ich ihm gesagt, ich wolle ein paar Babysachen kaufen, und das war nicht mal gelogen. Der Beweis stand neben mir auf dem Fußboden: eine kleine Ansammlung von Tragetaschen. Die übrigen Päckchen sollten nachmittags in die Wohnung geliefert werden. Ich wusste auch ohne zu fragen, dass Johann einem Treffen mit einem anderen Mann nur widerwillig zugestimmt hätte. Er vertraute mir ohne jeden Vorbehalt – das hatte er mir oft genug versichert –, doch er traute keinem anderen Mann in meiner Gesellschaft, daher hatte ich ihm unser Treffen verschwiegen. Im Grunde hatte ich nur eingewilligt, weil ich andernfalls die Konsequenzen fürchtete: Nick könnte unangekündigt vor unserer Tür stehen oder, schlimmer noch, Stefan persönlich.

Seit Monaten hatte ich mich bemüht, keinen einzigen Gedanken an Stefan zu verschwenden. Ich hatte ihn mit eiserner Disziplin aus meinem Leben verbannt, um mir mein Glück nicht trüben zu lassen. Denn ich *war* glücklich, wie ich mir immer wieder in Erinnerung rief: Es ging mir trotz meiner fortschreitenden Schwangerschaft gut; ich hatte einen liebenden Ehemann, der mir eine luxuriöse Hochzeitsreise spendiert hatte und mich täglich verwöhnte und vergötterte; ich besaß ein wundervolles Pariser Apartment und hatte eine liebevolle Stieftochter. Nachdem wir in Johanns atemberaubendem Mercedes einen Monat lang Italien bereist hatten, waren wir auf direktem Wege nach Westfalen gefahren, um mich dem Personal als die neue Hausherrin vorzustellen und die Weihnachtstage mit den Kindern zu verbringen. Im Grunde kamen wir alle gut miteinander aus, doch nur Frieda suchte mich gezielt auf, um mit mir Cello zu spielen oder auf dem verschneiten Anwesen spazieren zu gehen. »Gib ihnen etwas Zeit«, riet Johann, »und sie werden dich genauso lieben wie ich.«

»Hoffentlich nicht *genauso*«, erwiderte ich, denn mein frischgebackener Ehemann war während unserer Hochzeitsreise über mich hergefallen wie ein Gläubiger, der eine lange und zermürbende Fastenzeit ertragen hatte und sich mehr für seine junge Braut interessierte als für die Kunstwerke und Monumente um ihn herum. Doch dazu waren die Flitterwochen schließlich da, oder? Um Mann und Frau miteinander zu verbinden, bevor sie sich der Realität stellen mussten. Wenn man sich bei jeder Gelegenheit liebte, verdrängte man alles und jeden aus seinem Gedächtnis, bis man die Realität fast vollständig vergaß, mitsamt ihrer Komplikationen und verflossenen Liebhaber. Die körperliche Intimität gab einem das trügerische Gefühl, sich von Herzen zu lieben, sich für immer aneinander gebunden zu haben.

An diesem Morgen war ich bei seinem Abschiedskuss erwacht und hatte im Stillen gedacht, wie attraktiv er doch aussah. Ich konnte mir nicht vorstellen, jemals von einem anderen Menschen so geweckt zu werden. Natürlich war er gar nicht attraktiv, nicht objektiv betrachtet. Doch während das Baby sanft gegen meine Bauchdecke trat und das Bett warm nach ihm duftete, liebte ich seine vertrauten Züge so sehr, dass ich ihn in keinem anderen Licht sehen konnte.

Somit erwiderte ich Nicks starren Blick quer über den schmierigen Tisch des Cafés, stählte meine Brust und kam zu dem Schluss, er habe diese kleine Lüge bezüglich des Termins verdient.

»Ich werde mich kurzfassen.« Nick entzündete eine Zigarette und gab dem Kellner ein Zeichen. Seine Züge waren finster, sein Blick hart und bitter. »Ich will dir nur ein paar Fragen stellen. Im Namen eines gemeinsamen Freundes.«

»Ich bin niemandem eine Antwort schuldig.«

Er hob skeptisch die Augenbrauen. Der Kellner trat an den Tisch, und Nick bestellte einen Kaffee. Er nahm einen ausgiebigen Zug von seiner Zigarette, und als der Kellner außer Hörweite war, blies er den Qualm in den Raum und sagte: »Du hast sicher gehört, dass er aus dem Gefängnis entlassen wurde.«

»*Was?* Wer?«

»Stefan.«

Plötzlich bekam ich keine Luft. Das Baby trat gegen meine Bauchdecke, und ich legte eine Hand in die Seite. »Er war im Gefängnis?«, flüsterte ich.

»Das wusstest du nicht?«

»Nein, ich habe seit August nichts mehr von ihm gehört.«

Nick lehnte sich auf seinem Stuhl zurück. Ein Teil der Verbitterung wich aus seinen Augen, die im wässrigen Licht der Märzsonne einen weichen haselnussbraunen Farbton annahmen. »Das verstehe ich nicht. Hat dir dein Bruder nichts erzählt?«

»Ich habe Charles nicht mehr gesehen, seit er die Stadt im November verlassen hat. Er hält nicht viel von meiner Ehe.«

»Das war schon ein ziemlicher Schock.«

»Ich wüsste nicht, warum. Johann ist ein guter Ehemann. Er ist treu und *verlässlich*. Und ich liebe ihn.« Ich setzte eine besondere Betonung auf das Wort *verlässlich* und strich in kreisförmigen Bewegungen über den Fuß des Babys.

Nicks Blick wanderte zu meinem Bauch und wieder zurück. »Das sehe ich.«

»Wenn du eine Frage hast, solltest du sie jetzt stellen«, sagte ich.

»Warum bist du bereit, dich mit mir zu treffen, wenn du deinen Mann wirklich liebst?«

»Jedenfalls nicht, weil ich jemandem eine Erklärung schulde.«

»Wirklich nicht? Du schuldest *niemandem* eine Erklärung? Natürlich nicht mir. Ich bin nur hier, weil *er* mich darum gebeten hat.«

Meine Handflächen wurden feucht. Ich legte sie flach auf meinen Rock. »Hat er das?«

»Ja, vor einer Woche. Er hat mich aus Frankfurt angerufen. Sie lassen ihn nicht außer Landes. Sie verfolgen ihn auf Schritt und Tritt.«

»Ich verstehe das nicht. Wer verfolgt ihn? Warum war er im Gefängnis?«

Er senkte seine Stimme. »Die Gestapo, Herrgott noch mal! Sag nicht, du hättest nichts von ihnen gehört.«

»Doch, aber nicht viel. Geht es ihm gut?« Meine Kehle bebte.

»Man hat ihn verhaftet, sobald er einen Fuß über die deutsche Grenze gesetzt hat. Das war am neunundzwanzigsten August. Er wurde in dieses neue Lager bei Dachau gebracht, nicht weit von München. Hast du davon gehört?«

»Nein.«

»Wir haben gut einen Monat gebraucht, um ihn zu finden. Daraufhin ist dein Bruder hingefahren, um sich für seine Entlassung einzusetzen. Das war im November. Erst im Februar haben sie ihn wieder rausgelassen. Er war stark angeschlagen, aber am Leben. Dein Bruder hat ihm eine Unterkunft besorgt. Als er nach Paris zurückgekehrt ist, hat er erfahren, dass du diesen von Kleist geheiratet hast und ein Kind von ihm erwartest. Stefan ist zwischenzeitlich fast wahnsinnig geworden. Er wollte unbedingt das Land verlassen, um dich aufzusuchen. Als ich ihm die Neuigkeiten erzählt habe, dachte ich, er erschießt sich. Er meinte, das wäre bestimmt ein Irrtum. Ich sagte, leider nein.« Nick drückte seine Zigarette aus, während der Kellner ihm den Kaffee brachte. Er gab einen Löffel Zucker hinein und nippte daran. Ich konnte nichts erwidern. Ich betrachtete nur stumm seine Lippen. Er stellte die Tasse ab und sagte: »Er ist der Meinung, das Baby könne von ihm sein.«

»Ist es nicht«, erwiderte ich, ohne zu zögern. »Ich habe Johann kennengelernt, kurz nachdem ich nach Paris kam. Ich war wütend und verletzt, und Johann …«

»Wütend?«, sagte Nick. »Wütend auf Stefan?«

»Er hat mir verschwiegen, dass er verheiratet ist. Dabei hatte ich mir geschworen, nie mit einem verheirateten Mann ins Bett zu gehen. Das wollte ich keiner Frau antun. Meine Mutter ist daran zugrunde gegangen.«

Nick starrte mich verblüfft an. Seine Hand lag reglos an der Tasse, sein Rücken starr gegen den Stuhl gepresst. »Ist das dein Ernst?«, sagte er. »*Deshalb* hast du ihn verlassen?«

»Ja. Und ich finde, das ist ein verdammt guter Grund. Ich weigere mich, eine andere Frau wissentlich zu hintergehen. Deshalb habe ich Johann geheiratet. Und ja, wir erwarten ein Kind. Ich bin mir sicher, absolut *sicher*, das Richtige getan zu haben. Und ich werde einen Teufel tun, mich vom Gegenteil überzeugen zu lassen.« Ich lehnte mich erschöpft zurück, meinen Kugelbauch zwischen den Händen, während der Fötus empört über den ungewohnten Aufruhr einen ungleichmäßigen Rhythmus trommelte.

»Schon gut«, sagte Nick. »Sprich bitte leiser.«

Ich griff nach meinem Wasserglas und leerte es in einem Zug. Nick zündete sich eine weitere Zigarette an und legte den Kopf in den Nacken, um seinem eigenen Qualm hinterherzustarren, der sich vor der fleckigen Raumdecke verlor. Seine Finger spielten mit dem Zuckerlöffel, wiegten ihn rastlos hin und her.

»Ich bewundere deine Prinzipien«, sagte er. »Die meisten Frauen hätten die Affäre weitergeführt. Aber nicht Annabelle. Sie zerfließt nicht vor Selbstmitleid. Sie stellt ihn nicht mal zur Rede. Sie rennt einfach davon und heiratet den Erstbesten, der ihr einen Antrag macht, einen langweiligen deutschen General, der ihr niemals das Herz brechen wird.«

»Er ist nicht langweilig. Er ist der beste Ehemann, den ich mir vorstellen kann. Und ich mache ihn sehr glücklich. Jeden Tag, jeden Morgen wache ich auf und bin mir sicher, das Richtige getan zu haben.«

Im hinteren Bereich des Cafés musterte uns der Kellner mit verschränkten Armen und ärgerte sich, dass wir einen seiner besten Fensterplätze belegten und dabei nicht mehr als ein Glas Wasser und eine Tasse Kaffee bestellt hatten. Das Baby drückte auf irgendeinen Nerv, sodass meine rechten Zehen taub wurden. Ich verlagerte das Gewicht und öffnete den Mund, um die Unterhaltung zu beenden.

»Ich weiß nicht, ob ich dir das erzählen sollte«, kam Nick mir zuvor.

»Mir was erzählen?«

Er legte den Zuckerlöffel beiseite und fuhr mit dem Daumen über den Tassenrand. »Darf ich dich etwas fragen? Wer hat dir erzählt, dass er verheiratet ist?«

»Lady Alice Penhallow. Seine frühere Geliebte. Ich bin ihr im Hôtel du Cap begegnet, nachdem Stefan abgereist war.«

»Die gute Lady Alice. Und sie hat dir nicht erzählt, dass seine Frau ihn verlassen hat? Dass sie ihm seine Tochter weggenommen hat, um mit ihrem Geliebten, einer alten Jugendliebe, zusammenzuziehen? Dass Stefan nur deshalb nach Deutschland zurückkehren wollte, um in die Scheidung einzuwilligen, damit er stattdessen dich heiraten kann?«

Alle Luft wich aus dem Raum. Das hastig heruntergeschluckte Wasser kam mir wieder hoch. Ich suchte Halt an der Tischkante, doch es half nichts. »Entschuldige bitte«, sagte ich zu Nick, und im nächsten Moment stürzte ich zu der dreckigen Toilette im hinteren Teil des Cafés, um die Reste meines Frühstücks hochzuwürgen, gefolgt von nichts als gelbem Schleim.

## 2.

Lady Alice war ausgegangen, aber mein Vater war zu Hause und pflegte seinen Kater vom Vorabend. »Was ist denn, *mignonne*?«, fragte er, während er den Eisbeutel herunternahm. Gar nichts, erwiderte ich. Ich wolle sie nur etwas fragen.

Er ließ sich auf dem Sofa zurücksinken und schloss die Augen. Sie werde mich anrufen, sobald sie zurückkäme, versicherte er mir.

Ich ging die Treppe hinunter und stieg in mein wartendes Taxi. Nick Greenwald hatte angeboten, mich nach Hause zu fahren, doch ich hatte abgelehnt. Er war überaus freundlich gewesen. »Was für eine vertrackte Situation«, hatte er gesagt, »eine furchtbar vertrackte Situation«, und ich musste daran denken, wie mein Bruder mir einmal erzählt hatte, Nick habe in den Staaten eine unglückliche Liebe zurückgelassen. Es war mir unbegreiflich, wie jemand Nick Greenwald unglücklich machen konnte, aber Charles behauptete, als sie sich kennenlernten, sei Nick ein furchtbares Wrack gewesen. Er habe jede Nacht getrunken und irgendwelche Frauen mit nach Hause genommen, um sie hinterher abzulegen wie dreckige Wäsche. Angeblich hatte in einem der Loire-Schlösser eine legendäre Privatparty stattgefunden. Charles wollte lieber nicht ins Detail gehen, aber ich hatte Gerüchte gehört, die aus meiner Sicht vollkommen absurd klangen. Aber das war die Krux an der Sache, oder? Man wusste nie, ob man ein Gerücht glauben konnte oder nicht. Man wusste nie, ob ein Mann ein Held war oder ein Schurke. Oder einfach nur ein Mensch.

Doch Charles hatte mir erzählt, dass diese Party ihn komplett verändert habe: Nick beschloss, den Frauen und dem Alkohol abzuschwören (zumindest weitgehend), um das Familienunternehmen vor dem sicheren Bankrott zu bewahren. Das alles mochte stimmen oder nicht; ich wusste nur, dass er sich mir gegenüber wie ein vollendeter Gentleman verhalten hatte, als er mir vor dem Café ein Taxi heranwinkte und meine Einkaufstaschen trug, die ich glatt vergessen hätte, wenn sie ihm nicht zufällig aufgefallen wären. Er hatte seinen Ellbogen auf den Rand der Autotür gestützt und mich voller Mitgefühl angesehen.

»Eine vertrackte Situation«, sagte er erneut.

»Ja.«

»Was soll ich Stefan bloß erzählen?«

Ich packte seinen Arm. »Bitte sag ihm nichts. Sag niemandem etwas.«

»Verdammt«, erwiderte Nick. Er trat von der Tür zurück, und wir fuhren los. Der Ausdruck auf seinem Gesicht, sanft und gequält, verfolgte mich den Rest des Tages, bis Johann nach Hause kam.

## 3.

Während unserer Hochzeitsreise hatten Johann und ich eine Woche an der Amalfiküste verbracht. Wir fuhren von Ort zu Ort, und eines Abends meinte Johann, er wolle am nächsten Tag Pompeji besichtigen. Ich behauptete, mich nicht dafür zu interessieren, also schlug er vor, stattdessen nach Positano zu fahren, doch als ich im Bett lag, umfangen von Johanns schlafendem Körper, musste ich an sein enttäuschtes Gesicht denken, an sein Interesse für Militärgeschichte und die römische Gesellschaftsordnung, daher erklärte ich ihm am nächsten Morgen, ich hätte meine Meinung geändert, und wenn er Pompeji immer noch besichtigen wolle, sollten wir das tun.

Es war Mitte November, und außer uns hatten sich nur wenige Touristen hierher verirrt. Um neun Uhr morgens verließen wir die staubige Hauptstraße, um uns einen Parkplatz zu suchen. Johann deutete aus dem Fenster und sagte: »Da wären wir.« Ich folgte seinem Blick und entdeckte eine Ansammlung von bröckelnden beigen Häuserfronten wie in jedem anderen italienischen Ort, nur dass die vertrauten orangeroten Dächer fehlten, und ich dachte, mein Gott, genau wie Stefan es beschrieben hatte.

Stundenlang durchstreiften wir die alten Gebäude und Monumente, das beeindruckende Amphitheater und die gepflasterten Straßen. An einer Stelle beugte ich mich nach unten, um eine ockerfarbene Scherbe aufzuheben. »Sieh mal, lass uns die mitnehmen«, sagte ich, doch Johann meinte, wir sollten sie dort liegen lassen, wo sie gefallen war wie ein Soldat im Krieg. Er lenkte meine Aufmerksamkeit auf die geebneten Straßen, das Kanalisationssystem, das gleichmäßige Raster der Häuserzeilen. Wir schlenderten ziellos weiter, bis Johann einen Blick auf die Karte warf und vorschlug, das Antiquarium zu besichtigen, wo zahlreiche Fresken und Artefakte ausgestellt waren, unter anderem die Gipsabdrücke der Opfer. Ich sagte, nein, das wolle ich mir nicht ansehen, und Johann runzelte enttäuscht die Stirn, während er den Blick zurück auf die Karte richtete.

»Na schön«, sagte ich. »Lass uns hingehen.«

Das Museum war voll von Regalen und Schaukästen mit einer erstaunlichen Fülle antiker Relikte. Ich betrachtete die riesigen Glaskästen, in denen Mütter ihre Kinder und

Kaufleute ihre Erträge umklammerten, und wandte den Blick hastig ab. Johann ließ sich deutlich mehr Zeit. Er musterte jeden Aspekt des Todes, begutachtete die Beschaffenheit des Gipses. Ich trat um eine Ecke und erblickte einen Hund, der sich auf dem Rücken wälzte, gekrümmt vor Schmerzen, ein dickes Halsband im Nacken. Ich presste meine Faust vor den Mund und wandte mich mit einem Schluchzen ab. »Annabelle, was ist denn los?«, fragte Johann, und ich erwiderte: »Sieh ihn dir an, den armen Hund, sieh sein Gesicht, der Ärmste hatte keine Ahnung, was mit ihm geschieht.«

Johann strich mir über den Rücken. »Mach dir keine Gedanken, Annabelle. Es ist nur ein Gipsabdruck, kein echter Hund. Kein Grund zu weinen.« Kurz darauf nahm er meine Hand, und wir gingen weiter, um uns einen Schaukasten mit goldenen schlangenförmigen Armreifen anzusehen.

Die Tonscherbe hatte den Tag heimlich in meiner Rocktasche verbracht, und seit unserer Rückkehr verwahrte ich sie in den Tiefen meiner Schlafzimmerschublade, unter der Leibwäsche, wo Johann niemals nachsehen würde.

## 4.

Ich erhob mich vom Fußboden des Kinderzimmers, wo ich mir ein paar Stoffproben ansah. Ich hatte das Grammofon nach oben getragen, und der Raum war erfüllt von Puccini. »Du bist früh zu Hause«, sagte ich zu meinem Mann.

Johann ging zum Grammofon und nahm die Nadel herunter. Die Musik riss mit einem winzigen Kratzen ab. Er nahm meine Hände und half mir auf die Beine. »Ja, es war ein anstrengender Tag, und ich dachte, was bringt es schon, ein einflussreicher Mann zu sein, wenn man die

Arbeit nicht auch mal anderen überlassen kann, um zu seiner wundervollen Frau zurückzukehren, die bald ein Baby bekommt.«

»Es sind doch noch elf Wochen.«

Er beugte sich zu mir herab und küsste mich. »Ich kann es gar nicht erwarten. Sind das die Stoffmuster für das Kinderzimmer?«

»Ja, für die Vorhänge. Was hältst du davon?«

»Du solltest einen schweren und hochwertigen Stoff wählen. Ein abgedunkelter Raum ist wichtig für einen guten Mittagsschlaf.«

Ich warf erneut einen Blick auf die Muster. »Du hast recht. Daran habe ich gar nicht gedacht.«

»Deshalb ist es sinnvoll, einen Mann zu heiraten, der schon Kinder hat. Du bist ein kluges Mädchen, stimmt's?«

Ich sank auf den Läufer und nahm zwei der Muster zur Hand. Ich hasste sie beide. »Ja, kluges Mädchen.«

Johann hockte sich neben mich. »Annabelle, sieh mich an.«

Ich blickte zu ihm auf.

»Hast du geweint? Geht es dir gut?«

»Alles in Ordnung. Es sind nur diese dämlichen Stoffproben, die mir der Tuchhändler dagelassen hat. Mir gefällt keine von denen, und es wird garantiert Wochen dauern, bis die Vorhänge genäht sind, aber das Baby kommt doch schon bald, und ich habe keine Ahnung, was ich tun soll …«

Er zog mich an seinen warmen Wollmantel. »Schhh, beruhige dich. Die Farbe spielt keine Rolle, Annabelle. Das Baby wird sie nicht mal bemerken, das verspreche ich dir.«

Die Wolle kratzte an meiner Stirn. Nicks Stimme hallte mir in den Ohren: *Ich dachte, er erschießt sich.*

Mein Brustkorb drohte zu bersten. Ich packte Johanns Mantelaufschläge und verbannte Nicks Stimme aus meinem Kopf. Ich verbannte die Vorstellung von Stefan, der entgeistert am Telefon stand, frisch aus dem Gefängnis entlassen, wo man ihn monatelang weggesperrt hatte, weil er am neunundzwanzigsten August die deutsche Grenze passieren wollte. Stefan, der sich anhören musste, dass Annabelle de Créouville ihn nicht treu in Paris erwartete, sondern in der Zwischenzeit einen preußischen Adligen geheiratet hatte und ein Kind von ihm erwartete. Im Geiste sah ich Stefans schockierten Blick, sein hageres Gesicht.

»Annabelle«, sagte Johann sanft. »Warum bist du so aufgewühlt?«

Ich sah ihn an und dachte, es ist nicht seine Schuld, es ist meine. Was hatte Stefan gesagt? *Der Rest liegt in Gottes Hand*. Ich weiß noch, wie mir warm ums Herz wurde, weil ich in meiner Naivität glaubte, Gott hätte uns zusammengeführt, wir wären füreinander bestimmt, Gott würde alle Hindernisse aus dem Weg schaffen, um uns zu vereinen.

Doch wie üblich lag ich im Irrtum. Gott hatte mich nicht für Stefan bestimmt. Er hatte mich für Johann von Kleist bestimmt, der in seinen achtunddreißig Lebensjahren schon so viel verloren hatte und eine junge Frau verdiente, die ihn liebte und tröstete.

Es war vollbracht.

Ein flüchtiges Klopfen, dann flog die Tür auf. Es war Frieda, die mir mitteilte, dass Lady Alice am Telefon sei.

## 5.

»Liebes, ich hatte ja keine Ahnung«, sagte Lady Alice. »Das ist nicht die Art von Klatsch, die sich wie ein Lauffeuer ausbreitet. Wäre sie eine Berühmtheit, dann hätte ich vielleicht etwas mitbekommen, aber so ...«

Ich blickte durch das kleine runde Fenster hinaus auf den Hof. Johann hasste das Telefon, deshalb besaßen wir nur einen einzigen Apparat, und dieser befand sich in einem winzigen Nebenzimmer der Bibliothek. Ich fragte mich, ob sie die Wahrheit sagte. Und ob es eine Rolle spielte.

»Andererseits«, fuhr sie fort, »ändert das nichts an der Tatsache, dass er dir kein Wort von ihr erzählt hat. Oder von seiner Tochter. Das ist kein faires Spiel, oder?«

»Nein.«

»Dann macht es wohl keinen Unterschied.«

»Doch, es macht einen Unterschied. Hätte ich gewusst, dass sie ihn verlassen hat, dann hätte ich zumindest eine Erklärung verlangt.« Ich sprach in einem gedämpften Flüsterton.

»Aber er wäre trotzdem verhaftet worden, richtig? Also kann man unmöglich sagen, was passiert wäre. Und denk mal an den armen Johann. Ihr seid doch glücklich, oder nicht?«

»Ja, wir sind sehr glücklich.«

»Dann bringt es rein gar nichts, sich den Kopf zu zerbrechen. Was passiert ist, ist passiert. Mit diesem treuen preußischen Hütehund bist du eindeutig besser dran. Ich meine deinen Ehemann. Schlag dir die Sache aus dem Kopf. Stefan hat bestimmt keine Mühe, eine andere blutjunge Schönheit zu finden, die ihm die Wunden leckt. Und womöglich noch andere Dinge.«

Natürlich hatte sie recht. Stefan würde schon bald zu seinen alten Gewohnheiten zurückkehren, und ich hatte meinen treuen Johann und ein Baby, das mich brauchte. Blieb nur Nick Greenwalds Stimme in meinem Kopf – *Ich dachte, er erschießt sich ... Er ist der Meinung, das Baby könne von ihm sein* –, doch die ließ sich leicht ignorieren, wenn ich mich auf andere Dinge konzentrierte, wenn ich sie mit anderen Dingen überlagerte.

»Na schön«, sagte ich, »du hast sicher recht. Ich habe mich einfach nur niedergeschlagen und schuldig gefühlt.«

Sie lachte so laut in den Hörer, dass mir die feinen Härchen in den Ohren zu Berge standen. »Ach, Herzchen, tu dir das nicht an. Dafür ist das Leben zu kurz.«

## 6.

An jenem Abend hatten wir respektablen Sex in unserem Ehebett. Johann drehte mich auf die Seite, um von hinten in mich einzudringen und das Baby zu schonen, eine Stellung, die wir vor ein, zwei Monaten angenommen hatten.

Als wir beide wieder bei Atem waren, legte er eine Hand auf meinen runden Leib. »Annabelle«, sagte er, »ich habe momentan viel zu tun. Möglicherweise muss ich für ein paar Tage verreisen.«

»Wohin denn?«

»Vielleicht nach Berlin. Vielleicht woandershin.« Er machte eine Pause. »Kein Grund zur Sorge.«

»Warum sollte ich mich sorgen?«

»Wie gesagt, dazu gibt es keinen Grund. Aber wenn ich dich auffordere, Paris zu verlassen und mir zu folgen, dann wirst du das doch tun, oder?«

»Warum, Johann? Was ist denn los?«

»Du weißt, ich darf dir nichts sagen.«

Mein Herz pochte in meinem hohlen Brustkorb. Was, wenn wir wirklich nach Deutschland reisen?, dachte ich. Stefan ist in Deutschland. »Nicht mal eine Andeutung?«, fragte ich. »Vertraust du mir nicht?«

»Das ist keine Frage des Vertrauens, Annabelle. Es ist eine Frage der Ehre. Du wirst doch tun, was ich sage? Du wirst zu mir kommen, wenn ich dich dazu auffordere?«

Das Baby rührte sich unter seiner Hand. Ich legte meine Hand darüber und fragte: »Kannst du das fühlen?«

»Ja, natürlich. Seinen winzigen Fuß, genau hier. Aber du hast meine Frage noch nicht beantwortet, Annabelle, *Liebling*.«

»Ja, Johann.« Ich starrte an die Wand. »Natürlich werde ich kommen.«

Er seufzte in mein Haar. »Gut. Denn es gibt da etwas, das ich nicht ertrage, nämlich wenn meine Annabelle nicht bei mir ist. Meine Annabelle und mein ungeborenes Kind. Der Gedanke ist mir unerträglich.«

»Mach dir deswegen keine Gedanken. Ich gehöre ganz dir.«

»Ja, das weiß ich. Ich kenne dein treues Herz. Das schätze ich am allermeisten an dir.« Er küsste mich sanft. »Diesen Moment habe ich immer geliebt. Wenn meine Frau wunderschön rund ist und wir so beisammenliegen und uns ausmalen, wie unser Kind einmal sein wird.«

»Ja.« Meine Tränen sickerten stumm in das Kissen. »Mir geht es genauso.«

## 7.

Am nächsten Morgen rückten neunzehn Infanteriebataillone der Wehrmacht ins Rheinland ein und verstießen damit gegen ein Friedensabkommen aus dem vergangenen Jahrzehnt, das die dauerhafte Entmilitarisierung der Grenzzone zwischen Frankreich und Deutschland vorsah.

Das alles erfuhr ich von unserer Haushälterin, denn

Johann hatte die Wohnung bereits verlassen. In den kommenden Tagen bekam ich meinen Ehemann nicht zu sehen. Er verbrachte ganze Tage und Nächte in der Botschaft, während man auf die französische Reaktion wartete. Später erklärte er mir, wenn die Franzosen ihre Streitkräfte mobilisiert hätten, wenn sie auch nur eine Spur von militärischer Gegenwehr gezeigt hätten, wäre der Rückzug unabdingbar gewesen, eine schmerzliche Niederlage.

Doch die französische Mobilisierung blieb aus, und Johann kehrte neun Tage später nach Hause zurück, im Anschluss an eine weitere Lagebesprechung in Berlin, mit schweren Augen und triumphierendem Blick.

Als wir im Schlafzimmer waren, sank er auf die Knie und schob mein Kleid nach oben, um meinen angeschwollenen Leib zu küssen. »Jetzt wird unser Kind in einem sicheren und starken Vaterland aufwachsen«, sagte er. »Es gibt nichts mehr zu befürchten.«

## 8.

Meine Wehen setzten genau dreizehn Wochen später ein, am neunten Juni – *Das erste Kind kommt immer zu spät*, meinte Dr. Périgault kopfschüttelnd, als würden sich die Babys absichtlich so verhalten –, und in den frühen Morgenstunden des nächsten Tages brachte ich einen gesunden Sohn zur Welt, vier Kilogramm schwer, mit dichtem dunklem Haar und einer Lunge wie ein Feldwebel.

»Mit den Haaren kommt er wohl eher nach der Mutter«, sagte die Schwester, als sie den kleinen Feldwebel nachmittags zum ersten Mal seinem Vater überreichte.

»Na, Gott sei Dank«, erwiderte Johann. Er betrachtete das zerknautschte Gesicht des Babys mit derselben Verzückung, wie er mich in der Hochzeitsnacht betrachtet hatte. Sanft berührte er die winzige Wange mit seinem Zeigefinger. Die Schreie verebbten zu einem kläglichen Schluchzen und verstummten schließlich ganz.

Die Schwester lächelte. »Hat er schon einen Namen?«

»Ja«, erwiderte ich erschöpft und glücklich in meinem weißen Nest aus Krankenhauskissen. (Johanns erste Frau, Frieda, war zu Hause verblutet, ehe der Arzt hatte eingreifen können, deshalb wollte er kein Risiko eingehen.) Ich beobachtete, wie Johann die Windeln geschickt feststeckte. Das winzige Wesen wirkte unbeschreiblich sicher und zufrieden in seinen riesigen Armen, und mit einem Mal wich alle Luft aus meiner Lunge.

Ich wandte mich an die Schwester. »Er heißt Florian wie sein Großvater.«

# INTERMEZZO

»Junisonne, man kann sie nicht verwahren,
um zu lindern des Winters Frost.«

A. E. HOUSMAN

# Annabelle

## DEUTSCHLAND – 1936

### 1.

Es war drei Tage vor Weihnachten, und ich befand mich mit den Mädchen auf dem Weg nach Berlin, um Geschenke zu kaufen, während Florian mit seinem Vater und den Jungen zu Hause blieb.

Wir fuhren nicht mit Johanns schwarzem Mercedes, sondern mit dem wuchtigen Daimler, den er zusätzlich auf seinem deutschen Anwesen hielt, chauffiert von einem Fahrer in feldgrauer Uniform. Die Hinfahrt dauerte auf der frisch asphaltierten Autobahn etwa zweieinhalb Stunden, und Frieda redete fast ununterbrochen.

»Er bekommt schon wieder einen Zahn, unten rechts«, sagte sie. »Hast du den schon gesehen?«

»Den brauche ich nicht zu sehen. Ich bekomme ihn seit Tagen zu spüren.« Ich lachte, um das kummervolle Ächzen meines Herzens zu übertönen – ich hasste es, meinen Sohn auch nur eine Stunde aus den Augen zu lassen, geschweige denn einen ganzen Tag, um in Berlin einzukaufen. *Die Freifrau von Kleist ist aber eine hingebungsvolle Mutter*, hatten sie in Paris kopfschüttelnd gesagt, denn die meisten Mütter der gehobenen Gesellschaft waren nur allzu froh, ihre Säuglinge nach einer kleinen morgendlichen Liebkosung an die Kinderfrau abzugeben. Aber die Wahrheit war weitaus elementarer, eine chemische Kettenreaktion von Gefühlen, die etwa drei, vier Tage nach Florians Geburt eingesetzt hatte, in einem friedlichen Moment kurz vor Sonnenaufgang, als er selig an meiner Brust trank und zu mir aufblickte – das perfekte Ebenbild von Stefan. Mit einem Mal schien sich die Welt in ihren Grundfesten zu verschieben, als läge die Grenzenlosigkeit des Universums in jenen winzigen schwarzen Wimpern. Ein solches Gefühl findet seinen Ausdruck vielleicht in der Musik oder in mathematischen Formeln oder geometrischen Figuren, doch es lässt sich unmöglich in Worte fassen.

Johann hatte mir zwei Abende zuvor nahegelegt, Florian zu Hause zu lassen und den Tag in Berlin zu verbringen. Wir hatten den kleinen Raum neben unserem Schlafzimmer als vorläufiges Kinderzimmer eingerichtet, und ich saß in meinem Morgenmantel in einem Sessel, um ihn in einem rosafarbenen Traum von einer Decke zu stillen. Verwirrt blickte ich auf. »Nach Berlin?«, fragte ich. »Aber was ist mit Florian?«

»Er ist hier bestens aufgehoben. Die Haushälterin weiß, was zu tun ist. Außerdem hat er einen liebenden Vater und zwei große Brüder, die sich nicht einmal über ihn beschweren.«

»Aber er braucht seine Milch!«

»Dafür gibt es Fläschchen. Außerdem isst er inzwischen auch feste Nahrung.« Johann hockte sich neben meinen Stuhl und berührte sanft meine Hand. »Annabelle, *mein Schatz*, du bist eine wundervolle und fürsorgliche Mutter, aber du musst lernen, ihn gelegentlich loszulassen. Er ist jetzt sechs Monate alt. Der Arzt sagt, du solltest ihn nicht länger stillen, sonst könnte er einen Komplex entwickeln.«

»Was für ein Unfug. Du und Lady Alice und eure Komplexe. Ich kenne meinen Sohn besser als der alte Périgault. Sieh ihn dir an, er ist kerngesund.«

»Es geht nicht um seine Gesundheit, sondern um eure Bindung. Wir wollen doch nicht, dass unser strammer Bursche zu einem Muttersöhnchen heranwächst, oder?«

Doch, genau das wollen wir, dachte ich trotzig. Ich betrachtete Florians emsige Lippen, seine neugierigen dunklen Augen, und meine Arme hielten ihn schmerzlich umfangen.

Johann sprach weiter. »Ihr beide seid wie ein geschlossener Zirkel. Ihr lasst niemanden an euch heran. Aber wir brauchen dich, *mein Schatz*. Unsere Mädchen brauchen dich und die Jungs genauso. Und *ich* brauche dich am allermeisten, dein armer einsamer Ehemann.«

Er hatte seine Taktik geschickt gewählt, ganz der souveräne General, denn ihm war fraglos bewusst, dass ich seiner Argumentation nicht widerstehen konnte. Daher saß ich nun in diesem überdimensionierten Daimler und diskutierte Florians neuen Zahn, während mein Herzblut in den eleganten Sitzen versickerte.

»Tut das eigentlich weh?«, fragte Marthe pragmatisch. »Ich meine, wenn du ihn fütterst.«

»Nein, normalerweise nicht. Er ist ganz lieb.«

»Stimmt«, sagte Frieda. »Er ist das liebste Baby der Welt. Ich kann es kaum erwarten, noch ein Geschwisterchen zu bekommen.«

Ich musste lachen. Wir erreichten gerade den Leipziger Platz, wo sich die Massen bereits drängten, eine Horde von Wollmänteln und Hüten, das beständige Treiben der Menschheit. »Immer ein Baby nach dem anderen. Seht mal, wir sind fast da. Wo fangen wir an?«

»Natürlich bei Wertheim!«, rief Frieda.

Marthe verzog das Gesicht und starrte aus dem Fenster.

In Berlins größtem Kaufhaus herrschte dichtes Gedränge. Begonnen im Erdgeschoss, das von Schals, Hüten und Herrenartikeln nur so überquoll, bis hin zu den opulenten Treppenfluchten glich das Gebäude einem gigantischen Ameisenbau. Durch den überfüllten Eingangsbereich schoben wir uns in die warme, parfümierte Luft. Frieda brach vor jeder Auslage in Begeisterungsstürme aus. Obwohl sie im Herzen von Paris lebte, gingen wir so gut wie nie einkaufen. Mit Florian hatte ich alle Hände voll zu tun, und Johann hielt nichts davon, sie allein durch die Straßen und Geschäfte ziehen zu lassen. *Das ist nichts als materieller Exzess*, meinte er. *Pure Dekadenz.*

Marthe schien die Meinung ihres Vaters zu teilen. Sie schlenderte teilnahmslos hinterher, die Arme über ihrem roten Wollmantel verschränkt. Sie war ein hübsches Mädchen, fast schon eine junge Frau, die ihr goldblondes Haar (genau wie Frieda) in einem dicken Zopf um den Kopf gewickelt trug wie eine Krone. Ihre großen blauen Augen leuchteten aus dem perfekten Oval ihres Gesichts, das Johann zufolge dem ihrer Mutter zum Verwechseln ähnlich sah, bis hin zu den entzückenden Sommersprossen auf ihrer Nase. Ihre Zeugnisse waren durchweg ausgezeichnet, und Johann war außerordentlich stolz auf sie. Von den beiden Schwestern war sie die Zurückhaltendere, doch sie besaß eine wundervolle Singstimme und leistete mir häufig Gesellschaft, wenn Johann uns nach dem Abendessen ermunterte, zusammen Weihnachtslieder anzustimmen. In diesem Moment waren ihre Mundwinkel nach unten gezogen, ihr Ausdruck alles andere als feierlich.

Ich ließ mich einen Schritt zurückfallen und nahm ihren Arm. »Was ist denn los?«

Sie zog ihn unwirsch zurück. »Nichts, Mutter.«

Frieda fand einen Kaschmirschal für ihren Vater und Lederhandschuhe für ihre Brüder. Dann gingen wir hoch in die Kinderabteilung, wo sie eine hübsche blaue Wollmütze für Florian entdeckte. Das alles bezahlte sie selbst von ihrem gewissenhaft angesparten Taschengeld. Mit strahlenden Augen sah sie zu, wie die Geschenke verpackt wurden.

Marthes Arme waren immer noch trotzig verschränkt. Sie tippte ungeduldig mit der Schuhspitze auf die Fußbodendielen und starrte über unsere Köpfe hinweg auf den oberen Rand der hochpolierten Regale.

Eine Frau schob einen Kinderwagen an uns vorbei. Das Baby zwischen den weichen weißen Kissen war etwa in Florians Alter, vielleicht ein, zwei Monate jünger, anscheinend ein Junge, denn er trug einen hellblauen Pullover und eine passende Mütze. Sein neugieriger Blick begegnete meinem. Ich stützte mich am Verkaufstresen ab und dachte, Johann hat recht, es ist gut, ab und zu loszulassen. Aber ich fühlte mich alles andere als *gut*. Meine Brüste spannten, meine Brustwarzen brannten. Ich spürte, wie die Milch unaufhaltsam in meinen Büstenhalter sickerte, und war dankbar für meinen dicken Wollmantel, das leichte Tweedjackett darunter und meine praktische Baumwollbluse, die sich leicht auswaschen ließ.

Die Geschenke waren inzwischen verpackt und verschnürt, sodass Frieda sie stolz entgegennahm. Wir schoben uns durch das dichte Gedränge zurück zur Treppe. »Geht es dir gut, Mutter?«, fragte Frieda, während sie meine Hand nahm. Aber natürlich, erwiderte ich, ich bräuchte nur etwas frische Luft; es sei so warm und stickig hier drinnen bei all den Menschen.

Wir gingen die Treppe hinunter. Marthe folgte uns mit ein, zwei Schritten Abstand. Vor uns erblickte ich einen

Mann mit einem marineblauen Hut und einem marineblauen Anzug. Zwischen seinem blassen Nacken und dem Hut lugte ein Streifen von dunkel gelocktem Haar hervor.

Irgendetwas an seinem kräftigen Nacken, seinem dunklen Haar, seiner ganzen Haltung erschien mir unendlich vertraut.

Nein, das ist unmöglich, dachte ich. Vollkommen unmöglich. Deutschland war ein großes Land, und Stefan befand sich in Frankfurt; er hatte in Frankfurt gelebt, als Nick Greenwald mit ihm telefoniert hatte. Aber ich konnte den Blick nicht von jenem dunklen Haarschopf abwenden. Es kam mir vor, als könnte ich jede einzelne Strähne ausmachen. Ich reckte den Hals, um sein Profil zu erkennen, die Linie seines Kiefers, die Form seiner Nase. Das Blut pulsierte mir in den Fingern und im Hals. Der Hut verschwand vorübergehend aus meinem Blickfeld. Ich drängte mich an zwei Frauen vorbei und zog Frieda hinter mir her, um hastig die nächste Treppenflucht zu erreichen. »Mutter, warte!«, protestierte Frieda, doch ich stolperte fieberhaft weiter, während meine Augen die Menge identischer Hüte absuchten.

»Mutter!«, rief Marthe uns hinterher, und noch während mich ihre Stimme erreichte, erblickte ich den vertrauten Nacken, das vertraute Haar. Mit fliegenden Schritten und pochenden Fingern rannte ich los wie eine Frau, die ein einziges Lotterieticket besitzt und erst jetzt begreift, dass sie sich nichts sehnlicher wünscht, als zu gewinnen, obwohl ihre Chancen verschwindend gering sind. Im Grunde *kann* sie überhaupt nicht gewinnen. Und dennoch ist sie der festen Überzeugung, dass am Ende ausgerechnet *ihr* Los aus einer Million anderer gezogen wird.

Ich ließ Friedas Hand los, um den marineblauen Ellbogen des Mannes zu packen und zu rufen: *Stefan!*

Noch während er sich umdrehte, wurde mir bewusst, dass er mindestens fünf Zentimeter zu klein war. Meine Wangen erglühten, bevor ich seine (zu lange) Nase und seinen (zu schmalen) Kiefer erblickte.

»Tut mir leid, ich habe mich geirrt«, stammelte ich auf Deutsch. Die Mädchen traten an meine Seite. Frieda hatte versehentlich ihre Päckchen fallen lassen. Der Mann half ihr, sie aufzulesen, während sich die Menge um uns herum teilte wie ein Fluss, der ein lästiges Hindernis umströmt.

Marthe musterte mich skeptisch. »Wer ist Stefan?«, fragte sie.

2.

In einem kleinen Restaurant aßen wir zu Mittag: belegte Schnitten, Eintopf und Tee. Ich hatte keinen Hunger. »Es ist so warm hier drin. Warum ziehst du nicht deinen Mantel aus?«, fragte Frieda. Ich öffnete die obersten zwei Knöpfe und sagte, mir wäre nicht zu warm. Der Löffel in meiner Hand zitterte. Die Teetasse stellte ich behutsam ab, damit sie nicht klapperte.

Wir wechselten nur wenige Worte. Ich bezahlte und folgte den Mädchen hinaus auf die Straße. Als ich die Tür hinter mir schloss, bemerkte ich ein Schild, das mir beim Hineingehen nicht aufgefallen war:

JUDEN NICHT WILLKOMMEN.

3.

Nachdem wir noch ein paar weitere Geschäfte aufgesucht hatten, kehrten wir zurück zu unserem Chauffeur, der uns wie abgesprochen um fünfzehn Uhr an der Ecke Wilhelmstraße erwartete. Es wurde bereits dämmrig. Marthe war immer noch außergewöhnlich still, als wir durch die Straßen Berlins fuhren. Ihre Arme blieben hartnäckig verschränkt, ihr Blick auf die vorbeigleitenden Gebäude gerichtet, während Frieda die Waren in den verschiedenen Kaufhäusern kommentierte.

»Und so eine süße Mütze für Florian«, sagte sie in meine Richtung. »Wird er darin nicht goldig aussehen?«

Ich wollte gerade erwidern, ja sicher, wir würden am Weihnachtsmorgen ein Foto von ihm machen.

Doch Marthes Kopf wirbelte plötzlich herum. »Die sind doch undeutsch«, sagte sie.

»Wie bitte?«

»Diese Warenhäuser, die sind undeutsch. Wir hätten da nicht hingehen sollen, zu Wertheim.«

»Undeutsch?«, fragte ich überrascht. »Was könnte *deutscher* sein als Wertheim?«

»Die Inhaber dieser Kaufhäuser sind Juden. Gute deutsche Geschäfte haben unter ihnen zu leiden.« Ihre Lippen verflachten zu einer streitlustigen Linie.

»Das ist doch Unfug. Wer hat dir das erzählt?«

»Das ist kein Unfug. Wir haben das in der Schule gelernt. Die Warenhäuser sind wie Blutegel, die den Großstädten die Kraft aussaugen. Sie verkaufen billige Waren und machen die Juden immer reicher und reicher. Wertheim ist schlimmer als alle anderen.«

Frieda schwieg, ihre Lippen vor Verblüffung leicht geöffnet. Ich betrachtete Marthes Profil, ernst und blond. Hinter der Scheibe in ihrem Rücken sah ich Schneeflocken vorbeischießen wie ferne Meteore.

Leise erwiderte ich: »Hast du mal mit deinem Vater darüber gesprochen?«

»Er sieht das genauso.«

»Ich wage stark zu bezweifeln, dass der Mann, den ich geheiratet habe, derart engstirnig sein soll«, sagte ich. »Und ich bin zutiefst enttäuscht, dass meine Tochter eine so bornierte Meinung vertritt.«

Marthe blickte aus dem Fenster und murmelte etwas auf Deutsch. Ich konnte die Worte nicht verstehen – die Sprache war mir immer noch neu –, aber Frieda schnappte hörbar nach Luft und sah mich an. Ich nahm ihre Hand und schüttelte den Kopf.

Frieda beugte sich zu ihrer Schwester und flüsterte ihr etwas ins Ohr. Marthe starrte auf die vorbeischießenden Schneeflocken und erwiderte gar nichts.

Ich ließ meinen Kopf gegen die Rückbank sinken. Tief in meinem Innern, in der Leere meines Brustkorbs, spürte ich immer noch die Splitter des Schocks, als ich vergeblich die Treppe hinuntergerannt war. Wenn ich die Augen schloss, sah ich immer noch das dunkle Haar vor dem weißen Nacken, und für einen Moment war es wirklich Stefan gewesen, auch wenn er es nicht war. Es kam mir vor, als könnte ich ihn immer noch spüren, seine beruhigende Hand, die über meine zersplitterte Haut glitt. Ich dachte: *Was soll ich darauf sagen, Stefan? Was soll ich ihr entgegnen? Was soll ich tun?*

Und er sagte: *Du weißt, was zu tun ist, Annabelle.*

Friedas Körper ruhte warm und geschmeidig an meiner Seite, jung und unvoreingenommen. Ich zog sie enger zu mir heran und legte einen Arm um ihre Schultern. »Es war ein wundervoller Tag mit euch beiden, aber ich kann es kaum erwarten, in unser gemütliches Haus und zu den Jungs zurückzukehren.«

## 4.

Noch bevor wir das Haus betraten, hörte ich Florian schreien. »Er hat sich geweigert, das Fläschchen zu nehmen«, sagte Johann entnervt, während er mir das Baby praktisch in die Arme warf. »Gott sei Dank«, murmelte ich, denn ich hatte das Gefühl zu platzen. Ich ließ mich in den Sessel sinken und riss meine Bluse auf. Er trank eine halbe Stunde lang gierig an meiner Brust, bevor er erschöpft einschlief, eine zufriedene Milchspur im Mundwinkel. Ich küsste sein dunkles Haupt und versprach ihm, nie wieder so lange wegzubleiben.

»Vielleicht sollten wir ihn langsam entwöhnen«, meinte Johann. Er stand am Fenster und betrachtete die weißen Schneeflocken, die sich im Dunkel der Nacht verloren.

Behutsam hob ich Florian an meine Schulter. »Noch nicht.«

»Aber bald«, sagte Johann unglaublich sanft, sodass ich überrascht aufblickte. Sein Gesicht war auf der einen Seite tiefdunkel und auf der anderen golden vom Licht. Sein blassblaues Auge betrachtete uns. Er ließ den Vorhang zurücksinken und sagte: »Ich wünsche mir noch weitere Kinder.«

»Natürlich bekommen wir weitere Kinder. Aber er ist noch ein Säugling, und wir haben Zeit.«

»Ich werde nächsten Monat vierzig.«

»Und ich bin gerade mal einundzwanzig«, sagte ich lächelnd. »Außerdem hast du genug Kinder, um dich auf Trab zu halten. Wie viele Sprösslinge braucht ein Mann?«

»Du fehlst mir.«

»Johann, ich bin doch hier. Ich schlafe jeden Abend neben dir ein.«

»Wir haben seit seiner Geburt nicht mehr miteinander geschlafen.«

»Mir war nicht bewusst, dass du das willst.« Florian machte ein Bäuerchen an meiner Schulter. Ich nahm ein Tuch und tupfte mir die Bluse ab, dann bettete ich ihn in meine Arme. Seine Augen waren geschlossen, und der Anblick seiner rosigen Wangen ließ die Splitter in meiner Brust zurückkehren.

»Natürlich will ich mit dir schlafen, Annabelle. Ich bin auch nur ein Mann. Aber *du* musst entscheiden, wann du für ein weiteres Kind bereit bist.«

Ich blickte überrascht auf. »Aber wir müssen doch nicht gleich ein Kind zeugen. Es gibt viele Möglichkeiten, eine Empfängnis zu verhindern.«

Er runzelte die Stirn. »Woher weißt du so was?«

»Lady Alice.«

Er schlug mit der Faust gegen das Fenster, sodass die Scheibe trotz des Vorhangs im Rahmen klapperte. Dann stieß er sich ab und durchquerte den Raum. »Bei seiner eigenen Frau benutzt man kein Präservativ, Annabelle. Das ist etwas für Huren und Mätressen.«

»Unsinn«, erwiderte ich scharf.

Er murmelte etwas in den Teppich.

»Ich bin noch nicht bereit für ein weiteres Kind, Johann. Ich will damit warten, bis Florian mindestens ein Jahr ist.«

»Ein Jahr!«

»Johann, bitte. Ist das so abwegig? Wir können uns trotzdem lieben, wenn du das willst.«

»Wenn *ich* das will? Willst du es etwa nicht?«

Ich blickte in Florians schlafendes Gesicht. »Natürlich will ich das. Wir müssen nur Vorkehrungen treffen.«

Er kam mit zwei großen Schritten auf uns zu und hockte sich neben den Sessel. »Annabelle, ich brauche dich. Meine Hände, sieh sie dir an. Sie sehnen sich danach, dich zu berühren, so wie vorher. Sehnst du dich nicht nach meiner Berührung?«

Hilflos sah ich ihn an. »Doch, natürlich.«

»Nein, tust du nicht. Natürlich nicht.« Er schloss die Augen. »Aber du bist so gut und loyal. Darauf könnte ich niemals verzichten, Annabelle. Auf deine Loyalität. Ich glaube, du begreifst nicht, wie sehr ich dich brauche.«

»Dann berühre mich, Johann. Küss mich.«

»Das geht nicht. Wenn ich damit anfange, kann ich nicht aufhören.«

»Ich lege Florian ins Bett.«

Er stand auf und blickte auf uns herab. »Nein, ich will euch nicht unterbrechen.«

Er ging zur Tür, doch ich rief ihn zurück. »Johann, ich muss etwas mit dir besprechen.«

Er blieb stehen, die Hand an der Klinke. »Ich auch mit dir«, sagte er über seine Schulter hinweg. »Aber lass uns erst zu Abend essen. Alles andere kann warten.«

## 5.

Auf Johanns stattlichem Anwesen in Westfalen, das sich seit dem siebzehnten Jahrhundert im Familienbesitz befand, aßen wir jeden Abend zusammen in dem holzvertäfelten Speisezimmer an einem opulenten Walnusstisch – in gepflegter Abendgarderobe und von zwei Angestellten bedient. Der Wein war selbstverständlich stets deutsch. Nachdem wir den Hauptgang beendet hatten und der Tisch für das Dessert eingedeckt wurde, tupfte sich Johann den Mund an der Serviette ab und stand auf.

Ich saß am gegenüberliegenden Ende des Tisches, die Mädchen zu meiner Rechten, die Jungen zu meiner Linken. Ich nahm einen letzten Schluck von meinem Wein und stellte das Glas beiseite. Alle wandten sich zu Johann, der wie ein Koloss im Raum stand, sodass selbst der Tisch winzig erschien. Er ließ seinen Blick über unsere Köpfe hinwegschweifen, und ich hatte den Eindruck, dass er zögert.

»Johann, was ist los?«, fragte ich.

»Ich habe euch etwas mitzuteilen.« Er stützte die Fingerspitzen auf die Tischplatte. »Man hat mich gebeten, die Regierung bei einer wichtigen Kampagne zu unterstützen, daher werden wir bis auf Weiteres nach Berlin ziehen.«

»Nach Berlin?«, fragte ich fassungslos.

»Ja. Wir werden in der Hauptstadt leben, näher bei den Kindern und ihren Schulen. Und Florian wird in seinem Heimatland aufwachsen, um ein besseres Verständnis für seine Muttersprache und die Bräuche seines Landes zu entwickeln.«

»Ich verstehe das nicht«, sagte ich.

Frederick erwiderte etwas auf Deutsch, das überaus begeistert klang, doch Johann unterbrach ihn.

»Sprich bitte Englisch, Frederick, damit deine Mutter dich auch versteht.«

»Tut mir leid«, sagte Frederick mit einem Seitenblick seiner blassblauen Augen. »Das sind doch tolle Neuigkeiten«, sagte er auf Englisch. »Dann sind wir endlich wieder eine richtige Familie.«

»Das hoffe ich sehr.« Johann lächelte gutmütig in die Runde, als hätte er mich nicht gerade in den perfekten Hinterhalt gelockt und gnadenlos zugeschlagen. »Meinst du nicht auch, mein Schatz?«

Meine Wangen glühten. Johanns Züge verschwammen vor meinen Augen. Ich legte die Serviette auf den Tisch und stand auf.

»Entschuldigt mich«, sagte ich. »Ich will nur kurz nach dem Baby sehen.«

## 6.

Das Familienanwesen der von Kleists hatte mich auf der Stelle in seinen Bann gezogen, als wir das erste Mal in Johanns schwarzem Mercedes Roadster über die geschotterte Einfahrt fuhren. Das Verdeck des Wagens war geschlossen, denn wir hatten Dezember, deshalb konnte ich das Haus erst erkennen, als wir um die letzte Kurve bogen. Mit einem Mal lag es vor mir, gelb gestrichen, perfekt proportioniert, ernster als das Barock, überschwänglicher als der Klassizismus. In der Mitte des Gebäudes erhob sich eine zierliche grüne Kuppel mit eleganten Stuckverzierungen. Die Sträucher ringsum waren mit Sackleinen vor dem bitteren Frost geschützt.

»Oh, wie bezaubernd!« Ich beugte mich vor, um durch die Windschutzscheibe zu spähen. »Warum hast du mir nie erzählt, dass es hier so schön ist?«

»Hättest du mich dann eher geheiratet?«

Ich drehte mich um und gab ihm einen Kuss auf die Wange. »Ich hätte dich kaum eher heiraten können.«

Er bot mir eine ausgiebige Führung, die den gesamten Nachmittag und den frühen Abend in Anspruch nahm, begleitet von den Worten: *Du bist jetzt die Hausherrin, das alles gehört dir.* Inmitten all der Räume und Möbel und Kunstwerke, umhüllt von einem penetranten Geruch nach Bienenwachs und altem Putz, fühlte ich mich seltsam orientierungslos, daher klammerte ich mich an Johanns Arm, während ich mich insgeheim fragte, wie ich jemals ein solches Anwesen führen sollte.

Am nächsten Morgen, als die Kinder draußen waren, um im frisch gefallenen Schnee zu toben, und Johann sich in sein Arbeitszimmer zurückgezogen hatte, um einen Berg von vernachlässigtem Papierkram abzuarbeiten, machte ich mich daran, das Haus auf eigene Faust zu erkunden. Der Ostflügel gefiel mir am besten. Jenseits der Bibliothek befanden sich zwei kleinere Zimmer, verbunden durch eine breite Doppelflügeltür, die ich nach Bedarf öffnen oder schließen konnte, um in aller Ruhe zu lesen oder Cello zu spielen. Die Einrichtung war deutlich schlichter, als hätten die ausrangierten Möbel des Anwesens hier ihr Gnadenbrot erhalten. Johann erzählte mir, dass seine erste Frau, Frieda, viel Zeit in diesen Räumen verbracht hatte, und ich fragte mich, ob wir einander ähnlich waren, ob wir einander gemocht hätten.

Im Anschluss an Johanns Bekanntmachung kehrte ich nicht ins Speisezimmer zurück, auch nicht ins Musikzimmer, wo wir für gewöhnlich die Abende verbrachten. Johann entdeckte mich gegen zehn Uhr im kleineren der beiden Räume. Ich spielte Schubert, während der Schnee fast horizontal vor dem Fenster vorbeischoss und der Wind im Kamin heulte.

»Ich fühlte mich einfach nur überrumpelt, mehr nicht«, sagte ich, ohne von den Noten aufzublicken. »Du hättest es mir sagen sollen.«

»Dazu hatte ich keine Gelegenheit.«

»Natürlich hattest du die Gelegenheit. Aber du wolltest es mir lieber vor den Kindern sagen, damit ich dir nicht widersprechen kann.« Ich ließ das Cello zwischen meinen Knien ruhen und blickte auf.

»Warum solltest du mir widersprechen?« Er wirkte aufrichtig bestürzt. »Diese Stelle ist für mich eine große Ehre. Ein gewaltiger Karrieresprung.«

»Aber Paris ist mein Zuhause.«

»Annabelle, wir sind eine Familie. Du bist jetzt Deutsche.«

Ich stand abrupt auf. »Ich bin keine Deutsche! Ich werde es auch nie sein. Weißt du, was deine Tochter heute gesagt hat, als wir aus Berlin weggefahren sind? Wir sollten nicht bei Wertheim einkaufen, weil das Kaufhaus einer jüdischen Familie gehört. Sie meint, die großen Warenhäuser seien wie Blutegel, die Deutschland die Kraft aussaugen.«

Er blinzelte mich an. »Wie bitte?«

»Das haben sie ihr in der Schule beigebracht. Überall in Berlin gibt es Läden und Restaurants, wo Juden nicht länger willkommen sind. Meine Deutschkenntnisse sind zwar begrenzt, aber das habe selbst *ich* verstanden. Diese Engstirnigkeit ist einfach nur abstoßend. In einer solchen Stadt will ich nicht leben. Ich lasse nicht zu, dass sie meinen Sohn mit ihrer Propaganda vergiften.« Ich beugte mich vor und legte das Cello in den Kasten, dann fuhr ich mit einem Lappen über die Saiten, um das Kolophonium abzuwischen.

Johann stand schweigend in der Mitte des Raumes. Seine Hände lagen locker geballt an seinen Schenkeln und zuckten ein wenig. »Er ist *unser* Sohn«, sagte er leise.

»Bitte«, sagte ich. »Bitte verurteile diese Haltung.«

»Annabelle.«

»Verurteile diese menschenverachtende Haltung, Johann. Du kannst Deutschland trotzdem lieben. Wenn du Deutschland wirklich liebst, musst du so etwas verurteilen.«

»Natürlich ist das geschmacklos.«

»Geschmacklos? Mehr nicht?«

»Was willst du von mir hören, Annabelle? Du weißt, dass ich diese Haltung nicht teile.«

»Aber du tust nichts dagegen, oder? Du unterstützt jene Unmenschen, die den niedrigsten Instinkten Vorschub leisten, nur um selbst davon zu profitieren. Du lässt zu, dass deine Kinder vergiftet werden, anstatt für das Gute und Wahre einzutreten.«

»Sei nicht ungerecht, Annabelle. Diese Situation … ist nur eine Krankheit, eine geistige Missstimmung. Das geht vorüber. Das lässt nach, sobald sich die Zeiten bessern. Das war schon immer so.«

»Aber in der Zwischenzeit müssen Menschen darunter leiden. Das ist nicht *richtig*, Johann. Das will ich nicht. Ich weigere mich, an so einem Ort zu leben.«

»Du tust so, als wäre Deutschland der einzige Ort, wo so etwas geschieht, wo Juden nicht willkommen sind. Denk nur an Frankreich, die Dreyfus-Affäre. Oder die russischen Pogrome. Selbst in London und New York werden Juden aus den Clubs und Salons ausgeschlossen. Die Zeiten sind eben so.« Johanns Gesicht war bis zum Haaransatz rot angelaufen.

Ich hob mein Kinn, um seinem Zorn zu trotzen. »Tu nicht, als wäre alles in bester Ordnung, Johann. Du weißt, was hier gespielt wird.«

»Das tue ich nicht. Ich gebe offen zu, dass es falsch ist. Aber du machst eine Fliege zum Elefanten. Es gibt ein natürliches Bedürfnis nach Rassentrennung, das dem Menschen seit Urzeiten innewohnt. So etwas lässt sich nur schwer kontrollieren. Und das gibt es in allen Ländern. Das heißt nicht, dass ich es gutheiße. Ich habe nichts gegen Juden. Aber ich kann gut nachvollziehen, wo diese Ängste herkommen. Und warum man sie nicht unterdrücken kann. Das Ganze muss seinen natürlichen Gang gehen.«

»Natürlichen Gang? Bist du verrückt geworden?« Ich stach mit dem Finger in die Luft. »Du bist ein einflussreicher Mann. Ein General, ein Baron. Du könntest etwas unternehmen! Aber das tust du nicht. Du hast viel zu viel

Angst vor diesem lächerlichen Führer. Du hast Angst, als *undeutsch* verschrien zu werden. Oder als *Judenfreund*… du…«

»Du hast *keine* Ahnung, Annabelle. Nicht die *geringste* Ahnung. Sprich nicht von Dingen, die du nicht verstehst.«

»Ach, verstehe. Wie dumm von mir. Meine Aufgabe besteht darin, die Beine breit zu machen und deine Kinder großzuziehen, ohne mir eine eigene Meinung zu leisten, geschweige denn, sie laut auszusprechen. Ich weiß nicht, warum ich das alte Ding überhaupt noch spiele.« Ich trat gegen den Cellokasten. »Es ist ja nicht so, als würdest du mich damit aus dem Haus lassen. Gott bewahre!«

Johanns Gesicht war erhitzt, seine Schultern erstarrt. Er wandte sich ab und klammerte seine Hände so hart um den Kaminsims, dass ich dachte, er würde splittern. Neben seiner Brust tickte die Kaminuhr unbeirrt weiter. »Vergib mir«, sagte er schließlich. »Ich wollte dich nicht unglücklich machen.«

»Ich bin nicht unglücklich. Aber ich will nicht nach Berlin.«

»Es ist nur vorübergehend. Sechs Monate, vielleicht ein Jahr.«

»Ich kann das nicht.«

Er griff zum Schüreisen und schob einen verkohlten Scheit in die Mitte des Feuers. »Offenbar siehst du dich als Verfechterin dieser Sache.«

»Ich sehe mich als Verfechterin der Menschlichkeit. Und was ich in Berlin erlebt habe, was deine Tochter zu mir gesagt hat, ist einfach unmenschlich.«

Geistesabwesend stocherte er in dem heruntergebrannten Feuer. Er trug immer noch sein Abendjackett, schwarz und harsch vor der hellblauen Wand und dem cremefarbenen Marmorkamin. Manchmal vergaß ich, wie groß er tatsächlich war, sodass mich seine Gestalt jäh überwältigte – wie in diesem Moment, als ich ihn ansah und feststellte, dass er die halbe Wand für sich vereinnahmte. Ich fragte mich, wie wir gegenüber Außenstehenden wirken mochten: meine zierliche Gestalt neben seiner rohen Statur. Selbst wenn ich hohe Absätze trug, reichte mein Scheitel gerade mal bis zu seinem Kragen. Sicherlich sah ich neben ihm aus wie ein Kind.

»Sträubst du dich wirklich gegen Berlin?«

»Wogegen denn sonst?«

Er hängte das Schüreisen auf den Ständer und sah mich mit trister Miene an. Alles Blut war aus seinem Gesicht gewichen, als hätte er seinen Kreislauf bewusst unter Kontrolle gebracht. Ein Windstoß schoss in den Kamin und ließ ein scharfes Pfeifen ertönen. Der Laut bereitete mir eine Gänsehaut.

»Ich weiß nicht, Annabelle«, sagte er. »Vielleicht willst du es mir erzählen.«

»Da gibt es nichts zu erzählen. Ich weiß nicht, worauf du hinauswillst.«

»Marthe hat gesagt, du hättest im Kaufhaus einen Mann namens Stefan getroffen.«

Ich verschränkte die Arme. »Ich habe da jemanden auf der Treppe gesehen, im Gedränge. Ich dachte, ihn zu erkennen, aber er war es nicht. Eine dumme Verwechslung.«

»Hast du dir gewünscht, er wäre es? Stefan?«

»Natürlich nicht! Er kam mir einfach nur bekannt vor. Bist du deshalb so bedrückt?«

Johann löste sich vom Kamin und nahm meine linke Hand in seine. »Ich will dich glücklich machen, Annabelle. Ich will dir ein echter Ehemann sein.«

»Du *bist* doch mein Ehemann, Johann. Ich verstehe dich nicht.«

»Ich meine, *der* Ehemann, den du dir wünschst. Der Ehemann deines Herzens.«

Seine Stimme klang so schmerzlich, als läge sein Herz zerschmettert am Boden. Ich trat einen Schritt vor und berührte seine Wange. »Das bist du, Johann. Natürlich bist du das. Du bist ein wundervoller Ehemann. Und ein wundervoller Vater für Florian.«

»Aber du willst nicht mit mir kommen.«

»Ich kann nicht gegen mein Gewissen handeln. Wenn du mich liebst, wirst du das nicht von mir verlangen.«

Er seufzte und ließ meine Hand los. »Geht es wirklich um dein Gewissen? Oder ist das nur eine Ausrede?«

»Johann, bitte. Du drehst mir die Worte im Mund herum. Du tust so, als …«

»Ich muss ins Bett, *mein Schatz*. Die nächsten Wochen werden sehr anstrengend.« Er wandte sich ab und ging zur Tür. »Ich hoffe, du änderst deine Meinung.«

»Johann, bitte bleib.«

Doch er ließ sich nicht aufhalten. Sein Körper verschlang die Türöffnung wie ein tiefschwarzer Schatten.

# DRITTER SATZ

»Auf eine Ehe ohne Liebe folgt meist
eine Liebe ohne Ehe.«

BENJAMIN FRANKLIN

# Annabelle

## PARIS – 1937

### 1.

Als ich sieben Monate später an jenem heißen Julimorgen erwachte, hatte ich nicht die geringste Absicht, meinen Ehemann zu betrügen.

Ich erwartete vielmehr einen ganz normalen Tag, die ganz normale Routine um Florians Bedürfnisse und die tägliche Haushaltsführung; einen Spaziergang im Park, wenn es nicht zu schwül wäre, ein paar Besorgungen in den umliegenden Geschäften, während Florian seinen Mittagsschlaf hielt, abends lesen und musizieren. Fast jeden Morgen erhielt ich einen Brief von Johann, den ich nachmittags beantwortete. Manchmal schaute Lady Alice vorbei, um die neuesten Gerüchte auszutauschen. In ein paar Wochen würden wir unsere Koffer packen, um einen ganzen Monat in Westfalen zu verbringen, bis die Kinder zurück zur Schule müssten und Frederick zur Universität ginge. Einen ganzen Monat, um meine angeschlagene Ehe zu kitten.

Man sieht, ich hatte die Hoffnung noch nicht aufgegeben.

Am Ende der Weihnachtsferien war ich nach Paris zurückgekehrt, während Johann nach Berlin gezogen war.

Wir erklärten unseren Familien, der Posten sei befristet und wir wollten unseren gewohnten Alltag und die begehrte Pariser Wohnung nicht aufgeben. Johann hatte mich begleitet, um mir mit dem Gepäck zu helfen, doch er war abends um zehn mit dem Zug nach Berlin zurückgefahren, ohne eine einzige Nacht bei mir zu verbringen. Treulich schrieb er mir jeden Tag einen Brief, in dem er von seinem Tagesablauf und dem Wetter berichtete. Er endete jeweils mit einem akkuraten *Für immer dein Johann.* Ebenso treulich beantwortete ich jeden seiner Briefe noch am selben Tag.

Im April war er für ein paar Tage geschäftlich in Paris gewesen. Ich hatte ihn morgens mit dem Mercedes am Gare du Nord abgeholt, und wir waren gemeinsam zu unserer Wohnung gefahren, wo er Florian auf den Arm nahm und ihn überschwänglich lobte, wie groß er geworden sei, ein prächtiger Junge. Seine versteinerten Züge schmolzen nur so dahin vor Liebe. Den Rest des Morgens verbrachten die beiden auf dem Fußboden des Kinderzimmers, um jedes erdenkliche Spielzeug auszuprobieren, während die Fenster im Glanz der zarten Aprilsonne strahlten.

Ich hatte mich bemüht, meinen Mann liebevoll zu empfangen. Ich hatte ihn geküsst und seinen Arm genommen; ich hatte ein gemeinsames Abendessen und einen Besuch im Theater geplant, um ihm zu zeigen, wie wunderbar das Leben sein konnte, hier in Paris, glücklich und sicher, mit seinem Sohn und seiner jungen französischen Frau. Insgeheim hoffte ich, wenn wir wieder miteinander schliefen wie vor Florians Geburt, würden wir vielleicht erneut zueinanderfinden. Ich würde mich endlich wieder wie seine Ehefrau fühlen. Ich würde mich auf die Freuden und Pflichten der Ehe konzentrieren und mir nie wieder einbilden, Stefans Gesicht in einem Kaufhaus, in einem Zug oder auf einer Parkbank zu erblicken. Lady Alice hatte mir geholfen, ein elegantes Kleid für den Abend auszuwählen, und als wir nach Hause kamen, bat ich Johann, mir den Reißverschluss zu öffnen.

Im ersten Moment sah er mich mitleidig an, als wollte er sagen: *Dieser uralte Trick, Annabelle?* Dann trat er hinter mich, um meiner Bitte nachzukommen. Er entschuldigte sich und ging ins Bad, um sich die Zähne zu putzen.

Aus dem Nichts heraus dachte ich: *Gott sei Dank.*

Natürlich unterdrückte ich diesen Gedanken auf der Stelle. Aber ich konnte ihn nicht zurücknehmen. Gott hatte mich gehört und wusste, ich war für einen winzigen Moment froh gewesen, dass mein Mann mich nicht wollte.

Ein paar Tage später, auf dem Weg zum Gare du Nord, sagte ich zu ihm: »Es ist nicht nötig, dich so abweisend zu verhalten. Du könntest wenigstens versuchen, mich zu verstehen.« Johann konzentrierte sich auf den hektischen Pariser Verkehr und schwieg hartnäckig. Florian saß auf meinem Schoß und spielte mit den Knöpfen meiner Bluse. Wir parkten gegenüber dem Bahnhof, und Johann nahm seinen Koffer aus dem Wagen. Ich rutschte auf den Fahrersitz, legte die Hände ans Lenkrad und blickte erwartungsvoll zu ihm auf.

Johann sah mit seinen eisblauen Augen auf mich herab. »Frieda vermisst dich. Wenn sie freitags von der Schule kommt, hofft sie jedes Mal, dich anzutreffen.«

»Ich vermisse sie genauso«, erwiderte ich.

Für einen Augenblick wurde seine Miene sanfter. Er berührte mein Haar und sagte, im Sommer hätten wir die Gelegenheit, wieder eine echte Familie zu sein. Er küsste Florians Wange und griff nach seinem Koffer, um die Straße zu überqueren. Florian reckte seine Ärmchen und begann zu weinen.

Als ich in das große leere Apartment zurückkehrte, brachte ich Florian in sein Bettchen und ging ins Schlafzimmer, um mich auf das breite Ehebett zu legen. Ich starrte hinauf in den Himmel, der längst nicht so opulent war wie der im Schloss Kleist – statt aus dämmrig blauem Samt bestand er aus hellgelber Seide, die mich an den Sommer erinnerte. Unwillkürlich fragte ich mich, was wohl geschehen würde, wenn ich im August nicht nach Westfalen zurückkehrte.

Wenn ich Florian in den Mercedes packte und mit ihm zu der kleinen sonnendurchfluteten Villa in der Nähe von Monte Carlo führe.

2.

»Es ist ein Jammer«, erklärte Lady Alice mir an jenem heißen Julimorgen höchst sachlich. »Aber immerhin hat er seinen Zweck erfüllt.«

»Und der wäre?«

»Er hat dich vor Scham und Schande bewahrt. Das wolltest du doch, oder?«

»Nein, ich wollte einen Vater für mein Kind. Ich wollte einen Partner, mit dem ich mein Leben verbringen kann.«

»Dann ist es umso bedauerlicher, dass du vergessen hast, wie deutsch er nun mal ist.«

»Es ist mir egal, ob er deutsch ist oder nicht«, entgegnete ich. »Aber ich kann da nicht leben. Nicht im Moment.«

Sie verdrehte die Augen und griff nach der Teekanne. Alice lebte immer noch bei meinem Vater, was fast an ein Wunder grenzte. Noch wundersamer erschien mir die Tatsache, dass die beiden offenbar glücklich waren. Papa strahlte nur so, wenn sie den Raum betrat. Alice ging kaum noch abends aus, zumindest nicht allein, und sie trug ausschließlich Kleider, die höchstens einen zarten Rand ihres Busens entblößten. »Ich weiß nicht«, erwiderte sie. »Eigentlich haben die Nazis doch die Zügel ganz gut in der Hand, findest du nicht? Du hättest Berlin mal vor fünf Jahren sehen sollen. Furchtbar heruntergekommen. Natürlich hat das auch seinen Reiz, aber man muss eben vernünftig sein und auch mal an die Wirtschaft denken.«

»Du hast in deinem ganzen Leben noch nie an die Wirtschaft gedacht. Und seit wann bist *du* vernünftig, Alice?«

Sie stellte die Kanne und das Teesieb beiseite und vergrub ihren Löffel im Zucker. »Seit ich ein Kind erwarte.«

»Was?«

»Ist das nicht wundervoll? Zugegeben, es war ein Unfall, aber dein Vater ist völlig aus dem Häuschen. Man könnte meinen, er hätte ein ganzes Nonnenkloster geschwängert.«

»Mein Gott!«

»Ich glaube, das ist die Stelle, an der du mir gratulieren solltest, Herzchen.«

Ich stand auf und küsste ihre Wange, dann sagte ich, sie könne Florians Sachen durchsehen und behalten, was ihr gefiele. *Aber was ist mit deinen künftigen Babys?*, fragte sie, und ich erwiderte, daran sei momentan nicht zu denken, aber sie meinte: *Unsinn, ihr habt doch den ganzen August – wie könnte Johann dir so lange widerstehen?* Wenn ich das überhaupt noch wolle, eine konventionelle Ehe und einen respektablen Babybauch von meinem Gatten.

Im selben Moment kam Florian auf mich zugetaumelt, er hatte gerade laufen gelernt. Hoffnungsvoll griff er nach meinem Knie, den Blick zu mir hochgewandt, sodass ich ihn auf den Schoß nahm und mein Gesicht in seinem duftenden Haar vergrub.

3.

Als Lady Alice gegangen war, nahm ich meinen Hut und meine Handschuhe von der Garderobe und holte Florians Kinderwagen aus der Ecke im Flur. »Ich gehe mit dem Baby eine Runde spazieren«, erklärte ich der Haushälterin. Doch noch während ich die Räder des Wagens in Position brachte und mir Florian schnappte, trat ohne jede Vorwarnung mein Bruder durch die Tür, eine Jazzmelodie auf den Lippen.

Fast hätte ich meinen Sohn fallen lassen.

»Charles!«, rief ich.

»Hallo, Schwesterherz.« Er küsste meine Wange, als hätten wir uns vor einer Woche das letzte Mal gesehen. »Ist das der kleine Racker? Mein Gott, er sieht genauso aus wie du.«

Jeder war der Ansicht, Florian käme nach mir, weil er wie ich dunkle Haare und dunkle Augen hatte. Aber das war nur eine oberflächliche Tatsache, die jedem auffiel – in Wirklichkeit hatte er Stefans Haare, Stefans Augen und Stefans markanten Kiefer.

Die Menschen sahen eben das, was sie sehen wollten.

Florian erblickte Charles und fing an zu weinen.

»Na, na, mein Sonnenschein«, sagte ich. »Das ist dein Onkel Charlie.«

»Meine Güte«, erwiderte Onkel Charlie. »Das bin ich wirklich.«

4.

Wir machten uns auf den Weg zu den Tuilerien, Florians aktuellem Lieblingsort. »Das heißt aber nicht, dass du mir verzeihst, oder?«, fragte ich.

»Dir verzeihen – warum? Weil du diesen Nazi geheiratet hast?«

»Er ist kein Nazi.«

»Wer's glaubt, wird selig. Meine Güte, ist das eine Hitze. Willst du ein Eis?«

»Er ist kein Nazi. Natürlich ist er der Partei beigetreten – das musste er –, aber das heißt nicht, dass er deren Ansichten teilt. Hier, übernimm du mal.« Ich überließ Charles den Kinderwagen.

»Was muss ich denn tun?«

»Schieben, Charles. Ist gar nicht so schwer.«

Charles warf seine Zigarette auf den Gehweg und übernahm den Kinderwagen. »Nettes Fahrzeug«, sagte er. »Gut gefedert. Scheint ihm zu gefallen!«

»Ich wünschte, du würdest mir endlich verraten, warum du hier bist. Ich habe das Gefühl, du hältst eine furchtbare Hiobsbotschaft für mich bereit. Du hast bestimmt Krebs oder eine Leberzirrhose.«

»Nein, das nicht. Es geht um Nick.«

»Nick? Nick Greenwald? Hat *er* etwa Krebs?«

»Jetzt beruhige dich. Er ist nicht krank. Nick geht zurück nach New York. Sein Vater hat vor einem Monat das Zeitliche gesegnet. Nun soll er den Hauptsitz der Firma übernehmen.«

»Verstehe.«

Wir unterbrachen unsere Unterhaltung, um die Place de la Concorde zu überqueren – ein tückisches Unterfangen, das unsere volle Aufmerksamkeit verlangte –, und redeten erst weiter, als wir die hohe steinerne Mauer der Tuileriengärten erreichten und vom warmen Duft der Bäume empfangen wurden. Über den Verkehrslärm hinweg hörten wir das fröhliche Klimpern des Karussells. Florian wusste bereits, wo wir hinwollten, und versuchte, aus dem Kinderwagen zu klettern.

»Jedenfalls«, sagte Charles, der mit seinem fadenscheinigen Anzug und seinem Strohhut völlig deplatziert wirkte, »findet heute Abend eine Party statt, so was wie eine Abschiedsfeier, und Nick hat mich gebeten, dich mitzubringen.«

»Mich mitzubringen? Wieso denn?«

»Keine Ahnung«, erwiderte Charles unschuldig. »Vielleicht wollte er uns ermutigen, endlich Frieden zu schließen und uns neu kennenzulernen.«

Mein Bruder blickte stur geradeaus, stämmig und attraktiv, während er den Kinderwagen zum Eingangstor der Rue de Rivoli schob. Seine Wangen waren von der Sonne leicht gerötet. Oder vielleicht lag es an etwas anderem.

Ich legte eine Hand auf seinen Arm und zwang ihn, stehen zu bleiben, doch er richtete seinen Blick auf den Bürgersteig unterhalb des verchromten Handgriffs. Entschlossen drehte ich ihn zu mir herum, um meinen Kopf an seine Brust zu legen.

»Ich habe dich vermisst«, flüsterte ich.

Er nahm mich in den Arm.

»Ich dich auch, Zwerg«, raunte er in mein Haar.

## 5.

Und so kam es, dass ich an einem schwülen Juliabend im Jahr 1937 an der Bar des Hôtel Ritz plötzlich Stefan Silbermann gegenüberstand, rastlos wie eine Hauskatze, die übers Wochenende allein gelassen worden war und ihr Futter bereits am ersten Abend vertilgt hatte.

# Pepper

## COCOA BEACH – 1966

### 1.

Bestimmt liegt es an den Schmerzmitteln. Als Pepper erwacht, muss sie erst ein paar Mal blinzeln, bis sie sich an ihren Namen erinnert, und noch ein paar Mal, bis sie weiß, wo sie ist und warum. Ihr Magen rebelliert vor Hunger. Seit ihrer Kindheit hat sie nicht mehr so tief geschlafen.

Sie setzt sich auf, und ihr Fuß explodiert vor Schmerz.

Oh Gott. Das Arbeitszimmer, der Brief, die Haustür, Florian, *autsch*, Krankenhaus.

Florian.

Florian Dommerich. Annabelles Sohn.

Pepper lässt sich zurück in die Kissen sinken. Ein fröhlich gelber Vorhang verhüllt das strahlende Licht der Mittagssonne, das vergeblich gegen die Scheibe drängt, um ihre nackte Haut zu berühren. Die Krücken lehnen nicht weit von ihr an der Wand, neben dem unordentlichen Haufen ihres Nachthemds. Erst schwanger, dann auf der Flucht und nun das: ein gebrochener Fuß, der im Einklang mit ihrem Herzen schmerzlich pulsiert.

Florian Dommerich. Sie erinnert sich an den Namen. Sie erinnert sich, dass ihr auf irgendeiner Party in Washington ein Mann mit dem ungewöhnlichen Namen Florian vorgestellt wurde. Doch sie erinnert sich nicht an den Anlass, auch wenn sie die Augen noch so fest zukneift und sich konzentriert. Sie erinnert sich weder an sein attraktives Gesicht noch an seine starken, verlässlichen Arme, als sie ihm die Hand schüttelte. Wahrscheinlich war es damals bereits zu spät, oder? Sie hatte sich in einen anderen Mann verliebt. So läuft es nun mal im Leben. Man steigt in den falschen Zug, verpasst die nächste Station, und dann gibt es kein Zurück. Bis man seinen Fehler bemerkt hat und an den Ausgangsbahnhof zurückgekehrt ist, ist der richtige Zug längst abgefahren, unerreichbar fern, und man selbst sitzt nicht drin.

Ein deprimierender Gedanke, bei dem man eigentlich nur im Bett bleiben kann. Aber das ist nichts für Pepper. Sie schüttelt ihr Haar und denkt, wer braucht schon Züge? Lärmende, stinkende Monster, niemals pünktlich, bleiben an den unglücklichsten Orten liegen. Ohne Züge ist man weitaus besser dran.

Sie schwingt ihre Beine über die Bettkante und greift nach den Tabletten, die man ihr im Krankenhaus gegeben hat. Auf dem Etikett steht MRS. PRUNELLA E. DOMMERICH, aber sie würde lieber sterben, als jemandem zu verraten, wofür das *E* steht.

## 2.

Der Tisch im Esszimmer ist für eine einzelne Person gedeckt, und auf der Anrichte erwartet sie ein üppiges Frühstücksbuffet in geduldigen silbernen Speisewärmern. Pepper lehnt ihre Krücken an die Wand und bedient sich. Clara bringt frischen Kaffee herein, den Pepper dankbar annimmt, und nach dem ersten brühheißen Schluck stellt sie die Tasse ab und fragt, ob Mr. Dommerich in der Nähe ist.

Er sei mit den Hunden am Strand, erklärt Clara, und ihrem Ausdruck nach zu urteilen beneidet sie die Hunde.

»Gut zu wissen«, sagt Pepper. Sie isst zwei Portionen Ei und sechs Scheiben knusprigen Speck, den sie mit dem Kaffee herunterspült. Die Sonne scheint durch die französischen Fenster auf ihren Rücken, warm und angenehm. Wie schade, dass sie den Strand von hier aus nicht sehen kann. Das Esszimmer ist dem Garten zugewandt, vermutlich um am Abend die letzten Sonnenstrahlen einzufangen. (Erdbeerkonfitüre auf Toast – eine gute Wahl, oder? Der Toast ist hervorragend, die Butter leicht angeschmolzen, in perfekter Harmonie mit dem süßen Fruchtaufstrich.) Aber das darf man nicht falsch verstehen. Nur weil Florian gerade am Strand spazieren geht? Herrgott, nein! Das ist reiner Zufall. Sie würde einfach gern den Strand betrachten, den flachen, endlosen Ozean, um sich in Erinnerung zu rufen, wie klein und unwichtig sie ist, ein schwangeres Sandkörnchen unter dem weiten Himmelszelt. Pepper wischt sich über den Mund, nimmt einen letzten Schluck Kaffee und steht auf.

Clara ist wieder in der Küche verschwunden, doch Pepper ruft trotzdem Danke. Die Schuylers haben vielleicht ihre Fehler, aber sie sind stets höflich zu ihrem Personal, ob sie es nun ernst meinen oder nicht. Dann schnappt sie sich die Krücken und humpelt zur Tür.

## 3.

Die Hunde entdecken sie zuerst. Pepper liebt Hunde, und die Hunde lieben sie. Ihre Vergötterung ist grenzenlos. Toby inspiziert ihre Krücken, und Oliver schnuppert an ihrem Schritt. Sie tätschelt seinen seidigen Kopf und erklärt ihm, was für ein ungezogener Bursche er ist. Er stimmt ihr mit hechelnder Zunge zu.

Ein Pfiff. Die Hunde spitzen ihre Ohren. Sie schenken ihr einen bedauernden Blick – *Entschuldigung, die Pflicht ruft!* – und rennen über den Strand.

Pepper nimmt die Krücken und wirft sie in den Sand. Es herrscht gerade Ebbe, und der Strand ist gezeichnet von mehreren unterbrochenen Linien von faulig salzigem Unrat. Sie setzt sich in eine warme Mulde. Als sie noch klein war, hat sie im Sommer manchmal mit ihrem Vater und ihren Schwestern am Strand nach geschliffenen Glasscherben gesucht. Tiny mochte vor allem die weißen (sie hatte schon immer eine Schwäche für Diamanten), aber Pepper und Vivian stritten sich um die farbigen Scherben, die teils noch hubbelige Überreste von Buchstaben aufwiesen, Relikte eines früheren Daseins als Limonadenflasche oder Marmeladenglas. Letztendlich einigten sie sich auf einen freundschaftlichen Kompromiss: Vivian bekam die blauen, Pepper die grünen und braunen Scherben. Ihre Ausbeute steht noch heute in einem großen Schraubglas auf der Fensterbank in ihrem ehemaligen Zimmer in East Hampton, es sei denn, Mum hat sie irgendwann weggeworfen. Aber Mum wirft eigentlich nie etwas weg, oder? Also steht das Glas vermutlich immer noch da, auf der Fensterbank, im strahlenden Sonnenschein.

Eine feuchte Nase berührt ihre Hand, und Pepper schließt lächelnd die Augen.

»Ich dachte, der Arzt hätte gesagt, du sollst den Fuß schonen?«

Sie wackelt mit ihrem rechten Fuß, der in einem schweren Gips steckt. »Ich kann ihn doch auch hier schonen, oder?«

Florian setzt sich neben sie in den Sand. Er duftet nach

Meer. Toby drängt zwischen seine Knie und fährt ihm mit seiner langen, breiten Zunge über das Kinn, während Florian ihn gerade noch davon abhalten kann, ihm den Mund abzuschlecken. »Gut geschlafen?«, fragt er.

»Und ob! Die Pillen sind großartig. Du solltest mir öfter die Knochen brechen.«

»Du siehst auch schon viel besser aus.«

»Was soll das denn heißen?«

Er streckt die Hände von sich, Handflächen nach außen. »Gar nichts. Du warst nur etwas abgespannt letzte Nacht.«

»Abgespannt?«

»Und dein Haar …« Er wackelt mit dem Zeigefinger neben seinem Ohr.

»Ein Wunder, dass du nicht einfach einen Krankenwagen gerufen hast, um dir die Mühe zu sparen.«

Er schnippt mit dem Finger. »So ein Mist! Warum bin ich nicht selbst drauf gekommen? Ich hätte tief und fest schlafen können.«

»Das lass ich mir nicht in die Schuhe schieben. Du konntest hinterher noch genug schlafen.«

Toby und Oliver stürmen davon, um miteinander Fangen zu spielen. Florian legt sich in den Sand und verschränkt die Hände hinter dem Kopf. Seine Füße sind nackt und sehnig, seine Latzhose über den Knöcheln hochgeschlagen, feucht und etwas sandig. »Nicht wirklich«, erwidert er.

»Ach.« Sie wackelt mit den Zehen. »Tut mir leid.«

»Jetzt fängst du schon wieder an, dich zu entschuldigen.«

»Verrückt, oder? Muss an den Drogen liegen.«

»Oder an dem Baby. Ich habe gehört, das beeinträchtigt den Verstand.«

Er bringt das Thema so natürlich zur Sprache, dass Pepper ihre Befangenheit vergisst. Sie legt automatisch eine Hand an den Bauch. »Wem sagst du das?«

Keine Antwort. Die Wellen rollen unermüdlich herein, erfassen einen vertrockneten Haufen Seetang, der von der Flut vergessen wurde. Die Hunde preschen an ihnen vorbei. Pepper betrachtet Florians Zehen, seinen gesunden Mittelfuß, seine starken Knöchel. Sie fragt sich, wie wohl der Rest von ihm aussieht, unter der feuchten, knittrigen Latzhose und dem himmelblauen Hemd, das er bis zu den Ellbogen hochgekrempelt hat. Wenn sie ihn aus dem Augenwinkel betrachtet, erblickt sie seinen stattlichen Oberschenkel. Sie ruft sich sein glattes, kantiges Gesicht in Erinnerung, seine dunklen Locken, seine schokoladenbraunen Augen, und mein Gott, sie würde am liebsten tot umfallen. Es ist so lange her, seit sie ein Mann geküsst hat; so verdammt lange her, seit sie in den Armen eines Mannes lag. Während sie den Größenunterschied zwischen seinem dicken Zeh und dem Nachbarn mustert – denn das hat angeblich etwas zu bedeuten, richtig? –, malt sie sich allen Ernstes aus, wie es wäre, mit ihm zu schlafen. Wie es wäre, ihn zu küssen. Nackt neben ihm einzuschlafen. Dabei hat sie ihn gestern erst kennengelernt.

Das Baby stupst forschend gegen ihre Hand.

Ach genau, das Baby. Das Baby! Herzlichen Dank, liebes Baby, dass du Pepper daran erinnerst, ihrer Fantasie mal wieder freien Lauf zu lassen, sich so richtig auszutoben, sich ganz ihren Tagträumen hinzugeben. Denn mehr ist es leider nicht. Nur ein alberner Traum. Der Traum einer sexuell ausgehungerten Frau mit Babybauch, die nur noch in ihrer Fantasie attraktiv ist. Die vormals attraktive Pepper Schuyler.

»Darf ich dir mal eine persönliche Frage stellen?«, sagt Florian.

»Kommt ganz darauf an, ob du eine Antwort erwartest.«

»Warum bekommst du dieses Baby ganz allein?«

Pepper versucht sich aufzurappeln, und Florian eilt an ihre Seite, um sie zu stützen.

»Entschuldige«, sagt er. »Das war wohl *zu* persönlich.«

»Ich mach dir einen Vorschlag. Ich beantworte deine Frage, wenn du meine beantwortest.«

»Einverstanden. Schieß los.«

»Was redet man so in Washington?«

»Über dich?«

»Ja, du Riesentölpel. Über mich. Warum ich verschwunden bin? Und wohin?«

Er zuckt mit den Schultern. »Die halten dich für ein verzogenes Gör aus der Fifth Avenue, das von einem echten Job überfordert ist. Angeblich hättest du dich mit deinem Boss überworfen und überstürzt gekündigt.«

»Im Ernst?«

»Was soll das heißen, *im Ernst*? Glaubst du, ich lüge?«

»Nein, natürlich nicht.«

»Mein Ehrenwort. Du hast mir gestern den Schreck meines Lebens verpasst. Und zwar nicht nur, weil du mitten in der Nacht im Arbeitszimmer meiner Mutter standest. Ausgerechnet *du*, Pepper Schuyler.«

Sie atmet langsam aus. Seine Worte haben eine tiefere Bedeutung, aber sie ist zu erleichtert, um seiner Aussage die gebührende Aufmerksamkeit zu schenken. Florian bückt sich, um ihre Krücken aufzuheben. Er schiebt sie unter ihre Achseln wie die Schwester im Krankenhaus.

»Du solltest nicht hier herumlaufen. Du solltest in einem Sessel sitzen und den Fuß hochlegen.«

Pepper wendet den Kopf in seine Richtung und blickt ihm fest in die Augen. »Jetzt bleib mal realistisch, Dommerich. Ich und den ganzen Tag herumsitzen?«

Er lacht, während die Hunde ihm von hinten in die Kniekehlen springen, sodass er ihr fast in die Arme stolpert, die unglücklicherweise die Krücken festhalten müssen. Im letzten Moment weicht er ihr aus. »Sachte, sachte. Hey, Jungs!« Er greift nach einem Stock und schleudert ihn über den verlassenen Strand. Gemeinsam beobachten sie, wie die kräftigen Hinterläufe losjagen und den Sand aufwirbeln. Toby erreicht als Erster den Stock, und Oliver rangelt mit ihm. Florian dreht sich um, als wollte er etwas sagen, doch die Worte kommen nicht über seine Lippen.

»Was ist denn?« Pepper streicht sich eine Strähne hinters Ohr.

»Oh Mann. Du bist wirklich bildhübsch, weißt du das? Entschuldige, das ist wahrscheinlich das Letzte, was du gerade hören willst. Aber wenn dir die Sonne so ins Gesicht scheint …«

»Du hättest mich mal vorher sehen sollen.« Sie pfeift aufreizend.

»Ich hab dich vorher gesehen, schon vergessen? Und damals fand ich dich schon attraktiv. Aber heute, mein lieber Mann.« Er schüttelt den Kopf und geht den Hunden entgegen, um sie abzufangen.

»Ich bin ruiniert«, ruft sie ihm hinterher. »Man sieht nicht mal mehr meine Wangenknochen. Geschweige denn meine Taille.«

Er schleudert den Stock. »Mein Vater hat immer gesagt, Mama hätte am schönsten ausgesehen, wenn sie schwanger war. Er meinte, es sei der wundervollste Anblick der Welt.«

»Na ja, aber es war immerhin *sein* Baby, oder? Sein Baby und seine Frau.« Pepper wendet sich abrupt ab und stemmt ihre Krücken in den Sand, um zum Haus zurückzukehren.

Sekunden später holt er sie ein. »Hey, warte mal.«

»Hör zu. Ich brauche kein Mitleid, okay? Und ich brauche erst recht keinen Mann, der meine Situation ausnutzt.«

»Ausnutzt? *Dich* ausnutzt?«

»Ich merke es, wenn ein Kerl sich Chancen erhofft.«

»Warte mal eine Sekunde.« Er nimmt ihren Arm und versperrt ihr den Weg, kurz bevor sie die verlassene Straße erreichen, die das Haus vom Strand trennt. »Glaubst du allen Ernstes, ich würde mich an den Gast meiner Mutter ranmachen? Den *schwangeren* Gast meiner Mutter?«

»Danach hörte es sich an.«

»Glaub mir, ich habe nichts dergleichen vor.«

»Was sollte das dann gerade? *Pepper, du bist bildhübsch, auch wenn dein Bauch bis nach Kansas reicht.*«

Er zuckt mit den Schultern. »Das war nicht mehr als eine Feststellung. Und eine Tatsache, die dir garantiert bewusst ist. Außerdem bist du eine rechthaberische Zicke, die sich eine Menge auf ihren Sex-Appeal einbildet und gern mit dem Feuer spielt. *Und* du hast krumme Zehen.«

»Meine Zehen sind nicht krumm.«

»Na klar sind die krumm!«

Pepper sieht in beide Richtungen und überquert die Straße. In ihrem Rücken pfeift Florian nach den Hunden. Als sie das Scharren der Pfoten auf dem Asphalt hört, sagt sie: »Weil ich es will.«

»Weil du was willst?«

»Das Baby. Ich bekomme es, weil ich es will.«

4.

Eine halbe Stunde später sitzt Pepper in einem blau-weißen Ohrensessel mit Blick auf den Ozean und blättert ohne große Begeisterung in einer zwölf Monate alten Ausgabe der *Vogue*. Ihr Fuß ruht auf einem passenden blau-weißen Hocker, und als sie Florian mit zwei Flaschen Root Beer erblickt, hätte ihr Gesichtsausdruck ihn eigentlich warnen sollen.

Aber Florian kennt keine Furcht. Er reicht ihr eine der beiden Flaschen, eisgekühlt und geöffnet. »Ein Friedensangebot.«

»Mir war nicht bewusst, dass wir uns im Krieg befinden.«

»Das da draußen klang für mich nach einer Kriegserklärung.«

»So bin ich nun mal.« Sie nimmt ihm die Flasche ab. Seit ihrer Kindheit hat sie kein Root Beer mehr getrunken, aber es schmeckt erstaunlicherweise immer noch wie früher.

Florian setzt sich ihr gegenüber in einen Sessel und hält die Flasche locker in den Händen. »Ich habe da mal ein paar Fragen.«

»Manche Männer lernen es nie.«

»Keine persönlichen. Jedenfalls nicht *so* persönlich. Ich mache mir Gedanken um Mama. Ich würde gern wissen, was sie zu dir gesagt hat.«

»Und warum?«

»Weil ich seit zwei Wochen nichts von ihr gehört habe. Und normalerweise meldet sie sich alle paar Tage.«

Pepper zuckt mit den Schultern. »Da bin ich genauso schlau wie du. Wir sind nicht gerade Busenfreundinnen. Sie hat mir diesen Wagen abgekauft, mich zum Essen eingeladen, mich in ihre Räuberhöhle verschleppt, und am nächsten Tag ist sie verschwunden. Keine Ahnung, warum.«

»Hat sie keine Nachricht hinterlassen?«

»Doch, aber da stand nur, sie müsse sich um eine wichtige Angelegenheit kümmern. Sie wäre in ein paar Tagen wieder da.«

»Und wann war das?«

Pepper nimmt einen Schluck von ihrer Limonade. »Vor neun oder zehn Tagen.«

»Und du machst dir keine Sorgen?«

»Nein. Sollte ich?«

»Findest du so ein Verhalten etwa normal? Sich einen wildfremden Gast einzuladen und dann für anderthalb Wochen zu verschwinden?«

»Glaub mir, ich habe schon verrücktere Dinge erlebt.«

»Und du hast dich nicht mal gefragt, wo sie so hinwollte?«

»Ehrlich gesagt nein. Ich war nur dankbar für ein warmes Frühstück.«

Eine skeptische Augenbraue.

»Na gut, gewundert habe ich mich schon«, gibt Pepper zu. »Aber sie ist doch eine erwachsene Frau, oder? Sie kann tun und lassen, was sie will. Clara hat gesagt, dass sie öfters mal für ein paar Tage wegfährt. Außerdem wäre es unhöflich gewesen, mir ein Taxi zu rufen und in den nächstbesten Flieger zu steigen, ohne mich zu verabschieden.«

»Auch wenn du keine große Hilfe bist, ich bin froh, dass du geblieben bist.«

»Na danke«, erwidert sie.

Er lächelt. »Ganz ehrlich. Es wundert mich, dass du so lange geblieben bist. Willst du denn nicht deine Familie besuchen?«

»Wer will das schon?«

»Wegen des Feiertags, meine ich.«

»Feiertag?«

»Pepper.« Er schenkt ihr einen durchdringenden Blick. »In drei Tagen ist Thanksgiving.«

Pepper verschluckt sich fast an ihrer Limonade. »Was?«

»Heute ist Montag. Thanksgiving ist am Donnerstag. Das ist der Grund, weshalb ich hier bin. Wir wollen uns dieses Jahr bei meinem Bruder treffen, um Unmengen an Truthahn-Kürbis-Pie zu verschlingen, aber seit Wochen hat niemand etwas von ihr gehört oder gesehen.«

»Thanksgiving.« Pepper fährt sich mit der Fingerkuppe über den Mundwinkel. Gott, was ist eigentlich mit ihr los? Sie kann nicht mal mehr den Kalender im Auge behalten. »Wie konnte das passieren?«

Florian sieht sie mit gerunzelter Stirn an. Die Falte zieht Pepper so in ihren Bann, dass sie seine folgende Frage, ob alles in Ordnung sei, ganz spontan beantwortet: »Ja. Großartig.«

»Warum sitzt du dann nicht in einem Flugzeug, um am Donnerstag mit deiner Familie Truthahn zu essen?«

»Wir sind nicht so die Familienmenschen.«

»Sie wissen nichts von dem Baby, oder?«

»Natürlich wissen sie davon.« Sie nimmt einen letzten Schluck von ihrem Getränk und stellt die leere Flasche auf den Beistelltisch. »Zumindest teilweise. Meine Schwestern wissen es.«

»Aber nicht deine Eltern.«

»Hör zu.« Pepper legt die Fingerspitzen aneinander und beugt sich vor. »Das größere Problem ist doch wohl Annabelle. Lass uns beim Thema bleiben. Wo zum Teufel könnte sie stecken?«

Er seufzt und massiert seine entzückend gerunzelte Stirn. »Wenn ich das wüsste. Seit Vaters Tod macht sie dauernd diese kleinen Ausflüge, meist für ein paar Tage, ohne jemandem zu sagen, wo sie steckt. Und dann taucht sie wieder auf, als wäre nichts gewesen. Aber diesmal sind es fast zwei Wochen, und Thanksgiving steht vor der Tür. Wir warten alle auf ein Lebenszeichen von ihr.«

»Habt ihr denn nie gefragt, wo sie war? Ihr seid doch eine nette und liebevolle Familie.«

»Sie spricht immer nur von ihren Recherchen.«

»Was für Recherchen?«

»Keinen blassen Schimmer. Ahnenforschung oder so was.

Wir sind im Prinzip froh, dass sie etwas gefunden hat, womit sie sich beschäftigen kann. Seit Vaters Diagnose hat sie aufgehört, Cello zu spielen, von einem Tag auf den anderen.«

»Wirklich? Das klingt aber gar nicht gut.«

Florian steht auf und stellt seine Flasche unsanft neben ihre. »Na, herzlichen Dank.«

»Jetzt entspann dich mal. Ich wette, es geht ihr gut.« Sie legt eine taktvolle Pause ein. »Ich hätte da eine Erklärung, auch wenn du sie nicht hören willst.«

»Und die wäre?«

»Vielleicht hat deine Mutter ein Verhältnis.«

Sein schockierter Ausdruck verrät, dass er diese Möglichkeit niemals in Betracht gezogen hätte. »Was, *Mama*?«

»Sie ist eine attraktive Frau.«

Er starrt Pepper an, als hätte sie ihre amerikanische Staatsbürgerschaft abgelegt, um sich einem russischen Kollektiv anzuschließen. »Du täuschst dich. Das würde sie *nie* tun.«

»Natürlich würde sie das.«

»Dad und Mama … die beiden waren wie … Wie soll ich es beschreiben … Sie hatten eine ganz besondere Beziehung. Sie haben sich nie auch nur gestritten. Er war Deutscher, wusstest du das? 1938 sind sie zusammen vor den Nazis geflohen. Sie haben uns hier großgezogen. Wir mussten unseren Namen ändern, weil ihnen die Gestapo auf den Fersen war. Dad und Mama waren unzertrennlich.«

»Das mag ja sein, aber … Hör zu, ich will dich nicht schockieren, aber eine Frau hat auch ihre Bedürfnisse. Falls du weißt, was ich meine.«

Er wird unvermittelt laut. »Hör zu, Pepper. Nicht jede Frau ist so wie *du*. Falls du weißt, was *ich* meine.«

Die Worte sind so scharf und grausam, völlig untypisch für Florian, dass sie sie einzeln analysieren muss, um ihren

Sinn zu verstehen. Pepper erwidert seinen starren Blick, und als er selbigen abwendet, wird ihr bewusst, dass sie ihn richtig verstanden hat.

»Entschuldige, das habe ich nicht so gemeint.«

»Doch, hast du.« Pepper setzt ihre Füße auf den Boden und greift nach den Krücken. »Nichts für ungut. Ich kann dir schlecht widersprechen, oder?«

»Was soll das heißen?«

Sie schiebt sich die Krücken unter die Achseln. »Ich hab eben gern Sex. Nein, ich liebe Sex. Ich finde Sex absolut großartig, wenn man es richtig anstellt. Wenn mich das von den Frauen unterscheidet, mit denen du so *verkehrst* – entschuldige bitte das Wortspiel –, dann tun mir diese armen Geschöpfe leid. Und du genauso. Jetzt entschuldige mich.«

Sie schwingt sich an seiner starren Gestalt vorbei – allmählich kommt sie mit den Krücken zurecht – und hüpft in den Flur, um zu ihrem Zimmer zurückzukehren, vielleicht sogar um ihre paar Sachen zu packen und ein Taxi zu rufen, wohin auch immer, doch die Türklingel lässt sie auf halbem Weg innehalten.

»Mama!«, ruft Florian aus dem Wohnzimmer.

Sie dreht sich um und sieht zu, wie er an ihr vorbeistürzt und zur Klinke greift.

Doch hinter der Tür steht keineswegs Annabelle Dommerich, sondern eine sehr, sehr attraktive Blondine mit goldenen Locken, himmelblauen Augen und einem gepunkteten Kleid (oh ja, große weiße Punkte vor gelbem Hintergrund). Sie wirft ihre schlanken Arme um Florians Hals und küsst seine Wange, als wollte sie ihn auffressen. »Du bist wieder da!«, sagt sie, als sie mit dem Prozedere fertig ist. Dann bemerkt sie die schwangere Frau im Hausflur.

Es spricht Bände für ihr Vertrauen, dass ihre sehr, sehr hübschen Züge nicht von Eifersucht entstellt werden. Sie läuft ein wenig rot an – immerhin hat sie sich gerade einem Mann an den Hals geworfen –, dann schiebt sie sich an Florians verblüffter Schulter vorbei, um Pepper die Hand entgegenzustrecken, wie es sich für eine wohlerzogene junge Dame gehört.

»Entschuldigung, ich hatte Sie nicht gleich bemerkt.«

»Das war nicht zu übersehen.«

»Ich bin Susan Willoughby. Eine Freundin der Familie. Sind Sie ein Gast von Mrs. Dommerich?«

Pepper lehnt eine Krücke an die Wand und ergreift Susans ausgestreckte Hand. »Richtig, Miss Willoughby«, sagt sie. »Genau das bin ich.«

# Annabelle

## PARIS – 1937

### 1.

Stefan streckte mir seine Hand entgegen. »Guten Abend, Frau von Kleist. Was für eine Überraschung.«

»Was für ein Schock.« Ich legte meine behandschuhte Hand in seine.

Er führte meine Finger galant an die Lippen. »Du siehst ausgesprochen gut aus. Das Eheleben scheint dir zu bekommen.«

»Na, na«, fiel Charles ihm ins Wort. »Nick und ich haben beschlossen, ihr den Nazi nicht länger vorzuhalten.«

»Er ist kein Nazi.« Ich zog meine Hand zurück, doch der sanfte Druck seiner Lippen verharrte auf meinem Nagelbett.

Stefan hob den Kopf, und das Licht des Kronleuchters fiel ihm ins Gesicht. Er war immer noch der Gleiche, und doch hatte er sich sichtlich verändert. Um seine Augen- und Mundwinkel herum entdeckte ich Fältchen, und an seiner linken Schläfe erstreckte sich eine Narbe bis zum Haaransatz.

»Mein Gott«, flüsterte ich.

Stefan sah mich verwirrt an, dann berührte er die Narbe

mit den Fingern. »Ach, das. Ein kleines Souvenir, wie es die Franzosen nennen. Versuche nie, aus einem Gefängnis auszubrechen, ohne das Gelände genauestens zu kennen.«

»Geht es dir gut, Annabelle?«, fragte Charles.

»Mir ist nur etwas schwindlig. Es ist schrecklich warm hier, findet ihr nicht?«

Stefan stellte sein Glas auf einen benachbarten Tisch und nahm meinen Ellbogen. »Ich bringe Frau von Kleist kurz an die frische Luft.«

»Nein, nein! Mir geht's gut.«

»Du bist furchtbar blass«, meinte Charles mit gerunzelter Stirn. »Geht schon mal vor. Ich hole dir ein Glas Wasser.«

»Nicht nötig«, sagte Stefan. »Ich kümmere mich um das Wasser.«

## 2.

Wie benommen folgte ich ihm. Mir blieb keine Wahl, denn ich war ganz und gar unfähig, etwas anderes zu tun, als Stefans schwarzem Rücken zu folgen, vorbei an der Bar, wo er flüchtig mit dem Barkeeper sprach, um kurz darauf ein Glas Wasser entgegenzunehmen.

Im ersten Moment hatte ich angenommen, er wäre betrunken, doch seine Schritte wirkten fest und sicher, als er mich auf den überfüllten Gang führte. Vor einer unscheinbaren Tür blieben wir stehen, und er bat mich einzutreten. Es war eine Art privater Salon, der abgesehen von dem eleganten Mobiliar vollkommen leer war. Stefan drängte mich, Platz zu nehmen, und öffnete das Fenster. Ich starrte auf das Wasserglas in meinen Händen.

»Na bitte«, sagte er, während er sich rückwärts gegen die Fensterbank lehnte. »Besser?«

»Ja.«

»Ich wollte dich nicht überrumpeln.«

Ich nippte an meinem Wasser. »Wusstest du, dass ich kommen würde?«

»Ich habe damit gerechnet.«

Ich dachte, Stefan steht vor mir. Stefan, wie er leibt und lebt. Dieselben Knochen, dieselben Muskeln, dieselbe Stimme, dieselben Haare; dieselben Gehirnzellen, die ich so geliebt habe; dieselben Arme, die mich gehalten haben; dieselben Lippen, die mich geküsst haben; dieselben Rippen, die ich gezählt habe, eine nach der anderen. Dennoch erschien es mir unmöglich, dass er plötzlich vor mir stand, nur wenige Meter von mir entfernt. *Stefan*. Stefan, mit dem ich ein Kind gezeugt hatte. Florians Vater. Ein Fremder.

Ich starrte in mein Glas. »Wie lange bist du schon in Paris? Ich dachte, du wärst in Deutschland. Nick hat mir erzählt, du dürftest das Land nicht verlassen. Das gehöre zu den Auflagen deiner Entlassung.«

»Hmmm. Dann bin ich wohl auf der Flucht.«

Ich blickte abrupt auf. »Wirklich?«

»Ja.« Er zuckte mit den Schultern. »Aber das tut nichts zur Sache. Um mich erneut festzunehmen, bräuchten sie die Unterstützung der französischen Polizei. Und die hat momentan bestimmt kein Interesse, mit den deutschen Behörden zu kooperieren.«

Ich konnte ihm nicht in die Augen sehen. Mein Blickfeld reichte bis zu seinem tiefbraunen Hals über dem weiß gestärkten Kragen. Ich wollte ihm sagen, wie leid es mir tat. Ich wollte ihm sagen, wie sehr ich litt, weil er gelitten hatte, und dass es allein meine Schuld war, denn er war meinetwegen nach Deutschland zurückgekehrt und verhaftet worden. Ich wollte ihm sagen, dass ich alles darangesetzt hatte, ihn nie wiederzusehen; dass ich mir nichts sehnlicher gewünscht hatte, als ihn wiederzusehen. Ich wollte ihm sagen, was für einen furchtbaren Fehler ich begangen hatte, als ich vor ihm davonlief: zu glauben, Johann zu heiraten wäre die klügste Entscheidung, die nobelste Entscheidung. Doch ich hatte mich geirrt. Man konnte nicht einfach beschließen, jemanden zu lieben, wenn das Herz für einen anderen schlug. Man konnte nicht so tun, als wäre es Liebe, wenn es keine war.

Und ich wollte ihm sagen, dass er einen Sohn hatte.

Oder wusste er das bereits?

Ich legte meine Finger wie im Gebet um das Glas.

»Annabelle«, sagte er sanft. »Wovor hast du solche Angst?«

»Ich habe keine Angst.«

»Du siehst aus wie der Tod. Wunderschön, aber fatal. So schlimm ist es doch nicht, oder? So beängstigend kann ich gar nicht sein.«

»Ich habe keine Angst vor *dir*«, erwiderte ich.

»Warum siehst du mich dann nicht an?«

Das war das Problem mit Stefan: Ich konnte ihm nichts vormachen. Wie auch? Wie sollte ich ihn anlügen? Es war, als wollte ich mich selbst belügen. Vollkommen sinnlos.

»Ich schäme mich. Weil du meinetwegen leiden musstest.«

»Du musstest doch auch leiden, oder?«

»Ja.«

»Du musstest leiden, weil ich dir die Wahrheit verschwiegen habe, weil ich dir nichts von Wilhelmine erzählt habe. Ich hatte panische Angst, dass du mir wegläufst und niemals zurückkehrst. Also habe ich mein Leiden selbst verschuldet. Ich habe es nicht besser verdient, als treuloser Ehemann und verlogener Liebhaber. Und wenn du mich nicht sofort ansiehst, Annabelle, dann werde ich mir das niemals verzeihen.«

Ich sah ihn an.

Sein Gesicht wirkte sanft und golden im Lampenschein, seine Proportionen absolut perfekt, wie er so dastand, den Rücken zum Fenster gewandt, die Hände auf die hölzerne Fensterbank gestützt. Seine perfekt arrangierten Gliedmaßen, wie hatte ich die vergessen können?

»Erzähl mir von ihr«, sagte ich. »Erzähl mir alles.«

Er seufzte. »Wir sind geschieden. Sie hat ihren früheren Liebhaber geheiratet, einen gewissen Matthias. Sie waren schon auf der Universität zusammen, aber dann haben sie sich wegen einer dummen Sache zerstritten, und er hat sie sitzenlassen. Sie hat mich nur geheiratet, weil sie wütend auf ihn war. Und ich habe sie nur geheiratet, weil sich unsere Familien sehr nahestanden. Es war der Wunsch meiner Eltern.«

»Hast du sie geliebt?«

»Ja, wie man einen guten Freund liebt. Eine leichtfertige Liebe. Ich hatte andere Interessen, politische Interessen. Ich war viel unterwegs, habe mir andere Gesellschaft gesucht.«

»So wie mich.«

»Nein, nicht wie du.«

Ich stellte mein Wasserglas ab und stand auf. »Und deine Tochter?«

»Else. Sie lebt bei ihrer Mutter. Sie ist drei und wunderschön und erstaunlich klug. Es bricht mir das Herz, wenn ich daran denke, dass ich sie im Stich gelassen habe.« Er machte eine Pause. »Sie hat Matthias sehr gern. Ich habe sie vor einem Monat besucht, bevor ich Frankfurt verlassen habe. Ich war für sie wie ein Fremder. Wilhelmine ist wieder schwanger. Das Baby soll im September kommen. Else ist ganz begeistert von der Aussicht auf eine kleine Schwester. Sie will nichts davon wissen, dass es ein Junge werden könnte.«

»Tut mir leid.«

»Es ist meine eigene Schuld. Ich war ständig unterwegs. Ich habe versucht, diese gottverdammte Welt zu retten. Ich habe mich in eine andere Frau verliebt. Ich habe zugelassen, dass meine Frau einen anderen Mann liebt.« Er fasste sich seitlich an sein Jackett, als würde er nach einer Schachtel Zigaretten suchen, dann bemerkte er meinen Blick und hielt sich zurück. Seine Hände griffen nach der Fensterbank in seinem Rücken. »Für meine Tochter würde ich restlos alles tun«, sagte er. »Ich würde mir die Adern aufschneiden, wenn es sein müsste, aber ich habe sie verloren.«

»Oh, Stefan …«

»Aber jetzt zu dir. Erzähl mir von deinem Sohn.«

Er legte keine besondere Betonung auf die Worte. Sein Ausdruck blieb unverändert, auch wenn er sich etwas aufhellte, als würde er von einem tragischen zu einem heiteren Thema wechseln.

»Er heißt Florian«, sagte ich. »Ich weiß nicht, wie ich ohne ihn leben könnte.«

»Ja.« Stefan zögerte. »Ich würde ihn gern kennenlernen. Es sei denn, du hältst das für unpassend.«

»Warum willst du ihn kennenlernen?«

»Weil er zu dir gehört.«

Ich betrachtete ihn stumm, weil ich nichts zu erwidern wusste. Nicht ein einziges Wort, das ich ihm hätte sagen können.

»Annabelle?«

»Ich glaube das nicht. Ich kann nicht fassen, dass wir uns einfach so unterhalten.«

Stefan wandte sich ab und stützte die Knöchel auf die Fensterbank. Die Straße vor dem Fenster war dunkel, abgesehen von den Scheinwerfern der vorbeifahrenden Autos. Der matte Schein einer Straßenlaterne verlieh seinem Haar einen goldenen Schimmer. »Genau das habe ich damals gemeint, Annabelle.«

»Die Perversion des Universums?«

»Ja.«

»Du scheinst diesen Umstand ja mühelos akzeptiert zu haben. Ich dachte, du wärst wütend und betrunken. Ich dachte, du würdest mich hassen.«

»Ich *bin* wütend und betrunken, Annabelle. Ich bin so wütend, dass ich kaum Luft bekomme. Ich kann nachts kaum schlafen. Aber ich bin nicht wütend auf dich. Ich hasse dich nicht.« Er unterbrach sich und murmelte etwas, das ich nicht verstand.

»Was hast du gesagt?«

Er wandte den Kopf zur Seite. »Es gab nie einen Moment, in dem ich dir nicht alles Gute gewünscht hätte. Aber vielleicht mache ich mir da was vor. Nicht als Nick Greenwald mir die Neuigkeiten erzählte. Nicht wenn ich mir vorstelle, dass du mit deinem Gatten zusammen bist.«

»Bitte nicht.«

»Ich soll nicht daran denken? Oder ich soll nicht davon sprechen?«

»Beides.«

»Behandelt er dich gut?«

»Ja. Ja, er ist sehr gut zu mir. Er liebt mich über alles.«

»Sonst wäre er ein noch größerer Schuft als ich.«

Sein Blick glitt über mein Kleid, über die aufwendig bestickte malvenfarbene Seide, die sich eng an meinen Körper schmiegte und knapp über dem orientalischen Teppich endete. Alice und ich waren in eines der Modeateliers gegangen, und sie hatte mir dieses spezielle Modell ausgesucht, da es meiner Figur und meinem Typ schmeichelte. Noch am selben Nachmittag hatte ich Johann voller Reue angerufen und ihm den Preis genannt. Ich hatte angenommen, er würde mich auffordern, die Bestellung zu stornieren. Stattdessen erwiderte er barsch und durch das Knistern der Leitung hindurch: »Unsinn, du solltest das Kleid kaufen. Du musst dich standesgemäß kleiden.« Ich sagte, es sei ziemlich extravagant, doch er meinte, die Freifrau von Kleist brauche eine angemessene Garderobe, das habe mit Extravaganz nichts zu tun. Das war Anfang März gewesen, nur wenige Wochen vor seinem Besuch im April. Das Kleid wurde einen Monat später geliefert.

Ich berührte das Blatt einer zarten Ranke, die in blassgrünem und silbergrauem Garn gestickt war. »Er ist in Berlin, schon seit Weihnachten.«

»Ja, ich habe davon gehört.«

»Bist du deshalb in Paris?«

Die Luft im Raum war schwül und stickig, sodass ich trotz meiner nackten Arme den Schweiß im Rücken spürte. Stefan lehnte sich gegen den riesigen Fensterflügel. Der geraffte Vorhang berührte seine schwarze Schulter.

»Annabelle«, sagte er sanft, den Blick nach draußen gerichtet. »Ich bin nicht hier, um dich deiner Familie wegzunehmen. Ich habe schon mal eine Ehe zerstört.«

»Aber du wolltest mich sehen.«

»Ja. Ich musste dich noch einmal sehen. Ich musste sehen, dass es dir gut geht, dass du in Sicherheit bist.«

»Natürlich geht es mir gut. Aber es ist nicht wie damals. Nicht wie mit dir.«

»Das weiß ich, Annabelle.«

»Woher willst du das wissen?«

Er drehte sich um, sodass seine Schulter das Fenster offen hielt. Das Licht der Straßenlaterne umrahmte sein Profil. »Weil meine Annabelle niemals fähig wäre, einen anderen Mann auf dieselbe Art und Weise zu lieben. Schon gar nicht innerhalb weniger Monate.«

Ich ließ mich zurücksinken und schlug die Hände vors Gesicht.

»Bitte nicht, *Liebling*.«

»*Warum* bist du gekommen? Es war viel leichter, als du noch der gemeine Mistkerl warst, den ich hassen konnte. Fast hätte ich dich aus meiner Erinnerung verbannt. Fast hätte ich dich vergessen, weißt du das? Aber jetzt geht es nicht mehr, jetzt kann ich dich nicht mehr verdrängen, du bist immer da. Warum bist du nicht dieser Mistkerl?«

»Ich bin ein Mistkerl.«

»Das hättest du mir eher sagen sollen!«

»Ich weiß.«

»Wir waren uns so nah! All die Stunden und Tage … diese wundervollen Tage mit dir zusammen. Ich bin neben dir eingeschlafen. Ich war ein Teil von dir, weißt du noch? Wie konntest du das zulassen, ohne mir zu sagen, dass du ein Kind hast? Eine *Tochter*!«

»Weil ich eine Höllenangst hatte, Annabelle. Ich hatte Angst, du würdest mich verlassen, du würdest es nicht verstehen. Du würdest denken, ich bin wie dein Vater. Und vielleicht hast du ja recht, vielleicht bin ich das. Vielleicht bin ich ein verdammter Mistkerl, der deine Liebe nicht verdient hat.«

»Du hättest mir sagen sollen, dass sie dich verlassen hat!«

»Ich habe es nicht gewagt. Ich war völlig in dich vernarrt. Ich hatte den Verstand verloren, begreifst du das nicht? Ich konnte nicht denken, nicht atmen, nicht hören. Ich war blind vor Liebe. Ich dachte, ich muss es dir nur so lange verheimlichen, bis die Scheidung durch ist. Ich dachte, solange wir …« Er wandte sich vom Fenster ab und tastete nach dem Zigarettenetui in seiner Innentasche. »Tut mir leid, ich weiß, wie sehr du das Rauchen hasst.«

»Ich hasse es überhaupt nicht.«

»Aber an unserem letzten Abend im Hotel …« Er zündete sich eine Zigarette an und schritt an der gegenüberliegenden Wand auf und ab.

»Nur weil du überhaupt nicht mehr damit aufgehört hast. Der ganze Raum war verqualmt.«

»Tut mir leid.« Er blieb vor dem riesigen Porträt einer jungen Dame in Weiß stehen und blickte zu ihr auf. »Tut mir leid, dass ich es dir nicht gesagt habe.«

»Du hast mir nicht vertraut.«

»Nein, anscheinend nicht genug. Ich hatte Angst, du würdest mich nicht mehr wollen.«

Ich betrachtete meine tränenfeuchten Hände. Doch ich weinte nicht mehr. Meine Augen waren trocken. »Red keinen Unsinn. Ich hätte dir restlos alles verziehen, wenn du mich darum gebeten hättest. Wann habe ich dir je etwas verweigert?«

Er trat mit einem animalischen Knurren gegen die Sockelleiste unterhalb des Gemäldes. Der Knall war so markerschütternd, als wäre er mit einem Tisch zusammengebrochen.

Im Geiste hörte ich Nick Greenwalds Stimme: *Was für eine vertrackte Situation.* Ich fragte mich, ob Stefan das Holz zum Splittern gebracht hatte.

»Die Perversion des Universums«, sagte Stefan. »Hab ich es dir nicht gesagt? Wir stehen hier zusammen in diesem Zimmer, und die Zigarette in meiner Hand zittert, weil ich dich berühren will und es nicht darf.«

»Warum eigentlich nicht?«, fragte ich, doch im selben Moment flog die Tür auf.

»Hier steckt ihr also«, sagte Charles. »Was war das gerade für ein Knall?«

## 3.

Der Renault weigerte sich anzuspringen, und Charles machte sich auf die Suche nach einem Chauffeur des Ritz, um sich helfen zu lassen. Ich wartete derweil in der Rue Cambon und atmete die schwere Nachtluft, den warmen, dreckigen Geruch der Großstadt. Der Himmel war klar, doch Paris verströmte zu viel Licht, um die Sterne erkennen zu können. Ich dachte an den sommerlichen Nachthimmel über der *Isolde* und daran, wie Stefan und ich zusammen in unseren Liegestühlen saßen und die Sterne zählten, während Stefan seine Martinis trank und eine Zigarette nach der anderen rauchte, sodass der Qualm zwischen uns durch die Luft geisterte, als wäre es eine weitere Person. Sobald er seinen ersten Martini geleert hatte, brachte ihm ein Crewmitglied ein weiteres Glas, doch nie mehr als zwei. *Das dritte weiß man nicht mehr zu schätzen*, sagte er, als ich ihn einmal danach fragte. Ein paar Tage später, in unserer bescheidenen Villa bei Monte Carlo, waren die Sterne aufgrund der nahen Stadt nicht mehr so eindrucksvoll. Es gab keine abendlichen Martinis, weder im Garten noch auf der Terrasse, nur eine gemeinsame Flasche Wein und den Duft von Zitronen und Eukalyptus, durchsetzt von Stefans Zigarettenqualm, bis ich ihn bat, mit dem Rauchen aufzuhören.

*Dann braucht mein Mund eine andere Beschäftigung*, sagte er, und ich gab sie ihm. Ich gab ihm immer, was er wollte.

Mit gerümpfter Nase bemerkte ich einen Anflug von Zigarettenqualm, doch es war eine andere Marke – Stefan rauchte nur türkische Zigaretten mit einem ganz speziellen Aroma, das mein Blut in Wallung brachte. Ich wandte den Kopf zur Seite und bemerkte einen hochgewachsenen Mann, der im Halbdunkel zwischen zwei Straßenlaternen an einer Hauswand lehnte. Seine Silhouette war lang und schlank, und mit einem Mal erkannte ich Nick Greenwald.

Er war kurz nach dem Essen verschwunden, ebenso wie die attraktive Dunkelhaarige. Das wurde mir erst jetzt bewusst. Ich war viel zu sehr damit beschäftigt gewesen, Stefan aus dem Augenwinkel heraus zu beobachten, seiner Stimme am anderen Ende der Tafel zu lauschen. Ich hatte jede seiner Bewegungen mit einem urzeitlichen Instinkt verfolgt, ohne sie gezielt wahrzunehmen. Meine ganze Aufmerksamkeit hatte einem Mann gegolten, der nicht mein Ehemann war. Nachdem die obligatorischen Toasts gesprochen waren, hatte ich Nick Greenwald nicht mehr gesehen.

Ich rief seinen Namen und fragte, ob er eine Mitfahrgelegenheit brauche. Eine alberne Frage, denn wie Charles mir verraten hatte, war Nick reich wie Krösus oder wie Krösus' reicher Bankierscousin. Nick brauchte keine Mitfahrgelegenheit. Er brauchte überhaupt nichts.

»Nein danke!«, rief er zurück.

Ich ging zu ihm und legte eine Hand auf seinen Arm. »Alles in Ordnung?«

»Nein«, erwiderte Nick. Er führte seine Zigarette zum Mund, sodass meine Hand herabsank. »Ich habe gerade die größte Dummheit meines Lebens begangen.«

»Kann ich irgendetwas tun, um zu helfen?«

Er sah in meine Richtung, als hätte er mich jetzt erst bemerkt, dann richtete er sich auf. »Ja, es gibt da etwas«, sagte er und legte die Hände an mein Gesicht, um mich zu küssen.

Seine Lippen waren weich und schmeckten nach Scotch. Ich war zu verblüfft, um etwas anderes zu tun, als seinen Kuss zu erwidern. Er dauerte nicht länger als ein paar

Sekunden, fünf oder sechs, doch es erschien mir wie eine Ewigkeit, denn mein Zeitgefühl war seltsam aus den Fugen geraten.

Nick hob den Kopf und entschuldigte sich.

»Was war das denn?«

Er warf die Zigarette auf den Bürgersteig und trat sie mit dem Hacken aus. »Ich wollte nicht, dass *sie* die Letzte ist, die ich vor meiner Heimreise küsse. Gute Nacht, Annabelle. Kümmere dich gut um meinen alten Freund Stefan, versprochen?«

Ich wollte ihm sagen, es sei nicht meine Aufgabe, mich um Stefan zu kümmern, doch Nick ging bereits zur nächsten Straßenecke, wo ein schnittiger dunkler Wagen am Bürgersteig wartete.

Ich legte die Hände an den Mund. »Viel Glück in New York!«

Er hob zum Abschied die Hand und öffnete die Fahrertür. Der Wagen sprang geschmeidig an, und Nick Greenwald brauste über die Rue Cambon davon.

## 4.

Der Renault war leider nicht in Gang zu bringen, deshalb nahmen wir ein Taxi. Es war inzwischen zwei Uhr morgens, und ich war seit Sonnenaufgang auf den Beinen gewesen. Erschöpft lehnte ich den Kopf gegen die Scheibe, doch meine Augen wollten sich nicht schließen.

Charles beäugte mich von der Sitzbank. »Sag mal, Zwerg. Du darfst mich gern schlagen, wenn ich danebenliege, aber läuft da was zwischen dir und Stefan?«

Ich hob meinen Kopf. »Er saß im Gefängnis. Wie könnte da was laufen?«

»Na ja, ich habe da so ein *frisson* gespürt, wie Papa es nennen würde.«

»Das bildest du dir ein. Ich bin verheiratet, schon vergessen?«

Er lachte aus tiefster Seele. »Schon gut, schon gut. Ganz wie du meinst. Und hat er etwas mit dir besprochen?«

»Was – Stefan? Nicht dass ich wüsste.«

»Dachte ich mir. Jetzt weiß ich auch, warum.«

»Was soll *das* denn heißen?«

Charles legte einen Fuß auf sein Knie und schloss die Hand um sein Sprunggelenk. Mit der anderen griff er in seine Jacketttasche und zog seine Zigaretten hervor. Er ließ die Schachtel aufschnappen und bot mir eine an. Ich lehnte ab.

»Also, Zwerg.« Er zündete sich eine Zigarette an. »Was weißt du über deinen Göttergatten?«

Ich fühlte mich immer noch verwegen nach all dem Wein, nach der halben Stunde mit Stefan, nach Nick Greenwalds unerwartetem Kuss. Was für ein Abend, dachte ich, und dann so was. In der schwülen Nachtluft ertönte ferner Donner.

Ich verschränkte die Arme. »Über Johann? Er ist ein wundervoller Vater und Ehemann, eine Koryphäe auf dem Gebiet der Militärgeschichte und ein einfallsloser, aber leidenschaftlicher Liebhaber mit einem Organ von der Größe Gibraltars.«

»Meine Güte, Annabelle!«

»Du wolltest es doch wissen.«

»Das habe ich nicht gemeint.«

»Dann sag mir in drei Teufels Namen, was du meinst. Ich bin deine Anspielungen und Doppeldeutigkeiten so was von satt. Eure alberne Geheimsprache!«

»Geheimsprache?«

Ich wedelte mit der Hand. »Na, diese ganze Heimlichtuerei. In eurem exklusiven Club.«

Charles zog an seiner Zigarette, warf einen Blick auf den Fahrer und kurbelte das Fenster ein paar Zentimeter nach unten. Mit gedämpfter Stimme fuhr er fort: »Hör zu. Wir werfen gern das Wort *Nazi* in den Raum, du und ich. Aber Tatsache ist, es gibt Nazis und *Nazis*.«

»Erzähl mir etwas, das ich noch nicht weiß.«

»Ich habe keine Ahnung, was du weißt. Das ist ja gerade der Punkt. Ich weiß nicht, wie gut du deinen Mann kennst oder was diese neue Position in Berlin beinhaltet.«

»Er ist Mitglied des Oberkommandos.«

»Ja, aber was weißt du über seinen Aufgabenbereich?«

Es donnerte erneut, diesmal lauter; ein Wolkenbruch ergoss sich über die Windschutzscheibe. Wir kamen zum Stehen. Der Taxifahrer fluchte.

»Nicht viel. Was immer der Generalstab eben so macht. Er spricht nicht von seiner Arbeit.«

»Natürlich nicht.« Er schnippte die Asche seiner Zigarette aus dem Fenster. »Eines Tages werden garantiert Lehrbücher über die Nazis geschrieben, als Musterbeispiel für die effektive Konsolidierung von Macht. Vor wenigen Jahren waren sie noch das Gespött Europas, und nun, sieh sie dir an! Der alte preußische Landadel hasst ihre Machenschaften, und trotzdem hat sich jeder Einzelne von ihnen der Partei angeschlossen. Sonst hätten sie heute nichts mehr zu melden.«

»Du meinst, so wie Johann?«

»Das ist eben die Krux an der Sache. Den Deutschen geht die Treue zum *Vaterland* über alles. Kein Wunder, wenn man die Auswirkungen des letzten Krieges bedenkt. Seit Versailles kann man es ihnen kaum verdenken, dass sie wieder näher zusammenrücken. Aber der preußische Adel, der das Land aus der Misere führen sollte, sitzt auf seinen Händen und sagt zu allem Ja und Amen. Inzwischen hat Hitler sich praktisch zum Kaiser gekrönt und kann tun und lassen, was er will. Schwer zu sagen, wer wirklich hinter ihm steht, wer einfach nur Angst hat oder wer stillschweigend hofft, dass die Sache sich im Sand verläuft. Du weißt, was ich meine, oder?« Er blies den Qualm seiner Zigarette durch den Fensterspalt und starrte mich erneut an. Sein Ausdruck wirkte ernst und angespannt im finsteren Halbdunkel, kein Vergleich zu dem flotten, tennisspielenden Charles, den ich zu kennen geglaubt hatte. Ich dachte an die nächtlichen Ereignisse im Bootshaus zurück, das Blut, die Dringlichkeit, und mit einem Mal wurde mir bewusst, dass ich meinen Bruder überhaupt nicht kannte.

Der Regen prasselte hart gegen die Scheibe. Das Taxi fuhr ein paar Meter weiter und stoppte erneut, gefolgt von einem Schwall französischer Schimpfwörter seitens des Fahrers.

»Erwartest du, dass ich meinem eigenen Mann hinterherspioniere?«

»Das ist ein hässlicher Ausdruck.«

»Das ist ein hässliches Verhalten!«

»Aber du bist diejenige, die ständig beteuert, er würde auf der richtigen Seite stehen. Er sei kein echter Nazi. Wenn du damit recht haben solltest, dann …« Das Taxi fuhr abrupt an, und Charles stützte sich reflexartig am Türrahmen ab, sodass ihm fast die Zigarette aus der Hand fiel.

»Was dann?«, fragte ich.

»Dann könntest du uns vielleicht helfen.«

»Euch? Dir und Stefan?«

»Und noch ein paar anderen. Nenn es meinetwegen eine Bruderschaft. Wir wollen das Problem im Kern bekämpfen. Auf höchster Ebene. Verstehst du, was ich meine?«

Ich sagte nichts dazu. Was für ein waghalsiger Gedanke.

»Komm schon, Zwerg.« Charles stieß mich sanft an. »Was hältst du davon?«

Der Regen trommelte immer heftiger gegen die Scheiben. Ich dachte an Florian, der friedlich in seinem Bettchen schlummerte, seine Wangen rot und feucht. Ich wusste ganz genau, wie er schlief, wie er sich anfühlte, wie er roch mit seinem süßen Babyduft. Ich wusste restlos alles über meinen Sohn.

»Wessen Idee war das?«, fragte ich. »Stefans?«

Ein winziges Zögern. »Nein, meine. Stefan sollte dich nur darauf ansprechen.«

Ich sah aus dem Fenster und erblickte das Café Maginot, wo ich gelegentlich mit Alice zu Mittag aß, wenn ich die Zeit dazu fand. Das Apartment in der Avenue Marceau lag nicht weit von hier entfernt. »Ich werde meinem Mann nicht nachspionieren. Ich kann gern mit ihm reden, wenn er das nächste Mal in Paris ist, aber ich werde ihm nicht nachspionieren.«

Charles richtete sich auf. »Das verlange ich auch gar nicht von dir«, erwiderte er nachdrücklich. »Fühle ihm nur mal auf den Zahn. Finde heraus, was er denkt. Was er *wirklich* denkt. Nicht dieses saubere Gewäsch, das sie in der Öffentlichkeit von sich geben. Umgarne ihn, so gut du kannst. Verrate mir, was er dir erzählt, egal was. Seine Haltung zu den Juden und zu Nürnberg, zu Hitler und Weimar und dem Versailler Vertrag.«

»Es ist ein himmelweiter Unterschied, ob man den Nürnberger Gesetzen im Privaten widerspricht oder Landesverrat begeht«, erwiderte ich scharf.

Charles warf seinen Zigarettenstummel aus dem Fenster. »Keine Sorge.« Ein Grinsen umspielte seine attraktiven Lippen. »Wenn er anbeißt, kümmern wir uns um den Rest.«

»Und wenn nicht?«

»Dann solltest du dich von diesem Nazibastard scheiden lassen, oder ich rede kein Wort mehr mit dir.« Das Taxi hielt an. Charles beugte sich vor, um den Fahrer zu bezahlen. »Das war ein Witz, Zwerg. Aber denk wenigstens darüber nach, versprochen?«

Ich lehnte mich zurück, während er bezahlte. Dann ließ ich mich zum Hauseingang führen, ohne ihm zu sagen, dass ich das bereits getan hatte. Mein Entschluss stand fest.

## 5.

Am nächsten Tag suchte ich Stefan im Hotel auf. Aufgrund seiner Vertrautheit mit dem Ritz hatte ich die Vermutung, dass er selbst dort abgestiegen war. Meine Vermutung bestätigte sich. Während Florian seinen Mittagsschlaf hielt, betrat ich gegen halb eins das Foyer, und eine Viertelstunde später trat Stefan aus dem Aufzug.

Ich erhob mich von meiner Bank. »Hallo, Stefan.«

Zumindest gab er mir die Genugtuung, sich die Verblüffung anmerken zu lassen. »Ich wollte dich gerade aufsuchen«, sagte er, während er den Hut abnahm. Sein Gesicht wirkte blass unter der gebräunten Haut.

»Dann habe ich dir den Weg erspart. Ich wollte dich nur etwas fragen. Es wird auch nicht lange dauern. Können wir uns unter vier Augen unterhalten?«

Er sah sich im Trubel des Foyers um. »In meinem Zimmer.«

»Sehr gut. Du wohnst nicht zufällig in der Suite Impériale, oder?«

»Gott, nein.«

»Schade.«

Er wohnte in einem gewöhnlichen Standardzimmer der vierten Etage mit Blick auf die Place Vendôme. Das Fenster stand einen Spaltbreit offen, doch die Luft im Raum war furchtbar stickig. Ich warf meinen Hut und meine weißen Baumwollhandschuhe auf den Schreibtisch. »Du willst, dass ich meinem Mann nachspioniere?«, fragte ich. »Deshalb bist du nach Paris gekommen?«

Sichtlich nervös blieb er bei der Tür stehen. »Das war der Vorwand.«

»Aber du weißt *schon*, wie eine Frau geheime Informationen aus ihrem Mann herausbekommt, oder? Du weißt, wie sich Mann und Frau näherkommen?«

»Ja, durchaus.«

Ich schleuderte meine Handtasche quer durch den Raum. Sie prallte gegen die Wand und verstreute ihren Inhalt in alle Himmelsrichtungen: Lippenstift, Puder, Kleingeld.

»Annabelle …«

»Fahrt doch alle zur Hölle!«

»Annabelle, beruhige dich.«

»Erzähl mir nicht, ich soll mich beruhigen! Ich bin es leid, ruhig zu bleiben. Ich bin es leid, meine lausige Meinung für mich zu behalten. Ich bin es leid, mich von euch herumschubsen zu lassen wie eine Schachfigur.«

Er packte meine Oberarme und drängte mich, auf der Bettkante Platz zu nehmen. »Hör zu. Hör mir nur *einen* Augenblick zu, Annabelle.«

»Ich habe übrigens Ja gesagt.« Ich blickte ihm herausfordernd in die Augen. »Ich habe gesagt, ich werde es tun.«

Seine Hände lagen warm und starr an meinen Armen. Sein Gesicht war mir so nah, dass ich die farbigen Sprenkel auf seiner Iris zählen konnte.

»Die Entscheidung liegt bei dir«, sagte er, während er meine Arme freigab und sich aufrichtete.

»Es ist dir also egal?«

»Es muss mir egal sein.«

»Dann fandest du die Idee wohl in Ordnung? Großartig, wir benutzen Annabelle als Hure gegenüber ihrem eigenen Mann!«

»Hör auf«, sagte er. »Hör bitte auf. Es war nicht meine Idee, in Ordnung? Ich wollte nicht, dass du Ja sagst. Ich habe mich darauf eingelassen, um dich wiederzusehen, Annabelle. Um dieses gottverdammte Frankfurt zu verlassen und mit dir in einem Raum zu stehen, mit dir zu reden, mein Gott, dich einfach nur zu *sehen*. Mehr nicht. Nur das *eine* Mal.« Er wandte sich ab und ging zum Fenster, um es gewaltsam nach oben zu schieben und sich hinauszulehnen.

»Nur deshalb hast du Frankfurt verlassen?«

»Ja.«

»Man hätte dich verhaften können.«

»Warum sollte mich das scheren? Außerdem ist es leichter, denen durch die Lappen zu gehen, wenn man weiß, dass sie einen suchen.«

Ich legte die Hände auf meine Schenkel und starrte auf die Knie. Mein Rock war ein paar Zentimeter hochgerutscht, und meine Strümpfe schimmerten im Sonnenschein, der an Stefan vorbei in den Raum strömte. Ich wiederholte seine Worte. »*Nur das eine Mal.*«

»Ja.«

Das erboste Hupen eines Autofahrers erschien mir so fern, als käme es aus einem anderen Universum.

Mir wurde schlagartig bewusst, dass ich nicht hätte kommen sollen. Es war das Dümmste, was ich hätte tun können. Armer Johann, dachte ich. Ich sollte gehen.

Und zwar auf der Stelle.

Ich hob den Kopf und erblickte mein eigenes Gesicht im

Spiegel über dem Schreibtisch: blasse Haut, amerikanischer Mund, dunkles Haar, das sich in der Hitze kräuselte, dunkle Augen, vor Schreck geweitet. Meine roten Lippen bewegten sich. »Und was meinst *du* dazu?«

»Wozu?«

»Meinst du, ich kann euch helfen? Meinst du, Johann würde euch helfen?«

Er blickte stumm auf die Straße. »Ich weiß nicht«, sagte er schließlich. »Das kannst du besser einschätzen als ich.«

Über dem Bett befand sich ein Deckenventilator, der die Hitze in langen Zügen verwirbelte. Er nützte nicht viel, aber wenigstens blieb die Luft in Bewegung. In Aktion. Ich konzentrierte mich auf den feinen Lufthauch in meinem Nacken. »Er spricht nicht viel über seine Arbeit. Seiner Ansicht nach sind das zwei grundverschiedene Dinge: Familie und Politik. Ich habe einmal versucht, ihn darauf anzusprechen, letztes Jahr an Weihnachten, und das Gespräch ist ziemlich unglücklich verlaufen.«

Stefan hob abrupt den Kopf. »Hat er dir wehgetan?«

»Herrgott, nein. Das würde er nie tun.« Ich strich die Kniffe meines Kleids glatt. »Wenn du mich fragst, glaubt er mehr an sein Vaterland als an Hitler. Aber er sieht die beiden nicht im Widerspruch zueinander. Er geht davon aus, dass die negativen Aspekte des Nationalsozialismus verschwinden, sobald sich die Zeiten bessern.«

»Da täuscht er sich.«

»Jedenfalls bin ich bereit, ihn darauf anzusprechen, sobald sich die Gelegenheit ergibt.«

Stefan richtete sich auf und verschränkte die Arme vor seiner weißen Brust. »Ich dachte, unser Plan macht dich wütend.«

»Ich habe nichts dagegen, Johann auf den Zahn zu fühlen. Ich wollte nur nicht, dass *du* es willst.«

»Habe ich dich etwa darum gebeten? Habe ich auch nur ein Wort gesagt gestern Abend?«

»Nein.«

»Weil mich die Vorstellung krank macht, dass du mit ihm zusammen bist, nur um Informationen aus ihm herauszupressen. Ich will dir keinen Grund geben, nach Deutschland zurückzukehren und ihm eine gute Ehefrau zu sein.«

»Aber ich *bin* seine Ehefrau.«

»Das ist mir bewusst.«

»Und es gibt gewiss einen guten Grund, weshalb ich *seine* Frau bin und nicht deine. Es gibt einen tieferen Sinn. Vielleicht ist das hier der Sinn. Vielleicht bin ich deshalb mit Johann verheiratet.«

»Ach, Annabelle. Du glaubst immer noch an die Logik des Universums. Trotz aller Gegenbeweise.«

»Ist es etwa verkehrt, sich seinen Glauben zu bewahren?«

Er musterte mich stumm, den Kopf leicht geneigt. Dann durchquerte er den Raum, um sich auf den Schreibtischstuhl zu setzen. »Also gut. Nehmen wir einmal an, du wurdest von Gott auserwählt, um einen deutschen General auf den rechten Pfad zu führen. Und was dann? Angenommen er lässt sich darauf ein, und wir entwickeln einen genialen Plan, um Hitler und seine abscheuliche Ideologie zu stürzen. Angenommen der Plan gelingt, und Deutschland wird gerettet, ganz Europa wird gerettet, hurra! Wir werden als Helden gefeiert und bedanken uns bei Herrn von Kleist und seiner loyalen Gattin, die ihn von unserer gerechten Sache überzeugt hat.« Er legte seinen Arm auf den Schreibtisch und fuhr mit den Fingern über das polierte Holz, vor und zurück. Sein Blick verweilte bei mir, starr und forschend. »Was dann, Frau von Kleist? Wirst du ihn dann sitzenlassen?«

»Ich … ich weiß es nicht.«

»Oder vielleicht wären wir bereits untergetaucht, du hättest deinen Mann und deinen Sohn bereits verlassen …«

»Ich würde Florian niemals verlassen.«

»Dann würdest du ihn mitnehmen, ihn seinem Vater entreißen, um ihn einem Wildfremden anzuvertrauen? Ist das etwa Teil deines Glaubens?«

»Du bist grausam.«

»Die Situation ist grausam, Annabelle. Diese ganze verdammte Situation.« Er griff in sein Jackett und schob sich eine Zigarette zwischen die Lippen. »Hast du von den Nürnberger Gesetzen gehört?«

»Ja … habe ich. Das klingt furchtbar. Irgendwas von wegen Besitz und Meldepflicht und …«

»Ich werde es dir erklären. Das neue Gesetz besagt, dass ich kein deutscher Staatsbürger mehr bin, denn ich bin ja Jude.« Er unterbrach sich, um die Zigarette anzustecken. »Es besagt auch – natürlich rein hypothetisch gesprochen –, dass *du*, solltest du dich meinetwegen von deinem ehrenwerten Gatten trennen, mich nicht heiraten darfst, denn ein Jude darf keine Reinblütige ehelichen, das verstößt gegen das Rassengesetz. Und falls ich mir sage, na gut, dann heirate ich dich eben hier in Paris, um dich als meine rechtmäßige Ehefrau mit nach Deutschland zu nehmen, dann ist die Ehe null und nichtig, sobald wir die Grenze überschreiten.«

»Wenn wir schon rein hypothetisch sprechen«, sagte ich, »dann möchte ich darauf hinweisen, dass mir der Trauschein nicht wichtig ist. Aus einem Fetzen Papier mache ich mir schon lange nichts mehr.«

»Ah, aber genau das ist das Geschickte an diesem Gesetz. Es spielt gar keine Rolle, ob wir verheiratet sind. Wir brechen so oder so das Gesetz, denn ein Jude darf keine Nicht-Jüdin vögeln. Wusstest du das nicht? Er darf sie nicht vögeln, um keinen Bastard, kein Mischlingsbaby zu zeugen.

Sie schicken jeden ins Lager, der es auch nur versucht. Hast du von diesen Lagern gehört, Annabelle?«

Ich dachte an Florian, seine süßen dunklen Locken, seinen roten Mund, seine weiche Zunge. Hastig legte ich meine Hände auf die Knie, damit sie nicht zitterten. Nur ein, zwei Meter von mir entfernt glühte Stefans Gesicht rot vor Zorn. »Immer noch rein hypothetisch gesprochen«, fuhr ich leise fort, »könnten wir doch im Ausland leben.«

»Großartig! Die perfekte Lösung für unser hypothetisches Dilemma. Nur leider lebt meine Tochter in Deutschland, von meinen Eltern und Geschwistern ganz zu schweigen, und das ist für mich ein nicht unwesentliches Problem, wie du dir vielleicht vorstellen kannst. Meine Familie, die ich über alles liebe. Das Familienunternehmen. Das ganze verdammte Geld, von dem wir so viel haben. Wir produzieren Schuhe, wusstest du das?« Er lachte bitter. »Was für eine Ironie! Wir verkaufen den Nazis die Stiefel, mit denen sie uns treten.«

»Kannst du sie nicht überreden auszuwandern?«

Er lachte und griff nach dem Aschenbecher auf dem Schreibtisch. »Oh ja. Die Unterhaltung kann ich mir lebhaft vorstellen: *Mutter, Vater, hört mir bitte zu. Ich habe vor, wieder zu heiraten, eine ganz bezaubernde Frau, ihr werdet sie lieben. Es gibt da nur ein paar Komplikationen. Sie ist keine Jüdin, sondern die Exfrau eines verdammten Nazi-Generals, deshalb müsst ihr leider auswandern, was ihr natürlich nie tun werdet, deshalb sehen wir uns vermutlich nie wieder.*«

»Du übertreibst«, flüsterte ich.

»Und was wird aus meiner Tochter, Annabelle? Soll ich meiner Else sagen: *Leb wohl, mein süßer Engel, ich habe mich verliebt, und wenn deine Mutter und dein Vater nicht mit uns auswandern, werden wir uns nie wiedersehen*? Das kann ich nicht, Annabelle. Ich wäre für den Rest meines Lebens verdammt. Nein, ich bin schon verdammt. Ich bin verdammt, weil ich *dich* liebe, die Frau eines anderen. Und wenn ich mir sage, zur Hölle mit Recht und Unrecht, ich gehe mit der Frau ins Bett, die ich liebe, Heirat hin oder her, dann breche ich nicht nur das Gesetz der Nazis, sondern zugleich Gottes Gesetz.« Er schlug mit der Faust auf den Schreibtisch und deutete mit der Zigarette auf das Bett. »*Das* ist die Perversion des Universums. Begreifst du es *jetzt*, Annabelle? Die Situation ist so pervers, dass meine eigene Familie den Nazis in diesem Punkt zustimmen würde. Endlich habe ich mich ernsthaft verliebt, im Stil der großen Romantiker, aber wenn ich diese Frau heirate, wenn ich die Liebe meines Lebens in meine Heimat bringe, mache ich mich strafbar, Annabelle. Im Schutze meines eigenen Hauses mache ich mich strafbar, *verdammt*!«

»Aber das ist unmöglich. Ich bin französische Staatsbürgerin, ich bin Amerikanerin. Die können mir nicht vorschreiben, wen ich zu lieben habe und wen nicht.«

Stefan warf die Zigarette in den Aschenbecher und stützte die Ellbogen auf den Schreibtisch, um die Finger in seinem Haar zu vergraben. »Begreifst du es immer noch nicht, Annabelle? Genau das haben sie vor. Genau darum geht es denen.«

»Aber das dürfen wir nicht zulassen«, sagte ich leidenschaftlich. »Wir können sie besiegen, hier und jetzt. Wir können uns gegen ihren Willen lieben.«

»Ich dachte, wir reden rein hypothetisch.«

»Sei nicht albern, Stefan.«

Er seufzte und erhob sich von seinem Stuhl, um meine Handtasche vom Boden aufzulesen. Dann hob er die verstreuten Gegenstände auf, einen nach dem anderen: Lippenstift, Puder, Fahrkarten, Münzen. »Sie *haben* längst gewonnen, Liebling. Es ist zu spät. Ich werde nicht von dir verlangen, dass du deinen Mann verlässt. Und wir werden nicht miteinander vögeln wie politische Flüchtige, weder in Paris noch in Berlin noch an einem anderen gottverdammten Ort.« Er ließ meine Handtasche zuschnappen und griff nach meinem Hut und den Handschuhen. »Ich fahre dich jetzt nach Hause.«

Ich stand benommen auf. Ein frischer Windzug ließ mir das Kleid gegen die Beine wehen. Ich streckte ihm meine Hand entgegen, um nach der Handtasche, dem Hut und den Handschuhen zu verlangen. Stefan reichte sie mir mit bleicher Miene. Fast hätten sich unsere Finger berührt, aber nur fast.

»Mein Gott, du bist wunderschön«, sagte er sanft. »Die Form deiner Augen. Deine zarte Haut. Und ich dachte, meine Erinnerung hätte mich getäuscht.«

Als mir damals bewusst wurde, dass ich schwanger war – noch bevor Johann mir den Antrag machte und ich mich vor lauter Übelkeit und Entsetzen darüber, was ich mit Stefan getan hatte, hundeelend fühlte –, lag ich oft stundenlang auf dem Bett und starrte an die Decke, um die Ereignisse im Kopf umzuschreiben, sodass ich ihm möglicherweise hätte widerstehen können. Sodass ich die Katastrophe hätte verhindern können. Ich redete mir ein, er wäre gar nicht so attraktiv; sein Charisma wäre nicht mehr als eine Fata Morgana in der Wüste, die man getrost ignorieren konnte. Dieses Gefühl von tiefer Verbundenheit, die Erkenntnis unserer gemeinsamen Stunden wäre nicht mehr als eine perfide Lüge: Ich hatte ihn nie wirklich gekannt.

Aber in Wirklichkeit hatte ich mich nur selbst belogen, oder? Hier stand ich, zwei Jahre später, in Stefans Hotelzimmer, eine völlig andere Annabelle, eine verheiratete Frau und Mutter, die ihren Hut entgegennahm, ohne seine Finger zu berühren, und dennoch begegnete ich Stefans Blick mit der gleichen ungetrübten Faszination. Kein anderer wäre jemals so atemberaubend, so vertraut, so tief mit mir verbunden wie Stefan. Seine Glieder waren meine Glieder. Meine Augen hatten die Form seiner Augen.

Wie sollen wir das ertragen?, fragte ich.

(Er nahm meinen Hut und setzte ihn mir auf.)

Weil wir es müssen. Weil mein Herz nur für dich schlägt, egal wo ich bin.

(Ich rückte meinen Hut zurecht und schob meine Finger in die Handschuhe. Ich fragte ihn, ob wir uns wiedersehen würden.)

Nein, erwiderte er. Es wäre das Beste, wenn wir uns nicht wiedersehen.

## 6.

Acht Tage später lagen wir Seite an Seite auf Stefans Bett im vierten Stock des Hôtel Ritz. Der Deckenventilator rotierte träge. Die Julihitze war noch drückender als zuvor, und im Zimmer herrschte eine unerträgliche Schwüle, bestehend aus neunundneunzig Prozent Abgasen und einem Prozent Sauerstoff.

»Wir sollten irgendwo hinfahren«, sagte ich.

»Wohin denn? Die Hitze liegt über ganz Europa, soweit ich weiß.«

»Egal wohin. Nach Versailles oder Antibes. In das Haus deines Freundes bei Monte Carlo.«

»Ich fürchte, das benutzt er momentan selbst.«

»Und was ist mit deiner Jacht?«

Stefan blies eine ausgedehnte Rauchwolke in den Raum. »Die liegt derzeit vor Capri. Ich spiele mit dem Gedanken, sie zu verkaufen.«

Ich richtete mich entsetzt auf. »Du kannst sie doch nicht verkaufen!«

»Warum nicht? Was nützt sie mir noch? Wie könnte ich mich dort aufhalten, wo überall dein geliebter Schatten herumspukt? Leg dich wieder hin. Du nimmst mir die kühle Brise.«

Ich ließ mich auf die Tagesdecke sinken. Meine Haut war schweißnass, genau wie Stefans: verschwitzt und träge, nicht weil wir uns an dem Nachmittag dreimal geliebt hätten – nichts dergleichen –, sondern weil wir den vierundzwanzigsten Juli schrieben und ganz Paris unter einer Hitzewelle erstickte. Außerdem lagen wir vollständig bekleidet auf dem Bett, einschließlich unserer Schuhe.

Das war die Regel, die wir uns selbst auferlegt hatten. Wir konnten keine Affäre beginnen, solange wir unsere Schuhe trugen, solange wir unsere Kleidung anbehielten, solange wir den anderen nicht berührten, außer durch Zufall oder aus Notwendigkeit, wie etwa, wenn er mir die Handschuhe reichte oder mir einen Drink eingoss oder ich ihm eine Zigarette anzündete, was ich nur deshalb tat, weil ich die Zigarette insgeheim beneidete.

»Es ist trotz allem eine Sünde«, hatte Stefan am zweiten Tag gesagt. »Wir genießen die Intimität unseres Beisammenseins. Ganz zu schweigen von der vorangehenden Selbstbefleckung, ohne die ich nie so entspannt neben dir liegen könnte.«

Ich gab zu bedenken, dies sei überhaupt nicht nötig, denn unten im Foyer fänden sich zweifellos Damen, die diese spezielle Sünde nur allzu gern auf sich nehmen würden, doch er schnaubte nur und griff nach seinem Drink. Ich verbrachte die nächsten dreiundzwanzig Stunden damit, mich zu fragen, welch tiefere Bedeutung hinter jenem Schnauben steckte, bis mir Stefan am nächsten Nachmittag auf mein Klopfen hin die Tür öffnete und mir Hut und Handschuhe abnahm. Ich hatte die Frage keineswegs vergessen, aber die Antwort war mir mit einem Mal gleichgültig.

Am folgenden Tag besuchte ich ihn erneut. Ebenso wie am darauffolgenden. Ich entwickelte ein freundschaftliches Verhältnis zu den Stuckverzierungen über dem Bett. Ich stellte mir vor, wie wir beide von oben aussahen, die goldene Betteinfassung wie ein Bilderrahmen, der uns beide umfing, Annabelle und Stefan, auf dem Rücken ausgebreitet, in der Mitte des Bettes, elegant gekleidet, einander extrem nah, ohne sich zu berühren. Ich kannte jeden Schnörkel, jede Erhebung und Vertiefung, jeden Makel in der Vergoldung wie meine eigene Haut. Mein Blick folgte den vertrauten Windungen eines cremefarbenen Ornaments, und ich fragte: »Was machen wir hier eigentlich?«

»Ich habe nicht den geringsten Schimmer«, sagte Stefan. »Das ist für mich eine ganz neue Situation.«

»Ich glaube nicht, dass wir eine Sünde begehen. Wie könnte das hier Sünde sein? Einfach nur nebeneinander zu existieren?«

»Es ist noch schlimmer als eine leibliche Sünde. Wir könnten Ehebruch begehen, ohne einander so nahe zu kommen.«

»Warum tun wir es dann nicht einfach? Wenn es die kleinere Sünde wäre?«

»Weil eine Sünde die andere nicht aufhebt. Weil der Liebesakt dieses gemeinsame Existieren nicht unschuldiger machen würde.«

Die Schatten der Ventilatorblätter schienen einander zu verfolgen. Seit meiner Ankunft hatten sie sich um mindestens zwei Zentimeter gestreckt. Die Minuten verstrichen, eine nach der anderen, bis nichts mehr davon übrig blieb.

Bald würde ich mich vom Bett erheben und meine Handschuhe und meinen Hut nehmen, um auf den flirren Asphalt zu treten, ohne mir anmerken zu lassen, dass ich mein Herzblut in diesem Zimmer zurückgelassen hatte.

»Wir könnten wenigstens Hände halten«, sagte ich.

»Das sollten wir auf gar keinen Fall, Annabelle.«

Meine Hand berührte seine, und unsere schwitzigen Finger verwoben sich auf der Tagesdecke.

## 7.

Mein Vater vergötterte Florian, und die Zuneigung beruhte auf Gegenseitigkeit. Oft beobachtete ich, wie die beiden vor dem Sofa spielten, Bücher und Spielsachen auf dem eleganten Intarsienparkett verstreut, und ich empfand eine seltsame Mischung aus Verblüffung und Verrat.

»Um Charles und mich hast du dich nie so rührend gekümmert«, sagte ich eines Mittags, nachdem ich einen Tag zuvor im vierten Stock des Ritz Stefans Hand gehalten hatte.

»Habe ich nicht?«

»Nein, du hast dich lieber amüsiert.«

»Aber ich amüsiere mich doch gerade«, erwiderte er und schlug einen passablen Rhythmus auf der Sambatrommel. Ich wechselte einen vielsagenden Blick mit Alice, die bequem in einem Sessel lehnte und ein Magazin durchblätterte. Sie lächelte wohlwollend und zuckte mit den Achseln.

Eine halbe Stunde später saßen wir zusammen beim Mittagessen, und trotz allem Gekreische und Geschmiere war Papa immer noch verzückt von seinem Enkel. »Zum Glück hat er nicht die Haare seines Vaters«, meinte er. »Als hätte man ihm Bleiche über den Kopf gegossen.«

Alice unterdrückte ein Lachen.

»Ich mag Johanns Haare.«

»Natürlich, Liebes. Passt doch zu ihm, oder? Ein großer teutonischer Eisberg.«

»Papa!« Voller Begeisterung warf Florian sein Brot auf den Boden.

Ich beugte mich vor, um das Brot aufzuheben. »Er versteht deutlich mehr, als du denkst.«

»Aber sicher. Er ist eben ein ausgesprochen kluger Junge, stimmt's, *chouchou*?« Papa zog eine Grimasse, und Florian kreischte vor Freude.

Ich betrachtete die beiden über den Rand meines Weinglases hinweg. »Vielleicht ist es ja ganz gut, dich schon mal daran zu gewöhnen, wenn du bald mit deinem eigenen anfängst.«

»Wir haben übrigens beschlossen zu heiraten«, warf Alice ein. »Nächsten Monat, im Hôtel du Cap. Ich hoffe, du bist bereit, meine Trauzeugin zu werden. Vorausgesetzt deine Familie kann dich so lange entbehren.«

Das Weinglas verharrte an meinen Lippen. »Ihr wollt heiraten?«

»Natürlich«, sagte mein Vater. »So ein gemeiner Schuft bin ich nun auch wieder nicht.«

Ich stellte das Glas beiseite und wischte mir die Finger an der Serviette ab. Arme Mum, dachte ich. »Na ja, ich kann mir schon vorstellen, dass du ihr einen Antrag gemacht hast. Aber es wundert mich, dass die kluge Alice ihn angenommen hat.«

»Ich habe wohl keine andere Wahl. Aber ich weiß mit ihm umzugehen.«

»Du weißt sehr gut mit mir umzugehen«, erwiderte Papa, während die beiden einen verliebten Blick wechselten, der mir den Atem raubte.

Sie lieben sich wirklich, dachte ich, während eine lähmende Panik in mir aufstieg. Alice war nicht dazu geschaffen, glücklich und zufrieden zu sein; es lag in ihrer Natur, sich ständig nach etwas Neuem zu sehnen, rastlos und unersättlich. Eigentlich sollte ich diejenige sein, die ihren Partner klug gewählt hatte, die praktische Ratschläge zur Pflege von Ehemännern verteilte und von einem intakten Familienglück schwärmte.

Florian warf ein weiteres Stück Brot auf den Boden. Seine karamellbraunen Augen wurden groß und feucht. »Will zu Papa«, verkündete er mit einem herzzerreißenden Schluchzen und streckte mir die Arme entgegen.

Ich nahm ihn aus dem Hochstuhl und zog ihn an meine Brust, sein winziger Herzschlag an meinem, seine winzige Faust in meiner. »Na, hoffentlich weißt du besser mit ihm umzugehen als Mama.«

»Das war mein Fehler, *mignonne*«, sagte Papa.

»Du gibst es also zu? Das ist zumindest ein Schritt in die richtige Richtung.«

»Ich bin eben älter und weiser geworden«, meinte Papa. »Ein alter Hund kann doch noch einen neuen Trick dazulernen, meinst du nicht? Ich habe inzwischen eingesehen, dass menschliches Glück nicht allein von geschlechtlicher Befriedigung abhängt.«

»Aber es ist ein entscheidender Faktor«, fügte Alice hinzu.

»Besser spät als nie«, sagte ich.

Alice zündete sich eine Zigarette an. »Kannst du denn kommen? Zu unserer Hochzeit, meine ich. Lässt er dich bei gutem Betragen auch mal fort, oder musst du die ganze Zeit brav in Deutschland bleiben?«

»Er hat sicher nichts dagegen, wenn ich für ein paar Tage verreise.«

Pflichtbewusst fragte ich Alice nach den Vorbereitungen, nach dem Kleid, den Blumen, den geladenen Gästen, während Papa die Gelegenheit nutzte, um sich zurückzuziehen. Sanft streichelte ich Florians verschwitztes Haar. Er hatte sich wieder beruhigt, und der Hauch seines Atems kitzelte meinen Hals, ruhig und gleichmäßig. Alice wartete, bis sich die Tür hinter Papas grauem Anzug geschlossen hatte, dann fragte sie mich, was eigentlich an meiner Affäre dran sei.

Meine Hand erstarrte in Florians Haar. »Ich habe keine Affäre.«

»Dann gibt es also einen ganz harmlosen Grund, weshalb du dich jeden Tag mit einem Mann im Ritz triffst?«

»Woher weißt du das?«, flüsterte ich.

»Ein Vögelchen hat es mir gezwitschert. Du machst dir ja nicht mal die Mühe, dich zu verstellen. Was für eine Amateurin.« Sie nahm Florian auf den Schoß, damit er mit ihrer Kette spielen konnte. »Wir reden doch hier von Stefan, oder?«

Ich zögerte. Aber was brachte es schon, sie anzulügen? »Ja, Stefan. Aber es ist nicht so, wie du denkst.«

»Du glaubst doch nicht, ich hätte etwas dagegen, oder? Amüsier dich ruhig. Ist die Katze aus dem Haus … du weißt schon. Ich habe kein Recht, dich zu verurteilen.« Sie half Florian, sich auf ihrem Schoß hinzustellen. Er lachte vergnügt und tätschelte ihre Wangen, während sie ihn an ihre Brust zog, als wäre sie seit jeher dazu geboren, ein Baby zu schmusen. »Aber nimm dich in Acht, Liebes. Dein Kater hat bestimmt etwas dagegen, wenn er sein Mäuschen beim Tanzen erwischt.«

8.

Darf ich dich mal etwas fragen?

Alles, Annabelle.

Was hast du damals gesagt, als wir uns am Strand geliebt haben?

(Stefan zog an seiner Zigarette und nahm einen letzten Schluck von seinem Brandy.)

Und erzähl mir nicht, du könntest dich nicht erinnern.

Doch, ich erinnere mich. Ich erinnere mich sehr gut. Ich habe Gott gebeten, uns ein Kind zu schenken, damit du für immer mir gehörst. Und ich dir.

(Der Ventilator drehte unermüdlich seine Kreise, Runde um Runde.)

Es war eine selbstsüchtige Bitte. Du warst nicht einmal zwanzig. Aber ich konnte nicht anders. Ich sehnte mich nach einem Zeichen, dass ich das Richtige tue, dass Gott mich für dich bestimmt hat.

(Mit einem sanften Rauschen wie das Meer, Runde um Runde.)

Alles in Ordnung, Annabelle?

Ja, Stefan. Alles in Ordnung. Ich glaube, ich sollte jetzt gehen.

9.

Als ich nach Hause kam, war Florian noch nicht von seinem Mittagsschlaf erwacht. Er lag auf dem Bauch, nur in einem dünnen Hemdchen und einer Windel, von der Hitze gerötet und verschwitzt. Ich stand an seinem Bettchen und berührte sein dunkles Haar. Seine winzige Faust zuckte, seine perfekten Finger spannten sich, und ich musste daran denken, wie ich Stefan eines Nachmittags in Monte Carlo beim Schlafen beobachtet hatte, splitternackt auf dem Bett, umrahmt von strahlend weißem Sonnenlicht. Ein Anblick von grenzenlosem Frieden. Ich weiß noch, wie ich dachte, was für ein Glück, diesen wundervollen Anblick ein Leben lang genießen zu dürfen: Stefan, schlaftrunken vom Liebesspiel, gehüllt in puren Sonnenschein.

10.

Ich drehte mich auf die Seite, um Stefans hageres Profil zu mustern. »Was, wenn ich nächsten Monat nicht nach Deutschland reise? Wenn wir uns stattdessen mit Florian ins Auto setzen und zur Hochzeit meines Vaters nach Antibes fahren?«

Stefan hatte die Hände hinter dem Kopf verschränkt. Er betrachtete die rotierenden Schatten an der Decke. »Du darfst mich so was nicht fragen, Annabelle, du musst sagen, *Stefan, ich will, dass wir nach Antibes fahren*, dann werde ich dir diesen Wunsch erfüllen. Gott möge mir verzeihen. Ich würde alles daransetzen, dir deinen Wunsch zu erfüllen.«

11.

»Ich kann das nicht«, sagte ich zu Charles. »Ich kann Johann nicht ausspionieren. Das wäre unaufrichtig.«

Wir gingen mit Florian am Ufer der Seine spazieren und sahen uns die Buchstände an. Charles blickte zu mir auf, ein offenes Buch in der Hand. Marcel Proust.

»Das ist doch kein Spionieren«, sagte er.

»Das meine ich nicht. Es wäre unaufrichtig, weil ich so

tun müsste, als wäre alles in bester Ordnung. Als würde ich ihn immer noch lieben, falls ich das je getan habe.«

Charles wirkte aufrichtig schockiert mit seinem offenen Proust in der Hand. Florian verschwand flink hinter einem der Buchstände, und ich stürzte ihm hinterher, sodass mir der Hut vom Kopf flog. Er kicherte vergnügt, weil ich ihn verfolgte. Als ich ihn endlich erwischte, drückte ich ihm einen Kuss auf den Hals und sagte, Mama habe ihn furchtbar lieb, er sei ihr Goldstück, er sei seinem Papa so ähnlich.

»Papa!«, rief er und schlang seine Arme um meinen Hals.

12.

Es war der neunundzwanzigste Juli. Stefan und ich lagen auf dem Bett im vierten Stock des Ritz und sahen einander an. Wir hatten die Schuhe ausgezogen, denn es war einfach unerträglich heiß – das sei doch albern, meinte ich, ein Paar Schuhe können auch nichts ändern –, und meine Finger strichen sanft über die Narbe in Stefans Gesicht.

»Ich glaube, ich bin bereit, dir etwas zu erzählen.«

Er legte einen Finger an meine Lippen.

»Nicht jetzt«, sagte er. »Es ist zu heiß zum Reden.«

13.

Als ich anderthalb Stunden später zu meiner Wohnung in der Avenue Marceau zurückkehrte und den Schlüssel in die Tür steckte, wusste ich auf Anhieb, dass etwas anders war. Eine spürbare Energie schien von der Tür über den Schlüssel in meine Hand zu fließen, als hätte sie jemand in meiner Abwesenheit unter Strom gesetzt.

Ich fasste an den Knauf, öffnete die Tür, und ein strahlendes Lachen perlte mir aus dem Wohnzimmer entgegen – Florians vergnügtes Glucksen, gefolgt von dem donnernden Lachen eines gewaltigen Brustkorbs.

## 14.

Als meine Mutter ihren Blinddarmdurchbruch erlitt, waren wir in Cape Cod bei meiner Tante und meinen zahlreichen Cousins und Cousinen. Mum hatte am Abend zuvor über Bauchschmerzen geklagt, doch meine allzeit pragmatische Tante – die Mutter um ihren französischen Titel beneidete und höchstwahrscheinlich eine gewisse Schadenfreude empfand, weil die Ehe kläglich gescheitert war, genau wie sie es am Tag der Hochzeit prophezeit hatte – war der Ansicht, Mum solle sich nicht so anstellen, eine Aspirin nehmen und sich ins Bett legen.

Am nächsten Morgen erwachte ich inmitten einer gespenstischen Stille, als hätten die Fußbodendielen über Nacht ihren Lebenswillen verloren. Mein Blick glitt quer durch den stillen Raum zum Bett meines Bruders, das leer und verlassen dalag, die Laken hastig zurückgeschlagen.

Ich setzte mich auf, während sich langsam die Tür öffnete. Es war mein Cousin Franklin, blauäugig und braun gebrannt, mit strahlend weißen Zähnen, das Musterbeispiel eines amerikanischen Jugendlichen. Im Herbst würde er nach Harvard gehen, um eines Tages Präsident zu werden. Charles hasste ihn, weil Franklin sich abfällig über Football äußerte.

»Bist du wach?«, fragte er.

»Warum ist es so still?«

Er erklärte mir, das Haus sei so still, weil alle im Krankenhaus wären, und sie wären im Krankenhaus, weil meine Mutter in der Nacht eingeliefert worden war. Und nun sei sie tot.

Tot, sagte ich.

Tot, wiederholte Franklin. Tut mir leid.

Ein ziemlich blöder Witz, meinte ich, doch Franklin erwiderte, es täte ihm leid, aber es sei kein Witz. Sondern ein Blinddarmdurchbruch. Man hätte sie noch operiert, aber leider zu spät.

Ich ließ mich in die Kissen sinken und zog mir die Decke über den Kopf. Ich betete drei Ave-Maria, und als ich damit fertig war, wusste ich, dass meine Mummy nicht mehr lebte. Und dass ich Franklin Hardcastle ein Leben lang hassen würde, weil er behauptet hatte, es täte ihm leid, obwohl es nicht stimmte.

Später, als der Schock etwas nachließ, fragte ich mich, woher die Dielen es gewusst hatten. Woher hatte das Haus gewusst, dass etwas nicht stimmte, noch bevor ich es wusste?

## 15.

Im Wohnzimmer sah ich Florian, der vergnügt auf Johanns Rücken saß, als wäre dieser ein Pferd im Bois de Boulogne. Johann entdeckte mich zuerst. Er hob seinen riesigen Kopf und unterbrach sein Wiehern, während die Begeisterung sichtlich von ihm abfiel.

»Johann«, flüsterte ich. »Ich dachte, du wärst in Deutschland.«

Er griff hinter sich und packte Florians strampelnde Beine, um sich vorsichtig aufzurichten, bis er mit Florian im Arm vor mir stand. Johanns blaue Augen betrachteten mich mit einem klaren und ernsten Blick.

»*Mein Schatz*«, sagte er. »Meine geliebte Frau. Ich habe dich furchtbar vermisst.«

Ich öffnete den Mund, um etwas zu erwidern, doch im selben Moment flog die Tür auf, und ein blonder Wirbelwind stürzte in meine Arme. »Mutter!«, rief Frieda, und ich brach in Tränen aus.

## 16.

Johann fragte mich, ob ich gegessen hätte, und ich antwortete, ja. Er übergab Florian an Frieda und sagte, sie solle mit ihrem Bruder spielen, damit Papa sich mit ihrer Mutter unterhalten könne. Er hatte mir sein Taschentuch gegeben, und ich war immer noch damit beschäftigt, mir die Tränen abzuwischen, als er meine Hand nahm und mich ins Schlafzimmer führte, um hinter uns die Tür zu schließen. Er griff nach meiner anderen Hand, sank vor mir auf die Knie und küsste meine Finger. »*Mein Schatz*. Meine geliebte Annabelle, es tut mir so leid.«

Das darf nicht wahr sein, dachte ich. In einer Stunde soll ich Stefan treffen, ich soll zwei Koffer packen – einen für mich und einen für Florian –, um ihn um sechzehn Uhr dreißig an der Ostseite der Place Vendôme zu treffen und gemeinsam in einem Mietwagen nach Antibes zu fahren.

Ich versuchte, meinen Mann zu mir hochzuziehen. »Johann, bitte. Steh auf. Sag so etwas nicht.«

Er schlang seine Hände um meinen Rücken und presste die Lippen auf meinen Bauch. »Dein Geruch«, sagte er. »Mein Gott! Dich endlich wieder in den Armen zu halten. Ich war krank vor Sehnsucht, Annabelle. Ich habe einen Fehler gemacht. Mein Sohn … ich habe ihn so vermisst.«

»Er hat dich auch vermisst«, flüsterte ich. Meine Finger

glitten in sein Haar, denn was hätte ich anderes tun sollen? Die kurzen Stoppeln strichen weich über meine Handflächen.

»Auf den Knien bitte ich dich um Verzeihung, Annabelle. Vergib deinem armen alten Ehemann. Ich war so stolz und verstockt … ich hatte ganz vergessen, wie es ist, einundzwanzig zu sein.«

»Da gibt es nichts zu verzeihen. Bitte, Johann. Steh auf.«

Er stand auf und zog mich an seine Brust. »Es war Friedas Verdienst. Sie hat zu mir gesagt: *Vater, ich habe dich noch nie so traurig erlebt. Hör endlich auf, Trübsal zu blasen. Du musst etwas unternehmen.* Und sie meinte: *Annabelle ist nicht wie Mama. Du kannst sie nicht zu etwas machen, was sie nicht ist.* Und damit hat sie vollkommen recht. Ich benehme mich wie ein alter Narr mit einer zu jungen Frau.«

»Hör auf, Johann. Du bist kein alter Narr, es ist nur …«

»Annabelle, bitte.«

Ich schob ihn von mir. »Johann, nicht. Ich muss nachdenken.«

Er nahm meine Hand und küsste sie. »Hör mir zu. Hör dir wenigstens an, was ich zu sagen habe. Ich habe dem Oberkommando in Berlin mitgeteilt, dass ich meinen Posten abgebe und nach Paris zurückkehre, um meine alte Stelle wiederaufzunehmen, wenn sie mich noch wollen, oder als Zivilist, wenn sie mich nicht mehr wollen. Ich habe die Kinder von ihren Schulen abgemeldet. Im September gehen die Jungs nach Charterhouse, mein früheres Internat in England, und die Mädchen kommen zu uns nach Paris. Frieda ist so begeistert, sie hat auf der Zugfahrt von nichts anderem gesprochen.«

»Und was ist mit deiner Karriere? Sie werden dich ruinieren. Sie werden deine Loyalität infrage stellen.«

»Das ist mir egal.«

»Oh, Johann.«

Er küsste erneut meine Hand. »Wenn du mich noch willst, Annabelle. Wenn es noch nicht zu spät ist, deine Hochachtung zurückzugewinnen.«

Ich starrte auf meine zarten Finger in Johanns riesiger Hand. Es kam mir vor, als hätte jemand einen Schlauch in meine Brust gesteckt und mir allen Lebenssaft ausgesaugt.

»Ich kann so nicht länger leben«, sagte Johann. »Ohne meine Frau, ohne meinen Sohn. Ich kann diesen Zustand nicht länger ertragen. Ich werde tun, was immer du verlangst.«

Hinter der Tür hörten wir Friedas Lachen und Florians tapsende Schritte auf dem glatten, nach Bienenwachs duftenden Parkett.

»Wir brauchen dich, Annabelle«, sagte Johann.

Im Stillen betete ich drei Ave-Maria, und als ich damit fertig war, wusste ich, dass er recht hatte.

Entschlossen zog ich meine Hand zurück. »Ich bin so verschwitzt und staubig, Johann. Lass mich erst mal ein Bad nehmen.«

## 17.

Die Autos holperten quer über die Place Vendôme und umrundeten ihre vier Seiten, doch keines kam am östlichen Rand zum Stehen. Um sechzehn Uhr achtundzwanzig warf ich einen Blick auf die Uhr, dann erneut um sechzehn Uhr neunundzwanzig, doch ich wartete entschlossen ab, bis das Ziffernblatt sechzehn Uhr zweiunddreißig zeigte, ehe ich die Uhr erneut konsultierte. Die Sonne prallte mir auf den Hut, und meine Hände schwitzten in den weißen Baumwollhandschuhen.

Um sechzehn Uhr neununddreißig überquerte ich die Place Vendôme und betrat das Foyer des Ritz. An der Rezeption erkundigte ich mich, ob Stefan Silbermann am Empfang vorbeigekommen sei, doch der Hotelangestellte, der mich höchstwahrscheinlich erkannte, erklärte mir höflich, Monsieur Silbermann sei vor zwei Stunden abgereist.

Danke, erwiderte ich. Hat er eine Nachricht für mich hinterlassen?

Nein, keine Nachricht.

Wenn er noch einmal zurückkommt, würden Sie ihm bitte diese Mitteilung geben?

(Ich überreichte ihm einen versiegelten Umschlag.)

Natürlich, Madame, erwiderte der Angestellte. Ob ich eine Antwort erwarte?

Nein, sagte ich. Ich erwarte keine Antwort, und damit verließ ich das Pariser Ritz und kehrte zurück in die Avenue Marceau.

## 18.

»Hast du deinen Spaziergang genossen?«, fragte Johann, während er sich vom Schreibtisch erhob. Der Stuhl kratzte schrill über den Boden. Sein Gesicht wirkte blass und verletzlich im trägen Licht der Nachmittagssonne.

»Ja, danke.« Ich versteckte meine zitternden Hände in den Falten meines Rockes.

Hinter mir auf dem Kaminsims tickte eine Uhr. Johann betrachtete mein Haar, die Augen nervös zusammengekniffen, die Lippen leicht geöffnet, als wollte er etwas fragen.

Mein Gott, er ist so groß, dachte ich, groß und Ehrfurcht gebietend. Ein Mann, der ganze Armeen befehligt. Und trotzdem wagt er es nicht, mir eine Frage zu stellen.

»Ich gehe runter in die Küche, um das Abendessen zu besprechen«, sagte ich und verließ den Raum.

19.

Nach dem Abendessen spielte ich mit Frieda eine Weile Cello. Als ich ins Kinderzimmer ging, um Florian zu Bett zu bringen, entdeckte ich ihn am Boden, zusammengekuschelt mit Johann, der ihm eine Geschichte vorlas.

»Zeit fürs Bett«, sagte ich.

Mein Mann hob den schläfrigen Florian auf sein Knie. »Hast du gehört, mein Sohn? Mama befiehlt uns, ins Bett zu gehen, und seiner Mama muss man gehorchen.«

Johann trug ihn zu seinem Bettchen und legte ihn sanft zwischen die Laken. Es sei zu warm für eine Decke, erklärte ich. Johann beugte sich nach unten, um Florian einen Kuss auf die Stirn zu drücken. Er strich ihm die dunklen Locken aus der Stirn und sagte, Papas Junge sei schon so groß, fast ein junger Mann. Florians Augenlider schlossen sich beim Klang seiner vertrauten Stimme.

Ich schaltete das Licht aus.

20.

Als ich nach den Weihnachtsferien in unsere Pariser Wohnung zurückgekehrt war, hatte ich anfangs auf meiner Seite des Bettes geschlafen und Johanns Seite gemieden, wie zahlreiche Soldatenfrauen, die den Mittagstisch für ihren verschollenen Mann mit eindeckten. Nach jenem unglückseligen Besuch im April jedoch hatte ich diese unsichtbare Linie allmählich überschritten, Zentimeter für Zentimeter, bis ich mich in der Mitte des Bettes breitmachte wie ein trotziger Seestern.

Inzwischen hatten wir Juli, und mein Mann war unerwartet zurückgekehrt und hatte mich um Verzeihung gebeten. Er war vor mir auf die Knie gefallen, um mir in Erinnerung zu rufen, dass ich immer noch seine Frau war. Er hatte seine Tochter mitgebracht, die dringend eine Mutter brauchte, und er hielt meinen Sohn sicher in seinen starken Armen.

Ich streifte meinen Morgenmantel ab, warf die Tagesdecke zurück und schlüpfte wütend zwischen die Laken. *Was für eine vertrackte Situation*, sagte Nick Greenwald mit einem Kopfschütteln. Hinter mir öffnete sich die Badezimmertür.

»Annabelle«, sagte Johann.

Ich schloss die Augen.

## 21.

Ich wartete ab, während er sich ungeschickt ein Präservativ überstülpte. Als er in mich eindrang, unterdrückte ich einen Seufzer und blieb reglos liegen. Ich nahm mir vor, nicht das Geringste zu empfinden, doch Reibung ist nun mal Reibung, und Fleisch ist eben Fleisch, und mein junger, ausgehungerter Körper sehnte sich nach menschlicher Nähe. Wir wiegten uns schweigend mehrere Minuten lang, bis sich meine Waden zögerlich um seine Schenkel legten.

Was er als Nächstes tat, überraschte mich. Er rollte auf den Rücken und zog mich mit sich, sodass ich über seiner breiten Brust zusammensank. Er legte seine kräftigen Hände um meine Hüften und befahl mir auf Deutsch, ihn hart zu reiten – möglicherweise fehlten ihm auf Englisch die

Worte –, und während ich gehorsam auf- und abwippte, lobte er meine schlanke Taille, meine Brüste und meine enge Muschi. Seine Hüften zuckten mir entgegen, bis ich die Augen schloss und dachte, es tut mir leid, Stefan, es tut mir leid, aber ich komme.

Irgendwann lag ich erschöpft auf Johanns monumentaler Brust und starrte an die Wand, während seine Hand die Vertiefung meiner Wirbelsäule nachzeichnete. Es ist vollbracht, sagte er, wir sind wieder Mann und Frau.

# Pepper

## COCOA BEACH – 1966

### 1.

Susan runzelt ihre sehr, sehr hübsche Stirn. »Und ihr habt seit über einer Woche nichts von ihr gehört?«

»So sieht's aus«, erwidert Florian. »Pepper hat als Letzte mit ihr gesprochen.«

Pepper spreizt abwehrend die Hände. »Sie hat mir nicht erzählt, wo sie hinwill, und ich hatte keine Gelegenheit, sie zu fragen.«

»Herrje.« Susan blickt mitfühlend zu Florian. »Sie benimmt sich irgendwie seltsam, seit … na ja.«

»Seit Vater gestorben ist.«

»Also auf mich wirkte sie ganz normal«, meint Pepper. »Sie hat sehr liebevoll von ihm gesprochen, aber nicht als wäre sie außer sich vor Trauer. Andererseits hat sie 300 Riesen für eine alte Karre hingeblättert …«

Florian sieht sie abrupt an. »Was hast du gerade gesagt?«

»Für den Wagen, den ich ihr verkauft habe.«

»*Dreihunderttausend* Dollar?«

Pepper blickt zwischen den beiden hin und her. Sie sitzen zusammen am Esstisch, Florian und Susan auf der einen Seite, Pepper auf der anderen, zwischen ihnen eine Karaffe

Zitronenlimonade und eine Servierplatte aus Meissener Porzellan mit aufgetürmten Makronen. Die Sonne schleicht sich immer weiter durch die Terrassentüren und zeichnet einen Heiligenschein auf Susans goldenes Haar. »Hatte ich das nicht erwähnt?«

»Was für ein Wagen kostet denn dreihunderttausend Dollar?«, fragt Susan atemlos. Ihre Augen sind riesengroß und viel zu blau für Peppers Geschmack.

»Ein Mercedes Special Roadster, Baujahr '36. Von denen wurde nur eine Handvoll gebaut.«

Florian verschluckt sich. »Was für ein Mercedes?«

»Ein ganz besonderer Mercedes«, sagt Pepper. »Um genau zu sein, derselbe, mit dem deine Mutter 1938 über die deutsche Grenze geflohen ist. Ich habe ihn in einem Schuppen auf dem Anwesen meiner Schwester in Cape Cod entdeckt und ihn den Sommer über restauriert.«

Verfolgt von Florians erstauntem Blick greift sie zur Karaffe und schüttet sich Limonade ein. Die Zitronenscheiben prallen träge gegen den Ausgießer. Die Makronen hat bislang niemand angerührt. Pepper schnappt sich eine und schnuppert daran. »Mandel?«, fragt sie.

»Kokosnuss. Claras Geheimrezept. Und es ist wirklich derselbe Wagen, mit dem sie und Dad aus Deutschland geflohen sind?«

Susans Augen gleichen einem Paar taufeuchter Kornblumen. »Du hast ihn restauriert? Ganz alleine?«

»Mit etwas Hilfe«, sagt Pepper bescheiden.

»Und was macht der Wagen in einem Schuppen in Cape Cod?«

Pepper gestikuliert mit ihrem Gebäck. »Genau das, mein Lieber, ist das große Geheimnis. Vielleicht ist deine Mutter ja aufgebrochen, um es zu lüften. Mein Gott, die Makronen sind einfach göttlich!«

Florian beugt sich vor. »Woher weißt du, dass es derselbe Wagen ist?«

»Weil sie es mir gesagt hat.«

»Und woher weiß sie es?«

»Sie wird doch wohl ihr eigenes Auto erkennen, oder nicht? Und glaub mir, das ist kein Wagen, den man leicht verwechselt. Jedes Teil wurde mit größter Sorgfalt handgefertigt und liebevoll montiert. Es ist das Schönste, was du in deinem Leben je sehen wirst.«

Susan wendet sich verzückt an Florians Wange. »Das ist unglaublich romantisch, findest du nicht?«

»Romantisch?«, erwidern Pepper und Florian wie aus einem Mund.

Wir dürfen uns was wünschen!, denkt Pepper.

»Na, dass sie ein Vermögen für einen Wagen ausgibt, der sie und ihren Mann damals in ein neues Leben gefahren hat.« Sie schenkt Florian einen himmelblauen Hundeblick, *klimper, klimper.* »Das ist doch romantisch!«

Er springt entnervt auf.

»Romantik hin oder her. Meine Mutter ist mit einem Dreihunderttausend-Dollar-Wagen auf und davon, ohne jemandem etwas zu sagen, und ich würde sie gern finden, bevor es der Gerichtsmediziner tut!«

Susan wirkt entsetzt. »Gerichtsmediziner?«

»Findest du das nicht etwas dramatisch?«, fragt Pepper.

Florian stützt seine Knöchel auf die Tischplatte. »Du willst Drama? Wir reden hier von meiner *Mutter*!«

»Das stimmt. Die Ärmste kann einem leidtun. Aber wie ein großer deutscher Denker einst sagte: Was eine Frau nicht umbringt, macht sie stärker. Sie treibt sich nur irgendwo da draußen herum. Gesund und munter. Glaub's mir.«

»*Irgendwo* ist ein weiter Begriff, Schuyler. Wir haben nicht mal einen Ansatzpunkt.«

»Cape Cod?«

»Sie ist definitiv *nicht* in Cape Cod. Nicht im November.«

»Woher willst du das wissen?«

»Glaube mir einfach. Sie kann die Kälte nicht ausstehen. Sie lebt vom Sonnenschein.«

»Na bitte. Damit haben wir das Problem doch schon eingegrenzt. Wir suchen einen sonnigen Ort im November.«

»Sie muss doch irgendwas erwähnt haben. Irgendeinen Hinweis.«

»Hat sie aber nicht. Ich zeige dir gern ihre Nachricht. Die meisten Telegramme sind wortreicher.«

»Hatte sie viel Gepäck dabei?«

»Ich habe nicht mitgezählt, weil ich bei ihrer Abreise nicht dabei war. Noch Fragen?«

Florian sinkt zurück auf den Stuhl und fährt sich mit den Fingern durchs Haar. Die Haut um seine Augen ist sorgenvoll gerunzelt. Armer Schatz. Was ist Annabelle nur für eine Mutter, dass sie solch irrationale Ängste um ihr Wohlbefinden auslöst? Zugegeben, das Mutterdasein verläuft bei den Schuylers auch nicht immer glücklich. Meist stürzt sich die Schuyler-Mutter vor lauter Verzweiflung kopfüber in einen Wodka Tonic mit Limette. »Wir könnten die Hotels abtelefonieren«, sagt er finster.

»Das dauert doch ewig.«

»Ich weiß.« Er flucht leise in sich hinein. »Hast du eine bessere Idee?«

Pepper tippt sich ans Kinn und mustert eine weitere Makrone. Bereits die vierte, wenn sie ihr Einlass gewährt. Aber Pepper hat noch nie solche Kokosmakronen gekostet, die ihr buchstäblich auf der Zunge zergehen. Wer weiß, ob sich die Gelegenheit je wieder bietet? Florian greift zu seinem Glas und starrt durch die schwitzende Oberfläche auf die verzerrten Zitronenbäume im Hof. Die antike Reiseuhr auf dem Kaminsims lässt ihre zarten Glöckchen erklingen.

Susan räuspert ihre sehr, sehr hübsche Kehle. »Entschuldige, das klingt jetzt bestimmt albern. Aber hast du mal daran gedacht, ihr Arbeitszimmer zu durchsuchen?«

Florian ist schockiert. *Schockiert.* »Du meinst, ich soll ihre Sachen durchwühlen?«

»Tut mir leid. Ist eine dumme Idee.«

Pepper legt die Makrone zurück auf den Teller und greift zu ihren Krücken. »Du meine Güte, Susi. Allmählich gefällst du mir.«

## 2.

Susan beugt sich geschmeidig nach unten und entblößt ein gutes Stück ihrer goldbraunen Schenkel. »Was macht denn Mrs. Dommerichs Grammy am Boden?«

»Mir den Fuß brechen.«

Susan greift nach der Figur und stellt sie ehrfürchtig zurück ins Regal. Florian setzt sich an Annabelles Schreibtisch und legt seine Fingerspitzen an den Rand der Tischplatte. Er runzelt die Stirn und greift nach einem Blatt Papier. »Was ist das?«

»Nichts.« Pepper reißt ihm das Blatt aus der Hand. »Ich sag doch, ich war im Begriff, einen Brief zu schreiben.«

»Auf dem Briefpapier meiner Mutter?«

»Ach, bitte. Es steht kein Name drauf.«

»Du wolltest dich also doch zu Hause melden. Sehr vorbildlich.«

»Es gehört sich nicht, die Post anderer Leute zu lesen.«

»Oh, Verzeihung.« Sein Lächeln erinnert an eine Grimasse. »Ich dachte, genau darum ginge es hier?«

Susan kehrt dem Regal den Rücken zu und legt die Hände in ihre zarte Taille. »Ist der Raum nicht bezaubernd?«, verkündet sie strahlend. »Wenn ich ein Arbeitszimmer hätte, sollte es *genauso* aussehen.«

»Was für ein Zufall«, murmelt Pepper. Sie setzt sich auf den Rand des Schreibtischs, unweit von Florians kleinem Finger, und bewundert die kräftige Rundung seiner Schulter. Er wirkt etwas zu groß für den zierlichen Stuhl, etwas zu männlich für das feminine Arbeitszimmer, das ohne jeden Hauch von Rosa auskommt. Es liegt eher an den cremefarbenen Wänden, dem kunstvollen Arrangement der Möbel. Oder an dem fröhlich gelben Paisleymuster des Sessels, den kein Mann jemals in seinem Arbeitszimmer dulden würde. »Mir fällt da gerade etwas ein«, murmelt Pepper.

»Und das wäre?« Florian späht zaghaft unter die Schreibtischunterlage, öffnet angewidert die Schubladen, als würde er Windeln wechseln.

»An dem Morgen, besser gesagt Mittag … ich habe etwas länger geschlafen … bin ich zum Frühstück ins Esszimmer gegangen, und Annabelle war auch da, aber sie hat mit keiner Silbe erwähnt, dass sie vielleicht weg wolle. Im Gegenteil, sie hat mir noch vorgeschlagen, später gemeinsam in die Stadt zu fahren und einzukaufen.«

»Einkaufen?« Florian blickt auf, als hätte er eine heiße Fährte gewittert. »Was wollte sie denn einkaufen?«

»Das spielt keine Rolle. Kleidung für mich oder das Baby. Was weiß ich. Ich will damit sagen, am Tag ihres Verschwindens hat sie mittags noch Pläne geschmiedet. Und dann ist sie urplötzlich abgereist. Was könnte sie dazu bewogen haben?«

»Ein Telefonanruf?«, vermutet Susan.

Florian schnippt mit den Fingern. »Oder die Post!«

»Sie hat davon gesprochen, die Post durchzusehen, während ich einen Spaziergang machen wollte.«

Florian wirft einen Blick auf den säuberlich geordneten Schreibtisch. »Hier liegt jedenfalls keine Post.«

Pepper rutscht von der Tischplatte und hüpft zur Tür. »Clara!«, ruft sie über den menschenleeren Gang. Einen Augenblick später kommt die Haushälterin angetrabt.

»Ja bitte, Miss Schuyler? Suchen Sie Ihre Tabletten? Oder brauchen Sie Nachschub an Makronen?«

»Nein. Ich meine, *ja*, was die Makronen angeht. Und können Sie uns vielleicht sagen, wo Sie die Post ablegen, wenn Mrs. Dommerich außer Haus ist?«

## 3.

Nur um eins klarzustellen: Pepper sorgt sich nicht im Geringsten um Annabelles Wohlergehen. Schließlich ist sie kein zartes Mauerblümchen. Und wenn ihr die Nazis nichts anhaben konnten, wer dann? Aber Pepper hat neben ihren blauen Mandelaugen und ihrer Neigung für unpassende Männer auch den Schuylerschen Spürsinn für dreckige Wäsche geerbt, und ihre grazilen Fühler haben instinktiv angeschlagen, als Florian die magischen Worte gesprochen hat.

*Seit Vater gestorben ist.*

Was könnte das anderes heißen, als dass Annabelle etwas in ihren feinen Damenhänden verbirgt? Möglicherweise … lasst Pepper mal scharf nachdenken … dreckige Wäsche?

Natürlich sollte man zuerst vor der eigenen Tür kehren. Aber das ist nichts für Pepper. Der eigene Dreck ist viel zu langweilig, zu lästig, zu schwer aus dem Weg zu räumen oder unter den Teppich zu kehren. Aber das gewienerte

Parkett fremder Leute! Hier lässt sich gut kehren. Eine reizvolle, wenn auch wenig lobenswerte Beschäftigung, die einen von den eigenen Problemen ablenkt, während man sich im Dreck der anderen suhlt. Eine erfrischende Abwechslung sozusagen.

»Deine Mutter hat leider die unglückliche Angewohnheit«, sagt Pepper über eine braune Aktenmappe gebeugt, »verdammt gut organisiert zu sein. Ich meine, wer zahlt und archiviert schon umgehend alle seine Rechnungen, wenn er gerade von einer Reise zurückgekehrt ist?«

»Sie hasst eben unerledigte Dinge.« Florian blickt nicht einmal auf. Er sitzt immer noch am Schreibtisch und blättert in einer Aktenmappe, die auf seinem Schoß liegt. Er sieht aus, als würde er lieber in einer Mülltonne wühlen.

»Oder sie hat irgendwas zu verbergen.«

»Ich habe das Gefühl, etwas streng Verbotenes zu tun«, sagt Susan heiser. »Weil wir heimlich in ihren Papieren herumschnüffeln.«

»Du genießt doch den Nervenkitzel, gib es zu. Nicht dass es hier viel zu entdecken gäbe. Es sei denn, man ergötzt sich an der Tatsache, dass sie sich für fünf Dollar die Woche ihre Blumen wässern lässt.« Pepper wirft die Aktenmappe auf den Stapel und beugt sich über die Hängeregistratur. »Dommerich, du bist gerade verdächtig still da drüben. Erzähl uns doch mal von der Ahnenforschung deiner Mutter.«

»Ich weiß selbst nicht viel. Das klang alles eher vage.«

»Was du nicht sagst.«

»Sie hat irgendwelche Artikel aus Tageszeitungen und Zeitschriften gesammelt. Und es gibt da jemanden in Washington, der für sie Archive und Urkunden durchforstet.«

»Kennst du zufällig seinen Namen?«

»Nein.«

Pepper blättert in den alphabetisch geordneten Mappen, bis sie über einen Nachnamen in dicken schwarzen Lettern stolpert: HARRIS.

»Heißt er vielleicht Harris?«, fragt sie. »Der Mann in Washington?«

»Kann schon sein.«

Sie schnappt sich die Mappe und schlägt sie auf. Ein Stoß maschinenschriftlicher Korrespondenz breitet sich vor ihr aus, zum Teil mit silbernen Büroklammern versehen, die einen Zeitungsartikel hinzufügen. *Sehr geehrte Frau Dommerich*, lautet einer der Briefe vom März 1965, *der Hinweis bezüglich San Diego scheint ins Leere zu laufen (siehe beiliegenden Bericht). Ich konzentriere mich nunmehr auf die Person in Oklahoma* [hier findet sich eine wütend blaue Randnotiz: *Nicht Oklahoma! Die Küste!!*] *und werde mich so bald wie möglich mit Neuigkeiten bei Ihnen melden …*

Von wegen Ahnenforschung, denkt Pepper.

Über ihren Köpfen zieht ein Deckenventilator träge seine Kreise. Die verwirbelte Luft spielt mit den Ecken des Briefbogens – billiges Schreibmaschinenpapier, wie man es in heruntergekommenen Büros findet –, und in der Stille der verebbten Unterhaltung überlegt Pepper, ob sie den Brief zum gleichmäßigen Rauschen des Ventilators triumphal in die Höhe halten oder ihn stillschweigend zurücklegen soll, in die Mappe mit der Aufschrift HARRIS – offenbar der Name eines Privatdetektivs, der irgendjemanden aufstöbern soll. Jemanden, den Annabelle Dommerich *sehr gut* kennt, zumindest gut genug, um zu wissen, dass derjenige (oder *diejenige*!) sich niemals fernab der Küste, im Herzen des Landes niederlassen würde.

Natürlich gibt es noch weitere Briefe. Pepper überfliegt deren Inhalt. Sie sind in chronologischer Reihenfolge geordnet, der älteste obenauf. Vom Januar letzten Jahres (wann ist eigentlich Mr. Dommerich in den siebten Tabakhimmel aufgestiegen?) bis zum … Pepper befeuchtet ihren Daumen und zieht den untersten Brief hervor, ein leises Stoßgebet auf den Lippen, denn sie könnte dringend etwas Abwechslung gebrauchen …

*6. November 1966.*

## 4.

»Ich komme mit«, sagt Susan. Sie presst die Lippen trotzig aufeinander.

Florian legt eine Hand auf ihren Arm. »Sue, du bist hier viel besser aufgehoben. Ich rufe dich an, sobald ich etwas weiß.«

»Aber ich kann dir bestimmt helfen!«

Sie blickt schmollend zur Decke, und Pepper denkt sich, mein Gott, sie ist noch besser als ich, oder? Sie stehen vertraulich neben Florians Bett, während dieser hastig eine Zahnbürste in seine kleine Tasche packt. Er hat sich für die Reise bereits umgezogen: ein Baumwollhemd, eine Latzhose und bequem ausgelatschte Slipper. Die Nachmittagssonne vor dem Fenster ist merklich gealtert.

Er lächelt auf Susan herab. »Das ist lieb von dir, aber Pepper weiß viel besser, was hier los ist.«

»Pepper kommt mit?«, fragt Susan.

»Ich komme mit?«, fragt Pepper.

Florian sieht sie mit hochgezogenen Brauen an. »Etwa nicht?«

»Oh nein. Nein.« Pepper deutet auf ihren Bauch. »Schwanger und lädiert. Noch so eine mitternächtliche Autofahrt würde ich nicht überleben. Nimm lieber Susan mit. Ich wette, sie wird deinen Bedürfnissen besser gerecht werden.«

»Da bin ich mir nicht so sicher«, erwidert Susan bescheiden.

»Aber natürlich, Herzchen. Männer wie er sind simpel gestrickt.«

»Pepper«, sagt Florian. »Können wir uns kurz unter vier Augen unterhalten?«

## 5.

Sie suchen Schutz im Schatten eines Zitronenbaums, und Pepper dreht sich mit den Krücken unter den Armen zu Florian herum.

»Bevor du irgendwas sagst, denk bitte einen Moment nach. Du kannst die arme kleine Sue unmöglich zu Hause lassen, während du mich in deinem Thunderbird entführst.«

Wieder dieser verblüffte Ausdruck. »Aber da läuft nichts zwischen mir und Sue. Unsere Freundschaft ist rein platonisch.«

»Mein Gott. Verstehst du eigentlich gar nichts von Frauen, Dommerich?«

»Ich verstehe eine Menge von Frauen.«

»Das behauptest du zumindest. Aber dir ist nicht mal bewusst, dass die arme Susan sich lebhaft ausmalen wird, wie wir alle fünf Minuten am Straßenrand anhalten, um auf der Rückbank übereinander herzufallen, bis die Scheiben beschlagen.«

Florians Blick gleitet hinab zu ihrem Bauch und wieder nach oben. »Machst du Witze?«

»Na, vielen Dank. Überaus schmeichelhaft.«

»Das soll nicht heißen, dass ich dich nicht attraktiv finde. Ich dachte, das hätten wir geklärt. Aber, na ja, allein in praktischer Hinsicht …«

»Wo ein Wille ist, ist auch ein Weg.«

Eine zarte Röte breitet sich über Florians Hals und Wangen.

»Nicht dass ich es schon mal versucht hätte«, fügt Pepper hinzu. »Ich habe nur die nötige Fantasie.«

»Aber das ist gar nicht der Punkt. Es geht Susan überhaupt nichts an, mit wem ich mich vergnüge oder auch nicht.«

»Ach, wirklich? Ich glaube, aus *ihrer* Sicht geht es sie sehr wohl was an. Und erzähle mir nicht, du wärst dir dieser Tatsache nicht bewusst.«

Er hat zumindest den Anstand, sich seine Verlegenheit anmerken zu lassen. »Kann schon sein. Aber sie sollte mich besser kennen.«

»Sollte sie?«

»Ja. Ich bin zwar Anwalt, aber kein Schürzenjäger. Außerdem habe ich derzeit andere Dinge im Kopf. Du sollst nur mitkommen, weil du den Mercedes kennst. Und weil du Mutters Gemütslage besser verstehst. Außerdem … ich weiß nicht … bist du irgendwie … gewiefter.«

»Du solltest Miss Willoughby nicht unterschätzen.«

»Sie ist einfach nicht der Typ Frau …«

Peppers Finger klammern sich fester um die Krücken. »Ach? Und welcher Typ wäre das, hmm?«

Florian hebt abwehrend die Hände. »Oh nein, den Fehler mache ich kein zweites Mal. Ihr seid einfach nur verschiedene Typen. Nicht besser oder schlechter. Einfach nur verschieden. Und wenn ich jemanden zur Verstärkung brauche, um meine Mutter an der Küste Georgias aufzuspüren, dann bevorzuge ich eben *deinen* Typ.«

»Und wenn du jemanden suchst, um zu heiraten und Babys zu zeugen, dann bevorzugst du *ihren* Typ?«

»Was soll das, Pepper? Wer redet hier vom Heiraten?«

Sie legt ihre Hand auf seinen Arm, dicht über dem Ellbogen. Ein von Zitronen schwer beladener Zweig berührt sanft ihre Schulter. »Hör zu. Folge einfach meinem Rat. Nimm Susan mit, okay? Sie ist stärker, als du denkst. Außerdem könnt ihr dann wirklich alle paar Kilometer anhalten und übereinander herfallen, wenn euch danach ist.«

»Ehrlich gesagt, wäre ich nie auf die Idee gekommen.«

»Tja, jetzt schon.«

## 6.

Susans Gesichtsausdruck nach zu urteilen, hat Pepper eine gute Tat getan. Hoffentlich macht Gott sich fleißig Notizen, vorausgesetzt er hat sie nicht längst abgeschrieben.

Susan eilt umgehend nach Hause, um, wie sie behauptet, ein paar »Kleinigkeiten« zu packen. Das Haus der Willougbys liegt gerade mal einen halben Kilometer entfernt. So haben sie sich kennengelernt, erklärt Florian, während Sues Wagen in einer Staubwolke davonbraust. Als Kinder haben sie zusammen am Strand gespielt. Das nette Mädchen von nebenan, sagt Pepper. Ganz wie im Kino.

Sie geht zurück auf ihr Zimmer und wirft die Krücken in die Ecke, um sich auf das ordentlich gemachte Bett zu legen und den Deckenventilator anzustarren. Das Baby windet sich in ihrem Innern, offenbar geweckt von der plötzlichen Ruhe. Das war mal eine gute Tat, denkt sie im Stillen, auch wenn es sich nicht so anfühlt. Es fühlt sich eher an, als hätte sich in ihrem Brustkorb ein gähnendes Loch aufgetan, von dem sie bislang nichts wusste.

Ein paar Minuten später hört sie ein Klopfen an der Tür. »Ich bin's«, sagt Florian durch den Türspalt.

»Seid ihr noch nicht unterwegs?«

»Bist du vernünftig angezogen?«

»Böse Zungen behaupten, ich bin nie vernünftig angezogen.«

Er öffnet die Tür. Pepper setzt sich auf.

»Und du willst wirklich nicht mitkommen?« Sein Körper erfüllt den gesamten Türrahmen, umspielt vom bläulichen Licht des Abends.

Sie schüttelt den Kopf. »Drittes Rad am Wagen.«

»Du wärst nicht das dritte Rad am Wagen. Und was willst du stattdessen tun? Ich kann dich doch hier nicht allein lassen.«

»Ich werde schon nichts stehlen, versprochen. Keine wilden Partys feiern. Eure Alkoholbestände sind vor mir sicher.«

»Das habe ich nicht gemeint.« Er setzt sich vorsichtig ans Bettende, während die Matratze unter ihm nachgibt. Sein Blick ruht auf den verschränkten Händen in seinem Schoß. »Du solltest deine Familie besuchen.«

»Na, das wäre eine schöne Bescherung zu Thanksgiving! Die schwangere Pepper watschelt mit Krücken in den Raum und macht mit ihrer Figur dem Truthahn auf dem Tisch Konkurrenz. Nein, ich warte lieber ab, bis es passiert ist. So wie früher, als die entehrte Tochter kurzerhand für ein halbes Jahr zu einer Verwandten in die Schweiz geschickt wurde.«

»Mit dem winzigen Unterschied, dass du hier keine Verwandten hast.«

Sie schnippt mit den Fingern. »Zu dumm. Aber wir leben in einer modernen Zeit.«

»Das ist doch albern, Pepper«, erwidert er. »Du solltest bei deiner Familie sein.«

»Meine Familie ist nicht so wie deine, Schätzchen. In

schwierigen Zeiten kommen wir besser allein zurecht. Sonst wird das Fläschchen Arsen geöffnet, und im nächsten Moment steht die Polizei vor der Tür.«

»Pepper«, sagt Florian kopfschüttelnd.

»Jetzt geh. Ich komme schon allein zurecht. Außerdem habe ich immer noch Clara, die jederzeit den Arzt rufen kann, falls irgendwas schieflaufen sollte.« Sie beugt sich vor und stupst leicht gegen seine Schulter, nur das eine Mal. Sie kann der Versuchung nicht widerstehen.

Florian legt seine riesige Hand auf ihre. »Ich rufe dich an und erzähle dir, was wir herausgefunden haben.«

»Mach das.«

Sie zieht ihre Hand zurück. Er steht auf und schenkt ihr einen prüfenden Blick. Seine Taille ist genau auf Peppers Augenhöhe: sein straffer Bauch, umfangen von einem braunen Gürtel, der die Latzhose sicher an ihrem Platz hält.

»Schone deinen Fuß, versprochen? Denk immer an die Krücken!«

»Wie könnte ich die vergessen?«

Dann spürt sie seinen Finger an ihrem Kinn und richtet den Blick auf sein verschwommenes Handgelenk, denn beides zusammengenommen – sein Blick und seine Berührung – erzeugen einfach zu viel Sprengkraft für den kleinen Hohlraum in ihrer Brust.

»Jetzt geh schon«, sagt sie erneut, und seine Hand sinkt gehorsam herab.

Er geht zur Tür und bleibt stehen. »Ach, der hier ist übrigens für dich.«

Sie blickt auf. Er hält einen kleinen, dünnen Umschlag in der Hand.

»Was ist das?«

»Ein Brief. Clara hat ihn mir gegeben.«

Als sie nicht gleich aufsteht, sich nicht einmal rührt, den

Blick wie gebannt auf das weiße Rechteck in seinen Fingern gerichtet, während ihr Blut gefriert, zuckt Florian ahnungslos mit den Schultern und legt den Umschlag auf den Beistelltisch neben der Tür.

7.

Peppers Herzschlag setzt im fliegenden Galopp wieder ein. Aber sie ist nicht die Art von Frau, die schlechten Nachrichten bewusst aus dem Weg geht, richtig? Die einen unheilvollen Umschlag stundenlang anstarrt, bis sie endlich den Mut findet, ihn mit zitternden Fingern zu öffnen.

Nicht unsere Pepper.

Sie schert sich nicht um die Krücken. Stattdessen hüpft sie ungrazil über den Läufer und schnappt sich den Brief. Das Tageslicht hat rasch nachgelassen wie für die Jahreszeit üblich, daher knipst sie das Licht an, ehe sie den Umschlag aufreißt.

Diese Handschrift! Wie kann man sich so über die Vertrautheit einer krakeligen Handschrift ärgern? Aber genau das tut Pepper. Am liebsten würde sie den Brief in tausend Stücke reißen. Doch sie liest ihn.

*Wir müssen miteinander reden. Vergiss die Anwälte. Ich erwarte dich in einem Privatjet am Orlando Melbourne Municipal Airport. Wir finden eine Lösung.*

Der Brief ist nicht unterschrieben. Natürlich nicht.

Von wegen Anwälte. Was für ein Witz. Wenn dieser Captain Seersucker Jurist ist, ist sie Marie Antoinette.

Pepper zerreißt den Brief in tausend Stücke. Als sie damit fertig ist, hat sich ihr Herz abgekühlt und pumpt eisiges Blut durch ihre Adern. Sie schnappt sich ihre Zahnbürste, ein sauberes Kleid sowie frische Unterwäsche und packt alles in einen Wäschesack. Dann streift sie sich den Riemen ihrer Handtasche über die Schulter, stützt sich auf ihre Krücken und humpelt zur Tür des Gästehauses, um Annabelles duftenden Hof zu überqueren und sich zur Hauseinfahrt zu begeben.

## 8.

Die beiden sind noch nicht abgefahren. Florian verstaut gerade Sues Reisetasche im Kofferraum des Thunderbirds. Susan wartet geduldig auf dem Beifahrersitz und frischt ihren Lippenstift auf.

»Ich habe es mir anders überlegt«, verkündet Pepper, während sie Florian den Wäschebeutel entgegenwirft.

Grinsend fängt er ihn auf und schließt den Kofferraum.

# VIERTER SATZ

»Die höchste Kunst des Krieges besteht darin,
den Feind kampflos zu unterwerfen.«

SUNZI

# Annabelle

## DEUTSCHLAND – 1938

### 1.

Auf einer Weide hinter dem Tennisplatz brachte Johann Florian mithilfe eines langen Seils und eines noch längeren Geduldfadens das Reiten bei. Ich saß zusammen mit Frieda, Lady Alice und meinem neugeborenen Schwesterchen auf einer Picknickdecke und sah zu, wie die beiden unter der brütenden Sonne ihre Kreise zogen. Frieda gab der kleinen Margot gerade ihr Fläschchen. Über das wogende Gras hinweg hörte ich Johanns sonore Stimme, die Florian auf Deutsch Anweisungen gab.

»Ihm kann doch nichts passieren, oder?«, fragte Alice.

»Je jünger, desto besser, behauptet Johann.«

»Stimmt«, sagte Frieda. »Wir haben alle mit zwei Jahren angefangen. Ich habe manchmal das Gefühl, Frederick ist mehr Pferd als Junge.«

»Jedenfalls sieht es so aus, als würde es ihm Spaß machen.« Alice zog die Knie bis unters Kinn. Sie trug keinen Hut, und ihr honigblondes Haar, durchwirkt von sommerlichen Strähnen, war zu einem lockeren Knoten hochgesteckt. Sie trug ein Kleid aus weißer Lochspitze und sah aus wie ein Gänseblümchen. Als Margot anfing zu quengeln, blickte sie in ihre Richtung und reckte ihren langen Arm, um ihre Tochter am Kinn zu kraulen. »Was ist denn los, mein Engel? Willst du etwa auch reiten?«

Frieda lachte und hob das Baby an ihre Schulter. »Ich glaube, sie muss eher ein Bäuerchen machen.«

Alice legte sich entspannt auf die Decke. »Du machst das viel besser als ich. Willst du sie adoptieren?«

»Ich mag eben Babys«, erwiderte Frieda.

Mein Blick schweifte über das üppige Gras hinüber zu Florian. Er wirkte so erwachsen in seiner Reitkleidung und den Lederstiefeln. Die Haltung seiner Schultern verriet mir, dass er sich voll auf Johanns Worte konzentrierte. Er gab sich stets die größte Mühe, seinen Vater zufriedenzustellen.

*Seinen Vater.*

Da war er wieder, dieser schmerzliche Knoten in meiner Brust, der von Monat zu Monat kleiner wurde und seltener wehtat, doch er war immer noch da. Anscheinend handelte es sich um eine chronische Beschwerde, eine Art unheilbare Krankheit, die ich nur im Stillen lindern konnte. Es mochte durchaus helfen, dass ich seit jenem heißen Julitag kein Wort von Stefan gehört hatte. Er war aus dem Pariser Ritz abgereist und spurlos verschwunden. Nicht einmal Charles wusste, wo er sich aufhielt. Oder er wollte es mir nicht sagen. Ein sauberer Schnitt, wie eine Amputation. Irgendwann wird einem bewusst, dass man auch ohne die fehlenden Gliedmaßen überlebt, dass man weiterhin funktioniert, vielleicht sogar floriert, denn der menschliche Körper kann einiges wegstecken. Auch wenn es sich manchmal anfühlt, als würde das eigene Herz aufhören zu schlagen. Es ist dennoch tröstlich zu wissen, dass irgendwo da draußen ein anderes Herz für einen schlägt.

Margot machte ein niedliches Bäuerchen. Ich betrachtete meine winzige Schwester und staunte, wie verschieden sie und Florian waren. Ihre zarten Lippen, ihre perfekten Fingerchen. Ich wusste, wenn ich mich zu ihr hinabbeugte, würde ich ihren süßen Babyduft riechen. Wie war es nur möglich, dass dieser robuste Junge, der beim Traben des Ponys sicher in seinen Steigbügeln auf- und abhüpfte, vor nur anderthalb Jahren an meiner Brust gelegen hatte? Mein winziger Säugling war unwiederbringlich verloren. Ich würde mein Baby niemals zurückbekommen. Stattdessen hatte ich diesen wundervollen Jungen, der gehen und reden und reiten konnte, dieses lebende Abbild seines leiblichen Vaters, der ihn mir in den Schoß gelegt hatte. Doch mein Baby würde niemals zurückkehren.

»Geht es dir gut, Mutter?«, fragte Frieda. »Du siehst aus, als wäre dir schlecht.«

Ich stand auf und schüttelte die Krümel von meinem Rock. »Alles in Ordnung, Liebes. Ich will nur ein paar Schritte gehen.«

## 2.

Etwa eine Stunde später versammelten wir uns zum Mittagessen. Die Sonne strömte durch die hohen französischen Fenster herein. Als ich meinen Platz am Ende des Tisches einnahm und zu meinem Wasserglas griff, trat die Haushälterin auf mich zu und teilte mir mit, eine Frau sei vorhin hier gewesen, um mit mir zu sprechen.

»Wer denn?«, fragte ich überrascht. Ich hatte in Deutschland keine Freunde, nur ein paar Bekannte aus der Nachbarschaft, die nicht viel von mir hielten.

»Ihren Namen wollte sie nicht nennen, Frau von Kleist. Aber sie hat mir diese Nachricht gegeben. Es sei dringend.«

Alice und mein Vater saßen bereits am Tisch und tranken ihren Wein, während sie sich angeregt über Tennis unterhielten. Der Rauch ihrer Zigaretten trieb langsam zur Decke. Die Jungs scharrten mit ihren Stühlen. Johann blickte erwartungsvoll über den Tisch, der nach einem üppigen Strauß roter Rosen duftete, die ich heute Morgen frisch geschnitten hatte.

Ich schob die Nachricht unter meinen Teller. »Danke, Hilda.«

## 3.

Für ein so großes Anwesen bot das Schloss Kleist erstaunlich wenig Rückzugsmöglichkeiten. Genau genommen war es nicht das Haus an sich, sondern vielmehr seine Bewohner. Man konnte nicht ans Telefon gehen, ohne unschuldig gefragt zu werden, wer denn angerufen habe. Man konnte nicht in Ruhe Tennis spielen, ohne von mindestens zwei Zuschauern belagert zu werden. Abends ließ die Belagerung nach, sobald ich mich in meine gemütlichen Räume im Ostflügel zurückzog, wo nicht alle paar Minuten jemand etwas von mir wollte. Tagsüber hingegen hatte ich nur dann einen ruhigen Moment, wenn ich für ein paar Minuten im Bad verschwand, und genau dort öffnete ich den Brief, den Hilda mir beim Essen überreicht hatte.

Die Nachricht war auf billiges Notizpapier geschrieben, wie man es in Hotels oder Bahnhöfen fand. Der Text war auf Englisch und in sauberer Druckschrift verfasst, als wollte der Schreiber sichergehen, dass ich jedes Wort verstand.

*Ich brauche Ihre Hilfe. Wilhelmine, Marktstraße 23*

Ich faltete die Notiz zusammen und steckte sie zurück in die Tasche. Bevor ich die Tür öffnete, fiel mir im letzten Moment ein, die Toilettenspülung und den Wasserhahn zu betätigen, um so zu tun, als würde ich meine zitternden Hände waschen.

## 4.

Ich entdeckte Johann im Schlafzimmer, als er sich gerade sein Tennisdress anzog.

»Ist es nicht zu heiß für Tennis?«

»Dein Vater hat mich zu einer Partie herausgefordert. Und seinem Schwiegervater kann man nun mal nichts abschlagen.« Er griff nach dem Hemd. Seine Brust war massiv und rosig wie ein saftiges Steak. »Willst du uns zuschauen?«

»Nein danke. Ich wollte noch kurz in die Stadt, um einzukaufen«, sagte ich.

»Einkaufen?« Er blieb stehen und hob die Augenbrauen. »Ich denke, du hasst einkaufen?«

»Ich brauche noch einen Hut für die Festspiele.«

»Lass den Hutmacher doch herkommen. Das hat Frieda auch so gemacht.«

»Ich bin aber nicht Frieda, schon vergessen?«

Er legte das Hemd beiseite und lächelte. »Nein. Du bist meine bezaubernde Annabelle. Ich könnte sterben, wenn ich dich nur ansehe.«

»Ach, Johann, hör auf.«

»Komm her, meine bezaubernde Annabelle.« Er schlang einen Arm um meine Taille und schob seine Hand kühn in den Ausschnitt meiner Bluse.

»Johann! Was ist denn in dich gefahren?«

Er küsste mich, und als er zurückwich, waren seine Augen unendlich sanft. »Liegt wohl an der Sonne. Es tut gut, endlich wieder Sonne auf der Haut zu spüren.«

## 5.

Ich wartete, bis die ersten Tennisbälle durch die Luft flogen und keiner mehr Notiz von mir nahm, ehe ich den Mercedes aus der Garage fuhr.

Der nächste Ort lag mehrere Kilometer entfernt an einer sich windenden Landstraße, die im gleißenden Sonnenlicht erstrahlte. Ich hatte das Verdeck geöffnet, und meine Hutkrempe flatterte im Fahrtwind, der nach Hopfen und Sonnenschein duftete. Ich konzentrierte mich darauf, geradeaus zu fahren und die richtige Menge Sauerstoff zu atmen: nicht zu viel, nicht zu wenig.

Die Marktstraße war nahezu verlassen. Die Leute hatten ihre Einkäufe bereits erledigt, um den herrlichen Sommernachmittag zu genießen. Ich hielt vor dem Haus mit der Nummer 23 – einem kleinen Hotel, das mir noch nie aufgefallen war –, und eine schlanke Gestalt trat aus dem Schatten des Hauseingangs hervor.

»Frau von Kleist?«, fragte sie.

Ausgesprochen hübsch, dachte ich, von meiner Eifersucht eiskalt überrumpelt. Sie war größer als ich, und ihre dunklen Locken kringelten sich unter den Ohren. Sie wirkte weitaus moderner, als ich es erwartet hatte. Sie trug keinerlei Make-up, abgesehen von etwas Lippenstift, und hatte es auch nicht nötig. Ihre elegante Seidenbluse und die weite Stoffhose waren modisch geschnitten und hatten eine maskuline Note, was ihr außergewöhnlich gut stand. Ich konnte mir nur zu gut vorstellen, wie Wilhelmine als junge, attraktive Braut in einem Hotelbett mit Stefan geschlafen hatte, um mit ihm eine Tochter zu zeugen.

»Wilhelmine«, sagte ich. »Entschuldigen Sie, ich kenne Ihren Nachnamen nicht.«

»Ich heiße Himmelfarb«, sagte sie in fließendem Englisch. »Darf ich einsteigen?«

»Natürlich.«

Sie setzte sich auf den Beifahrersitz und schloss die Tür. »Wenn es Ihnen nichts ausmacht, würde ich gern woanders hinfahren. Ich habe schon genug riskiert.«

Ich ließ die Kupplung kommen, und wir jagten über die Marktstraße, während hinter uns der Staub aufwirbelte. Sie legte ihren Ellbogen auf den Rand der Tür und blickte in meine Richtung, als warte sie darauf, dass ich die Unterhaltung begann.

Also tat ich genau das. »Es geht um Stefan, oder? Ist ihm etwas zugestoßen?«

Sie musterte mich, ohne ein Wort zu sagen.

»Bitte sagen Sie es mir. Sagen Sie mir, ob er noch lebt!«

»Tut mir leid«, erwiderte sie. »Ich war mir nicht sicher, ob Sie es ernst meinen.«

»Was zur Hölle soll das heißen? Jetzt sagen Sie mir endlich, was los ist!«

»Er ist am Leben«, sagte sie, und meine Schultern sanken erleichtert herab. Der Wagen schlingerte leicht zur Seite, und Wilhelmine umklammerte instinktiv den Türrahmen, während ihr rechter Fuß sich gegen das Bodenblech stemmte. Als ich den Wagen wieder geradeaus lenkte, fuhr sie unbeirrt fort: »Na schön. Sie haben also nichts davon gewusst.«

»Ich habe seit einem Jahr nichts mehr von ihm gehört. Seit er das Pariser Ritz im Juli verlassen hat.«

»Dann wissen Sie auch nicht, dass er an der Rue Cambon

von zwei Gestapomännern verhaftet wurde, als er gerade in den Wagen steigen wollte. Seither wird er im Lager Dachau wie ein Hund gehalten.«

Ich schlug mir die Hand vor den Mund, lenkte den Wagen zum Straßenrand, diesmal absichtlich, und trat hart auf die Bremse, bis der Mercedes neben einem verwitterten Gartenzaun zum Stehen kam. Der Motor röchelte und erstarb. Im letzten Moment öffnete ich die Tür, um mich ins Gras zu übergeben.

## 6.

»Es hat ein, zwei Monate gedauert, bis uns klar wurde, dass er verschwunden ist«, erzählte Wilhelmine, »und wir haben mehrere Monate gebraucht, um herauszufinden, wo sie ihn hingebracht haben. Er ist kein gewöhnlicher Häftling, das muss man dazu sagen. Sie haben mich nicht einmal zu ihm vorgelassen. Immerhin konnte ich ihm eine Nachricht übermitteln, und er hat mir geschrieben, es gehe ihm gut, aber ich habe seine Schrift kaum wiedererkannt.«

»Oh Gott«, sagte ich, meine Faust gegen die Zähne gepresst. Ich dachte an meinen ruhigen Jahresausklang, daran, wie ich Frieda geholfen hatte, sich in ihrer neuen Schule einzuleben; wie ich mich auf das Cello konzentriert hatte, um am Konservatorium ein von Johann arrangiertes Konzert zu geben, das überaus positiv aufgenommen wurde; daran, wie er mir anschließend gesagt hatte, er sei stolz auf mich. Dann Weihnachten in Paris, im Kreis meiner Familie – ein Überfluss an Geschenken unter dem Weihnachtsbaum, einschließlich einer atemberaubenden schwarzen Perlenkette, die Johann mir eigenhändig anlegte. Reichlich Essen und Wein, reichlich Musik und ein warmes Kaminfeuer. In der Nacht zog Johann mich eng an seine Brust, denn das Pariser Apartment, so luxuriös es auch sein mochte, war im Winter furchtbar zugig, und während ich warm und sicher einschlummerte, sagte ich in Gedanken: *Gute Nacht, Stefan*, während ich mich fragte, ob er ebenfalls eine Frau in den Armen hielt, während er friedlich einschlief.

Manchmal, wenn die Bitterkeit in meinem Herzen verebbte, wünschte ich ihm sogar, es möge so sein. Ich wünschte ihm, er hielte eine Frau im Arm, denn niemand sollte im Winter allein einschlafen müssen.

»Das war im Mai«, sagte Wilhelmine. »Die Behörden haben sich geweigert, uns Auskunft zu erteilen. Es hieß nur, er werde aufgrund diverser Verbrechen gegen den Staat auf unbestimmte Zeit festgehalten. Ich erkundigte mich, welche Verbrechen er begangen habe, und nach wochenlangen Briefwechseln und Telefonaten übersandte man mir das hier.« Sie reichte mir einen zweifach gefalteten Briefbogen.

Ich betrachtete das Blatt Papier in meiner Hand. »Sie sprechen von *wir*. Wen meinen Sie damit?«

»Seine Familie natürlich. Die Eltern können vor Sorge nicht schlafen.«

»Natürlich.«

»Ich habe meiner Tochter nichts davon erzählt. Sie liebt ihn über alles. Sie zeichnet ständig Bilder von ihm und hängt sie an ihre Wände.«

Die winzigen Rillen der durchgeschlagenen Buchstaben waren wie Braille unter meinen Fingerspitzen. Das Papier erschien mir dünn und glatt und furchtbar offiziell. Ich faltete das Blatt zögerlich auseinander, nicht auf die unbeschwerte Art und Weise, mit der man die Tageszeitung aufschlägt, sondern mit erzwungener Disziplin, jeder Handgriff ein Kraftakt, der höchste Konzentration erforderte.

»Wie Sie sehen«, sagte Wilhelmine – ich sah überhaupt nichts, denn der deutsche Text war mir vollkommen unverständlich –, »ist das ein Haftbefehl gegen einen gewissen Stefan Silbermann wegen Hochverrats, Mordes und anderer Straftaten auf Grundlage diverser Beweise und eidlichen Zeugenaussagen.«

»Mord?«, fragte ich. »Hat er wirklich jemanden umgebracht?«

»Spielt das eine Rolle?«

»Nein.« Ich lehnte mit dem Rücken an einem Zaunpfosten. In der Nähe mähte jemand ein Feld; das gleichmäßige Rattern des Motors schwebte in der reglosen Sommerhitze. Wenn ich die Augen schloss, roch ich den wohltuenden Duft von frisch geschnittenem Heu. »Woher wissen Sie von mir?«

Wilhelmine hatte die Arme über ihrer seidigen Brust verschränkt. Ihr Busen war klein und zart wie der Rest ihres Körpers. Meinem Eindruck nach trug sie keinen Büstenhalter. Sie wirkte gleichermaßen praktisch wie elegant. Sie wirkte unbezwingbar. »Haben Sie vielleicht eine Zigarette? Ich habe die Schachtel in meinem Wagen liegen lassen.«

Ich sagte, leider nein.

Sie schlug ein Bein über das andere. »Ich wusste, dass er in Paris eine Geliebte hatte. Eine verheiratete Frau, die er den Sommer über regelmäßig traf. Und nachdem ich seinen Haftbefehl im Mai endlich vorliegen hatte, bin ich nach Paris gefahren. Zuerst habe ich mich im Ritz erkundigt, wo er seine Geliebten schon immer hingeführt hat – es war ihm offenbar ein Vergnügen, hübsche Frauen in der Suite Impériale zu vögeln.« Sie unterbrach sich. »Entschuldigen Sie, das war grausam, oder? Ich habe mir geschworen, nicht zynisch zu werden. Ich habe ihn geliebt. Ich bewundere ihn noch heute. Es ist unmöglich, einen Mann wie ihn nicht zu bewundern. Er hat eine Menge außergewöhnlicher Qualitäten.« Mit der Spitze ihres eleganten Damenschuhs zeichnete sie einen Kreis in den Dreck.

»Sprechen Sie bitte weiter«, sagte ich.

»Also ging ich zum Ritz, und erwartungsgemäß wollte Alfonse mir zunächst nichts verraten, obwohl er augenscheinlich von Ihnen wusste. Wir kennen uns seit geraumer Zeit, Alfonse und ich. Diskretion ist für ihn oberstes Gebot. Vor ein paar Jahren bin ich dort aufgekreuzt, um meinen Mann eigenhändig umzubringen. Alfonse ließ sich nicht von mir beeindrucken, obwohl ich die rechtmäßige Ehefrau war. Er hat gewissenhaft dafür gesorgt, dass ich den Mistkerl nicht belästige.« Sie lachte. »Doch diesmal habe ich ihm erklärt, es gehe um Leben und Tod. Sein geschätzter Stammgast sei verhaftet worden, als er im vergangenen Juli das Hotel verließ. Er schwebe in ernster Gefahr. Daraufhin übergab mir Alfonse die Notiz, die Sie für Stefan hinterlassen hatten.«

Ich kniff die Augen zu und versuchte, mich zu erinnern. »Aber ich habe nur mit *Annabelle* unterschrieben. Nicht mit meinem Nachnamen.«

»Ach, das war das kleinste Problem. Jeder wusste, dass der Freiherr von Kleist sich lächerlich gemacht hatte, indem er eine junge Französin namens Annabelle heiratete.«

Auf der gegenüberliegenden Straßenseite bewegte sich eine Herde Kühe, die langsam über die saftig grüne Wiese schritten. »Ich verstehe das nicht«, sagte ich. »Was hat mein Mann damit zu tun?«

Wilhelmine drückte ihren schlanken Körper von dem Zaun ab und wandte sich mir zu. »Ist das Ihr Ernst? Sind Sie wirklich so naiv?«

Ratlos blickte ich zu ihr auf, gestraft von tiefer Verachtung. Die Luft um uns herum schien zu splittern, als könnte sie jeden Moment auseinanderbrechen. »Ja«, sagte ich, »ich bin so naiv.«

Ihre schmalen dunklen Augen musterten mein Gesicht, als wollten sie Inventar nehmen: Stirn, Brauen, Augen, Mund, Kinn. »Deshalb hat er sich von allen ausgerechnet *dich* ausgesucht. Du bist so verdammt unschuldig. Es war gewiss tröstlich.« Sie legte einen Daumen an meine Wange wie die Liebkosung eines Liebhabers. »Armes süßes Ding. Sieh dir den Haftbefehl noch einmal genauer an. Springt dir ein weiterer Name ins Auge?«

Ich starrte erneut auf den Briefbogen. Die deutsche Frakturschrift hatte mich schon immer verwirrt. Im Laufe meiner Ehe waren meine Deutschkenntnisse deutlich besser geworden, aber wenn ich die mittelalterlichen Buchstaben entziffern sollte, ging mir jeglicher Sinn verloren. Meine Augen hingegen schienen zu wissen, wonach sie suchten, anders als mein getrübter Verstand. Sie glitten hastig über die Seite, um bei dem Namen *Johann von Kleist* hängen zu bleiben.

»Du hattest keine Ahnung, oder? Die beiden sind wie Javert und Valjean, die tragischen Helden aus *Les Misérables*. Erzfeinde. Als ich erfuhr, dass Annabelle von Kleist seine Geliebte war, ergab das Ganze plötzlich einen Sinn. Warum der General ihn nicht in Ruhe ließ, warum er ihn wie ein Bluthund zu Tode hetzte. Warum seine Entlassung undenkbar war.«

Ich ließ mich am Zaun nach unten sinken, setzte mich in das staubige Gras. »Das ist nicht wahr.«

»Du weißt, dass es wahr ist. Du bist vielleicht naiv, aber nicht dumm.«

»Johann ist General bei der Armee. Er ist nicht bei der Gestapo.«

Sie schnaubte. »Wir reden hier von Hitlers Deutschland,

Annabelle. Niemand ist das, was er zu sein scheint. Weißt du überhaupt, was dein Mann letztes Jahr in Berlin zu tun hatte? Er hat die Neuorganisation der Gefangenenlager überwacht, in die sie Leute wie Stefan stecken, die der Nazi-Ideologie im Wege stehen. Zur vermeintlichen Besserung werden sie in diese wundervollen Arbeitslager gesteckt, größer und effizienter denn je.«

»Mein Gott.«

»Aber es steckt noch mehr dahinter. Zwischen den beiden herrscht schon lange ein Groll. Ich glaube, Stefan ist ihm vor Jahren mal an den Karren gefahren. Er hat irgendwelche geheimen Papiere abgefangen oder so was in der Art. Und dann der Mord an diesem Gestapomann, der ihn aufspüren und verhaften sollte. Du kennst deinen Mann sicherlich besser als jeder andere, Annabelle. Du weißt, er ist ein Mann von Regeln und Prinzipien. Er lässt sich durch nichts und niemanden von seinen Zielen abbringen.«

»Ja, das ist mir bewusst.« Bei dem Wort *bewusst* brach das ganze prekäre Gebilde über mir zusammen. Der letzte fatale Stoß, der das gesprungene Glas zum Splittern brachte. Johann und Stefan. Johann denunziert ihn, lässt ihn verhaften und nach Dachau bringen, um ihn dort zu foltern. Und dann kehrt Johann in unsere Pariser Wohnung zurück und spielt mit Stefans Sohn Pferd und Reiter, geht mit Stefans großer Liebe ins Bett. Der endgültige Todesstoß. *Wir sind wieder Mann und Frau.*

Ich wollte meine widerwärtige Haut abstreifen. Ich wollte mich erneut übergeben, aber ich fühlte mich leer und ausgehöhlt. Ich nahm meinen Hut ab und ließ mich von der Sonne versengen.

Wilhelmine setzte sich im Schneidersitz neben mich. Der Holzzaun ächzte, als sie sich dagegen lehnte. Ihr Knie drängte spitz gegen meine Hüfte.

»Er hat mir nie etwas gesagt«, flüsterte ich. »Stefan hat nie ein Wort gesagt.«

»Das wundert mich nicht. Stefan hat zwar seine Fehler, aber er ist ein fairer Gegner. Er benutzt eine Frau nicht als Schachfigur.«

Ich lehnte meinen Kopf gegen den Zaunpfosten und starrte in den glühenden Sommerhimmel. Ein paar zarte Schleierwolken lagen reglos vor dem blauen Firmament. Ich wartete darauf, dass sie vor meinen Augen zerrissen, entzweit von meinem Schock, doch das taten sie nicht. Der Himmel blieb heil und unversehrt, die Wolken blieben heil und unversehrt. Die Sonne strahlte ungemindert weiter, grell und fern. Die Welt blieb dieselbe, doch sie hatte sich auf furchtbare Weise verändert. Ich existierte in einem völlig anderen Universum als noch vor einer Stunde.

»Also, Frau Himmelfarb«, sagte ich. »Was können wir tun, um ihn zu retten?«

## 7.

Als ich eine Stunde später zum Kleist'schen Anwesen zurückkehrte, war das ganze Haus in Aufruhr. Frieda stürmte über den Flur und fiel mir um den Hals. Sie war inzwischen so groß wie ich, wenn nicht größer. »Oh Mutter! Da bist du ja! Es ist so furchtbar!«

»Was ist denn passiert?«

»Papa! Er hat bei der Hitze Tennis gespielt, und dann ist ihm schwindlig geworden. Er ist gestürzt und mit dem Kopf aufgeschlagen.«

Ich trat einen Schritt zurück. »Wo ist er?«

»Oben in seinem Bett. Der Arzt ist schon unterwegs. Oh Mutter, wird er wieder gesund?«

Ich stieg die Treppe hinauf. »Das will ich doch hoffen«, murmelte ich.

Das Schlafzimmer war dunkel und roch nach Zitronen und Erbrochenem. Jemand hatte die Vorhänge zugezogen. Hilda saß am Bett und drückte Johann einen Lappen auf die Stirn. Bei meinem Eintreten öffneten sich seine Augen blinzelnd.

Ich seufzte erleichtert. Wenigstens war er bei Bewusstsein.

»Danke, Hilda«, sagte ich. »Ich werde mich um ihn kümmern, bis der Arzt kommt.«

»Aber Frau von Kleist …«

»Keine Sorge. Ich bin ausgebildete Krankenschwester.«

Sie stand auf und überreichte mir den feuchten Lappen, der nach frischen Zitronen roch. Mir stockte der Atem, als die Erinnerung an Monte Carlo mich überfiel, und ich sank ermattet auf den Stuhl.

Johann bemühte sich um ein Lächeln. »Hallo, *mein Schatz*. Nicht gerade mein heroischster Auftritt, muss ich gestehen.«

Ich griff nach seinem Handgelenk, um den Puls zu überprüfen. Etwas überhastet, aber stetig und kräftig. Ich legte ihm den Lappen auf die Stirn, wo sich ein großer violetter Fleck abzeichnete. »Du wirst dich schon wieder erholen. Eine Gehirnerschütterung, schätze ich.«

Die Tür schloss sich hinter Hilda.

»Du hattest recht mit dem Tennis«, raunte Johann.

»Red mir nicht vom Tennis«, sagte ich scharf. »Ich werde dich noch heute verlassen. Sobald der Arzt hier ist, packe ich unsere Koffer. Eine Freundin wird Florian und mich abholen.«

Johanns Augen flammten auf. Er versuchte, den Kopf zu heben, doch ich hielt ihn zurück.

»Nicht. Du wirst dir nur schaden. Du kannst ohnehin nichts dagegen tun. Stefans Exfrau war heute hier, um mit mir zu reden.«

»Stefan?«

»Ja, Stefan. Mein Liebhaber. Florians Vater. Aber das weißt du längst, oder?«

»Florian ist *mein* Sohn.«

»Nein, ist er nicht. Ich habe drei Tage mit Stefan in Monte Carlo verbracht. Die glücklichsten Tage meines Lebens. Dort haben wir Florian gezeugt. Aber du hast ihn verhaften lassen und mich in deiner endlosen Güte geheiratet, während er sicher weggesperrt war. Und du hast mir nie ein Wort gesagt.« Ich machte eine Pause. »Was für ein Triumph, Stefan die Geliebte auszuspannen und das Kind wegzunehmen. Was für ein Siegestaumel.«

Johann rang mit seinem umnebelten Verstand. Sein Kopf rollte langsam von einer Seite zur anderen. »Nein, nein. Das stimmt nicht. Ich liebe dich. Ich habe dich *zuerst* gesehen. Ich habe dich vom ersten Moment an geliebt, noch bevor ich wusste … noch bevor er …« Er stöhnte leise.

»Reg dich nicht auf, Johann. Du verschlimmerst nur deinen Zustand.«

»Nein. *Nein.* Ich liebe … ich liebe euch beide. Nicht wegen … Stefan …«

»Lüg mich nicht an.«

»Aber es stimmt. Stefan ist ein Krimineller.« Das sagte er klar und deutlich. »Ein Mörder. Ein Verbrecher.«

»Wärst du nicht verletzt, würde ich dir eine runterhauen. Ich würde dich umbringen. Hast du eine Ahnung, was du getan hast?«

»Er ist ein *Verbrecher*!«

»Hör auf. Hör endlich auf. Natürlich hat er das Gesetz gebrochen, aber für eine gerechte Sache. Er hat wenigstens versucht, etwas gegen diese furchtbare Situation zu tun, während du dich zurückgelehnt hast mit der Ausrede: *Ach, die Leute kommen schon wieder zur Vernunft.* Du hast Stefan verhaften lassen und bist nach Hause gekommen, um seinen Sohn ins Bett zu bringen. Und dann hast du mich so richtig hart gevögelt, habe ich recht? Was für ein Nervenkitzel!«

Er nahm den Lappen von der Stirn und warf ihn erzürnt zu Boden. »Was soll das?«, fragte er mit heiserer, schockierter Stimme. »Was wirfst du mir vor? Du … *du* bist zu ihm zurückgekehrt. Es hat mir das Herz gebrochen.«

»Nein, bin ich nicht. Wir haben einander nicht angerührt. Ja, ich habe mich mit ihm getroffen, aber wir haben uns nicht einmal geküsst. Ja, ich habe daran gedacht, mit ihm fortzugehen, aber dann kam ich nach Hause, und da warst du mit Florian und der herzensguten Frieda, und ich wusste, das kann ich dir nicht antun. Du hast mich um Verzeihung gebeten. Ich war so voller Scham und Schande. Ich dachte, du kannst nichts dafür. Du hast dich so bemüht, du hast mir so viel gegeben, als ich dich brauchte. Also habe ich ihn aufgegeben und bin bei dir geblieben. Gott, was bin ich nur für eine Närrin, eine erbärmliche Närrin. Ich habe mir gesagt: *Es ist nicht seine Schuld, er ist ein guter Ehemann, ich muss nur einen Weg finden, ihn zu lieben.* Dich *zu lieben!*« Ich vergoss bittere Tränen, während ich neben seinem Bein auf die Tagesdecke einschlug. »Ich bin so eine Närrin.«

»Annabelle, bitte.« Er beugte sich vor, doch ich stand abrupt auf, um meine Tränen zu trocknen.

»Wage es nicht. Es ist *deine* Schuld. Es war von Anfang an *deine* Schuld. Ich werde dich verlassen und Florian mitnehmen. Ich werde einen Weg finden, Stefan aus dem Lager zu befreien. Und wenn du es wagst, mich davon abzuhalten, dann werde ich dich ruinieren. Ich werde Frieda erzählen, was du getan hast. Ich werde deinen Namen in ganz Europa diffamieren. Florian wird dich ein Leben lang hassen. Hast du mich verstanden?«, brüllte ich.

Johanns Kopf sank matt in die Kissen. Ein erbostes Klopfen erschütterte die Tür. Im nächsten Moment trat der Arzt in den Raum. »Frau von Kleist!«, zischte er entsetzt.

»Tut mir leid.« Ich wischte mir hastig über die Wangen. »Ich werde Sie mit dem Patienten allein lassen, Herr Doktor.«

# Pepper

## ROUTE A1A – 1966

### 1.

Die Rückbank eines Ford Thunderbird ist nicht gerade dazu geschaffen, einer Schwangeren als Bett zu dienen, schon gar nicht einer Schwangeren mit Gipsfuß, aber Pepper ist viel zu erschöpft, um sich davon abhalten zu lassen. Außerdem hat sie Susan und Florian in ihrem Blickfeld – Sue, die sich bequem an Florians Schulter kuschelt –, und das ist nun wirklich kein Anblick für müde Augen, oder?

Also rollt sie sich auf der Rückbank zusammen, den Blick auf das nackte Leder des Vordersitzes gerichtet, und genießt den körperlosen Rausch der Fahrt, während der Wagen mit sechzig Stundenkilometern über den Highway A1A braust, der den vorgelagerten Küstenstreifen Floridas mit dem Inland verbindet. Florian hat zuvor einen Blick auf die Karte geworfen und behauptet, am frühen Morgen müssten sie da sein. Pepper ist gewillt, ihm zu glauben. Er meint, in Daytona Beach würden sie auf die Interstate wechseln, um Zeit zu sparen. Bald wird die Interstate bis runter nach Miami führen – das muss man sich mal vorstellen! Dann kann man in weniger als einem Tag ganz Florida der Länge nach durchqueren.

Florians Stimme dringt über den Rand der Sitzbank zu ihr herüber. »Wie geht es dir dahinten? Schläfst du?«

»Alles bestens.«

»Bequem?«

»Ich habe schon an schlimmeren Orten geschlafen.«

Er lacht gutmütig und männlich, und Pepper schließt die Augen, um den Laut ausgiebig zu genießen. Der Motor des Thunderbirds rumort träge, ein verlässlicher amerikanischer Wagen, der die Kilometer begierig verschlingt. Wenn sie doch nur einschlafen könnte!

»Ist Susan wach?«

»Nein. Schläft wie ein Murmeltier. Mein Arm hat schon vor etlichen Kilometern jegliches Gefühl verloren.« Er macht eine Pause. »Du solltest auch etwas schlafen.«

»Keine Chance. Du weißt ja, wie das ist.«

Wieder dieses attraktive Lachen. »Ja, ich kann es mir vorstellen.«

Das Leder klebt an ihrer Wange. Sie leckt sich über die Lippen und spielt mit dem Gedanken, ihm die ganze Geschichte zu erzählen. Um endlich diese Angst loszuwerden und sie *ihm* aufzuladen. Immerhin kümmert sie sich genauso um *seinen* Kram, oder nicht? Ist also mehr als recht.

Außerdem kann seine Meinung bezüglich ihrer persönlichen Moral kaum noch tiefer sinken.

Doch ihre Lippen bleiben fest geschlossen, und Florian ist derjenige, der die mitternächtliche Stille durchbricht, als hätte er ihre Gedanken gehört.

»Ich habe noch eine persönliche Frage, Schuyler.«

Sie seufzt. »Manche Männer lernen es nie.«

»Ist bei dir alles in Ordnung?«

Pepper befeuchtet ihre Lippen. »Alles bestens.«

Seine Schulter ist die süße Last offenbar leid, denn er richtet sich auf und verlagert Susans schlaffen Körper in eine andere Position. Sie protestiert leise und schläft weiter. »Ich habe nachgedacht.«

»Nicht schon wieder.«

»Falls du irgendwie in Schwierigkeiten stecken solltest …«

Pepper lacht.

»Nicht den offensichtlichen. Ist da noch mehr?«

Ihr Fuß tut weh. Sie hat leider vergessen, vor der Fahrt ihr Schmerzmittel zu nehmen, und seither ist da dieser dumpfe Schmerz, der ihren Mittelfuß wie ein Verband umfängt und sich langsam, aber sicher in ihr Fußgelenk schleicht. Sie versucht, den Fuß in eine bequemere Lage zu bringen, doch der Gips ist zu schwer und sie zu erschöpft. »Wie kommst du darauf?«

»Nur so ein Gefühl. Der Brief, den ich dir vorhin gegeben habe. Und wie du plötzlich deine Meinung geändert hast.«

»Ach, ich habe mir gedacht, ihr braucht vielleicht eine Anstandsdame.«

»Hör zu«, sagt Florian so leise, dass sie sich anstrengen muss, um ihn zu verstehen. »Ich werde dir jetzt etwas gestehen. Damit du mir vertraust, okay? So funktioniert das nämlich, wenn man den Psychiatern glauben darf. Ein gegenseitiger Austausch von Vertrauen. Ich verrate dir etwas, das ich lieber für mich behalten würde, und anschließend hast du vielleicht das nötige Vertrauen, um das Gleiche zu tun.«

»Und wenn ich Psychiatern nicht über den Weg traue?«

»Kein Problem. Ich erzähle es dir trotzdem.« Er macht eine Pause, und Pepper geht davon aus, dass sie im Begriff sind, jemanden zu überholen, denn sein dunkles Haupt bewegt sich, und sie erblickt flüchtig sein Profil, als er in den Rückspiegel blickt. Im nächsten Moment heult der Motor auf, und der Wagen schwenkt leicht zur Seite. Als der Motor wieder geduldig schnurrt, redet Florian weiter: »Ich muss gestehen, ich habe mich letztes Jahr ein wenig in dich verknallt.«

Was intime Geständnisse angeht, ist dieses eher banal. Auf dem College hat ihr ein Verehrer mal einen riesigen Strauß Rosen mit einem selbst verfassten Liebessonett und einem Diamantarmband geschenkt. Die Blumen und das Sonett hat sie zurückgeschickt, das Armband behalten. (Nein, hat sie natürlich nicht. Aber die Versuchung war groß!) Diesmal ist es kein Blumenstrauß, kein handgeschriebenes Sonett, kein kostbares Armband. Doch die schlichten, aufrichtigen Worte *Ich habe mich in dich verknallt* in Florians selbstsicherem Tonfall haben eine größere Wirkung als jede poetische Liebeserklärung: Sie bringen Pepper zum Weinen. Nur ein paar zarte Tränen, die aus ihrem linken Augenwinkel quellen und an ihrer Nase herabtropfen in das Niemandsland von Hätte-wäre-wenn.

»Nur ein wenig? Ich habe anscheinend nachgelassen!«

»Wenn man bedenkt, dass du dir meiner Existenz gar nicht bewusst warst, kannst du dich glücklich schätzen.«

»Stimmt.«

»Aber ich bin ja selbst schuld. Du hast mich einfach umgehauen, als ich dich das erste Mal gesehen habe. Natürlich hatte ich von dir gehört – alle Welt schwärmte von Pepper Schuyler –, aber normalerweise bin ich ganz stolz darauf, mich nicht für die Frauen zu interessieren, die jeden beliebigen Mann umhauen. Aber *du* …«

»Ich?«

»Du. Du hast einfach ein Talent, andere zu verzaubern. Aber das weißt du bestimmt. Du bist wie ein Magnet, dessen Anziehungskraft man nicht widerstehen kann.«

»Oh, aber natürlich. Ich führe arme unschuldige Männer ins sichere Verderben.«

»Nein, ganz im Gegenteil.« Er macht eine Pause. »Bei den meisten dieser Sirenen denkt man, hinter all der Musik und den Lichtern würde sich ein mystisches Wesen verbergen, aber wenn man den Schleier herunterreißt, bleibt von dem Zauber nicht viel übrig. Bei dir war es genau umgekehrt. Du warst auf irgendeiner Party, und ich habe zufällig gehört, wie du in einem Atemzug zwei, drei Philosophen der Aufklärung zitiert hast. Und keiner dieser Idioten, die um dich herumstanden, hatte eine Ahnung, wovon du redest.«

»Du weißt doch, wie man so schön sagt: Juristen sind zu dumm für Jura.«

»Ja, das dachte ich auch. Diese Leute sind zu dumm für dich. Was für eine Verschwendung.«

Pepper gibt keine Antwort. Susan rührt sich im Schlaf, aufgeschreckt von Florians erregter Stimme, doch sie döst sofort wieder ein. Als er weiterspricht, klingt seine Stimme deutlich sanfter.

»Hast du je darüber nachgedacht, Jura zu studieren?«

Pepper lacht auf. »Das würde mein Vater niemals tolerieren. Besser gesagt, das würde er nicht *finanzieren*. Und ich habe keine Lust, mir den Juratitel vom Mund abzusparen.«

»Was für ein Neandertaler.«

»Na, na. Das ist mein Vater, den du da schlechtmachst.« Sie stützt ihren Ellbogen auf das Sitzpolster und betrachtet Florians Hinterkopf, seine runde Silhouette vor dem Licht der entgegenkommenden Scheinwerfer. »Wenn du so in mich verschossen warst, warum hast du dein Glück nicht einfach versucht?«

Er zuckt mit den Schultern. »Weil du dich bereits in einen anderen verliebt hattest. Aber ich war total verrückt nach dir, das gebe ich unumwunden zu. Ich dachte, diese

Frau verschenkt sich an solche Typen. Sie wäre viel besser beraten, wenn …«

»Was?«

»… sie einfach mal einen Gang zurückschalten würde. Das Leben hat mehr zu bieten als Sex-Appeal und Affären. *Du* hast mehr zu bieten.«

»Ich glaube, da täuschst du dich. Hübsche Fassade, nichts dahinter.«

»Von wegen, Pepper!«, widerspricht er leidenschaftlich, und Susan seufzt empört. Flüsternd wiederholt er seine Worte: »Von wegen, Pepper.«

Der Wagen fährt durch ein Schlagloch, und Peppers schwerer Körper prallt unsanft gegen die Rückbank. Sie reckt ihren Arm, um sich am Vordersitz abzustützen.

»Entschuldige«, sagt Florian.

»Nichts passiert.«

»Jedenfalls wollte ich damit sagen, dass ich mehr weiß, als du denkst. Und ich kann dir vielleicht helfen, wenn du mich nur lässt.«

»Und was hat sich plötzlich geändert?«

»Geändert? Was meinst du?«

»Warum bist du nicht mehr in mich verknallt?«

Florian fährt schweigend weiter. Pepper greift zum Fensterhebel und kurbelt die Scheibe ein paar Zentimeter herunter. Der Fahrtwind ist kühler als erwartet, aber die frische Luft ist es allemal wert. Der Wind rauscht ihr in den Ohren, doch sie versteht Florians gemurmelte Worte klar und deutlich. Vielleicht weil sie sich ein klein wenig in seine Stimme verliebt hat.

»Keine Ahnung. Vielleicht hat sich gar nichts geändert.«

## 2.

Pepper ist gerade eingenickt, als sie an einer Tankstelle halten. Sie schreckt unvermittelt hoch. Ihr Herz trommelt, ihr Atem stockt. Im kränklichen Licht der Straßenbeleuchtung entdeckt sie Florians Silhouette, lässig gegen einen Laternenmast gelehnt, während er den schläfrigen Tankwart bei der Arbeit beobachtet.

Von Susan keine Spur. Pepper späht über den Rand der Lehne, und da liegt sie, die Kleine, im Schlaf zusammengerollt, ein winziges Lächeln auf ihren rosigen Lippen. Pepper steigt auf der Fahrerseite aus, um sie nicht zu wecken.

Als sie auf Florian zugeht, wird ihr urplötzlich bewusst, wie sehr sie sich nach einer Zigarette sehnt. Seit ihrem dritten Tag in Cocoa Beach, als die wohlrationierte Schachtel zu Ende ging, hat sie nicht mehr geraucht, und sie vermisst weniger den süßen Rausch des Nikotins als vielmehr den Geruch, den Geschmack, die träge Zeremonie des Anzündens, den ersten Zug in ihrem Hals und ihrer Lunge; die sich kräuselnden weißen Schwaden, die langsam zur Decke aufsteigen, als wären es die eigenen Gedanken auf dem Weg zu ihrem Verhör im Himmel.

»Du hast nicht zufällig eine Zigarette?«

Im Lampenschein wirkt sein Gesicht fahl, seine Augen hohl und eingesunken. Er hat die Hände in den Taschen seiner Latzhose vergraben. »Nein, ich habe an dem Tag aufgehört, als wir Dads Diagnose erfahren haben.«

Verdammt, denkt Pepper.

»Standet ihr euch sehr nahe?«

»Ja, wie beste Freunde. Ich konnte ihm Dinge erzählen, die ich Mama nie anvertrauen würde.« Er macht eine Pause. Seine Augen weichen keine Sekunde von dem pickelgesichtigen Tankwart, als könne der junge Mann sich jeden

Moment hinters Steuer schwingen und mit dem schicken Thunderbird davonrauschen, einschließlich der schlafenden Susan. »Ich habe eine erstaunliche Erinnerung an ihn, meine früheste Kindheitserinnerung. Aus der Zeit, als wir noch in Deutschland lebten, glaube ich. Wir bastelten zusammen Papierflieger und ließen sie in den Kamin fliegen, wo sie lichterloh aufflammten. Das war für mich das Allergrößte. Er war der Allergrößte.«

»Wie alt warst du da?«

»Ich schätze, nicht viel älter als zwei.« Er schüttelt den Kopf. »Es ist nicht mehr als eine flüchtige Erinnerung, eine Momentaufnahme. Aber dafür extrem lebhaft. Ich sehe den Kamin immer noch vor mir. Und die auflodernden Flammen.«

»Pyromane.«

»So sind Jungs nun mal. Wir erschaffen Dinge und zerstören sie wieder.« Er lacht.

»Du vermisst ihn bestimmt sehr. Deinen Vater.«

»Jede freie Sekunde.« Er drückt sich von der Laterne ab, um seine Geldbörse aus der Hosentasche zu ziehen. »Ich glaube, er ist fertig. Ist Susan wach?«

»Nein. Ich habe den Eindruck, sie würde sogar einen Bombenangriff verschlafen.«

»Willst du dir für ein paar Minuten die Füße vertreten?«

»Nein, will ich nicht.« Sie deutet auf ihren Gips.

Ein entrüsteter Ausdruck breitet sich über seine Züge. »Moment mal. Wo sind deine Krücken?«

»Im Kofferraum.«

Florian flucht und nimmt sie ohne Umschweife auf den Arm. Pepper sieht keinen Anlass, sich zu beschweren. Sie hält ihren Kopf entschlossen fern von seiner Schulter und denkt: Das war das letzte Mal. Großes Pfadfinder-Ehrenwort.

Es braucht ja niemand zu wissen, dass die Pfadfinderinnen sie nach einem Monat rausgeworfen haben. Angeblich war sie der Gruppenleiterin gegenüber frech geworden.

3.

Sie nehmen Kurs auf Cumberland Island am südöstlichen Zipfel Georgias. Pepper hat keine Ahnung, was sich Florian davon verspricht. Das letzte Schreiben des Privatdetektivs vom 6. November – drei Tage vor Peppers Ankunft in Cocoa Beach – setzt Annabelle Dommerich davon in Kenntnis, dass der beigefügte Zeitungsartikel möglicherweise eine neue Spur enthalte und er Cumberland Island persönlich aufsuchen werde, sobald sie ihm schriftlich Erlaubnis erteile, Spesenabrechnung wie gehabt.

Der Artikel selbst war entfernt worden, und die kleine silberne Büroklammer klemmte nutzlos an dem Brief.

»Das ist noch lange kein Beweis«, meinte Susan skeptisch, doch Florian war der Ansicht, es würde alles perfekt zusammenpassen. Es sei die einzig logische Erklärung.

Und deshalb fahren sie in diesem Moment auf die brandneue Interstate bei Daytona Beach, um halb drei in der Früh, während die dreihundert Pferdestärken des Thunderbirds begeistert wiehern. Susan erwacht und hebt ihren Kopf vor dem sanften Schein der Straßenbeleuchtung. Auf ihre Frage, wie weit sie schon gekommen seien, erwidert Florian, sie hätten gerade die Interstate erreicht und seien im Morgengrauen in Georgia.

Gut, sagt Susan und verschwindet wieder in der Versenkung.

## 4.

Als Pepper ein paar Stunden später erwacht, sind ihr zunächst zwei Dinge bewusst: Sie liegt auf der Rückbank eines Wagens, und der Wagen steht. Ihre Hand greift instinktiv an ihren Bauch und stellt erleichtert fest, dass die kleine harte Kugel immer noch an ihrem Platz ist. Alles noch da.

Als Nächstes wird ihr bewusst, dass sie nichts mehr zu befürchten hat. Sie ist bei Nacht und Nebel entkommen. Sie ist unterwegs nach Georgia. Eine Heimatlose. Auf der Flucht.

Sie richtet sich auf und erblickt einen zarten lachsfarbenen Sonnenaufgang über den fernen Marschwiesen. Jenseits der Windschutzscheibe liegt eine breite Straße, menschenleer und ausgestorben, mit Grabsteinen von geparkten Autos. Dahinter strahlt hoffnungsvoll ein weißes Gebäude im rosigen Morgenlicht. Das Riverview Hotel, wie ein Schild verlauten lässt.

»Wir sind also in Georgia«, sagt sie zu niemandem im Speziellen, denn die vorderen Sitze sind leer. Was Pepper empört zur Kenntnis nimmt, denn wer lässt schon eine schlafende Schwangere im Morgengrauen allein in einem Auto liegen?

Sie reckt sich, fährt mit den Fingern durch ihr zerzaustes Haar und steigt aus dem Wagen.

Draußen ist es kühler als erwartet. Als hätten sie die unsichtbare Linie des ewigen Sommers in Florida überschritten und seien in eine andere Welt eingetreten, in der es noch echte Jahreszeiten gibt. Pepper zieht ihre Strickjacke enger um die Schultern und atmet die frische Morgenluft Georgias ein. Eine feine Note von Rauch liegt in der Luft, vermischt mit dem Fischgeruch der nahen Küste. Pepper stellt fest, dass sie an einem spiegelblanken Tidefluss steht.

Die ferne Marsch ist das gegenüberliegende Ufer, und in der Nähe liegt ein bescheidenes weißes Boot vertäut. Daneben entdeckt sie ein Schild mit der Aufschrift: CUMBERLAND ISLAND FERRY. Eine schlanke Gestalt lehnt an dem rechten Pfosten und verdeckt die letzten drei Buchstaben. Den einen Arm hat sie unterhalb ihres Busens um den Körper geschlungen, mit dem anderen nimmt sie hastig einen verstohlenen Zug von ihrer Zigarette.

Na bitte. Doch nicht so rein und unschuldig.

Pepper schnappt sich ihre Krücken aus dem Kofferraum und humpelt zu Susan. Ihre müden Glieder sind steif und ungelenk nach der holprigen Autofahrt, und ihre Zunge ist widerlich pelzig. Jede Wette, dass sie absolut grauenhaft aussieht. Aber Susan steht ihr erstaunlicherweise in nichts nach. Die schlaffe, müde Haut unter ihren Augen wird von waschbärartigen Mascara-Schatten geziert, und ihre blonden Locken haben anscheinend den Geist aufgegeben. Zwei attraktive Frauen, bezwungen von den Strapazen einer Nacht in einem Ford Thunderbird.

Susan wedelt mit ihrer Zigarette. »Erzähl es bitte keinem.«

»Würde mir im Traum nicht einfallen.«

»Willst du auch eine?«

Pepper ist kurz davor, Ja zu sagen, doch dann denkt sie an Florian, der wegen der Krebsdiagnose seines Vaters von heute auf morgen aufgehört hat. »Ich versuche gerade, es mir abzugewöhnen. Aber wir können uns um dein Feuerzeug scharen, um uns die Hände zu wärmen.«

Susan lacht. »Ich hatte schon fast vergessen, wie sich Kälte anfühlt. Florian hat mir geraten, einen Anorak einzupacken, aber ich habe nicht dran gedacht. Geschieht mir recht.«

»Wo wir vom Teufel sprechen, wo steckt denn der kleine Unhold?«

»Mein Anorak?«

»Florian.«

»Der besorgt uns gerade Zimmer, damit wir uns etwas ausruhen und frisch machen können, bevor die Fähre ablegt.« Die Zigarette ist fast verqualmt. Sie hält den Stummel zwischen Daumen und Zeigefinger, um einen letzten Zug mit ihren blassen Lippen einzusaugen. Ihre Wangen sind rot vor Kälte, ihre Augen himmelblau in den kohlschwarzen Ringen.

»Frisch machen klingt gut.« Pepper sieht sehnsüchtig zu, wie Susan den Stummel ins Gras wirft und mit ihrem makellos weißen Turnschuh zertritt. »Und dann kann der Spaß beginnen.«

»Spaß?«, fragt Susan. »Du meinst die Suche nach Mrs. Dommerich?«

»Okay, Spaß ist vielleicht der falsche Ausdruck. Donnerwetter trifft es wohl eher, wenn Florian herausfindet, dass seine Mutter einer alten Flamme hinterherjagt.«

Susan zögert. »Glaubst du das wirklich?«

»Du etwa nicht?«

Ein Ausdruck von Vorsicht breitet sich über ihre jugendlichen Züge. »Vielleicht ist es nur ein alter Schulfreund.«

»Ach komm. Du bist gar nicht so naiv, wie du aussiehst.«

»Ich weiß nicht.« Sie blickt nach unten. »Eigentlich wäre es ja jetzt egal, wo Mr. Dommerich nicht mehr lebt. Aber ich hasse die Vorstellung, dass sie … dass da vielleicht schon vorher …«

Pepper klemmt sich die Krücken unter die Arme und reibt ihre Hände. Inzwischen ist ihr etwas warm geworden, dank des winzigen Backofens in ihrem Bauch, aber ihre Finger sind taub wie eisgekühlte Cocktailwürstchen. »Man weiß nie, was in einer Ehe wirklich los ist.«

»Meine Mutter hat ihn nie gemocht«, sagt Susan. »Mr.

Dommerich. Sie fand ihn einen unangenehmen Menschen. Er sprach nur ungern von sich selbst. Aber wenn man ihn besser kannte, war er eigentlich sehr nett. Ich glaube, er wirkte einfach nur verschlossen wegen seiner Vergangenheit. Die Zeit in Deutschland, meine ich.«

»Was war denn in Deutschland?«

»So genau weiß ich das auch nicht, aber es muss schon schlimm gewesen sein. Er hat nie davon gesprochen, hat nicht mal Fotos in seinem Haus geduldet. Als hätte er Angst … ich weiß nicht … jemand könne ihn erkennen oder so.«

»Die beiden sind doch geflohen, bevor der Krieg ausgebrochen ist, oder?«

»Das schon, aber so ist es mir immer vorgekommen.« Sie macht eine Pause. »Er hat mir ein paar deutsche Ausdrücke beigebracht, aber meine Mutter hatte etwas dagegen. Ich glaube, sie waren ihr zu vulgär. Er hatte einen durchtriebenen Sinn für Humor, was man ihm nie zugetraut hätte. Nach außen hin wirkte er immer extrem korrekt und anständig. Ich habe ihn einmal mit seinem Vornamen angesprochen, Rudolf. Er hat mich angesehen, als hätte ich den Verstand verloren. Es tat mir schrecklich leid, als ich von seiner Diagnose erfahren habe.« Sie betrachtet ihre Handtasche, als spiele sie mit dem Gedanken, sich eine weitere Zigarette anzustecken. »Er hat den Boden verehrt, auf dem Mrs. Dommerich stand. Und man konnte spüren, dass sie seine Liebe erwiderte. Allein wie sich die beiden angesehen haben, als würden sie ein tiefes Geheimnis miteinander teilen. Sie hatten eine ganze Horde von Kindern – Geschwister, Halbgeschwister, Stiefkinder. Anfangs hatte ich Mühe, sie alle auseinanderzuhalten. Die meisten von ihnen sind schon älter, außer den Zwillingen. Als die Dommerichs nach Amerika gezogen sind, haben sie noch mal Zwillinge bekommen. Margot und Lizzie. Die beiden gehen aufs College. Ich habe nur eine einzige Schwester, deshalb bin ich immer gern dort hingegangen, wo jeder über den anderen stolperte. Mrs. Dommerich hat sich liebevoll um die ganze Horde gekümmert. Sie ist eine echte Glucke, wusstest du das? Ich frage mich, wie sie da Zeit für ihre Musik finden konnte.«

»Oder andere Dinge«, murmelt Pepper.

»Bitte?«

»Nichts. Und was ist mit dir und Florian?«

»Ach, Florian.« Ihre Wangen sind bereits rot vor Kälte, aber Pepper hat den Eindruck, dass sie noch mehr erröten. »Behalte es bitte für dich, aber ich habe mich schon als kleines Mädchen in ihn verguckt. Er hat unsere Beagledame Molly einmal vor dem Ertrinken gerettet, weil sie sich nicht allein aus der Brandung befreien konnte. Als er aus dem Wasser kam – und es war eine tückische Flut, vor der Küste tobte ein Sturm –, da war er so herrlich nass und verstrubbelt, ich konnte gar nicht anders, als mich zu verknallen. Ist das nicht unglaublich? Aber er hat mir nie die geringste Beachtung geschenkt. Ich war immer nur die nette kleine Freundin von Margot und Lizzie.«

»Ach, typisch Jungs. Glaub mir, er hatte garantiert ein Auge auf dich. Hübsch, wie du bist!«

»Jedenfalls hat er es sich nie anmerken lassen.« Sie wirft einen bitterbösen Blick auf den Hoteleingang. »Bis letzten Sommer. Da war er zwei Wochen lang zu Hause und hat plötzlich festgestellt, dass ich existiere. Er hat mich sogar zum Essen eingeladen, aber ich hatte schon ein Date mit Billy Fielder …«

»Oh, wer ist denn Billy?«

»Ach, nur so ein Kerl.« Sie wendet den Blick ab. »Ich habe Billy angerufen und ihm abgesagt, und … na ja, wir hatten einen echt netten Abend. Er hat mir sogar einen Gutenachtkuss gegeben.«

»Besser spät als nie.«

»Ja, das schon.« Wieder dieses Zögern, aber Susan ist eben ein nettes Mädchen. Sie hasst es, jemanden zu verletzen, selbst wenn derjenige gar nicht dabei ist. Sie öffnet den Mund, schließt ihn wieder, erforscht ihre Handtasche. »Ist schon komisch, oder?«, sagt sie, während sie nach ihren Zigaretten kramt. »Es ist nie so, wie man es sich vorstellt. Selbst wenn man es sich jahrelang erhofft hat.«

»So ist das Leben, Süße.«

Sie zündet sich eine Zigarette an und nimmt einen tiefen Zug, die Augen geschlossen. »Aber was rede ich da? Er ist einfach toll. Er ist der Beste. Er öffnet mir die Autotür und leiht mir seine Jacke, wenn es draußen kalt ist. Er hat mir erzählt, er musste seine Mutter als Jugendlicher einmal in ein Restaurant ausführen, damit er lernt, wie man eine Dame anständig behandelt. Ist das nicht wundervoll?«

»Klingt ganz nach Annabelle.«

»Als er wieder in Washington war, hat er mich ein paar Mal angerufen. Er hat mir sogar geschrieben. Ich habe ihn furchtbar vermisst. Anfangs wollte ich nach Washington ziehen, damit wir uns öfter sehen könnten. Aber Mum hat mich davon abgehalten. Sie meinte, man dürfe einem Mann nicht hinterherlaufen wie ein Hund. Oder war es eine Ziege?«

»Damit hat sie sicher recht. Aber das sagt sich so leicht, oder?«

»Ganz genau. Verdammt!« Sie nimmt die Zigarette herunter und lässt sie hastig fallen. »Er kommt.«

»Dir ist aber schon bewusst, dass er den Qualm an dir riechen kann?«

»Oh, meinst du wirklich?«

Pepper zuckt mit den Achseln. »Keine Sorge. Ich behaupte einfach, ich wäre es gewesen. Halt dich nur von ihm fern, bis du deinen Mund mit Listerine ausgespült hast.«

## 5.

Aber heimlicher Zigarettenkonsum ist das Letzte, was Florian auf der Seele brennt. Er überquert den Parkplatz wie ein furchtloser Krieger, der in feindliches Gebiet vorstößt. Dem Funkeln seiner Augen nach zu urteilen, gibt es Neuigkeiten. Gute oder schlechte?

»Sie ist hier«, sagt er. »Besser gesagt, sie *war* hier. In diesem Hotel.«

Pepper überfliegt den Parkplatz und sucht nach einem eleganten schwarzen Mercedes, einer Perle unter Säuen. »Sie war hier? Und wo ist sie jetzt?«

»Auf der Insel. Cumberland Island, wie vermutet. Sie hat gestern die Fähre genommen.«

»Also ist sie immer noch dort?« Susans Stimme hüllt sich in einen sündigen Geruch von Wrigley's Spearmint.

»Sie wissen es nicht. Das ist es ja gerade. Mama hat nicht ausgecheckt. Sie hat nicht mal ihren Koffer mitgenommen. Aber …« Florian fasst sich an die Stirn und starrt auf das vertäute Boot. Er sieht mit einem Mal aus, als wäre er vierzig. Einfach so. Alt wie Methusalem.

»Aber?«, fragt Pepper sanft.

Er wendet sich an sie, nicht an Susan. Seine Augen schimmern wie zwei feuchte braune Steine. »Als die Fähre gestern zurückkam, war sie nicht an Bord.«

# Annabelle

## DEUTSCHLAND – 1938

### 1.

Am oberen Rand des Eingangstors zum Häftlingsbereich in Dachau standen die Worte ARBEIT MACHT FREI.

»Das heißt so viel wie *Work makes free*«, sagte der junge Offizier voller Stolz in fließendem Englisch. »Aber die bessere Übersetzung wäre wohl *Work will make you free.* Sie werden feststellen, Frau von Kleist, dass all unsere Häftlinge ehrlichen und erbaulichen Tätigkeiten nachgehen, um dem allgemeinen Fortschritt des Reiches zu dienen.«

»Genauso hat mein Mann es mir beschrieben.«

Die Septembersonne schien mir grell ins Gesicht. Unter meinem eleganten Kostüm aus hellblauer Wolle bildeten sich Schweißtropfen, obwohl die Morgenluft noch recht kühl war. Ich folgte dem Offizier durch das schmiedeeiserne Tor, an einem Stacheldrahtzaun vorbei, über einen unheilvoll leeren Hof, der von einem Wachturm überblickt wurde. Der Leutnant erklärte mir, das neue Lager sei außerordentlich sicher, ich hätte nicht das Geringste zu befürchten. Auf dem Wachturm stünden Scharfschützen, das Gewehr stets im Anschlag, den Lauf auf jede kleinste Bewegung im Hof gerichtet. Die Gefangenen hätten keinerlei Chance zu fliehen.

»Und wenn sie einen Tunnel graben?«, fragte ich.

Der Offizier schüttelte den Kopf. Das sei vollkommen unmöglich, jeder Gefangene müsse sich bei der Inhaftierung entblößen und alle persönlichen Gegenstände abgeben. Er erhalte daraufhin eine gestreifte Uniform mit einer Nummer. Wenn die Häftlinge nicht gerade mit bloßen Händen grüben – hier musste er lachen –, dann hätten sie keinerlei Mittel für ein solches Unterfangen.

»Außerdem«, setzte er hinzu, »ist dies einer der Hauptgründe, weshalb wir die Gefangenen mit körperlicher Arbeit beschäftigen. Da kommen sie nachts nicht auf dumme Gedanken.«

Natürlich, erwiderte ich. Ausgesprochen sinnvoll.

## 2.

Wir absolvierten einen Rundgang durch die verschiedenen Gebäude – das Lazarett, die Kantine, die Verwaltung – und beobachteten die weiß-grau gestreiften Häftlinge in der Wäscherei. Die Räumlichkeiten waren makellos sauber und rochen nach Lauge und Desinfektionsmittel. Leutnant Helmbrecht betonte mehrfach, es sei ihm eine große Ehre, die Gattin des Generals durch das Lager führen zu dürfen. Er hoffe, das neuartige Konzept und dessen effiziente Umsetzung fänden meine vollste Anerkennung. Obwohl die SS selbstverständlich die Oberaufsicht führe, läge die Lagerleitung grundsätzlich in der Verantwortung der Häftlinge, einschließlich der Wäscherei, der Bücherei und des Lazaretts. Arbeit und Pflicht, Fleiß und Abstinenz seien die Grundsteine der Wiedereingliederung. Der neue Häftlingsbereich sei erst vor einem Monat eingeweiht worden und diene als Musterbeispiel für alle künftigen Lager dieser

Art. Der Leutnant war auffallend jung und blond, seine Stimme schrill vor Begeisterung, fast wie Friedas Tonfall, wenn sie mir vom Tennis erzählte. Ich lobte seine umfassende Kenntnis des gesamten Lagers, sein bemerkenswertes Pflichtbewusstsein. Er errötete und warf einen Blick auf die Uhr.

»Die Häftlinge werden in Kürze zum Mittagsappell antreten, Frau von Kleist«, sagte er. »Gestatten Sie mir die Ehre, Ihnen dieses außergewöhnliche Spektakel vorzuführen? Ich versichere Ihnen, es besteht keinerlei Gefahr. Die Häftlinge würden es niemals wagen, sich von ihrem Platz zu rühren.«

Ich sagte, es sei mir ein Vergnügen.

### 3.

»Erzählen Sie mir von Ihren Häftlingen«, sagte ich, während wir uns dem ausgetretenen Rechteck des Appellplatzes näherten. Leutnant Helmbrechts schwere Lederstiefel waren von einer feinen Staubschicht überzogen, die ihnen jeglichen Glanz nahm, doch ihr Aufprall war deswegen nicht weniger Ehrfurcht gebietend. Beim Gehen hielt er die Hände auf dem Rücken verschränkt.

»Die Gefangenen gliedern sich derzeit in zwei Gruppen«, sagte er. »Politische Insassen, die ein rotes Abzeichen tragen, und kriminelle Insassen mit einem grünen Abzeichen. Wir haben hier überwiegend politische Häftlinge; das ist der Hauptgrund für dieses Lager: gefährliche Individuen sicher unter Verschluss zu halten, ohne die Staatsgefängnisse zu überlasten.«

»Werden diese Männer je freigelassen?«

»Bedauerlicherweise nur selten. Die Neigung zu Agitation und Volksverhetzung ist offenbar eine chronische Veranlagung. Wenn man diese Leute entlässt, begehen sie weiterhin die gleichen Straftaten gegen den Staat.« Leutnant Helmbrecht schüttelte den Kopf, als würde er diesen Umstand zutiefst bedauern. »Ich habe mich oft gefragt, ob diese Neigung mit einer geistigen Beeinträchtigung oder Erkrankung einhergeht.«

»Eine faszinierende Theorie, Leutnant Helmbrecht. Das würde mich nicht wundern.«

Wir blieben am Rand des Appellplatzes stehen, während sich zahllose Männer in gestreifter Kleidung gewissenhaft in Reih und Glied aufstellten. Eine bizarre Häftlingsarmee von Soldaten, die keine waren. Ein Heer von Ameisen in Menschengestalt.

Ich dachte, er ist hier, Stefan ist hier. Einer dieser Männer ist Stefan.

Zu Beginn unserer Führung hatte ich dem Leutnant und der Lagerleitung zu verstehen gegeben, dass ich nicht viel Deutsch spräche. Das war jedoch eine Lüge. Seit unserer Versöhnung im letzten Jahr hatte ich unzählige Stunden darauf verwendet, mir die Muttersprache meines Mannes anzueignen. Johann war vollauf begeistert. Er half mir beim Lernen, erklärte mir den Unterschied zwischen *Sie* und *du*. Er hoffte, ich könne mich eines Tages mit seinen Freunden unterhalten, um mich davon zu überzeugen, dass es nichts zu befürchten gebe, dass Menschen mit guten Absichten immer noch überwogen. Die Gelegenheit hatte sich bislang nicht ergeben, doch ich verstand jeden Befehl, der über den Appellhof gebrüllt wurde. Ich verstand, was hier vor sich ging. Die Gefangenen standen in mehreren Reihen hintereinander, allesamt in identischer Häftlingskleidung und passenden Kappen. Die mit den grünen Abzeichen standen rechts, die mit den roten Abzeichen links; die Roten waren den Grünen zahlenmäßig weit überlegen. Jede Reihe bildete eine präzise Linie, die von der nächsten durch einen ebenso präzisen Abstand getrennt wurde. Ich überflog die endlosen Zeilen von grau-weiß gestreiften Gestalten, von ausdruckslosen Gesichtern unter anonymen Kappen, und dachte voller Panik, so werde ich ihn niemals finden, das ist unmöglich. Leutnant Helmbrecht wandte sich mir zu. »Wir haben derzeit viertausendzweihundertfünf Gefangene, von denen …«

»Wäre es möglich, zwischen den Reihen hindurchzugehen? Mein Mann ist überzeugter Humanist. Er hat mir aufgetragen, den körperlichen Zustand der Häftlinge zu überprüfen.«

»Frau von Kleist, ich kann Ihnen versichern, dass wir uns mit größter Sorgfalt um die Häftlinge kümmern. Die Männer sind für die Lagerleitung selbst verantwortlich. Wir achten permanent auf Anzeichen von Infektionen, und ansteckende Erkrankungen werden in strikter Quarantäne behandelt. Es gibt, wie Sie wissen, ein eigenes Lazarett, das von den Insassen geleitet wird, die über eine medizinische Ausbildung verfügen …«

»Und ich muss gestehen, diese unverbesserlichen Kriminellen machen mich neugierig. Ich würde gern mit eigenen Augen sehen, wie gründlich sie jene gefährlichen Tendenzen unterdrückt haben. Es ist mir ein großes Anliegen, meinem Mann berichten zu können, in welch vorbildlicher Weise das Lager Dachau höchsten Ansprüchen genügt und als Beispiel für andere Lager gelten kann.«

Leutnant Helmbrechts jugendliche Wangen erröteten ein wenig. »Selbstverständlich, Frau von Kleist.«

Er gab einem der Aufseher den Befehl, vorzutreten und uns an der ersten Reihe von Häftlingen entlangzuführen. Die roten Abzeichen leuchteten vor den tristen grauen

Streifen der Uniformen, als hätte irgendein Künstler eine monochrome Fotografie mit Farbakzenten versehen. Jedes Gesicht trug denselben unpersönlichen Ausdruck von neutralem Hass, und während ich die Reihe entlangschritt, den Blick auf jene ausgemergelten Wangen und Augenhöhlen gerichtet, wurde mir bewusst, dass die Nazis längst gewonnen hatten: Ich konnte diese Männer nicht auseinanderhalten. Alle waren abgemagert, alle grau gestreift, alle Mienen identisch. Man konnte nur allzu leicht übersehen, dass einige größer waren als andere. Man sah nichts von dem kurz geschorenen Haar unter den gestreiften Kappen. Man sah keinen Unterschied zwischen der verbrannten Haut des einen oder der des anderen.

»Meinen Respekt«, sagte ich, als wir das andere Ende der Reihe erreichten.

»Danke, Frau von Kleist.«

Mein Blick glitt erneut über die Zeilen und Spalten, die so exakt angeordnet waren, dass ich von hier aus eine weitere, diagonale Linie erkennen konnte. Diese Aufstellung hatte man unzählige Male exerziert, den ganzen Sommer über, in der sengenden Hitze, bis der Eindruck perfekt war. Und Stefan lebte seit gut einem Jahr hier. Einem ganzen Jahr. Im Sommer, im Herbst, im bitterkalten Winter, im Frühjahr und erneut im Sommer hatte er seine gestreifte Häftlingskleidung getragen und hier gestanden, tagein, tagaus, bei brütender Hitze, bei Wind und Schnee.

Wo mochte er stecken?

*Tu etwas*, dachte ich. *Gib mir ein Zeichen*. Du musst doch sehen, dass ich es bin. Du musst wissen, warum ich hier bin.

Doch noch während ich die reglosen Reihen betrachtete und Genugtuung heuchelte, wurde mir bewusst, dass er das niemals tun würde. Natürlich nicht. Stefan würde sich eher die Pulsadern aufschlitzen, als mich einem Risiko auszusetzen.

Ich legte meine behandschuhte Hand auf Leutnant Helmbrechts Arm, begleitet von einem hörbaren Seufzer.

»Frau von Kleist!«

»Oh, ich fürchte … die Hitze …«

Ich sackte in mich zusammen und bemerkte aus dem Augenwinkel, nahe dem linken Rand der Gruppe, etliche Reihen weiter hinten, die Bewegung eines einzelnen Mannes, der instinktiv einen Schritt vortrat.

## 4.

Natürlich beteuerte ich hartnäckig, es gehe mir gut, es sei nicht mehr als ein leichter Schwindelanfall, doch Leutnant Helmbrecht bestand darauf, das Lazarett aufzusuchen und einen Arzt zu konsultieren. Er nahm meinen Ellbogen und führte mich über den Mittelgang vorbei an den Häftlingen. Ich fasste mir an den Hut und ließ die Gesichter an mir vorbeiströmen, bis mein Blick unweigerlich gefesselt wurde: von einem Paar karamellbrauner Augen, die mich hartnäckig ignorierten.

»Leutnant Helmbrecht. Bitte warten Sie einen Moment!«

»Frau von Kleist?«

»Der Gefangene dort … sicher bin ich mir nicht … aber ich glaube …«

»Gibt es ein Problem?«

»Nein, nein.« Ich ging zögerlich weiter, blieb erneut stehen, wandte mich um. »Nein, ich möchte ihn mir mal ansehen.«

»Warum – was ist denn los?«

»Wurde er kürzlich von einem Arzt untersucht?«

»All unsere Gefangenen stehen unter ständiger Aufsicht der Lagerleitung. Sobald Anzeichen auf eine Erkrankung bestehen, werden sie umgehend im Lazarett untersucht.«

Er griff erneut nach meinem Ellbogen, doch ich ließ mich nicht zurückhalten. Mit dem resoluten Schritt einer Krankenschwester marschierte ich zurück. Stefans Nacken lockte mich, nicht blass, sondern sonnengebrannt, sein dunkles Haar kurz geschoren, sodass nur ein dunkler Schatten unter der Kappe hervorragte. Und diesmal war er es tatsächlich. Es war Stefan, der echte Stefan, nur wenige Meter von mir entfernt. In wenigen Sekunden würde ich ihn berühren.

»Ich bin ausgebildete Krankenschwester, Leutnant Helmbrecht. Und ich bin mir relativ sicher, bei dem Mann Anzeichen von Typhus zu erkennen.«

Bei dem Wort *Typhus* blieb der Leutnant abrupt stehen. Ich ging unbeirrt weiter, bog in die entsprechende Reihe ein und trat Stefan gegenüber. Besser gesagt, einer schemenhaften Erscheinung, die ihm nur ansatzweise glich. Zu mager, zu braun, zu matt und abgestumpft, um an den Mann zu erinnern, der mich im vierten Stock des Pariser Ritz angesehen und seinen Finger an meine Lippen gelegt hatte. Die weiße Narbe prangte grell vor der verbrannten Haut. Das rote Dreieck auf seiner Brust enthielt eine Nummer, die ich nicht entziffern konnte.

»Wie gut, dass ich Handschuhe trage.« Ich berührte die Winkel seiner flehenden Augen.

»Frau von Kleist!«, rief der Leutnant schockiert.

»Herrje«, sagte ich. »Das sieht mir ernst aus. Wie fühlen Sie sich?«

»Mach, dass du hier wegkommst«, raunte er auf Englisch.

»Verstehe. Das klingt nicht gut. Zeigen Sie mir Ihre Handflächen.«

Ich nahm seine Hand und drehte sie um. Sie war schwielig und vernarbt. Mit dem Finger fuhr ich über die Linien. »Haben Sie Ausschlag? Schwindel oder Kopfschmerzen?«

»Verschwinde.«

Ich ließ seine Hand sinken und drückte ihm zugleich eine Kapsel in die Hand, die ich in meinem Handschuh versteckt hatte. Seine Finger schlossen sich hastig. *»Nimm das«*, sagte ich auf Englisch, dann wandte ich mich an den Leutnant, der am Ende der Reihe stehen geblieben war, um die verstörten Häftlinge anzubrüllen, sich wieder in Reih und Glied aufzustellen.

»Meine Befürchtung hat sich leider bestätigt, Leutnant Helmbrecht. Der Gefangene kann kaum noch aufrecht stehen. Er ist schon im Fieberwahn. Er muss schleunigst behandelt werden, bevor er das ganze Lager ansteckt.«

»Mein Gott!«, sagte der Leutnant. Er wandte sich an den Aufseher an seiner Seite. »Bringen Sie den Häftling auf der Stelle ins Lazarett.«

Mit entsetztem Blick trat der Aufseher an mir vorbei und packte Stefan am Ellbogen. Er sah flüchtig in meine Richtung und stolperte zu Boden. Zugleich sah ich, wie seine Hand zum Mund ging.

»Sehen Sie?«, kommentierte ich. »Er fällt schon über seine eigenen Beine. Sie brauchen vermutlich einen Pfleger und eine Bahre.« Ich beugte mich vor, um ihm aufzuhelfen, und flüsterte auf Englisch: *Halt dich bereit.*

Der Aufseher packte erneut Stefans Arm und zwang ihn weiterzugehen. Die übrigen Gefangenen wichen erschrocken zurück und hielten sich die Hand vor den Mund. Ich folgte im Abstand von ein, zwei Schritten, den Blick auf Stefans Nacken gerichtet, der gebeugt auf- und abwippte, als könne er jeden Moment zusammenbrechen. Die Situation erinnerte mich an Tosca, die ihren Mario auffordert, seine

Rolle möglichst überzeugend zu spielen, damit die Wachen glauben, er sei tatsächlich erschossen worden. Doch dann wurde mir bewusst, dass das hier wirklich geschah, dass ich in Dachau war, unter der höllischen Sommerhitze, dass ich an einer Reihe von Häftlingen vorbeischritt, und ich hoffte inständig, Stefan nicht dem Tod ausgeliefert zu haben.

»Sie können von Glück reden«, sagte ich zu Leutnant Helmbrecht, als die Gefangenen abgetreten waren und auf dem Appellplatz erneut Ruhe herrschte, »dass ich gelernte Krankenschwester bin. Übrigens sollten Sie die Handschuhe auf der Stelle verbrennen.«

## 5.

Der Regen setzte zwei Tage später in der Dämmerung ein. Als wir die Kreuzung erreichten und am Straßenrand hielten, prasselte er gnadenlos gegen die Windschutzscheibe, als wollte er nie wieder aufhören. Wilhelmine kurbelte das Fenster einen Spaltbreit herunter und zündete sich eine Zigarette an. »Jetzt heißt es abwarten«, sagte sie.

Ich warf einen Blick auf die Rückbank, wo Florian selig unter seiner Lieblingsdecke schlummerte. Wir hatten das Haus der Himmelfarbs in Stuttgart vor gut einer Stunde verlassen, nachdem wir den ersehnten Anruf erhalten hatten. Den schlafenden Florian hatte ich mitsamt der Decke ins Auto gepackt. Er rührte sich im Schlaf, doch seine Augen blieben fest geschlossen, denn er hatte den ganzen Tag mit seiner Halbschwester Else an der frischen Luft gespielt. Irgendwann wollte ich hinausgehen, um ihn für seinen Mittagsschlaf hinzulegen, doch Wilhelmine hielt mich zurück. Lass sie nur spielen, meinte sie. Vielleicht ist es ihre letzte Gelegenheit.

»Bitte sag das nicht.«

Sie zuckte nur mit den Schultern und beugte sich vor, um Henriks verschmiertes Gesicht abzuwischen. Er saß in seinem Hochstuhl und hatte gerade Erbsen gegessen. »Matthias weigert sich zu fliehen. Er sagt, er lasse sich nicht vertreiben wie ein Hund.«

»Aber es wäre vernünftig. Was nützt es zu kämpfen, wenn das ganze Land gegen einen ist?«

»Nicht jeder Deutsche ist wie Hitler, Annabelle. Die meisten unserer Nachbarn sind davon angewidert.«

»Aber sie sind nicht bereit, etwas dagegen zu tun, oder? Ich finde, das ist noch viel schlimmer. Sieh dir meinen Ehemann an. Er hat die Nazi-Parolen nie gutgeheißen, aber er hat sich danach gerichtet. Er hat widerstandslos getan, was man von ihm verlangte, weil er Angst hat.«

Sie lachte humorlos. »Kannst du es ihm verdenken? Hast du nicht gesehen, was sie Stefan angetan haben?« Als ich nichts erwiderte, fuhr sie fort: »Jedenfalls bin ich der Meinung, dass du dich in ihm täuschst. Johann von Kleist ist kein schlechter Mensch. Er ist ein Mann der Pflicht, nicht mehr. Es besteht kein Zweifel, dass Stefan das Gesetz gebrochen hat. Er hat diesen Gestapomann mit bloßen Händen getötet. Selbst wenn derjenige ein schlechter Mensch war, selbst wenn er Stefan verhaften und einsperren wollte, er war trotz allem Ehemann und Vater von drei Kindern. Es war die Pflicht deines Mannes, seinen Mörder aufzuspüren, und diese Pflicht hat er, weiß Gott, erfüllt.«

»Du kannst ihn nicht ernsthaft in Schutz nehmen.«

»Nein, das nicht. Aber ich kann seine Haltung nachvollziehen. Und ich sag dir eins, an deiner Stelle wäre es mir lieber, mit einem von Kleist verheiratet zu sein als mit Stefan. Stete Sonne ist mir lieber als ein explodierender Stern.«

»Aber Stefan ist die Sonne. Er ist *meine* Sonne.«

Sie schüttelte den Kopf.

Ich legte eine Hand auf ihren Arm. »Wilhelmine, ihr müsst fliehen. Ihr könnt hier nicht bleiben.«

»Und wo sollen wir hin? Deutschland ist unsere Heimat. Es ist doch überall dasselbe. Wir sind nirgendwo sicher. Kein Land dieser Welt wird uns mit offenen Armen empfangen und rufen: *Willkommen, Juden!* Selbst nach Amerika bekommt man keine Einreisegenehmigung, es sei denn, man ist Millionär oder ein guter Bekannter von Mr. Roosevelt. Oder so ein gottverdammter Albert Einstein.«

Was sollte ich darauf erwidern?

Der Raum versank in Schweigen, lediglich von Henriks kindlichem Schmatzen unterbrochen, bis Wilhelmine ihm die leere Schüssel wegnahm und ihn an ihre Schulter hob. »Also nehmen wir die Gefahr in Kauf wie schon so oft. Wie unsere Väter und Mütter vor uns.«

Ihre Worte waren mir stundenlang durch den Kopf gegangen. Sie gingen mir auch jetzt durch den Kopf, während der Regen gegen die Windschutzscheibe prasselte. Der wolkenverhangene Mond war gerade hell genug, um vage die Straße erkennen zu lassen, die Schemen der Bäume und Berge zu erahnen. Wilhelmine zog die Füße unter den Körper und rauchte schweigend ihre Zigarette; die Asche schnippte sie durch den Fensterspalt nach draußen. Sie hatte Englisch und Geschichte studiert – an der Stuttgarter Universität, wo sie ihren zukünftigen Mann, Matthias, kennenlernte –, und ihr ganzes Verhalten verströmte eine hosentragende Zuversicht von Weltgewandtheit. Stefan war ein Narr, weil er sie hatte gehen lassen; vermutlich hatte er sich ausgerechnet in mich verliebt, weil ich das genaue Gegenteil von ihr war. Ich glaubte nicht an die Perversion des Universums. Ich glaubte nicht mal an Vorsehung, außer dass Stefan und ich füreinander vorgesehen waren.

»Wahrscheinlich hast du recht«, erwiderte Wilhelmine, als ich den Gedanken mit anderen Worten laut aussprach. »Er hat mich nie wirklich geliebt. Wir fanden einander anziehend, aber es gab da etwas, das ich ihm nicht bieten konnte. Und er hat mich buchstäblich in den Wahnsinn getrieben. Stets diese Rastlosigkeit, stets von dem Drang getrieben, etwas zu verändern. *Kannst du nicht mal bei deiner Frau und deiner Tochter bleiben?*, habe ich ihn angebrüllt. *Warum musst du ständig da raus und der gottverdammten Gestapo an den Karren fahren?* Doch er meinte nur, irgendjemand müsse es tun.« Sie warf den Zigarettenstummel aus dem Fenster und schlang ihre Arme um die Knie. »Ich habe gesagt, das macht doch alles keinen Sinn. Du wirst dich ohne jeden Grund umbringen.«

»Warum gehst du dann dieses Risiko für ihn ein?«

»Weil ich eine Idiotin bin, Annabelle.« Sie griff nach dem Zigarettenetui, das zwischen uns auf der Sitzbank lag. »Aber es ist das allerletzte Mal. Das Problem liegt ab sofort bei dir.«

»Und was ist mit Else? Er will sie bestimmt sehen.«

»Dann hätte er sich besser nicht verhaften lassen sollen, richtig?«

Ich bat sie, mir eine Zigarette abzugeben. Lachend zündete sie uns beiden eine an. Der Qualm brannte mir in der Lunge, aber nach ein, zwei Minuten spürte ich, wie sich meine Nerven beruhigten, als würden sie von sanfter Hand in den Schlaf gebettet. Ich hob die Zigarette vor die Augen und musterte sie. »Gar nicht so übel.«

»Sie werden mich eines Tages umbringen, aber es stört mich nicht genug, um damit aufzuhören. Greif nie nach der zweiten, und du hast nichts zu befürchten.«

Vor uns in der Dunkelheit erschien ein fernes Licht. Wilhelmine richtete sich auf. »Wenn das nicht der Krankenwagen ist, übernehme *ich* die Unterhaltung, verstanden?«

Hustend drückte ich die Zigarette aus. »Dein Englisch ist übrigens erstaunlich gut.«

»Na ja. Ich habe zu viele amerikanische Filme gesehen.«

Das ferne Licht verwandelte sich zu zwei Scheinwerfern. »Die Größe passt«, sagte Wilhelmine. Ihre Finger trommelten gegen das Lenkrad. Einige prasselnde Sekunden später verkündete sie: »Das müssen sie sein.«

Die Luft im Wagen bestand nur noch aus Zigarettenqualm. Ich konnte kaum noch atmen. Entschlossen öffnete ich die Tür und setzte meinen Fuß in das matschige Gras. »Warte«, rief Wilhelmine, aber ich schritt bereits durch den Regen, den sich nähernden Scheinwerfern entgegen, die Arme hoch erhoben, die regennasse Oktoberluft in der Lunge.

Wilhelmine hatte mich in Sekundenschnelle eingeholt. »Bist du wahnsinnig?«, zischte sie.

»Du hast doch gesagt, das müssen sie sein.«

Die Scheinwerfer wurden immer größer und blendeten mich. Ich trat einen Schritt zurück, und Wilhelmine packte meinen Arm. »Ich könnte mich irren.«

Die Bremsen des Fahrzeugs quietschten im strömenden Regen. Ein Mann sprang vom Beifahrersitz, noch bevor der Wagen vollständig zum Stehen kam. Wilhelmine rief: *Bellende Hunde!*

*Beißen nicht*, kam die Antwort.

Sie wandte sich an mich. »Na los. Lass uns den Mistkerl da rausholen.«

Der Fahrer des Wagens zog die Handbremse und öffnete die Tür, während er den Regen verfluchte. Wilhelmine und ich stürzten mit dem anderen Mann zum Laderaum. Er öffnete die Türen, und ich kletterte auf die Ladefläche, rutschend und triefend, während ich Stefans Namen rief.

»Das können Sie sich sparen«, meinte der Fahrer. »Er schläft oder fantasiert. Wahrscheinlich beides.«

Ich schlang die Arme um seinen warmen Körper auf der Bahre. *Stefan*, sagte ich.

Er murmelte etwas Unverständliches.

Meine Hand glitt über seinen Nacken hinauf zu seinem Haar. Ich sank neben der Bahre auf die Knie und hielt seinen Kopf in den Händen, fuhr über seine kurzen Stoppeln, küsste seine Wangen. *Ich bin hier, Annabelle ist hier,* flüsterte ich. Er sei in Sicherheit. Ich würde ihn nie wieder verlassen.

## 6.

Stefans Fieber ließ zwei Tage später nach, genau wie erwartet. Er schlug die Augen auf und verlangte nach einer Zigarette, dann nach einer Tasse Kaffee. Ich schob ihm die Zigarette zwischen die Lippen und zündete sie ihm an. Seine Augen weiteten sich verblüfft.

»Wo hast du die denn her?«

»Ich habe meinem Vater ein Telegramm gesendet. Er hat sie mir aus Paris geschickt.«

»Du kommst eines Tages in den Himmel.«

»Ich bin schon im Himmel, Stefan.« Ich küsste seine Stirn und ging hinaus, um Kaffee zu kochen.

## 7.

Als ich mit dem Kaffee zurückkehrte, hielt ich Florian an der Hand. Stefan blickte in unsere Richtung, und sein Gesicht wurde starr vor Schock. Er drückte seine Zigarette in den Aschenbecher.

»Ich wollte eigentlich noch warten, aber er ist zu jung, um ihn lange allein zu lassen.«

Stefan nahm sich Zeit beim Ausdrücken seiner Zigarette. Als er den Blick hob, waren seine Augen feucht.

Ich stellte den Kaffee ab und nahm Florian auf den Arm. »Er ist dein Sohn«, sagte ich.

»Ich weiß.«

Florian hielt einen Keks in der Hand. Sein widerspenstiges Haar fiel ihm in die Stirn. Er musterte Stefan neugierig, dann sah er mich an. »Ist er krank?«

»Ja, Liebes. Stefan ist krank. Aber bald kommt er wieder auf die Beine, dann könnt ihr zusammen spielen.«

Florian dachte darüber nach und betrachtete Stefan. »Pferde reiten.«

»Ja, ihr könnt reiten, wenn ihr wollt.«

»Papa reitet Pferde.«

»Ja, Papa reitet gern Pferde.«

Stefan verhielt sich vollkommen ruhig und betrachtete die Lippen seines Sohnes. Seine Knöchel krallten sich schneeweiß in die Decke. Ich setzte mich mit Florian auf einen Stuhl neben dem Nachttisch.

»Ich dachte, es wäre offensichtlich, aber die Leute denken, er käme nach mir wegen seiner dunklen Haare und den braunen Augen.«

»Ich weiß.«

»Woher weißt du das?«

»Ich habe euch in den Tuilerien beobachtet, wenn ihr zusammen spazieren wart und euch Eis gekauft habt.«

»*Was?*«

Florian zappelte auf meinem Schoß. Ich ließ ihn runter, und er rannte begeistert zum Fenster, seinen Spielzeugflieger hoch in der Luft. Stefan blickte ihm hinterher. »Deshalb war ich in Paris, Annabelle. Das ist der wahre Grund. Ich musste mich von dir fernhalten, weil es das einzig Richtige war, aber ich wollte meinen Sohn sehen. Ich wollte wissen, wie er aussieht.«

»Du hast es die ganze Zeit *gewusst*?«

»Ich bin nicht dumm, Annabelle.« Er sah fasziniert zu, wie Florian auf seinen stämmigen Beinchen durch den Raum rannte. Sein Ausdruck war so sanft und warmherzig, dass ich den Blick abwenden musste. »Ich wollte mich nicht in dein Leben mischen«, sagte er. »Aber dann habe ich euch beide gesehen, und ihr wart so wunderschön, da kam mir dieser gefährliche Gedanke. Ich dachte, lieber Gott, wenn ich nur ein einziges Mal mit ihr reden könnte, fänden wir vielleicht unseren Frieden. Ich habe Gott geschworen, mich nicht in Versuchung führen zu lassen.« Er schüttelte den Kopf. »Offenbar war mein Schwur nicht viel wert.«

Ich nahm seine Hand. »Ich bin froh, dass du das getan hast. Sonst wären wir jetzt nicht zusammen.«

»Ja, das stimmt.«

»Siehst du, ich hatte recht.«

»Womit, Annabelle?«

»Mit der Perversion des Universums.«

Er wandte den Blick keine Sekunde von Florian ab, sondern verfolgte ihn quer durch den Raum. Seine Augen wirkten immer noch sanft und warm, doch zugleich etwas schwermütig, in den Winkeln leicht nach unten geneigt, wie ein misshandelter Hund, der sich keine großen Hoffnungen macht. »Ja, du hattest recht«, erwiderte er leise.

## 8.

Stefan trank seinen Kaffee und beobachtete Florian beim Herumtollen, während ich mehrere Scheiben Brot röstete und Spielsachen in den Raum trug.

»Ich sollte dich fragen, wo wir hier eigentlich sind«, sagte er.

»Am Bodensee. In dem Ferienhaus von Matthias' Familie. Wilhelmines Ehemann. Er war nicht sonderlich begeistert.«

»Dann hat Wilhelmine dir bei alldem geholfen?«

»Ja. Sie hat jemanden aufgetrieben, um uns falsche Pässe und einen Krankenwagen zu besorgen. Aber der Plan stammt von mir.«

»Ein guter Plan. Fast wäre ich selbst darauf reingefallen. Aber nicht ganz ungefährlich.«

»Entschuldige, dass du leiden musstest, aber wir hatten keine andere Wahl. Wir mussten sie irgendwie täuschen.«

»Darf ich fragen, was in der Kapsel war, die du mir gegeben hast?«

»Eine harmlose Form des Typhus-Erregers. Wilhelmines Bekannter an der Universität hat uns die Kapsel besorgt. Er arbeitet in einem medizinischen Forschungslabor. Ich glaube, es handelt sich um irgendein Experiment, aber das Risiko musste ich eingehen. Er hat mir versichert, dass es dich nicht umbringen würde.«

»Ach, verstehe. Du hast mir diese Kapsel gegeben und darauf gewartet, dass die Symptome einsetzen, damit sie mich in ein Krankenhaus einliefern?«

»Nicht ganz. Das war der besondere Kniff. Charles hat mir dabei geholfen. Er kennt einen forschenden Arzt am Militärkrankenhaus in Frankfurt. Der Mann hat im Lager angerufen und gesagt, sie hätten von dem Fall einer

Typhuserkrankung erfahren. Ob sie dich nach Frankfurt verlegen könnten, um eine experimentelle Behandlungsmethode zu testen? Der Arzt im Lagerlazarett hat sich sofort bereit erklärt, denn zum einen ist er selbst Insasse, und zum anderen hatten wir ihm mit einer Lieferung Aspirin eine Nachricht zukommen lassen. Und er versteht sich gut mit dem Lagerleiter.«

»Meine geniale Annabelle. Das war bestimmt sehr aufwendig. Wie hast du es vor deinem Mann verheimlicht?«

Ich warf einen flüchtigen Blick auf Florian und senkte die Stimme. »Ich habe Johann im August verlassen. Ich hatte ja keine Ahnung, Stefan. Ich wusste nicht, dass *er* für deine Festnahme verantwortlich war. Wilhelmine hat es mir gesagt. Daraufhin habe ich mir Florian geschnappt und ihn noch am selben Tag verlassen.«

Die Neuigkeiten trafen ihn wie ein Blitz aus heiterem Himmel, doch er erwiderte meinen Blick ruhig und gelassen.

»Und er hat nicht versucht, dich zurückzuhalten?«

»Nein, er hatte sich beim Tennis eine Gehirnerschütterung zugezogen. Er konnte mich nicht aufhalten.«

»Vielleicht nicht in dem Moment. Aber er hätte dir jemanden hinterherschicken können. Er befehligt eine ganze Armee. Nicht nur eine *offizielle* Armee, sondern auch eine inoffizielle. Du machst dir keine Vorstellung, welche Macht er hat. Er hätte die Lagerleitung in Dachau auf einen möglichen Fluchtversuch hinweisen können.«

Ich öffnete den Mund und schloss ihn wieder.

Stefan ließ sich zurück in die Kissen sinken. Sein Gesicht war blass unter der verbrannten Haut. Er hatte gut und gern fünfzig Pfund abgenommen, seit wir uns das letzte Mal gesehen hatten. Seine Gesichtszüge wirkten harsch, jede Linie scharf und markant. Beim Waschen hatte ich an seinem

Oberkörper Narben und Blutergüsse entdeckt und im Stillen bittere Tränen geweint. Doch was mich am allermeisten schockierte, war der Ausdruck in seinen Augen. Dieser leere glasige Schimmer, als starrten sie in ein fernes Universum.

»Dann sieht es ganz danach aus, als habe der gute Johann uns beide gehen lassen«, sagte Stefan.

»Das ist unmöglich«, erwiderte ich.

»Keineswegs. Es ist die einzig logische Erklärung, weshalb ich hier in diesem Bett liege, bei dir und meinem Sohn. Ich frage mich nur, hat er plötzlich Mitleid bekommen oder habe ich das seiner grenzenlosen Liebe dir gegenüber zu verdanken?«

Ich nahm seine Hand. »Er liebt mich nicht, Stefan. Nicht so wie du. Nicht, wie ich dich liebe. Er liebt mich wie einen Gegenstand, eine Zierde. Wie ein Ersatzobjekt für seine verstorbene Frau.«

»Nein, er liebt dich um deinetwillen, Annabelle. Und ich kann es ihm nicht mal verdenken. Ich habe dieselbe Schwäche.«

Ich legte den Kopf auf sein Kissen und betrachtete die weißliche Narbe, die sich über sein Gesicht erstreckte. »Was haben sie dir nur angetan«, flüsterte ich.

»Meine süße unschuldige Annabelle. Das willst du gar nicht wissen.«

## 9.

Ich schob mein Bett in Stefans Zimmer und schlief mit Florian an seiner Seite, damit wir endlich eine Familie sein konnten. Am nächsten Morgen stand Stefan zum ersten Mal auf. Er ging zum Fenster und blickte über die herbstlich verfärbten Wälder hinunter zum See. »Ich nehme an, wir sind noch auf der deutschen Seite«, sagte er.

»Ja. Ich habe mich nicht getraut, mit dir die Grenze zu passieren. Nicht, während du bewusstlos warst. Außerdem meinte Matthias, es wäre sicherer, ein paar Wochen zu warten, bis sich der Trubel gelegt hat. Aber ich habe gefälschte Papiere. Wir können die Grenze jederzeit passieren, wenn du willst. Oder wir nehmen ein Boot und setzen heimlich über, aber Matthias ist der Ansicht, das wäre zu riskant. Der Grenzschutz ist überall.«

»Da hat er sicher recht.«

Aus irgendeinem Grund erschien mir seine hagere Gestalt noch größer als zuvor. Seine breiten, abgemagerten Schultern stachen hervor wie die Enden eines Kleiderbügels. Ich hatte ihn nicht rasiert, daher war sein Kinn rau und stoppelig. Ich schob die Arme um seine Taille. »Wir gehen nach Monte Carlo und fahren mit der *Isolde* nach Capri. Dann können wir endlich unseren Weinberg anlegen. Wir schenken Florian eine Schwester und einen Bruder und bringen ihnen bei, wie man Weintrauben und Oliven presst.«

»Eine verlockende Vorstellung.«

»*Unsere* Vorstellung. Und bald wird sie Realität, Stefan. Ich werde dich mit Liebe überhäufen und deine Wunden heilen.«

Er stützte eine Hand auf die Fensterbank. »Dann sollte ich mich besser wieder hinlegen und ausruhen.«

## 10.

Das Wetter blieb warm und beständig. In Amerika hätte man von einem Indian Summer gesprochen, doch hier im Alpenvorland war es nicht mehr als ein milder Herbst mit herrlich buntem Laub und klarer, frischer Morgenluft. Nach ein paar Tagen brachte ich Stefan nach draußen, wo er mit seinem Sohn auf dem Rasen spielte. Ich erklärte Florian, er solle nicht so rau mit ihm umgehen. Stefan sei sehr krank gewesen und müsse sich noch schonen.

»Was hast du ihm erzählt?« Stefan zündete sich eine Zigarette an, während Florian losrannte, um mit dem Krocket-Set zu spielen, das ich im Schuppen entdeckt hatte.

»Noch gar nichts. Er hängt zu sehr an Johann. Ich will ihn nicht verwirren. Wenn wir ihm jetzt erzählen, dass du sein Vater bist, wird er dich vielleicht ablehnen. Wir werden schon merken, wann der richtige Moment gekommen ist.«

»Du bist eine wundervolle Mutter.«

»Und du wirst ein großartiger Vater, wenn ihr euch erst einmal besser kennenlernt.«

»Ich kenne ihn jetzt schon. Ich kenne ihn wie meine eigenen Handflächen. Aber ob er mich genauso in sein Herz schließen wird, ist eine ganz andere Frage.« Er legte sich ins Gras und starrte hinauf in den strahlend blauen Himmel. »Was für ein wunderbarer Herbst.«

»Ja, unbeschreiblich schön.«

Ich legte mich neben ihn und nahm seine Hand.

»Danke für meinen Sohn«, sagte er.

»Gern geschehen.«

## 11.

Das Ferienhaus der Himmelfarbs war nicht sonderlich groß, aber bequem ausgestattet und überaus gemütlich, erfüllt von einem eigentümlichen Duft nach Kiefer und Kampfer gegen die Motten. Im Obergeschoss gab es vier Schlafzimmer – wir schliefen in dem größten – und zwei uralte Badezimmer, von denen sich eines an das Schlafzimmer anschloss. Im Erdgeschoss befanden sich die Küche, Ess- und Wohnzimmer, eine kleine Bibliothek und ein Wintergarten. Hinter der Küche schlossen sich zwei weitere Schlafzimmer an, die für das Personal bestimmt waren. Natürlich waren sie derzeit unbewohnt, daher nahm ich zweimal die Woche das Auto und fuhr in den Ort, um Lebensmittel zu kaufen, die ich mit viel Liebe zubereitete, wenn auch ohne großes Geschick. *Iss*, sagte ich zu Stefan, und er aß, doch eher aus Pflichtgefühl als aus Hunger.

Das kannst du nicht nachvollziehen, sagte er. Mit einer ausgiebigen Mahlzeit weiß ich nichts mehr anzufangen.

Ich drohte ihm, eine Köchin einzustellen, wenn er nicht etwas mehr esse, und er aß gehorsam, Bissen für Bissen, eine mühsame Zwangsernährung. Seine Wangen füllten sich ein wenig. Eines Abends fragte er, ob ich Wein im Haus hätte, also brachte ich am nächsten Tag zwei Flaschen mit. Wir tranken sie abends, nachdem Florian ins Bett gegangen war, und schliefen prompt auf dem Sofa ein. Als ich aufwachte, war Stefan verschwunden.

Panisch setzte ich mich auf, doch er stand lediglich am Fenster, den Blick auf den fernen See gerichtet, der unter einem schwangeren Vollmond silbrig schimmerte. *Du hast mir einen Schreck eingejagt*, sagte ich. Er erwiderte, ich solle mich nicht sorgen. Er könne nur nicht schlafen.

»Warum nicht?«

»Mir gehen zu viele Dinge durch den Kopf, *Liebling*.«

»Vergiss diese Dinge. Lass mich an dich heran. Ich werde dafür sorgen, dass du friedlich schläfst.«

»Ach, Annabelle.«

Wir blieben schweigend stehen und starrten in die Nacht.

»Du bist eine Närrin, Annabelle. Du hättest bei ihm bleiben sollen.«

»Was soll das heißen? Ich wäre niemals bei ihm geblieben.«

»Du hast etwas Besseres verdient als mich. Ich rauche, trinke und vögle bis zum Exzess.«

»Ja, aber nur mit mir. So verlangt es unser Gelübde, richtig?«

»Ja, und ich habe mich treu daran gehalten, an jedes einzelne seiner Gebote. Kannst du dir das vorstellen?« Er lachte. »Andererseits hat sich auch nicht die Gelegenheit geboten. Wir wissen beide, dass ich bei hübschen Frauen schwach werde.«

»Nur bei *einer* Frau. Bei *mir* wirst du schwach.«

Er seufzte, als hätte ich eine gottgegebene Wahrheit ausgesprochen. »Nur bei dir, Mademoiselle. Wenn du es immer noch willst.«

Ich ging vor ihm auf die Knie und löste die Kordel seines Schlafanzugs.

Genau das will ich.

*Annabelle,* protestierte er, doch seine Hände griffen unwillkürlich in mein Haar. Er sank mit einem leisen Stöhnen gegen die Fensterbank. Kurz darauf flüsterte er: *Du hast so was noch nie gemacht, oder?*

Nein, gestand ich, er solle mich anleiten.

*Oh Gott, du bringst mich um*, sagte er, doch seine Hände führten meine Bewegungen; seine mageren Hüften erwiderten meinen Rhythmus. Es war wie damals in meinem Traum, als wir zum ersten Mal ein Bett geteilt hatten, nur dass die untreue Ehefrau, die zwischen seinen Beinen kniete, während er seine Finger in ihrem Haar vergrub, ich selbst war. Ich, Annabelle von Kleist.

Das Ganze dauerte kaum länger als eine Minute, und als er kam, nahm sein Schaudern kein Ende. Er sank auf den harten Fußboden und weinte in mein Haar, ohne dass wir etwas sagten. Kein einziges Wort. In stiller Umarmung schliefen wir ein.

## 12.

Am nächsten Morgen erwachte ich in Stefans Bett, umfangen von seinem skeletthaften Körper. Seine Berührung und sein Geruch waren mir so vertraut, als hätten die letzten drei Jahre nicht existiert. Entspannt öffnete ich die Augen und erwartete, einen mediterranen Sonnenaufgang zu erblicken.

Stattdessen sah ich Florians leeres Bettchen.

Ich setzte mich erschrocken auf. »Florian!«

»Alles in Ordnung. Ich habe ihm Frühstück gemacht. Er liest gerade ein Buch in der Bibliothek. Ich kann ihn hören.«

»Aber er kann doch gar nicht lesen!«

»Von so einem Hindernis lässt er sich nicht abhalten.«

Ich lächelte. »Genau wie sein Vater.«

»Ich würde eher sagen, wie seine Mutter.«

Stefan lag auf dem Rücken und beobachtete mich von seinem Kissen aus. Sein Schlafanzug war bis zum Hals ordentlich zugeknöpft. Seit er wieder ins Badezimmer gehen konnte, hatte er sich rasiert, und die Haut über seinem Kinn wirkte etwas robuster, etwas widerstandsfähiger. Ich berührte sie mit den Fingerspitzen.

»Wir haben einen Sohn.«

»Ja, *Liebling*. Einen wundervollen Sohn.«

Ich legte mich auf die Seite, dicht an ihn geschmiegt. »Jetzt mach nicht so ein ernstes Gesicht. Wir haben es geschafft. Es ist vorbei.«

»Noch nicht ganz. Wir sind immer noch in Deutschland.«

»Wir können das Land jederzeit verlassen. Aber du solltest dir einen Bart oder Schnurrbart wachsen lassen und abwarten, bis die Haare etwas länger sind.«

»Das klingt vernünftig.«

Er griff nach seinen Zigaretten, doch ich stützte mich auf seine Brust und hielt ihn zurück.

»Meinst du, Florian ist ausreichend abgelenkt?«

»Das glaube ich kaum.«

»Und wenn wir ganz leise sind?«

Er griff nach der Zigarettenschachtel. »Du bist extrem leichtsinnig, Annabelle von Kleist. Das warst du schon immer.«

Ich nahm ihm die Schachtel aus der Hand und zog eine heraus. Es waren keine gewöhnlichen Zigaretten wie von einem Zeitungshändler oder aus dem Lebensmittelladen. Sie waren lang und schlank und in braunes Papier gewickelt wie Zigarren. Ich schob ihm eine zwischen die Lippen und zündete sie an. »Ich lasse das nicht zu, Stefan.«

»Was meinst du?«

»Ich lasse mich nicht von dir aussperren.«

»Ich sperre dich nicht aus.«

»Doch, das tust du. Du willst mich nicht an dich ranlassen. Du glaubst, ich wäre angewidert von dem, was ich möglicherweise vorfinde. Aber du täuschst dich. Ich weiß, wie es in dir aussieht. Ich war schon mal ein Teil von dir, richtig?«

»Du machst dir keine Vorstellung, Annabelle. Du machst dir nicht die geringste Vorstellung, wie es in mir aussieht.«

»Das spielt gar keine Rolle. Das ist ja gerade das Besondere. Das Besondere an dieser seltenen und wundervollen Verbindung. Was auch immer in dir vorgeht, ist auch ein Teil von mir. Du bist ein Teil von mir. Du kannst mich nicht zurückweisen. Also hör endlich auf, dich zu wehren, und lass mich an dich heran.«

Er wandte den Kopf zur Seite und blies eine gedehnte

Rauchwolke in den Raum, doch sein Blick blieb bei mir. Er dachte an die Ereignisse der letzten Nacht und was ich vor dem Fenster mit ihm gemacht hatte – ich wusste es, denn die Erinnerungen spiegelten sich in seinen Augen. Ein flüchtiger Moment der Erlösung und Hoffnung.

Ich nahm sein Gesicht in beide Hände. »Hörst du?«

»Ja, Annabelle. Ich gehöre dir. Daran besteht kein Zweifel. Aber ich bin mir nicht sicher, ob *du* wirklich mir gehörst.«

Ich rollte auf den Rücken und zog ihn in meine Arme. »Dann muss ich es dir eben beweisen.«

## 13.

Wir liebten uns, ohne zu reden, beinah ohne uns zu rühren, während wir auf Florians Schritte lauschten. Stefans Hüften drängten sanft gegen meine. Ich unterdrückte einen Schrei an seiner Schulter, und er neigte den Kopf ins Kissen, während sein Körper heftig erbebte. Dann blieb er reglos liegen, abgesehen von dem gleichmäßigen Streicheln seines Daumens an meiner Schläfe. Der Raum war vollkommen still. Ich konnte hören, wie Stefans Zigarette im Aschenbecher verqualmte. Ich konnte jeden seiner Knochen spüren, jede Rippe, jeden Atemzug, jeden Zentimeter seiner misshandelten Haut. Den Duft von Tabak und Schweiß, die süßen Ausdünstungen vom Sex. Stefan, verloren und gerettet.

Gott allein wusste, wie lange wir so dalagen, verblüfft von unserer eigenen Kühnheit, von seinem und meinem Fleisch, das sich so selbstverständlich ineinanderfügte, irgendeinem Naturgesetz gehorchend. Sein Herz schlug im trägen Einklang mit meinem. Einmal, zweimal. Wieder und wieder.

Bis das Leben unvermittelt zurückkehrte. Bis ein Paar

winziger Schritte die Treppe hinaufstapfte und wir hastig auseinanderwichen, um wie sündige Liebhaber unsere Nachtkleidung zu ordnen. Ich schwang gerade noch rechtzeitig die Beine aus dem Bett, als unser Sohn durch die Tür stolperte. Er sah seinem Vater so ähnlich, dass es mir im ersten Moment die Sprache verschlug.

Florian schien sich nicht daran zu stören, dass er mich in Stefans Bett erwischt hatte, zerzaust und errötet. Er hievte ein riesiges illustriertes Buch auf die weiße Steppdecke und deutete auf ein Gemälde von Friedrich dem Großen hoch zu Ross. »Papa!«, rief er, und sein Gesicht strahlte vor Hoffnung.

## 14.

Der November brach unvermittelt herein und brachte einen eisigen Wind mit sich, der die Dachbalken ächzen ließ und fünfzehn Zentimeter feuchten Schnee über die erstaunte Landschaft breitete. Florian sprang um halb sieben auf unser Bett und verkündete uns die frohe Botschaft, woraufhin Stefan tapfer aus den Laken kroch und seinen Sohn in eine viel zu große Winterjacke packte, um draußen mit ihm Schneebälle zu werfen.

Eine halbe Stunde später kamen die beiden wieder hereingestapft, mit hochroten Wangen, schlotternd und durchgefroren, wie eineiige Zwillinge. Ich setzte sie vor den alten Kaminofen und reichte ihnen eine Tasse heiße Schokolade, als hätten wir das jahrelang so geprobt. »Kaum zu fassen. Gestern hatten wir noch fünfzehn Grad und Sonne«, sagte ich, als wir uns kurze Zeit später auf dem Sofa zusammenkuschelten, die Hände um die Tassen gelegt, den Blick auf den offenen Kamin gerichtet. »Vielleicht wird es Zeit, nach Süden zu ziehen.«

»Wie die Vögel!«, sagte Florian.

»Ja, Liebes. Genau wie die Vögel. Zu Stefans Boot. Wir fahren zu einer wundervollen Insel, wo es immer sonnig und warm ist, und dann können wir Wein und Oliven anbauen.« Ich wandte mich an Stefan. »Was hältst du davon?«

»Du hast recht. Es wird langsam Zeit aufzubrechen. Bevor man uns hier findet.« Er löste sich von uns und warf einen weiteren Holzscheit ins Feuer. Inzwischen hatte er sichtbar zugenommen, doch er war immer noch dünn und seine Bewegungen nicht mehr so geschmeidig wie früher. Er ging wie eine Marionette, besser gesagt wie ein Mann, der sich vergeblich bemühte, *nicht* wie eine Marionette zu gehen. Er richtete sich vom Feuer auf und legte eine Hand an den Kaminsims, eine Zigarette zwischen den Fingern der anderen Hand.

»Glaubst du wirklich, sie würden uns hier finden?«

»Um ehrlich zu sein, bin ich überrascht, dass sie uns noch nicht gefunden haben. Aber anscheinend ist uns das Schicksal gnädig.« Er drehte sich um und lächelte. »Florian, wollen wir zusammen in die Bibliothek gehen und Papierflieger basteln?«

Florian sprang vom Sofa und nahm Stefans Hand. Eine Stunde später kamen sie mit einem Armvoll Papierflieger zurück, die sie in den Kamin fliegen ließen, einen nach dem anderen, sodass jeder einzelne, begleitet von Florians begeistertem Kreischen, in Flammen aufging.

## 15.

»Sind wir wirklich in Gefahr?«, flüsterte ich, als ich abends zu Stefan ins Bett kroch.

»Natürlich sind wir das.«

»Warum sind wir dann noch hier?«

»Wir sind überall in Gefahr, Annabelle. Dieser Ort ist so gut wie jeder andere. Außerdem gefällt es mir hier. Die Stille, der See, keine Menschen.«

»Außer mir und Florian.«

»Außer euch beiden.«

»Bist du glücklich? Oder wärst du lieber allein?«

Eine gedehnte Pause. »Annabelle, ich danke Gott für jeden Tag, den ich mit euch beiden verbringen darf.«

»Es wird noch Tausende solcher Tage geben. Jahre um Jahre.«

Stefan lag auf dem Rücken, während ich mich an ihn schmiegte. Sein Arm umfing meine Schultern, meiner ruhte auf seinem gewölbten Bauch. »Ja, sicher«, erwiderte er.

»Das klingt aber nicht sonderlich überzeugt.«

Er verlagerte das Gewicht und küsste meinen Hals, während seine Hände den Saum meines Nachthemds nach oben schoben. »Dann muss ich es dir eben beweisen.«

Seine Initiative überraschte mich. Im Oktober hatten wir uns oft still und leise geliebt, doch es war stets Annabelle, stets ich selbst, die den Anfang machte, die sich kühn vortastete, Zentimeter für Zentimeter, bis es kein Zurück mehr gab. Er schien der festen Überzeugung, Gott habe ihnen beiden, Stefan und Annabelle, nur eine begrenzte Anzahl sexueller Vereinigungen zugeteilt, wie Münzen in einer Geldbörse, und er wollte diese gewissenhaft sparen, um nicht eines Tages mit leeren Händen dazustehen. *Ach, Annabelle* waren die Worte seiner Kapitulation, bevor wir uns lautlos liebten, stets unter der Decke, heiß wie Feuer, träge wie Teer, ohne die Bettfedern zum Ächzen zu bringen, sodass der Moment der Erlösung dem leisen Zischen einer Lötlampe glich. Meist schliefen wir in derselben Position ein, zu erschöpft, um uns zu rühren, während Florian nur wenige Meter entfernt in seinem Bettchen schlummerte und schnarchte. (Es war für uns beide undenkbar, ihn in einem anderen Zimmer schlafen zu lassen.)

Doch diesmal war es anders. Es kam mir vor, als hätten sich die Gezeiten zwischen uns gewendet, wenn auch unmerklich. Stefan war derjenige, der sich kühn vortastete, der die Decke zurückwarf und mein Nachthemd bis zur Taille hochschob; Stefan, der die Innenseiten meiner Schenkel küsste, bis ich die Hand in den Mund schob, um nicht laut aufzustöhnen; Stefan, der mich auf den Bauch drehte und mit träger Erhabenheit in mich eindrang, als würde sich vor meinen Augen eine gigantische Leinwand mit Farbe füllen, bis er mir nichts mehr zu geben hatte und kraftlos über mir zusammensank, sein Atem an meinem Ohr.

Ich bin ein Teil von dir, flüsterte er. Ich kann deine Gedanken lesen.

Und was denke ich gerade?

Du hast dich ganz neu in mich verliebt. Du liebst mich mit all meinen Narben, meinen sündigen Gewohnheiten, meinem treuen Herzen, das nur für dich schlägt. Du wünschst dir, dass wir ein weiteres Kind zeugen, damit Gott uns nie wieder auseinanderreißen kann.

(Ich schloss die Augen.)

Schon sehr gut. Aber du hast da etwas vergessen. Deine wunderschönen Augen und deine Haut und … und …

Bitte weine nicht, Annabelle.

Hör auf zu reden.

(Er drückte sich hoch und bewegte sich sanft in mir.)

Ganz wie du willst, *mein Engel.*

## 16.

Am nächsten Morgen bekam ich meine Periode.

»Sag nicht, das ist Gottes Wille«, verlangte ich. »Sag nicht, das ist die Perversion des Universums!«

Stefan hob abwehrend die Hände. »Ich sage überhaupt nichts. Ich bin nur hier, um dir zu geben, was du willst.«

»Ich will *dich*, dich und Florian. Ich will, dass wir für immer zusammenbleiben, dass uns nichts und niemand auseinanderreißt!«

»Schhh, beruhige dich.« Er zog mich an seine Brust. »Ich werde deinen Wunsch erfüllen, Annabelle. Ich werde alles dafür tun, selbst wenn ich das Universum gegen mich aufhetze. Ich werde dir geben, was du willst.«

Ich lauschte seinem Herzschlag unter dem Schlafanzug.

»Und was willst *du*?«, flüsterte ich. »Willst du noch ein Kind?«

»Ich will nicht mehr, als dich glücklich zu machen. Mehr verlange ich nicht.«

## 17.

In jener Nacht träumte ich von Johann.

Vermutlich war es Florian, der mich auf den Gedanken brachte. Die beiden waren sich im Laufe des letzten Jahres außerordentlich nahegekommen. Manchmal wurde mir regelrecht übel von der Vorstellung, wie Johann auf allen vieren durchs Kinderzimmer stapfte, um so zu tun, als wäre er ein riesiger Bär, während Florian vor Begeisterung kreischte. Manchmal dachte ich daran, wie sie friedlich in der Sonne saßen, um gemeinsam ein Buch zu lesen. Ich konnte nur staunen, dass Johann meinen Jungen so abgöttisch liebte, einen kleinen jüdischen Jungen, gezeugt von seinem Erzrivalen, und ich fragte mich, war es Perversion oder grenzenlose Güte? Meine Gefühle schwankten zwischen Wut und Mitleid, Hass und Wehmut. Dann erinnerte ich mich an sein doppeltes Spiel, an die furchtbaren Narben auf Stefans Körper, doch zugleich gingen mir Wilhelmines Worte durch den Kopf – *er hat diesen Mann mit bloßen Händen getötet, einen Ehemann und Vater von drei Kindern* – oder der Anblick von Friedas blondem Haar in Johanns sanfter Hand.

Meist versuchte ich, möglichst gar nicht an Johann zu denken.

Stattdessen dachte Florian an ihn. Er spielte glücklich und zufrieden mit Stefan, doch der andere Mann, der ihn als kleines violettes Bündel in seinen starken Armen gehalten hatte, war noch lange nicht vergessen. An jenem Nachmittag war Stefan damit beschäftigt, im Garten Holz zu hacken, während ich und Florian die frischen Scheite über die abgestorbene Wiese in den Schuppen trugen, als Florian mich auf Deutsch fragte: »Wo ist Papa?«

»Der ist zu Hause, Liebes.«

»Wann gehen wir nach Hause?«

Wir legten das Holz auf den Stapel, und ich fuhr mit den Fingern durch sein Haar. Er trug eine dicke Winterjacke – ich hatte im Ort eine passende gefunden –, und seine Wangen waren rosarot. »Hier ist es doch schön, oder?«

Er fing an zu weinen. »Ich will zu Papa.«

Stefan unterbrach seine Arbeit und blickte zu uns auf. Ich nahm Florian auf den Arm und winkte mit seinem kleinen Ärmchen Stefan in seinem dicken rostroten Wollmantel zu. Dann fragte ich Florian, ob er die Scheite zählen könne, die Stefan frisch geschlagen hatte. Es war erstaunlich leicht, Florian abzulenken, denn er war gerade mal zweieinhalb. Wenn man zweiundzwanzig ist und drei Jahre lang mit jemandem zusammengelebt hat, lassen sich die Erinnerungen nicht so leicht vertreiben, selbst wenn man es noch so sehr versucht, selbst wenn man neben einem anderen Mann einschläft, dem man sein Herz, sein Blut, sein tiefstes Innerstes anvertraut hat. Es kostet eine Menge Kraft, jenen anderen Mann, jenes Relikt eines früheren Lebens zu hassen, und wenn man nachts einschläft, versagen die natürlichen Schutzmechanismen der Seele.

Man muss voller Entsetzen feststellen, dass man ein winziges, unheilbares Loch im Herzen trägt. Ein Loch, das man nie gewollt, das man jedoch verdient hat. Ein Mann, der nicht länger ein Ehemann ist. Ein Kind, das niemals geboren wird.

## 18.

Stefan hatte zwei Wochen zuvor aufgehört, seine Oberlippe zu rasieren. Sein Schnurrbart war ein abscheuliches Unikum, dicht und dunkel, etwas länger als Hitlers, doch nicht viel.

»Was hältst du davon?« Er wandte sich vom Spiegel ab und wackelte vielsagend mit den Augenbrauen.

»Absolut monströs, aber wenn er uns hilft, sicher über die Grenze zu kommen, werde ich diesen Schnurrbart für immer verehren.«

»Dann lass es uns morgen versuchen.«

»Morgen.« Ich ging in die Bibliothek, um auf den Kalender zu schauen. »Der neunte November. Ein schicksalhaftes Datum, findest du nicht?«

Stefan beugte sich hinab zu Florian und hob ihn auf seine Schultern. »Was meinst du, junger Mann? Bist du bereit für eine kleine Bootsfahrt?«

Florian kreischte vergnügt und griff nach den glänzenden Messingarmen des Kronleuchters. »Segelboot!«, verkündete er.

»Nicht ganz.« Ich stellte mich auf die Zehenspitzen, um das süße Grübchen seines Knies zu küssen. »Aber Stefans Schiff ist schöner als jedes Segelboot.«

## 19.

Wir erwachten vor Einbruch der Dämmerung bei bitterem Frost. Florian schlief noch in seinem Bettchen. Ich nahm rasch ein Bad, während Stefan sich mit einer Zigarette im Mundwinkel vor dem Spiegel rasierte – den neuen Schnurrbart natürlich ausgenommen. Ich breitete den Duschvorhang auseinander und griff nach meinem Handtuch. Als mein Blick in den Spiegel fiel, sah ich, dass er mich beobachtete. Ich ließ das Handtuch fallen.

»Du bist absolut perfekt.« Er legte seine Hände um meine Taille und betrachtete den Punkt, wo sich seine Daumen trafen. »Du bist so schlank und zierlich, so warm und üppig, alles zugleich. Wie diese Rosinenwecken, die sie in England zu Ostern backen.«

»Karfreitagsbrötchen.«

»Ja, genau. Die sahen immer so verführerisch aus hinter den beschlagenen Fensterscheiben der Bäckereien.«

»Sündhafte Brötchen also?«

Er lachte. Es war ein herrlicher Laut. »Ja, extrem sündhaft.«

Ich schlang die Arme um seinen Hals. »Aber jetzt hast du deinen eigenen Leckerbissen.«

»Mein köstliches Annabellchen, das ich jeden Morgen genüsslich verschlinge, gefolgt von einer heißen Tasse Kaffee und einer Zigarette.«

20.

»Siehst du?«, keuchte ich ein paar Minuten später. »Es ist wunderschön. Das Universum ist wunderschön.«

»Gott, Annabelle. Meine süße Köstlichkeit. Das Universum ist genau das, wozu du es machst.«

21.

Wir packten unsere Sachen in den alten blauen Opel, den Matthias uns geliehen hatte, und wickelten den verschlafenen Florian auf der Rückbank in eine Decke. Ich sah zu, wie Stefan die Haustür verriegelte und einen letzten Blick auf das Himmelfarb'sche Haus warf, bevor er den Schlüssel unter einem leeren Blumentopf versteckte.

Als er ins Auto stieg und den Motor anließ, sagte ich: »Wir waren doch glücklich, oder? Trotz der Situation.«

»Wir waren glücklich *aufgrund* der Situation.« Dann fuhr er rückwärts aus der Einfahrt und lenkte den Wagen über die schmale gewundene Straße in Richtung Bodensee.

# Pepper

## ST. MARYS – 1966

### 1.

Die Fähre soll erst um halb zehn ablegen, und die Fischerboote sind längst draußen auf dem Meer. Kein Boot zu bekommen, nicht für Geld und gute Worte. Florian ist kurz davor, nach Cumberland Island zu schwimmen, aber Pepper kann ihn davon überzeugen, sich erst mal ein ordentliches Frühstück zu gönnen.

»Es geht ihr gut«, sagt Pepper bei Kaffee und Speck.

»Woher willst du das wissen? Sie ist verschwunden!«

»Sie ist nicht verschwunden. Wir wissen ganz genau, wo sie ist.«

»Bei einem Wildfremden.«

»Vielleicht für dich, aber nicht für sie. Ich bin der festen Überzeugung, dass sie die Person auf der Insel kennt. Ich würde sogar so weit gehen zu behaupten, dass die beiden Freunde sind.«

Er stellt die Kaffeetasse ab und starrt auf seinen Teller. »Und wie kommst du darauf?«

»Eine logische Schlussfolgerung. Ich habe nur zwei und zwei zusammengezählt.« Sie tippt sich an die Nase. »Außerdem habe ich einen guten Riecher.«

»Du hast nicht die geringste Ahnung.«

»Nein, habe ich nicht. Aber du, wenn du es nur endlich zugeben würdest.«

Er blickt auf. »Was zum Teufel soll das heißen?«

Pepper war schon immer ein Frühstücksmensch, auch wenn das Frühstück manchmal zwischen Mittag und Abendessen fällt. Sie liebt ihren brühheißen Kaffee und den goldgelben Orangensaft, sie liebt ihren geräucherten Speck mit frischem Rührei und ihren extra heißen Toast mit zerlaufener Butter und einem Klecks Erdbeermarmelade, und sie liebt das alles noch mehr, seit sie einen weiteren Menschen ernähren muss. Wäre sie im alten Pompeji und der Ascheregen hätte gerade eingesetzt, würde sie noch den letzten Rest Eigelb von ihrem Teller stippen, um gut gestärkt aus der Stadt zu fliehen.

Doch in diesem Moment betrachtet sie Florians gequältes Gesicht, seinen erstarrten Kiefer, seinen aufgewühlten Blick, und sie muss feststellen, dass ihr Magen von einem Schwarm aufgeregter Schmetterlinge in Beschlag genommen wurde. Ihr donnernder Herzschlag braucht keinen zusätzlichen Koffeinschub. Sie braucht nur diesen einen Leckerbissen, der ihr vertrauensvoll gegenübersitzt, der sich in seiner Not ausgerechnet an sie wendet, sie nicht als Objekt der Begierde betrachtet – *jene* Pepper ist unwiederbringlich verloren –, sondern als gute Freundin.

Sie legt ihre Gabel beiseite und denkt darüber nach, seine Hand zu ergreifen. Und genau das tut sie. In der Hoffnung, nicht allzu sehr zu schnurren, erwidert sie: »Du hast doch vorhin im Auto gesagt, wir sollen ehrlich zueinander sein.«

»Ich bin die ganze Zeit ehrlich.«

»Nur nicht zu dir selbst.«

Er runzelt die Stirn. Sie tätschelt seine Hand.

»Hör zu, ich will dir nicht erzählen, was deine Mutter auf

Cumberland Island treibt oder warum sie meiner Ansicht nach in guten Händen ist. Ich will, dass *du* es mir erzählst. Ich will wissen, was du tief in deinem Herzen vermutest.«

Er starrt auf seine große braune Tatze in ihrer schlanken Hand, dann blickt er zu ihr auf. »Willst du damit andeuten, meine Mutter hätte eine Affäre?«

»Vielleicht noch nicht. Aber du bist immerhin Anwalt. Betrachte doch mal die Beweislage.« Sie zählt die einzelnen Punkte an den Fingern ab. »Mama verschleudert ein Vermögen für ein Automobil aus ihrer Zeit in Deutschland. Mama engagiert einen Privatdetektiv, um eine gewisse Person ausfindig zu machen. Mama bekommt den lang ersehnten Hinweis, dass die Person gefunden wurde, und stürmt los wie eine Jugendliche zum Beatles-Konzert. Das führt doch alles zu ein und demselben Ergebnis. Selbst in deinen Augen, oder?«

Er zieht seine Hand zurück. »Ich kann nicht fassen, dass du auf so einen Gedanken kommst.«

»Sag mal, haben deine Eltern je davon gesprochen, dass damals auf der Flucht ein wertvoller Gegenstand zurückgelassen wurde? Ein Gegenstand, den man erst zurückfordern kann, wenn der treue Gemahl unter der Erde liegt?«

»Wie kommst du auf eine solche Idee?«

Eines von Peppers zahlreichen Talenten besteht darin, im rechten Moment den Rückzug anzutreten. Sie widmet sich ihrem Kaffee, der leider nicht so stark ist, wie sie es sich erhofft hat, aber mit dem Kaffee hält sie es wie mit Donuts: Selbst ein schlechter ist besser als gar keiner. Susan ist immer noch auf ihrem Zimmer und bringt sich nach einer langen Dusche in Form, vermutlich indem sie jede Strähne einzeln um den Finger wickelt, wie Mama es ihr beigebracht hat. Vor gut fünfzehn Minuten hat Pepper an ihre Tür geklopft. *Geh schon mal vor*, meinte Susan, hörbar abgelenkt. *Ich mache mich gerade frisch.* Pepper zuckte mit den Achseln und erwiderte: *Ganz wie du willst.* Sie durfte sich kein Urteil erlauben, richtig? Die komplizierte Choreografie der weiblichen Verführung – was das angeht, sind die Wege einer Frau unergründlich. Man lässt sie besser ungestört ihre Schrittfolge einstudieren. Pepper dagegen ist bereit, sich nach einer zweiminütigen Dusche mit lediglich einer Lage Gesichtscreme, einem Hauch Lippenstift und einem flotten Pferdeschwanz auf ihr Frühstück zu stürzen, aber Pepper ist schließlich auch nicht auf der Suche nach einem Ehemann.

Aber *dieser* Mann. Dieser *Florian.* Entzückend wütend und besorgt – vermutlich umso mehr, weil er weiß, dass Pepper recht hat. Und dann diese hübsche Geschichte, die er um die Ehe seiner Eltern gesponnen hat – wahre Liebe, ewige Treue, blinde Verehrung –, dabei ist das alles nicht mehr als ein Märchen. Ist es doch immer. Pepper kennt sich da aus. Der erste Rausch des Verliebtseins, die chemische Reaktion von körperlicher Anziehungskraft, die schwülstigen Beteuerungen, er sei der Richtige, gefolgt von *Wir werden uns immer lieben* und *Die Ewigkeit ist nicht lang genug.* Aber dann kommen die Kinder, Krümel im Bett, Durchfall und Blähungen, zu viel Alkohol, die Art und Weise, wie er seine Erbsen isst, eine nach der anderen, aufgespießt mit der linken Zinke der Gabel, Herrgott! Und wie sie ihre mit Make-up beschmierten Waschlappen überall im Badezimmer herumliegen lässt. Irgendwann ist da diese hübsche junge Sekretärin im Büro, der neue attraktive Tennisprofi im Club. Und man findet einen Weg, sich weiterhin anzulächeln und zu küssen und so zu tun, als wäre alles Friede, Freude, Eierkuchen, dabei hat man nur gelernt, einander zu tolerieren.

»Hör zu«, sagt sie so einfühlsam wie möglich, »das soll nicht heißen, dass sich deine Eltern nicht geliebt haben. Meine Eltern lieben sich schließlich auch trotz aller Sünden und Affären. Aber deine Mutter hat mir etwas erzählt, als wir zusammen nach Cocoa Beach gefahren sind. Sie meinte, sie sei auch mal in meiner Situation gewesen und es habe sich alles zum Guten gewendet.«

»Wie bitte? In *deiner* Situation?« Er starrt entsetzt über den Tisch, wo Peppers kugeliger Bauch eine Sprungschanze in die Butter bildet.

»Und sie hat behauptet, sie habe damals einen Teil ihres Herzens zurückgelassen.«

Florians Wangen erbleichen. Er legt die Finger an die Tischkante und erhebt sich. »Das ist doch Schwachsinn«, sagt er und verlässt das leere Frühstückszimmer, während sein unverschämt voller Teller nahezu unberührt zurückbleibt.

Pepper seufzt und reckt ihren Arm über den Salzstreuer, um sich Florians Speck unter den Nagel zu reißen.

2.

Sie gibt ihm zwanzig Minuten. Zwanzig Minuten sollten reichen, oder? Um die zornigen roten Blutkörperchen in seinen Adern zu besänftigen, damit er die eiskalte Wahrheit erkennt.

Sie findet ihn auf der Veranda, den Blick aufs Wasser gerichtet. Seine Hände ruhen auf dem Geländer. Sie lehnt sich rückwärts dagegen, nur wenige Zentimeter von seinem rechten Unterarm entfernt, die Hände sittsam unter ihrem Bauch verschränkt.

»Die Fähre legt in einer Stunde ab. Bist du dir sicher, dass du sie nehmen willst?«

»Und sei es nur, um dir zu beweisen, dass du falschliegst.«

»Du solltest eher hoffen, dass ich richtigliege.«

»Und warum?«

»Denk mal an die Alternative. Wäre es dir lieber, wenn sie die Nacht bei einem Wildfremden verbracht hätte? Womöglich gegen ihren Willen?«

Er flucht leise in sich hinein.

»Weißt du was?«, sagt Pepper. »Es ist *ihr* Leben. Du bist erwachsen. Dein Vater ist seit über einem Jahr tot. Gönn ihr das Vergnügen. Lass sie gehen.«

Eine dichte Wolkendecke hat sich über den Himmel gebreitet, während sie geduscht und gefrühstückt haben, und jetzt fängt es an zu nieseln. Pepper lauscht dem sanften Trommeln und neigt den Kopf, um Florians finsteres Profil, seinen starren Kiefer zu mustern.

»Das heißt noch lange nicht, dass ihre Ehe eine Lüge war«, sagt Pepper. »Ich habe mit Susan gesprochen. Sie meint, die beiden hätten einander sehr geliebt. Jetzt tu nicht so, als würde die ganze Welt zusammenbrechen. Sie hat einen Teil ihres Herzens zurückgelassen, nicht das *ganze* Herz.«

»Mein Leben lang«, sagt Florian, »habe ich mir das gewünscht, was die beiden hatten. Mein Leben lang. Ich will dir nichts vormachen. Ich habe Frauen getroffen, habe mich amüsiert. Aber das war mir nicht genug. Deshalb habe ich dich nicht zum Essen eingeladen. Ich wäre verloren gewesen. Ich hätte mich Hals über Kopf in dich verliebt. Dabei standen meine Chancen eher schlecht, oder? Meine Chancen, dass du dich in mich verliebt hättest. Dass ausgerechnet ich der Glückliche wäre.«

»Sei dir da mal nicht so sicher.«

Florian steht reglos neben ihr, so nah, dass sie die Anspannung seiner Arme, die Muskeln seiner Taille fast spüren kann. Sein ganzer Körper verströmt eine Aura von durchtrainierter Fitness, als wollte er jeden Moment die

Schuhe wechseln und den Appalachenweg abwandern, bis hinauf nach Maine. Wenn sie sich doch nur an jenen Augenblick erinnern könnte. Den Augenblick in einem Washingtoner Salon, als sie sich das erste Mal begegneten. Warum kann sie sich nicht daran erinnern? Wenn sie es könnte, wenn sie diesen Moment vor Augen hätte, dann könnte sie die Zeit vielleicht zurückdrehen und die Ereignisse umschreiben. Dann könnte sie die Schachfiguren so verschieben, dass das Spiel anders ausginge.

Aber herrje. Die arme Susan. Dann müsste sie sich mit diesem Billy Wie-hieß-er-noch abfinden.

»Schon in Ordnung«, sagt sie, als er hartnäckig schweigt. »Du hast den richtigen Entschluss getroffen. Susan ist eine gute Partie. Und sie ist verrückt nach dir.«

»Das ist mir bewusst.«

Ein Wagen nähert sich dem Hotel. Lang gestreckte Motorhaube, ziemlich neu, ziemlich blau. Er kommt auf der anderen Straßenseite zum Stehen und parkt direkt hinter Florians Thunderbird. Die verchromten Haifischflossen durchfurchen majestätisch den grauen Nieselregen. Der Fahrer stellt den Motor ab, ohne auszusteigen.

»Vielleicht war ich ein Idiot«, sagt Florian. »Vielleicht macht man sich besser keine Gedanken um die wahre Liebe oder die perfekte Ehe mit einem netten Haus und netten Kindern. Vielleicht lädt man die Frau seiner Träume besser zum Essen ein.«

»Es sei denn, es ist bereits zu spät.« Pepper streicht sanft über ihren Bauch und betrachtet den blauen Wagen. »Es sei denn, sie steckt bereits in Schwierigkeiten.«

»Pepper«, sagt Florian sanft. Er drückt sich vom Geländer ab und sieht sie an, eine Hand auf die ihre gelegt. Für einen winzigen Augenblick gibt es kein blaues Auto, keine blonde Susan, keine verschwundene Mutter.

Aber natürlich gibt es sie doch.

»Florian! Hier steckt ihr also«, zwitschert die bezaubernde Susan mit ihrem makellosen Haar, perfekt gekleidet für einen feuchten Novembertag auf einer malerischen Düneninsel – gebügelte Levi's, kurze Gummistiefel und eine weiße Bluse, die bis wer-weiß-wohin aufgeknöpft ist.

Susan. Unverheiratet, ungeschwängert, unwiderstehlich.

## 3.

Pepper wartet, bis die Fähre außer Sichtweite ist, dann wendet sie sich an den Mann auf der Bank. »Ich weiß Ihre Geduld zu schätzen«, sagt sie.

Er stützt die Hände auf die Knie und erhebt sich schwerfällig, als hätte er ebenfalls eine lange Nacht hinter sich. Vielleicht hat er das. Seine Wangen sind leicht gerötet, seine Augen verquollen. »Ich war Ihnen hoffentlich nicht im Weg?«

»Keineswegs. Ich glaube, die anderen haben Sie gar nicht bemerkt.

»Gut, gut.« Er lächelt. »Bei meinem Gesicht ist es gar nicht so leicht, sich unauffällig zu verhalten.«

»Nur kein Eigenlob. Die beiden haben derzeit andere Dinge im Kopf.« Sie deutet auf den Eingang. »Wollen wir hineingehen? Es gibt da drinnen ein gemütliches Kaminzimmer, direkt neben der Lobby. Genau der richtige Ort für intime Heimlichkeiten, aber in Hörweite vom Empfang, falls Sie irgendwelche faulen Tricks versuchen.«

»Gern. Gehen Sie vor.«

Pepper macht an der Rezeption halt und bestellt zwei Tassen Kaffee. Sie sehnt sich nach einem Heißgetränk, um ihr unterkühltes Blut zu wärmen, ausgelöst von dem verstörenden Anblick der vertrauten Gesichtszüge, des dicht gewellten Haars, der nach unten weisenden Augenwinkel.

Seinem großen Bruder verblüffend ähnlich.

Und doch anders. Etwas frischer, etwas rundere Wangen. Alles eine Frage der Zeit, denkt Pepper, während sie ihn in den Salon führt, möglichst ohne zu watscheln.

Der Raum ist uralt und urgemütlich. Im Kamin prasselt ein Feuer. Es ist ein nettes kleines Hotel, wie aus dem Ei gepellt und auf Hochglanz poliert. Der Geruch des Feuers vermischt sich mit einem angenehmen Duft von Bienenwachs und Meeresluft. Er wartet darauf, dass sie Platz nimmt – ein Zeichen guter Erziehung. Sie wählt das äußerste Ende des Sofas. Er setzt sich in einen Sessel und offeriert ihr eine Zigarette, die sie ablehnt. Nein, es störe sie nicht, wenn er rauche.

Nachdem er die Zigarette angezündet hat, bedankt er sich dafür, dass sie sich bereit erklärt hat, mit ihm zu reden.

»Ich hatte keine andere Wahl, oder? Sie haben mich gnadenlos in die Enge getrieben.«

»Das war nicht meine Absicht. Wir wollen uns nur mit Ihnen unterhalten.«

»Dann sollten Sie es in Zukunft unterlassen, Ihre Schlägertypen in einem finsteren Hoteltreppenhaus auf mich anzusetzen.«

»Das war ein Versehen. Die Idee unseres Anwalts. Wir hatten keine Ahnung.«

Pepper legt ihren Ellbogen auf die Sofalehne und stützt ihr Kinn in die Hand, um über das kleine Wörtchen *wir* zu sinnieren. Drei harmlose Buchstaben und doch ungleich mächtiger als *ich*. Das ist das Problem bei einer Familie wie seiner, richtig? Man hat es nie mit nur einem zu tun. Legt man sich mit einem an, legt man sich mit allen an. Gegen eine geeinte Front hat man keine Chance.

»Nicht gerade die feine englische Art.«

»Da gebe ich Ihnen recht, aber …«

Er wird von der Inhaberin unterbrochen, die in diesem Moment den Kaffee mit einem Teller Ingwerkeksen hereinträgt. Sie scheint den Mann nicht zu erkennen, oder vielleicht ist sie einfach nur höflich. Sie serviert den Kaffee aus einer alten silbernen Kanne und reicht dazu Milch und Zucker. Als sie den Raum verlässt, schnappt sich Pepper einen Keks, den allergrößten.

»Sie sehen gut aus«, sagt er. »Gehen Sie regelmäßig zum Arzt?«

»Natürlich gehe ich zum Arzt. Zuletzt vor zwei Wochen, unmittelbar vor meiner Reise nach Florida. Ich bin fit wie ein Turnschuh. Wir beide.« Sie bricht den Keks in zwei Hälften. »Das blühende Leben, wie der Arzt so schön sagte.«

»Sehr gut. Das ist das Wichtigste.« Er lässt die Tasse auf seinem Knie ruhen. »Wir wollen nur Ihr Bestes, Pepper. Niemand will sich vor der Verantwortung drücken.«

»Nein, natürlich nicht. Allein die Anwaltskosten betragen gewiss ein Vermögen.«

»Sie wären um all das herumgekommen, hätten Sie den einen oder anderen Telefonanruf entgegengenommen.«

»Dazu bestand kein Anlass. Ihr Bruder will, dass ich das Baby aufgebe. Eher begegnen wir uns in der Hölle. Was gibt es da zu bereden?«

»Nichts, wenn Sie sich weiterhin stur stellen. Wenn Sie sich selbstsüchtig und rachgierig verhalten, anstatt das Richtige zu tun.«

»Das Richtige für Ihren Geschmack. Das Richtige für Sie und Ihre Familie.«

»Das Richtige für alle Beteiligten. Einschließlich Ihnen. Einschließlich des Babys.« Er beugt sich vor und stützt seine Ellbogen auf die Oberschenkel. Er ist ein stattlicher

Mann, stattlich im Sinne eines Footballspielers. Die Zigarette verschwindet fast in seinen fleischigen Pranken. »Sie sind der Meinung, wir wollen nur einen bedauerlichen Fehltritt vertuschen. Aber darum geht es gar nicht. Wir sprechen hier von dem Kind meines Bruders.«

»Ein Kind, das ich seiner Ansicht nach hätte wegmachen lassen sollen.«

»Aber das haben Sie nicht, und darum wünscht er sich für dieses Kind die bestmögliche Zukunft.«

»Dann brauchen wir gar nicht weiterzureden. Halten Sie sich fern von meinem Leben, und ich halte mich fern von Ihrem. Ich habe selbst eine fürsorgliche Familie, die sich darum kümmert, dass es dem Baby an nichts mangelt.«

Er seufzt und drückt die Zigarette im Aschenbecher aus. Sein Aktenkoffer steht aufrecht neben dem Sessel, nicht weit vom Kamin. Er nimmt einen Schluck Kaffee und legt den Koffer auf seinen Schoß, um die Verschlüsse aufschnappen zu lassen.

»Ist das so, Pepper? Ist Ihre Familie wirklich bereit, dieses Kind bedingungslos in ihr Herz zu schließen und ihm die nötige Liebe und Zuwendung zu geben? Wissen Ihre Eltern überhaupt, dass Sie schwanger sind? Denn ich sehe hier keine stolzen Großeltern. Ich sehe keine Geschwister, keine Onkel und Tanten, die Sie in dieser schwierigen Situation liebevoll umhegen.«

»Wir haben es nicht so mit Hegen und Pflegen, aber wir schlagen uns ganz gut durch.«

Er nimmt einen Stapel Unterlagen aus dem Koffer, begleitet von einem vielsagenden Kopfschütteln. »Sie sind eine alleinstehende Frau, Pepper. Ein Kind braucht ein sicheres Zuhause mit Mutter und Vater.«

»Es hat bereits eine Mutter. Nämlich mich.«

»Und was ist mit dem Vater? Jedes Kind braucht einen

Vater. Wer würde Sie in Ihrem Zustand heiraten, Miss Schuyler? Oder mit einem Kleinkind am Rockzipfel? Wer wäre dazu bereit?«

»Viele Männer.«

»Das steht zu befürchten. Viele Männer. So sind Sie nun mal, habe ich recht? Lassen Sie uns ehrlich sein. Sie sind keine geborene Mutter. Sie sind eine Holly Golightly, und daran gibt es nichts auszusetzen. Jeder ist eben anders. Sie wären gewiss glücklicher, wenn Sie dieses Kind abgeben würden. Sie könnten weiterhin Ihr Leben leben, frei und unbeschwert. Und das Baby genauso.«

Er will ihr die Unterlagen überreichen. Pepper verschränkt die Hände im Schoß und begegnet seinem Blick, die Lippen aufeinandergepresst aus Angst, was ihr herausrutschen könnte.

»Wann ist der errechnete Termin, Miss Schuyler?«

»Fragen Sie doch Ihren Bruder, der müsste es wissen.«

»Januar? Februar?«

Pepper lehnt sich schweigend zurück und nippt an ihrem Kaffee wie eine schwangere Hausfrau, die in ihrem Wohnzimmer einen Gast empfängt.

»Sagen wir Februar«, urteilt er mit einem Blick auf ihren Bauch. »Sagen wir, das Baby kommt im Winter. Wissen Sie, wie das ist mit einem Neugeborenen? Sie sind allein und gelangweilt, Ihnen fällt die Decke auf den Kopf. Es gibt keine Möglichkeit, sich zu vergnügen. Und Sie vergnügen sich doch gern, oder nicht? Ein Neugeborenes ist kein Vergnügen. Glauben Sie es mir.«

»Wie gesagt, ich schlage mich schon irgendwie durch.«

Er lässt die Unterlagen ein, zwei Zentimeter über dem braunen Lederkoffer schweben. »Und ein Baby ist nicht billig.«

»Ich habe Geld.«

»Hören Sie. Es gibt keinen Grund, sich das anzutun. Wir haben bereits alle Formalitäten geregelt. Wir haben ein Paar gefunden, das bereit wäre, das Baby gleich nach der Geburt zu adoptieren und als ihr eigenes großzuziehen.«

»Ach ja? John und Jane Smith aus Long Island, treue Demokraten?«

»Nein. Ich und meine Frau. Wir möchten das Kind adoptieren.«

»Dass ich nicht lache.«

Er hält ihr die Unterlagen entgegen. »Sehen Sie selbst. Ich habe mit meiner Frau ausgiebig darüber gesprochen. Wie Sie vielleicht wissen, hatte sie mehrere Fehlgeburten. Sie würde das Kind mit offenen Armen empfangen.«

»Aber natürlich. Und weiß sie auch, wer der Vater ist?« Pepper lacht. »Ach, was rede ich da? Bestimmt denkt sie, es ist Ihres!«

Die Röte seiner Wangen dringt bis in seine Nasenspitze. »Machen Sie sich nichts vor, Schätzchen. Sie sind keine geborene Mutter. Das Baby würde bei uns mehr Liebe und Fürsorge erhalten, als Sie ihm je bieten könnten. Und Sie wären wieder frei. Keine Sorgen, keine Verpflichtungen. Ein Leben ganz nach Ihrem Geschmack.« Der Hauch von einem Zögern. »Wir würden Sie selbstverständlich entschädigen.«

Pepper umklammert ihre Kaffeetasse, um das verräterische Zittern ihrer Finger zu verbergen, ein zorniges Beben wie vor einem Vulkanausbruch. Ihre Lippen erstarren zu einem gekünstelten Lächeln, und sie erwidert beiläufig, als wäre das alles ein Spiel: »Sie denken, ich bin auch nur so ein dummes Flittchen. Nicht besser als all die anderen.«

Er trommelt mit den Fingern auf der Aktentasche und lächelt selbstzufrieden. »Sehen Sie, das ist genau der Punkt. *Jedes* Flittchen denkt, sie sei besser als die anderen.«

Pepper stellt ihre Tasse ab. »Sie dürfen jetzt gehen. Die Unterhaltung ist beendet.«

»Ich gehe nirgendwo hin.«

»Dann gehe ich eben.«

Sie stolziert … nun ja, watschelt anmutig zur Tür, vorbei an dem gemütlichen Chintzsofa und den beiden Sesseln. Als sie mit ihren vulkanisch zitternden Fingern die Klinke ergreift, packt er ihren Arm.

»Sie können sich nicht einfach so aus der Affäre ziehen.«

»Und ob ich das kann.«

Sie öffnet schwungvoll die Tür, und wer steht da vor ihr? Ganz in Schwarz und todschick.

Annabelle.

# Annabelle

## DEUTSCHLAND – 1938

### 1.

Wir hatten nur einen Monat im Haus der Himmelfarbs verbracht, aber es kam mir vor, als würden wir wie Rip Van Winkle mit schläfrigen Augen aus einem langen Winterschlaf erwachen. Die Welt erschien mir wie verändert, nicht nur die kahlen Bäume, die winterliche Luft, jedes Molekül, jedes Atom hatte sich verschoben.

Gegen neun Uhr erreichten wir Konstanz am Bodensee. Wir hatten uns eine ausgefeilte Geschichte zurechtgelegt: Wir waren als Rudolf und Annabelle Dommerich mit unserem Sohn Florian, allesamt begeisterte Skifahrer, unterwegs zu einer befreundeten Familie, die in den Schweizer Alpen bei Verbier wohnte. Stefan würde die Unterhaltung führen, und wenn mich der Grenzbeamte etwas fragte, sollte ich möglichst mit einem einzigen Wort antworten; falls er meinen Akzent dennoch bemerkte, würden wir ihm erklären, ich sei bei Verwandten in Genf aufgewachsen, da meine Eltern früh verstorben seien.

»Aber er wird dich nichts fragen«, meinte Stefan. »Bei deinen großen, treuen Unschuldsaugen. Er wird sich denken, was für eine nette, brave Frau, ihr Mann kann sich glücklich schätzen.«

»Wenn der wüsste!«

Die Straßen waren still und verlassen. Stefan hielt vor einem Tabakladen an, um sich Zigaretten und eine Zeitung zu besorgen. »Du armer Schatz«, sagte ich. »Fürs Erste musst du auf deine Lieblingsmarke verzichten. Darauf kannst du dich freuen, wenn wir in Monte Carlo sind.«

Er zündete sich eine an und seufzte zufrieden. »Weißt du, worauf ich mich am meisten freue?«

»Dich endlich sicher zu fühlen? Wieder auf deinem Schiff zu sein? Mich in deiner Kajüte zu lieben?«

»Das auch, vor allem Letzteres. Aber am meisten freue ich mich darauf, dich spielen zu hören.«

»Ich habe das Amati im Hôtel du Cap zurückgelassen.«

Er schüttelte den Kopf und griff zu der Zeitung. »Man hat es mir auf die *Isolde* geschickt. Es erwartet dich in meiner Kabine.«

Ich schnappte begeistert nach Luft. »*Unserer* Kabine«, korrigierte ich ihn.

»Ja. Unserer Kabine.« Er runzelte die Stirn angesichts der Schlagzeilen auf der Zeitung.

»Was ist denn?«

Er fluchte leise. »Die haben auf vom Rath geschossen.«

»Wer ist denn vom Rath?«

»Niemand. Ein Diplomat der deutschen Botschaft in Paris. Dein Mann hat ihn vermutlich tagtäglich als Fußabtreter benutzt, ohne ihn zu beachten. Aber irgendein dummer Jude ist da reinspaziert und hat auf ihn geschossen.«

»Ist er tot?«

»Nein. Noch nicht.« Er fluchte erneut und warf mir die Zeitung in den Schoß, dicht neben Florians schlafendes Haupt. »Aber wer weiß, was da noch kommt. Die Nazis haben Blut geleckt.«

## 2.

An der Grenze hatte sich eine lange Autoschlange gebildet. Es ging weder vor noch zurück. Die meisten hatten die Motoren abgestellt und waren ausgestiegen, um zu rauchen und sich zu unterhalten. Stefan öffnete die Fahrertür und sagte, er wolle sich erkundigen, was da los sei.

Eine halbe Stunde später kehrte er mit finsterer Miene zurück. Florian war aufgewacht und aß einen Apfel. »Wir müssen uns ein Hotel suchen«, sagte er. »Die Grenze ist vorübergehend geschlossen. Niemand weiß, ob sie heute noch geöffnet wird.«

»Können wir nicht einfach abwarten?«

»Ich will kein Risiko eingehen.«

Wir fanden ein schlichtes, aber bequemes Hotel am Stadtrand mit Blick auf die Hauptstraße, sodass Stefan die Situation im Auge behalten konnte.

Es war zu kalt, um Florian lange draußen spielen zu lassen, also kehrten wir bald in unser Zimmer zurück und bestellten etwas zu essen. Die Autoschlange vor dem Fenster wurde immer länger. Stefan rauchte und lief rastlos auf und ab, den Blick beiläufig aus dem Fenster gerichtet, bis ich ihn bat, damit aufzuhören und Florian eine Geschichte vorzulesen. Na schön, sagte er und drückte seine Zigarette im Aschenbecher aus. Während er von den drei kleinen Schweinchen erzählte, brachte der Zimmerservice unser Mittagessen.

Da Florian im Auto lange geschlafen hatte, weigerte er sich, einen Mittagsschlaf zu machen. Stattdessen rannte er durch den Raum und feuerte mit einer unsichtbaren Waffe auf unsichtbare Piraten, während ich ihm vergeblich hinterherjagte und Stefan bestürzt am Bett stand.

»Jetzt geh schon«, sagte ich, während ich mir die Haare

aus dem Gesicht strich. »Geh runter und sieh, was du in Erfahrung bringen kannst.«

Stefan wirkte erleichtert. Er schnappte sich seinen Mantel, den Hut und die Zigaretten und eilte aus dem Zimmer.

Gegen drei Uhr schlief Florian endlich ein, doch Stefan war immer noch fort. Ich zog einen Stuhl ans Fenster und gab vor, im fahlen Nachmittagslicht zu lesen. Die Autoschlange war inzwischen kürzer geworden, doch ich konnte nicht sagen, ob es daran lag, dass die Grenze wieder offen war, oder ob die Leute aufgegeben hatten. Zahlreiche Männer bevölkerten die Straße, manche von ihnen in Uniform. Eine spürbare Unruhe schwappte zu mir herauf und prallte gegen die Fensterscheibe wie ein Energiefeld. Mit einem Mal begann mein Puls zu rasen. Ein Mann blieb direkt unter dem Fenster stehen und sah nach oben, als wäre ihm meine Gegenwart bewusst. Sein Blick war so voller Hass, dass ich erschrocken aufsprang. Mein Buch fiel zu Boden. Der Mann spuckte auf den Bürgersteig und ging weiter.

Als Stefan gegen halb fünf zurückkehrte, stürzte ich mich in seine Arme. »Was ist passiert?«, fragte er und zog mich an seine Brust.

»Was ist da draußen los?«

»Das blanke Chaos.« Er drückte mich ein letztes Mal und warf seinen Hut auf den Schreibtisch. »Keine Ahnung, wann sie die Grenze öffnen.«

»Was machen die Männer da draußen?«

»Die warten auf eine gottverdammte Revolte.« Er warf einen Blick auf Florian, der sich in der Mitte des Betts rührte, ohne die Augen aufzuschlagen. »Wir können nur hoffen, dass vom Rath überlebt.«

»Eine Revolte? Hier?«

»Liebling, die warten nur darauf. Die warten nur auf einen Vorwand!«

»Und wer sind ›die‹?«

»Hitler, Goebbels, ihr ganzes Gefolge. Der Anlass spielt keine Rolle. Ich war eben an einem Kiosk, um mir eine Zeitung zu besorgen, und weißt du was? Die jüdischen Blätter sind verschwunden. Sie mussten die Publikation einstellen. Offizieller Beschluss des Reiches, um eine große jüdische Verschwörung zu verhindern, die anscheinend im Gange ist. Aber in Wirklichkeit wollen sie uns alles nehmen, was uns noch geblieben ist, jedes bescheidene Mittel von Information und Protest. Obendrein werden alle Juden, die nicht hier geboren wurden, des Landes verwiesen. Die schicken ganze Züge nach Polen, und Polen schickt sie wieder zurück. Deshalb hat dieser Junge namens Grynszpan auf den Diplomaten geschossen. Seine Familie wurde nach Polen ausgewiesen mit nicht mehr als den eigenen Kleidern am Leib.«

»Mein Gott.«

»Uns bleibt *nichts* mehr.« Er sprach mit gedämpfter Stimme, eine Zigarette zwischen den Lippen, während er unruhig auf und ab schritt. »Sie sind bereit für den endgültigen Vernichtungsschlag. Die Gauleiter warten nur auf ein Zeichen von Goebbels. Sie warten nur darauf, dass vom Rath stirbt. Oder nicht mal das. Bald hetzen sie ihre Parteigenossen in jede Synagoge, schnappen sich jeden Juden, den sie in die Finger bekommen. Ich muss Wilhelmine anrufen.«

»Wilhelmine?«

»Wegen Else, Annabelle.« Er sah mich an. Seine Augen waren weit aufgerissen, schockiert und erschöpft. »Die lassen jüdische Kinder nicht mal mehr zur Schule. Meine eigene Tochter wird wie ein Tier behandelt.«

»Ja, natürlich. Ruf sie an.«

Auf dem Schreibtisch stand ein großes schwarzes Telefon. Stefan ließ sich auf den Stuhl sinken und griff zum Hörer. Er trug geborgte Kleidung von Matthias, doch dieser war kleiner und rund zwanzig Kilo schwerer, daher hing das graue Sakko schlaff über seinen mageren Schultern und entblößte seine Handgelenke. Wir werden in Monte Carlo einkaufen, dachte ich, ein paar Anzüge und weiße Hemden, die ich eigenhändig für ihn stärken und bügeln werde. Stefan streifte die Asche seiner Zigarette ab und erklärte der Telefonistin auf Deutsch, er benötige eine Fernverbindung nach Stuttgart. Dann nannte er die Vermittlungsstelle und die Rufnummer. Während er auf die Verbindung wartete, wippte er ungeduldig mit dem Fuß.

Florian wurde wach und richtete sich auf. »Mama?«

»Hier, mein Schatz.« Ich setzte mich neben ihn und zog ihn zum Kuscheln heran.

Stefan setzte sich aufrecht hin und verlangte nach Frau Himmelfarb. Es entstand eine Pause, seine Stirn runzelte sich. »Verstehe«, sagte er. »Ist Herr Himmelfarb zu sprechen? Auch nicht. Können Sie mir sagen, wann die beiden zurückkommen? Verstehe. Richten Sie Frau Himmelfarb bitte aus, Rudolf Dommerich aus Konstanz habe angerufen. Sie soll mich umgehend zurückrufen. Der Nazarener Hof«, er warf einen Blick auf den Schreibtisch, »Zimmer 209. Vielen Dank.«

Er legte den Hörer auf die Gabel und sagte auf Englisch: »Sie sind außer Haus.«

»Das hatte ich schon verstanden.«

»Wenigstens hat sich dein Deutsch gebessert.« Sein Lächeln wirkte erzwungen.

Florian hatte seine Müdigkeit abgestreift und kletterte vom Bett. Stefan musterte ihn, und seine Züge wurden auf der Stelle sanfter. Er reckte seine Arme, und Florian rannte ihm wankend entgegen, um auf den Schoß genommen zu werden.

»Es geht ihr gut«, sagte ich. »Else geht es gut.«

»Ja.«

Stefan rieb seine Nase an Florians Haar, wie ich es selbst oft tat, um seinen süßen Duft einzuatmen. Mein Brustkorb schmerzte bei ihrem Anblick. Florian war seinem Vater so ähnlich, die gleichen Augen, das gleiche Haar, ein lebender Trost für Stefan in seinem zu weiten Anzug, seiner von Dachau gezeichneten Gestalt. Wenn ich die Augen schloss, konnte ich jedes Detail der beiden lebhaft vor mir sehen. Ich dachte, diesen Anblick werde ich nie vergessen, den Anblick von Florian und Stefan an einem trüben Novembernachmittag in einem tristen Hotelzimmer mit einem penetranten Geruch nach Lysol, Zigaretten und Angst.

## 3.

Um halb elf klingelte das Telefon und riss uns aus dem Schlaf wie ein schmerzhafter Wespenstich. Stefan stolperte aus dem Bett und griff hastig zum Hörer, während ich Florian an meine Brust zog, um sein verschwitztes Köpfchen zu streicheln.

»Wilhelmine! Wo steckst du? Ja. Ja.« Er fluchte. »Nein, wir können hier nicht weg, die Grenze ist geschlossen. Nein. Bleibt, wo ihr seid. In Ordnung? Bleibt, wo ihr seid. Ich hole euch ab. Du musst mitkommen, Herrgott.« Eine Pause. »Sag ihm, er ist ein Volltrottel. Sag ihm, Stefan lässt ausrichten, er ist ein Volltrottel. Herrgott, verdammt! Ja, ich komme auf der Stelle.«

Während er sprach, hatte ich das Gefühl, Geräusche von splitterndem Glas zu hören.

Stefan knallte den Hörer auf die Gabel und wandte sich mir zu. Ich konnte ihn in der Dunkelheit kaum erkennen, doch sein Körper verströmte eine Aura von zorniger Energie.

»Ich muss sofort nach Stuttgart«, sagte er. »Vom Rath ist tot. Die Gauleiter und ihre Handlanger sind bereits bei der Arbeit. Wilhelmine sagt, sie kann den Lärm wütender Schreie und eingeschlagener Scheiben von ihrem Fenster aus hören. Sie will, dass wir Else mitnehmen. Dass wir sie ins Ausland bringen.«

»Ja, natürlich. Mein Gott.« Ich strampelte die Laken zurück. »Natürlich nehmen wir sie mit. Aber was ist mit Wilhelmine und dem kleinen Henrik?«

Er schüttelte den Kopf und knipste das Licht an. »Dieser Volltrottel von Matthias will die Stadt nicht verlassen. Wilhelmine weiß, dass er ein Volltrottel ist, trotzdem will sie bei ihm bleiben. Was für ein Albtraum.« Er riss sich den Schlafanzug vom Leib und griff in den Koffer.

Ich kletterte aus dem Bett und eilte zu meinem Gepäck.

»Was hast du vor?«

»Mich anziehen.«

»Was? Nein. Du bleibst hier, Annabelle. Du bleibst hier bei Florian.«

»Ich soll dich allein lassen? Ist das ein Witz?« Ich zog mir das Nachthemd über den Kopf und griff nach meiner Bluse. »Nie im Leben.«

»Red keinen Unsinn, Annabelle. Ich bin morgen früh wieder hier. Du wirst aufwachen und denken, ich wäre nie weg gewesen.«

»Hältst du mich für verrückt? Ich habe drei Monate lang versucht, dich in Sicherheit zu bringen. Ich werde dich keine Sekunde aus den Augen lassen, schon gar nicht in so einer Nacht.«

Er packte meine Oberarme. »Annabelle, nicht. Tu das nicht. Du musst hierbleiben. Im Hotel seid ihr sicher, du und Florian.«

»Ich fühle mich nicht sicher, wenn du es nicht bist.«

»Aber Florian!«

»Wage es nicht! Wage es nicht, mich mit Florian zu erpressen! Wir sind eine *Familie*, Stefan. Wir werden uns nicht trennen. Ich bin ein Teil von dir, schon vergessen? Wir sind eine *Familie.* Das habe ich mir geschworen, als ich dich gefunden habe. Ich habe mir geschworen, dich nie wieder aufzugeben. Bitte, Stefan. Du musst mich verstehen, du *musst* mich mitnehmen.«

»Du bringst mich um, Annabelle.«

Florian begann zu weinen.

Ich legte die Hände an Stefans Wangen. Seine Knochen fügten sich perfekt in meine Handflächen. »Ich lasse dich nicht gehen. Ich lasse dich nicht aus diesem Zimmer. Ich lasse nicht zu, dass du dich allein in Gefahr begibst.«

»Annabelle, bitte …«

Florian rutschte vom Bett und klammerte sich an Stefans Bein. »Nicht gehen. Nicht gehen.«

»Siehst du«, flüsterte ich. »Das ist alles, was wir haben. Wir haben nur uns. Uns drei.«

Stefan schloss die Augen. Seine Hand berührte Florians Kopf, berührte sein verheultes Gesicht, das sich feucht an sein Knie schmiegte und seinen Schlafanzug durchnässte.

»Stefan, mein Blut fließt in deinen Adern!«

Es war ein billiges Argument, und natürlich war ihm das bewusst. Dieser halbe Liter Blut zirkulierte seit gut drei Jahren in seinem Körper und war inzwischen, wenn nicht ganz verschwunden, zumindest vollständig absorbiert worden. Doch während ich die Worte aussprach, spürte ich das Motorendröhnen der Barkasse, die platschenden Wellen am Rumpf der *Isolde*, den salzigen Geruch des Meeres; ich hörte Stefans tapfere und schwermütige Stimme, die mich aufforderte, vernünftig zu sein. Ich erinnerte mich an das aufgeregte Flattern meines Herzens, als ich mich in ihn verliebte. Und an den Anblick meines tiefroten Bluts, das durch einen Schlauch in sein Handgelenk quoll und ihm neues Leben einhauchte.

Stefan gab sich geschlagen. »Du wirst tun, was ich von dir verlange. Wenn ich sage, versteck dich im Kofferraum, versteckst du dich im Kofferraum. Und wenn es Probleme gibt, bringe ich dich in das nächstbeste Hotel, und dort wirst du mit unserem Sohn auf mich warten, verstanden?«

Ich sank erleichtert an seine Brust.

»Ja. Ja, verstanden.«

## 4.

Gegen drei Uhr morgens erreichten wir den Stadtrand von Stuttgart. Ein unheilvoller orange-roter Schimmer lag über den Dächern wie eine Nebelbank. »Sie haben begonnen, alles niederzubrennen.«

»Was denn?«

»Was immer ihnen in die Quere kommt. Synagogen, Geschäfte. Vielleicht sogar Häuser.«

»Mein Gott.«

»Was hast du erwartet, Annabelle? Die wollen uns vernichten, ist dir das inzwischen nicht bewusst?«

»Vernichten? Das meinst du nicht ernst.«

»Wie soll ich es sonst meinen? Ich meine *vernichten*. Ich meine auslöschen. Die wollen uns vom Angesicht der Erde wischen.«

»Wie können sie so etwas tun, während ehrbare Menschen zusehen? Während die ganze Welt zusieht? Sie können nicht ernsthaft glauben, dass sie damit durchkommen.«

»Genau das ist doch der Punkt. Sie wollen herausfinden,

womit sie noch durchkommen. In den vergangenen fünf Jahren haben sie immer wieder getestet, wie weit sie vor den Augen der Welt gehen können. Und die Welt ist so müde und überdrüssig, dass es sie nicht interessiert.«

»Aber jetzt wird die Welt etwas tun müssen.«

»Du wirst es sehen, Annabelle. Du wirst schon sehen, was die Welt tun oder lassen wird.«

Ich starrte in den unheilvollen Himmel.

»Das ist doch unmöglich. Sie wollen euch nur loswerden. Sie wollen euch aus Deutschland vertreiben.«

»Du begreifst rein gar nichts, Annabelle. Du begreifst nichts von alledem.«

»Aber du redest hier von Mord!«

»Hast du eine Ahnung, wie oft sie in Dachau versucht haben, mich zu ermorden? Sie nennen es Strafarbeit und Züchtigung – nette saubere Ausdrücke –, doch in Wirklichkeit wollten sie mich umbringen, schlicht und einfach umbringen. Aber ich habe ihnen den Gefallen nicht getan.«

»Warum haben sie dann zugestimmt, dich in ein Krankenhaus einliefern zu lassen?«

»Gute Frage, Annabelle. Das habe ich mich auch schon gefragt.«

Ich betrachtete Florians schlafendes Gesicht in meinem Schoß. »Du glaubst, es war Johann.«

»Ich glaube gar nichts. Ich will nur noch mit meiner Frau und meinen Kindern hier raus. Ich will verdammt noch mal raus aus Deutschland, solange wir noch am Leben sind. Was hast du, Annabelle?«

»Du hast mich gerade *deine Frau* genannt.«

»Und deshalb weinst du?«

»Ja, verdammt. Deshalb weine ich.«

## 5.

Ringsum hörte man den Lärm von splitterndem Glas. Stefan fuhr, so schnell er konnte, vorbei an Rotten von jungen Männern, deren Gesichter im Schein der Straßenlaternen und brennenden Läden glühten, während in ihren Augen ein anderes, wilderes Feuer flackerte. Der Lärm zerrte an den Nerven und ließ einem das Herz in der Brust zerspringen, aber man konnte ihm nicht entkommen. *Beeil dich*, sagte ich zu Stefan, die Füße gegen das Bodenblech gestemmt, doch die Aufforderung hätte ich mir sparen können. Er fuhr bereits so schnell, wie es sein Gewissen zuließ.

Zum Glück kannte er den Weg, denn in dem eigentümlichen Licht, das von der Stadt Besitz ergriffen hatte, konnte ich nicht viel erkennen. Die Himmelfarbs lebten in einer ruhigen Wohngegend, gesäumt von zahlreichen Bäumen. Als wir den Stadtteil erreichten, wurden die Horden von Männern immer seltener. Vielleicht hatten wir das Schlimmste bereits hinter uns gelassen, mutmaßte ich. Stefan gab keine Antwort.

Wir bogen um eine Ecke, und ich erkannte die Straße. Mein Blick glitt nach rechts und fiel auf das vertraute schmiedeeiserne Tor, den winzigen Garten, die fünf Stufen am Eingang. Der Bürgersteig war still und verlassen, abgesehen von dem fernen Lärm von Schreien und splitterndem Glas, ein Hörspiel der Zerstörung. In sämtlichen Häusern waren die Lichter ausgeschaltet. Stefan hielt an und sprang aus dem Wagen. Er kam auf die Beifahrerseite, um mir Florian abzunehmen und mir seine Hand zu reichen. Wir rannten zum Eingang und hämmerten gegen die Tür.

»Ich bin's, Stefan! Mach die gottverdammte Tür auf, Wilma!«

Bei den letzten Worten öffnete sich die Tür, und Wilhelmine Himmelfarb stand mit aschfahlem Gesicht am Eingang, ihr Haar strähnig und zerzaust. Sie hielt Henrik auf dem Arm.

»Gott sei Dank«, sagte sie.

# Pepper

ST. MARYS – 1966

I.

Pepper betrachtet Audrey Hepburns Doppelgängerin, die spitzen Dreiecke am Kragen ihres schwarzen Trenchcoats, der in der Taille elegant geschnürt ist.

»Hier bist du also«, sagt Annabelle vergnügt und streckt ihr eine behandschuhte Hand entgegen.

»Hier bin ich.«

Annabelle richtet ihre Aufmerksamkeit auf den Mann an Peppers Seite. »Guten Morgen. Ich glaube, wir sind uns noch nicht begegnet. Mein Name ist Annabelle Dommerich.«

Wieder diese Hand. Er schüttelt sie flüchtig, murmelt seinen Namen.

»Sehr erfreut«, sagt Annabelle.

»Ich dachte, du bist auf der Insel?«, sagt Pepper.

»Natürlich dachtest du das. Aber ich bin wieder da. Wie man sieht.«

»Florian und Susan sind auf der Fähre, die gerade abgelegt hat. Ihr habt euch knapp verpasst.« Pepper stellt fest, dass dieser bemerkenswerte Zufall womöglich gar keiner ist.

»Na so was.«

»Sie werden entschuldigen, Mrs. Dommerich, aber Miss Schuyler und ich führen gerade eine Unterhaltung …«

Annabelle schenkt ihm ein blendendes Lächeln. »Tut mir furchtbar leid, aber Ihre kleine Unterhaltung muss fürs Erste warten. Ich habe selbst etwas Dringendes mit Miss Schuyler zu besprechen.«

Er sieht sie entgeistert an, als wäre das kleine Wörtchen *warten* nicht Teil seines Vokabulars. Vor lauter Verblüffung wandern die Augenbrauen hinauf zu seinem Haaransatz.

Pepper hakt sich bei Annabelle ein. »Der Ärmste«, sagt sie. »Gleich zweimal an einem Morgen.«

»Zweimal was?«

»Abserviert.«

2.

»Der gute Mann hat gewiss nicht vor, einfach so zu verschwinden«, kommentiert Annabelle, die aus Peppers Zimmer im ersten Stock auf den blauen Lincoln hinabblickt. Der Regen hat inzwischen nachgelassen, aber eine dichte graue Wolkendecke liegt über dem Ort und lässt die verchromte Stoßstange und die Haifischflossen matt und trist erscheinen.

Pepper lässt sich auf das schmale Einzelbett sinken und stopft ein Kissen unter ihren Fuß. »Das muss wohl eine Erbkrankheit sein. Diese Familie versteht einfach kein *Nein*.«

Annabelle seufzt verärgert.

»Aber genug von mir«, fährt Pepper unbeirrt fort. »Was machst du hier?«

»Hmm.« Sie kehrt der Scheibe den Rücken und lehnt sich gegen die Fensterbank. »Wie findest du meinen Sohn?«

»Ich finde ihn unwiderstehlich. Genau wie die hübsche

Susan. Die beiden werden dir ganz entzückende Enkelkinder schenken.«

Annabelle runzelt die Stirn. Aber es ist nicht ihr typisches Stirnrunzeln, eher eine missbilligende Grimasse aus zusammengezogenen Augenbrauen und geschürzten Lippen, die offenbar ausdrückt: *Nicht solange ich etwas zu sagen habe!*

»Wenn Florian dieses Mädchen heiratet, werde ich ihn enterben«, erwidert sie.

»Wie bitte? Kannst du die süße Sue etwa nicht leiden?«

»Ich kann sie sogar sehr gut leiden, aber sie ist nichts für meinen Sohn.« Annabelle macht eine Pause. »Susan ist hoffnungslos unmusikalisch. Ich kann nicht zulassen, dass Florian seine Musik aufgibt.«

»Ist das nicht ziemlich unfair? Immerhin kann sie nichts dafür.«

»Außerdem würde er ihr auf der Nase herumtanzen. Florian ist manchmal ziemlich herrisch, genau wie sein Vater. Er braucht eine Frau, die ihm die Stirn bietet.« Sie blickt unschuldig zur Decke.

»Und trotzdem lässt du die beiden nach Cumberland Island übersetzen, ganz ohne elterliche Aufsicht.« Pepper hebt ihre Hand. »Und erzähl mir nicht, du hättest nicht gewusst, dass die beiden auf der Fähre sind. Ich will nur wissen, wie du ihnen entwischt bist. Und warum.«

Annabelle wendet sich erneut zum Fenster. Die Wolkendecke schmiegt sich an ihr Gesicht und ebnet jedes Anzeichen ihres Alters. Sie könnte genauso gut zwanzig sein. »Er holt etwas aus dem Kofferraum«, sagt sie.

»Vergiss den Kerl. Ich dachte, du willst mit mir reden.«

»Das war nur ein Vorwand, um dich aus seinen Klauen zu befreien.«

Pepper richtet sich auf. »Was ist da draußen passiert?«

»Auf der Insel? Gar nichts. Ich bin hingefahren und wieder zurückgekommen.«

»Und in der Zwischenzeit? Hast du gefunden, wonach du suchst?«

»Ja, habe ich. Oh, er kommt wieder rein. Und er hat irgendetwas unter dem Arm. Einen Umschlag. Du meine Güte, der Ausdruck auf seinem Gesicht …«

»Ich sag doch, vergiss den Kerl. Ich will wissen, was letzte Nacht passiert ist. Warum bist du schon wieder zurück und stehst da wie ein Windbeutel, dem man alle Sahne ausgelutscht hat?«

Annabelle geht zum Kamin und hält ihre Handflächen über das Feuer. Pepper bewundert ihre langen Finger, schlank und gerade. Ihr Kopf ist leicht geneigt, ihr Blick auf die Fingernägel gerichtet. »Wie gesagt, da war nichts. Ich wollte nur wissen, ob ich mit meiner Vermutung richtiglag. Ob da draußen ein ehemaliger Freund von mir lebt.«

»Du meinst, ein ehemaliger Liebhaber.«

»Wenn du so willst.«

»Und? War er es?«

»Ja, er war es tatsächlich.« Sie reibt sich die Hände und streicht mit dem Daumen über den schlichten goldenen Ehering an ihrer linken Hand.

»Ja und? Hast du wenigstens Hallo gesagt? Dich ihm in die Arme geworfen? Die Nacht mit ihm verbracht?«

»Nichts von alledem.« Sie greift nach dem silbernen Kerzenleuchter auf dem Kamin und betrachtet die Unterseite, als würde sie den Echtheitsstempel überprüfen. »Ich habe mich erkundigt, wo er wohnt. Ziemlich weit draußen. Also habe ich mir ein Fahrrad geliehen. Vor dem Haus habe ich eine Zeit lang gewartet, um mir Mut zu machen. Es ist schon etwas unheimlich, jemanden nach so langer Zeit wiederzusehen. Man weiß nie, ob sich der andere verändert hat. Ob man sich selbst verändert hat. Oder ob derjenige einem verzeiht. Also habe ich gewartet.«

Es klopft an der Tür.

»Ignorier ihn«, sagt Pepper. »Du hast gewartet?«

»Bis Mitternacht. Dann bin ich zu dem kleinen Gasthaus zurückgekehrt. Heute Morgen hat mich ein Fischer zurück zum Festland gebracht. Und jetzt werde ich packen und nach Hause fahren.«

Pepper steht auf und stützt sich an der Sofalehne ab. »Was? Du willst aufgeben?«

Annabelle bedenkt sie mit einem scharfen Blick. »Warum kümmert dich das überhaupt?«

*Keine Ahnung.*

»Tut es ganz einfach.«

Wieder dieses Klopfen. »Miss Schuyler, ich muss mit Ihnen reden! Ich erwarte Sie unten im Salon.«

Annabelle zieht die Augenbrauen hoch. »Wir können den Notausgang nehmen und mit meinem Wagen fahren. Wenn es dir nichts ausmacht, deine Sachen zurückzulassen. Florian kann sie dir nachbringen.«

»Nein, die Sache will ich ein für alle Mal abhaken. Aber du zuerst. Verrate mir, warum du einfach so aufgibst. Warum du im letzten Moment einen Rückzieher machst. Ausgerechnet du.«

»Was gebe ich denn auf?«

»Na alles! Die Chance, ihn zurückzuerobern.«

»Ihn zurückzuerobern? Darum ging es mir gar nicht, Liebes. Nicht nach all den Jahren. Er hat sein eigenes Leben. Ich wollte nur wissen, ob er es ist. Ich wollte wissen, ob es ihm gut geht.«

»Du betreibst so einen Aufwand, nur um dir sein Haus anzusehen? Du hast nicht mal geklopft, um Hallo zu sagen?«

»Nein, das erschien mir unpassend.«

»Warum?«

Annabelle lächelt und streckt die Hände von sich. »Er war nicht allein.«

3.

Pepper stemmt ihre Krücken in den Teppich des Salons. »Sie haben sich hoffentlich etwas einfallen lassen. Ich bin nämlich gerade im Begriff zu packen.«

Sein Gesicht ist gezeichnet von brodelnder Wut, puterrot und stocksauer. Er geht wortlos an ihr vorbei und wirft einen braunen Umschlag auf den Tisch, direkt neben die Ingwerkekse. »Setzen Sie sich.«

»Danke, ich bleibe lieber stehen.«

Pepper hört immer noch das ernüchterte Klappern von Annabelles Absätzen, als sie sich enttäuscht zurückzieht, um ihre Sachen zu packen und in die große leere Villa in Florida zurückzukehren. Oder fährt sie gleich zum Haus ihres Sohnes in Washington, um mit der Familie Thanksgiving zu feiern? Die verwitwete Matriarchin, das Oberhaupt einer großen Familie. Eines Tages wird Pepper ihr die ganze Geschichte aus der Nase ziehen. Von dem eleganten Wagen und dem mysteriösen Mann, den sie in Deutschland zurücklassen musste. Und von dem Mann, den sie stattdessen geheiratet hat.

»Na schön«, sagt er. »Ganz wie Sie wollen.«

Er löst die Kordel des Umschlags und zieht einen dünnen Stoß Unterlagen heraus. »Sie sollten wissen, dass wir dieses Material nur ungern verwenden. Ihre Familie ist eine New Yorker Institution, die diesem Land seit jeher einige seiner besten Mitbürger beschert. Daher widerstrebt uns die Vorstellung, diese sensiblen Informationen an die Presse weiterzuleiten.«

Er breitet die Unterlagen vor ihr aus und verbannt den Teller mit den Keksen in die äußerste Ecke des Tisches. Es handelt sich teils um Fotografien, teils um maschinengetippte Dokumente. Auf einem der Bilder erblickt sie ihren Vater, allem Anschein nach nackt.

»Wir mussten ein wenig recherchieren«, sagt er in einem entschuldigenden Tonfall, als wollte er sagen: *Sie haben uns keine andere Wahl gelassen, als ihren Dreck unter dem Teppich hervorzukehren.*

Jede Familie hat ihre dreckigen Geheimnisse, oder? Und Peppers Familie ist eben besonders alt und ehrwürdig, von schillernden und exzentrischen Charakteren nur so durchsetzt, da sammelt sich der Dreck ganz von allein. Aber es ist ein reicher und fruchtbarer Dreck: Wenn man den einen oder anderen Samen streut, erwächst daraus ein ganzer Garten von Skandalen. Und vielleicht ist das heutzutage gar nicht mehr so schlimm. Vielleicht wird man deswegen nicht gleich aus dem Social Register oder aus dem Knickerbocker Club geworfen oder (oh Graus!) aus den illustren Salons der Fifth Avenue verbannt.

Vielleicht aber doch.

Letztendlich hängt alles davon ab, was diese nette kleine Sammlung neben den Ingwerkeksen beinhaltet.

Pepper humpelt über den Läufer und starrt auf das Sammelsurium von weißen Rechtecken. Sie greift zu einer der Seiten und liest einen getippten Bericht über ihren Onkel Freddie, der seine Ölgeschäfte, wie jeder weiß, auf die altmodische Art und Weise abwickelt, aber das so schwarz auf weiß zu lesen …

Er räuspert sich. »Der Generalstaatsanwalt wird den Fall womöglich vor Gericht bringen müssen.«

Sie blickt auf. »Was für eine Ironie, dass Ihre Familie weitaus schlimmere Dinge verbrochen hat.«

Er zuckt mit den Achseln. Die Sache bedarf keines Kommentars. Jeder weiß, wenn ein Mann zwei Flaschen Whisky über die kanadische Grenze schmuggelt und die Grenzpolizei angemessen besticht, dann hat es diese Flaschen nie gegeben.

Was für ein Ärger, denkt Pepper. Was für ein gottverdammter Ärger. Jetzt muss ich doch noch die Heldin spielen, was? Nach allem Hin und Her muss ich am Ende den Kopf hinhalten.

## 4.

Er gestattet ihr, nach oben zu gehen und zu packen. Sie würde sich doch keine krummen Tricks erlauben, richtig? Nicht solange er diesen Umschlag unter dem Arm hält. Wie ein vollendeter Gentleman trägt er ihren Wäschebeutel zum Wagen und wirft ihn in den Kofferraum wie einen Sack Müll. Dann öffnet er ihr die Beifahrertür.

»Danke«, erwidert sie knapp. Sie nimmt ihre Krücken und legt sie auf die Rückbank. Die Sitze sind jungfräulich weiß, kein einziger Schmutzfleck, doch sie stinken nach Zigarettenrauch. Pepper bleibt für einen Moment stehen, die Hand am Türrahmen, den Blick auf die weitläufige Veranda des Hotels gerichtet. Daneben der leere Bootsanleger. Und der Fluss, der aufs weite blaue Meer hinausführt.

Er geht auf die andere Seite des Wagens, schwingt sich hinters Steuer und steckt den Schlüssel in die Zündung. Der Motor springt nicht sofort an, doch nach ein paar Versuchen heult er gehorsam auf, begierig, loszufahren, begierig, dieses verregnete Nest hinter sich zu lassen, um rechtzeitig zu Thanksgiving nach Washington zurückzukehren.

»Stopp!«

Eine schlanke, schwarz gekleidete Gestalt kommt die Eingangsstufen runtergerannt.

»Pepper, nicht! Steig nicht in diesen Wagen!«

»Steigen Sie ein«, befiehlt der Mann. »Sofort.«

Pepper stützt sich am Türrahmen ab und steigt ein. Der Lincoln prescht los, löst sich vom Bürgersteig, um über die verlassene Landstraße zur brandneuen Interstate zu gelangen.

## 5.

Rund ein, zwei Blocks weiter wirft er einen Blick in den Spiegel und schaltet das Radio ein. Roy Orbison. »Wer zum Teufel war das?«, fragt er.

»Haben Sie noch nie von Annabelle Dommerich gehört? Der weltberühmten Cellistin?«

Er pfeift beeindruckt. »Nicht zu fassen. Woher kennen Sie sich?«

»Aus Palm Beach.«

Er blickt erneut in den Rückspiegel. »Attraktive Frau. Verheiratet?«

»Ich glaube, Sie sind nicht ihr Typ.«

»Das sagen sie am Anfang alle.«

Sie blickt aus dem Fenster. Die Stadt wirkt immer noch tief verschlafen. Die einzelnen Blocks gleiten an ihr vorüber, die Türen fest verschlossen, die Bürgersteige hochgeklappt. Vielleicht liegt es am Regen, der wieder eingesetzt hat und beharrlich gegen die Windschutzscheibe trommelt. Er schaltet die Scheibenwischer ein. Ein neues Geräusch mischt sich unter das Prasseln des Regens, das Dröhnen des Motors. *Wisch, wisch.*

Er reckt den Arm und öffnet das Handschuhfach. »Macht es Ihnen etwas aus, wenn ich rauche?«

»Aber nein.« Sie kurbelt die Scheibe ein paar Zentimeter nach unten und denkt, vermutlich muss ich ihn umbringen. Ihn umbringen und diesen Umschlag stehlen. Dann kann ich beruhigt untertauchen – in Kanada oder Mexiko oder Australien – und ein neues Leben beginnen, einsam und allein, mit falschem Pass, falscher Identität, das volle Programm. Vielleicht werden sie eines Tages ein Buch über mich schreiben: *Pepper – eine wahrhaft verruchte Seele.*

Na gut, nicht gleich umbringen. So verrucht ist sie nun auch wieder nicht. Aber zumindest k. o. schlagen. Nur wie? K. o. schlagen, den Umschlag stehlen und dann …

Verdammt. Oh verdammt. Es nützt alles nichts.

Sie muss sich etwas überlegen.

Aber es nützt alles nichts.

Atmen, Pepper. Atmen. Das Baby braucht Sauerstoff. Dir wird schon etwas einfallen. Dir fällt immer etwas ein.

Es nützt alles nichts.

Der Kerl hantiert mit der Zigarettenschachtel. Die Häuser werden immer spärlicher. Sie nähern sich einer Kurve. Er hat alles fest im Griff: Zigaretten, Feuerzeug, Kurve. Pepper greift zum Türgriff und stemmt die Beine gegen das Bodenblech. Er nimmt die Kurve etwas zu schnell, oder? Aber der Lincoln kommt damit zurecht.

Er lenkt den Wagen wieder geradeaus, doch vor ihnen, mitten auf der Straße, erscheint ein dunkler Schatten – ein atemberaubender Mercedes Roadster, lang gestreckt wie ein großer schwarzer Panther. Eine Frau steigt aus dem Wagen, knallt die Tür zu, verschränkt die Arme und tritt ihnen mit funkelnden Augen entgegen.

»Vorsicht!«, brüllt Pepper. Er löst den Blick von der Zigarette und tritt mit voller Wucht auf die Bremse.

# Annabelle

## DEUTSCHLAND – 1938

### 1.

Das Haus war stockfinster, abgesehen von Wilhelmines kümmerlicher Taschenlampe, die vor uns durch die Dunkelheit zuckte. Ich erkannte einige vertraute Details: den geschnitzten Treppenpfosten in Form einer Ananas, den ausgetretenen Orientteppich, den überladenen Kaminsims im Wohnzimmer, als wir hastig an der Tür vorbeigingen. Sie führte uns hinunter in den Keller. Das Wimmern eines Kindes drang herauf. Stefan schob sich an uns vorbei und rannte die Stufen hinunter. Als ich um die Ecke bog, hielt er Else im Arm. Sie war vollständig bekleidet mit einer dicken Strickjacke und einem karierten Rock. Sein Gesicht war in ihrem dunklen Haar vergraben.

»Else!«, rief Florian. Ich ermahnte ihn zum Flüstern, aber er befreite sich aus meiner Umarmung, genau wie Else aus der ihres Vaters.

»Sie haben so schön miteinander gespielt, als wir zusammen hier waren«, flüsterte ich zu Stefan.

»Zum Glück«, erwiderte er. Seine Stimme klang rau und trocken wie feiner Kies. Er wandte sich an Wilhelmine. »Wo ist Matthias?«

»Er ist oben und schließt die Fensterläden. Henrik schläft.«

»Weck ihn. Zieh ihm etwas an. Ihr müsst mitkommen, zumindest ihr beide.«

»Aber Matthias …«

»Vergiss Matthias! Er ist ein Idiot. Drei Straßen weiter tobt ein wütender Mob. Hörst du? Ein Mob! Sie zerschlagen Fensterscheiben und verschleppen Menschen aus ihren Häusern.« Er sprach auf Englisch, scharf und wütend.

Wilhelmine öffnete den Mund.

»Na los!«, donnerte Stefan. Sie wandte sich um und rannte die Treppe hinauf.

»Das ist einfach unfassbar«, sagte ich. »Ich kann nicht glauben, dass das wirklich passiert.«

Er ging unruhig auf und ab, fuhr mit den Fingern durch sein dunkles Haar. »Und ob das passiert. Genau das habe ich seit fünf Jahren prophezeit. Herrgott, verdammt!«, brüllte er und schlug mit der Faust gegen die Wand.

Else und Florian unterbrachen ihr Spiel und starrten ihn an. Die einzelne Glühbirne zeichnete harte Schatten auf sein Gesicht und ließ ihn fast wahnsinnig erscheinen. »Stefan, die Kinder«, flüsterte ich.

Er sah mich an. »Ich brauche eine Waffe. Eine Waffe, um uns alle zu beschützen. Besser zwei oder drei. Aber glaubst du, der zivilisierte Matthias hat eine *einzige* Waffe in seinem zivilisierten Haushalt? Natürlich nicht. Wir müssen uns mit bloßen Händen verteidigen. Denn wir sind ja im Recht, nicht wahr? Das können sie auf unsere Grabsteine schreiben: *Sie waren im Recht.* Was für eine Ironie!«

Aufgebrachte Stimmen drangen zu uns herunter. Deutsche Worte, im Streit gesprochen. Überlagert von Henriks kläglichem Weinen.

»Stefan, bitte.« Ich ging in die Hocke und zog die Kinder

in meine Arme. »Es wird alles gut. Wir können die ganze Nacht durchfahren.«

»Und wie sollen wir über die Grenze kommen? Willst du durch den Rhein schwimmen?«

»Ich bin Amerikanerin. Wir können uns an das Konsulat wenden.«

»Ich bin auf der Flucht, schon vergessen? Dein Freund Roosevelt könnte mir nicht helfen, selbst wenn er wollte.«

Die Stimmen wurden immer lauter, scharf und männlich. Unsere Blicke begegneten sich, und zugleich packte uns die grauenhafte Erkenntnis, dass die Geräusche nicht mehr von Matthias und Wilhelmine stammten, die sich darüber stritten, ob sie fliehen oder abwarten sollten, sondern von draußen. Von der Straße über dem Kellerfenster.

»Bleib hier«, raunte Stefan.

»Geh nicht da rauf!«

Schwere Stiefel stapften dicht über unseren Köpfen zum Hauseingang. Eine Faust hämmerte an die Tür: *Aufmachen!*

Stefan griff nach der Schnur des Lichtschalters und schaltete die Glühbirne aus. Else heulte erschrocken auf. »Schhh«, raunte er. In dem matten Licht, das von der Treppe herunterschien, küsste er ihr Haar, dann Florians. »Bleibt hier bei eurer Mutter«, sagte er auf Deutsch. »Ich bin gleich wieder da.«

Ein berstendes Geräusch, als die Eingangstür nachgab. Ein Wirrwarr von Befehlen. Wilhelmine schrie auf.

Stefan rannte zur Treppe. Ich packte ihn am Arm. »Geh nicht da rauf!«

»Bleib hier, verstanden? Hör mir zu. Wenn sie das Haus durchsuchen, wenn sie hier runterkommen, dann flieht durch die Hintertür. Am Ende des Gartens liegt ein verstecktes Tor, hinter dem Schuppen. Weißt du, wo?«

»Ja.«

»Bring die Kinder in Sicherheit. Sucht euch einen Unterschlupf für die Nacht. Und morgen gehst du zum Konsulat.«

»Nicht ohne dich!«

Er packte meine Schultern. So fest, dass mir Tränen in die Augen traten. »Bring die Kinder hier weg. Bitte, Annabelle. Sie sind das Einzige, was wir noch haben.« Sein Flüstern klang so heiser, dass ich ihn kaum verstand.

»Ich lass dich nicht zurück«, sagte ich.

»Ich werde dich finden. Ich schwöre bei Gott, ich werde dich finden.« Er beugte sich vor und küsste mich, doch die Intensität des Kusses entlarvte seine Lüge. Es bestand nicht die geringste Chance, dass wir uns in diesem Leben noch einmal begegnen würden. Stefan rannte die Treppe hinauf ins Licht und schloss hinter sich die Tür.

## 2.

»Also, ihr beiden«, flüsterte ich auf Deutsch, weil Else nur ein paar Brocken Englisch verstand. »Wir werden uns jetzt in ein kleines Abenteuer stürzen. Wir schleichen durch den Garten und spielen mit den anderen Erwachsenen Verstecken.«

Meine Stimme zitterte, meine Hände waren eiskalt. Ich konnte die beiden nicht sehen, denn Stefan hatte die Tür geschlossen und uns in der Finsternis zurückgelassen. Die Dunkelheit war gleichermaßen tröstlich wie beängstigend, ein düsteres Paradox. Ich berührte ihre wollweichen Schultern, ihre seidigen Köpfchen, und führte sie zur Hintertür. Von oben hörte ich Rufe. Wilhelmine schrie auf.

»Mama!«, rief Else und riss sich los.

»Nicht, Liebes!«

Schritte, Schläge. Ein Schuss, anders als jedes andere

Geräusch, das ich je gehört hatte, wie von Menschen gemachter Donner. Der dumpfe Aufprall eines menschlichen Körpers auf den nackten Holzdielen.

Oh nein. Mein Gott! Bitte nicht.

*Gegrüßet seist du, Maria, voll der Gnade …*

»Else, komm her.« Ich eilte ihr in der Dunkelheit hinterher.

Ein Heulen, weder männlich noch weiblich, erhob sich über das Gemenge.

*… der Herr ist mit dir …*

Ein weiterer Schuss erschüttert die Fußbodendielen.

*… Du bist gebenedeit unter den Frauen … und gebenedeit ist die Frucht deines Leibes, Jesus …* Oh Gott, bitte nicht, bitte …

Meine Hände fanden Elses flauschige Schultern. Ich zog sie weg von der Treppe.

*… Heilige Maria, Mutter Gottes …*

Peng. Peng.

*… bitte für uns Sünder …*

Peng.

*… jetzt und in der Stunde unseres Todes …*

Ich zerrte Else quer durch den Raum, strampelnd und schreiend. Hastig legte ich eine Hand über ihren Mund, um ihr Weinen zu dämpfen. Damit man uns nicht bemerkte. Damit man die Kinder nicht auch noch fand.

*Peng. Peng. Peng.* Ich spürte den Lärm mehr, als dass ich ihn hörte. Meine Ohren waren so taub wie meine Finger.

*Gegrüßet seist du, Maria, voll der Gnade …*

Als ich die Hintertür erreichte, klammerte sich Florian an mein Bein. Ich tastete nach der Klinke, doch meine Finger waren zu steif, und ich konnte nichts sehen.

*… voll der Gnade …*

Die Tür, die Tür. Kühles Messing. Der Messingknauf. Dreh ihn.

*… bitte für uns Sünder …*

Peng.

Die kalte, klare Nachtluft. Schreie von einem der Fenster. Setz Else ab, nimm ihre Hand, nimm Florians Hand.

*… bitte für uns Sünder …*

Lauf über das feuchte Gras. Im Kampf mit dem Mondlicht. Elses Schluchzen. Die Mauer. Wo ist das Tor? Weiter rechts, rechts. Heb den Riegel.

*… bitte für uns Sünder …*

Schieb die Kinder hinaus. Hinaus in die leere Gasse. Unterschlupf suchen. Aber wo? Die Nachbarin mit den Kindern, die im August hier draußen gespielt haben. Welches Haus? Gleich um die Ecke. Rauchgestank. Schreie.

Eine Gruppe von Männern. Uniformen. Mein Gott! Andere Richtung.

Ich drehte mich um, erblickte weitere Soldaten, wandte mich wieder der ersten Gruppe zu, die bei einer Straßenlaterne stehen geblieben war. Fünf, sechs Meter von uns entfernt.

Kein Entrinnen. Die Kinder hingen an meinem Rock. »Mama?«, sagte Florian, als wäre es eine Frage.

Inmitten des Pulks stolperte ein Mann zu Boden, wurde von zwei Soldaten gepackt, schlug verzweifelt um sich, rief meinen Namen.

»Stefan!«, hauchte ich.

Ein Mann löste sich aus der Gruppe. Kolossal in seinem finsteren Mantel. Er trat in den Lichtkreis der Straßenlaterne. Die Augen unter dem Rand der Kappe waren so hellblau, dass sie fast weiß erschienen. Die Erkenntnis verschlug mir den Atem.

»Frau Silbermann«, sagte er, »bitte folgen Sie mir.«

*Bitte für uns Sünder, jetzt und in der Stunde unseres Todes. Amen.*

## 3.

Mit einem Gewehrkolben wurde ich zu einem Laster geschoben. Ich nahm die Kinder an der Hand und half ihnen ins Innere, um sie auf eine der Bänke zu setzen, welche die Ladefläche links und rechts säumten. Stefan wurde dicht hinter uns hineingestoßen. Ich wollte zu ihm stürzen, doch ein Paar starker Hände riss mich zurück. Im nächsten Moment wurde mir ein wimmelndes Bündel in den Arm gedrückt, das vor Wut laut brüllte: Henrik. Ich hatte ihn nicht mal bemerkt.

Das Getriebe knirschte, und der Laster machte einen Satz. Johann war nirgends zu sehen. Möglicherweise saß er vorn im Wagen. Ich war zu erschöpft, um wahre Wut zu empfinden. Zu besorgt, die Kinder könnten von der holprigen Sitzbank rutschen. Zu verschwitzt vor Angst und Erleichterung, weil Stefan mir gegenübersaß, in sich zusammengesunken, bisweilen aufgerichtet von einem Gewehrlauf.

Es wird alles gut, dachte ich. Wir werden einen Weg finden.

Stefan lebt. Er ist am Leben. Wir werden überleben.

In ein paar Tagen, einer Woche, einem Monat sind wir frei und in Sicherheit; wir werden mit der *Isolde* über das endlos blaue Meer fahren, den Kindern Delfine zeigen und uns nächtelang lieben in Stefans weitem weißem Bett.

Ich schloss die Augen und flüsterte auf Englisch: »Bist du verletzt?«

»Ein wenig.«

Ich legte Florian eine Hand aufs Ohr. »Wo ist Wilhelmine?«

»Tot, *Liebling*. Sie sind beide tot.«

Die Kinder wurden von dem rhythmischen Geholper auf wundersame Weise beruhigt. Ich schob die drei sicher in eine Ecke, um meinen Armen eine Ruhepause zu gönnen. Der Schweißgeruch der Soldaten und der modrige Gestank der Plane drangen mir in die Nase. Hoffentlich ging es wenigstens schnell, dachte ich. Arme Wilma, hoffentlich ging es schnell. Bitte, Gott.

*Gegrüßet seist du, Maria, voll der Gnade, der Herr ist mit dir.*

War das so richtig? Es war das einzige Gebet, das mir in den Sinn kam.

*Du bist gebenedeit unter den Frauen, und gebenedeit ist die Frucht deines Leibes, Jesus.*

»Es tut mir leid«, sagte ich laut.

»Es ist allein meine Schuld, Annabelle. Sie haben mich gesucht.«

»Es ist *nicht* deine Schuld. Es ist *deren* Schuld. Es ist Johanns Schuld.«

*Heilige Maria, Mutter Gottes, bitte für uns Sünder, jetzt und in der Stunde unseres Todes.*

»Hat Johann sie eigenhändig ermordet?«, fragte ich.

»Nein. Er kam erst zum Schluss hinzu. Um sicherzugehen, dass sie mich lebendig festnehmen.«

Der Laster kam quietschend zum Stehen und bog nach links ab. Henrik rutschte mir fast vom Schoß. Henrik, der kleine jüdische Waisenjunge ohne Mutter, ohne Vater. Er begann zu weinen, und ich hob ihn an meine Schulter, um ihn zu trösten.

*Amen.*

4.

Die Kinder schliefen, wie es nur Kinder können. Die feuchte, abgestandene Luft im Innern des Lasters stank nach zusammengepferchten Menschen. Fast wäre ich selbst eingeschlafen – mein Verstand war wie gelähmt –, doch ich hielt mich krampfhaft wach, indem ich mich regelmäßig kniff und Stefans schemenhafte Gestalt betrachtete. Gelegentlich drang etwas Licht durch die Plane, und ich bemerkte einen Blutfleck an seiner Schulter, doch ich konnte unmöglich sagen, ob er von ihm stammte oder von jemand anderem. Es war ein großer Fleck, tiefdunkel, fast schwarz.

Ich gab mir keine Mühe, die Stunden zu zählen. Wie auch? Die Nacht zog sich endlos in die Länge. Wir waren kurz nach drei am Haus der Himmelfarbs angekommen und hatten uns nicht lange aufgehalten. Angenommen, es wäre bei unserer Festnahme vier Uhr gewesen. Hätte dann nicht längst die Sonne aufgehen müssen? Und doch war es unter der Plane stockfinster. Der Laster war erfüllt von Schatten und menschlichen Schemen. Niemand sagte ein Wort. Ich hörte nicht mehr als ab und zu ein Seufzen, ein Verlagern müder Gliedmaßen, den einen oder anderen Darmwind. Ich konnte nicht einmal erkennen, welche Uniformen die Männer trugen. Welcher Fangarm dieses gigantischen Monsters uns verschleppt hatte.

Der Laster bremste holpernd ab und kam mit quietschenden Bremsen zum Stehen. Stefan richtete sich reflexhaft auf, sank in sich zusammen, richtete sich erneut auf. Ich zog die Kinder fest an mich. Henrik schlief an meiner Schulter; Elses Kopf ruhte in meinem Schoß. Mir tat jeder Muskel weh. Ich konnte meine Arme kaum spüren, und meine warmen, geschwollenen Füße drückten in den Schuhen.

Könnte ich mich überhaupt bewegen, wenn man mich dazu aufforderte?

Florian wurde wach.

Ein lautes Scheppern, und die Heckklappe des Lasters öffnete sich. Wir erblickten eine Waldlichtung, gesäumt vom zartroten Schein der Morgendämmerung. Ein blassgesichtiger Mann erschien in der Öffnung.

*Aussteigen!*, brüllte er.

Wir stolperten aus dem Laderaum und starrten blinzelnd und verschlafen in das rosa-graue Morgenlicht.

Else rannte zu Stefan und klammerte sich an sein Bein. Er wollte sich zu ihr herabbeugen, um sie zu beruhigen, doch der Soldat ließ es nicht zu. Also klammerte sie sich an ihm fest und schluchzte: *Papa, was machen die mit uns? Papa!*, während seine Hand sanft an ihrem Kopf ruhte. Der Soldat machte eine wütende Geste in meine Richtung. Hilflos zuckte ich mit den Schultern. Ich hatte Henrik auf dem Arm und hielt zugleich Florians Hand. Der Soldat verzog missbilligend das Gesicht, doch er ließ Else gewähren.

Ich trat näher an Stefan heran und atmete den Geruch seines verschwitzten Nackens. »Wo ist Johann?«, flüsterte ich auf Englisch.

»Ich weiß es nicht. Nicht im Laster.«

*Ruhe!*, brüllte der Soldat.

Ich dachte, wenn ich doch nur mit Johann reden könnte. Wenn ich ihn zur Vernunft bringen könnte.

Doch zugleich wusste ich, es wäre sinnlos. Ich hätte nicht die geringste Chance: die zarte Annabelle gegen Johanns rigides Pflichtgefühl. Ich hatte nie eine Chance gehabt, nicht mal, als wir noch als Mann und Frau zusammenlebten.

Als er unvermittelt in Erscheinung trat, sich aus dem rosigen Dunst löste – in voller Uniform und größer, als ich ihn in Erinnerung hatte, flankiert von einem schlaksigen Adjutanten –, konnte ich nicht anders, als in sein ernstes, blasses Gesicht zu blicken und zu beten.

*Gegrüßet seist du, Maria, voll der Gnade, der Herr ist mit dir.*

Johann blieb stehen und betrachtete uns der Reihe nach: Stefan und mich und die drei Kinder, die sich verzweifelt an uns klammerten.

»Papa?«, fragte Florian. Ich drückte seine Hand noch fester, und aus irgendeinem Grund, vielleicht aufgrund der Uniform oder des strengen Ausdrucks auf Johanns Gesicht, blieb Florian brav an meiner Seite, dicht an mein Bein gedrängt.

Johanns Blick sank flüchtig zu ihm hinab, doch sein Ausdruck blieb unverändert. Er wandte sich an seinen Adjutanten und murmelte eine Anweisung. Der Adjutant drehte sich um und brüllte einen Befehl in scharfem, schrillem Deutsch, sodass ich die Bedeutung mühsam ergründen musste.

In der Zwischenzeit hatten die Soldaten begonnen, den Befehl in die Tat umzusetzen. Einer der Männer packte Florian am Arm und zerrte ihn weg, während ein anderer mir einen Gewehrlauf in den Rücken presste. Wir stolperten ein paar Schritte vorwärts. Johann wandte sich hochmütig ab und marschierte uns allen voran. Stefan ging zwei Schritte vor mir, leicht humpelnd, die kleine Else an der Hand. Ihre Schleife hatte sich gelöst, und das dunkle Haar fiel ihr wirr über die Schultern. Sie klammerte sich mit beiden Händen an ihm fest.

»Johann, bitte«, rief ich. »Die Kinder. Um Himmels willen. Zeig Erbarmen!«

Doch Johanns massive Schenkel marschierten unbeirrt weiter, seine feldgrauen Schultern starr und unbeugsam im schwachen Morgenlicht. Rechts von uns, am Rande der Lichtung, entdeckte ich die vertraute Silhouette des schwarzen Mercedes im dichten Nebel. Mein Magen verkrampfte sich bei dem Anblick. Henriks schwerer Körper rutschte an meiner Hüfte nach unten. »Bitte, geh etwas langsamer.«

Johann blieb stehen, doch er wandte sich nicht einmal um, während er auf den Wagen deutete und dem Soldaten in meinem Rücken befahl, mich und die Kinder dort hinzubringen.

»Nein!«, brüllte ich, doch ich hatte keine Chance, mich zu wehren, nicht mit Florian an der Hand und Henrik auf dem Arm. Aber warum eigentlich nicht?, schoss es mir durch den Kopf, wir bringen die Kinder ins Auto, wo sie in Sicherheit sind. Wo sie nicht mit ansehen müssen, was passiert. Der Mann riss die Wagentür auf und versetzte mir einen Stoß in den Rücken. Florian krabbelte auf den Sitz und setzte sich hinters Steuer. Mit zitternden Händen legte ich Henrik auf den Beifahrersitz und ging zu Else.

Doch Else weigerte sich, Stefan loszulassen. Sie klammerte sich an sein Bein wie eine schluchzende Klette, untrennbar mit ihm verwachsen. Als der Soldat grob ihre Schulter packte, rammte Stefan ihm ohne jede Vorwarnung die Faust ins Gesicht. Der Mann taumelte erschrocken zurück. Unter seinem linken Auge klaffte eine breite Platzwunde. Stefan trat einen Schritt vor und schlug erneut zu, schlug ihm gegen Kiefer und Nase, schlug ihm das Gewehr aus den Händen. Der Angriff kam so überraschend, dass der andere Soldat sich gerade mal umdrehte und seine Waffe ansetzte, als der erste bereits zu Boden ging. Stefan schnappte sich sein Gewehr.

Endlich die benötigte Waffe.

Kaum hatte Stefan den Soldaten niedergeschlagen, war ich zu Else gestürzt, die völlig entgeistert neben ihm stand, ihre rosigen Lippen zu einem stummen Schrei erstarrt. Ich trug sie zum Wagen und schob sie hinein, dann wirbelte ich herum, knallte die Tür zu und sah gerade noch, wie der andere Soldat auf Stefan schoss.

»Nein!«, brüllte ich, doch es spielte keine Rolle; die Kugel verfehlte ihr Ziel und jagte ein Loch in den hinteren Kotflügel des Mercedes.

Im selben Moment feuerte Stefan zwei Schüsse ab, *peng peng*, der Kopf des Soldaten flog nach hinten, und sein Körper folgte, als wäre er von einem Pferd getreten worden. Die Einzelteile seines Gehirns verteilten sich über das feuchte Gras und übersäten Johanns grauen Ärmel mit rosafarbenen Fetzen, während über seinem Herzen ein tiefroter Fleck aufblühte. Die Füße des Mannes zuckten ein wenig, dann blieb er reglos liegen. Ich presste meine schockierten Handflächen an die Wangen und dachte, mein Gott, er wird Johann erschießen. Stefan wird Johann erschießen.

## 5.

An dem Tag nach unserer Hochzeit, dem Morgen nach unserer Hochzeitsnacht, machten wir uns über die südliche Route auf den Weg nach Italien, denn die Alpenpässe waren bereits verschneit, und Johann wollte mit seinem schicken Wagen und seiner jungen Braut kein Risiko eingehen. Gegen Abend erreichten wir Nizza, und Johann fragte mich, ob ich hier übernachten oder lieber weiterfahren wolle. Ich warf einen Blick auf das gläsern schimmernde Mittelmeer und die tiefrote Sonne, die darin versank, und sagte, ich würde lieber weiterfahren, wenn er nicht zu müde sei. Also fuhren wir weiter.

Johann rief das Hotel in Florenz an, damit man uns im Morgengrauen erwartete. Er trug mich hinauf in unser Zimmer, herrlich altmodisch mit üppigen Stuckverzierungen, gefolgt von zwei schläfrigen Hotelpagen, die unser Gepäck trugen. Wir hatten uns entschieden, zwei Wochen zu bleiben, und ich weiß noch, wie ich auf dem Bett lag und

Johanns erschöpftem Schnarchen lauschte, während ich mir insgeheim wünschte, wir könnten ewig bleiben.

Ich hatte höchstens ein, zwei Stunden geschlafen, als mich die Kirchenglocken weckten. Ein zarter Lichtschein drang zwischen den Lamellen der Fensterläden hindurch. Ich wandte den Kopf herum und erschrak ein wenig, als ich Johanns schlafendes Antlitz erblickte. In dem Moment erinnerte ich mich: Wir waren verheiratet.

Ich stand auf und ging zu unserem Gepäck, das wir noch nicht ausgepackt hatten, weil wir zu müde gewesen waren. Meinen Koffer öffnete ich zuerst. Ich hängte die Kleider in den Schrank, legte die Unterwäsche in eine Schublade. Ich hatte nicht viel mitgenommen, da ich mir dachte, wir könnten gut hier in Florenz einkaufen. Die Italiener hatten ein hervorragendes Gespür für Mode. Als ich meine Kleidung ausgepackt hatte, betrachtete ich Johanns großen braunen Lederkoffer, schlicht und altmodisch. Ich zögerte. Aber wir waren immerhin verheiratet, ermahnte ich mich. Er ist mein Ehemann, und von einer Frau wird erwartet, dass sie den Koffer ihres Mannes auspackt, um ihm das Leben so angenehm wie möglich zu machen.

Also öffnete ich den Koffer und erblickte ein wahres Meisterwerk an effizienter Ordnung, was mich nicht hätte verwundern sollen. Ich legte seine Hemden und Unterhemden in eine Schublade, hängte seine Anzüge und die Paradeuniform, die er zur Hochzeit getragen hatte, in den Schrank. Am Boden des Koffers entdeckte ich seine Pistolen.

Zwei identische Pistolen aus kaltem, schwarzem Stahl – absolut Furcht einflößend. Ich starrte sie einen Moment an, unschlüssig, was ich damit anfangen sollte, doch dann hörte ich Johanns Stimme vom Bett her.

»Annabelle? Was machst du da?«

»Deinen Koffer auspacken. Wo soll ich die Pistolen hinlegen?« Ich bemühte mich, möglichst abgeklärt zu klingen, als wären kalte, schwarze Dienstpistolen ein ganz normaler Bestandteil meines Lebens.

»Bring sie hierher.«

Ich nahm die Pistolen aus dem Koffer, in jeder Hand eine, und brachte sie zu Johann, der sich im Bett aufgesetzt hatte, seine Gestalt immer noch schemenhaft, sein Brustkorb finster im fahlen Morgenlicht. Er nahm mir die Waffen ab und sagte, es handle sich um eine Luger 08, eine Parabellum-Pistole, hergestellt von den Mauserwerken, ein ausgezeichnetes Beispiel deutscher Ingenieurskunst und Präzisionsarbeit. Er erklärte mir den Mechanismus, reichte mir eine und zeigte mir, wie man sie sichert und entsichert, damit es niemals zu einem tragischen Unfall käme. Eine Pistole sei kein Spielzeug, sondern ein Werkzeug, absolut tödlich. Das sei mir doch bewusst, oder? Allein die Vorstellung, dass seine Annabelle durch einen furchtbaren Unfall, ein tragisches Unglück zu Schaden kommen könnte, sei für ihn unerträglich.

Ich sagte, das sei mir durchaus bewusst. Er legte die Pistolen in die Nachttischschublade, direkt neben seinem Kopf.

Ich setzte mich einige Zentimeter von ihm entfernt auf die Bettkante und stieß ihn scherzhaft an. »Was für ein Mann nimmt denn ein Paar Pistolen mit auf die Hochzeitsreise?«

»Ein Mann, der jederzeit bereit ist, seine Frau zu beschützen.« Sein Ausdruck und seine Stimme waren so ernst, dass mir mein Lächeln entglitt.

»Aber hier besteht doch wohl keine Bedrohung?« Ich deutete auf die eleganten dunklen Möbel um uns herum.

Er zuckte mit den Schultern und sagte, man sei nirgends vollkommen sicher. Eine Bedrohung ergebe sich meist dann, wenn man am wenigsten damit rechne. Seine Worte erinnerten mich an die Tatsache, dass seine erste Frau völlig überraschend gestorben war. Ein finsterer Eindringling hatte sich in ihr Zimmer geschlichen und ihr das Leben genommen, und Johann hatte hilflos zusehen müssen.

Ich beugte mich vor und küsste ihn innig und aufrichtig, beinahe leidenschaftlich. Er hob mich auf seinen Schoß und sagte, wenn wir wieder in Deutschland seien, würde er mit mir auf die Schießanlage gehen und mir zeigen, wie man eine Waffe benutzt, damit ich mich, Gott bewahre, im Notfall verteidigen könne.

Doch als wir zum Kleist'schen Anwesen zurückkehrten, war auch dort der erste Schnee gefallen und die Schießanlage jungfräulich verhüllt, daher blieb mir die Kunstfertigkeit, eine kalte, schwarze Luger abzufeuern, für immer ein Rätsel.

All diejenigen, die Johann gut kannten, versicherten mir jedoch, ich hätte nichts zu befürchten, mein Mann sei eine Koryphäe auf seinem Gebiet.

## 6.

Ehe Stefan seine Waffe abfeuerte und der Soldat zu Boden ging, hatte Johann seine Pistole gezogen und sie ungeachtet der blutigen Auseinandersetzung auf Stefans Brust gerichtet.

Rund fünfzehn Meter trennten die beiden voneinander, nicht mehr. Auf diese Distanz war selbst der dichte Morgendunst kein Hindernis. Ein hartnäckiger Geruch von Salpeter stieg mir in die Nase und setzte sich dort fest. Ich konnte kaum noch atmen, konnte nicht genug Luft in meine Lunge saugen, um zu schreien oder zu flehen oder zu argumentieren. Ich stand wie angewurzelt vor der geschlossenen Beifahrertür des Mercedes, in dem die drei Kinder saßen und warteten. Ich wollte losrennen, wollte die beiden aufhalten, wollte mich vor die Pistole werfen. Doch wenn ich mich auch nur rührte, wäre Stefan abgelenkt, und Johann würde schießen.

Oder andersherum.

Im Geiste hörte ich Wilhelmines Stimme. Wilhelmine, die tot in ihrem eigenen Hausflur lag.

*Die beiden sind wie Javert und Valjean. Sie sind Erzfeinde.*

Keiner der beiden sagte ein Wort. Ihr Atem quoll weiß über ihre Lippen, doch kein Ton durchdrang die stille Novemberluft. Es lag so viel Unausgesprochenes zwischen den beiden, eine lange, komplizierte Vergangenheit, von der ich nur einen Bruchteil ahnte, zahlreiche Vorfälle und Begegnungen, die sich ereignet hatten, lange bevor ich den beiden begegnet war. Der dunkelhaarige Stefan mit seinem gestohlenen Gewehr, der blonde Johann mit seiner Pistole. Ein romantisches Duell, zwei liebestolle Helden einer vergangenen Ära, nur dass das hier wirklich passierte. Dass einer den anderen erschießen würde.

Wen mochte es treffen?

*Heilige Maria, Mutter Gottes, bitte für uns Sünder, jetzt und in der Stunde unseres Todes.*

Ich starrte so gebannt auf die beiden Männer, die einander mit gezogener Waffe gegenüberstanden, reglos wie zwei schlummernde Vulkane, dass ich nicht bemerkte, wie sich der andere Soldat im Gras rührte.

Ich sah nicht, wie er seine Hand aufstützte, sich langsam aufrappelte, lautlos, zitternd, gigantisch. Erst als er sich hinterrücks auf Stefan stürzte, nahm ihn mein umnebeltes Gehirn wahr, und noch während sich mein Mund öffnete, während ich rief: *Pass auf!*, wurde mir bewusst, dass meine

Warnung zu spät kam. Ich hatte versagt. Stefan war derjenige, der an diesem Novembermorgen sterben würde.

*Peng.*

Eine Rauchwolke driftete aus Johanns Pistole, und der Soldat sank leblos zu Boden, die Hälfte seiner Stirn weggerissen.

Stefan stolperte zur Seite und sank mit einem Knie zu Boden. Meine Füße setzten sich endlich in Bewegung. Ich rannte über das Gras und zog Stefans Körper an meine Brust. Die Arme um seinen Rücken geschlungen, schluchzte ich: *Bist du verletzt? Bist du verletzt?*

Nein, sagte er.

Er blickte über meine Schulter. Ich folgte seinem Blick.

Mit regloser Miene steckte Johann den Revolver zurück in sein Halfter. Er ging zu dem toten Soldaten und untersuchte ihn flüchtig, dann wandte er sich an uns, Stefan und mich, die wir benommen im blutverschmierten Gras kauerten.

»Setzt euch in den Wagen. Wir müssen fliehen, bevor sie die Grenze schließen.«

# FÜNFTER SATZ

»Wenn dir ein Mann die Frau stiehlt, gibt es keine bessere Rache, als sie ihm zu überlassen.«

SACHA GUITRY

# Pepper

GEORGIA – 1966

1.

Strikte Bettruhe hat der Arzt ihr verordnet, und Pepper ist alles andere als begeistert.

»Aber ich hab doch gar nichts«, protestiert sie. »Mir geht es gut, dem Baby geht es gut.«

»Bedanken Sie sich beim lieben Gott. Sie können von Glück reden, dass Mrs. Dommerich Sie gefunden und hergebracht hat. Nach so einem Sturz.« Er mustert sie über den Rand seines Klemmbretts hinweg. Nette blaue Augen, denkt Pepper. Vielleicht etwas zu blau. Kann man einem Mann mit so blauen Augen trauen? »Mir ist immer noch nicht ganz klar, wie das passieren konnte«, fährt er fort, als wollte er *ihr* die Schuld in die Schuhe schieben.

Pepper denkt darüber nach, ihm die Wahrheit zu sagen. Eigentlich hat sie keinen Grund, ihm etwas zu verschweigen, doch wer würde ihr schon glauben, dass ein amtierender US-Senator sich bei einem Autounfall so unehrenhaft verhalten könnte? Erst recht nicht in so einem Nest wie St. Marys, Georgia. Ratlos streckt sie die Hände von sich. »Meine Krücken sind mir weggerutscht.«

»Wir haben die Knochen ein zweites Mal gerichtet. Und

diesmal werden Sie erst wieder herumlaufen, wenn der Bruch vollständig verheilt ist. Insbesondere auf rutschigen Gehwegen im November. Haben wir uns verstanden?«

»Ja, Sir«, erwidert Pepper kleinlaut. »Ganz wie Sie meinen.«

Er beugt sich über das Bett. »Damit kommen Sie hier nicht durch.«

»Womit komme ich nicht durch?«

»Mit Ihrem hübschen Augenzwinkern, *Darlin'*.« Er richtet sich auf, zwinkert ihr spitzbübisch zu und macht sich eine Notiz. Dann geht er zur Tür.

»Die Ärzte von heute«, brummt Pepper.

»Das habe ich gehört!«, sagt er. »Seien Sie froh, dass ich Ihrem Vater nichts erzähle.«

»Was denn?«, fragt Daddy, der in diesem Moment mit zwei dampfenden Bechern Kaffee zur Tür hereinkommt.

## 2.

In Sachen Thanksgiving hat Pepper schon Schlimmeres erlebt. Man soll nicht glauben, wie viele Schuylers in so ein kleines Krankenzimmer in Georgia passen, und das mit überladenen Tellern von gummiartigem Truthahn und fetter Bratensoße aus der Konserve, genau wie bei Muttern – wenn Mum sich je die Mühe gemacht hätte. Ihr Neffe Lionel horcht ihren Bauch mit einem Stethoskop ab und verkündet, dass es Zwillinge werden. Vielleicht Drillinge.

»Na wunderbar«, sagt Pepper. »Dann könnt ihr eins adoptieren.«

Daddy meidet den Anblick ihres Bauches, aber er ist immerhin anwesend und schiebt alle Schuld auf ihre Mutter, während er ihren Gegenattacken gekonnt ausweicht. Das

Wasser in seinem Glas ist höchstwahrscheinlich Wodka. Vivians Göttergatte wirft einen kritischen Blick auf das Krankenblatt und stellt fest, dass dieser – wie hat er ihn noch genannt? – hinterwäldlerische Landarzt tatsächlich etwas von seinem Handwerk versteht, auch wenn er keine *G*s aussprechen kann und sie dauernd Darlin' nennt.

»Und er ist obendrein attraktiv«, meint ihre Mutter.

»Lass gut sein, Mum. Du hast bereits einen schnuckeligen Arzt zum Schwiegersohn. Du brauchst keinen zweiten.«

»Das war lediglich eine Feststellung. Hättest du je einen Rat von mir angenommen, dann wärst du jetzt nicht in dieser verzwickten Lage.«

»Hätte ich deinen Rat angenommen, säße ich höchstwahrscheinlich mit einer Gruppe anonymer Alkoholiker in irgendeinem Gemeindehaus.«

Mit anderen Worten, ein ganz normaler Feiertag unter Schuylers.

## 3.

Nach einem vielsagenden Blickwechsel mit ihrer Mutter, der in einem resignierten Seufzer endet, bleibt Daddy allein mit ihr im Zimmer zurück. Er lässt sich auf den Stuhl neben dem Bett sinken und fragt ohne Umschweife, wie es dazu kommen konnte.

»Das ist eine lange und schmutzige Geschichte.«

Er denkt nicht mal daran, ihre Hand zu nehmen und zu sagen: *Erzähl es mir.* Er will die schmutzigen Details gar nicht wissen. Stattdessen streicht er mehrfach über sein Kinn. Dann zündet er sich eine Zigarette an und bläst den Rauch in den Raum. Sein Gesicht wirkt blass und erschöpft. »Nun«, sagt er irgendwann, »wenigstens ist jetzt alles in Ordnung.«

»Das ist reine Ansichtssache.«

Er starrt auf ihr Fußgelenk. »Komm bitte das nächste Mal gleich zu uns, in Ordnung?«

»Warum bin ich da nicht selbst drauf gekommen?« Sie schlägt sich vor die Stirn.

Daddy redet mit ihrem Fußgelenk. »Weißt du … ich habe nie gewusst, was ich mit dir anstellen soll. Mich einmischen oder dich deinen Fehlern überlassen. Du hast die Schwierigkeiten schon immer angezogen. Was ich auch gemacht hätte, es wäre so oder so verkehrt gewesen. Das ist keine Entschuldigung, aber es ist die Wahrheit.« Endlich betrachtet er ihr hübsches Gesicht, den Ursprung all ihrer Schwierigkeiten. »Ich wollte dein Temperament nie brechen. Ich liebe dein Temperament.«

Sie bringt kein Wort heraus.

»Das wirst du verstehen, wenn du selbst ein Kind hast.«

Sie nickt.

»Wir werden uns um euch beide kümmern. Es kommt schon alles in Ordnung.«

»Und wenn nicht?«, fragt Pepper. »Was, wenn du morgen früh die Zeitung aufschlägst und einen Artikel über Onkel Freddie liest, in dem jemand durchsickern lässt, dass seine Ölgeschäfte durch Bestechung eines gewissen Senators zustande gekommen sind?«

Es entsteht eine Pause, in der sich Dads Augen verengen und verhärten wie schimmernder Achat.

»Wer?«, erwidert er mit leiser Stimme. »Wer hat etwas durchsickern lassen?«

Sie zuckt mit den Schultern. »Egal wer.«

Er drückt seine Zigarette in dem Aschenbecher neben ihrem Bett aus und leert sein Glas. Dann erhebt sich ihr einstmals attraktiver Vater schwerfällig und dickbäuchig von seinem Stuhl, gehüllt in den vertrauten Geruch von

Haaröl, Zigaretten und einer Spur von Alkohol. Er tätschelt ihr Haar, als wäre sie acht Jahre alt.

»Das soll der gute Gentleman erst einmal wagen.«

4.

Ohne jede Vorwarnung verspürt Pepper ein überwältigendes Gefühl der Erleichterung, als Florians dunkles Haupt im Türrahmen erscheint.

»Darf ich reinkommen?«, fragt er.

Sie nimmt sich alle Zeit der Welt, um ihr mit Fransen verziertes Lesezeichen in ihr Buch zu stecken und selbiges neben ihrem Bein auf die Bettdecke zu legen. »Ich wäre wohl kaum in der Lage, dich davon abzuhalten.«

Er lächelt, und der Rest seines attraktiven Körpers tritt in Erscheinung. In den Händen hält er zwei Becher mit dampfendem Kaffee. Peppers Brustkorb hüpft auf und davon, um ihre lebenswichtigen Organe wieder einzufangen. Ihre Kehle ist wie zugeschnürt.

»Du siehst gut aus«, sagt er. »Darf ich mich setzen?«

Sie deutet auf den Stuhl.

»Mama ist auch hier. Sie spricht gerade mit dem Arzt. Wie ich höre, hat er dir Bettruhe verordnet.« Mit einem strengen Blick überreicht er ihr den Kaffee. Der andere Becher wirkt winzig in seiner Hand.

»Da siehst du mal, was passiert, wenn deine Mutter mit ihrer Luxuskarosse die Straße blockiert.« Pepper pustet vorsichtig in ihren Kaffee. »Wie geht es dem Wagen? Ich hätte weinen können, als ich den Schaden gesehen habe.«

»Ach, der kommt schon wieder in Ordnung. Wir haben ihn einem guten Mechaniker in Washington anvertraut. Fast wäre ihm die Kinnlade runtergefallen, als er den

Schlitten gesehen hat.« Florian lacht, und Pepper ist hin und weg. Was für ein Lachen!

»Hattest du ein nettes Thanksgiving?«, fragt Pepper.

»Mehr oder weniger. Zwei schwangere Schwägerinnen, die sich ständig in der Wolle hatten; ein Neffe mit Lungenentzündung; ein Bruder, der seinen Job hingeworfen hat, um nach Kalifornien zu ziehen und Musiker zu werden. Das Übliche. Und selbst?«

»Wodka im Aspik, Arsen in den Preiselbeeren. Auch das Übliche.«

Er grinst. »Ich hab's dir doch gesagt.«

»Was?«

»Dass deine Familie sich um dich kümmert, wenn du ihnen eine Chance gibst.«

»Glaub mir, Dommerich. Es ginge mir besser, wenn ich allein wäre.«

»Lügnerin.« Er nippt an seinem Kaffee und grinst verschmitzt. Sein Ausdruck wirkt so entspannt und zufrieden, als wäre er ebenfalls erleichtert. Sie fragt sich, ob ihr Gesicht wohl genauso aussieht.

»Wie geht es Susan?«, fragt sie.

»Die ist wieder in Florida. Bei ihren Eltern. Sie sagt, sie hatte ein nettes Thanksgiving.«

»Demnach hast du mit ihr gesprochen?«

»Ich habe sie heute Morgen angerufen. Wir haben uns eine Weile unterhalten.« Er lässt den Kaffee in langen Zügen kreisen, den Blick aufmerksam nach unten gerichtet, als wollte er Sinus, Kosinus und Tangens berechnen. »Sie glaubt, Hobbes ist eine Schuhmarke.«

»Glaubt sie nicht!«

Er sieht sie an. »Oh doch.«

Pepper setzt eine ernstere Miene auf. »Sie wollte dich nur auf den Arm nehmen.«

»Auch egal. Ich bin froh, dass es dir gut geht. Mir ist ganz anders geworden, als ich im Hotel davon erfahren habe.«

»Den Mercedes hat es schlimmer erwischt.«

Er schüttelt den Kopf. »Ich hätte es meiner Mutter nie verziehen, wenn dir etwas passiert wäre.«

»Es war nicht ihre Schuld. Dieser Idiot kann einfach nicht Auto fahren. Er hatte genug Zeit zu bremsen, aber er musste sich ja unbedingt eine Zigarette anzünden. Sie wollte ihn nur aufhalten.«

»Das ist ihr definitiv gelungen.«

»Und ob. Du hättest sie sehen sollen.« Pepper blickt hinauf zur Decke und lächelt. »Sie hat ihm das Fell über die Ohren gezogen. Ihn zusammengestaucht wie einen Achtjährigen. Ich hatte keine Chance, ein Wort einzuwenden. Vor lauter Wut auf diesen Mistkerl bin ich aus dem Wagen gesprungen und habe die Krücken vergessen.«

Er deutet auf ihren Gipsfuß, der auf einem Kissen ruht. »Die vergisst du bestimmt nicht noch mal.«

»Nein.«

»Dafür bist du ihn ein für alle Mal los. Seinen Bruder, meine ich. Beide Brüder.«

Pepper betrachtet den sanften Hügel ihres Babybauches, die fremdartige Erhebung auf ihrem vormals schlanken Körper. Zum tausendsten Mal denkt sie: *Mein Gott, ich werde Mutter*, und zum tausendsten Mal will die Botschaft nicht so richtig sacken. Vielleicht wird sie es erst glauben, wenn das Baby da ist, wenn es quietschlebendig in ihren Armen strampelt, wenn es an ihrer Brust trinkt und ihre perfekte Figur noch mehr verunstaltet. Und vielleicht nicht mal dann. Vielleicht hatte dieser Mistkerl im Salon des Riverview Hotel ja recht: Pepper ist keine geborene Mutter.

»Kommt ganz darauf an«, erwidert sie. »Immerhin ist es

auch *sein* Kind. Ich kann ihn schlecht zum Teufel jagen, oder? So gesehen werde ich ihn nie wieder los.«

»Das ist ziemlich großzügig von dir.«

»Es geht nicht um ihn oder seine Familie. Es geht mir nur um das Baby. Der Kleine hat es verdient, seinen Vater kennenzulernen, falls er bereit ist, einer zu sein.«

»Oder *die* Kleine.«

Pepper blickt auf.

Florian lächelt. »Vielleicht wird es ja ein Mädchen.«

»Kann sein. Gott stehe ihr bei.«

Florian lässt seinen Kaffee im Becher kreisen. »Ich habe mir etwas überlegt …«

»Dir einen neuen Haarschnitt zuzulegen? Eine anständige Krawatte?«

»Am besten beides. Aber abgesehen davon würde ich dich gern mal auf einen Kaffee einladen.«

»Das hast du doch schon. Hier und jetzt.«

»Dann sollte ich dich öfters auf einen Kaffee einladen. Sozusagen regelmäßig.«

»Ich dachte, du musst ab Montag wieder arbeiten?«

»Ich könnte dich an den Wochenenden besuchen.«

»Das ist aber eine ziemliche Fahrerei.«

Er beugt sich näher heran, sodass sie den Duft seiner Rasierseife riecht. »Ich könnte den Flieger nehmen.«

Vielleicht hat sie sich bei dem Unfall die Rippen gebrochen. Oder sie bekommt eine Lungenentzündung. Oder einen Herzinfarkt. Jedenfalls stimmt etwas nicht mit Peppers Brustkorb. Wenn der nette Arzt das nächste Mal vorbeikommt, sollte sie ihn um eine Röntgenaufnahme bitten.

»Was für eine dumme Idee«, erwidert Pepper. »Die dümmste Idee aller Zeiten. Ich bin momentan unausstehlich.«

»Geht schon in Ordnung. Ich mag dich, wenn du unausstehlich bist.«

Meine Güte. Jetzt brennen auch noch ihre Augen.

»Ich kann dich kaum davon abhalten«, sagt sie, und ohne groß nachzudenken, fügt sie hinzu: »Selbst wenn ich es wollte.« Gott sei Dank öffnet sich in diesem Moment die Tür, und Annabelle Dommerich tritt mit einem gigantischen Strauß rosafarbener Rosen herein.

»Die sind von Florian«, sagt sie und drückt Pepper einen Kuss auf die Stirn, »aber er war zu schüchtern, sie dir selbst zu überreichen.«

»Herrgott, Mama!«, protestiert Florian.

## 5.

»Gott sei Dank geht es dir gut«, sagt Annabelle. »Ich hätte es mir niemals verziehen.«

Pepper seufzt gequält. »Du wolltest nur helfen.«

»Das habe ich auch, oder? Ende gut, alles gut.«

»Sprich bitte nur für dich.« Pepper deutet auf das gesamte Paket: Bauch, Bett, Gips. »Außerdem habe ich jetzt ständig meine alkoholisierte Familie am Bett sitzen, alles deinetwegen.«

»Stimmt, damit lag ich auch richtig«, sagt Annabelle selbstzufrieden. »Ich musste dich nur ans Bett fesseln, hilflos ausgeliefert, damit du es endlich einsiehst. Der Wagen ist übrigens bis Ende der Woche wieder in Ordnung. *Und* ich bin Susan losgeworden.«

»Wie hast du das denn geschafft?«

»Ach, ich habe nur fallenlassen, dass Florian ein uneheliches Kind ist.« Sie beugt sich vertraulich vor, von Frau zu Frau. »Er kann dich ziemlich gut leiden.«

»Ich weiß.«

»Also komm bloß nicht auf die Idee, ihm das Herz zu

brechen. Er hat einen weichen Kern, auch wenn er es nie zugeben würde.«

»Glaub mir, das würde ich nie wagen. Immerhin habe ich gesehen, wie du diesen Mistkerl abgefertigt hast.«

»Das freut mich. Ihr werdet bestimmt sehr glücklich miteinander. Ich sehe jetzt schon, dass du dabei bist, dich in ihn zu verlieben. Spätestens an Weihnachten trage ich eine echte Cartier am Handgelenk.« Sie zwinkert vielsagend. »Unsere Wette, schon vergessen?«

Pepper verdreht die Augen und greift nach ihrem roten Wackelpudding.

»Übrigens«, fährt Annabelle fort, den Blick auf ihre Fingernägel gerichtet, »ich habe mich entschlossen, deinen Rat anzunehmen.«

»Meinen Rat? Ich habe *dir* einen Rat erteilt?«

»Bezüglich meines Bekannten auf Cumberland Island. Du hattest recht, ich war ein Feigling. Vielleicht war es mein verletzter Stolz. Jede Frau hofft doch insgeheim, ein Mann würde ihr ewig nachtrauern. Aber Männer sind auch nur Menschen und sehnen sich nach Gesellschaft.« Sie lächelt überschwänglich. »Also werde ich noch heute die Fähre nehmen. Um ein paar Dinge zu klären und mit der Vergangenheit abzuschließen.«

Pepper kratzt mit dem Löffel in der Schale herum und fragt sich, ob es unhöflich wäre, sie auszuschlecken. »Freut mich zu hören. Erzähl mir hinterher, wie es gelaufen ist. Du setzt das Miststück hoffentlich vor die Tür?«

Annabelle lacht. »Das habe ich nicht vor. Ich will nur kurz Hallo sagen. Ihm etwas zurückgeben und alles Gute wünschen.«

Pepper blickt auf. »Willst du nicht warten, bis der Wagen repariert ist?«

»Der Wagen?«

»Was willst du ihm denn sagen? *Schau mal, ich hab dir deinen Mercedes zurückgebracht. Den zerknautschten Kotflügel musst du dir wegdenken?*«

Annabelles Miene hellt sich auf. »Ach, Pepper. Ich habe doch nicht vor, ihm meinen Wagen zu geben. Warum sollte ich?«

»Ich dachte, es wäre seiner. Sein Wagen?«

»Nein, nein. Der Wagen gehörte meinem Mann. Gott hab ihn selig. Und was für ein Wagen! Er hat ihn gehegt und gepflegt. Es hat ihm das Herz gebrochen, als wir ihn zurücklassen mussten. Er wäre überglücklich, wenn er wüsste, dass ich ihn zurückerstanden habe. Nein, für meinen Freund habe ich etwas anderes, etwas viel Wertvolleres.« Sie wirft einen Blick auf die Uhr und erschrickt. Hastig greift sie zu ihren Handschuhen und ihrer Handtasche aus leuchtend blauem Leder, ein modischer Kontrast zu der schwarzen Hose und ihrem Rollkragenpullover aus Kaschmir. Dann wirft sie sich ihren auberginefarbenen Mantel über die Schultern. »Entschuldige, ich bin spät dran.«

»Warte! Ich bin verwirrt. Ich dachte …«

Aber Annabelle schlüpft bereits durch die Tür, hinaus auf den sterilen weißen Krankenhausgang, ein schimmernder Paradiesvogel mit blauen Flügelspitzen.

Pepper stellt die leere Schale beiseite und sagt laut zu dem Baby: »Eines Tages werden wir sie festnageln, bis sie uns die ganze verdammte Geschichte erzählt.«

# Annabelle

## DEUTSCHLAND – 1938

### 1.

Im Innern des Mercedes sprach niemand ein Wort. Johann konzentrierte sich auf die unbefestigte Landstraße und blickte regelmäßig in den Rückspiegel. Stefan und ich drängten uns auf dem Beifahrersitz zusammen, übersät von schlafenden kleinen Kindern, die viel zu schockiert gewesen waren, um etwas zu fragen. Um etwas zu sagen.

Bis Florian erwachte. Er hob seinen Kopf von Stefans Brust und entdeckte Johann am Steuer, die Hände fest um das Lenkrad geschlossen, vom Morgenlicht reingewaschen. »Papa!«, brüllte Florian und klammerte sich an seinen Arm.

Johann hatte die Jacke seiner Uniform abgelegt, die immer noch mit Gehirnfetzen bespritzt war. Er zog Florian an seine Brust, ohne etwas zu sagen.

Neben mir schloss Stefan die Augen und streichelte Elses dunkles Haar, bis sich sein Atem beruhigte und er einschlief.

## 2.

Johann zündete sich eine Zigarette an und fragte mich, ob ich auch eine wolle. Ich lehnte dankend ab.

»Geht es dir gut?«, fragte er. »Bist du verletzt?«

»Nein.«

Er setzte Florian anders hin, damit er während der Fahrt rauchen konnte. »Gott sei Dank. Ich habe mir Sorgen gemacht, als sie dich in den Lastwagen gestoßen haben.«

»Du hast es dir nicht anmerken lassen.«

»Das durfte ich nicht.«

Die Luft im Wagen war stickig, trotz der frischen Herbstluft draußen. Am liebsten hätte ich das Verdeck geöffnet. Ich beugte mich über den schlafenden Henrik, um die Heizung abzustellen. »Wo fahren wir hin?«

»Nach Neuenburg am Rhein, etwa hundert Kilometer entfernt, südlich von Freiburg. Ein kleinerer Grenzübergang, wo wir hoffentlich keine Schwierigkeiten bekommen werden.«

»Ich verstehe das alles nicht.«

Er reckte sich an Florian vorbei, um die Asche seiner Zigarette abzustreifen. »Hör zu. Wenn ich euch sicher über die Grenze bringen soll, dann musst du tun, was ich von dir verlange.«

»Ja, natürlich.«

»Wir reisen als Mann und Frau. Das sind unsere Kinder. Wir sind unterwegs nach Süditalien, um dort den Winter zu verbringen. Du warst sehr krank und musst dich erholen. Verstanden?«

»Ja. Aber was ist mit Stefan?«

»Wir werden kurz vor der Grenze anhalten und ihn in den Kofferraum stecken.«

»In den Kofferraum? Werden sie dort nicht nachsehen?«

»Nein«, erwiderte er. »Ich bin General der deutschen Wehrmacht, Offizier höchsten Ranges und enger Vertrauter des Führers. Jeder Grenzposten in Neuenburg ist mir rangmäßig weit unterlegen. Zumindest bis sie herausfinden, was ich getan habe.«

Er nahm einen tiefen Zug von dem winzigen Rest seiner Zigarette, dann zog er die Schachtel aus seiner Jackentasche, um sich mit dem Stummel eine weitere Zigarette anzustecken, bevor er die alte im Aschenbecher ausdrückte.

»Und was hast du getan?«, fragte ich leise.

»Ich habe Hochverrat begangen.«

»Du hast uns gerettet. Du hast Stefan gerettet.«

Er zuckte mit den Achseln.

»Warum?«, fragte ich.

»Nicht um seinetwillen, das steht fest. Nicht mal um deinetwillen.«

»Sondern?« Doch ich kannte die Antwort bereits.

Er fuhr schweigend weiter und konzentrierte sich auf die kurvige Strecke. Wir begegneten keiner Menschenseele. Die Straßen waren beängstigend leer. Ich dachte an die Krawalle der letzten Nacht. Sie hatten das alles ausgelöst, doch es erschien mir wie ein vergangenes Zeitalter. Der Zigarettenqualm war so dicht, dass ich kaum noch Luft bekam. Ich kurbelte die Scheibe ein paar Zentimeter nach unten.

»Ich war gestern Abend in München«, sagte er schließlich. »Ein Treffen der Parteiführung, besser gesagt eine Gedenkfeier anlässlich des sogenannten Bürgerbräu-Putsches. Du weißt schon, als Hitler damals ins Gefängnis kam und sein Buch verfasste. Natürlich war die Teilnahme verpflichtend. Ein gepflegtes Abendessen, fast schon ein Bankett, doch dann wurde die Nachricht bekannt, dass vom Rath gestorben war, und anstatt seine geplante Rede zu halten, zog sich Hitler zurück, und Goebbels hielt stattdessen eine Ansprache.«

»Was hat er gesagt?«

»Er sagte, die Partei werde keine gezielten Ausschreitungen organisieren, doch sie werde sie auch nicht verhindern.« Er öffnete sein Fenster und blies den Qualm hinaus. »Die ganze Zeit konnte ich an nichts anderes denken als an Florian. Dieser Volksfeind, von dem sie da sprachen, diese Bestie … das war mein geliebter Sohn. Sie wollten meinen Sohn töten.« Seine Stimme brach. »Sie wollten ihn töten, nur weil er Jude ist.«

Ich wartete ab, während er um seine Fassung rang. Meine Sicht verschleierte sich, sodass ich die Straße kaum noch erkennen konnte, daher wandte ich den Blick zur Seite, wo die verschwommene Landschaft der normalen Wahrnehmung entsprach.

Johann sprach weiter. »Ich bin ins Hotel zurückgekehrt, damit sie mir nicht ansehen konnten, was ich darüber dachte. Dort erwartete mich die Nachricht, dass die Gestapo – dieselben Männer, mit denen ich so oft kooperiert hatte – dahintergekommen war, wer Stefan Silbermann zur Flucht verholfen hatte, und dass man das Haus der Himmelfarbs noch am selben Abend durchsuchen wolle. Warum ausgerechnet an jenem Abend? Die Krawalle boten ihnen den perfekten Deckmantel! Sie konnten tun und lassen, was sie wollten.«

»Oh Gott«, flüsterte ich.

»Ich bin in meinen Wagen gestiegen und losgefahren. Ich war kurz davor, den Verstand zu verlieren. Ich dachte, mein Gott, wie konntest du dich nur so irren? Wie konntest du dein Vaterland so falsch einschätzen? Ich habe mich zu deren *Handlanger* gemacht. Ihr Amerikaner habt dafür ein Wort. *Stooge?*«

»Ja, *stooge.*«

»Ein Handlanger dieser selbstverliebten Autokraten, die restlos alles tun würden, um ein Fünkchen mehr Macht zu erlangen. Ich dachte, du musst etwas tun. Du musst sie aufhalten. Das bist du deinem Sohn schuldig.«

Er warf die Zigarette aus dem Fenster und fuhr sich übers Gesicht.

»Leider kam ich zu spät. Sie hatten die Himmelfarbs bereits erschossen. Wie elende Köter in ihrem eigenen Haus. Die Frau lag vor mir auf dem Teppich, ein Einschussloch in der Stirn und eins im Bauch.« Er deutete auf seinen eigenen Körper. »Und dann sah ich *ihn*. Er hat gekämpft wie ein Besessener. Ich dachte, Herrgott, was macht Silbermann hier? Sollte er nicht längst in der Schweiz sein? Dieser Bastard macht sich noch mehr zum Helden als ich. Er verteidigt seine Familie, anstatt mit seiner Geliebten und seinem Sohn die Freiheit zu genießen. Und in dem Moment wurde mir klar, was Gott von mir verlangt.«

Er zündete sich eine weitere Zigarette an. Die aufgehende Sonne brach zwischen den Wolken hindurch und fiel blendend auf die Windschutzscheibe. Else rührte sich und seufzte im Schlaf. Ich legte eine Hand an ihre Stirn, um das grelle Licht abzuschirmen.

»Wie geht es den Mädchen?«, fragte ich. »Wie geht es Frieda?«

»Sie war sehr traurig und bestürzt über deine Abreise. Aber es geht ihr inzwischen besser. Sie ist zurzeit bei meiner Schwester.«

Ich spürte eine schmerzliche Leere in meinem Brustkorb. Als hätte man mir ein lebenswichtiges Organ entnommen. Sanft streichelte ich Elses Haar. »Und dir? Wie geht es dir?«

Er warf einen Blick auf Florians Haupt, dann hob er

seine Hand mitsamt der Zigarette und rieb sich mit dem Daumen über die Stirn. »Eine Zeit lang wünschte ich, ich wäre tot. Natürlich hätte ich mir nie das Leben genommen, aber ich habe Gott angefleht, mich im Schlaf zu sich zu rufen, damit ich nie wieder aufwachen und feststellen muss, dass ihr immer noch fort seid. Ich dachte, er will mich bestrafen – aber wofür? Ich habe nur meine Pflicht getan. Ich habe aus meiner Sicht das Richtige getan.«

Er ist so hager, dachte ich. Kein Gramm Fett an seinem riesigen Körper. Er isst nicht genug. Er raucht zu viel.

Aber er hat es nicht besser verdient, dachte ich. Er hat es nicht verdient, richtig zu essen, nach allem, was er Stefan angetan hat.

»Aber inzwischen weiß ich«, fuhr er leise fort, »warum Gott mich hat leben lassen.«

Er bog ab und lenkte den Wagen auf eine breite asphaltierte Hauptstraße. Wir passierten ein Straßenschild: FREIBURG 78 km. In hundert Kilometern hätten wir Deutschland hinter uns gelassen.

Mir kam ein neuer Gedanke. »Und was willst du jetzt tun?«, fragte ich. »Du kannst doch nicht zurückkehren, oder?«

»Nein, sie würden mich verhaften. Kurz vor meiner Abreise aus München habe ich meiner Schwester ein Telegramm geschickt. Sie solle die wichtigsten Dinge packen und die Kinder auf schnellstem Wege nach Paris bringen. Ich hoffe, sie hat es noch rechtzeitig geschafft. Die Jungen sind in England auf dem Internat.«

»Gott sei Dank.«

»Ja.« Er machte eine Pause. »Sie werden meinen Besitz beschlagnahmen.«

»Tut mir leid.«

»Das muss dir nicht leidtun. Es geschieht mir recht.« Er

zog eine weitere Zigarette hervor. Seine Stimme klang rau und harsch, als hätte er Glassplitter im Hals. »Kümmere dich um Florian. Kümmere dich um meinen geliebten Jungen. Er wird sich nicht an mich erinnern.«

»Vielleicht doch.«

»Nein, er ist noch zu jung. Wenn er drei oder vier wäre, vielleicht. Aber es ist gewiss besser so.« Seine Stimme brach bei den letzten Worten, doch er überspielte es mit einem Zug von seiner Zigarette. Mit dem Daumen rieb er sich über den Augenwinkel.

Ich wusste nicht, was ich sagen sollte. Danke? Meine Glieder schmerzten von der langen schlaflosen Nacht, vom Festhalten der Kinder, von der lastenden Angst auf meinen Schultern.

Mit einem Mal konnte ich meinen Kopf nicht länger heben. Ich ließ ihn auf Stefans Schulter sinken und lauschte dem vertrauten Rhythmus seines Atems, den ich besser kannte als meinen eigenen. Und in dem Moment wurde mir bewusst, dass er wach war.

## 3.

Kurz vor Mittag erreichten wir Freiburg. Wenige Kilometer außerhalb der Stadt fuhr Johann auf einen Feldweg und hielt an. Die Kinder waren wach und hungrig und verwirrt.

»Sie sollen sich einen Moment die Füße vertreten«, meinte Johann. »Dann fahren wir in den Ort, besorgen uns etwas zu essen und machen uns frisch, damit wir wie eine zivilisierte Familie aussehen. Sie bleiben besser hier, Silbermann.«

»Natürlich.«

»Ich brauche Windeln für Henrik. Und Milch«, sagte ich.

»Wir werden alles Nötige besorgen.« Er blickte hinauf zur Sonne, besser gesagt, wo die Sonne hätte sein sollen, wäre sie nicht hinter einer dichten Wolkendecke verschwunden. »Wir sollten bis zum Einbruch der Dämmerung warten. Das ist eine gute Zeit; man kann weniger erkennen, aber es ist nicht so verdächtig wie nachts.«

Stefan nickte. »Einverstanden.« Er betrachtete die spielenden Kinder auf dem Feld.

In einem nahegelegenen Ort ging Johann zum Friseur, um sich rasieren zu lassen. Ich besuchte derweil mit den Kindern den Markt und kaufte Lebensmittel und Zigaretten. Die Stimmung war zutiefst bedrückend. Kaum jemand wagte sich auf die Straße. Alle Zeitungen drohten mit tiefschwarzen Schlagzeilen, die ich bewusst ignorierte. In einem kleinen Laden fand ich ein Fläschchen und Windeln für Henrik. Ich kaufte fünf Stück davon, um die nächsten ein, zwei Tage über die Runden zu kommen, bevor sich eine Gelegenheit zum Waschen bot. Johann erwartete mich im Wagen, frisch rasiert, mit sauberer Jacke. Er nahm mir die Einkäufe ab und legte sie in den Kofferraum.

»Wie hast du die Jacke sauber bekommen?«, fragte ich.

»Der Friseur hat sich darum gekümmert. Ich habe behauptet, die Flecken stammten von einem Wildunfall.«

»Hat er dir geglaubt?«

Johann zuckte mit den Achseln. »Er hat keine Fragen gestellt.«

Wir fuhren über die gespenstisch leere Hauptstraße zu dem Feld, wo wir Stefan zurückgelassen hatten. Ich ließ die Kinder aussteigen und sah mich um. Keine Spur von Stefans dunklem Haar, seinen mageren Schultern. Ich wandte mich an Johann. »Wo ist Stefan?«

Johann packte gerade die Lebensmittel aus. »Er kommt schon zurück.«

»Aber wo steckt er?«

»Er ist sicher nur ein paar Schritte gegangen. Sie war immerhin mal seine Frau.«

»Ich muss ihn finden.«

Johann legte eine Hand auf meinen Arm. »Lass ihn, Annabelle. Er wird zurückkommen. Zu dir und den Kindern.«

Die Situation hatte einen verstörenden Anschein von Normalität, als ich mit Johann, Florian und Wilhelmines Kindern zu Mittag aß. Die Luft hatte sich etwas aufgewärmt, also saßen wir bei offenen Türen im Wagen. Henrik bestand darauf, im Gras zu sitzen. Else und Florian spielten Fangen. Mein Verstand war immer noch wie gelähmt; es gelang mir nicht, die Ereignisse der vergangenen vierundzwanzig Stunden zu verarbeiten. Ich hatte mich auf das Notwendigste konzentriert, auf Nahrung, Körperpflege und Schlaf. Doch die furchtbare Realität überschattete all das wie ein Monster, das auf den Einbruch der Dunkelheit wartete. Neben mir saß Johann, mein Ehemann. Verloren und wiedergefunden. Bald erneut für immer verloren.

Was für eine vertrackte Situation.

»Ich weiß nicht, was ich Else erzählen soll«, sagte ich. »Wie soll ich es ihr erklären?«

»Warte, bis sie danach fragt, und dann sag ihr die Wahrheit. Du wirst schon die richtigen Worte finden. Sie ist noch sehr jung. Es ist leichter, wenn sie noch so jung sind. Wenn sie erst mal fünf oder sechs sind, begreifen sie eher, was passiert ist. Sie begreifen genug, um zu trauern.«

Ich stand auf und schüttelte die Krümel von meinem Rock. »Kannst du einen Moment auf sie Acht geben? Ich werde Stefan suchen.«

4.

Stefan saß am Rand des Feldes auf einem umgestürzten Baumstamm, nicht weit vom Wagen entfernt. Er rauchte eine Zigarette und trank aus einer Flasche Scotch.

»Wo hast du die denn her?«, fragte ich.

»Im Wagen gefunden. Bevor ihr ins Dorf gefahren seid.«

Ich setzte mich neben ihn. »Geht es dir gut?«

»Nein. Im Moment nicht.«

Ich legte eine Hand auf seinen Schenkel. »Wir werden uns um die Kinder kümmern. Das wünscht sich eine Mutter am meisten, dass ihre Kinder in Sicherheit sind.«

»Die haben sie einfach im Flur liegen lassen. Du hast ihr Gesicht nicht gesehen, Annabelle, aber ich. Ich werde es mein Leben lang nicht vergessen.« Er betrachtete die Flasche und die Zigarette in seinen Händen. »Du bist eine wundervolle Mutter. Das ist das Letzte, was mir damals auf der Jacht in den Sinn gekommen wäre, als ich mich Hals über Kopf in dich verliebt habe … als ich nächtelang wach lag und mir vorgestellt habe, wie es wäre, mit dir zusammen zu sein. Aber jetzt bin ich dankbar dafür.«

»Hör zu.« Ich drehte sein Gesicht in meine Richtung. »Wir haben einander, wir haben die Kinder. Wir werden lernen, wieder glücklich zu sein.«

»Hör dich nur an. Niemand auf der Welt ist so wie du.«

»Das Gleiche hast du gesagt, als wir uns das erste Mal geküsst haben.«

»Ja, ich weiß.«

Ich legte meine Hände an sein Gesicht und küsste ihn so, wie er mich damals geküsst hatte, auf der Île Sainte-Marguerite, und ich beendete den Kuss, indem ich meine Lippen hinauf zu seinem Ohr wandern ließ.

»Die traurige Ironie ist die«, sagte er, »dass alles gut geworden wäre, wenn ich mich damals nicht so verdammt ehrenhaft verhalten hätte.«

»Wie meinst du das?«

»Ich hätte mit dir nach Paris gehen sollen, anstatt nach Deutschland zurückzukehren, um die Sache mit Wilma zu klären. In den langen Winternächten wäre ich neben dir eingeschlafen und hätte zugesehen, wie das Baby wächst und gedeiht. Natürlich wäre es eine Sünde gewesen, aber immer noch besser als Gefängnis, und niemand hätte sein Leben geopfert. Mein Gott, was wären wir glücklich gewesen. Ich hätte meinen Sohn vom ersten Tag an in den Händen gehalten. Ich wäre besser ein Schuft gewesen. Wo liegt da bitte die Moral?«

»Du tust so, als wäre das alles deine Schuld.«

»Ja, genau das ist es. Ich habe ihr Blut an meinen Händen.« Er warf die Zigarette ins Laub und trat sie mit dem Absatz aus. »Aber meine größte Sünde war es, dich zu verführen, anstatt dich von Kleist zu überlassen.«

»Nein, ich habe *dich* verführt. Und wärst *du* nicht gewesen, hätte es keinen von Kleist gegeben.«

»Dann eben einen anderen Mann, den Gott für dich bestimmt hatte.«

Ich schlang meine Arme um seinen Nacken. »Gott hat mich für niemand anderen bestimmt als für dich.«

Er stellte die Flasche auf den feuchten Erdboden und küsste mich, denn er konnte nicht anders; es war der Tod, der in ihm die unbändige Lust nach neuem Leben weckte. Er küsste mich voller Leidenschaft und schob seine Hände kühn unter meinen Mantel, um meinen Busen zu berühren. »Im Gefängnis habe ich ständig davon geträumt, deine Brüste im warmen Schein der Augustsonne zu betrachten. Wir hatten nur ein paar Tage, aber in meinen Träumen kam es mir vor wie ein ganzes Leben.«

»Und genauso wird es sein. Für den Rest unseres Lebens.«

Er beugte sich nach unten und vergrub sein Gesicht an meinem Busen. Seine Hände glitten unter mein Kleid, und ich spürte, wie meine Füße feucht wurden, als der Whisky in meine Schuhe sickerte. Wir blieben eine Weile still sitzen. Sein Atem wärmte meine Brust, seine Hände wärmten meine Hüften. »Was machst du?«, fragte ich, obwohl ich die Antwort kannte.

»Ich lausche deinem Herzen.«

»Und was will es dir sagen?«

»Das übliche absurde Zeug. Du liebst es, wenn ich dich berühre. Du willst mit mir schlafen, selbst hier im Wald an diesem kalten Novembertag. Du zählst jetzt schon die Kinder, die wir bekommen werden. Ganz zu schweigen von den Oliven, die wir auf unserer Insel anbauen.«

Ich musste fast lachen vor Erleichterung. »Genau so ist es.«

Er strich sanft mit den Daumen über meine Taille. »Dein Herz sagt mir, dass es immer noch für mich schlägt.«

»Ja, für immer und ewig. Und deins?«

»Musst du das wirklich fragen?«

Ich versuchte, ihn zu mir hochzuziehen und zu küssen, doch er weigerte sich. »Bitte, noch einen Augenblick, Mademoiselle. Einen kurzen Augenblick, ohne zu reden.«

Kein Vogel sang für uns. Das letzte Blatt war längst gefallen. Ich starrte hinauf zu den nackten Baumkronen, dem grauen Himmel dahinter, und lauschte Stefans Herzschlag an meinem Bauch. Die Luft roch nach Whisky und verrottendem Laub. Auf Capri wird immer die Sonne scheinen, dachte ich. Es wird nach Zitronen und Eukalyptus duften.

»Du zitterst«, sagte er schließlich.

»Aber nicht vor Kälte.«

Er hob den Kopf. »Lass uns zurückgehen.«

# 5.

Wir blieben mehrere Stunden auf dem Feld. Stefan spielte mit den Kindern, während Johann im Wagen schlief. Als wir aufbrachen, griff Stefan in seine Jackentasche nach den Papieren, die Wilhelmine uns besorgt hatte, und überreichte sie Johann. »Nehmt besser die hier«, sagte er. »Für den Fall, dass die Grenzposten bereits alarmiert wurden. Es wäre sicherer, wenn Sie Ihre Uniform ablegen.«

Johann starrte auf die Papiere, drehte sie um und nickte. »Das sind gute Fälschungen«, sagte er. Dann zog er seine Jacke aus und bat Stefan, die Kleidung mit ihm zu tauschen. Die Ärmel der Jacke waren etwas zu kurz, und der Stoff spannte an den Schultern, aber man musste schon genau hinsehen. Er steckte sich die Papiere in die Brusttasche und öffnete den Kofferraum. »Es wird hoffentlich nicht lange dauern«, sagte er mit einer entschuldigenden Geste.

Stefan kletterte in den Kofferraum, immer noch ein wenig steif, auch wenn er versuchte, es zu verbergen. Er musste sich umständlich zusammenrollen, um hineinzupassen. Als er es sich, so gut es ging, bequem gemacht hatte, beugte ich mich nach unten und küsste ihn. Es war mir egal, ob Johann uns dabei sah. »Es wird alles gut«, sagte ich.

»Dein Mann ist doch ein guter Mensch.«

»Er ist nicht mehr mein Mann«, flüsterte ich und küsste ihn erneut, eine Hand an seine Wange gelegt. »Ab heute bin ich Annabelle Dommerich, und du bist mein Mann.«

»Ganz wie du meinst.«

Johann trat einen Schritt vor und schloss den Kofferraum. Er beugte sich über die Metallhaube und fragte: »Alles in Ordnung?«

»Ja.« Stefans Antwort klang dumpf und matt.

Die letzten zwanzig Kilometer sprachen wir kein Wort. Johann rauchte eine Zigarette nach der anderen, die er rücksichtsvoll an den Fensterspalt hielt. Von Zeit zu Zeit fiel sein Blick in den Rückspiegel, als hätte er Angst, wir könnten verfolgt werden. Die Kinder krabbelten über meinen Schoß, griffen nach dem Schalthebel und drehten an den Knöpfen, rastlos und gelangweilt. Else fragte nach ihrer Mutter. Bei Einbruch der Dunkelheit erblickten wir die ersten Hinweise auf die Grenze, jene Brücke über den Rhein, die uns nach Frankreich bringen sollte.

»Da wären wir«, sagte Johann, während ich den gestreiften Schlagbaum anstarrte, der uns den Weg versperrte. Mein Magen verkrampfte sich.

Johann warf einen Blick in meine Richtung. »Mach dir keine Gedanken. Versuche zu lächeln!« Ein Gesicht erschien am Fenster, und Johann wandte sich um. »Guten Abend, der Herr.«

Der Grenzsoldat warf einen prüfenden Blick ins Wageninnere und staunte angesichts der Größe des Fahrers, doch er unterdrückte seine Überraschung. »Heil Hitler. Die Ausweise, bitte.«

»Natürlich.« Johann griff in seine Jackentasche und zog die Papiere heraus. »Bitte.«

Der Soldat nahm sie entgegen. Er warf einen weiteren Blick ins Innere des Mercedes, bestaunte seine elegante Innenausstattung aus hochpoliertem Holz. Dann musterte er den ersten unserer Pässe und blätterte in den Seiten. »Herr Dommerich?«, fragte er.

»Ja, richtig. Meine Familie und ich wollen nach Italien. Möglichst bevor der erste Schnee fällt. Das Klima hierzulande bekommt meiner Frau nicht gut. Die feuchtkalten Winter.«

Der Blick des Soldaten glitt höflich in meine Richtung.

Ich versuchte, schwach zu wirken, wie es sich für eine Kranke gehört. Henrik quengelte und glitt von meinem Schoß.

»Frau Dommerich?«

»Meine Frau ist krank«, sagte Johann mit einer gewissen Schärfe.

»Ich muss nur kurz mit ihr sprechen, um ihre Identität zu überprüfen.«

»Ihre Identität liegt doch wohl auf der Hand.«

Seine natürliche Autorität, gepaart mit einer sonoren Bassstimme, ließ den jungen Soldaten sichtlich zögern. »Herr Dommerich, Ihnen ist sicher bewusst … Sie haben doch von den Protesten gehört …«

»Ich weiß nichts von irgendwelchen Protesten«, sagte Johann. »Die sind mir gleichgültig. Ich sorge mich nur um das Wohlergehen meiner Frau. Wir haben ein Hotel in Lyon gebucht, und es ist bereits spät.«

Der Soldat blickte erneut ins Innere und musterte die mysteriöse Kranke, deren Ehemann sie so leidenschaftlich in Schutz nahm. »Selbstverständlich, das kann ich gut verstehen. Ich muss nur …«

»Papa«, sagte Florian urplötzlich, »wo ist Stefan?«

Else löste ihren Blick von der Straßenkarte, die falsch herum in ihrem Schoß lag. »Stefan ist im Kofferraum, Dummkopf.«

Die Luft im Wagen erstarrte. Kein Laut war zu hören außer meinem donnernden Puls und dem leisen Knistern der Karte in Elses kleinen Händen.

Der Grenzsoldat betrachtete die Kinder und dann Johann. »Was hat die Kleine gesagt?«

»Nichts.«

»Sie hat behauptet, da ist jemand im Kofferraum.«

Johann tippte die Asche seiner Zigarette aus dem Fenster. »Hören Sie, ich kann Ihnen versichern, da ist nichts außer dem Gepäck meiner Frau.«

»Aber das Mädchen …«

Ich hob den Kopf und sagte in meinem besten Deutsch: »Sie meinen *Stefan*?«

»Ja, richtig. Die Kleine hat gesagt, Stefan ist im Kofferraum.«

Ich lächelte. »Stefan ist der Teddybär meines Sohnes.«

Florian öffnete den Mund, und ich fuhr ihm sanft über die Lippen, als wollte ich ihn liebkosen.

»Sein Teddybär?«

»Ja, hat Ihr Sohn etwa keinen?« Ich musterte den Soldaten mit großen braunen Augen, bis er zu stammeln begann.

»Ich … nein, ich …«

»Was? Ihre Frau hat Ihnen noch keinen strammen Jungen geschenkt?«

»Nein, ich … ich bin nicht verheiratet …«

»Ach nein?« Ich warf einen liebevollen Blick auf Johann und berührte sanft seinen Arm. »So ein netter junger Soldat wie Sie. Ich finde, jeder deutsche Soldat hat ein hübsches deutsches Mädchen verdient.«

Der Soldat wurde rot wie ein Radieschen.

»Dem kann ich nur zustimmen«, sagte Johann. »Jetzt müssen wir aber wirklich los. Sind wir hier fertig?«

»J… ja, mein Herr. Heil Hitler!« Der Grenzsoldat trat einen Schritt zurück und winkte uns durch.

»Heil Hitler!«

## 6.

Der französische Grenzbeamte auf der anderen Seite des Flusses war sichtlich angetrunken und warf nur einen flüchtigen Blick auf die Pässe, um sie nachlässig abzustempeln. Wir fuhren etwa fünfzehn Minuten über die dämmrige Hauptstraße, den Blick stumm auf die Scheinwerferkegel gerichtet, bis Johann in der Dunkelheit etwas entdeckte und anhielt. Es war eine Scheune aus verwittertem Naturstein. Ich schob die Kinder von meinem Schoß und öffnete hastig die Tür, noch während der Wagen zum Stehen kam.

Unter dem Kofferraumdeckel hörte ich Stefans gequälten Seufzer. Johann packte ihn unter den Achseln und half ihm heraus. Stefan sank in die Knie und übergab sich. Leider hatte ich kein Taschentuch zur Hand. Besorgt wartete ich ab, bis er sich erholt hatte, dann hockte ich mich neben ihn und zog ihn an meine Brust.

»Wir werden hier übernachten«, sagte Johann. »Ich schlafe im Wagen, ihr nehmt die Scheune. Morgen früh könnt ihr mit dem Wagen verschwinden. Hier sind die Schlüssel.« Er reichte sie mir.

Fassungslos starrte ich auf das glänzende Objekt in meiner Hand. »Du willst uns deinen Mercedes geben?«

Er zuckte mit den Schultern. »Ihr könnt ihn in Monte Carlo zurücklassen. Ich werde ihn später abholen. Ihr wollt doch nach Monte Carlo, oder?«

»Ja. Bitte hilf ihm auf.«

Doch Stefan schüttelte uns beide ab. Die Kinder waren aus dem Wagen geklettert und sahen blinzelnd zu, wie er sich aufrappelte. »Lasst uns was essen«, sagte er. »Und dann sollten wir uns ausruhen.«

## 7.

Das Stroh war alt und modrig, aber ich konnte mir keinen besseren Ort zum Schlafen vorstellen. Ich legte die Kinder in eine Mulde und deckte sie mit meinem Mantel zu, dann sank ich neben Stefan ins Stroh.

»Tut mir leid«, flüsterte er. »Ich stinke wie der Teufel.«

»Das ist mir egal. Wir haben es geschafft. Wir sind in Frankreich. Wir sind in Sicherheit, wir sind frei.«

Er schloss mich in seine Arme. »Ja, mit Gottes Hilfe.«

»In Monte Carlo werden wir meinen Vater anrufen und ihm sagen, dass es uns gut geht. Er macht sich bestimmt schreckliche Sorgen.«

»Ja, natürlich.«

»Deine Qualen haben endlich ein Ende. Du kannst dich ausruhen und erholen.«

»Ich habe unverschämtes Glück, von dir behütet zu werden, Annabelle.«

»Ja, das hast du. Im Auto habe ich mir überlegt, dass die furchtbaren Ereignisse der vorletzten Nacht den Rest der Welt vielleicht wachrütteln. Johann könnte mit jemandem in der Pariser Botschaft sprechen. Dann nimmt diese Tragödie hoffentlich bald ein Ende, und Wilhelmine wäre nicht umsonst gestorben.«

Er küsste mein Haar. »Meine unerschrockene Amerikanerin. Jetzt schlaf erst mal. Diese verkorkste Welt können wir auch noch morgen retten.«

»Ich kann sowieso nicht schlafen.«

»Versuch es wenigstens.«

Ich schloss die Augen und zog ihn näher an mich heran, bis sein Atem warm in mein Haar drang. Es war das Letzte, woran ich mich erinnerte, als ich ein paar Stunden später erwachte und er nicht mehr neben mir lag.

»Stefan?«, flüsterte ich in die staubige Stille der Scheune.

»Hier drüben.«

Ich hob den Kopf und entdeckte seine Silhouette in der Nähe der schlafenden Kinder. Was haben sie nur für ein

Glück, Stefan als Vater zu haben, dachte ich. Doch dann kam mir Johann in den Sinn, der unter seiner grauen Uniformjacke zusammengekrümmt in seinem Mercedes lag, und ich verspürte einen Stich im Herzen.

Eines Tages werde ich ihm danken, dachte ich. Ich werde ihn aufsuchen und mich für das außergewöhnliche Geschenk bedanken, das er mir und Florian an diesem Abend gemacht hat. Ich werde ihm dafür danken, dass er uns immer noch genug liebt, um uns seinem Erzfeind anzuvertrauen.

Ich ließ mich in das muffige Stroh sinken und schloss die Augen. Jeden Moment würde Stefan zurückkehren und mich in seine Arme schließen, wie er es immer tat. Und morgen früh würden wir mit den Kindern ins sonnige Monte Carlo fahren, einem Leben entgegen, von dem wir immer geträumt hatten.

»Gott sei Dank«, sagte ich leise. »Ich dachte, du wärst verschwunden.«

# CODA

»Das Meer belohnt nicht jene, die zu gierig, zu bemüht, zu getrieben sind. Man muss daliegen wie der Strand – leer, offen und gleichmütig –, das Geschenk des Meeres geduldig erwartend.«

ANNE MORROW LINDBERGH

# Stefan

## CUMBERLAND ISLAND – 1966

### 1.

In der Abenddämmerung klopft es an der Tür, etwa eine halbe Stunde, nachdem er feucht und durchfroren vom Füttern der Pferde zurückgekehrt ist. Inzwischen hat er geduscht, sich rasiert und den Wasserkocher aufgesetzt. Im ersten Moment denkt er, das Telefonkabel hätte sich im Wind losgerissen und würde gegen die Dachschindeln schlagen.

Er hält inne, die Hand am Wasserkocher, und neigt den Kopf, um zu lauschen. Wieder dieses Geräusch, ein dreifaches Klopfen, laut und gebieterisch, Knöchel auf Holz.

Er bekommt nur selten Besucher, und meist bringen sie Ärger: ein ausgebrochenes Pferd, umgefallene Zäune oder eine Hurrikan-Warnung. Vermutlich ist das der Grund, weshalb sein Puls in die Höhe schnellt, weshalb sein Blut in Wallung gerät, als das Klopfen durch die leeren Räume hallt. Es droht höchstwahrscheinlich Ärger.

Er trocknet seine Hände an einem Geschirrtuch und geht zur Tür.

Der Weg ist nicht weit. Das Haus ist klein und bescheiden: Wohnzimmer, Esszimmer, Küche, ein kleines Büro und zahlreiche Bücherregale. (Er hat mehr Bücher, als er zählen kann – eine Begleiterscheinung seines einsamen Lebenswandels.) Im Obergeschoss zwei geräumige Schlafzimmer und ein Bad. Eines der Schlafzimmer hat eine eigene Veranda, und im Sommer schläft er gern draußen, wenn die aufsteigende Hitze der Marsch mit dem schwülen Himmel verschmilzt und man vor Feuchtigkeit kaum noch Luft bekommt. Ein Fliegennetz hält die lästigen Moskitos fern, und er schläft nur im Schlafanzug, ohne Decke. Morgens ist sein Körper feucht von Tau.

Er durchquert das Wohnzimmer und tritt in den Flur, vorbei an den letzten Anzeichen seines jüngsten Damenbesuchs. Wenn er reglos stehen bleibt und die Augen schließt, kann er sie immer noch riechen: ihr dezentes Parfum, ihre Seife. Fast hört er ihr Lachen, wie ein sanftes Echo, das sich in den Möbeln verfangen hat. Erst vor zwei Tagen hat er ihr im Wohnzimmer beigebracht, zur »Schönen blauen Donau« zu tanzen, wie es jede Frau mit einem Mann, der sie abgöttisch liebt, tun sollte.

Als er den Flur erreicht, hält er inne, denn er hat das Geräusch nicht wieder gehört. Vielleicht hat er sich getäuscht. Vielleicht öffnet er die Tür, und da draußen steht niemand. Das ist ihm schon häufiger passiert, meist nachdem er Besuch hatte. Er bildet sich ein, etwas zu hören, ein Geräusch von menschlicher Gegenwart und Zuneigung – vielleicht ist sie zurückgekommen, vielleicht will sie diesmal bleiben –, doch wenn er die Augen öffnet, wird ihm bewusst, dass er allein ist. Dass er sich dieses verheißungsvolle Geräusch nur eingebildet hat.

*Klopf, klopf.*

Doch diesmal ist es keine Einbildung.

Er nimmt einen tiefen kühlen Atemzug, greift nach dem

Knauf, öffnet die Tür, und vor ihm steht, im matten Licht der Eingangsbeleuchtung, eine dunkelhaarige Frau in einem auberginefarbenen Wollmantel. Ihre Augen weiten sich bei seinem Anblick.

»Stefan«, flüstert sie.

Seine Hand klammert sich an den Türknauf. Das Quecksilber in seiner Brust quillt über. Er denkt, mein Gott, ich hatte sie ganz falsch in Erinnerung … die Augenfarbe, die Wangenknochen, das spitze Kinn. Ich hatte ganz vergessen, wie schön sie ist. Wie konnte ich das vergessen? Dabei ist sie ein Teil von mir.

»Darf ich reinkommen?«, fragt sie, und auch das hat er vergessen: ihre wundervolle Stimme.

Irgendwie gelingt es ihm, einen Schritt zurückzutreten und die Tür weiter zu öffnen.

»Magst du eine Tasse Tee?«

## 2.

Am nächsten Morgen ist alles leichter. Er erwacht aus einem samtigen Schlaf und denkt im ersten Moment, er wäre in Monte Carlo, am Ende eines heißen Augusts, eine verführerische Zukunft vor Augen. Fast glaubt er, die Zitronenbäume vor dem Fenster riechen zu können, doch dann wird ihm bewusst, dass es Annabelles Haut ist. Ihre Haut riecht nach Zitronen. Ist das nicht ein Wunder?

Das Morgenlicht dringt matt und dämmrig durch die Fensterläden. Annabelle schläft tief und fest. Er hat Angst, sie mit seiner geballten Liebe zu wecken, daher löst er sich sanft aus ihrer Umarmung und schleicht nach unten, um Kaffee zu kochen, so wie sie ihn am liebsten mag.

Die Teetassen stehen noch auf dem Tisch, halb geleert,

ein Anblick, der ihn zum Lächeln bringt. Ihre erzwungene Unterhaltung – *Wie geht es dir?* Gut, gut. *Wie gefällt es dir auf Cumberland Island?* Großartig, abgesehen von der drückenden Hitze im Juli –, während sie nervös an ihrem Tee nippten.

Doch dann, ohne jede Vorwarnung, mitten in einem gestelzten Satz, knallte Annabelle ihre Tasse auf die Untertasse und sagte forsch: *Jetzt sieh mich nicht so an!*, und er fragte: *Wie denn?*, daraufhin sie: *Als wolltest du mich küssen.*

Mit pochendem Herzen hat er sie angesehen und gedacht, mein Gott, was will sie damit andeuten? Ist das wirklich möglich? Aber natürlich ist es möglich – das ist Annabelle, Stefan, deine ganz eigene *Annabelle*, die nach drei Jahrzehnten urplötzlich durch deine Tür tritt wie ein Blitz aus heiterem Himmel und es dir überlässt, das Eis zu brechen, während du nur dasitzt, mit deinem Schwanz in der Hand, und das Haus qualvoll ächzt, die Uhr unbarmherzig tickt, die Zeit unweigerlich verstreicht. Die kostbare Zeit, die euch noch bleibt.

Dann hat sie sich erhoben, wie eine Prinzessin, und gesagt: *Es sei denn, du willst mich gar nicht küssen*, und er hat erwidert: *Natürlich will ich dich küssen.* Ihr Blick war herausfordernd und verletzlich zugleich, als sie sich abwandte und die Treppe hinaufstieg, und er dachte, ganz und gar typisch Annabelle, wie keine andere auf dieser Welt.

Er ist ihr hinterhergerannt, um sie kühn über die Schulter zu legen und den Rest der Treppe hinaufzutragen, bevor ihm womöglich Zweifel kämen. Sie hat gelacht, ihn geküsst, ihn mit ihren zarten Händen berührt, und es war absolut perfekt, sich wieder mit ihr zu vereinen, sich in ihr zu verlieren, umfangen von ihrer Reinheit. Endlich wieder ein Teil von ihr und sie ein Teil von ihm, absolut perfekt und herrlich unvollkommen.

Und eine Stunde später noch einmal, ebenso perfekt in seiner Unvollkommenheit.

Annabelle hatte wie immer recht behalten: Mit der ersten Berührung verflog auch die Befangenheit, *Abrakadabra*, wie von Zauberhand. Man weiß ohne jeden Zweifel, woran man bei einer Frau ist, wenn man nach so langer Zeit das erste Mal mit ihr schläft. Und sie weiß es ganz genauso. Man kann glücklich und zufrieden nebeneinander einschlafen, kann dem Herzschlag des anderen lauschen in der Gewissheit, dass man sich immer noch kennt, dass man sich nicht mehr fremd ist. Alles Weitere klärt man am nächsten Morgen bei einer Tasse Kaffee und einer Zigarette.

3.

Als er mit dem Kaffee zurückkehrt, sitzt sie aufrecht im Bett, bequem gegen sein Kissen gelehnt. Ihre Brüste sind voller als damals, dunkler an den Spitzen – die Brüste einer erwachsenen Frau. Ihr Anblick lässt seine Rippen schmerzlich verkrampfen.

Sie nimmt den Kaffee entgegen und nippt daran. »Und was ist mit meiner Konkurrentin?«

Er zündet sich gerade eine Zigarette an und lässt sie fast fallen. »Welcher Konkurrentin?«

»Die Frau, mit der du getanzt hast. Ich habe euch von draußen aus der Ferne beobachtet.« Sie sieht ihn herausfordernd an. »Schlägt dein Herz auch für sie?«

Er widmet sich wieder seiner Zigarette, nimmt einen tiefen Zug, lässt den Qualm langsam und genüsslich entweichen. Dann kriecht er über das Bett und küsst ihre Brüste. »Ja. Mein Herz schlägt auch für sie. Ihr seid beide wunderschön. Ihr seid die wichtigsten Menschen in meinem Leben.«

Sie stößt ihn unsanft von sich. »Bastard.«

Lachend gibt er ihr einen Kuss. Er ist erfüllt von Erleichterung – das brodelnde Gefühl in seiner Brust war nichts als Erleichterung, mehrfach destilliert und verfeinert – und erfüllt von Annabelle. Sanft nimmt er ihr die Tasse aus der Hand und stellt sie auf den Nachttisch. Er schiebt seine Zigarette in den Mundwinkel und packt ihre Handgelenke, damit sie ihn nicht weiter schlagen kann. »Das war Else«, sagt er. »Sie kommt mich manchmal besuchen.«

Es ist, als hätten sich ihre Glieder in Butter verwandelt. »Else?«, flüstert sie.

»Ja, Else. Hast du nicht richtig hingesehen, als du uns bespitzelt hast? Sie hat mich vor ein paar Jahren hier aufgespürt. Sie musste mir hoch und heilig versprechen, dir nichts zu verraten.« Er nimmt die Zigarette herunter und küsst sie erneut. »Damals hat Johann noch gelebt.«

»Verstehe.« Sie sitzt reglos in den Kissen, lässt die Küsse geduldig über sich ergehen. »Und nachdem er gestorben war?«

»Ich dachte, wenn du es wirklich willst, wirst du mich finden. Immerhin konnte ich nicht wissen, ob du mich überhaupt noch willst. Nach all den Jahren. Nach allem, was passiert ist.«

»Ach, Stefan. Red keinen Unsinn.« Endlich rührt sie sich und schiebt ihre Finger in sein Haar.

Er unterbricht seine Küsse, bleibt auf ihrem weichen Oberkörper liegen, die Lippen an ihrem Hals, ihren süßen Duft von Zitrone in der Nase. Er lässt den willkommenen Schock verebben, lässt ihre Haut mit seiner verschmelzen. Ihm wird bewusst, dass er mit Annabelle in einem Bett liegt. Es ist kein Traum. Er hat ihr letzte Nacht die Tür geöffnet, und sie stand einfach vor ihm, sein köstliches Annabellchen, warm und weich in seinen Händen.

»Ich hab dir dein Cello zurückgebracht«, flüstert sie.

»Mein Cello?«

»Das Amati. Ich habe es immer nur für dich gespielt. In der Carnegie Hall, bei den Boston Pops und auf jeder Platte, die ich eingespielt habe. Hast du je eine gehört?«

Er möchte sagen: *Jede einzelne*, doch seine Lippen sind erstarrt.

»Deshalb habe ich beschlossen, es dir zurückzubringen. Das war mein Vorwand. Ich habe mir gesagt, das Instrument gehört in Wirklichkeit dir. Ich habe es für dich gespielt, all die Jahre lang. Das hat mir Mut gemacht, dich hier zu besuchen.«

Herrgott, er fängt gleich an zu heulen.

»Ich wollte nicht einfach hier aufkreuzen und mich dir an den Hals werfen«, fügt sie sachlich hinzu, dabei hat sie genau das getan, gestern Abend in der Küche, bei einer Tasse Lipton.

Also fängt er an zu lachen, hilflos und unkontrolliert. Er verliert die Zigarette zwischen den Laken und sucht hastig danach, immer noch von einer unbändigen Lachattacke erschüttert. Endlich befördert er die Zigarette in den Aschenbecher und springt auf, um sämtliche Fensterläden zu öffnen und das lachsfarbene Morgenlicht hereinzulassen.

Sie sieht ihn an, als hätte er den Verstand verloren. »Was machst du da?«

»Ich will deine Brüste im Sonnenlicht bewundern«, erklärt er.

»Ach, Stefan.« Sie lehnt sich zurück und breitet genüsslich die Arme aus. »Wenn es nur das ist.«

Genau das liebt er am allermeisten an Annabelle, und es hat sich in all den Jahren nicht geändert: ihre Lebensfreude.

Wie beim allerersten Mal, als sie sich über den Klippen von Antibes liebten – umfangen von reiner Glückseligkeit, die aus jeder Pore ihres Körpers strömte, von einer transparenten Liebe, mit der sie ihn überschwemmte, von einer schamlosen Lust, obwohl sie noch Jungfrau war. Schon damals konnte er ihr nicht widerstehen, und er kann es auch jetzt nicht. Sie verwandelt seinen Kummer in pures Glück.

## 4.

Nachdem sie sich zum dritten Mal geliebt haben – und es dauert eine Weile, denn er ist nicht mehr der Jüngste, aber es scheint sie nicht zu stören –, bleiben sie zusammen liegen, satt und trunken wie frische Liebhaber, erfüllt von den unbeantworteten Fragen der letzten achtundzwanzig Jahre.

Er erzählt ihr von den Kriegsjahren, von seinem Engagement in der französischen Résistance, von der Kugel in seinem Brustkorb, die ihn fast das Leben gekostet hätte. Er zeigt ihr die Narbe. Dem Penicillin sei Dank, fügt er hinzu. Er erzählt ihr von seinen planlosen Streifzügen durch Europa nach Kriegsende – die schlimmsten Jahre seines Lebens, denn ihm fehlte jeder Sinn, ihm fehlten seine verstorbenen Freunde; ihm blieb nur ein Gefühl des Versagens, weil er jene sechs Millionen Menschen nicht hatte retten können. Irgendwann erreichte er den absoluten Tiefpunkt und beschloss, nach Amerika auszuwandern. Um zumindest auf demselben Kontinent zu leben wie du und unsere Kinder, fügt er hinzu. Um zu sehen, wie sie zu wunderbaren Menschen heranwachsen. *Unsere* Kinder, erwidert sie mit gebrochener Stimme. Er streicht ihr übers Haar und sagt: Ja, ich war mal ihr Vater, und du bist ihre Mutter. Du machst dir keine Vorstellung, unter wie vielen Qualen ich mein Herz in jener Scheune zurückgelassen habe, wie schutzlos ich es deinen Händen anbefohlen habe.

Warum hast du es dann getan?, fragt sie. Warum hast du uns verlassen?

Ich hatte keine andere Wahl, Annabelle. Ich hatte eine gewaltige Schuld zu begleichen. Ich musste diese gottverdammte Welt retten. *Er* war der Bessere von uns beiden. Er hat dich über alles geliebt.

Dann erzählt sie ihm von jenen ersten Jahren – wie sie in Monte Carlo gewartet hatten, bis Margaret mit den Mädchen eintraf und die Jungen aus England nachkamen; wie sie und Johann mit den Kindern auf der *Isolde* nach Amerika übersetzten; wie sie den Mercedes im Schuppen ihrer Tante in Cape Cod versteckten, damit die Dommerichs nicht mit einem Nazi-General in Verbindung gebracht werden konnten, der sich des Landesverrats und der Wehrkraftzersetzung schuldig gemacht hatte; wie sie ihn anfangs nicht ausstehen konnte – er war nun mal nicht Stefan –, ehe die gemeinsamen Geheimnisse und das Elterndasein sie einander erneut näherbrachten; er war ein wunderbarer Vater, allein dafür musste sie ihn lieben. Irgendwann kam Henrik in den Kindergarten, und sie wünschte sich so sehnlich ein Baby, dass sie mit Stalin persönlich geschlafen hätte. Also sind wir zusammen ins Bett gegangen, sagt sie, und ich wurde auf Anhieb schwanger und bekam Zwillinge – meine gerechte Strafe! Er lacht und sagt, sie habe es nicht besser verdient, wenn sie ihn mit einem anderen Mann betrügt. Mit einem Mal wird sie still, und er weiß, was in ihrem Kopf vor sich geht.

Ich war ein paar Mal knapp davor, sagt er. Verdammt knapp.

Aber du hast nie …?

Nein.

Niemals?

(Er seufzt.)

Kein einziges Mal, Annabelle, obwohl ich manchmal dachte, ich müsste sterben, so einsam habe ich mich gefühlt.

(Es folgt eine lange Stille, erfüllt von Ehrfurcht.)

Warum nicht?

Wir hatten doch ein Gelübde abgelegt, oder nicht? Außerdem hast du meine Kinder großgezogen, und es gab nichts, womit ich mich hätte revanchieren können. Nur durch meine Treue.

Der Wind frischt erneut auf. Einer der Fensterläden schlägt klappernd gegen die Hauswand, denn er hat ihn nicht richtig verriegelt in seiner Eile, den Sonnenschein auf ihrer nackten Haut zu sehen.

Es gibt noch einen weiteren Grund, sagt er.

Und der wäre?

Es gab eine Zeit, da war meine Treue die einzige Tugend, die mir noch geblieben war. Der einzige Schwur, den ich nicht gebrochen hatte.

(Sie liegt reglos in seinen Armen, sodass er irgendwann glaubt, sie sei eingeschlafen.)

Doch dann …

Weißt du, was ich oft denke?

Was denkst du, Annabelle? (Das ist das Allerbeste, oder? Einfach nur ihren Namen zu sagen.)

Du bist genau wie dein Sohn.

## 5.

Im Schutz der Veranda sitzen sie in dem alten Schaukelstuhl, den Stefan eigenhändig restauriert hat, und betrachten zusammengekuschelt unter einer schweren karierten Pferdedecke den Sonnenuntergang. Der erste Kälteeinbruch steht unmittelbar bevor. Vielleicht wird es schon diese Nacht Frost geben, es liegt so ein Geruch in der Luft. Genau die richtige Nacht, um neben der Liebe seines Lebens einzuschlafen.

»Zwei Fragen habe ich noch«, flüstert er in ihr Haar.

»Und die wären?«

»Erstens, wie hast du mich gefunden?«

Sie lacht. »Das hat Monate gedauert. Ich habe einen Privatdetektiv engagiert. Ich konnte mir denken, dass du einen anderen Namen benutzt, also gab ich ihm eine Liste mit Vermutungen. Vor ein paar Wochen schickte er mir einen Artikel über einen gewissen Stefan Himmelfarb, der auf Cumberland Island kranke und verletzte Wildpferde pflegt. Mir war sofort klar, dass du das bist. Ich habe den Artikel gelesen und konnte dich zwischen den Zeilen spüren. Aber als ich in St. Marys ankam, hat mich der Mut verlassen.«

»*Dich*, Annabelle?«

»Ja, mich. Ich bin nicht mehr die junge, attraktive Frau von damals, falls du es noch nicht bemerkt hast.«

»Red keinen Unfug. Du bist die schönste Frau, die mir je begegnet ist, einschließlich deiner krummen Zehen.«

Sie schnaubt auf ihre typisch amerikanische Art. »Außerdem hattest du drei Jahrzehnte lang Zeit, dich in eine andere Frau zu verlieben und mich aus deinem Gedächtnis zu bannen.«

»Was für ein Blödsinn.« Er zog die Decke fester um ihre Schultern.

»Das ist meine Antwort, ob sie dir gefällt oder nicht. Und wie lautet die andere Frage?«

»Ich habe eine ganze Litanei von Fragen. Es dauert garantiert Wochen, bis wir sie alle beantwortet haben.

Zumindest bis ins neue Jahr. Aber die wichtigste Frage von allen … ist die …«

Er unterbricht sich, um sie auf die Folter zu spannen. Die Sonne versinkt einen weiteren Millimeter hinter dem spitzen Dünengras, schimmert auf dem Rücken der Pferde, die wie gewohnt über die Wiese traben, um in dem selbst gebauten Unterstand Schutz zu suchen und über das Heu herzufallen, das er mit Annabelle ausgelegt hat.

Ist das nicht genauso gut, wie ihren Namen zu sagen? Gemeinsam die abendlichen Pflichten zu erledigen, Seite an Seite wie ein altes Ehepaar? Vielleicht bleibt sie bis ins neue Jahr. Vielleicht bleibt sie den ganzen Winter, um diese Pflichten mit ihm zu teilen. An das Frühjahr mag er gar nicht denken. Er fürchtet sich vor einem Übermaß an Glück. Er will das Schicksal nicht herausfordern.

»Ich höre?«, sagt sie.

Er dreht ihr Gesicht in seine Richtung und blickt ihr fest in die Augen.

»Was zum Teufel habt ihr mit meiner Jacht gemacht?«

# Historische Anmerkungen

Vor ein paar Jahren stolperte ich über einen kurzen Zeitungsartikel, der von einem außergewöhnlichen Oldtimer handelte – einem seltenen Mercedes 540K Special Roadster, Baujahr 1936 –, entdeckt in einer Scheune in Greenwich, Connecticut, wo ich damals lebte. Dem Artikel zufolge hatte eine deutsche Aristokratin den Wagen vor Beginn des Zweiten Weltkriegs in Europa gefahren, während sie sich zahlreiche Affären leistete (unter anderem mit einem britischen Juden) und sich mit Vertretern der Regierungspartei anlegte. Letztendlich floh sie mit dem Wagen in die Vereinigten Staaten, und als der Mercedes im Jahre 1989 wiederentdeckt wurde, war er drei Jahrzehnte lang nicht bewegt worden. Im Aschenbecher lag noch ein Zigarettenstummel mit Spuren von Lippenstift, im Handschuhfach ein einzelner Lederhandschuh. Nach seiner vollständigen Restaurierung erzielte der Wagen bei einer Auktion im Jahre 2012 einen sagenhaften Verkaufswert von annähernd 12 Millionen Dollar. Ich konnte der Versuchung einfach nicht widerstehen.

Aber ich schreibe nun mal Romane und keine Biografien, daher kam ich zu dem Schluss, mir die Geschichte zu eigen zu machen und in den Erzählzyklus meines fiktiven Schuyler-Klans einzubinden, der inzwischen mehrere Bände umfasst. Außerdem hatte ich eindeutig noch mehr zu sagen bezüglich jener mentalen wie körperlichen Odyssee, die mehrere Millionen Menschen zwischen den Weltkriegen in Europa erdulden mussten, und der mysteriöse Fund eines wertvollen Mercedes aus dem Jahre 1936 bildete das perfekte Sprungbrett in jene Zeit.

Die meisten Charaktere in diesem Buch – insbesondere die Hauptpersonen – haben im wahren Leben nie existiert, ganz gleich wie lebhaft sie mir in der Fantasie erscheinen. Es gab weder einen Johann von Kleist im Generalstab des deutschen Heeres noch einen erbitterten Erzfeind namens Stefan Silbermann. Die Himmelfarbs sind frei erfunden und starben somit nicht in der Nacht vom 9. auf den 10. November 1938, doch mehrere Millionen Juden in Europa ereilte infolge jener Ereignisse ein tragisches Schicksal. Allein in der Reichskristallnacht wurden in Deutschland über eintausend Synagogen und siebentausend jüdische Betriebe zerstört; über dreißigtausend Menschen wurden in Konzentrationslagern wie dem Lager Dachau interniert, und die ungeheure Zahl der Todesopfer wird sich nie eindeutig bestimmen lassen. Trotz des medialen Aufschreis in der ausländischen Presse reagierte die Weltöffentlichkeit ähnlich »müde und überdrüssig«, wie Stefan es prophezeit. Nur die stillen Heldentaten einzelner Menschen hatten dem Grauen ein Zeichen der Menschlichkeit entgegenzusetzen.

Als Autorin historischer Romane dient mir der geschichtliche Hintergrund lediglich als Leinwand, vor der meine Charaktere agieren. Dieser Roman ist somit kein Lehrbuch zu den Gräueltaten des Dritten Reichs oder den politischen Verstrickungen vor Kriegsbeginn; wer sich eingehender mit den Ereignissen von Hitlers Machtkonsolidierung beschäftigen möchte, dem empfehle ich Giles MacDonoghs fesselnde und umfassende Darstellung *1938:*

*Hitler's Gamble*, auf die ich selbst wiederholt zurückgegriffen habe.

Und was die Identität des Vaters von Peppers Baby angeht, sage ich nur eins: Kein Kommentar!

# Dank

Das vorliegende Buch ist nicht die Originalversion von *Die letzten Stunden des Sommers.* Ich hatte bereits unzählige Kapitel geschrieben, da der Abgabetermin drohte, als ich eines Abends – am Vorabend des ersten Aprils – die Datei öffnete und nichts passierte. Die klugen Köpfe im Apple Store hatten leider auch keinen Erfolg. Also schickte ich die Datei an Putnam, meinen Verlag, dessen IT-Abteilung sich ebenso vergeblich um die Reanimation bemühte. Das Manuskript ließ sich nicht wiederbeleben, ebenso wenig wie die Vorgängerversion der Datei.

Notgedrungen schrieb ich die ersten 250 Seiten noch einmal – die Autoren unter euch werden jetzt aufstöhnen –, und die Geschichte nahm eine ganz andere Wendung. Wer hätte das gedacht? Zweifellos wäre es mir nie gelungen, das Dreiecksverhältnis um Stefan, Johann und Annabelle erfolgreich zu entwirren, wäre mir meine begabte Freundin Karen White nicht zu Hilfe geeilt, um die ganze komplizierte Handlung am Telefon zu erörtern, bis mir die Lösung glasklar vor Augen trat. In der Welt ihrer eigenen wunderbaren Romane ist Karen eine Expertin emotionaler Ausnahmesituationen, und ohne ihren Zuspruch und ihre Vorstellungsgabe hätte mir sicher der Mut gefehlt, jenen emotionalen Konflikt an der deutschen Grenze in der Art und Weise aufzulösen, wie ich es getan habe. Ich hoffe, das Ergebnis wird ihr gefallen.

Neben Karen mit ihrer kreativen Unterstützung gibt es noch viele weitere wundervolle Menschen, die dazu beigetragen haben, dieses Buch zur Vollendung zu bringen. Alexandra Machinist, meine unvergleichliche Agentin, hat treu meine Hand gehalten und mich sicher durch ein turbulentes Jahr geführt; ich bin ihr und ihrem fleißigen Team bei ICM unendlich dankbar für ihre Unterstützung. Bezüglich des überaus fähigen und enthusiastischen Teams bei Putnam Books – meiner großartigen Lektorin, Laura Perciasepe (allein ihr Name bereitet mir die allergrößte Freude); meiner Pressesprecherin, Katie McKee; meinen brillanten Marketingexpertinnen, Lydia Hirt und Mary Stone; den begnadeten Mitarbeitern des Kreativteams, das mir regelmäßig die schönsten Coverdesigns präsentiert; und einer ganzen Horde weiterer Fachleute – weiß ich eigentlich gar nicht, wo ich anfangen soll. Ihr alle habt mich auf eine wundervolle Reise geführt, und ich kann nur hoffen, dass ihr genauso viel Spaß hattet wie ich.

In der Welt der Bücher gibt es zu viele Menschen, denen ich eigentlich danken müsste – Autoren, Blogger, Buchhändler, Leser –, um sie einzeln auflisten zu können, aber ihr alle wisst, wer ihr seid. Eurem ungebrochenen Enthusiasmus ist es zu verdanken, dass ich unbeirrt weiterschreibe, auch wenn ich mal in einer Sackgasse stecke. Für jedes aufmunternde Wort, jede freundliche E-Mail, jeden Tweet, jeden Facebook-Kommentar möchte ich euch von Herzen danken, ebenso wie für eure inspirierenden Gespräche bei Veranstaltungen und Lesungen.

Ein besonderer Dank gilt meinen guten Freunden und Mitarbeitern des Putnam Restaurants in der Greenwich Avenue – meinem unumstrittenen Lieblingsdiner, und das will etwas heißen –, die mir stets den köstlichsten Frühstücksspeck servieren und meine Kaffeetasse permanent auffüllen, während ich stumpf meinen Laptop anstarre und auf die Tastatur einhämmere. Es ist schon erstaunlich, wie viel man in einem Rutsch runterschreiben kann, wenn die Kaffeetasse nie leer wird.

Nicht zuletzt danke ich meiner Familie, meinen Freunden, den Angeheirateten und Unverheirateten, und insbesondere meinem Mann, Sydney, und unseren vier verrückten Kindern. Ich liebe euch über alles.